JORDI PUNTÍ

BAGAGEM PERDIDA

JORDI PUNTÍ

BAGAGEM PERDIDA

TRADUÇÃO

Angela Zarate Bandeira

Rai EDITORA

Título original: *Maletes Perdudes*
Maletes Perdudes © 2010 by Jordi Puntí Garriga

COORDENAÇÃO EDITORIAL
Mayara Enohata

EDITORA ASSISTENTE
Mayara Facchini

ASSISTÊNCIA EDITORIAL
Juliana Sayão

PREPARAÇÃO DE TEXTO
Ana Lúcia Sant'Ana dos Santos

REVISÃO
Gabriela Ghetti

PROJETO GRÁFICO, CAPA E DIAGRAMAÇÃO
Desígnios Editoriais

IMAGENS DA CAPA
© Özgür Donmaz / Lonely Man Traveling / Photos.com
© Samplediz / Standing Tall / stock.xchng
© Yurdacan / Trainstation / stock.xchng
© Catalin82 / I'm coming to you / stock.xchng

ASSESSORIA EDITORIAL E DE ARTES
Patricia Nascimento

CIP-BRASIL. CATALOGAÇÃO-NA-FONTE
SINDICATO NACIONAL DOS EDITORES DE LIVROS, RJ

P984b

Puntí, Jordi, 1967-
Bagagem perdida / Jordi Puntí ; tradução Angela Zarate Bandeira. - São Paulo : Rai, 2012.
424p. : 23 cm

Tradução de: Maletes perdudes

ISBN 978-85-8146-020-8

1. Romance espanhol. I. Bandeira, Angela Zarate. II. Título.

12-2566 CDD: 863
CDU: 821.134.2-3
034926

Direito de edição

RAI EDITORA
Avenida Iraí, 143 - conj. 61
Moema
04082-000 - São Paulo - SP
Tel: 11 - 2384-5434
www.raieditora.com.br
contato@raieditora.com.br

A STEFFI

SUMÁRIO

PRIMEIRA PARTE

SAÍDAS

SEGUNDA PARTE

CHEGADAS

PRIMEIRA PARTE

PARTIDAS

1 FOTOGRAFIAS

Temos a mesma lembrança.

É muito cedo, o sol acaba de nascer. Nós três – pai, mãe e filho — bocejamos de sono. Mamãe fez chá, ou café com leite, que tomamos por tomar. Estamos na sala de jantar, ou na cozinha, tão quietos e silenciosos que parecemos estátuas. Nossos olhos se fecham. Logo ouvimos um caminhão, que para em frente de casa e toca a buzina uma vez. Embora o estivéssemos esperando, o rugido é tão forte que nos assusta e nos acorda de vez. Os vidros da janela tremem por um segundo. Os vizinhos devem ter acordado. Saímos à rua para nos despedir de nosso pai, que sobe ao caminhão, tira o braço para fora da janela e ensaia um sorriso enquanto nos diz adeus. Percebemos que lhe dói ir embora. Ou não. Havia ficado apenas dois dias em casa, três no total. Do caminhão, seus dois companheiros nos chamam e também nos dizem adeus com a mão. O tempo passa em câmera lenta. O Pegaso arranca e se afasta pesadamente, como se também estivesse com preguiça. Mamãe está de roupão e talvez lhe escape uma lágrima, talvez não. Nós, os filhos, estamos de pijama e chinelos, e o frio gela nossos pés. Entramos em casa e nos enfiamos outra vez sob as cobertas, que ainda mantêm um pouco do calor, mas já não conseguimos voltar a dormir por culpa dos pensamentos. A cabeça não para. Temos três, quatro, cinco, sete anos e vivemos a mesma cena algumas vezes. Não sabíamos na época, mas essa seria a última vez que veríamos nosso pai.

Temos a mesma lembrança.

A cena que acabamos de descrever aconteceu há pelo menos vinte anos, e essa história poderia começar em três pontos diferentes do mapa. Não, em quatro. Talvez o caminhão de mudanças tivesse desvanecido na neblina matinal que envolvia o Quai de La Marne, ao norte de Paris, e deixasse para trás uma fileira de casas da Rua de Crimée, em frente a um canal que, à luz da aurora, parecia saído de um romance de Simenon. Ou talvez o motor do Pegaso rompesse o silêncio úmido da Rua Martello, bem em frente ao parque de London Fields, a leste de Londres, e passando debaixo da ponte do trem encontrasse uma rua importante que o levasse para fora da metrópole, onde as estradas são mais largas e dirigir à esquerda não é um martírio para um caminhoneiro do continente. Ou poderíamos nos encontrar também a leste de Frankfurt, aos pés de um desses blocos de apartamentos da Jacobystrasse construídos depois da guerra. Aqui o caminhão se afastaria indeciso em direção à estrada, como se tivesse receio de cruzar uma paisagem de fábricas e bosques para se juntar a uma fila de caminhões que, assim como ele, sulcavam as artérias da Alemanha.

Paris, Londres, Frankfurt. Três lugares distantes entre si, aleatórios e sem nenhuma outra ligação além de nosso pai dirigindo um caminhão que transporta móveis de uma ponta a outra da Europa. Havia outra cidade, a quarta, que era Barcelona. O ponto de origem e de chegada. Nesse caso, a cena acontecia sem caminhão nem companheiros de trabalho. Um de nós — Cristòfol — com o pai e a mãe. Três pessoas na cozinha mal iluminada de um apartamento da Rua del Tigre. Mas a despedida também acontecia com a mesma serenidade que ele previa — a ponto de quase parecer ensaiada —, com a mesma preocupação vaga que o havia dominado antes em outras casas e com outras famílias. Aquele olhar que queria parecer calmo, mas que transbordava lástima e que contagiava os quatro — horas depois, no dia seguinte ou ao final de uma semana, enquanto escovávamos os dentes, nos olhávamos no espelho e o reencontrávamos em nossos próprios olhos. Uma lástima resignada. Por isso agora temos a sensação de que estávamos por todos os lados, e por isso agora, tantos anos depois, nosso desencanto infantil se multiplica por quatro. Também gostamos de pensar nas mães, nas quatro mães, como se fossem uma só. Sem dividir a tristeza, mas multiplicando-a. Ninguém era poupado do sofrimento. Nem nós: os quatro filhos.

O quê? Difícil de entender? Está muito complicado?

Ah, é que isso precisa ser bem contado. Somos quatro irmãos — ou melhor, meios-irmãos —, filhos do mesmo pai e de quatro mães muito diferentes. Até um ano atrás ainda não nos conhecíamos. Nem mesmo sabíamos que os demais existiam, espalhados por esse mundo de Deus. Papai quis que nos chamássemos Christof, Christophe, Christopher e Cristòfol — Cristóbal até a morte do ditador Franco. Pronunciados assim, de uma vez só, os quatro nomes parecem uma declinação latina irregular. Christof, nominativo germânico, nasceu em outubro de 1965 e é o impossível herdeiro de uma linhagem europeia. Christopher, genitivo saxão, chegou quase dois anos depois e logo seu nascimento ampliou e matizou o sentido de uma vida londrina. O acusativo Christophe demorou um pouco menos — dezenove meses — e em fevereiro de 1969 se transformou em um complemento direto de uma mãe solteira francesa. Cristòfol foi o último a se manifestar: um caso circunstancial, totalmente definido pelo local, espaço e tempo, um ablativo em um idioma que não tem declinação.

Por que nosso pai nos deu esse nome? Por que se empenhava tanto em nos chamar assim, com tanta obstinação que no final as mães o aceitavam convencidas? Por acaso queria que fôssemos únicos? De fato, nenhum de nós tem mais irmãos. Uma vez falamos disso com Petroli, seu companheiro de mudanças, assim como Bundó — de mudanças e segredos —, e ele nos disse que não, que quando falava da gente jamais se confundia e sabia perfeitamente quem era quem. Nós dizíamos que talvez se tratasse de uma superstição: São Cristóvão é o padroeiro dos motoristas de todos os veículos motorizados e nós, os quatro filhos, éramos pequenas oferendas que ele deixava em cada país, velas acesas para que o protegêssemos enquanto viajava de caminhão. Petroli, que o conheceu muito bem, contesta, assegurando que ele não acreditava no outro mundo e aponta para uma possibilidade mais fantástica, mas igualmente crível: talvez quisesse apenas ter um pôquer de filhos, uma mão vencedora. Quatro ases, disse ele, um de cada naipe. E o papai?, perguntamos. Ele era o curinga que completava cinco de um tipo.

— *Life is very short, and there's no time...* — começa a cantar Christopher inesperadamente.

Deixamos porque a frase era pertinente e também porque a música era dos Beatles. Nós quatro temos o mesmo gosto musical, mas agora não vamos brincar de escolher qual de nós é George, Paul, Ringo ou John.

Reservaremos esse tipo de exercício para nós mesmos, assim como o de interromper o discurso com uma música. É a primeira e última vez que aceitamos uma intervenção individual — um solo — que não tenha sido acordada antes com os outros três. Não estamos em um *karaokê* e é preciso algumas regras para que possamos nos entender. Se os quatro irmãos falassem de uma vez, isso seria um balaio de gatos. Além disso, o Chris tem razão: a vida é muito curta e não há tempo.

O que mais? Ainda que até agora tivéssemos vivido sem saber da existência dos outros três irmãos, podemos dizer que nosso pai — ou melhor, a sua ausência — formou os quatro do mesmo jeito? Não, claro que não, mas a tentação de fantasiar com essa influência soterrada é muito importante. Vejamos nossas profissões, por exemplo. Christof trabalha com o mundo do espetáculo, e essa impostura teatral, esse comércio do ser ou não ser, nos faz pensar no fingimento de nosso pai. Christophe é professor de Física Quântica da Universidade de Paris, de cujo local observa o mundo, questiona a realidade e estuda universos paralelos (nos quais nosso pai nunca nos abandonaria). Christopher tem uma barraca em Camden Town e ganha a vida comprando e vendendo vinis usados: a aquisição de joias de colecionadores e de outras relíquias, muitas vezes com métodos não totalmente legais, é como uma herança velhaca de nosso pai (continue lendo, por favor). Cristòfol é tradutor de francês, especialmente de romances, e quando verte textos de uma língua para outra é como se fizesse uma homenagem aos esforços idiomáticos de nosso pai.

O que mais, o que mais? Nós nos parecemos fisicamente? Sim, nos parecemos. Poderíamos dizer que todos viemos de um mesmo mapa genético e que nossas mães — Sigrun, Mireille, Sarah, Rita — são a evolução que nos torna diferentes, a gramática bárbara que nos distanciou do latim. Em algum ponto da Europa central, talvez na interseção onde seus destinos coincidam — e no centro exato de uma rotunda, se quisermos ser grosseiramente simbólicos —, deveríamos levantar um monumento por aquilo que tiveram de suportar. Até agora elas não se conhecem. Faz algumas semanas que sabem da existência das demais, que nós temos meios-irmãos — e elas, portanto, enteados. As fronteiras, no entanto, continuam no mesmo lugar de sempre. Com um tom irônico partilhado pelas outras três, Sarah diz que nós, os filhos, somos como embaixadores que se encontram para negociar um armistício. Talvez mais adiante chegaremos a uma decisão e as reuniremos durante um fim de semana em algum hotel em área neutra. Em Andorra, por exemplo, ou na Suíça. Mas isso terá de ser mais adiante.

O que mais, o que mais, o que mais? Nossas mães se parecem fisicamente? Diria que não. *I don't think so. Je crois pas. Ich glaube nicht.* São um modelo de beleza compartilhada, todas juntas, ou talvez um quebra-cabeças perfeccionista de uma mente doentia, a de nosso pai? Nem uma coisa nem outra, mas cabe mencionar que, quando lhes contamos sobre nosso plano de convocá-las no futuro, as quatro reagiram com idêntica apatia. Mireille fez cara feia e disse que pareceria uma reunião de Abandonadas Anônimas. Sigrun exige que a assembleia seja subvencionada pela União Europeia. Rita a compara a um clube decadente de fãs — "Elvis está vivo, Elvis está vivo". Sarah lança uma ideia: se temos de nos encontrar, por que não fazemos juntas uma versão teatral de *As seis mulheres de Henrique VIII*? Só porque somos apenas quatro? Não sofra, se buscarmos um pouco mais, com certeza logo encontraremos mais duas!

Esse sarcasmo das quatro viúvas em potencial deve ser um mecanismo de defesa. Muitos anos se passaram, mas seus assuntos afetivos se parecem demais para que agora, sem mais nem menos, tenham interesse em arejá-los. Olhando de fora, é tentador imaginar quatro mulheres que se reúnem e destroem a memória do homem que um belo dia as deixou, sem nenhum aviso, sozinhas e desamparadas e com um filho para criar. Bebem e conversam. Pouco a pouco dividem uma lista de queixas, e essa memória as une. O sofrimento está tão distante que o tempo retirou seu veneno, e agora é inofensivo como um animal dissecado. Mais que uma terapia, o encontro se transforma em um exorcismo. Bebem e riem. Aos poucos, no entanto, por dentro, cada uma começa a pensar que as outras não o compreenderam. E assim, justificando-o na lembrança, todas vão enfeitando o seu amor. O seu era bom, autêntico. Um tom acima, uma brincadeira que, de repente, ficou sem graça, e essa aliança na dor se desvanecerá. Diria-se que estariam a ponto de arrancar os cabelos.

E há um detalhe que complica tudo: até agora não podemos dizer que nosso pai está morto. Somente que desapareceu há cerca de um ano.

Na verdade, "desaparecer" não é o verbo mais adequado, e se nos propusemos a encontrá-lo é para dar sentido à palavra. Para dar um sentido. Só pode desaparecer alguém que havia aparecido antes. Esse não é o caso de nosso pai. Faz mais de vinte anos que não o vemos, e a soma de nossas lembranças nos permite apenas retratá-lo com uma imagem um pouco borrada. Não que ele fosse um homem tímido ou reservado, que apenas parecia ter sempre uma saída. Também não era nervoso, nem inquieto, nem desconfiado. Sigrun explica que se apaixonou tanto pela presença quanto pela ausência dele. Mireille lembra que, mal chegava, já parecia que ia embora outra vez. A brevidade de suas visitas contribuía para essa sensação, isso está claro. Esse ar provisório foi se acentuando com o tempo, e mais que desaparecer de um dia para o outro — *pluf*, como um passe de mágica ou uma abdução extraterrestre —, achamos que o papai foi se desintegrando pouco a pouco. Que ainda agora, neste momento, enquanto nós quatro pensamos nele pela primeira vez, sua lenta desintegração continua.

Essa vontade de se dissolver era notada até mesmo nas cartas que ele nos mandava. Elas eram escritas de diversas partes da Europa, lá para onde as mudanças o levavam, e nelas contava as histórias da viagem. Às vezes eram simples cartões-postais rabiscados na beira da estrada. Na frente sempre havia estátuas equestres, castelos, jardins, igrejas – monumentos horrorosos de províncias de que os quatro se lembram com uma nitidez assustadora. Eram postais datados em algum ponto da França ou da Alemanha, mas que apesar disso tinham um selo com o rosto marmóreo de Franco. Os cartões deviam ficar dias e dias no porta-luvas do caminhão e ele só devia se lembrar de deixá-las no correio quando já estava de volta a Barcelona. Às vezes, com as cartas, nos mandava também fotos dele sozinho ou com seus dois companheiros de mudanças. As palavras que acompanhavam aquelas imagens revelavam uma ternura e uma saudade autênticas que faziam nossas mães chorar se estivessem um pouco sensíveis, mas que nunca passavam de uma folhinha escrita frente e verso. Exatamente quando parecia se animar, as palavras eram interrompidas de forma abrupta. Logo nos vemos, beijos etc., assinava e pronto. Como se tivesse medo de se entregar por inteiro.

— Só faltava que as escrevesse com tinta invisível e que as palavras desaparecessem uns dias depois de serem lidas — comenta Christof.

O que mais falta explicar? Ah, sim, como nos entendemos. O inglês é nossa *língua franca* desde o dia em que nos conhecemos, depois que Cristòfol decidiu buscar os outros irmãos. Falamos inglês porque é o idioma em que nos entendemos melhor, porque precisamos de uma convenção, mas na verdade nossas conversas constroem uma língua mais complexa, uma espécie de esperanto familiar. Por Christof não tem nenhum problema, já que o inglês é primo-irmão do alemão e que ele o estuda desde criança. Christophe fala com esse sotaque um tanto vaidoso que os franceses têm e com um vocabulário técnico que adquiriu nos congressos e apresentações de Física Quântica dos quais participa com frequência. Cristòfol aprendeu inglês na idade adulta, com aulas particulares, porque tinha estudado francês na escola e na universidade. Às vezes, quando não lembra uma frase em inglês, lança mão dessa segunda língua e Christophe se sente reconfortado, dá para ver na cara dele. Então Chris e Christof riem dessa afinidade latina e os corrigem com um diálogo repleto de guturais, versos extraídos de *La Marsellesa* e nomes de jogadores de futebol franceses.

Por sua vez, Chris fala um pouco de castelhano graças à iniciativa de sua mãe, Sarah. Em meados dos anos 1950, quando parecia claro que Gabriel não voltaria a visitá-los, matriculou o filho em um curso de verão para que aprendesse a língua.

Talvez Chris jamais voltasse a ver o pai, *"God damn it"*, mas pelo menos lhe haveria transmitido a herança do castelhano. A professora era uma estudante universitária chamada Rosi. Havia ido a Londres para viver novas experiências e a primeira coisa que descobriu foi que não tinha talento para ser professora. Seu método para ensinar castelhano consistia em fazê-los escutar uma fita com as músicas da moda do verão. Por isso, Chris sabe dizer perfeitamente, com grande naturalidade, frases do tipo "*Es una lata el trabajar*", "*No me gusta que a los toros te pongas la minifalda*" ou "*Achilipú, apú, apú*", ainda que não tenha a menor ideia do que signifiquem.

Outra experiência de infância que temos em comum, descobrimos, é a das canções em catalão. Durante nossa primeira reunião em Barcelona, jantamos em um restaurante e tentamos juntar as informações que tínhamos sobre papai. De repente, as crianças que brincavam e cantavam em uma mesa ao lado nos fizeram reviver essas toadas que papai ensinava quando éramos pequenos. Eram músicas como "*Plou i fa sol, En Joan petit com balla o El gegant del Pi...*".

— Lembro-me de uma história que o papai contava antes de irmos dormir — disse Christof. — O menino protagonista se chamava Patiufet, ou algo do tipo, e acabava na barriga de um boi, "onde não há nem amo, nem lei", *und scheint keine Sonne hinein.* Morria de medo. Hoje, às vezes, conto essa história em alemão para os filhos de meus amigos, mais que tudo porque gosto que Patiufet faça concorrência aos irmãos Grimm.

— Era obcecado pela música que dizia "*Plou i fa sol, les bruixes es pentinen...*" — lembrou Chris, entoando-a. — Porque acontece muito em Londres isso de chover e fazer sol ao mesmo tempo. Muitas vezes, quando saía para ir ao colégio ou para brincar com os amigos no parque em frente de casa, olhava o céu, atemorizado, e em meio à garoa insistente sempre surgia um lampejo de sol. "Vamos", pensava, "em algum casarão dessa cidade, neste momento as bruxas se penteiam de novo para sair". Quando explicava isso aos amigos, convencido de que estava revelando um segredo, eles me zombavam. E eu cantava a música para que se calassem. Mas não adiantava nada.

Essa confusão linguística que vamos aperfeiçoando dia após dia nos assemelha ainda mais ao nosso pai. É como uma herança, porque pelo que parece ele falava todas as línguas e nenhuma ao mesmo tempo. As mães explicaram que, com os anos, as palavras que ele aprendeu pela Europa foram minando-lhe a memória, criando atalhos e falsos amigos, conjugações verbais econômicas e etimologias de lógica apenas aparente. Ele achava que durante uma conversa não podia haver silêncios longos, por isso traduzia mentalmente de uma língua para a outra, como se fossem tubos de comunicação, e escolhia a primeira opção que lhe viesse à cabeça.

— Meu cérebro é um sótão abarrotado — dizem que ele falava. — O bom é que, quando preciso de algo, sempre acabo encontrando.

Mesmo que fosse apenas pela segurança que passava, esses recursos deviam funcionar. E o resultado era um idioleto mais que prático. Sigrun se queixa de que a conversa com ele se tornava divertida até mesmo quando queria ser séria. Rita lembra, para dar um exemplo, que para ele o vinho tinto tinha se transformado em "vinho vermelho" porque essa é a cor usada na França (*vin rouge*), na Alemanha (*Rotwein*) e na Grã-Bretanha (*red wine*). No entanto, Mireille assegura que certa vez, em uma *brasserie* da avenida Jean Jaurès, ele havia pedido um "*vin noir*" ou mesmo "*vin tinté de la Maison*" — em decorrência do "tinto" do castelhano.

Ainda que seja por causa de um pai ausente, cada vez que nós quatro juntamos as lembranças e as sobrepomos, vivemos uma experiência que não deixa de nos maravilhar. Desde que nos conhecemos, obrigamo-nos a passar juntos um fim de semana a cada cinco, mais ou menos. A cada nova reunião preenchemos algum vazio ou desfazemos alguma intriga cotidiana de nosso pai. As mães nos ajudam a restituir esses anos e, por mais que os detalhes não sejam sempre agradáveis, geralmente temos uma sensação de que é, sim, gratificante: a sensação de que talvez estejamos corrigindo nosso passado solitário. Essa infância sem irmãos, que há muito nos pesava com uma estranha força adulta — e que nos fazia sentir desprotegidos —, de vez em quando é anulada, porque agora sabemos uma parte do segredo de nosso pai. Com certeza ninguém vai nos tirar a incerteza da época, mas queremos acreditar que os quatros irmãos se faziam companhia de uma forma latente, ignorada, e que a vida dele tinha sentido porque gostava de jogar com o segredo. E nós éramos a essência disso.

Dado que nossa fraternidade solitária seja talvez abstrata demais, daremos um exemplo prático para que se entenda melhor. Quando nós, os quatro Cristóvãos, planejamos nos encontrar pela primeira vez, comunicamo-nos com uma frieza e uma distância que agora nos faz rir de tão ridícula. Concordamos que levaríamos as fotografias de papai que havíamos guardado. Tínhamos a intenção de escolher uma, a que fosse mais recente ou a que o mostrasse melhor, e colocar um anúncio em alguns jornais de nossos respectivos países. Espalharíamos a imagem dele por meio continente e pediríamos que, se alguém o tivesse visto ou o reconhecesse, ou tivesse indícios de onde ele poderia ter se escondido, que nos avisasse. No final, contudo, depois de muito discutir, abandonamos a ideia, porque nos parecia uma contradição. Se concordássemos que seu desaparecimento tinha sido gradual e voluntário, de forma alguma súbito, ninguém o reconheceria. Ninguém o teria visto ontem ou anteontem, ou na semana anterior. Sua ausência seria algo perfeitamente normal para todos.

Apesar de termos decidido não fazer nada, continuamos repassando as fotografias que tínhamos levado, pois esse jogo nos divertia. Estávamos em Barcelona e arrumamos todas as fotos sobre uma mesa. Depois as contemplamos como se tratassem de uma fotonovela de uma vida inacabada. Eram imagens dos anos 1960 e 70, em preto e branco ou com essas cores que com o tempo vão desbotando e que tornam a cena mais irreal.

Havia fotos enviadas por ele mesmo, acompanhando as cartas, e outras que tinham sido tomadas expressamente durante alguma de suas visitas. Colocadas umas junto às outras, comprovamos que sua atitude sempre coincidia: essa maneira de sorrir para a câmera — xiiiisss, uísque, olha o passarinho... —, como se fizesse um grande esforço. Aquele gesto repetido de tocar nosso cabelo quando também saíamos na foto ou de abraçar a mãe da vez, colocando a mão no mesmo ponto exato da cintura...

A sensação de nos ver reproduzidos seguindo um padrão, igualmente quietos diante da câmera e como se não houvesse diferenças substanciais entre nós, pareceu-nos incômoda e perturbadora. Está claro que o cenário de fundo mudava um pouco, e nós também. Mas às vezes acontecia de papai estar usando a mesma jaqueta *jeans* e os mesmos sapatos em todas as fotos de uma temporada. Enquanto comentávamos essas coincidências, percebemos um detalhe que à primeira vista nos enfureceu, mas que depois, uma vez digerido, pareceu reconfortante. Muitas vezes as fotos em que ele saía sozinho e que recebíamos dentro de uma carta havia sido tirada durante uma visita a outro dos quatro irmãos. Papai falava da imagem evitando tudo aquilo que pudesse levantar suspeitas de nossas mães. No máximo, as situava no mapa de suas viagens de caminhão. "Essa foto foi tirada por Bundó em um lugar perdido da França, em setembro, durante uma pausa para o almoço", escrevia em uma carta dirigida a Christopher e Sarah no final dos anos 1970. E o "lugar perdido" que estava no fundo nada mais era que a fachada da casa de Christophe e Mireille em Quai de la Marne. "Uma parada para encher o tanque na Alemanha, logo depois de sair de Munique", escrevia em outra foto enviada a Christophe e Mireille. Mas Christof era capaz de reconhecer ao fundo, atrás da silhueta de papai, o posto de gasolina de seu bairro em Frankfurt. Além disso, a foto era de 1968, dois anos antes, porque todos tínhamos alguma do mesmo rolo de filme (e de repente essa coexistência no interior da câmera também nos console e nos divirta).

Com tamanho histórico, a solução mais fácil seria reconhecer que papai era um mentiroso compulsivo, e com certeza não estaríamos errados, mas nos pareceu uma solução simplista. No momento, não estamos interessados em condená-lo, mas em descobrir onde ele está. Quem é. Se algum dia conseguirmos, aí lhe pediremos explicações. Por enquanto, preferimos nos aventurar sem preconceitos nas sombras de sua vida.

Afinal de contas, se nos conhecemos é por causa dele — e por sua ausência. Talvez não seja fácil entender, mas preferimos substituir a indignação por um entusiasmo que é totalmente subjetivo e, quem sabe, ilusório. Muitas vezes as mesmas fotografias que perpetuavam suas enganações servem agora para nos fraternizar no passado. Gostamos de celebrá-las como um indício de que, tantos anos antes, papai já havia previsto a reunião dos irmãos. Essa é outra ilusão a que nos agarramos. Reconhecemos que nosso método de dedução pode não ser muito científico, mas pelo menos nos permite dar um pouco de fôlego a essas fotos e devolver-lhes a vida.

É preciso dizer que também entramos nesse jogo porque partimos de uma certeza: no dia em que nos reunimos em Barcelona pela primeira vez e organizamos todas as fotos de papai sobre a mesa para construir uma história verossímil, compreendemos que ele nunca havia revelado nada sobre si mesmo. Nem um resquício. Poucos sentimentos. De repente essas fotos enfileiradas, mudas e envelhecidas nos fizeram pensar em uma série de imagens extraídas de um filme. Como aqueles cartazes que eram pendurados na entrada dos cinemas para anunciar a sessão seguinte. Era possível estudá-los atentamente durante um bom tempo, observar os atores e as atrizes imóveis, imaginar a cena que estavam interpretando quando foram congelados de repente. Mas se até então você não soubesse nada sobre a história, era impossível deduzir se se tratava de uma comédia, de um drama ou de um suspense. Se estavam a ponto de rir ou de chorar.

É isso, nem mais nem menos. Gabriel, nosso pai, nosso ator, está sempre quieto nas fotografias. E quanto mais você o olha, mais se hipnotiza.

2 SÃO COISAS QUE ACONTECEM

Nosso pai se chama — ou se chamava — Gabriel Delacruz Expósito. Comecemos por aí.

O nome foi dado por sua mãe, talvez uma lembrança do indivíduo que a engravidou ou porque acreditava fazer uma homenagem ao arcanjo que protegeria seu filho por toda a vida. Ou simplesmente porque naquela noite na rua alguém praguejava um perdulário chamado Gabriel e lhe serviu de inspiração. São suposições que nunca poderão ser comprovadas. Seja como for, algum motivo importante aquela mulher devia ter, porque até se deu ao trabalho de dar um nome à criatura.

Um casal que tinha uma barraca de bacalhau no mercado de Born encontrou o menino às seis da manhã. Foram os primeiros a chegar ao estabelecimento naquele dia. Repararam em um trouxa de farrapos que estava na porta principal da Rua Comerç, mas, na penumbra da madrugada, pensaram que fosse uma couve-flor podre e esquecida pelos varredores de rua (que, às vezes, à meia-noite, quando faziam uma pausa na frente do local, pegavam uma que estivesse bem inteira e jogavam um pouco de futebol). De repente a couve-flor soltou um grito cansado, e o choro ressoou sob a marquise do mercado. O guarda, que conversava com o casal, se aproximou e iluminou o vulto com a lanterna. A mulher do bacalhoeiro o pegou com cuidado e lá dentro descobriu um bebê nu, de pele azulada, ensanguentado, que mexia as mãos e os lábios buscando desesperadamente um seio que o alimentasse. Ela o viu tão indefeso e ansioso que, obedecendo a um impulso, desabotoou o avental, levantou o casaco de lã e, na frente do marido, do guarda e de um ou outro curioso que já havia chegado, liberou um peito do tamanho de uma abóbora, o esquerdo, e o acercou à boca do bebê. O grupo ficou em silêncio, cativado pelo espetáculo desse peito de porcelana, fecundo. O guarda se esforçava para não perder a postura séria que o cargo público exigia. O bebê esticou o pescoço como um ímã e sugou o peito por um bom tempo. Pelos cantos dos lábios, milagrosamente, apareceram umas bolhinhas de leite. Quando ele se tranquilizou, a mulher do comerciante afastou o peito, dolorida, mas satisfeita — fazia tempo que não amamentava —, e entregou o bebê à autoridade competente. O guarda pegou a trouxa com os dois braços, e o calor daquela miniatura acabou comovendo-o. Em seguida o levaria ao hospital e de lá, se sobrevivesse, o enviaria a alguma instituição de caridade. Foi naquele momento de contemplação que descobriram sobre a barriga do recém-nascido, colado com sangue seco e protegendo o pedaço do cordão umbilical, um papelzinho branco — como uma etiqueta de fábrica — que dizia: "Gabriel".

Tudo isso — nascimento, abandono e primeira amamentação de Gabriel — aconteceu em uma madrugada de outubro de 1941. Nosso pai tinha certeza de que, graças àquele leite inicial, havia desenvolvido um gosto requintado por bacalhau: comia sempre que podia, cozido *a la llauna*, *al pil-pil*, desfiado, empanado ou ao forno com batatas. Por sua vez, achava o leite de vaca salgado demais e só bebia se estivesse adoçado com três colheres de açúcar.

Nossas mães lembram que ele explicava suas primeiras horas no mundo enfeitando-as com um tom fantasioso, como se dessa forma pudesse minimizar a falta de uma mãe e as dificuldades que passou anos depois no orfanato. Além disso, para confirmar aquela atmosfera lendária, papai sempre carregava na carteira um recorte de jornal e o mostrava às pessoas. A notícia havia sido publicada em *La Vanguardia Española*. O redator, é claro, se deleitava nos detalhes mais impactantes e enfatizava a eficiência da força pública, assim como a intervenção decisiva da esposa do bacalhoeiro.

De qualquer forma, Gabriel não saberia daquele episódio até muitos anos depois, dezessete para ser exato, e graças a um acaso excepcional. São coisas que acontecem. Tinha começado a trabalhar havia pouco tempo como carregador em uma empresa de mudanças. Um dia foi desocupar um apartamento em Sant Gervasi, de uma família que estava de mudança.

Sua missão era desmontar um armário de carvalho maciço, tão grande e pesado que uma pessoa sozinha não conseguiria tirá-lo do lugar. Primeiro desmontou as portas e depois decidiu que retiraria as gavetas para que o armário pesasse menos e pudesse ser manobrado com mais facilidade. Abriu a primeira gaveta e retirou as corrediças com um rangido de madeira carcomida. Em seguida abriu a segunda e, enquanto a segurava, reparou em uma folha de jornal que os donos da casa tinham usado como forro. Era uma folha dobrada de *La Vanguardia*, amarelada. Gabriel a segurou com muito cuidado e a desdobrou. As extremidades da folha se desfizeram entre os dedos, transformadas em partículas de poeira. Reparou em um artigo que falava sobre a ruptura da linha Stalin. Era assinado pela agência EFE diretamente do "quartel general del Führer". Compreendeu que se tratava da Segunda Guerra Mundial e decidiu olhar a data do jornal: Quarta-feira, 22 de outubro de 1941. Ele tinha nascido um dia antes, em 21 de outubro, e daquele mesmo ano! Enquanto amarrava os cabos e notava que o jornal era do dia seguinte ao seu nascimento, virou a folha para ver as notícias do verso. Foi atraído por um anúncio de gasogênio, o premonitório desenho de um caminhão, e depois olhou a seção que estava exatamente em cima. Chamava-se "Vida de Barcelona", e instantes depois descobriu a notícia sobre seu abandono. São coisas que acontecem.

"Recém-nascido é encontrado na porta do mercado de Born", dizia a manchete. Em seguida, a notícia explicava em dez linhas os detalhes daquela primeira madrugada de Gabriel, enfatizando a bondade da bacalhoeira e encerrando com a frase: "Este redator pode dar por fé que, ao final da edição, o anjinho dormia placidamente na Casa de Maternidade, a salvo da morte e do limbo posterior, completamente alheio à luta travada em suas primeiras horas em nosso mundo terreno".

Gabriel leu tantas vezes o texto da coluna que o memorizou e o recitava com uma seriedade castiça. Aquele pedaço de papel representava o único vínculo com a existência de sua mãe. Dias depois da descoberta, uma segunda-feira de folga, foi ao mercado de Born e procurou a barraca dos bacalhoeiros. Enquanto esperava sua vez para comprar três postas de bacalhau salgado — estava na época de Quaresma e as freiras dos Hogares Mundet, onde continuava morando, lhe agradeceriam a gentileza —, observou a mulher que o havia amamentado pela primeira vez, dezessete anos antes, e a admirou com um sentimento de estranheza. Tinha o cabelo louro oxigenado. Mesmo com o passar dos anos, suas formas continuavam vigorosas e contundentes. A carne dos braços, pálida por causa do frio, parecia maciça como o mármore. Os seios pressionavam o avental branco com uma redondeza planetária. Em pleno exercício de regressão, Gabriel teria voltado a mergulhar naqueles peitos ali mesmo, com a mesma ferocidade daquele primeiro dia de vida.

Nosso pai nunca chegou a contar à bacalhoeira que era o menino a quem ela havia amamentado naquela manhã de outubro. De tempos em tempos, no entanto, três ou quatro vezes ao ano, ia vê-la na barraca do mercado.

— Amanhã vou escapar umas horinhas para visitar minha mãe adotiva — anunciava de repente, ao voltar com Bundó e Petroli para Barcelona, como se pensasse em voz alta enquanto dirigia.

Já que Gabriel, o nome escolhido pela mãe desconhecida, era católico, as freiras da Casa de Maternidade aceitaram de bom grado que o recém-nascido se chamasse assim e se limitaram a dar-lhe dois sobrenomes. Eram sobrenomes de crianças abandonadas: Delacruz e Expósito. Naqueles primeiros anos do franquismo funcionavam quase como um salvo-conduto e abriam muitas portas: eram recebidos com compaixão, enquanto imaginavam que por trás daquela carinha de criança abandonada havia um pai morto na linha de frente ou uma mãe que precisou desmembrar a família numerosa para poder seguir adiante. Muitas beatas faziam o sinal da cruz ao ouvir esses dois sobrenomes.

Nós não os herdamos. Nossas mães nunca se casaram com papai e, por isso, recebemos os sobrenomes delas e ponto. Às vezes, no entanto, gostamos de nos chamar pelo sobrenome que teríamos. Traduzido. Se papai também nos tivesse dado. Chris poderia se chamar Christopher Cross, como de um cantor norte-americano, ou talvez Chris of the Cross, que parece mais universal, como de um mágico de um cassino de Las Vegas. Christof seria von Kreuz, um nome de coronel do Kaiser, e Christophe teria o sobrenome de pintor do Louvre: Christophe Delacroix. Cristòfol seria o mais fiel e manteria o Delacruz, como o místico São João da Cruz, por coincidência, em Catalão, Delacreu.

A maioria das crianças órfãs que cresceram na Casa de Maternidade e depois passaram para a Casa de Caridade, como papai, tinha recebido esses sobrenomes com diversas variações. Eram todos como irmãos, sem sê-lo de verdade. Quando se lembrava da infância, papai só reconhecia Bundó como irmão quase de sangue. Tinham poucas semanas de diferença de idade, Bundó era mais velho, e haviam crescido juntos. Foi uma amizade de uma vida, desde a tirania do orfanato até a tirania do caminhão de mudanças. E só uma desgraça conseguiu separá-los. Como tudo na vida, chegará um momento nestas páginas em que teremos de explicar os detalhes da desgraça, fatídica ou providencial para muita gente.

Agora, deixando-nos levar pela memória coletiva de ambos, também poderíamos começar a reviver os corredores labirínticos da Casa de Caridade, as lajotas limpas com desinfetante e o menino que caminha sobre elas de mãos dadas a uma freira com cheiro de círio. Também poderíamos recuperar as corridas noturnas dos órfãos, as aventuras e os castigos, a aspereza da roupa herdada pelos pobres e a esperteza de quem aprende a se virar sozinho. Antes, contudo, para que tudo tenha mais sentido, mais perspectiva, preferimos avançar quarenta anos no tempo e, sem sairmos de Barcelona, como se todas as viagens de nosso pai fossem apenas um emaranhado de linhas no mapa da Europa, nos adentramos no apartamento em que o papai se refugiou por mais de dez anos.

Com a palavra Cristòfol.

— Espere um momento — reclamou Christof. — Acho que temos de colocar um título. Essas coisas requerem um pouco de solenidade.

Com a palavra Cristòfol.

RUA NÀPOLS

Muito bem. Neste exato momento tenho 30 anos e faz mais de 25 que não vejo meu pai. A frase poderia soar muito trágica se dita por um desses palermas que aparecem na televisão exibindo seus dramas familiares, mas no meu caso é pura constatação do tempo. Exatamente por estarmos tão acostumados à ausência dele, como já dissemos antes, o cálculo deve servir para enfatizar a surpresa — mais que isso: a comoção — que senti ao receber seus primeiros sinais de vida depois de tanto tempo. Refiro-me a algo tão simples e ao mesmo tempo tão incerto como poder estabelecer os passos dele em um mapa de Barcelona. A ligação da polícia aconteceu em uma manhã como outra qualquer. Um agente se identificou e, em seguida, perguntou se eu conhecia o senhor Gabriel Delacruz Expósito. Demorei alguns segundos para resgastar o nome da memória, repetindo-o em voz alta.

— Sim, é o meu pai — respondi —, mas faz muitos anos que não o vejo nem tenho notícias dele. Já tinha esquecido que ele existia.

— Entendo. Pois lhe informo que ele foi dado oficialmente como desaparecido. Não morto, que conste, somente desaparecido. Faz um ano que seu pai não dá sinais de vida. Não paga o aluguel do apartamento nem as contas correspondentes. Faz tempo que lhe cortaram o gás, a água e a luz. O proprietário, que estava cansado de não cobrar, entrou em contato conosco. A queixa dele coincidiu com a dos vizinhos, que há dias sentiam um cheiro forte de morto na escada. Não acreditamos, entramos no apartamento e não encontramos ninguém. Tudo estava em ordem. Os vizinhos, como você verá, são um bando de histéricos. A questão agora é que você, como familiar mais próximo, deve decidir o que quer fazer: se quer pagar o aluguel e as contas atrasadas, enquanto o procura, ou se prefere levar as coisas dele e deixar o apartamento.

"Enquanto o procura."

— Como localizaram justamente a mim? — foi a única coisa que pensei em perguntar.

— Não tivemos de investigar muito. Encontramos seu nome anotado em uma folha, que tinha sido deixada sobre a mesinha de cabeceira, como se fosse um bilhete suicida. Parecia deixada de propósito. Só que não era uma bilhete de suicídio. Tinha mais três nomes, mas você é o único que aparece no Registro Civil.

Depois de dois dias, bem no início da manhã, para aproveitar a luz natural, fui à delegacia e peguei as chaves do apartamento. O policial me mostrou a folha do caderninho. Os outros nomes e sobrenomes eram dos três Cristóvãos, é claro, apesar de naquele momento eu ainda não saber quem eram, nem mesmo se se tratavam de nomes de verdade. Parecia mais um jogo linguístico. Papai não mencionava nenhuma das quatro mães, pelo menos naquela folha. Na véspera, contei a situação para mamãe e lhe pedi que me acompanhasse, mas ela me convenceu a ir sozinho.

— Você não tem curiosidade?

— Não. Você vai me contar.

Sua maneira de encarar os sobressaltos, ou os desenganos, consistia em se fazer de indiferente, como sempre que falávamos de papai.

O apartamento que Gabriel tinha abandonado era uma sobreloja na Rua Nàpols, quase esquina com a Almogàvers e muito perto do parque da Ciutadella. Tratava-se de um edifício feio, construído nos anos 1950, e que tinha uma oficina mecânica no térreo. Eles foram informados, explicou o agente policial, de que papai havia morado naquele imóvel por mais de dez anos. A escolha não me surpreendeu, se tudo que ele queria era se dissolver: em meados dos anos 1980, essa parte da cidade definhava em meio a uma atmosfera solitária e desolada, como a de um polígono industrial. Tinha se transformado em terra de ninguém. A estação do norte, ainda não reformada, desmoronava em meio a um descampado onde conviviam ratos e camisinhas usadas. Os tribunais, que pela manhã eram um formigueiro de gente, fechavam no fim da tarde e adormeciam em uma pesada penumbra. Nessa parte da Rua Almogàvers havia somente oficinas e garagens de transportadoras e tudo fedia à gasolina dos caminhões. (Talvez Gabriel tivesse parado lá porque gostasse daquele cheiro, penso agora.) Os únicos que davam um pouco de vida à região eram os travestis, que ao cair da tarde saíam para trabalhar e ocupavam as esquinas. Sob a luz amarela dos postes, com o rosto mal pintado, sapatos de salto alto e roupa justa, moviam-se como zumbis para atrair os clientes que passavam de carro e, se não lhes fizessem caso, os mandavam à merda com um berro.

Naquela época, precisamente, havia frequentado por dois anos aulas de inglês em uma escola do passeio de Sant Joan, bem perto do Arco do Triunfo. Ao me lembrar disso, mais de uma vez pensei que em uma dessas tardes de inverno, enquanto esperava no bar Lleida até que desse a hora de ir para aula, poderia ter encontrado com meu pai. Dois olhares neutros, desconhecidos, que se cruzam durante um segundo e logo se afastam de novo, cada um em seu mundo. Poderia ter acontecido, e não é algo que me alegre especialmente.

Abri a porta do lugar com uma frieza notarial. Reconheço que minhas intenções eram bem vagas: dar uma olhada no apartamento, encontrar alguma pista que nos ajudasse a descobrir onde estava Gabriel

— naquela época havia anos que não o chamava de "papai" — e me esquecer de tudo aquilo, o mais rapidamente possível. Não tinha o menor interesse em procurá-lo e muito menos em lhe pagar o aluguel — como acabou acontecendo, já me adianto. Embora o apartamento estivesse frio e mal ventilado, foi só entrar para ser envolvido em um ar familiar. Hoje penso que carregava comigo essa sensação acolhedora, como uma informação genética, e que inconscientemente a transmiti para essas paredes.

Dessa forma, quando comecei a percorrer o apartamento me senti aliviado por uma sensação de proximidade. Como se tivesse feito isso a vida inteira, subi uma persiana da sala de jantar e entrou um pouco mais de luz, uma claridade enviesada. A um metro da janela, exatamente na frente dela, havia uma parede que correspondia a um estacionamento interno. A ausência de Gabriel era visivelmente notada em todos os cantos do apartamento, porque a poeira tinha coberto os móveis, dando-lhes um aspecto etéreo. Mas também devo esclarecer que a imagem não me deprimia nem me causava lástima. Ali não reinava essa atmosfera paralisada, imóvel mais que quieta, que se apodera dos objetos de uma casa quando acontece uma morte repentina, em que todo o conjunto produz o efeito de uma natureza morta, uma composição perfeitamente planejada. Sobre a mesa de jantar, uma dezena de nozes esperavam sentença dentro de uma cesta de ráfia, com o verdugo que lhes fazia companhia. Junto deles uma caixa de fósforos francesa e uma vela um pouco derretida no gargalo de uma garrafa de Coca-Cola sentiam falta das noite sem luz. Uma calçadeira de aço inoxidável que há uma eternidade sofria em equilíbrio sobre o braço de uma poltrona de napa preta. Um relógio de parede, parado em uma hora e três minutos, estava cansado de marcar a hora correta duas vezes ao dia, e em silêncio suplicava que alguém lhe desse corda.

Menciono esses detalhes superficiais — e poderia resgatar outros mais — para esboçar a apatia em que o apartamento estava submerso. Enquanto passeava pelos quartos, sem tocar em nada, pensei que essas coisas transpareciam o modo de ser de papai, assim como mamãe e eu tínhamos conhecido: nada importante ou revelador se manifestava na superfície. Também me ocorreu uma ideia que certamente era exagerada, mas que quero escrever: "Sepultado em vida". Desanimado, estive a ponto de ir embora, fechar a porta e me esquecer de tudo, mas de repente me lembrei da folha que a polícia tinha encontrado sobre a mesa de cabeceira e interpretei isso como uma licença ou mesmo um convite a espiar. Por que ele fez uma lista com quatro nomes iguais, mas diferentes? Cristòfol, Christophe, Christopher, Christof e seus sobrenomes correspondentes. Por que eu era o primeiro?

Em seu quarto, abri as gavetas da mesinha de cabeceira e não encontrei nada interessante. Junto à cama havia um armário embutido de três portas com um espelho de corpo inteiro. A primeira porta escondia uma série de prateleiras com lençóis, toalhas e mantas. Coloquei a mão no meio delas, tentando apalpar algo escondido (costuma acontecer), mas encontrei apenas dois saquinhos de alfazema que já tinham perdido o aroma. A segunda porta guardava as roupas de papai. Uma coleção de camisas, casacos, moletons e calças, a maioria bem antiga, estava pendurada no interior sem nenhuma esperança. No chão, com certa timidez, alguns pares de sapatos. Alguns cabides de madeira despidos, como clavículas desossadas, fazia pensar que papai tinha levado apenas um par de mudas. Passei a mão pelas roupas, como se quisesse dar-lhes meu apoio, e no último instante reparei em uma jaqueta. Era de camurça, velha, com os cotovelos gastos, e de repente lembrei que papai costumava usá-la quando nos visitava. Então a despendurei para observá-la de novo, cheirá-la, como fazia quando era pequeno, mas quando aproximei o nariz, com o movimento, algo caiu no chão, um papel. Agachei-me para pegá-lo e tive uma grande surpresa: era uma carta de pôquer, o ás de paus. Coloquei no bolso e pendurei de novo a jaqueta. Enquanto tentava colocar de volta no lugar, fiz um gesto brusco e outra carta caiu de um moletom. Dessa vez era o rei de copas. Em um impulso, segurei cinco ou seis peças de roupas de uma vez, com as duas mãos, e as sacudi. Caíram mais cartas. Eu as recolhi: eram sempre reis e ases, damas e valetes. Algumas cartas se repetiam. Então tive uma intuição. Tirei outra jaqueta do cabide e, devagar, examinei as mangas. A barra da manga esquerda havia sido descosturada com extremo cuidado e, no interior, entre o forro e o tecido, se escondia um altivo, mas temeroso, rei de ouros.

Aquela descoberta me fascinou de tal maneira que decidi, naquele exato momento, que queria encontrar meu pai a qualquer custo. Comecei a vasculhar sistematicamente cada armário, cada estante, cada gaveta (no meu lugar vocês teriam feito a mesma coisa, não é mesmo, Cristóvãos?).

Bisbilhotei todos os cantos da cozinha, da sala de jantar, do banheiro. Em um ângulo morto do chão, sem luz natural, encontrei uma espécie de quarto-sótão de uns seis metros quadrados repletos de prateleiras. Havia uma lâmpada de 40 watts pendurada no teto. Liguei o interruptor, mas a luz não acendeu porque não havia eletricidade. Fui buscar uma vela. Na penumbra trêmula, o lugar tinha um aspecto de refúgio antiaéreo. Eu me senti como um detetive. Papai tinha depositado suas lembranças nesse espaço minúsculo e amontoado como uma boleia de caminhão. Não se pode dizer que ele fosse um homem meticuloso, nem especialmente nostálgico, e era preciso entender aquele amontoado mais como o resultado de uma vida nômade. Também não era preciso ser muito esperto para entender que, depois de passar a metade da vida de lá para cá, os pertences que Gabriel havia conservado ao longo dos anos resumiam uma parte essencial de sua biografia.

Levei algumas caixas de papelão para a sala de jantar, para aproveitar a luz natural, e as abri uma por uma. Fiquei tão envolvido com o que descobri, passaram-se tantas horas, que anoiteceu. Cada vez que encontrava algum documento relevante ou algum objeto carregado de memória, deixava-o sobre a mesa para estudá-lo mais a fundo. Foi assim que as pistas foram aparecendo pouco a pouco, como uma intriga crescente e aparentemente calculada por papai. Uma pasta preta, com uma inscrição do consulado da Espanha em Frankfurt, guardava todas as carteiras de motoristas vencidas, por exemplo, e os passaportes com as páginas carimbadas nas alfândegas de metade da Europa. Dentro de uma caixa de latão, das de achocolatado Cola-Cao com figurinhas de crianças africanas, havia guardado umas vinte cartas enviadas por Petroli durante uma temporada, depois que ambos abandonaram as mudanças e perderam o contato. Embaixo, amareladas pelos anos, estavam empilhadas folhas de outro tipo de correspondência: os relatos eróticos que desde pequeno havia trocado com Bundó na Casa da Caridade.

Outra pasta — essa, essa mesmo! — guardava um monte de papéis sobre nós quatro. Nomes, endereços, cópias das certidões de nascimento, fotos das mães e nossas, desenhos que tínhamos feito quando pequenos e que ele levava de presente... Devo dizer que era a pasta mais danificada em razão do uso (e menciono isso sem o menor indício de vaidade filial).

Comecei a folheá-la como um louco e não pude mais largá-la. Logo apareceram diante de meus olhos os outros três nomes que estavam na lista da polícia. Christof, Christophe, Christopher... Parecia uma brincadeira. Busquei uma folha em branco e uma caneta e anotei todos os detalhes que pudesse fazer essa revelação mais verossímil. Quanto mais sabia, mais crescia o enigma que envolvia Gabriel.

Ao anoitecer, quando voltava de metrô para a casa de mamãe, atordoado porque, entre muitas outras coisas, tinha descoberto naquela tarde que tinha três meios-irmãos espalhados por metade da Europa, veio-me à mente — como um tiro — uma lembrança de infância. A imagem de um homem — meu pai — que, apesar da calma aparente, há tempos não conseguia parar de tocar o punho esquerdo da camisa com a mão esquerda. Um gesto rápido e mecânico, antinatural, como um tique.

3
ÓRFÃOS IMPERFEITOS

— Somos órfãos?

— Somos, todos somos filhos únicos de um filho único. E de filhas únicas. Pode-se dizer que, enquanto não sabíamos da existência dos outros três, éramos órfãos de irmãos, se é que isso existe.

— Órfãos imperfeitos.

— Depois da ligação de Cristòfol, quando soube que tinha três meios-irmãos, imaginei que seríamos unidos por algum sinal de nascença. Um sinal secreto que papai teria tatuado no berço para nos identificar, como os príncipes abandonados dos contos de fada. Tenho um desses sinais, como uma cicatriz, no ombro direito. Parece a silhueta de um cão galgo correndo, com as patas bem finas. Por acaso vocês também?

— Não.

— Não.

— Eu tenho, mas é na nádega esquerda. E não é uma cicatriz, mas uma mancha de pele, um antojo, e não tem forma de cachorro. Quando era pequeno, durante o banho, a mamãe dizia que parecia a vela de um barco, e as sardas eram salpicos de água, mas eu vejo um morcego abrindo as asas.

— Ah, se estamos falando de manchas de pele, eu também tenho uma, mas no peito, como uma estrela de um cometa que percorre a órbita do mamilo direito.

— Certo, que presentes ele levava quando ia vê-los? Uma vez ele me levou uma guitarra havaiana de brinquedo.

— Eu ganhei um bateria de plástico. Como faltava um tambor, completei com uma caixa de sabão.

— Que sorte! Quando era pequeno era louco para ter uma bateria. Mas ele me deu um piano desses tão simples que tinha só oito notas. Logo me cansei dele.

— Eu fiquei com as sobras de vocês, vamos dizer assim. Quando cheguei a este mundo, papai tinha se estabelecido em Barcelona e já não visitava vocês nunca. De tempos em tempos, quando vinha visitar minha mãe e eu, ele procurava entre os objetos que tinha guardado e me trazia algum. Deu-me de presente um microfone que não funcionava. As pilhas tinham estourado e grudaram na estrutura, mas eu usava mesmo assim. Se os amigos do bairro não me deixassem jogar futebol porque diziam que eu não era bom o suficiente, retransmitia a partida com o microfone.

— Não se sinta menosprezado, Cristòfol. Afinal de contas, você estava com papai quando nós três já sentíamos saudades dele. Além disso, pensando bem, os quatro instrumentos deviam pertencer ao mesmo lote. De quatro irmãos ricos.

— Ah, outra coisa: no colégio, todas as crianças se gabavam dos pais. Se brigávamos, o pai viria e cortaria minha cabeça com uma serra (carpinteiro) ou cravaria a enxada no meu peito (agricultor) ou arrancaria minha orelha inteira com uma chave-inglesa (mecânico). Quando me perguntavam o que meu pai fazia, primeiro dizia que não podia falar sobre assunto e, em seguida, em voz mais baixa, lhes revelava o segredo: meu pai era um espião. Se viajava por toda a Europa em um caminhão de mudanças, era só para disfarçar. A mentira me dava prestígio.

— Pois eu dizia que meu pai havia sumido de um dia para o outro e que estava sendo procurado pela Scotland Yard. Que era um dos ladrões do trem de Glasgow e que um dia voltaria cheio de joias. Isso também me tornava popular, mas mamãe ficava brava se dissesse isso, porque logo os outros pais se queixavam.

Etc. etc. etc.

— Somos órfãos? Não somos órfãos. Ainda não. Além disso, nos outorgar essa condição seria um capricho de meninos mimados. Como se dessa forma pudéssemos reencarnar as peripécias que nosso pai viveu quando era pequeno, mas poupando-nos da sensação de desamparo que o deve ter perseguido por todos aqueles anos. Às vezes, quando comentamos entre nós, chegamos à conclusão de que tudo o que aconteceu depois — a vida no caminhão, rodando sem parar, e a discrição doentia de quando deixou as estradas e se escondeu do mundo — é apenas uma consequência daquela infância deslocada. Contudo, quando se lembrava daqueles anos, papai não se mostrava fatalista, nem rancoroso, nem mesmo condescendente. Conformava-se com sua sorte e pronto.

Imaginamos, por exemplo, aquele menino retraído e assustado em 1945, quando chegou à Casa de Caridade. Estava quase completando quatro anos. Mesmo que não soubesse, naqueles momentos ainda recebia o estigma de ser um menino da guerra. Vai saber de onde saíram todas essas crianças abandonadas, as pessoas diziam. Mulheres de vida fácil, mães solteiras, criadas ingênuas ou sem-vergonha que tinham se deixado engravidar... E o que é pior: podiam ser filhos de separatistas vermelhos que tinham morrido na Frente Popular. Por suas veias corriam o sangue do demônio. Diante desse panorama, cabe pensar, o orfanato não deveria ser um destino tão terrível. As freiras organizavam a vida cotidiana do orfanato, e um professor lecionava para as crianças mais velhas. Os menores como ele cresciam em um ambiente de espiritualidade católica. As refeições, por exemplo, se transformavam em uma aula de religião. As freiras lhes davam a papinha recitando o santoral:

— Esta é para São Pelágio, o mártir da castidade... Esta para São Estevão, que foi o primeiro mártir e morreu apedrejado... Esta para São Cosme e São Damião, irmãos gêmeos que morreram decapitados... Esta é para Santa Engrácia, padroeira de Saragoça, a que foi arrastada a cavalo por toda a cidade...

Papai nunca se esqueceu daquela ladainha, nem mesmo as relações estranhas que estabelecia entre os pratos que lhe faziam comer e as mortes sangrentas e aterrorizantes de todos aqueles santos.

À tarde, uma freira lia fragmentos do catecismo que deviam ser aprendidos de cor. Embora as freiras lhes tivessem um amor maternal, principalmente se tivessem chegado ao orfanato ainda muito pequenos, eram rígidas no tocante à disciplina. Não lhes faltavam castigos nem ameaças, repreensões nem lições de moral, mas pelo menos as crianças sempre encontravam meios de aliviar os nervos. Anos depois, a memória de Gabriel o fazia reviver tudo isso como um purgatório. Um purgatório doce, porque o inferno, para aquelas crianças, se chamava Abrigo Duran.

Quando eram pegos tramando alguma travessura — ou maldade, como elas diziam —, as freiras os aquietavam com a única menção desse reformatório do norte da cidade. Corriam todos os tipos de boatos sobre o Abrigo Duran. Nesse inferno, diziam, as crianças dormiam amarradas à cama para que não escapassem e estavam sempre de cabeça raspada a zero para evitar os piolhos. Um dos jardineiros que cuidava da horta da Casa de Caridade era o preferido para fazer circular as lendas mais terríveis. Se um grupo de crianças brincasse de esconde-esconde e pisasse nas verduras, ele as chamava em um canto e as atemorizava explicando-lhes que no Abrigo Duran — onde iriam parar se não se comportassem bem — castigavam as crianças que destruíam a horta obrigando-as a comer todos os dias ratos e baratas que eles mesmos tinham de caçar nos porões e nos bueiros do edifício.

O passar dos anos sempre deforma a realidade. Na qualidade de professor de Física Quântica, Christophe insiste que mencionemos essa frase. O passar dos anos sempre deforma a realidade. Para Gabriel, aqueles oito anos vividos na Casa de Caridade se amontoavam mal camuflados no fundo da memória, como se obedecessem à ordem de passar inadvertidos, mas ao mesmo tempo resistindo a cair no esquecimento. Havia cada vez menos imagens capazes de sobressair com clareza. A emoção de quando fez dez anos e os meninos mais velhos o sequestraram e o levaram pela primeira vez ao pequeno museu da instituição, à meia-noite, para contemplar os ossos fluorescentes de um esqueleto humano ("claro que se mexeu, se você o olhar fixamente verá como ele ri"). O afeto forçado que o envolvia a cada ano no Natal, quando alguma autoridade lhes levava presentes e as freiras, os professores e até o jardineiro reprimiam as lágrimas em público, como se estivessem se esforçando em esconder-lhes uma desgraça.

As lembranças desse tipo, que desde muito jovem apareciam sem nenhum aviso prévio, até mesmo a contragosto, tinham aprendido pouco a pouco a não incomodar. Apenas alguns episódios tinham sobrevivido ativamente. Eram histórias que Gabriel e Bundó lembravam juntos — e isso devia ser o mais importante — quando rodavam com o caminhão. Eles as contavam de tempos em tempos, vai saber por que coincidência do trajeto (uma música no rádio, o nome de uma cidade, uma placa na estrada), e tinham aprendido a dividir a narração em turnos. Ora um, ora outro, preenchiam os vazios com novos detalhes verossímeis, pequenas variações da mesma história. Aquela reconstrução paciente deixava Petroli desesperado. Como tinha mais memória que ambos, lembrava-se perfeitamente das histórias desde a última ocasião em que tinham sido contadas. Mas, quando se metia na conversa e tentava corrigi-las, os dois o interrompiam dizendo que ele não sabia de nada porque nunca havia estado na Casa de Caridade. Petroli, que era de boa índole, os deixava com a conversa fiada. De todas aquelas histórias de que agora já não podem se lembrar juntos, a mais habitual, a mais famosa, era a que se referia à freira manca e a seu segredo.

Papai nos contava o caso como se fosse uma história para antes de dormir. Éramos muito pequenos para entender tudo, mas nessas ocasiões ele mudava a voz e nos enfeitiçava. Acho que ainda hoje lembramos do modo lento e misterioso que pronunciava cada palavra — e como às vezes aquele encanto era interrompido por uma tradução incorreta, uma pronúncia incompreensível. Uma vez que éramos meninos ávidos por afeto, nós mesmos nos encarregávamos de juntar mentalmente os detalhes desconexos. A irmã Elisa, papai explicava, era muito alta e sempre vestia um hábito preto brilhoso. Mancando, em um vaivém, parecia um corvo ferido. Quando a viam pela primeira vez, as crianças pequenas, recém-chegadas ao orfanato, costumavam reagir desatando a chorar. É verdade que não tinha feito nada para assustá-las, mas também não sorria nunca. O rosto redondo ficava emoldurado pelo véu branco do hábito, que se levantava sobre a cabeça como a galhada de um animal fantástico, e de noite, ou quando havia pouca iluminação, aquele rosto se acendia como uma lua pálida suspensa no ar. A boca era um pouco torcida, como uma marca de angústia, e era desfigurada por uma careta permanente pela dor de ser manca. Não falava quase nunca e parecia espalhar o silêncio por onde passava: as conversas eram rapidamente interrompidas e todo mundo se calava. Por mais estranho que pareça, a freira manca tinha uma perna de madeira. O cloc-cloc rítmico de seus passos tornava ainda mais funesto o silêncio que nascia ao seu redor (quando chegava nesse ponto, papai se calava e, inesperadamente, com o punho fechado, golpeava quatro ou cinco vezes a madeira da mesa de cabeceira, do armário, da cadeira, do que estivesse mais perto. Sentíamos o coração pequeno e batendo mais devagar, seguindo o compasso daqueles golpes e a ponto de parar).

O segredo da freira manca era que ninguém jamais tinha visto a perna de madeira. Oculta debaixo do hábito folgado, aquela extremidade ortopédica instigava a fantasia de todas as crianças que moravam na Casa de Caridade. Cresciam obcecadas por aquele mistério e, com os anos, acabavam vendo-o como um objeto com vida própria. Quando a irmã Elisa percorria o corredor ou entrava na sala de aula para dar alguma notícia ao professor, ou acompanhava os alunos até a igreja, as crianças não conseguiam deixar de olhar o hábito, exatamente no ponto onde deveria estar a perna de madeira. Às vezes, se de repente a freira desse um passo grande demais ou se parasse um segundo para descansar, um estranho ângulo se formava no quadro negro, como um pedaço que sobressaía de um fêmur quebrado. Se fosse sua vez de vigiar os dormitórios, o cloc-cloc pausado daquela perna sobre o piso tornava a noite mais negra e gelava os lençóis. O sangue espessava. Os pesadelos eram cíclicos.

As lendas transmitidas dos mais velhos aos mais novos garantiam que o mito não decaísse. Circulavam histórias das mais mirabolantes sobre a origem daquela perna de mentira. Uma das mais conhecidas dizia que em uma noite de tempestade, quando a irmã Elisa passeava sozinha pelo jardim, absorta em seus pensamentos, um raio lhe atingiu os pés e carbonizou uma perna até a coxa. Dizem que queimava como uma tocha mal apagada. O mesmo relâmpago derrubou ao seu lado o galho mais grosso do carvalho sob o qual ela havia se protegido. O jardineiro, que ouviu o ruído estrondoso do trovão e correu para ver o que acontecia à sua árvore favorita, havia salvado a freira da morte e feito uma promessa aos pés da árvore: se a irmã e a árvore sobrevivessem pela graça de Deus, daquele galho de carvalho talharia uma perna de maneira para que a freira pudesse caminhar. De acordo com essa versão, portanto, o jardineiro era o único que sabia como era a perna, mas jamais falava disso com ninguém. A partir desse ponto, a lenda havia se aperfeiçoado e, segundo algumas versões fantasiosas, um broto do galho de carvalho tinha começado a brotar e a perna da freira logo teria folha. Também diziam que a perna ortopédica era de um velho manequim da região de Can Jorba e que era oca por dentro, e por isso fazia aquele cloc-cloc assustador. Um grupo de jovens curiosos, que haviam lido *A ilha do tesouro*, imaginava que embaixo do hábito encontrariam uma perna de pirata como a de Long John Silver: magra como um palito e com um encaixe na parte extrema superior que se adaptava ao coto do joelho amputado. Se passassem perto da freira e quisessem fazer referência à perna em segredo — porque isso lhes dava uma superioridade muito valiosa aos olhos dos outros —, cantarolavam "...oh, oh, oh, uma garrafa de rum".

Nós quatro, os Cristóvãos, cada um em sua casa e em noites diferentes, escutamos as aflições da freira sem entendê-las totalmente. Papai, que não avaliava bem até que ponto podia nos assustar, as contava antes de dormir. Talvez fôssemos pequenos demais, mas enquanto íamos adormecendo, cada vez mais inconscientes, os calafrios de medo nos transportavam aos dormitórios coletivos da Casa de Caridade. Rolávamos na cama, suávamos de aflição, tirávamos os lençóis e, quando acordávamos desorientados, entre o sonho e a realidade, ficávamos tranquilos com a certeza de que papai também estaria dormindo naquele mesmo quarto coletivo. Ele nos protegeria se a freira manca se aproximasse da cama.

Desde que papai sumiu definitivamente de nossa vida — e até hoje — essa perna de madeira continua presente em nossa imaginação, já menos ameaçadora, mas ainda imponente, e com a presença simbólica em um ex-voto. Também tínhamos isso em comum. Há alguns anos, em uma dessas cerimônias multitudinárias realizadas no Vaticano, o Papa João Paulo II beatificou um grupo de freiras mártires. Na lista se encontrava a irmã Elisa da Casa de Caridade, e de repente uma parte do mistério veio à tona. A freira havia perdido a perna durante o incêndio do convento das Jerônimas de Barcelona, enquanto tentava impedir que um grupo de anarquistas levasse uma imagem de Cristo para profaná-la. Em meio às chamas e à fumaça que invadia tudo, uma viga de madeira da igreja caiu e lhe destroçou uma perna. Os anarquistas pensaram que estava morta, mas quando ela recobrou os sentidos, uma força divina a ajudou a se arrastar alguns metros e gritar por ajuda para que alguém a salvasse.

Não sabemos se nosso pai teve notícias sobre a beatificação, mas com certeza centenas de antigos alunos da Casa de Caridade, ao ler a notícia ou vê-la na televisão, se lembraram imediatamente — e com um pouco de peso de consciência — dos sustos e das horas de maquinações que aquela mulher manca, silenciosa e triste os havia inspirado quando eram crianças. Também estávamos convencidos de que, esteja onde estiver, papai ainda conserva um costume que vem daqueles anos: às vezes, em meio a uma conversa, se queria afastar um pensamento negativo, dizia: "Vamos bater na madeira" — como todo mundo faz — e depois, em um gesto instintivo, dava duas ou três batidinhas na própria perna direita.

Nos dias que estava mais extrovertido, papai se deixava levar e contava outras lembranças da Casa de Caridade a nossas mães. Eram na maioria histórias de menino rebelde, aventuras do orfanato que costumavam terminar com duas palmadas ou uma colher de óleo de rícino. As mães o escutavam com um pouco de compaixão e, se fizessem cara de desconfiadas, ele dizia:

— Não acredita, não é? Então pergunte ao Bundó, ele também estava lá.

Quando Bundó e Petroli vinham buscar papai para ir embora de novo (de vez em quando, conforme os horários, tinham até ficado para tomar café ou jantar), as mães aproveitavam para interrogar o companheiro de batalhas de Gabriel. Perguntavam sempre se alguma vez tinham conseguido ver a perna de madeira da freira, ou pediam que ele desse a própria versão sobre os passeios que faziam quando ambos escapavam do abrigo por uma cisterna vazia da escola, e por horas e horas percorriam os bueiros de metade da cidade até chegar ao abrigo antiaéreo da rua Fraternitat. Alguém acreditava, perguntavam elas, que no subsolo da cidade viviam dezenas de pessoas escondidas desde os anos da guerra? E que tinham ficado cegas como toupeiras por nunca verem a luz do dia? Não podia ser, não é verdade? Enquanto as escutava, Bundó sorria e olhava disfarçadamente para papai — talvez porque não entendesse muito bem a língua —, mas logo certificava a veracidade daquelas histórias com um gesto quase científico, como um doutor Watson que confirmava as aventuras de seu Sherlock.

Talvez porque tivesse entrado na instituição um pouco mais tarde que Gabriel, Bundó sempre assumiu nosso pai como seu irmão mais velho na Casa. Seu nome completo era Serafí Bundó Ventosa. Era de um povoado de Penedés e podia-se dizer que era um órfão imperfeito. Seu pai lhe encarregou ao governo franquista no dia em que nasceu. Acasos da vida nem tão por acaso. Havia sete meses que o homem esperava o momento fatídico na carceragem Modelo, acusado e condenado por alta traição à pátria e tentativa de cruzar a fronteira, e precisou ser exatamente naquele dia ao raiar da aurora. (Quando era sarcástico, Bundó dizia que seu primeiro grito neste mundo havia coincidido exatamente com o último de seu pai diante do pelotão). Para que o leite não secasse, as enfermeiras da Maternidade del Vendrell esconderam da mãe a notícia durante uma semana, mas depois tiveram de contar, obrigadas pelas autoridades. A menina soube da morte do marido com o bebê nos braços e não derramou uma só lágrima. Limitava-se a balançar o menino sem parar, mas demonstrando uma grande serenidade. Meses antes, durante uma visita à prisão, ela e o marido haviam se consolado escolhendo um nome para o bebê. Tratava-se de planejar algum tipo de futuro juntos, por improvável que fosse. No hospital ela pensou melhor e decidiu que se chamaria Serafí, como o pai.

Depois enlouqueceu.

Depois de alguns dias, quando estava de novo em casa, começou a falar com o menino como se ele fosse uma pessoa adulta. Como se a vida fosse um movimento perpétuo, um círculo vicioso, havia perdido a razão e estava convencida de que aquele bebê era a reencarnação do marido assassinado. "Vai, Serafí, come tudo, porque quando o sol raiar você vai ter de ir trabalhar no vinhedo", dizia enquanto dava o peito no meio da noite. Depois o colocava no berço e deixava preparado, ali mesmo, a muda de roupa do dia seguinte e as ferramentas de trabalho: as sandálias, a enxada, o pulverizador.

Os pais da viúva tinham morrido jovens e, sem uma família que pudesse cuidar dela, os médicos não tiveram dúvida em trancafiá-la no hospício Pere Mata de Reus. Ao final de dez anos morreu ali, sozinha e frágil. Enquanto isso, Bundó havia seguido o itinerário de todos os órfãos de família pobre, da enfermaria para a Casa de Caridade, e a lembrança de sua mãe era apenas um ponto borrado no inconsciente, um olhar fixo em um rosto turvo que surgia de repente como um relâmpago em momentos de extrema tristeza (mas também poderia ser uma lembrança inventada).

Há muito lhe dizíamos: nós quatro imaginamos Bundó como um irmão de papai. Naqueles anos, a vida nos orfanatos ajudava a construir alianças indestrutíveis e manias irracionais. As crianças chegavam nesses lugares desamparadas e, para sobreviver, inventavam sociedades clandestinas e faziam pactos de sangue secretíssimos. Os motivos que favoreciam a amizade infantil eram puramente instintivos e cruéis. Gosto de você, não gosto de você. Dessa forma, por alguma filiação do destino que nem eles mesmos saberiam explicar, desde o primeiro dia em que pisaram na Casa de Caridade Bundó e Gabriel se tornaram unha e carne. *Hand in glove. Comme les doigts de la main. Wie Pech und Schwefel.* Pelas fotos que guardamos, pelas lembranças de nossas mães e de Petroli, sabemos que Bundó era alto e pesadão. Não era gordo porque carregando e descarregando móveis fazia exercício, mas gostava de comer e as calças sempre estavam justas. A pausa da sesta era sagrada para ele, fosse na cama da pensão ou no Pegaso. Desde pequeno havia desenvolvido um temperamento mais sociável e mais despreocupado que Gabriel, mais dado à aventura e menos calculista — e nisso certamente se completavam.

Embora lhes tenha custado, com a idade, à medida que foram ficando mais velhos, os dois amigos aprenderam a se distanciar quando necessário. Viveram quase sempre juntos, primeiro entre as mesmas quatro paredes e depois sobre as quatro rodas do caminhão de mudanças, mas aos poucos foram se conscientizando de que a vida íntima de cada um era organizada em outras esferas não compartilhadas. Além disso, em matéria amorosa demonstraram ter gostos quase antagônicos. Ao longo dos anos nosso pai chegou a ter quatro mulheres em outros países, um crescimento familiar que foi interrompido de forma abrupta (já explicaremos). Bundó, por sua vez, preferia relações fugazes. Durante aqueles anos esteve com trinta, quarenta, cinquenta mulheres, sempre em diferentes prostíbulos de beira de estrada na França, na Alemanha e na Espanha — conhecia todos seus os rincões —, até que um belo dia este frenesi parou. Encontrou uma menina que não lhe saía da cabeça de jeito nenhum (sim, também explicaremos).

Não seria estranho, por sua vez, que esse espírito de beija-flor — que nos perdoem as mães — já se manifestasse em ambos na adolescência. As armações que Bundó e Gabriel tinham mantido durante toda a infância no orfanato — ajudando-se para ganhar o respeito das crianças mais velhas, por exemplo, ou se acobertando quando as freiras os acusavam de alguma travessura — frutificaram de um modo ainda mais fantasioso aos treze anos, com a chegada dos primeiros estímulos sexuais.

— Essa semana é a sua vez — dizia Bundó.

— Já sei. Amanhã à noite eu te passo. Vou escrever na hora da revisão de matemática. Com quem você quer que seja desta vez?

— Tanto faz, prefiro não saber. Ou melhor, com a Sofia Loren.

— Quem?

— Sofia Loren, ou o nome que tiver, essa que vimos nos cartazes do Cine Tívoli. A italiana com as tetas de moringa. Não vai dizer que não lembra... E se não, sabe o quê? Coloca a Carmen Sevilla. Ou as duas de uma vez, nossa, pode ser divertido. E uma coisa: não se empolgue muito, por favor, porque quando você se empolga escreve com uma letra ruim e não se entende nada.

Gabriel era desses que redigia devagar, tentando escrever em linha reta, mas não reclamava porque sabia por experiência que a caligrafia era essencial. Uma palavra mal escrita, uma rasura que manchasse a página, e de repente se perdia fatalmente o fio da historia. A confiança entre os dois amigos havia se transformado em um pacto que os ajudava a estimular a imaginação e algo mais: todas as semanas trocavam um relato erótico em que os protagonistas eram eles mesmos. Bastava uma folha de caderno escrita frente e verso, com um pouco de margem. Gabriel tinhas os pés no chão e queria que nas histórias escritas por Bundó estivessem sempre as meninas da Casa de Caridade. Posto que as meninas e os meninos não podiam se misturar — elas ficavam no outro lado do edifício e eram apenas vistas —, aquela convivência à distância podia ser muito excitante. Exigia que ele escolhesse nomes fáceis de lembrar e detalhes que as fizessem sentir mais próximas. Bundó, por sua vez, era mais sonhador e preferia as atrizes de cinema e os cenários míticos. Com o tempo, ambos foram refinando as preferências de seu único leitor.

No início, Gabriel reclamava que as histórias de Bundó não eram muito excitantes e descritivas demais. Para ele tanto fazia se na mesinha de cabeceira da menina de cabelo loiro, olhos azuis e pele branquíssima tivesse um livro de orações, um lenço bordado com as iniciais e um retrato emoldurado dos pais mortos, tudo isso sobre um tapete de renda de bilros: ele morria de ansiedade para saber o que acontecia debaixo dos lençóis daquela cama. Por outro lado, a primeira história que Gabriel escreveu para Bundó era grande demais, tinha muita baixaria e pouco conteúdo, e era protagonizada por um tal de Serafín. Ele a leu trancado no banheiro, preso por uma excitação nova que o fazia tremer da cabeça aos pés. Os poderes sexuais que lhe foram atribuídos no texto, de uma maneira bastante grosseira, o excitaram imediatamente, mas mesmo assim Bundó acabou não se reconhecendo naquele personagem. Talvez por haver um professor na Casa de Caridade que também se chamasse Serafín e causasse interferência na identificação. Na manhã seguinte pediu a seu escriba que, daquele dia em diante, o protagonista fosse mencionado como Bundó, com o sobrenome, somente. Gabriel acatou. Bundó se sentiu tão bem descrito e resguardado sob aquele sobrenome que eliminou o Serafín de sua vida para sempre (exceto para as freiras, é claro, que o chamavam de Serafín ou até mesmo, em algum caso de instinto maternal frustrado, Serafinín).

Ao fim de quatro ou cinco ensaios, os relatos começaram a ficar mais acurados. Tinham pegado o jeito. Escreviam em castelhano porque lhes parecia uma língua mais adulta e perversa.

Passavam os contos às escondidas e o risco de serem descobertos, ainda que fosse somente pelos colegas do orfanato, revestia tudo de um ar de proibição, de pecado mortal — como dizia o padre que lhes ensinava religião —, o que fazia que se sentissem mais enrudecidos e mais homens. Assim transformados, no isolamento dos lavabos ou sob a barraca noturna de lençol, tinham muita facilidade para entrar no personagem.

> Transcorridos alguns minutos, depois de ingerir essa poção extraordinária que ele mesmo havia preparado na aula de química, enganando o professor Marcelino, Bundó se olhou no espelho do banheiro e comprovou que não tinha reflexo. Tinha conseguido! Era invisível e seu plano tinha funcionado! Embora não pudesse vê-lo, reparou como seu pau empinava só de pensar nos prazeres que o esperavam no futuro. [...] Depois de passar pela porta giratória, já dentro do hotel Ritz, foi mais fácil seguir até o quarto dessa beleza do reino de Sião, que era a filha de um Rajá muito rico. Como estava muito impaciente, já no elevador experimentou tocar seus peitos enormes e redondos por cima da roupa e ela sorriu com as cócegas, achando que estava sozinha, porque Bundó, lembremos, estava invisível, ela colocou um dedo debaixo da saia. [...] Bundó tinha grandes expectativas, mas quando entrou com ela no quarto, colado a seu corpo para não levantar suspeitas, descobriu que lá dentro o esperavam a mãe e

uma irmã da filha do Rajá, ambas igualmente belas e libidinosas, nuas depois de tomarem banho juntas e dispostas a joguinhos os quais dizem ser bastante apreciados pelas orientais. Bundó, ainda invisível aos olhos humanos, se aproximou do traseiro empinado da mãe e o acariciou com entusiasmo...

Eis um fragmento. No final da história, a poção de Bundó perdia o efeito e as três belezas asiáticas o descobriam, mas elas tinham sido seduzidas a tal ponto que preferiram não denunciá-lo e mantê-lo como garanhão particular para sempre. Para Bundó, esse era um dos relatos mais bem-sucedidos de Gabriel. Às vezes, na aula, o professor lhe chamava a atenção porque o via com um olhar sonhador.

— Bundó, você está no mundo da Lua! — gritava o homem para tirá-lo daquele estado.

— Desculpe, senhor professor — respondia imediatamente tentando parecer atento, mas por dentro pensava: "Não, não estou no mundo da Lua, senhor, estou no palácio do reino de Sião e nunca o deixaria".

Gabriel era mais tímido e sofria mais que Bundó. Às vezes, em plena excitação, enquanto se masturbava, segurando a folha com a mão esquerda enquanto subia e descia com a direita, lhe surgia a imagem da irmã Mercedes — a mais jovem de todas —, que lhe repreendia com uma expressão de sofrimento. Séria, mas não zangada. Ele tentava fechar os olhos para fazer que desaparecesse, mas, quando finalmente o momento chegava, aqueles preciosos segundos de prazer eram imediatamente interrompidos por uma explosão de culpa. Em um dia especialmente difícil, Gabriel contou o segredo a Bundó e o amigo prometeu que daria um jeito. No dia seguinte, na hora de estudo, sentado na biblioteca do centro, escreveu-lhe um relato especial. Eis o momento culminante:

A irmã Mercedes vestida com o hábito negro ouviu uns gemidos delatores no banheiro. Entrou nele e com a chave mestra abriu todas as portas, uma por uma, e na última encontrou Gabriel se masturbando. Ele estava com os olhos fechados e, de repente, quando atingia o auge do gozo, abriu os olhos e encontrou a irmã na frente dele, e tomou um grande susto, mas ela fez *Shh!* para que ambos ficassem em silêncio.

Em resposta, Gabriel estendeu os braços e levantou o hábito preto com cuidado, e debaixo dele descobriu uma cinta-liga e uma calcinha rosa como a de artistas da Avenida del Paralelo, e mais acima os seios nus que eram os mais incríveis que já havia visto. A irmã Mercedes o pegou pela mão e o levou para o quarto dela, onde revelou seu segredo mais bem guardado: tinha uma vida dupla e à noite trabalhava como mulher da vida na Rua Conde de Asalto...

Gabriel leu a história naquela própria noite, atordoado, e, à medida que aquele compêndio de obscenidades ia se revelando diante de seus olhos, ele se excitava cada vez mais, assim como também crescia o medo do que poderia lhe acontecer se as freiras descobrissem. No dia seguinte, na hora do café da manhã, aproximou-se de Bundó e o agarrou pelo pescoço.

— Está maluco ou o quê? — sussurrou no ouvido. O amigo sorriu satisfeito. — Está decidido. Vou queimar este texto. Esta tarde mesmo, enquanto eu posso.

Mas a noite chegou, Gabriel se trancou outra vez no banheiro, leu a história de novo, angustiado como quem escuta um testamento que não lhe é favorável, e no final não a queimou. Nunca a queimou. A prova disso é que ainda podemos lê-la. Quantas vezes, consumidos pelo crime e pela culpa, o adolescente salvaria aquelas duas folhas, no último momento, com o fósforo aceso na mão? Um sopro. A chama se apagava. Um alívio.

No fundo, durante aqueles anos no orfanato, Gabriel guardou aquele relato como um tesouro, a joia da coroa de sua coleção. Por sorte, como ainda era jovem, a irmã Mercedes se dedicava a tarefas da congregação e se misturava pouco com os alunos da Casa. Por sorte, porque cada vez que precisava falar com ela, Gabriel se atrapalhava todo e ficava vermelho como um tomate. Ela percebia e tentava tranquilizar aquele menino tão tímido dando afeto com carinhos e mimos, mas o remédio era pior que a doença. Houve uma época em que, de tanto ler a história, Gabriel estava convencido de que a freira estava entrando no jogo e de que eram secretamente apaixonados um pelo outro. Quando percebeu aqueles ataques quixotescos do amigo, Bundó o trouxe de novo à realidade, escrevendo novas histórias que aconteciam bem longe do orfanato e em ambientes muito menos higiênicos: em Somorrostro, nos banheiros de Sant Sebastià ou em uma tenda de ciganos ao pé do Montjuïc.

Calculamos que essa aliança pornográfica dos dois amigos durou quase um ano e meio. Cada um chegou a escrever cerca de quarenta histórias, embora no final muitos personagens reaparecessem e as tramas se repetissem. As folhas iam se apergaminhando com o uso e o abuso. Por mais absurdo que possa parecer, tanto Gabriel quanto Bundó tinham decidido que a melhor maneira de camuflar as histórias era misturá-las com os livros religiosos. Por isso, as narrações sempre recebiam títulos que não levantariam suspeitas caso fossem descobertas pelas freiras. Eram títulos como "As flores da Virgem de maio", "O calvário do padre Salustio" ou "O mistério dos cravos de Cristo".

Quando eles começaram a trabalhar nas mudanças, a vida lá fora foi gradualmente substituindo as palavras e as fantasias pela realidade muito mais prosaica do sexo voraz. Os Cristóvãos estavam convencidos, no entanto, de que aquela biblioteca erótica havia legado uma fonte de imaginação para as relações com as mulheres de carne e osso. De qualquer forma, anos depois, quando percorreu a Europa de caminhão, as armadilhas da memória lhe fizeram reviver mais de uma vez aquela sensação de proximidade entre religião e sexo, um acordo de defesa mútua, como se fossem dois lados da mesma moeda. Como a maioria dos caminhoneiros, Gabriel, Petroli e Bundó forraram a cabine do Pegaso com calendários de mulheres nuas. Eram calendários de 1967, 1968 e 1969 que tinham recebido de presente de Ano-Novo dos postos de gasolina da Alemanha e da França: uma galeria de valquírias fartas e gatinhas tímidas posando sobre pneus Pirelli ou empinadas no capô reluzente de um carro que era sempre vermelho. Os três amigos já tinham visto tantas vezes aquelas imagens que se acostumaram com a presença do harém de papel. No entanto, quando voltavam para casa, ao se aproximarem do posto fronteiriço de Jonquera, tinham sempre de virar os calendários e deixar à mostra os santinhos colados atrás para disfarçar. As imagens piedosas do Santo Papa Paulo VI ou da Virgem de Montserrat os guiavam então pelo caminho certo nas estradas mal asfaltadas da Espanha de Franco.

Para poder seguir em frente como se deve, nós, os Cristóvãos, precisamos voltar para a Rua Nàpols. A primeira vez que nós, os quatro irmãos, nos encontramos em Barcelona, ainda atordoados com as novidades, incrédulos e receosos, Cristòfol nos mostrou o apartamento onde papai morava.

Era um sábado de maio e fazia um sol de primavera que, para os três que eram do outro lado dos Pireneus, parecia um privilégio dos deuses. Combinamos de nos encontrar às duas horas no restaurante de um hotel no centro, onde Cristòfol tinha feito reservas para nós. Nós nos conhecemos e almoçamos juntos. As primeiras horas foram cordiais, para sentir o ambiente, mas estávamos tensos e ansiosos demais, inseguros com a língua, e durante o jantar não conseguimos quebrar o gelo. O único elemento em comum era papai, mas falávamos como se ele fosse um estranho para nós (o que era), um anfitrião excêntrico que havia nos reunido de surpresa e agora tínhamos de descobrir o porquê. No fim da tarde atravessamos o bairro de La Ribera a pé, paramos em Born — hoje trancado a sete chaves — para relembrar o primeiro choro de nosso pai e, cruzando a Citadella, nos dirigimos à Rua Nàpols.

No momento em que subimos a escada escura para a sobreloja, em silêncio e com gesto comedido — como se participássemos de um velório por obrigação, digamos assim —, no momento em que entramos na casa de Gabriel Delacruz Expósito (como não colocava na caixa de correio), começamos a recuperar o passado que dividíamos. Que ninguém interprete isso com o menor indício de esoterismos, porque não há. O que acontece é que todos aqueles objetos que papai tinha conservado, organizados por Cristòfol sobre a mesa, ativaram as lembranças e encurtaram as distâncias entre nós. Nós quatro revivemos histórias, manias, palavras, desgostos, sensações. Depois de três horas era como se nos conhecêssemos a vida inteira. Cada um procurou rastros de velhas coincidências com a segurança afortunada de que, só de expressá-las, os outros três aprovariam em uníssono. Fomos nos animando com a brincadeira. Como não havia luz no apartamento, quando começou a escurecer fomos embora e procuramos um café para continuar nossa exumação. Uma coisa nos levou a outra e às três da madrugada um garçom sonolento nos colocou para fora do bar do hotel.

Depois daquela primeira visita juntos ao apartamento da Rua Nàpols, decidimos que nós quatro colocaríamos as contas de papai em dia. Um primeiro passo. Foi assim que a sobreloja se transformou em uma espécie de sede social, um escritório para nossas investigações. Rita, que ainda resiste a colocar os pés por lá, brinca dizendo que logo o transformaremos no clube dos Cristóvãos, "uma casa museu com vigia, vitrines empoeiradas e cordões vermelhos que impedem o acesso aos aposentos matrimoniais".

Não é para tanto. Não somos devotos de nosso pai. Não seria absurdo supor que, se nos aliamos para investigar uma pessoa, seria mais para satisfazer nossa própria curiosidade que pensando nessa pessoa. Agora mesmo, se nos propuséssemos, poderíamos listar um catálogo de agravos que temos em comum com a mesma facilidade que juntamos nossas lembranças de infância. E falta dizer que todos nós, cada um por sua conta, sem ter falado a respeito um com o outro, nos sentimos mais de uma vez tentados a abandonar o projeto. Nesse exato momento seria muito simples fingir que Gabriel já não existe mais. Há muitos anos treinamos para isso.

— *He's a real nowhere man, sitting in his nowhere land...* — entona Chris, como se assim pudesse expressar nossos pensamentos.

O que é, então, que nos impele a buscá-lo? Poderíamos dizer talvez que seja o desejo de completar um impossível retrato de família de nosso pai. Durante aquela primeira visita em grupo ao apartamento, o exame minucioso dos pertences de Gabriel nos cativou com uma série de indícios tão absurdos que não podíamos ignorá-los. Um pacote com dez cartas de baralho ainda não estreadas, envoltas em celofane. Três caixas bem empilhadas guardavam uma coleção de objetos improváveis, meticulosamente organizados para aproveitar o espaço: continham um pente de tartaruga, uma figura de cerâmica que representava Actéon e os cachorros, um peso de papéis de teca, um casco de tartaruga, um rádio cassete, uma fita cassete de María Dolores Pradera e outra da orquestra Xavier Cugat, um livrinho de postais de Londres que se abria como um acordeão, uma câmera fotográfica de brinquedo, um cortador de unhas de marca suíça, um punhado de fichas do cassino de Monte Carlo para jogar pôquer...

O único vínculo aparente que se podia estabelecer entre aqueles cacarecos, claro, eram as peripécias de nosso pai. Durante uns quatro anos — já o adiantamos —, Bundó, Gabriel e Petroli ficaram com peças de cada mudança que faziam com o caminhão. Uma caixa, uma bolsa, uma mala casualmente extraviada que dividiam como bons irmãos. Eles sabiam que era um crime, mas tinham aprendido a mascará-lo com a desculpa de justiça social, como uma gorjeta bem merecida por muitas horas sem descanso e em condições escravas. Além disso, quem nunca perdeu algum pacote em uma mudança? É a lei da vida.

Gabriel havia revelado aqueles furtos para nossas mães, com ares de Robin Hood, e até fez que nos beneficiássemos disso. Graças a um achado de Cristòfol, pudemos repassar melhor o itinerário daqueles anos. Em uma caixa de sapatos, entre cartões de restaurantes, mapas de cidades e guias de estrada, apareceu um livreto de capa emborrachada preta e de aspecto clandestino, um pouco desgastado pelo uso, em que Gabriel havia anotado o conteúdo de cada uma das malas, caixas e dos baús saqueados nas mudanças. Como era uma pessoa aplicada, não faltava nenhum dado no livreto: o trajeto, a data dos eventos e a lista de tudo que finalmente saía daquele espólio e era dividido entre eles como bons piratas.

Aquela existência de corsários de estrada, se nos permite o exagero, se tornou para Gabriel e para Bundó uma forma de vida idílica. Idílica porque compensava a ambos os anos erráticos da primeira adolescência, ao mesmo tempo em que os colocava em uma espécie de paraíso ambulante. No entanto, antes de alcançá-lo, tiveram de superar uma temporada de aprendizagem que adquiriu as dimensões e a obscuridade de um purgatório.

Começaram a trabalhar em 1958, e tanto Bundó quanto Gabriel tinham acabado de completar 16 anos. O orfanato havia finalmente se mudado para os Hogares Mundet, tal como planejado havia algum tempo, e a mudança os desorientou. A nova instituição, localizada em Vall d'Hebron, era um mastodonte que brotava longe de tudo, uma cidade em si mesma que os obrigava a viver de costas para Barcelona. Não havia nem quatro semanas que o novo prédio tinha sido inaugurado e já sentiam falta da atmosfera labiríntica da Casa de Caridade. De repente, à distância, eram corroídos pela certeza de que do outro lado das paredes grossas do antigo orfanato surgia outro labirinto mais complicado e mais atraente, uma rede de ruas barulhentas e repletas de vício. Naquela região montanhosa e semidesértica, por sua vez, o que viam? Os anciões asilados saíam para respirar ar puro nos jardins, e os menores ganharam terreno para brincar ao ar livre, mas e eles? "Isto é o Far West", diziam eles, e passavam horas caçando lagartixas, praticando tiro ao alvo com uma lata de conservas ou tramando fugas heroicas.

Aquela atitude indolente horrorizava as freiras, que não demoraram a dar remédio à situação. Já que não eram alunos especialmente brilhantes e, sobretudo, não tinham família que pudesse acolhê-los, a madre superiora decidiu que já tinham idade para deixar os estudos e começar a trabalhar.

Gabriel escrevia em castelhano sem muitos erros e começou a trabalhar como aprendiz de tipógrafo em uma imprensa mantida pela Casa de Caridade. Logo percebeu que não gostava do ofício. Sua tarefa principal era limpar os restos de tinta seca do chumbo que já tinha passado pela prensa. Às vezes também lhe pediam que guardasse os tipos de madeira das manchetes nas caixas correspondentes. No início parecia um trabalho divertido, como montar um quebra-cabeça — os efes com os efes, os bês com os bês —, mas ele não podia se distrair, e muitas vezes o encarregado gritava para que fizesse mais rápido. Brilho, brilho. Somente de vez em quando, como se fosse um prêmio de consolação, o deixavam compor uma meia coluna de acontecimentos ou uns quantos anúncios por palavras. Mas, como era franzino e mal alimentado e o ar não circulava naquela toca, o jogo de espelhos das letras colocadas ao revés fazia a cabeça girar e lhe causava náuseas. Todos os dias ficava trancafiado doze horas na tipografia, das sete às dezenove, e duas vezes por mês tinha de trabalhar sábados e domingos porque a *Hoja del Lunes* era impressa na Casa de Caridade. Depois do trabalho desejava passear um pouco pelo bairro de sempre. Aventurar-se, agora que tinha mais liberdade, por Las Ramblas ou mais além da Praça Universitat, subindo pela Aribau. Mas tinha de correr para pegar o bonde e o ônibus nos quais cruzaria Barcelona para voltar aos Hogares Mundet. As freiras eram muito rígidas com os horários, e se chegasse tarde não lhe davam o jantar e ainda o repreendiam.

Um dia, enquanto o bonde subia a Rua Dos de Maig e as fachadas manchadas das casas se iluminavam sob os relâmpagos de chispas elétricas, percebeu que duas meninas apontavam para ele e riam. Instintivamente se olhou no espelho da janela e não reconheceu o rosto que via. Tinha um bigodinho de tinta sob o nariz, uma mancha, e naquelas feições descobriu um homem envelhecido e lúgubre. De repente ele se viu com vinte anos a mais, fazendo aquele mesmo percurso, e se sentiu mais infeliz do que nunca. "Envelhecer deve ser isso", disse a si mesmo, com resignação. Uma sacudida do bonde o despertou daquele sonho acordado, e o reflexo na janela desapareceu.

Bundó teve mais sorte. Cabe dizer que seu corpo grande e robusto e aquele ar de resolvido diante das surpresas da vida contribuíram para isso. A madre superiora, soror Elvira, vinha de uma família abastada do bairro de Bonanova. Apesar de ela ter algum peso na consciência, seus pais e irmãos haviam superado o golpe da guerra com uma naturalidade insólita. E desde que estavam no poder tinham se apressado em restabelecer a antiga ordem das coisas que os favorecia. Não precisa dizer que em janeiro de 1939, depois de três longos anos vivendo mal em uma fazenda nos arredores de Barcelona, escondidos e mortos de medo, sem empregadas e tendo de racionar a contragosto o café da manhã, tinham sido os primeiros a pendurar a bandeira branca na varanda de casa e a sair em comitiva até a Avenida La Diagonal para cumprimentar os vencedores. Robert Casellas, o irmão mais velho da soror Elvira, tinha herdado a empresa familiar e a reergueu do zero. Todos os anos, em 18 de julho, festejava aquela prosperidade fazendo uma doação generosa à Casa de Caridade. Estamos falando de muito dinheiro. Ele considerava a doação como a melhor maneira de conquistar um lugar privilegiado no céu. Em troca do favor, de vez em quando ele pedia que a irmã lhe enviasse um carregador para a empresa de mudanças. Queria os mais fortes, sem vícios e órfãos, porque assim não viriam com a história de festas familiares. E este passou a ser, a partir de maio de 1957, o destino do jovem Bundó.

A empresa se chamava Transportes e Mudanças La Ibérica. Tinha os escritórios e a garagem na Rua Almogàvers, quase na esquina da Rua La Rambla del Poblenou. No local estavam estacionados três furgões DKV e três caminhões Pegaso, reluzentes e gorduchos. Os DKV eram usados para trabalhos mais simples e quase nunca saíam da província, enquanto os caminhões eram usados para grandes mudanças e, quando se dividiam, viajavam de Barcelona para qualquer ponto da Espanha. Os seis veículos eram seminovos, porque as coletivizações de 1937 tinham deixado a empresa sem equipamentos e sem homens. Robert Casellas conseguiu recuperar tudo depois de negociações vantajosas com o Ministério dos Transportes. Os caminhões eram suas meninas dos olhos e ele podia passar horas contemplando aquelas criaturas com um amor paternal. Quando voltavam depois de alguma mudança, pedia que os funcionários novos limpassem e dessem brilho nos caminhões até que ficassem com aspecto de recém-saídos de fábrica.

Apesar de ganhar uma miséria como aprendiz — e além de uma parte do dinheiro passar diretamente do bolso de Casellas para a caixinha das irmãs —, Bundó gostava de se lembrar daqueles tempos. Isso pode nos parecer uma redução do sofrimento a pura lenda. Minimizá-lo sem reviver a dor da mesma forma, para que assim valha a pena.

— Lembro-me de que nos primeiros dias que trabalhei em La Ibérica — explicou a Petroli, em um daqueles momentos de regressão que dividia com papai — chegava aos Hogares Mundet já de noite. As costas estavam destruídas, as pernas e os braços já não respondiam. Estava tão cansado que ia direto para a cama. Em uma manhã e uma tarde, por exemplo, tínhamos desmontado e carregado um apartamento da Rua Aragó e montado de novo em um outro na Avenida del General Mola. E tudo isso sem elevador, subindo as caixas maiores com uma roldana e o resto por uma escada de serviço estreita, sinuosa e escura como uma catacumba. E com uma senhora histérica que nos seguia por todos os lados para que não quebrássemos nada. "Se faltar alguma coisa, seus desastrados, vocês vão pagar do próprio bolso", gritava com a gente. Mas ainda assim eu gostava. Aos poucos fui me acostumando e aprendi a gostar. Reconheço que isso de entrar em casas estranhas, de nos metermos por ruas de Barcelona que eu nem sabia que existia e depois dar voltas pela cidade com o DKV ou com o caminhão (fazendo do para-brisas uma janela panorâmica) era uma novidade que compensava o esforço e o suor, os hematomas e os gritos do senhor Casellas.

Apesar do cansaço, ao fim do dia Bundó dormia com uma cara de felicidade. No dormitório coletivo, Gabriel o observava com inveja e não resistia a despertá-lo para contar seus lamentos. Dia após dia, em sua imaginação, a tipografia adquiria as dimensões de uma grande caverna horripilante, escura e desprezível como a fornalha do inferno. Qualquer um diria que estava descrevendo uma prisão onde era torturado. Bundó o escutava ainda espantando a moleza do sono, com as pálpebras pesadas, e tentava animá-lo, mostrando que seu trabalho como carregador também não era nenhum achado. Para se justificar e impressioná-lo, mostrava os calos que as cordas deixavam nas palmas das mãos de tanto subir e descer móveis com as cordas. Por dentro, no entanto, se consolava, lembrando que naquele dia havia ganhado duas pesetas de gorjeta. Depois, pouco a pouco, voltava a dormir de novo sem conseguir evitar que ficasse estampado no rosto aquele sorriso bobo e que um ronco aprazível compassasse o sono.

Ao completar quatro meses de trabalho em La Ibérica, durante uma mudança considerada pelo chefe de "altíssima importância", Bundó viveu de perto um acidente que viria a ser providencial. Providencial para ele, para papai e, no fim das contas, para todos nós. Um novo secretário de governo nomeado por Franco estava se mudando de Segovia para Barcelona. Entre os objetos que tinha decidido levar consigo, havia uma mesa de madeira maciça, trabalhada em ferro forjado e de aspecto medieval, que deveria ficar em seu escritório.

— Eis um talismã que acompanha minha família há séculos. Apesar de difícil de transladar, doeria muito deixá-la para trás neste momento crucial de minha carreira política. Tenham muito cuidado com ela, por favor — anunciou solenemente o delegado aos três carregadores deslocados e a mais dois empregados da casa.

A mesa saiu pela grande porta do casarão de Segovia, levantada por dez braços, e entrou mansamente no caminhão, mas, uma vez em Barcelona, quando era descarregada por quatro homens, se rebelou como um animal selvagem e como um coice escapou de suas mãos. O resultado do desastre — nesta ordem de importância, segundo o senhor Casellas —: uma mesa com a perna rachada, com uma brecha que mal tinha conserto, e um pé direito quebrado — mais que quebrado, esmigalhado — de um dos funcionários de La Ibérica.

O companheiro acidental de Bundó, que estava a ponto de se aposentar, tinha os ossos muito desgastados. Os médicos do seguro o aconselharam a não voltar a carregar peso e a pedir logo a aposentadoria por invalidez. Até conseguir consertar a rachadura da mesa, o senhor Casellas se queixou de seu azar por uma semana inteira, com um resmungo tão estridente que ecoava na garagem e deixava funcionários com os pelos arrepiados. Uma vez que tudo voltou ao normal, Bundó foi falar com o chefe e, com um fiapo de voz, lhe perguntou se já tinha pensado no substituto para o acidentado. Um substituto? Não, ainda não.

Então começou a fazer propaganda de Gabriel, de seu tipo físico, cheio de energia, e de sua boa vontade para trabalhar. Era um Hércules. Se precisasse, podia pedir referências às freiras.

— Não é sua namorada, caramba — soltou Casellas com um pouco de desprezo. — Que venha falar comigo um dia desses.

Uma semana depois, aproveitando uma segunda-feira que tinha folga na tipografia, Gabriel pediu permissão à irmã Elvira e foi falar com o senhor Casellas. Bundó havia lhe descrito mais de uma vez a aparência grotesca do chefe, sem poupar detalhes nem deboches, mas durante aquela primeira entrevista cara a cara, agravada além de tudo pelo nervosismo do momento, teve a impressão de estar em frente a um boneco de feira. O senhor Casellas era gordo e baixinho. Sua papada se dividia em um queixo duplo, como as dobrinhas da barriga de um bebê, e a pele das bochechas, carnudas, brilhavam como se ele tivesse acabado de comer um assado muito gorduroso. Sua voz, aguda demais, não combinava em nada com o corpo volumoso. Agora, olhando para ele, percebeu que Bundó sabia imitá-lo com muita graça. Quando falava, sorria sem perceber e mexia as mãos, apontando e gesticulando com os dedos curtos e grossos como chouriços. Quando ficava em silêncio, ouvindo a outra pessoa, tinha uma mania de mexer o lábio superior para cima e para baixo enquanto o mordiscava. Talvez para dissimular, tenha deixado crescer um bigode finíssimo, à moda do regime. Dado que sua posição de empresário exigia um princípio de autoridade — e alguém deve ter dito que ele não tinha esse talento natural —, tinha tomado duas decisões que iam de mãos dadas e o transformavam em um chefe mais déspota e ao mesmo tempo mais ridículo: sob o traje feito sob medida na alfaiataria Santa Clara, usava sempre uma camisa de tons azulados — não era a oficial, mas parecia — e, apesar de ter nascido em uma família catalã, no trabalho sempre se dirigia a todos em castelhano.

Gabriel chamou na porta do escritório do senhor Casellas e ouviu aquela voz irritante ordenando-lhe que entrasse. Entrou.

— Oi, sou Gabriel Delacruz. Venho dos Hogares Mundet. Bundó…

— Oi, oi... — Casellas o interrompeu. E o olhou de cima a baixo. — Você é meio fraquinho, não? Quanto você pesa?

— Setenta quilos, senhor Casellas.

— Não é verdade, você é mais magro. Estou dizendo. Pese-se de novo. As irmãs não lhe dão comida? Peça que lhe deem mais comida se você quiser trabalhar aqui. Principalmente espinafre, que tem muito ferro. E lentilhas. E carne, é preciso comer mais carne. Você tem de comer a mesma quantidade que o Bundó, que está feito um touro.

Gabriel concordava em silêncio. Por dentro pensava que nem ele nem Bundó tinham visto um pedaço de carne de carneiro, um refogado, nem mesmo, digamos, um bife havia meses. Talvez desde aquele dia em que as irmãs tinham aberto uma exceção porque uma mulher magra como um palito e com cara de ave de rapina, dona Carmen Polo de Franco, tinha visitado a Casa de Caridade. Todos os internos tiveram de trocar de roupa para desfilar no pátio perante as autoridades locais e o coro da Seção Feminina cantou o Salve Regina.

— Você quer mesmo trabalhar carregando móveis? Olha que é um trabalho muito duro e sacrificado...

— Quero sim, senhor Casellas — Bundó havia lhe recomendado que o chamasse de "senhor Casellas", porque gostava do tratamento respeitoso e porque o deixava mais compreensivo.

Casellas voltou a analisá-lo da cabeça aos pés e, quando estava a ponto de dizer algo, o telefone tocou. Mal ouviu o primeiro toque, o chefe se posicionou como um soldado, sentado com a coluna ereta na cadeira do escritório. Em seguida pegou o telefone e começou a falar com algum cliente importante, um peixe grande. Ouvia com muita atenção o que diziam e respondia sim a tudo, sim, sim, claro, claro, sim, claro que sim, enfatizando as palavras com uma entonação serviçal. Passaram-se dois bons minutos até que se lembrou que Gabriel estava em sua frente. Então cobriu o fone um momento e lhe disse:

— Vai, vai, vai. Já pode ir embora, vai. Diga à irmã Elvira que você começa segunda-feira que vem. Estas duas semanas não serão pagas, são de experiência. Você vai com Bundó no furgão. Ele vai ser responsável por você. Ah, e o que dizia antes: coma mais espinafre, menino. Você tem de ser um Popeye, ou algo assim.

4
A IDADE SEM NOME

A mudança de trabalho foi revigorante para nosso pai. Da cabine do furgão a visão resplandecente da cidade substituiu a da tipografia tenebrosa. O cheiro entorpecedor de tinta foi se desfazendo até que no final ficou confinado em um canto da memória do qual somente deixava ser resgatado quando parecia completamente inofensivo. De tempos em tempos, ele voltava com as páginas de um jornal aberto durante o café da manhã ou por causa de uma caneta mal tampada que lhe enfeitava o peito como uma medalha azul-marinho. Durante suas primeiras semanas na La Ibérica, quando ele e Bundó chegavam ou iam embora com o DKV, o senhor Casellas os olhava de longe e reconhecia satisfeito seu bom olho para o novo órfão. Parecia que o peso dos móveis e dos pacotes que transportava o favorecia e, em vez de deixá-lo cansado, o fortalecia um pouco mais a cada dia.

Tanto Gabriel quanto Bundó estavam próximos de completar 17 anos e o corpo sempre lhes obedecia. A massa muscular suportava e resistia a qualquer carga como se fosse de borracha. Além das condições físicas, os dois amigos também se beneficiavam de uma leveza espiritual que amenizava seus dias. Uma vez deixada a idade da inocência, ainda não tinham entrado totalmente na idade dos cálculos e transitavam pela vida com a bagagem exata, sem excesso de peso supérfluo nem carências dramáticas. Viviam essa idade que não é idade e nem tem nome. E bem poderia ser que a ocupação de mudar móveis, de esvaziar casas e encher casas, de carregar a carroceria com os objetos inúteis que as pessoas acumulam os vacinara contra a tentação de crescer, de pensar em se casar com a primeira menina que os agarrassem e de se entregarem a preocupações mais humanas.

Aquela sensação leve se acentuava tanto pela excitação da novidade quanto pelo contraste com os colegas de trabalho, mais acostumados com a rotina e mais presos ao dia a dia. Nem Gabriel nem Bundó tinham carteira de motorista, é claro, e ainda faltavam alguns anos para que pudessem tirá-la, de maneira que em suas saídas eram sempre os peões de algum trabalhador mais experiente. O chefe queria acostumar os aprendizes e pedia que acompanhassem algum dos furgões que cobriam as mudanças da área metropolitana de Barcelona. Aos poucos foram conhecendo todo o quadro de pessoal da La Ibérica, enquanto aprendiam o ofício. Havia o Romero, um murciano que enquanto dirigia enrolava os cigarros de tabaco com uma perícia de quem tem um braço só, e que tinha o costume de cuspir pela janela sem muita noção. Também havia o Sebastià e o Ricard Nogueró, dois irmãos de Sants que não podiam se ver e passavam todo o santo dia criticando um ao outro. Tembleque era um andaluz que vivia em Sant Adrià e que, na juventude, havia despontado como toureiro. Sirera e Brauli, que eram do *Español*. Fornido, que fazia jus ao nome. Também Tartana e Petroli, cunhados e amigos. Wenceslao, conhecido como Vences, que aproveitava qualquer pausa nas mudanças para montar uma partida de baralho (e que intuímos ter iniciado Gabriel na arte de fazer trapaças). Baltanás, irmão de faísta fuzilado e franquista convertido, para desonra da família. Deulofeu, criado na Casa de Caridade, assim como eles, e a quem odiavam por ser espião e alcaguete das freiras. Havia o vovô Cuniller e seus inoportunos ataques de ciática cada vez que tinha de carregar escada acima...

Grande escalação de araque! Os mais velhos já devem estar mortos ou a ponto de fazer a última mudança, aquela que só se pode levar a roupa do corpo e pronto. Além de Petroli, que logo entrará em cena para dividir milhares de quilômetros nas estradas europeias, o companheiro de lida preferido pelos dois amigos era Tembleque. Com a voz rouca de tantas doses de "sol e sombra", a imagem da Virgem do Rocío no altar dos comandos e a bandeirola do Betis ondeando pendurada no retrovisor, Tembleque os castigava com frequência com suas desventuras de toureiro frustrado. Se por desgraça a mudança daquele dia os fizesse passar em frente à praça das Arenas ou na Monumental, o homem tocava a buzina do DKV com uma fúria de fanático. Em seguida começava um monólogo sobre uma tarde de agosto de 1948, o dia que lhe deram a oportunidade na praça de touros de Linares. Exatamente um ano antes, Manolete havia morrido nessa mesma praça. "Já contei isso antes?" Ele se lembrava da carreira com os olhos brilhando, havia durado exatamente oito minutos e umas vinte cambalhotas, seguidas de um coro de olés de um público entusiasmado. Mas uma investida do animal, traidora como poucas, arruinou sua vocação para todo o sempre.

— D'Artañán, assim se chamava o touro dos infernos... — dizia quando chegava a este ponto da história e logo se abatia. — Eu não era um covarde, para constar, mas às vezes acho que deveria ter morrido naquele momento. Pode haver maior glória para um toureiro que morrer na mesma arena que o grande Manolete?

Seu único consolo, a única maneira de compensar a desgraça, era que todos os anos, quando chegava o mês de junho, nas festas do bairro, o deixavam tourear alguma novilha de sangue quente. Os membros da Associação de Moradores procuravam um descampado na região de Besòs, próximo ao rio, e com algumas madeiras e sacos de areia improvisavam um cercado que durante uma tarde às vezes servia de praça. Ali perto montavam uma cantina, aberta noite e dia, que era iluminada com um monte de lâmpadas coloridas aproveitadas da árvore de Natal do bairro. Embora houvessem passado mais de dez anos, Tembleque sempre se lembrava daquela corrida em Linares para se colocar em uma posição superior e, pelo sim pelo não, se apresentava na praça com o mesmo traje reluzente que havia vestido na ocasião. Os aprendizes de toureiro do bairro o admiravam como uma lenda. Como era bem frágil, Tembleque se escudava por trás do uniforme com a mesma coragem da primeira vez, mas com os anos o tecido foi desbotando e, por mais que sua mulher lavasse com cuidado, a pedraria já não brilhava com a mesma intensidade. "É que não há nada como o sol de Andaluzia!", exclamava desculpando-se. Dizem que o toureiro ainda era habilidoso na hora de distrair o novilho, mas o que mais impressionava os assistentes, sobretudo a criançada, era que a calça ainda conservava o furo daquela chifrada fatídica e que, por superstição, Tembleque nunca deixou que fosse costurado. Quando os fãs e os amigos olhavam o rasgão de perto, e às vezes até lhe pediam que deixassem passar o dedo (o que ele deixava, encantado), descobriam na pele uma cicatriz que dava arrepio. A reação mais comum, então, era se benzer para pedir a Deus que tivessem sorte. Aquela loucura durou meia vida. Anos depois, quando a Peña Taurina de Sant Adrià decaía e as Associações de Moradores conseguiram uma casinha na Feria de Abril de Barberà del Vallès, Tembleque se sentiu menosprezado, pendurou definitivamente a capa e, em plena febre catalanista, se uniu a um grupo de *castellers*[1] que havia se formado no bairro. Tinham lhe prometido que teria, no mínimo, um lugar nos terços — um pouco acima da base da pirâmide.

Graças às horas passadas no DKV, Gabriel e Bundó se doutoraram na desafortunada biografia de Tembleque. De tanto relembrá-lo, o touro D'Artañán havia adquirido as dimensões e a autoridade de uma besta do inferno. Segundo ele, o mundo taurino, vejam só, era uma multidão de poderosos que lhe suplicavam o tempo todo que deixasse essas porcarias de mudanças e voltasse à arena como um homem de verdade. Os dois amigos tinham aprendido que aquelas lágrimas de crocodilo só paravam com uma taça de "sol e sombra", ou duas, ainda que isso implicasse entregar a carga uma hora mais tarde, ter de inventar alguma desculpa e ouvir o senhor Casellas chamá-los de tudo quanto é nome.

Talvez Tembleque fosse um pouco chato, está certo, mas Gabriel e Bundó o preferiam aos demais funcionários.

— Havia exceções — explicava papai a nossas mães —, como o vovô Cuniller ou o Tartana, que eram desiludidos de tudo. Mas a maioria dos colegas cantava de galo só porque dirigiam um DKV, e nós não. No dia que Casellas nos mandava como carregadores nos furgões, eles se comportavam como se fossem a mão direita do chefe. Gritavam por qualquer bobagem e muitas vezes nos instruíam com um pedantismo militar. Até mesmo quando era uma conversa descontraída e falávamos de mulheres (um assunto que Bundó e eu, recém-saídos das fraldas, tratávamos com vontade), nos davam conselhos de dom Juan do bairro e se atribuíam proezas sexuais incríveis. Que garanhões! E se não mostrássemos admiração suficiente ou se nos olhássemos segurando o riso (porque anteriormente, fora do trabalho, já tínhamos zombado deles), ofendiam-se e

---

1. Os *castellers* são uma forma de festa tradicional catalã de origem antiga que permanece até os dias de hoje. Consiste da construção de torres humanas que simbolizariam edifícios altos ou castelos. (N.T.)

tornavam nossa vida impossível na hora de carregar e descarregar. Sabe o que acontecia? Sobrava frustação e faltava aquela mistura de idealismo e simpatia andaluza que Tembleque tinha.

Eis outro exemplo daquele contraste. Enquanto circulavam com o furgão ou quando paravam em um semáforo, Tembleque dominava como ninguém a arte de tocar a buzina, se debruçar na janela e fazer galanteios às meninas que passavam. Gostava de todas, sem frescuras. Seu repertório era criativo e sabia ser engraçado sem ofender. No início as meninas faziam cara de ofendidas, mas sempre acabavam sorrindo e olhando-o de lado. Pois bem, havia motoristas como Brauli, ou como Baltanás, que repetiam as fórmulas aprendidas tempos atrás com Tembleque com a intenção de impressionar os jovens Bundó e Gabriel, mas as palavras saíam sem muita convicção, arrastadas e vazias, como uma forma arraigada de plágio. Então as mulheres os insultavam ou nem mesmo os olhavam. E os dois amigos sentiam-se invadidos por uma onda de vergonha alheia.

— São todas umas putas — costumava dizer o motorista e, depois de uma pausa pensativa, pontuava: — menos a minha mulher, que é uma santa.

Para nós, os Cristóvãos, e especialmente para nossas mães, Tembleque é o único nome do quadro de funcionários da La Ibérica que se mantém importante. As mães concordam quando se lembram do afeto com que Gabriel, Bundó e Petroli falavam do motorista toureiro. Papai enaltecia a ausência de malícia dele – "uma ótima pessoa" – e Petroli dizia que sua maior virtude, touros à parte, era sempre colocar a verdade acima de tudo. Bundó não resistia a imitá-lo carregando um pacote ou ajudando a levantar algum móvel. De repente, como se ativassem alguma mola, quando os braços levantavam um pacote com força, todo o corpo começava a tremer, tomado por uma espécie de onda rítmica que nasciam da perna ferida pelo touro. O rosto ficava congestionado e o pescoço, de um jeito que todos os músculos e tendões apareciam. Enquanto se mexia, agitado pelo peso que carregava nos braços, poderia-se dizer que estava a ponto de desmantelar como uma marionete que de repente perde a firmeza dos fios: um braço aqui, uma perna ali e o abdômen no chão, em cacos. Parece que, quando deixava a caixa no caminhão, aquela espécie de convulsão de seu corpo ainda demorava alguns segundos para parar. Anos depois, e com toda lógica, aqueles mesmos tremores apareciam quando montava pirâmides de *castellers* com o grupo de Sant Adrià: uma cariátide nos terços, tremendo irrequieto e a ponto de desabar.

Nos dias que se apresentava para trabalhar com a mente ofuscada pelas divagações taurinas ou deslumbrado depois de uma noite contrastada de coquetéis de "sol e sombra", Tembleque deixava que Gabriel ou Bundó conduzisse o furgão e cochilava na cabine. Já que não tinham carteira de motorista, os dois amigos festejavam como se tivessem ganhado a loteria e se alternavam no trajeto, metade para cada um. Eram sempre viagens dentro de Barcelona, e se Tembleque dormisse profundamente (percebiam pela sonoridade dos roncos) escolhiam um caminho mais longo ou desviavam quando viam que se aproximavam do destino. Às vezes, com a desculpa de ganhar experiência ao volante, se metiam por um bairro de ruas incomuns, como os de Sant Andreu ou Sants, e aprendiam a manobrar em ângulos extremamente fechados. O único inconveniente daquele privilégio era quando chegavam à casa em que acontecia a mudança. Abismado nas profundezas do sono, Tembleque não acordava nem com as estratégias mais brutais. Fosse torturando-o com cócegas ou gritando ao ouvido que o porta-malas estava em chamas, ou dizendo-lhe que um grupo de dançarinas nuas desfilava pela rua, ele não fazia a menor questão de se mexer. No entanto, suspeitamente, sempre acordava quando Gabriel e Bundó já tinha despachado mais da metade da bagagem.

E uma vez que temos Tembleque perfeitamente situado no tempo, agora temos de viajar até o dia em que, por sua iniciativa, Gabriel e Bundó ficaram com o primeiro pacote. (Também poderíamos chamar isso de roubo, mas tem uma carga acusadora de que não gostamos nem nos convém; ou distração, que era a palavra preferida de Gabriel; ou extravio, que é como faziam constar oficialmente nos relatórios para o senhor Casellas.) Seja como for, aquele furto primitivo, meio involuntário, jamais constou no livreto em que nosso pai anotava o espólio das mudanças, mas inaugurou uma tradição que no futuro haveria de brindar-lhes grandes momentos de alegria.

Como acontece com a maioria dos ritos tribais, o treinamento para o roubo aconteceu graças à intervenção de um guia, quer dizer, de Tembleque. Vamos nos situar. O ponto de partida daquela mudança era Madri. Um chefezinho incômodo do Banco Zaragozano que tinha caído em desgraça e havia sido transferido para a sucursal principal de Barcelona.

O destino da mudança era um apartamento da Vía Laietana, alto e pomposo e com mais salões que o Museu do Prado. Na véspera, os três colegas carregaram o caminhão na capital e, quando já estava anoitecendo, depois de um jantar para reunir forças em um restaurante de estrada de Zaragoza, compraram balas "adoquines" de Calatayud e se puseram de novo a caminho. Tembleque dirigiu a noite toda, de uma vez só, enquanto Bundó e Gabriel cochilavam do seu lado. Para se manter acordado o andaluz ouvia o rádio, tentava roer as balas e fumava seus *Tres Caravelas* com a janela entreaberta. Tudo ao mesmo tempo. Quando estava chegando ao topo do monte de Panadella, e posto que as faixas da estrada lhe desvaneciam, parou o caminhão e pediu aos dois amigos que lhe substituíssem um pouco. Faria uma sesta e voltaria a pegar o volante antes de chegar à serra de Ordal. Já não conseguiram acordá-lo. Revezando a condução enquanto pediam a Deus que nenhuma dupla da Guarda Civil os detivesse, Gabriel e Bundó deixaram Ordal para trás, desceram em direção a Martorell, entraram em Barcelona e no meio da manhã pararam o motor bem em frente ao edifício de Vía Laietana. Ao longo de toda a viagem Tembleque não fez nenhum gesto (somente na Gran Via, ao passar em frente às Arenas, o sono ficou agitado durante meio minuto com umas bufadas bovinas), e se não fosse pelo peito afundado respirando para cima e para baixo, diria-se que estava morto.

O andaluz vegetou por mais algumas horas e acordou quando o trabalho pesado já estava feito. O edifício tinha um bom elevador monta-cargas ao pé da escada e Bundó e Gabriel se apressaram a descarregar os móveis e os objetos mais frágeis, seguindo a ordem capicua das mudanças — a última coisa a se descarregar é a primeira que havia sido carregada. No momento em que Tembleque se uniu aos dois, eles haviam começado a subir as caixas de papelão empilhadas no fundo do veículo, todas iguais. Deram conta de que Tembleque tinha acordado porque, enquanto carregavam as caixas mecanicamente, como sonâmbulos, o homem não parava de falar. Cada vez que passava uma caixa, enquanto se alinhavam, soltava um comentário sem pé nem cabeça.

— Estas caixas têm cheiro de dinheiro — cheirando —, não notaram?

— Este apartamento é bacana, não é? Dá para ver que essa gente tem muita condição.

— Vem, garoto, com mais vontade, que logo como recompensa nos espera um dia todo na cama.

— Quer uma bala, Bundó? Ainda nos restam algumas na cabine.

— São duras, mas é bom para fortalecer as mandíbulas.

— *Soy mineeero, y me quito las penas...* — cantando.

— Estou dizendo que estas caixas cheiram a dinheiro. Cheire, cheire.

Gabriel recebeu a última caixas das mãos trêmulas de Tembleque. Dentro do caminhão restavam apenas as cordas, as roldanas e algumas mantas que tinham servido para envolver as lâmpadas e outros objetos frágeis.

— Acabou-se, até amanhã, se Deus quiser.

Depois subiram ao apartamento, para que lhes assinassem o recibo de entrega. Um ajudante do senhor Casellas se encarregaria de cobrar mais tarde. Encontraram a mulher do banqueiro em um dos salões, contando as caixas.

— Contei cinquenta e dois pacotes — disse.

De acordo com o recibo, havia entregado cinquenta e três caixas em Madri.

— Não pode ser, senhora. Deve ter perdido a conta... — respondeu Tembleque.

Os dois jovens e a senhora se puseram a contar de novo. Cada um repassava as caixas, empilhadas fora de ordem por toda a casa, começando em um ponto diferente. Os números se misturavam no ar como um leilão de peixe.

— Eu contei cinquenta e quatro — anunciou Bundó. — Um a mais que a conta.

— Que isso! Contei cinquenta e três pacotes certinhos.

— Pois eu contei cinquenta e dois — disse Gabriel. Tembleque lhe lançou um olhar assassino.

— E... cinquenta e três. Tem razão. Cinquenta e três, estão todas — a senhora contou finalmente e, em seguida, assinou recibo.

Abaixo, na rua, antes de sair para o depósito da La Ibérica, acabaram de recolher as cordas e dobrar os cobertores.

— Caramba, a caixa que faltava! — gritou Bundó ao levantar uma manta estrategicamente situada em um canto.

— Já levo para cima... — Gabriel se ofereceu.

— Nada disso, rapaziada — Tembleque interrompeu. — Viram que o recibo já foi assinado? Pois aqui não falta nenhuma caixa. Essa gente tem dinheiro sobrando, são do Banco de Saragoça.

No dia seguinte de manhã, assim que chegaram à La Ibérica, Tembleque chamou os dois amigos e lhes deu dois aparadores de livros iguais, um para cada um, de madeira policromada e que imitavam o famoso escriba egípcio sentado. Assegurou-lhes que ele havia ficado apenas com um dicionário ilustrado e três almanaques anuais que havia dentro da caixa, dos anos de 1956, 1957 e 1958.

— Era pouca coisa. Para as crianças. Servirá para a escola e tal.

Gabriel e Bundó presentearam as irmãs dos Hogares com os aparadores de livros. Durante alguns dias foram consumidos por um sentimento de culpa, herança da educação recebida no orfanato. Depois de pouco tempo, no entanto, quando viajavam pela Europa e as caixas e pacotes se distraíam, caíam do caminhão, se extraviavam ou nunca chegavam a ser carregadas, aquela culpa inicial já havia sofrido uma mutação definitiva. As desculpas, as justificativas e as evasivas haviam se convertido em sua literatura, cada vez mais aperfeiçoadas, e se olhassem para trás e voltassem àquele primeiro dia, Bundó e Gabriel sentiriam uma ternura um pouco sufocante e ridícula, presa a essa candura que costuma envolver a lembrança da primeira namorada.

Ainda que possa parecer completamente o contrário, avançamos com dificuldades pela vida de nosso pai. As coisas se complicam. O corredor se estreita e escurece. Há portais com dobradiças emperradas ou fechadura oxidada pela falta de uso e, quando tentamos abri-los, não conseguimos. Se vemos uma fresta de luz que escapa por debaixo da porta, um fiozinho de existência que não poderemos contemplar, somos assaltados por uma mistura de desânimo e dúvida. Não é fácil encaixar nossas lembranças, dizemos para nos animar. Aqui estão os Cristóvãos, os quatro filhos de quatro mães céticas e de um só pai fugido que tentam reconstruir um passado vagamente comum. Há tempos que nos esforçamos para falar com uma só voz, mas já decidimos que mais adiante cada um terá um capítulo para se estender, o momento de fazer um solo. Enquanto isso nos perguntamos em uníssono: chegaremos a algum lugar? Em momentos de euforia, quando as datas coincidem, os feitos se encaixam e as testemunhas concordam, intuímos um segredo, mas não sabemos qual. Bem poderia ser que estejamos errados e que nem mesmo exista esse segredo ou o que for.

As coisas se complicam, dizemos, porque Gabriel e Bundó estão a ponto de se acomodar definitivamente na idade sem nome e já se sabe que na vida não há nada definitivo.

— Estão a ponto de passar a terceira marcha — Christof interveio, muito presunçoso, mas nós três o fizemos lembrar da promessa de não nos excedermos nas metáforas de estrada e autoescola.

Agora passaremos com velocidade vertiginosa as folhas do calendário, como se fossem sacudidas por uma ventania de outono e nos deteremos em um dia de outubro de 1958. Estamos nos Hogares Mundet. Anoitece. Gabriel e Bundó acabam de voltar de uma longa jornada de trabalho. Faz um ano que trabalham juntos na La Ibérica. Hoje tiveram de fazer uma mudança curta, mas escrota, daquelas que destroem: de Sant Gervasi a um antro de Ciutat Vella. Ruas estreitas, escadas obtusas, moradias exíguas. Uma viúva e o folgado do seu filho que não tinham nada para pagar as contas. Lágrimas. E amanhã mais do mesmo. Os dois amigos se assearam um pouco e passaram colônia para dissimular o cheiro azedo de suor. Estão no dormitório comunitário, derrubados na cama enquanto esperam a hora do jantar, quando a irmã Elvira os chama ao escritório. Eles vão para lá. Pelo caminho, o estômago de Bundó ruge como um leão. Chamam à porta e dentro a voz enérgica da madre superiora lhes ordena que entrem.

Outra porta que se abre para nós.

A irmã levantou a vista e seguiu a entrada de Gabriel e Bundó com uma pontada de carinho. Durante mais de dez anos havia visto aqueles dois malandros crescerem como se fossem seus filhos. Havia dado de comer, visto receberem a primeira comunhão, repreendido e castigado para o próprio bem deles. Agora, quando contemplava os dois, vislumbrava ao mesmo tempo os dias protegidos da Casa de Caridade e o futuro selvagem e repleto de tentações que encontrariam lá fora, quando saíssem. Os olhos se umedeceram — isso acontecia cada vez que tinha de enfrentar aquela situação — e, para se animar, lembrou que os dois meninos trabalhavam na empresa de mudanças do irmão. De algum modo, ficava tudo em família.

— Chamei vocês aqui — disse então — porque tenho duas notícias para dar-lhes. Uma boa e outra má. Qual vocês querem primeiro?

— A má! — pediu Bundó, mas no fundo queria que primeiro lhes dessem a boa.

— A boa! — respondeu Gabriel ao mesmo tempo, mas na verdade esperava que primeiro lhes dessem a má.

Antes de falar, a madre fez uma pausa dramática.

— Vocês cresceram — disse, adotando um tom solene — e o tempo passa voando. Agora vocês já têm 17 anos e são maiores. Falamos com seus tutores na escola e decidimos que já está na hora de construírem um porvir por conta própria. Graças a Deus, agora já trabalham e ganham um salário, não? E são vocês os que devem aprender a administrá-lo. Há crianças mais necessitadas que precisam de nossa atenção. Bundó, Gabriel — fez uma pausa nesse momento —, no final deste mês terão de abandonar os Hogares. Essa é a má notícia.

O rosto dos dois amigos tinha começado a se iluminar, mas se reprimiu ao ouvir que ir embora, sair, partir dos Hogares — finalmente, finalmente! — era uma má notícia. Para ganhar tempo, Bundó comentou:

— Tem razão, madre. A cama ficou curta e meus pés já não cabem mais.

— E a boa notícia? — perguntou então Gabriel.

Economizaremos o discurso da freira, repleto de nossas senhoras, orações e agradecimentos celestiais. O caso é que a boa notícia era realmente boa. Graças à condição de órfãos de pai e mãe e, sobretudo, aos bons contatos do senhor Casellas, que tinha um amigo de infância no comando geral — um pistolão dos grandes —, os dois amigos se livrariam do serviço militar. A princípio a boa-nova os deixou mais perplexos que a suposta má notícia — porque sempre haviam visto a carreira militar como a grande oportunidade de sair dos Hogares —, mas não demoraram nem um minuto para fazer uma nova ideia da situação. O panorama que se abria diante deles, mais além dos muros daquela prisão, os atraía com uma comoção ainda mais excitante do que haviam imaginado. Os dois amigos não conseguiram reprimir um grito libertador e começaram a rir compulsivamente. Em meio ao frenesi, Bundó se aproximou da irmã e a beijou no rosto. A irmã o afastou com um inofensivo empurrão — sai, sai! — e ficou corada. Gabriel se sentiu tentado a imitar o amigo, mas freou no último momento, sem saber muito bem o que fazer com os braços, e se limitou a dedicar uma afetuosa genuflexão à freira (não se pode descartar que de repente tenha se lembrado da narração erótica protagonizada pela irmã Mercedes).

Exagerando o sobressalto, porque no fundo gostava dessas confianças, a madre superiora ajeitou a coifa, alisou as rugas inexistentes do hábito e se encarregou de atenuar aquela euforia.

— Deveriam estar eternamente agradecidos a Deus e ao senhor Casellas, nessa ordem, pelo que fizeram por vocês — disse a freira. — Na verdade, não está totalmente certo que se livrarão do serviço militar: vocês vão se alistar, vamos dizer assim, nas filas da Mudanças La Ibérica e espero que vocês sirvam ao senhor Casellas com a mesma lealdade com que nossos soldados servem à pátria e ao Generalíssimo.

Fazia apenas uns meses que Franco havia apresentado os princípios do Movimento Nacional, nos quais dizia que a Espanha era "unidade de destino no universal", e a madre superiora havia aprendido isso de cor. Os dois meninos assentiram suas palavras com circunspecção. Naquele lapso de tempo, Gabriel desenhou mentalmente um bigodinho no rosto empalidecido da freira e se deu conta de que ela e o senhor Casellas se pareciam como duas gotas de água.

E agora, se nos permite, fechamos as portas da Casa de Caridade e dos Hogares Mundet para todo o sempre.

5
UMA CASA DA RUA DE SANT ANTONI

O destino, travesso e brincalhão como um filhote, colocou Gabriel e Bundó em uma pensão. Cada vez que algum jovem ia embora do orfanato, as freiras perguntavam se existia algum parente, por mais distante que fosse, a quem pudessem passar as responsabilidades familiares, mas no caso dos dois amigos se sabia havia anos que estavam sozinhos. Deixaram que fossem, então, com a recomendação de que se instalassem em alguma pensão barata, mas, acima de tudo, decente. Gabriel e Bundó não pensaram duas vezes. Seguindo os conselhos do vovô Cuniller da La Ibérica, que tinha vivido mais de metade da vida em uma pensão, escolheram um quarto com duas camas em uma casa da Rua de Sant Antoni. O edifício ficava na esquina com a Rua de Sant Gil e estava a dois passos do mercado, mas a principal razão de terem escolhido aquela pensão é que era muito perto da Casa de Caridade. Tinham apenas que entrar na Rua Ferlandina para irem parar em uma das entradas da Casa, a que dava ao pátio Nadal i Dou. Não que os dois amigos morressem de vontade de frequentar outra vez o velho orfanato — especialmente Gabriel, que tinha fugido da tipografia com a consciência pesada de desertor —, mas assim lhes parecia que voltavam ao bairro em que tinham crescido. Eliminavam aquela temporada em que tinham vivido desterrados nos Hogares e finalmente satisfaziam um impulso reprimido desde a primeira adolescência. Só de pensar, o cérebro se embriagava com aquele perfume agridoce que as ruas do bairro chinês exalavam ao anoitecer. Eram seduzidos pela liberdade de passear pelos cantos mais descarados e, sem supervisão das freiras, nada lhes impedia de se deleitarem com aquelas atrações tantas vezes imaginadas.

Transcorria o outono de 1958, a pensão resumia a perfeição do caráter fronteiriço daquela parte de Barcelona, situada entre as estreitezas do bairro chinês e o aspecto de bulevar parisiense da Rua de Sant Antoni. Mesmo ocupando toda a planta principal de um edifício de quatro andares e o salão recebendo a luz de uma galeria envidraçada que dava para a rua, o interior do imóvel oferecia muito menos do que a fachada prometia. Tratava-se de uma pensão modesta, com a forma cônica de um funil e vertebrada por um longo corredor. Tinha seis quartos escuros, de tetos altos e molduras falsas, um banheiro com a porta de vidro translúcido — do outro lado sempre se via sombras de gelatina — e a privada separada em um quartinho estreito. A cozinha e o quarto da dona ficavam à parte, como uma curva secreta e vedada aos inquilinos, e depois o imóvel se alargava para uma sala de jantar luminosa que dava para a rua.

Sem um nome conhecido, para lá do letreiro amassado que estava no portão — Pensão. Viajantes e hóspedes. Principal —, a pensão era propriedade de uma tal senhora Rifà, nascida na Plana de Vic, que dez anos antes havia herdado o negócio de uma tia de segundo grau. A senhora Natàlia Rifà era uma mulher pequena e enérgica, inquieta. Solteira e descrente, de uns cinquenta e muitos anos e de uma faceirice incansável, corria pela casa como se sempre estivesse apagando fogo em algum quarto. Apesar dos desenganos sofridos, não havia perdido o gosto por se arrumar todas as manhãs e confiava em um corpete que lhe deixava com nádegas de amêndoas. Os inquilinos só podiam vê-la com roupão quando se metiam na cozinha, já que se arrumava para servir os pratos. Era limpa e exigia que os hóspedes também o fossem — se via que tinham futuro na casa, os educava na pulcritude. Cozinhava razoavelmente, quer dizer, com uma boa administração do sal, mas sem muitas alegrias, e talvez por isso só aceitasse hóspedes do sexo masculino, pois sabia que eram mais fáceis de se conformar.

O imóvel da Rua de Sant Antoni não havia sido reformado desde muito antes da guerra. No verão, as paredes infiltravam e em alguns quartos, quando chovia, formavam-se umas manchas de umidade que demoravam muito a desaparecer (um estudante da cidade Jaca, supersticioso que só ele, acreditava ver caras naquelas manchas). A mobília rangia de velha e os utensílios de cozinha estavam escurecidos pelo fogo. Aquela atmosfera sem viço se fazia patente em virtude da maior peculiaridade da casa: os animais empalhados.

Pássaros, canídeos, roedores ou felinos: cada quarto exibia sua criatura embalsamada. Parecia um Museu de História Natural. No saguão do andar, meio camuflado sobre o cabide dos casacos e chapéus, um lobo de pelagem reluzente guardava a entrada — você passa, você não passa. No chão, junto ao porta guarda-chuvas, lhe fazia companhia um dálmata de expressão simpática, sentado sobre as patas traseiras, que parecia esperar as carícias de todos que entravam e saiam. Um esquilo com cauda afofada como um espanador trepava na estante de livros do corredor e sustentava as *Seleções do Reader's Digest* — a senhora também havia herdado a assinatura da revista. Na cristaleira da sala de jantar, um papagaio azul celeste e uma cacatua de plumagem colorida e com o bico aberto tagarelavam eternamente, imitando as palavras mais repetidas pelos habitantes da casa. Do outro lado da mesma cristaleira, um colibri com penas furta-cor, com as asas em um perpétuo movimento quieto, libava uma flor exótica de plástico. Um gato de algália com a boca entreaberta, trepado no velho móvel de bar, suspirava por presas tão suculentas.

A paixão pela taxidermia chegava até mesmo ao patamar da escada. Com a autorização dos demais vizinhos do edifício, que viam isso como um detalhe de distinção do qual toda a casa se beneficiava, a senhora Rifà tinha mandado pendurar junto à porta uma cabeça de cabra montanhesa, daquelas com chifres pontiagudos e em espiral. Quando conseguiam a aprovação da senhora, ela revelava aos clientes mais fiéis o segredo da cabra: a dentadura entreaberta do animal guardava uma cópia da chave da casa para os atrasados e desatentos.

Os habitantes da pensão não se acostumavam rapidamente com a presença inquietante de toda essa fauna. Nas conversas durante a mesa, circulavam histórias falsas sobre a má qualidade de alguns empalhamentos. Ao ouvi-las, os recém-chegados começavam a se coçar com inquietação, e durante algumas noites os sonhos eram povoados por animais com o ventre inchado e moscas repulsivas zumbindo ao seu redor.

A senhora Rifà também tinha um gato, um gato vivo. O animal, que tinha se tornado arisco por causa das tantas mãos que o acariciavam sem vontade, como um pedágio da pensão, parecia gostar de assustar as pessoas.

De repente, depois de passar horas e horas cochilando no sofá ou imóvel no alto de seu móvel preferido, soltava um alarido e trepava no ombro de quem estivesse mais perto. Os hóspedes o odiavam, e o sentimento era mútuo. Deixando o gato de lado, que foi o primeiro inquilino da casa, a invasão de animais inertes vinha de tempos atrás, quando a senhora Rifà hospedou um comerciante de vinhos da Rioja. Gabriel e Bundó não chegaram a conhecê-lo por muito pouco, mas algum inquilino se apressou a introduzi-los no mistério. Aquele senhor, viúvo e com duas filhas por casar que o mortificavam, esteve na casa por cerca de quatro anos, entre 1954 e 1958. No início, ficava ali somente uma semana por mês, o tempo necessário para fazer a ronda dos comércios e restaurantes de Barcelona, mas depois de meio ano as estadas já tinham ficado mais longas e, alegando ter muito trabalho, se dividia em vinte dias na pensão e dez dias em Logroño. Ele e a dona se tratavam com intimidade e se encontravam todas as noites sobre o colchão, é claro. O concubinato com aquele homem rendeu à senhora Rifà os dias mais felizes de sua vida — assim confessou mais de uma vez a Bundó, que servia de ombro amigo em noites turvas de anisado.

Por alguma lembrança de infância relacionada com um velho mestre da República, nota-se que o senhor de Logroño era um grande amante da taxidermia. Todas as sextas-feiras à tarde ele visitava o taxidermista da Praça Reial como se fosse um explorador que saía para caçar. Olhava e olhava as peças expostas e, de tempos em tempos, quando alguma lhe roubava o coração, gastava algumas pesetas e a levava para casa. A senhora Rifà costumava receber a nova aquisição torcendo o nariz — "pó e mais pó", dizia para si mesma —, mas em seguida arrumava um lugar para colocá-la. A cada nova adoção via um sinal de enraizamento. Enquanto os animais estivessem ali, pensava, e era francamente difícil que um belo dia eles escapassem por conta própria, não passaria pela cabeça do senhor de Logroño abandoná-la.

Estava enganada, é claro.

Estava enganada pois em uma manhã de setembro, quando voltava das compras no mercado, naquela hora do dia em que a casa ficava vazia e ela escutava a novela da Rádio Barcelona, enquanto colocava a comida no fogo, encontrou um papel dobrado sobre a mesa da sala de jantar. Com uma redação excessivamente complicada, o senhor de Logroño contava que tivera de voltar ao povoado de surpresa. As duas filhas, juntas e ao mesmo tempo, tinham tentado suicídio. Assim que pudesse, escreveria para dar-lhe notícias. Muitos beijos etc.... Horrorizada pela situação, a senhora Natàlia Rifà se compadeceu daquele homem. Então lhe chegou ao nariz uma lufada de Varon Dandy e percebeu que o papel que tinha nas mãos estava perfumado. Que coisa mais estranha. Quem perfumaria um bilhete de dor, se não fosse para ser perdoado por algo? Correu até o quarto que o senhor Logroño tinha alugado para manter as aparências e abriu o armário de uma só vez. Vazio. A senhora Rifà se deixou cair na cama, pois parecia que estava a ponto de perder a consciência. Parado no alto de um gaveteiro, um furão zombava dela com uma careta de desdém.

Durante as primeiras semanas, o zoológico empalhado alimentou as esperanças da senhora Natàlia Rifà, mas a ânsia de uma carta com o carimbo de Logroño foi desaparecendo pouco a pouco. Uma noite, na hora do jantar, quando já fazia dois meses que resistia a alugar de novo o quarto daquele homem, a senhora Rifà percebeu que os inquilinos trocavam olhares de compaixão. Era uma especialista em decifrar as entrelinhas dos clientes. Interrogou-lhes e os mesmos olhares se tornaram glaciais, mas no fim um jovem de Berga, ajudante de tabelião e linguarudo de nascimento, não conseguiu se conter: naquela mesma tarde, quando voltava dos juizados, tinha visto o senhor de Logroño pela Rua Trafalgar. Ia. Acompanhado. De uma. Rameira — digamos assim.

A senhora Rifà não deu importância na hora. "Vocês veem, um inútil que me devia dinheiro." Coisas de Barcelona. Desde pequena seus pais, que eram muito devotos, haviam lhe ensinado que tinha de reprimir o tempo todo demonstrações de sentimentos. No dia seguinte, colocou outra cama no quarto vazio e o alugou para dois novos hóspedes caídos do céu, Gabriel e Bundó. Assim se convencia de que havia virado a página. Naquele mesmo dia mudou também alguns animais de lugar e jogou um no lixo — um, nada mais: desfez-se de um pobre guaxinim que havia percorrido meio mundo para acabar daquela maneira. E tudo porque, com a máscara sobre os olhos vidrosos, lembrava-lhe demais o senhor de Logroño, pois sempre que ele se lamentava das duas filhas solteiras a vista embaçava.

Desde aquele dia, além disso, a senhora Rifà se acostumou a chamar os quartos de acordo com o animal que guardavam. O quarto do texugo.

O quarto da galinha-d'angola. O quarto do lagarto. Bundó e Gabriel se instalaram no quarto do furão, que era um aposento modesto para duas pessoas, mas com um pequeno luxo de uma janelinha que dava para o pátio interior. No verão, gostavam que corresse um pouco de corrente de ar. A senhora Rifà o alugou por um preço irrisório: tinha pressa de enchê-lo de vida outra vez. Além disso, ocupados como estavam com as mudanças, sempre para cima e para baixo, combinaram que nunca almoçariam em casa.

Quando nossas mães lhes perguntavam em que lugar de Barcelona eles viviam, papai não as enganava e falava da pensão, mas jamais se detinha a descrever detalhes concretos do bairro, dos quartos ou da vida que levavam. Ele e Bundó passaram muitos anos por lá — primeiro juntos e depois de um tempo cada um tinha seu quarto individual —, e os seis quartos se misturavam na memória como um todo inseparável. Uma cama, um armário, uma cadeira e uma mesinha de cabeceira, talvez um espelho, uma pia e um animal empalhado. A senhora Rifà estabelecia uma espécie de hierarquia, ou de *pedigree*, baseada na antiguidade dos inquilinos, de modo que se alguém decidisse ir embora ou morresse (também acontecia), o que vinha em seguida tinha o direito a se mudar para o quarto vazio. Gabriel passou por todas aquelas minimudanças, quarto por quarto, até chegar ao maior, que era o do falcão — embora chegados a este ponto, não podemos confirmar que chegara ao melhor quarto de verdade, que era o da dona. No fundo, aqueles esquemas impostos pela senhora Rifà não se afastavam muito do modo de vida no orfanato, e para os dois jovens tinham um peso insignificante. Se obedeciam, era para não a contrariar.

Por sua vez, a convivência com os outros da casa realmente os ajudou a se situarem no novo mundo. Os dois amigos passavam a maior parte do dia com os trabalhadores da La Ibérica. Naquele microcosmo, a jornada de trabalho lhes atrofiava as ideias, mas muitas vezes as conversas com os outros hóspedes na hora do jantar ou durante a espera prévia na sala de jantar conseguiam desadormecer o cérebro. O cimento ainda estava fresco e os rastros estavam impressos com força. Os conselhos, as histórias e as palavras ostentosas que nasciam na mesa os sacudiam por dentro e, de repente, diante de um novo comentário, irritavam-se com um ímpeto desconhecido ou riam enquanto saboreavam o gosto da piada interna, do olhar de cúmplice. Embora a amizade que os unia desde pequenos se mantivesse sempre incondicional, na pensão Gabriel e Bundó compreenderam que opinar de maneira diferente não os prejudicaria. A idade sem nome, além disso, ainda lhes proporcionava uma rede de segurança.

Seria impossível rever a lista completa dos inquilinos ocasionais e clientes estáveis com os quais nosso pai se deparou na pensão. Se fizermos cálculos, o número dispara. No final dos anos 1960, quando já havíamos nascido e ele nos visitava de vez em quando — em Paris, Frankfurt, Londres —, havia mais de dez anos que sua residência fixa era a casa da senhora Rifà. Mais de dez anos, dizem. Em 1969, Bundó quebrou o cofre e embarcou na compra a prazo de uma habitação a custos controlados. Um ano e meio mais tarde tinha se mudado para o imóvel. Gabriel, no entanto, não seguiu seus passos. Ele se sentia confortável naquele nomadismo imperfeito que combinava as viagens de caminhão pela Europa e a hospitalidade de uma pensão, sempre tão provisória. Era difícil sair daquele estado.

— É como se o rebuliço da pensão, com toda aquela gente indo e vindo, assim como ele, lhe prolongasse a agradável sensação de estar viajando sem parar — ressalta Christof.

— *We're Sergeant Peppers Lonely Hearts Club Band, we hope you will enjoy the show...*

Está certo, Chris, já captamos. Naquele clube de corações solitários, Bundó e o papai conheceram todo tipo de pessoa. Deve ter sido frequentado por homens amáveis e exibidos, avarentos e desprendidos, tímidos e de vozeirão, enganadores e brincalhões. Há alguns anos, chegavam temporadas em que a cidade voltava a ser como antes da guerra, com aquela agitação urbana de formigueiro. Ainda se contava com os dedos de uma mão, mas havia semanas em que a pensão se contagiava daquela agitação. Os clientes entravam e saiam. A senhora Rifá não fazia mais que lavar lençóis e toalhas. Barcelona acordava de mau humor, com a mente pesada e dolorida pelos pesadelos, mas aquela atividade frenética não lhe dava um minuto de folga. Nas ruas, os pedestres e os ônibus e os caminhões e os carros e as pessoas tentavam fazer cócegas na cidade, que finalmente reagia.

Em um domingo de manhã, quando nós quatro caminhávamos pelo bairro de Sant Antoni procurando vestígios daquela época, aproximamo-nos do mercado de livros antigos e compramos um álbum de fotos daqueles anos.

— E se em uma foto, por acaso, no fundo, em um canto de soslaio, aparecessem Bundó e o papai? — perguntamo-nos com jeito brincalhão.

Não aconteceu. Era pouco provável que os capturassem, pois naqueles anos não paravam quietos. As fotografias do álbum estavam impressas em preto e branco contrastado. A maior tinha muita granulação. Na primeira imagem do livro, provavelmente feita no meio da tarde aos pés de Tibidabo, via-se todo o litoral da cidade, desde o porto até a montanha de Montjuïc, até as chaminés de Sant Adrià: um véu de névoa a envolvia e a transformava em uma miragem incandescente. Em seguida, o fotógrafo descia até as brasas e se deleitava com mil e um detalhes. Naquelas páginas, em que tão de repente anoitecia quanto voltava a clarear, havia lugar para todos. Desde as apresentações das jovens de boa família à sociedade até os concursos hípicos no Clube de Polo. Dos ferradores de cavalos do Escorxador até os bebedores de litros de cerveja da Praça Reial. Dos tômbolas e atrações da Festa Maior da Gràcia até a procissão de Santa Eulália, com os soldados e seus capacetes empenachados. Das praças brancas de uma grande nevasca, no ano de 1962, até os esqueletos dos blocos de construção da Verneda das casas de Montjuïc. Se quiséssemos seguir de perto os vestígios de papai, seríamos obrigados a submergir naquela multidão e parar o movimento das sombras. Tentamos entrar em cada foto, respirar seus cheiros e ouvir seus gritos. Realmente tentamos. Enquanto os pátios de luzes se enchiam com o fedor de couve fervida, os porteiros dos edifícios do Ensanche ouviam rádio e reclamavam em voz baixa. As putas do bairro Chinês recolocavam as tiras do sutiã e se retocavam com maquiagem barata. Os comerciantes adornavam as vitrines levantando castelos de latas de conserva. Os policiais cabeceavam na guarita. Enquanto as urinas fermentavam e sujavam os paralelepípedos, uma menina comia tremoços perto de uma fonte. Um soldado de folga comprava flores para uma jovem modista em uma banca de Las Ramblas. Um idoso saía de pijamas na varanda e coçava a barriga. Um pirralho de camiseta regata matava ratos de bueiro com estilingue. Uma menina com saia curta, acima dos joelhos, sentia que a brisa marinha subia desde o porto e lhe acariciava as pernas. Um homem pequeno, vestindo uma bata branca e um casaco listrado em cima, escapulia por um beco com um pacote bem embrulhado e protegido sob a jaqueta...

— Agora. Agora sim! Vamos parar!

Aquele homem pequeno e magro, com um cabelo sempre enfarinhado, era um ajudante de padeiro que se chamava Lluís Salvans e morava na pensão da senhora Rifà. Ainda que se trate de uma intuição, é muito provável que o pacote embrulhado com papel pardo, do tamanho de um livro grosso, ocultasse umas folhas mimeografadas com proclames revolucionários, prontas para serem panfletadas de madrugada na porta de um mercado, na saída de uma ópera do Liceu ou no mesmíssimo centro da Praça de Catalunya. Salvans foi durante uma época o cliente mais enigmático da pensão (assim, quando desapareceu, Gabriel herdou sua fama). Sempre parecia estar fugindo de algo ou desconfiando dos outros. Se encontrava com alguém no corredor, não evitava a conversa, mas se esforçava para falar sussurrando. O ar misterioso de seu trabalho também ajudava: como trabalhava à noite e até o amanhecer em uma padaria da Rua Hospital, só encontrava com os outros hóspedes nos dias de folga, ou seja, aos sábados e dias santos. Com frequência, nessas ocasiões, quando abandonava a mesa depois do jantar e saía pela porta, deixava passar dez segundos parado no corredor — como um daqueles animais empalhados — e tornava a entrar de surpresa na sala de jantar, com ar teatral, para ver se pegava alguém criticando-o ou confabulando contra ele. Os outros hóspedes já sabiam disso e sempre esperavam sua reaparição. No momento marcado, olhavam fixamente para ele, em silêncio, e se esforçavam para conter o riso quando viam que seu rosto enrubescia de raiva. O rastros de Salvans e sua neurose se perdem no final dos anos 1960, do outro lado da fronteira francesa. Seu sobrenome aparece em algum livro de história, enterrado na fossa comum das notas de pé de página. Pelo que pudemos averiguar, o que não é muito, devia ter algum tipo de contato com o que restava da CNT (Confederação Nacional do Trabalho) e de vez em quando participava de atividades subversivas. Uma vez, quando varria o quarto, a senhora Rifà descobrira debaixo da cama alguns livros com jeito de proibidos. Bakunin, Kropotkin, Malatesta... Aqueles nomes russos demais ou diferentes demais lhe causavam receio. Salvans comprava o silêncio levando todas as manhãs, ainda quente do forno, um pão de quilo.

— Desconte do aluguel, como de costume — dizia para dissimular se alguém o surpreendesse no meio da transação.

Apesar de serem jovens e inocentes demais quando conviveram com ele, tanto papai quanto Bundó falavam com carinho de Lluís Salvans.

Graças ao mistério que sempre as envolvia, aquelas meias palavras suas, aquelas ideias libertárias apenas intuídas pelos amigos acabaram formando parte de sua base ideológica. Deve ter sido uma base frágil, diga-se de passagem: nem papai nem Bundó jamais tiveram um perfil político muito militante. Essas páginas não abrigaram gestos nem epopeias grandiloquentes. O trem da luta heroica passou longe deles, obrigados como estavam a memorizar a Formação do Espírito Nacional sob a vigilância de uma freira de cútis viscosa ou enquanto os distraíam no orfanato vestindo-lhes uniforme e gravata, com a listra bem aparente, para o desfile infantil do Congresso Eucarístico. Falta dizer que, mais adiante, quando já tinham consciência de tudo aquilo, sentiam asco das restrições e da vida austera que o ditador e seus partidários tinham imposto — e mais ainda quando começaram a dar voltas pela Europa com o Pegaso e compreenderam que fora da Espanha se vivia muito melhor —, mas o combate diário das mudanças os mantinha de rédea curta. Nisso sim eles eram vítimas. Por isso sim conspiravam todo santo dia. Assim como eles, muita gente passou aqueles anos com uma resistência mínima, reprimida diariamente por personagens tão detestáveis quanto o senhor Casellas. Petroli nos explicou, por exemplo, que as reuniões do sindicato da La Ibérica sempre foram uma farsa conduzida por Deulofeu, o empregado preferido do chefe, alcaguete das freiras no orfanato e que tinha feito carreira como espião de Casellas.

Voltando ao outro extremo, por influência de Lluís Salvans, devemos remontar ao primeiro inverno que Bundó e Gabriel passaram na casa da senhora Rifà. Em um sábado à noite de seus dezenove anos, excessivamente frio para vaguear pelas ruas, ficaram para o café e para conversar à mesa e, com a desculpa de esvaziar uma garrafa de Sovereign, começaram a jogar cartas. Os adversários daquela noite à partida de *butifarra* foram Lluís Salvans e aluno de Berga (desculpe, garoto, ignoramos o seu nome). Um braseiro sob a mesa aquecia os quatro, mas o Berga, para aguentar melhor o frio, jogava com as luvas que usava para estudar, com as pontas dos dedos cortadas. Como de costume, depois de três ou quatro mãos, Bundó e Gabriel começaram a ganhar facilmente: havia tempo que jogavam juntos e compartilhavam um finíssimo alfabeto de gestos e caretas, infalíveis para eles e imperceptíveis para os demais (as trapaças de Gabriel também deviam ajudar, é claro, mas na época Bundó ainda não sabia).

No final de uma mão particularmente longa, Gabriel lhes anunciou um movimento decisivo, colocando as cartas na mesa, e o estudante jogou as dele em sinal de rendição.

— Que sorte vocês têm! — gritou. — Os trunfos estão saindo para vocês a noite toda.

— Isso não é sorte, cara — defendeu-se Gabriel. — Isso é conhecimento.

— Ah, sim, olha o profissional! Onde aprenderam, no cassino de Monte Carlo?

— Não, que nada. Somo formados na Casa de Caridade — Bundó fez graça, ofendido pelo comentário. — As freiras nos ensinavam o catecismo e depois a jogar *butifarra*, *brisca* e sete e meio. Ah, e sempre com dinheiro de verdade. Pegavam das doações da igreja.

Concentrado e cabisbaixo, Lluís Salvans voltou a repartir as cartas e pareceu que não precisava acrescentar mais nada. Continuaram jogando e, ao final da partida, como se quisesse completar um pensamento, se dirigiu a Bundó.

— Então você foi criado por aqui perto, na Casa de Caridade... Você é órfão?

— Sim, nós dois somos — respondeu Bundó, apontando para Gabriel com a cabeça. Uma pontada de orgulho o fez estremecer. Fazia tempo que não sentia isso.

— E onde você nasceu, se você souber?

— Claro que sei. A carteira de identidade diz que em Vendrell. Por quê?

— Não, por nada. Curiosidade...

Lluís Salvans era homem de poucas palavras, e a curiosidade se esgotou naquele mesmo instante. O jogo durou mais uma hora, até que o braseiro e o Soberano deram um basta e os quatro hóspedes foram dormir. Depois de alguns dias, em uma tarde quando Bundó andava pelo corredor, uma porta se abriu e alguém sussurrou seu nome. Era Lluís Salvans, que o fez entrar no quarto e voltou a fechar a porta em seguida. Estava alojado no quarto da galinha-d'angola.

— Perguntei às pessoas certas — soltou com uma discrição exagerada. Falava meio agachado, pois aquele tipo de protocolo lhe arqueava as costas, como se o peso da transcendência o dobrasse. Bundó fez cara de não estar entendendo nada. — Você sabe quem era seu pai?

— Não — respondeu Bundó. — Não cheguei a conhecê-lo. Uma vez as freiras me disseram que ele era um homem mau, porque tinha abandonado minha mãe e a mim e que em seguida ela morreu e me deixou sozinho.

— Pois agora você saberá a verdade, Bundó — baixou a voz. — Seu pai foi eliminado pelos fascistas. No Camp de la Bota. Estava preso na carceragem Modelo e uns bastardos, uns capangas do ditador, o levaram e o fuzilaram no mesmo lugar em que muitos outros combatentes caíram — consultou um papelzinho em que tinha a data anotada. — Consta que seu pai foi assassinado em 29 de novembro. De 1941.

— Mas esse é o dia em que eu nasci! — exclamou Bundó.

Lluís Salvans não podia acreditar.

— Que filhos da puta. Mas que filhos da puta — o rosto se enrijeceu de uma maneira que Bundó não conhecia. Nem quando fazia toda aquela comédia na sala de jantar, para pegar os inquilinos conspirando contra ele, mostrava tanta hostilidade. — Lembre-se sempre, Bundó: seu pai foi um herói.

Bundó nunca esqueceu as palavras de Lluís Salvans, mas levou alguns dias para entender o que significavam na realidade. Até então sua ideia de herói estava associada aos quadrinhos do Capitán Trueno. Desde que virou moda nas bancas, ele os comprava no Palácio e lia na cama, antes de dormir. Poucos dias depois daquele primeiro encontro, Salvans bateu na porta de seu quarto e, deslizando com aquele seu sigilo tão peculiar, entrou e lhe mostrou uma foto.

— Aqui, fica de presente — disse ele. — Esconda onde ninguém possa vê-la. Agora saberá quem é seu pai, e você é a cara dele. Não precisa mais nem se olhar no espelho. Devia ter a mesma idade que você tem agora.

A fotografia, em preto e branco, mostrava um grupo de jovens em cima da carroceria de um caminhão. Podia se dizer que era um grupo de amigos. Estavam unidos por um espírito festivo. Alguns sorriam e levantavam o punho com convicção, bem alto. O mais jovem, de uns quinze anos, estava enrolado em uma bandeira anarquista. Bundó se reconheceu em um jovem que estava abraçado a outro para não perder o equilíbrio e segurava ao mesmo tempo a ponta de um cartaz. Eram iguaizinhos, de fato. Passou muito tempo com olhar fixo naquela imagem, esperando a dor chegar, alguma tristeza, um sinal — mas nada. Quando levantou o olho da foto, Salvans já tinha desaparecido.

Em vez de escondê-la, Bundó buscou um porta-retratos de prata, surrupiado em uma das primeiras mudanças, colocou a foto e deixou sobre a mesinha da cabeceira. Nos dias seguintes, quando já estava metido na cama, pegava a foto e observava durante um tempo aquele grupo de jovens. Ficava de bom humor. Começava pelo pai — a tensão nos braços, a roupa que usava, a expressão de vitória — e continuava com seus companheiros de luta. Estudava a fisionomia de todos e tentava imaginar o que estariam pensando naquele momento. Quem seria o melhor amigo de seu pai, seu Gabriel? Talvez aquele cara magro que o abraçava? Pessimista como ninguém, Salvans havia lhe dito que provavelmente todos já estavam mortos.

Duas semanas depois, em uma tarde especialmente agradável de junho, Bundó completou a recuperação imaginária do pai. Tembleque, Gabriel e ele voltavam com o DKV de uma mudança em Badalona. Ao passarem na estrada de Mataró, exatamente depois da ponte de Besòs, Bundó perguntou se podiam parar um minuto no Camp de la Bota.

— Gostaria de ver o lugar em que eliminaram meu pai — anunciou.

Tembleque ficou branco e parou o furgão junto a um descampado. Em um reflexo, benzeu-se. Em seguida disse que, se não tivesse nenhum inconveniente, ele os acompanharia. Aproveitaria para visitar uns velhos conhecidos do bairro de Pequín. Nos anos 1940, antes de se casar e levar a mãe para viver em Sant Adrià, ele havia crescido em uma daquelas casas rústicas esbranquiçadas, sem água encanada nem banheiro, que eram vistas além do castelo de quatro torres. Ao amanhecer, quando o sol se levantava, mais de uma vez havia ouvido de sua cama o eco das rajadas dos fuzilamentos, levado pelo vento e depois ainda mais sombrio, o estalo do golpe de misericórdia. Contava cada um e sabia quantos haviam morrido de uma vez. De dia jogava bola descalço na praia e cortava a planta dos pés com as cápsulas das balas — como se fossem conchas. Havia crianças do bairro que as coletavam e depois vendiam em Los Encantes.

Gabriel e Bundó desceram do furgão perto do castelo. O ar salgado do mar os envolveu com uma intensidade incômoda. O sol de junho, que começava a se pôr lentamente atrás das fábricas e dos primeiros blocos de apartamentos de La Mina, tingia a atmosfera com uma claridade avermelhada e ilusória. O próprio castelo, com as quatro torres e as ameias tão bem delineadas, se levantava diante deles com uma presença endurecida, como um diorama. Deixando para trás um grupo de casas rústicas, os dois amigos caminharam até a beira do mar e em seguida percorreram a praia ao longo de uns cem metros. No ponto onde Tembleque tinha-lhes dito que começava Camp de la Bota, Gabriel continuou andando e Bundó se deteve. Desenhou com o sapato uma linha reta de uns dez metros, raspando a areia úmida e arrastando com força todas as pedrinhas que apareciam. Não sabia por que o fazia. O som das ondas, naquela hora da tarde, se repetia com uma cadência tão sinuosa e nauseante que lhe causou ânsia, mas ele não vomitou. De longe, nas casas, algumas crianças brincavam e de vez em quando gritavam em uníssono. Seus alaridos faziam pensar em um estranho grito tribal. Dois cachorros começaram a latir em turnos, incansáveis, com uns latidos congestionados. Quando os dois se calaram, de repente, fez-se um silêncio novo e Bundó se sentiu imensamente sozinho. Ele fechou os olhos e na solidão de Camp de la Bota, tão dolorosa, tão absoluta que não tinha fissuras, reconheceu em um instante toda a herança de seu pai. Essa foi a primeira vez na vida — e provavelmente a única — em que o sentiu realmente próximo.

O braço de Gabriel em seu ombro o fez abrir os olhos de novo. Os dois amigos não disseram nada um ao outro. Em silêncio voltaram até o castelo irreal e esperaram que Tembleque os buscasse com o DKV. Mas devia haver algo no ar, algum calafrio deve ter passado de Bundó, porque no dia seguinte Gabriel saiu de casa mais cedo e, antes de ir para La Ibérica, parou no mercado de Born. De longe, sem dizer nada, despediu-se para sempre da bacalhoeira que o havia alimentado.

6

PETROLI E MULHERES

N*úmero 49. Barcelona-Biarritz. 6 de fevereiro de 1965*
Duas caixas de sapatos amarradas com um barbante. Uma delas é maior que a outra. Na caixa pequena há sapatos de homem, de couro preto, com solas desgastadas. Como são tamanho 42 e ainda estão em muito bom estado, ficarão com Gabriel. A caixa maior devia ser de umas botas, mas dentro há um tabuleiro de xadrez e uma caixa de madeira com as peças de alabastro. Falta um peão branco, que alguém trocou por uma ficha de dominó, o duplo branco. "Embora não joguemos, vamos levar para a pensão e daremos à Rifà". Para aproveitar o espaço da caixa, também colocaram dentro um estojo de couro com três charutos. Petroli irá fumá-los, mesmo que um deles tenha a ponta amassada pela viagem. Há também um peso de papéis de madeira maciça e a figura de um elefante com a trompa para o alto e uma incisão plana nas costas para colocar uma caixa de fósforos. São para o Bundó.

Começamos a ler atentamente a lista de roubos — ou furtos, ou empréstimos, ou extravios, ou resgates, ou como a ideia de moral de vocês permita chamar. Agora que neste itinerário pela vida de Gabriel chegamos a 1963 e os motores do Pegaso estão esquentando para percorrer as estradas da metade da Europa, cada uma das pilhagens que papai detalhou em seus livretos é como uma passagem secreta que nos leva diretamente àqueles dias. Quatro décadas atrás em somente um parágrafo. A princípio, nas primeiras páginas, a descrição era meramente funcional. Talvez Gabriel e Bundó não confiassem ainda o bastante em Petroli, que era mais velho e mais experiente que ambos, e registravam a divisão para se assegurar de que fossem equânimes. Aos poucos, no entanto, as listas foram ganhando em elaboração: sabemos que Gabriel as escrevia, mas jamais falava em primeira pessoa. As descrições saíam cada vez mais esmeradas, mais escrupulosas e, de vez em quando, se permitia alguma referência à família que havia saqueado. Não diremos que sejam literárias, porque não se trata disso, mas que naquelas páginas se percebe uma profunda cumplicidade com seus dois únicos leitores, Bundó e Petroli. Como se a partir de um determinado momento o jogo de escrever a lista fosse uma parte importante do próprio furto. Embora Petroli nunca quisesse confirmar este ponto, vem daí o nosso fascínio, afinal de contas: como não esperava que ninguém mais a lesse, deve ter sido o lugar em que nosso pai apresenta a si mesmo de uma forma mais transparente, sem falácias nem máscaras. Em que sentimos melhor a essência de seu caráter.

Acabamos de transcrever uma das fichas da lista em que se começa a perceber essa elaboração. Eis aqui outra das entradas iniciais, bem rudimentar, para que possam compará-las:

Número 4. Mudança em Düsseldorf. 18 de abril de 1963
Uma bolsa de viagem velha.
Petroli: Duas gravatas. Uns suspensórios. Um casaco Dux.
Bundó: Uma gravata. Umas luvas de couro.
Gabriel: Uma gravata. Uma jaqueta verde-escura.

Somente um ano depois Gabriel teria explicado que a jaqueta verde-escura (ainda a encontramos pendurada em seu armário) era de *tweed*, tinha um escudo costurado no bolso da frente e servia provavelmente para sair para caçar ou para montar a cavalo, ou até mesmo teria dito — nos momentos mais inspirados — que em um dos bolsos havia uma folha de carvalho seca, esquecida na primavera anterior por seu proprietário.

Com relação à Petroli, desde aquela primeira viagem para Düsseldorf abandonou o cinto e entrou incondicionalmente para o clube dos que usam suspensórios. É uma dessas coisas que descobrimos meses atrás, quando o visitamos em um fim de semana para que nos lembrasse daquela época.

Apesar do risco de parecer um desses programas de televisão em que se desenterram histórias surradas e se reúnem antigos amigos de escola que na verdade se odiavam, achávamos que as lembranças de Petroli seriam preciosas na hora de estabelecer um ponto de fuga de nosso pai. Por quase uma década, desde que o senhor Casellas mexeu os pauzinhos certos e as mudanças La Ibérica entraram no privilegiado negócio de transporte internacional, Petroli, Bundó e Gabriel coabitaram — por assim dizer — um caminhão Pegaso. Os livretos de nosso pai revelam duzentas saídas por toda a Europa, principalmente para a França, a Alemanha e a Grã-Bretanha (Itália e Portugal ficavam de fora porque outra empresa havia negociado exclusividade com o governo). Quer dizer, uma média de duas ou três viagens ao mês, contando que cada saída durava três ou quatro dias entre ir, descarregar e voltar. E isso sem esquecer que a partir de certo momento, para as outras mudanças, as internas, os três amigos trabalhavam quase sempre em equipe. Agora Petroli tem 75 anos — muito bem vividos. Mora em uma cidade da Alemanha às margens do mar do Norte, onde nas tardes de inverno há cheiro de lenha e peixe defumado. Ele nos pediu que, por favor, não sejamos muito precisos. É sua única condição. Se olhar para trás, refazendo a trilha de seus desejos, pode dizer que conseguiu o que mais tinha aspirado durante sua fase de caminhoneiro: tem uma casa com jardim na parte de trás, em um bairro tranquilo perto de uma baía e vive há anos com uma espanhola nascida em Oviedo, Ángeles, que tinha emigrado para a Alemanha no final dos anos 1950. Como Petroli é bonitão, tem uma musculatura vagamente atlética e caminha arqueando as pernas — as dores nas costas o martirizam, como a todos os carregadores —, Christof diz que parece um jogador de futebol aposentado, um atacante central da Bundesliga que de vez em quando concede entrevistas nostálgicas. Como a nossa.

Chris, no entanto, mostra a veia patriótica e começa a fantasiar:

— Se um dia, suponhamos, o museu de cera Madame Tussaud em Londres exibisse nosso pai e seu amigo, creio que todo mundo ia querer tirar fotos com Petroli. Vestido com um macacão verde de trabalho, os visitantes o confundiriam com um Lord Mountbatten uniformizado de aviador, com esse jeito bonachão e um pouco traiçoeiro. Seu rosto conservaria o ar misterioso, relaxado, resultado dos anos de experiência — faz uma pausa, reflete sobre algo e então volta. — E continuando a brincadeira, se me permitem, Bundó seria a réplica do poeta Dylan Thomas, com o cabelo eriçado, a cara de lua e com os casacos muitas vezes manchados...

— E o papai? — Perguntamos, os outros Cristóvãos, em uníssono.

— O papai? Gabriel? É muito fácil. O papai poderia ser Houdini, o escapista do museu. Parado pela primeira vez em sua vida. Enrolado em um ninho de correntes grossas, com o rosto tenso pela asfixia, mas ensaiando um movimento poderoso, daqueles que não passam nem trinta segundos antes que, por magia, todos aqueles cadeados se abram como se fossem de brinquedo. E depois pode fugir.

Devo dizer que essa visão de Gabriel como artista de fuga foi induzida pelo próprio Petroli. Ramon Riera Marcial, Petroli para os amigos, nos encontrou em um sábado de julho à uma da tarde, depois de almoçar — os alemães, ainda que sejam por adoção, almoçam muito cedo. Anos atrás, graças ao cabelo tingido de um preto intenso, tão reluzente e oleoso que se ficasse no sol tendia para o azul, seus colegas da La Ibérica lhe deram o apelido de Petroli. A primeira coisa que comprovamos em sua casa é que a vida tranquila de aposentado ou a insistência de Ángeles tinham acabado com sua mania de tingir: agora uma juba de cabelo branco, bem penteada, lhe dava uma aparência respeitável e amigável. Poderia ter sido nosso avô paterno.

Petroli e Ángeles nos fizeram entrar em um salão repleto de objetos e enfeites que dava para o jardim. Durante as horas seguintes, enquanto a conversa se alongava, nós quatro, os irmãos, caímos na tentação de buscar a referência, na lista de furtos de papai, dos jarros, quadros, reproduções de mapas antigos, porta-copos, lâmpadas e outras peças mais ou menos valiosas que nos rodeavam. Temos de mencionar que se sobressaíam nesse salãozinho com uma opulência desconexa. Enquanto Ángeles estava na cozinha cortando um *Apfelstrudel* e preparando um café, Petroli sugeriu que nos sentássemos em um conjunto de estofados dispostos no salão. De pé diante de nós, observou a todos um por um, com cuidado. No fundo, três relógios de cuco diferentes, em um intervalo de meio minuto, bateram uma hora. Petroli havia colocado, especialmente para nos receber, um terno antigo que lhe ficava largo. Tinha um olhar astuto e parecia hesitar entre contar uma piada ou não. Depois se arriscou a colocar um nome — ou talvez um Cristóvão — a cada rosto e acertou todos. Havia mais de vinte anos que não nos via, e aquele devia ser seu jeito de assumir que existia uma familiaridade entre nós e o seu passado. Em seguida, sentado em uma poltrona de couro, o amigo de papai fez um esforço extenuante para lembrar e lembrar e lembrar. Achamos que, para ele, a tarde transcorreu como um passatempo e ao mesmo tempo como uma tortura. Cada pergunta nossa conduzia a um esclarecimento seu, que por sua vez nos levava a novas interrogações. Suas palavras emaranharam ainda mais as existências combinadas de Bundó, Gabriel e a sua própria. Muito discretamente, para não cortar o fio da meada, nós quatro nos olhávamos de soslaio quando descobríamos algum detalhe crucial. Ángeles percebia, no entanto, e se unia à conversa como uma aliada nossa para fazer as perguntas mais comprometedoras. Enquanto isso, ela nos servia mais café e nós o bebíamos sem pestanejar, como se a insônia de depois, à noite no hotel, fosse o preço que tivéssemos de pagar.

Saímos quando já estava escurecendo. No dia seguinte, domingo, voltamos com a promessa de não lhe roubar muito tempo, mas nos esquecemos e anoiteceu novamente. A partir de um determinado momento, Petroli começou a caducar e a se repetir, e não tivemos coragem de interrompê-lo. Devia fazer muitos anos que não podia explicar aquelas peripécias a ninguém. Na segunda-feira tínhamos de voltar à nossa realidade e às sete da noite nos despedimos do casal com um abraço sincero e a promessa de visitá-los novamente no futuro. Pelo retrovisor do carro alugado, Christophe os viu desaparecer despedindo-se na entrada, envolvidos por uma penumbra fantasmagórica. Somente quilômetros mais tarde, enquanto os quatro esmiuçavam as lembranças de Petroli e Ángeles, Cristòfol pediu a palavra para fazer uma confissão: aproveitando uma visita ao lavabo, havia aberto alguns armários do corredor, por pura curiosidade, e não pôde evitar levar uma gravata de seda francesa. Lote da mudança 165. Petroli não a usaria, justificou-se. Em seguida, entre risos escandalizados, apareceram um cinzeiro Cinzano (Chris), uma edição de bolso de *El buscón* de Quevedo (Christof) e um chaveiro sem chaves com a estrela da Mercedes-Benz (Christophe). É feio, sim, mas está no sangue.

Além dessas doações desinteressadas para nosso museu particular dos Cristóvãos, naqueles dois dias gravamos uma fita com os rodeios e as emoções de Petroli — ele permitiu que o fizéssemos — e agora, uma vez editados e ligeiramente manipulados para dotá-los de certa ordem, lhe oferecemos em sua própria voz.

PETROLI FALA:

Por onde posso começar, meninos? Vamos ver. De vez em quando, para sobreviver aos dias especialmente *trübsinnig*[2] que enturvam a mente (e aqui no norte de Alemanha temos alguns ao ano, lhes asseguro), apego-me à lembrança de uma sensação. É uma sensação antiga e engraçada, digamos, mas que na época agitava os três com uma emoção fenomenal. Quase tenho vergonha de contar. A primeira coisa que Gabriel, Bundó e eu fazíamos cada vez que empreendíamos uma nova mudança era, é claro, nos apresentar ao domicílio em questão. Um de nós ficava na rua, vigiando o caminhão estacionado e preparando as cordas e roldanas. Os outros dois entravam na casa para se apresentar e organizar a mudança. A empolgação começava assim que tocávamos a campainha. Ai, aqueles segundos de espera até que alguém abrisse a porta! Ouvíamos os passos chegando, o pisoteio de uns saltos que caminhavam inseguros, o olho que se aproximava do olho mágico e depois o rodar da chave na fechadura. E, durante essa sequência celestial, esquecíamos que éramos trabalhadores sofridos da La Ibérica. Parecia que nos abriam a porta do céu. A mulher que nos dava as boas-vindas — era sempre uma mulher, a empregada ou a dona da casa — nos olhava de cima a baixo com uma mistura de alívio e angústia. Tínhamos feito dezenas de mudanças e as classificávamos imediatamente: a que sofreria, a que nos ignoraria, a que teria pressa, a que manteria silêncio, aquela a quem precisaríamos pedir que se tranquilizasse, a que nos rondaria como uma mosca, a que nos daria gorjeta para se sentir bem. O instinto nos guiava e nos adaptávamos a seus humores para ter uma mudança plácida, mas ao mesmo tempo todos nós alimentávamos algum tipo de expectativa que carregava de emoção aqueles instantes prévios.

Eu, por exemplo, naquela época era louco para conhecer mulheres mais velhas, especialmente as casadas e maduras. Havia passado dos 40, física e mentalmente, e tinha quase vinte anos de vantagem sobre Bundó e Gabriel.

---

2. *Trübsinnig*, em português, significa: sombrio, triste, lúgubre. (N.E.)

A culpa era da guerra, que me fez crescer de repente. Havia passado a ir à escola com um professor republicano e a jogar carniça com os amigos em uma rua empoeirada de um povoadozinho de Matarraña e a me vestir de soldado em frente a uma mãe que chorava como se já estivesse me velando no leito de morte. Lembro que seus bramidos me amedrontavam e me faziam sentir ainda mais criança. Aprendi a montar uma espingarda antes de aprender a me barbear, vamos dizer assim, e o transe dos dez meses enterrados nas trincheiras da Segre me poupou a adolescência. Quando a guerra acabou, depois da humilhação da derrota e do desastre diário do serviço militar em Teruel, voltei para casa um homem feito, mas ainda era um homem grotesco. Vestia a roupa de antes, que ficava pequena de uma maneira indigna. Minha mãe voltou a chorar por dois dias seguidos, desta vez como se tivesse me visto ressuscitar. Se vir uma foto minha da época, não me reconheço: tinha me transformado em uma espécie de irmão mais velho de Petroli que tinha ido para a Frente Popular, um daqueles irmãos que, de tão protetores, no final lhe destroem. Por dentro meu temperamento também foi agitado. Era como uma pontada constante que nascia no estômago e passava para o cérebro. Uma vez lá, me impelia a abandonar tudo. Já não me aguentava. Algumas semanas depois de ser dispensado e voltar para a casa, tentei cortejar uma menina do povoado. Era um pouco mais nova que eu, e minhas aventuras na Frente, meio inventadas, a deslumbraram. No início tudo corria bem, mas a lentidão com que dávamos cada passo me exasperava. Eu, que durante o serviço militar tinha feito um cursinho acelerado de sexo com as putas de Teruel — arruinadas, pobres, mas meigas e carinhosas —, me entediava mortalmente com aquela menina. Um sábado à tarde em que saímos para namorar, perdi a paciência. Você me entende, não? O pai dela está procurando por mim até hoje. Enquanto isso, minha irmã mais velha tinha se casado com um homem do povoado do lado — o chamavam de Tartana — e tinham ido morar em Barcelona. Ele trabalhava na La Ibérica e conseguiu que me contratassem também. Quando soube, peguei o primeiro ônibus de linha e saí da cidade.

Chegado a este ponto, instalado na Barcelona dos anos 1940, 50, 60 e bem longe dos dias pequenos do povoado, devo voltar à frase de antes: naquela época era louco para conhecer mulheres mais velhas. Cada vez que uma daquelas portas se abria e à nossa frente aparecia uma mulher como Deus manda, benfeita, entusiasmava-me como uma criança pequena. Com frequência, aqueles desejos eram descartados depois de meio minuto de perguntas minhas e monossílabos delas, mas muito de vez em quando se intuía um resquício de esperança. Então me dedicava a seduzi-las com todas as minhas artimanhas. Geralmente as babás, as governantas ou as empregadas (as que não eram mais jovens) eram difíceis: eram tão arrogantes que nem sequer me dirigiam a palavra. Estavam preocupadas demais em guardar o castelo ante uns desconhecidos que cheiravam mal e assobiavam enquanto trabalhavam. Por sua vez, as senhoras... Quase sempre eram ricas, burguesas, de direita e treinadas para distinguir a aparência da realidade. Os maridos, soberbos e franquistas, políticos e banqueiros, estavam em um extremo. Nós, no outro. O cenário também ajudava: com todos os objetos nas caixas, com móveis desmontados e empilhados, havia senhoras que de repente se encontravam na intempérie, perdidas, como se fossem incompletas. Naquelas horas em terra de ninguém, elas desejavam um brinde de liberdade que tinham de aproveitar e mais ainda considerando que na idade delas já não recebiam muitos galanteios. Agora não vão imaginar um frenesi de aventuras e de amassos, mas eu — Ángeles, Schatz, tapem os ouvidos, por favor — tinha traçado mais de uma dama da alta sociedade sobre um colchão de lã ou um tapete velho demais para sobreviver a uma mudança. Costumava acontecer no final do dia, quando Bundó e Gabriel estavam embaixo, arrumando a carga com cordas. As damas sempre buscavam o quarto de casal vazio — um costume —, com as silhuetas dos móveis e do crucifixo desenhados na parede. Nossos suspiros ressoavam com um eco bastante sombrio, como se o destino deles fosse nos transformar em psicofonias para aterrorizar os futuros habitantes da casa. Às vezes a tentativa acabava em nada mais que uns beijos. Às vezes eu notava que passavam do limite a contragosto, entregando-se a uma perversa rapidinha apenas para guardar um segredo secretíssimo que as fizesse reviver mais tarde aquele atrevimento — uma vacina para a vida monótona que teriam no exterior. Falta dizer que a roupa de baixo, suada e gordurosa, desempenhava um papel fundamental em tudo aquilo e que muitas vezes, uma vez consumada a aventura com aquelas damas de alta estirpe, também era tomada por um efeito colateral não desejado: algo que poderíamos chamar convencionalmente de orgulho operário.

Não sei o que Gabriel e Bundó achariam de minhas incursões com as senhoras de alta linhagem. Queixar não se queixavam — talvez porque desde o primeiro momento o senhor Casellas tenha me deixado como responsável –, mas também não acho que me viam como um modelo de conduta. Em matéria amorosa, cada um travava sua própria guerra. Eles também aproveitavam aqueles doces momentos, um pouco antes de abrirem a porta para um novo lar, ainda que seus motivos me parecessem mais tortuosos. Uma vez que entravam na casa, Bundó só tinha olhos para os objetos que viajariam no caminhão. Ele era responsável por supervisionar os pacotes, os eletrodomésticos e os móveis, por checar se as caixas estavam bem fechadas, por definir a ordem em que desceríamos tudo para que o peso ficasse equilibrado na carroceria do caminhão. Aquele momento dedicado à organização (enquanto eu, por outro lado, envolvia a dona da casa com minhas primeiras perguntas) o absorvia de um modo delirante. Com a desculpa de espaço limitado, entreabria as caixas e as malas apenas para espiá-las e para redistribuir as coisas. Ganância e amor perdido. No fundo ele era um destrambelhado (mas tantos anos depois não temos direito de criticá-lo, não é mesmo, meninos?). Gabriel e eu não tirávamos o olho dele para impedir que quebrasse as normas de nossos furtos: tínhamos combinado que escolheríamos a caixa ou o pacote ou a mala por acaso, na última hora e sem saber o que continha. Fazia parte do jogo e não valia marcá-la antes sabendo que guardava algum objeto precioso ou algo especialmente necessário. Além disso, tinha de ser discreto.

Aquela obstinação de Bundó se agravou ao longo dos anos e nos causou mais de um problema. Os motivos para isso tinha o nome de uma mulher — Carolina, ou, se preferem, Muriel — e não seria prudente tratá-los com quatro frases, porque mais à frente atingirá uma importância vital para todos nós. Quer dizer, que poderíamos ir a fundo nessa questão — mas terá de ser em outro momento, por favor. Quanto a Gabriel, eu não queria decepcioná-los, mas nunca consegui entender completamente quais eram os motivos de sua fascinação. O que passava pela cabeça dele quando acabávamos de tocar a campainha de uma casa. Tenho uma vaga ideia, isso sim, construída a partir de diversas intuições. Gabriel não parecia se preocupar com necessidades carnais, como as de Bundó ou as minhas. Eu o vejo mais como um vampiro: entrava nas casas das pessoas e lhes sugava a atmosfera, aquela presença de vida que se podia respirar em um apartamento um pouco antes de começar a mudança. Cheiros, sombras, risos, frios, silêncios... Talvez por isso, em um primeiro momento, gostava de conhecer alguém que tivesse vivido na casa, para construir suas elucubrações de um modo menos impreciso. Colocava cada objeto e cada móvel no ombro e, ao mesmo tempo, parecia que estudava a marca que tinham deixado naqueles lugares agora abandonados. Levantava as persianas e abria as janelas com a desculpa de que não tinha luz e se debruçava à rua para contemplar a vista enquanto fumava um cigarro. Por alto, como se fizesse parte do trabalho, lançava comentários à pessoa que nos controlava. "Este sofá deve dar uma soneca de primeira, não é mesmo, senhora?" "Tenho certeza de que toda a família já tomou café da manhã mais de um domingo nesta varanda tão agradável." Isso eu inventei, mas diria que essa história sobre a vida cotidiana dos outros — que depois projetava com o mesmo afinco no novo apartamento de chegada, como se fosse um lenço branco — o ajudava a respirar melhor. Ele a absorvia e armazenava como uma seiva para quando voltasse ao ambiente bastante precário da pensão. A prova dessa dependência é que aos poucos, a partir do momento em que conheceu a sua mãe — as suas mães —, que vocês nasceram e finalmente pôde saborear em pequenas doses a vida em família, foi perdendo o interesse pelas casas vazias e todas aquelas mudanças se transformaram para ele em uma simples desculpa para viajar perto do lugar onde vocês viviam e para visitá-los.

No início dos anos 1970, acho que quando Bundó tinha acabado de se mudar para o apartamento da Vía Favència e vocês três já existiam — faltava apenas o Cristóvão de Barcelona, se não me engano —, mais de uma vez chamei Gabriel de lado e insisti que ele deixasse a pensão e fosse morar com alguém. Tinha de me fazer o favor de mudar de vida e talvez até mesmo, por que não, de país.

— Não sei como fazer — respondia-me. — No orfanato me ensinaram a sobreviver desta maneira: sozinho e ao mesmo tempo rodeado de pessoas. Além disso, se algum dia decidisse me mudar e me instalar de verdade, qual família escolheria?

A pergunta me arrepiava.

Número 104. Barcelona-Manchester. 10 de setembro de 1967

Uma caixa de madeira velha com a tampa conservada. Tinha sido uma caixa de vinho francês, sabemos por causa da etiqueta meio arrancada

(*Château* não sei o que) e pelo aroma que exalava ao destampá-la. Havia três iguais e escolhemos esta. Continha alguns objetos de banheiro, mas tudo parecia indicar que eram de uma casa de verão. Petroli ficaria com as escovas e os pentes, que se enrolavam nos cabelos louros e ondulados da dona da casa, um batom quase no final e um rímel de tigresa. Talvez nos momentos livres Petroli tenha tendências de travesti do bairro chinês [essa última frase foi riscada com o vermelho do batom, provavelmente por Petroli]. Também lhe daremos um frasco de loção pós-barba Inglês, que tem um cheiro excessivamente macho. Há dois frascos de perfume francês de mulher, que achamos ser caríssimo.
Irão para as mãos de Carolina, via Bundó. Claro, ninguém acredita que Bundó não tivesse planejado antes [na margem da página há uma notação em vermelho, com a letra de Bundó, que diz "Mentira!"]. A rendinha e a brilhantina, que deviam pertencer ao futuro agregado do cônsul de Manchester, ficarão para Bundó. Os talcos também ficarão com ele, que se queixa com frequência de ter as coxas assadas pelo suor. Deixaremos o frasco de água oxigenada, a loção repelente de mosquitos e o frasco de mercurocromo no caminhão, caso necessário. O estojo de viagem fica com Gabriel. Dentro há uma seringa de plástico, um elástico, gaze e esparadrapo. Aspirinas. Um lápis Termosan fechado. Pastilhas vencidas para tosse. Uma caixa de tirinhas com uma marca de sangue seco. Gabriel também levou um estetoscópio de verdade: algum médico do povoado deve ter deixado sem querer e agora servirá para brincar com um menino [Christopher confirma: ficou com ele]. Há um calendário do ano passado que é para Gabriel: mostram fotos de carro de corrida em Montjuïc. Na folha do mês de julho, há dez dias marcados com uma cruz e, embaixo, o nome de um medicamento. A pera de borracha ninguém quis.

PETROLI FALA DE NOVO:

Com viagens ao exterior, as mudanças La Ibérica iniciaram uma ascensão meteórica. De um dia para o outro, sem necessidade de fazer um grande investimento nem de ampliar muito o quadro de funcionários, o negócio do senhor Casellas ultrapassou as fronteiras e o enriqueceu mais ainda. A manobra — ou a mancomunação, como se chamava então — foi tramada em uma aliança entre escritórios e igrejas. Cravos e charutos. Uma das filhas do senhor Casellas, a mais nova, se casou com um jovem de boa família que mandava no Banco de Madri, me parece que era isso. (Nós, os funcionários da La Ibérica, é claro, tivemos de raspar o bolso para dar um presente.) Entre muitos outros pinguins, um tal de Ramiro Cuscó Romagosa assistia ao casamento. Era um franquista então muito destacado, da família do novo genro e, de lá, como um bom lance de dados no jogo de tabuleiro, o senhor Casellas saltou para o escritório de José M. Porcioles, prefeito de Barcelona. Dois e dois são quatro. Um ano depois, quando batizaram o primeiro neto de Casellas na paróquia de São Gregório Taumaturgo, Porcioles já participou da festa, no papel desse tio simpático e um pouco bobo que havia em todas as famílias franquistas. Mais tímido, mais comedido, foi também convidado Juan Antonio Samaranch, que hoje é mais conhecido pelos Jogos Olímpicos de Barcelona. Tinha então algum cargo relacionado com esportes na prefeitura, mas se via que sonhava mais alto, e no Pardo, em Madri, ele era visto com bons olhos. Casellas sabia como bajulá-lo. Quatro mais dois são seis. De todas as especulações e favores entre os falangistas que ocorreram naqueles anos dourados, é provável que a Transportes e Mudanças La Ibérica tenha ficado só com os restos. Também é provável que o senhor Casellas, com sua voz de porco e seu caminhar de paquiderme, tenha feito muitas vezes o papel de bobo do grupo e os divertisse contando histórias de murcianos e comunistas domesticados — no fim das contas, tinha o privilégio duvidoso de lidar com eles diariamente.

Não havia passado nem dois meses quando as influências de Casellas começaram a dar seus frutos. A La Ibérica conseguiu ficar encarregada de todas as mudanças dos diplomatas para a França, Alemanha, Suíça e Grã-Bretanha. Seis mais dois são oito. Os embaixadores, os cônsules, os vice-cônsules e outros favorecidos tramavam. Franco nomeava. As máquinas do poder traficavam. Era uma dança das cadeiras. No final da rede, três carregadores carregavam o caminhão para a mudança além dos Pireneus e seu chefe embolsava uma boa grana. Talvez para outros fosse ninharia, mas oito mais dois são dez. Naqueles anos as contas sempre batiam.

No verão de 1960, quando correu o rumor de que La Ibérica se dedicaria às mudanças internacionais, todos os funcionários começaram a sonhar e a candidatar-se para serem os escolhidos. Nenhum de nós jamais havia saído do país e naquela ocasião o primeiro *charter* com turistas suecas acabava de aterrissar no aeroporto de Málaga. Começava a circular uma imagem da Europa moderna e paradisíaca. Víamos os países nórdicos e da Europa central como uma civilização mais avançada. Logo todos seríamos Alfredo Landa — vocês sabem quem é, certo? — babando em frente ao biquíni listrado de uma estrangeira loura e indecente. Que inocência a nossa, imaginávamos que trabalhar com um caminhão fora da Espanha equivalia a descarregar móveis ao pé da torre Eiffel enquanto três Brigite Bardot fogosas esperavam que acabássemos para nos fazer uma massagem — e a realidade, Christophe, sinto muito, é que em dez anos de mudanças para Paris jamais subimos na torre, nunca foi mais que uma referência no horizonte. No final, o senhor Casellas escolheu nós três por uma questão prática que, diante dos demais funcionários, se disfarçou de consciência familiar. Bem ou mal, Bundó, Gabriel e eu éramos solteiros, sem raízes. Não tínhamos uma família para alimentar nem filhos para educar. Ninguém sentiria falta da gente nos finais de semana.

A bonança econômica da La Ibérica foi percebida desde as primeiras mudanças na Europa. Da noite para o dia, o senhor Casellas renovou os escritórios, contratou uma secretária formada — Rebeca, pernas e cinturinha de Cyd Charisse, santa paciência diante daquele regimento de moscas —, comprou um galpão do lado para ampliar a garagem de Almogàvers e mandou pintar um mapa da Europa na fachada principal. Seguindo as instruções do chefe, o artista desenhou uma Espanha grande demais, padecente de elefantíase, da qual saiam umas flechas vermelhas que se perdiam em diversos pontos do continente. Supunha-se que essas setas eram as marcas de velocidade e de bom serviço deixados por nossos caminhões. Supunha-se, digo, mas na realidade é que o primeiro veículo, que durou um ano e meio, não era nem rápido nem seguro. Era cativante, isso sim. Tratava-se de um Pegaso Barajas de segunda mão, muito desconfortável para viajar com três pessoas na cabine e quando chovia tinha goteiras no teto e no chão (um furo de ferrugem perto do pedal do freio que deixava a perna direita da calça totalmente enlameada). Depois de aposentarmos algum outro modelo, sempre de segunda mão, e quando já havia alguns anos que percorríamos as estradas do continente, cansado de ouvir nossas queixas e de pagar recibos de consertos, o senhor Casellas esbanjou com um cavalo alado recém-saído da fábrica, o Pegaso Europa 1065. Esse sim ia como uma seda. Parecia feito sob medida para a gente. Chassi de dois eixos, motor 9100 e 170 cavalos. Um para-brisas bem amplo, como uma tela de cinema, e na parte detrás da cabine um beliche estreito caso alguém precisasse descansar. A carroceria aceitava uma carga máxima de vinte toneladas e, às vezes, quando conseguíamos carregá-la até o topo, o motor soltava um ruído grave de satisfação. “A fera está saciada”, dizíamos.

Como vocês podem ver, é impossível lembrar todas as palavras e silêncios que enchiam aquela cabine ao longo de cada viagem. Foram dez anos, e em dez anos de estrada as histórias se acumulam. A mente as repassa como quem folheia velhos jornais e de vez em quando para em uma página que lhe chama a atenção. “Muriel rouba o coração de Bundó em um bar de estrada”, diz uma manchete impactante. “Dois transportadores apostam toda a carga do caminhão em um jogo de cartas e, por sorte, ganham”, cinco colunas depois. “Um empresário espanhol da área de mudanças usa carregadores para desviar dinheiro para a Suíça”, revela outra notícia. Lidas assim, ao acaso, essas declarações tomam um ar profético que não pode ser desprezado e suponho que vocês também vão retomá-las. Mas há outros tipos de feitos, mais divertidos, que também resistem a morrer e logo voltam com a impertinência dos detalhes despropositados. O gesto brusco com que Bundó mudava de marcha, como se precisasse de cada músculo de seu corpo para o movimento. Meu hábito, que os dois odiavam, de comer sementes e jogar as cascas pela janela — quando ventava, ficavam grudadas na parte de fora do vidro — lhes dava nojo. As intermináveis discussões sobre quais eram os melhores postos de gasolina, os franceses ou os alemães. As sessões ainda mais intermináveis, em que contávamos piadas que já conhecíamos, pelo simples prazer de rirmos juntos ao nos lembrar delas. Aquelas temporadas em que nós três pegamos a mania de repetir uma expressão a cada momento – “não enche”, “qual é a tua, cara”, “veeeelho, o caramba”. O gosto musical de cada um, tão variado, contraditório e vulgar como um daqueles expositores de fitas dos postos de gasolina. A perícia de Gabriel para sintonizar a *Radio Exterior de España* nos dias de futebol, somente comparável à de Bundó para detectar defeitos colocando a orelha no motor. Ou o jeito diferente de dirigir, por exemplo. Bundó, com seu esplêndido senso de direção e manobra, era o que entrava e saía das cidades. Quando nos aproximávamos a uma região de fronteira, Gabriel pegava o volante, porque era o que se entendia melhor com os policiais: seu domínio de línguas, particularmente, servia para lidar com eles sem mal-entendidos e evitava que perdêssemos mais horas por conta da inspeção da carga. Eu pedia que me deixassem fazer o turno da noite, porque a escuridão e as linhas monótonas da estrada me relaxavam e me faziam pensar. Gabriel, a propósito, era também o que conduzia o caminhão com mais segurança. Diferentemente de Bundó e de mim, que nos irritávamos com facilidade, ele jamais xingava em voz alta — movia os lábios como se estivesse lendo, isso sim — nem repreendia os motoristas mais imprudentes com o estrondo da buzina. Seu jeito de dirigir era dócil e reflexivo e, às vezes, para provocá-lo, Bundó era cínico e lhe dizia:

— Se um dia a gente sofrer um acidente de verdade, daqueles que matam, quero que você seja o motorista, Gabriel. Você é tão atento e prevenido que dará um bom tempo para a gente se lembrar da vida antes de fechar os olhos para sempre. Não dizem que nesses últimos segundos passam diante dos olhos um monte de imagens, como um filme? Pois quero que esse momento seja bem longo, para que caiba tudo.

Então Gabriel o olhava sem olhar, sem afastar os olhos da estrada, e lhe agulhava com um tom lacônico:

— Como você é idiota. Fanfarrão.

7 CAROLINA, OU MURIEL

N*úmero 131. Barcelona — estrada de Genebra-Frankfurt. 3 de julho de 1968*

A duras penas, porque um secretário do consulado espanhol em Frankfurt tinha a tarefa de controlar nossos movimentos — e o informante germânico realmente estava atento —, extraviamos uma caixa de papelão surrada que parecia meio vazia. Uma viagem tão longa, com parada forçada em Genebra para ver os amigos do senhor Casellas, e uma recompensa tão insignificante. Dentro da caixa havia apenas alguns brinquedos empoeirados e cobertos de teia de aranha. Algum tempo atrás eles teriam sido usados por um menino e uma menina de treze anos, malcriados e sem graça, que morriam de tédio enquanto fazíamos a mudança da casa (tivemos de pedir que se levantassem do sofá para podermos descer o móvel até o caminhão). O jogo de boliche de madeira fica com Petroli, disse que era para o sobrinho. Também fica com uma bolsa cheia de índios e vaqueiros e um forte de madeira. Bundó fica com uma rã de metal com a promessa de que não a fará coaxar na cabine. Também fica com uma boneca Nancy vestida de soldado espanhol (adivinha para quem era?). Há também um álbum de figurinhas — completo — do filme *Os dez mandamentos*. Bundó e Gabriel o darão de presente para a senhora Rifà, porque ela gosta muito do Charlton Heston, que fez o papel de Moisés. Gabriel ganhou uma fantasia de xerife que parece nova e um boneco ventríloquo que aparentemente representa um artista de variedades, mas com o chapéu de abas largas parece mais um gângster de Chicago. O boneco tem um buraco nas costas e uma alavanca no interior que o faz abrir a boca quando fala. Dará os dois brinquedos para C.

Esse C. enigmático, esse ataque de pudor de nosso pai — como se quisesse nos resguardar de seus assuntos suspeitos —, escondia o nome do Christof. Pela proximidade geográfica e biográfica, na idade de brincar, ele foi o afortunado que recebeu a fantasia de xerife e o boneco ventríloquo. Enquanto aqueles dois irmãos grã-finos e de boa família descobriam (se chegassem a descobrir) que seus brinquedos tinham desaparecido, em outro bairro de Frankfurt e em outro ambiente, a menos de dez quilômetros dos fatos, um Christof de cinco anos impressionava seus amigos com uma estrela de xerife que brilhava de longe, um chapéu Stetson grande demais para sua cabeça e um revólver colt 49 de resina. O boneco, no entanto, com aqueles traços altivos, aqueles olhos grandes e opacos, causava-lhe pesadelos e foi condenado a um ostracismo de armário de canto. Tiveram de se passar alguns anos para que Christof se lembrasse dele e, libertando-o da indignidade do exílio, se atrevesse a colocar a mão nas entranhas do boneco.

Cada vez que escolhemos uma entrada do inventário e a copiamos, nós quatro dividimos um desejo comum: como adoraríamos participar de uma daquelas divisões de bens! Agora sabemos disso por Petroli: quando voltavam para casa com o caminhão descarregado, os três amigos paravam no primeiro bar de beira de estrada, fora da cidade, e, longe dos olhares indiscretos, abriam o saque e o examinavam. A cerimônia os afligia com uma mistura de emoção e medo, como se fosse a primeira vez. E se o tesouro valesse a pena, inflamavam-se com um orgulho de bandidos e ladrões. Então, cheios de vaidade, entravam no bar e comemoravam tomando um uísque ou dois e acendendo um charuto. Chegava um ponto, então, que Petroli se obrigava a pronunciar algumas palavras de arrependimento fajuto e Bundó o seguia, deixando escapar o riso. Enquanto isso Gabriel já calculava uma maneira justa de dividir os troféus. Antes de voltar para a estrada, Petroli ligava para os escritórios de Barcelona para dizer que a mudança tinha ocorrido sem nenhum problema e que iam para casa.

Os três amigos celebravam todo esse ritual de piratas sem qualquer traço de remorso. Se alguma vez um deles se sentia culpado, os outros dois o convenciam, lembrando que aqueles saques não passavam de gorjetas se comparados aos favores escusos (e, intuíam, perigosos) que faziam para o senhor Casellas. Ele, sim, era um verdadeiro bandido. Muitas vezes, aproveitando-se de uma mudança para a Alemanha ou para o leste da França, o dono da La Ibérica mandava que desviassem da rota e se aproximassem da fronteira com a Suíça. Suas instruções especificavam que, uma vez lá, em algum lugar combinado do trajeto, sempre perto de um bosque, deviam parar o caminhão, descer e a abrir as portas da carroceria. Em menos de cinco minutos aparecia um indivíduo entre as árvores, vestido da cabeça aos pés como um turista alpinista, e, depois de cumprimentá-los acenando em silêncio, subia na carroceria. Então, com uma tremenda habilidade, procurava entre os móveis e os objetos bem empilhados — sabia onde procurar — e de algum lugar tirava um pacote muito bem embrulhado. Era um pouco pesado, da medida de um volume de enciclopédia, e não precisava ser muito inteligente para entender que continha maços de dinheiro. Em seguida o colocava na mochila, voltava a cumprimentá-los em silêncio, sério como se supõe que um banqueiro suíço deve ser, e, rapidamente, desaparecia de novo entre as árvores. As instruções de Casellas diziam que, "uma vez realizado o pequeno desvio e entregue a mensagem", os três amigos deviam subir no caminhão e continuar o caminho, como se nada tivesse acontecido.

— Outro peixe grande que deve ter as costas quentes — gostava de dizer Bundó quando voltavam para a estrada.

— Apostaria o caminhão, se fosse meu, que com um desses pacotes teríamos o suficiente para nós três vivermos um ano — calculava Petroli.

— Ou dois. Não sofram, um dia vamos ficar com o dinheiro — acrescentava então Gabriel e um calafrio coletivo lhes subia pela espinha.

Ninguém pode dizer que essas operações em território suíço fossem constantes, mas é certo que, com o êxito — porque o chefe comprovava que não corria nenhum perigo —, elas aumentaram. Além disso, é preciso explicar que quando "levavam o correio do czar", como ele gostava de dizer a Bundó, lembrando-se de uma leitura de *Miguel Strogoff*, a fronteira espanhola ficava escancarada e passavam sem qualquer inspeção da carga. Era como se a propaganda da La Ibérica, inscrita na porta do Pegaso, levantasse todas as barreiras que encontravam no caminho. Alguém devia subornar aqueles *dobermanns* de quepe.

Se os compararmos, assim, com os lucros que o senhor Casellas e companhia conseguiram depositar em território suíço, todos os objetos que os três amigos usurparam durante dez anos de mudanças pela Europa não eram nada. Uma ninharia. Se um dia os exibíssemos todos juntos — mais ou menos como Petroli fez em sua casa, mas em maior quantidade —, a coleção teria um ar de Los Encantes. E, no entanto, esse conjunto de cacarecos não refletia a histeria que causava nos proprietários saqueados. Quando isso acontecia, porque nem sempre percebiam a perda, a queixa chegava poucos dias depois da mudança, quando a família tinha se instalado na nova casa e o Pegaso com os três amigos já se abastecia novamente em Barcelona. A secretária Rebeca atendia a ligação, aguentando o primeiro sermão, e depois passava docilmente ao senhor Casellas. O segundo sermão devia ser mais violento porque, quando acabava, o dono da La Ibérica saía do escritório furioso e seus gritos ecoavam por toda a garagem:

— Petroli, Bundó, Gabriel! Aconteceu de novo! Aconteceu de novo! Idiotas! Quero vocês no meu escritório agora mesmo. *Ipso facto!*

Inflamado pelo senso de ridículo, o senhor Casellas exagerava, como um chefe de histórias em quadrinhos. No entanto, na maioria das vezes que ele explodia daquela maneira, eles já tinham saído de novo com o caminhão, e a secretária Rebeca tinha de apaziguar a ira do chefe. Só podia repreendê-los depois de uns dias, mais calmo, e Gabriel, Bundó e Petroli aceitavam a bronca se fazendo de bobos. O repertório de evasivas, justificativas e álibis com que os três amigos se esquivavam do senhor Casellas era extenso e elaborado. Além disso, Bundó sabia fazer uma cara de menino inocente que desarmaria até o mais cruel dos torturadores. O chefe tinha memória curta e não se lembrava das desculpas de uma ocasião para outra. "Desculpe, mas essa caixa perdida nunca subiu no nosso caminhão", diziam com um tom preocupado. "A acusação nos ofende, chefe: nós não nos atreveríamos a roubar o corpo consular da Espanha." "E se foi o turista que pegou o pacote na fronteira com a Suíça? Caramba, deveríamos tê-lo observado mais de perto." A referência aos assuntos suíços sempre tinham o efeito de aplacar o senhor Casellas, que os deixava ir com a exigência de que os desvios não acontecessem novamente.

— Nós todos guardamos as coisas por pura defesa — dizia Gabriel quando falava com nossas mães sobre aqueles objetos. — Os anos passam e nem mesmo os olhamos, mas precisamos saber que eles estão no armário tal ou na caixa tal. Porque se um dia nos bater um ataque de saudade, ou de pânico, poderemos buscá-los, tocá-los durante meio minuto e voltar a guardá-los por mais alguns anos. Na verdade, os objetos pessoais conservam o passado como se fosse uma relíquia que nos protege do esquecimento, que é o pior mal. Ninguém quer ser esquecido. Durante uma temporada, na pensão da senhora Rifà, conheci um homem que tinha perdido a casa e a família em um incêndio, no final da guerra. Nunca conheci alguém tão desamparado. Além da dor de ter ficado sem uma família que o amava, ele se sentiu desamparado porque não pôde conservar nada que o ligasse ao passado. Todas as suas lembranças tinham se volatilizado. Ele falava delas como se tivesse perdido a sanidade. Sua vida anterior ficava apenas na memória. Cada dia que passava, desbotava um pouco mais, como as cores de uma aquarela em um rio.

A julgar por suas palavras, papai parecia ignorar que a situação dele não era muito diferente da do homem que tinha perdido tudo no incêndio. O caminho incerto que sua vida tinha tomado desde o momento em que nasceu (maternidade, orfanato, pensão) havia lhe deixado pouquíssimas lembranças tangíveis — e, no entanto, não parecia queixar-se de seu destino. Quem sabe se os objetos apropriados não agiam como um sedativo, um remédio, e este é, de fato, o principal legado que nós, os cristóvãos, recebemos de nosso pai: as bagagens perdidas, os pacotes extraviados e as caixas que caíam por acaso do caminhão proporcionavam uma lembrança não tão infeliz. E agora nós, entre estudiosos e trapeiros, mergulhamos sem vícios na alma das coisas.

Faz tempo que circulamos pelas estradas europeias. Agora pode ser um bom momento para fazermos uma pausa e falarmos sobre Carolina, ou Muriel. Sua aparição nesta história ocorreu em novembro de 1965, durante a mudança número 73 (podemos datá-la com precisão), e marcou um ponto de virada na dinâmica dos três amigos — especialmente na amizade de Bundó e Gabriel — e até mesmo, acreditamos, causou um declínio implícito da situação, ainda que a palavra declínio possa ser exagerada e talvez não seja a culpada direta por isso...

— Para entendermos: não era uma Yoko Ono — quer esclarecer Christopher.

Quando fomos visitar Petroli, naquele fim de semana na Alemanha, ele se esforçou para descrever a relação que Bundó e Carolina-Muriel haviam tido. Falou-nos de sua dependência mútua, que se agravava até com a dor física quando não estavam juntos (sofriam de enxaqueca simultânea, ainda que estivessem separados por centenas de quilômetros). Relembrou os projetos comuns do casal, truncados — como quase tudo o que nos interessa —, que infelizmente um dia teremos de explicar. No entanto, saímos da casa com a sensação de que Petroli só tinha passado superficialmente por aquela relação. Ou a memória lhe falhava nesse dia, ou a prudência que se adquire com idade não permitiu reviver certas emoções por medo de traí-las tantos anos mais tarde. Havia sido totalmente correto, mas desta vez não pudemos confiar em suas palavras e ponto. Além disso, há a versão da protagonista.

Hoje Carolina vive em uma cidade insignificante no centro da França. Parece que, finalmente, essa coisa tão vaga que chamamos de destino fez as pazes com ela. Ainda bem inteira para seus cinquenta longos anos, é casada com um senhor razoavelmente rico e tem um sobrenome francês que lhe permite se proteger e se esquecer do passado como Muriel. Em alguma gaveta de segredos, sob uma pilha de cartas e recortes de jornais, ela deve guardar algumas fotos de Bundó, talvez apenas uma, a que melhor o represente. Em um porta-joias deve guardar também um par de brincos que ele comprou na joalheria Bagués depois de muito pensar e deixar uma fortuna, ou um anel de bijuteria que deve ter saído de uma caixa roubada em alguma mudança. Carolina professa por esses objetos uma devoção íntima e, exatamente por isso, se obriga a não olhar as fotos nem usar as joias além da conta. De tempos em tempos torna a vê-las, como uma necessidade vital. Se está sozinha em casa, tira a foto de Bundó e a deixa à vista por uma manhã toda, sobre a mesa da cozinha, ou coloca os brincos ainda que não tenha de sair. "O passado me fez mal", diz então a si mesma, e se sente culpada. Sem Bundó, o passado se transformou em uma província proscrita.

Enquanto examinávamos as caixas deixadas por Gabriel na sobreloja da Rua Nàpols, encontramos uma agenda moderna. Demos uma olhada e lá estava o endereço de Carolina na França. Desconhecíamos se ela ainda estava viva, mas lhe escrevemos explicando quem éramos, os cristóvãos, e que procurávamos Gabriel. Então perguntamos se podíamos visitá-la. Sua resposta veio dois meses depois, quando já não a esperávamos, e era curta e desiludida. Com letra trêmula, como quem duvida de cada palavra que escreve, dizia que não sabia onde nosso pai estava — na verdade dizia "onde se esconde", como se esse fosse o único verbo possível. Também estava feliz por finalmente nós quatro termos nos conhecido — sim, sabia que éramos quatro —, mas confessava que não parecia boa ideia todos nos encontrarmos (sua falta de curiosidade, aliás, nos recordou aquela que nossas mães tinham sobre a situação de Gabriel. O tempo acaba com tudo). Na melhor das hipóteses, dizia Carolina no final da carta, poderia se encontrar com Christophe por uma hora e meia, se fosse fora de Paris, e, em seguida, com um traço mais apressado, quem sabe se a ponto de se arrepender, indicava o dia, a hora e o lugar.

Chegou a data combinada. No final, não sem um grande esforço, Christophe conseguiu que a hora e meia se estendesse para duas horas de conversa (ou melhor, de monólogo). Era meio-dia de uma sexta-feira, no início de setembro, nessa época em que o céu de Paris, de um azul tão límpido, se infla e se estira como um balão prestes a arrebentar. Carolina tinha marcado com Christophe no Gastronominus, uma *brasserie* das antigas, com espelhos, bancos de madeira e bandeja de madrepérola, na Avenida Gambetta, perto do cemitério de Père Lachaise. Naquele fim de semana, por coincidência, tínhamos mudado nossas insubstanciais reuniões para Paris. Disfarçados de turistas, com a câmera fotográfica no pescoço e exibindo um mapa como um parapeito de proteção, os três cristóvãos restantes espiavam pelo vidro gorduroso de um restaurante chinês, do outro lado da rua (Carolina, se você estiver lendo estas linhas, pode nos perdoar? Éramos guiados pela admiração). Ainda que não nos faltasse vontade, evitamos aparecer no restaurante e nos limitamos a observar a senhora de longe. Parecíamos adolescentes assustados, reconhecemos. E cada um reserva para si os pensamentos libidinosos que nos levou àquela falsa proximidade de Carolina, com reminiscências de uma *belle de jour* (e Bundó também teria nos perdoado por essa identificação brincalhona). As duas horas acabaram em um piscar de olhos. Quando decidiu que a conversa já tinha acabado, apesar dos esforços de Christophe para distraí-la e fazê-la falar, Carolina pagou o almoço, deu-lhe um beijo e entrou em um táxi traiçoeiro, avenida acima. Nós, os outros três cristóvãos, saímos de nosso esconderijo e corremos para o restaurante. Poderia-se dizer que queríamos sentir a essência de seu rastro ou manter vivo algum tipo de chama antes que se apagasse para sempre. Sentados na mesma mesa, por puro fetichismo, exigimos que Christophe se lembrasse de cada inflexão de voz, cada palavra que tinha saído da boca dela.

Depois de ter reunido todas as informações que temos — às vezes até mesmo contraditórias —, agora já podemos delinear uma parte do labirinto.

Bundó conheceu primeiro Muriel e pouco a pouco, como quem descasca uma fruta de casca dura, descobriu a Carolina melosa que se protegia debaixo dela. Naquele novembro de 1965, *mademoiselle* Muriel tinha apenas dezenove anos e não havia ainda nem dois meses que trabalhava no bordel. Era uma menina alta, que passava de 1,70 m, de fisionomia robusta e ao mesmo tempo elegante: o que, na época, no círculo dos caminhoneiros espanhóis, se conhecia como uma mulher encorpada. No salão, vestida apenas com um penhoar, deixava à mostra a carne firme, mas macia, torneada, como a de uma tenista profissional nas tardes de Roland Garros. O cabelo, comprido e louro, de um louro tão intenso que parecia falso, acabava lhe conferindo um aspecto nórdico que só era desmentido por suas feições, claramente latinas. Em algum momento de sua história genética, havia acontecido um carnaval. Aqueles traços latinos eram especialmente graciosos: tinha olhos escuros, as maçãs do rosto suaves e arredondadas, e um nariz e uma boca ligeiramente grandes que lhe davam uma fisionomia meio cigana. Mais que bonita, sua parte mais atraente era a proporção: vendo sua altura, as pernas longas, os seios formidáveis e aquela estrutura ossuda do corpo, seria de se esperar uma figura desajeitada e talvez algumas feições equinas, no entanto ela era toda harmoniosa. (Christophe confirma, com um ar petulante, que mais de trinta anos mais tarde a elegância dos movimentos permanece intacta.) Nossas mães, que na época tinham visto algumas fotos, exibidas por um Bundó pretensioso, concordam em atribuir-lhe um ar cinematográfico. Sarah disse que parecia uma estrela ingênua e virginal, momentos antes de ser descoberta – e arruinada – por um produtor de Hollywood. Mireille, que foi a mais rígida, disse que ela poderia ter sido pôster de parede de Lui. Sigrun se lembrava dela como um pouco parecida com

Monica Vitti de *O eclipse*, de Antonioni, como se tivesse se cansado da vida cedo demais.

Esse desgosto vital devia agir como um escudo de proteção e apenas Bundó conseguiu ultrapassá-lo. Conseguiu da única maneira possível: quase sem querer. No início, a distância glacial que Muriel oferecia aos clientes, ignorando que aquilo que a tornava tão atraente, era somente a tradução do idioma sexual da timidez de Carolina. Muitos franceses são assim. Pouco tempo depois, quando o ofício de abrir as pernas para estranhos acabou com sua inocência, Muriel aprendeu a jogar com aquela frieza para, justamente, passar mais horas com as pernas fechadas e continuar cobrando a mesma coisa. A sorte de Bundó — a transição de cliente a amante, que é o desejo inconsciente da maioria dos homens que entram em um bordel — é que soube dormir com Muriel enquanto estava apaixonado por Carolina, vendo-as como duas pessoas diferentes. Não vamos entrar em detalhes íntimos, porque não sabemos, e faz muito tempo que isso aconteceu para que nos importemos, mas vale a pena remontarmos às origens do assunto para entender a situação.

Na primavera de 1965, os pais de Carolina decidiram deixar para trás o vilarejo da província de Jaén, onde tinham vivido a vida inteira, e se mudaram para os arredores de Barcelona. Alguns parentes que tinham se arriscado a abandonar o povoado meio ano antes, uns pioneiros, tinham escrito uma carta esperançosa. Eles falavam sobre uma fábrica metalúrgica que procurava mão de obra e de algumas casas que estavam sendo construídas na periferia da cidade, baratas e bonitas. Como um pequeno povoado andaluz, diziam, mas transplantado à beira do mar e à sombra de uma montanha. Quando pensavam seriamente naquele futuro incerto, os pais de Carolina descobriram, por incrível que pareça, que os atraía mais que o silêncio árido da rua onde viviam. O pai, que ouvia rádio à noite e era dado a fabulações, esforçava-se para imaginar uma cidade cheia de carros e pessoas, frenética e barulhenta, mas as imagens nunca se materializavam o suficiente. Em seguida, o estômago se encolhia com uma sensação precoce e desagradável: o arrependimento por não ter tido coragem de partir. Foi acima de tudo para combater esse incômodo antecipado do futuro que decidiu levar a família para a próspera região catalã. Como um desafio ou, se quiserem, como um salto para frente.

Carolina chorou durante toda a viagem de trem para Barcelona. Uma vez lá, sua mãe se integrou facilmente no bairro novo — um microclima que lhe duraria até o fim. Seus três irmãos, mais novos que ela, todos meninos e todos broncos, aceitaram os desígnios do pai sem alardes adolescentes. Quinze dias depois de a família ter se instalado em uma casa alugada em Can Tunis, os três filhos já estavam trabalhando e podiam ficar com uma parte da semanada. Enquanto isso, o pranto de Carolina continuava brotando regularmente com um desespero de Julieta. Ela ficava em casa, ajudando a mãe e repetindo sem parar que os pais tinham fugido do povoado com a única intenção de afastá-la de um namorado desmiolado, que bebia cuba-libre e queria se dedicar ao *motocross* quando ficasse mais velho. Aquele sentimento de injustiça lhe deixava com um mau humor perpétuo. Além disso, escrevia uma carta por dia para o rapaz.

— Eram umas cartas transtornadas de que o pobre rapaz devia morrer de medo — explicou Carolina na *brasserie* em Paris, enquanto conversava com Christophe e renegava aquela época. — Não lembro nem como se chamava. Benito? Indalecio? Era um nome assim, como de tio solteirão. Escrevia a lápis, disso, sim, me lembro, e o imagino respondendo minhas cartas morto de medo, rezando para que eu não cometesse uma loucura. No final de cada carta, eu o ameaçava, dizendo que cortaria minhas veias por amor. Cortar as veias, em Jaén e na década de 1960, era algo feito somente pelas que estavam mal da cabeça e pelas possuídas pelo diabo.

O rapaz não devia ser tão informal para os padrões da época, porque respondia a todas aquelas cartas uma vez por semana, pontualmente, e do seu jeito concordava com tudo. Que um dia a resgataria daquele inferno. Que fugiriam pelo mundo — ou pelo menos por toda a Espanha. Que teriam uma família grande, como naquele filme de Alberto Closas.

Um dia, em uma carta no início de junho, entre as enormes promessas que Carolina lhe exigia, o rapaz fez uma proposta concreta. No final do verão se uniria a um grupo de trabalhadores da província para colher uvas na França. Passaria quase dois meses lá, até o final de setembro, e os patrões tinham lhe prometido um salário considerável. Ganharia em moeda francesa. E se ela fosse também e se encontrassem lá? Podia colocar seu nome na lista de catadores e, em seguida, assim que acabasse a temporada, eles poderiam passar uma semana de férias juntos. Dois meses se vendo todos os dias, você poderia imaginar? Diziam que o sul da França era muito bonito.

Carolina recebeu a oferta com uma ponta de decepção. A ideia a cativava, claro, mas ao mesmo tempo a moça resistia em acabar com todo aquele suplício ao qual tinha se acomodado por semanas. A felicidade não existe, só se deseja. Além disso, suspeitamente, quando explicou tudo à mãe, esta não hesitou um segundo em animá-la a se preparar para a colheita.

— Devia me querer o mais distante possível, é claro — lembrava Carolina. — Não a culpo. Provavelmente aquela jovem imprudente e teimosa, rebelde sem causa, merecesse tudo aquilo que viveu pouco tempo depois na França — alguns segundos de silêncio pensativo. — Ainda não sei se minha vida foi um castigo ou um prêmio.

No final, Carolina, completamente sozinha, tomou um trem que haveria de levá-la até Perpignan. Lá, subiria em um ônibus dos andaluzes e seria levada para colher uvas em algum lugar às margens do Ródano. Os preparativos de última hora e uma ligação para o namorado, entrecortada por interferências e risos chorosos, dissiparam definitivamente as dúvidas que lhe restavam. A Carolina que se despediu dos pais em um sábado de manhã na estação de França era uma alma em expansão. Dezenove anos, quilômetros, sonhos. Apenas dois meses mais tarde, a Muriel que atraiu Bundó em um bordel de estrada nos arredores de Lyon, perto de Feyzin, tinha renunciado a todas as perspectivas e se limitava a sobreviver em terra de ninguém.

— O que me aconteceu? Pois os ares franceses transtornaram o rapaz — dizia Carolina. — Nós nos encontramos em Perpignan, isso mesmo. Durante a viagem nos agarramos o tempo todo no fundo do ônibus, mas quando chegamos ao vinhedo tudo ficou estranho. Para começar, os homens e as mulheres dormiam em galpões separados. Nas três ou quatro primeiras noites, esperamos pacientemente que todos fossem dormir para nos encontrar escondidos em algum canto. Pela manhã, enquanto comíamos uma fatia de pão com azeite no café da manhã, ele recebia os parabéns dos homens do povoado. Por outro lado, as mulheres me censuravam com o olhar. O cansaço nos venceu logo. Trabalhávamos o dia todo e só nos víamos no jantar. No tempo livre, ele procurava os cantos solitários, mas eu não me atrevia a me afastar do grupo de mulheres. Então ele me dizia que Barcelona tinha me mudado. Eu negava e, sem vontade nenhuma, asseguro, começava a defender meus pais e a decisão de deixar o povoado. Ele me disse que eu tinha me tornado arrogante. No dia seguinte, no vinhedo, nos procuramos para fazer as pazes, mas era difícil trocar quatro palavras sob a vigilância dos capatazes. Para eles, éramos apenas uns espanhóis mortos de fome. Gritavam conosco em francês, e aquelas tempestades de guturais soavam como uma ameaça. Se fosse hoje, veríamos se gritariam tanto. Bem, o problema é que chegou o primeiro dia de festa, um domingo. Decidimos que levaríamos o almoço e tomaríamos um banho de rio. Meu anjo da guarda era um dorminhoco. Então o esperei por um tempo, com sanduíches preparados, e no final fui acordá-lo. Meu anjo da guarda tinha voado. Sua cama estava vazia e não havia nenhum sinal da mala. Um dos vizinhos do povoado me encontrou por acaso e, antes de dizer algo, colocou em minhas mãos um lenço bem engomado. Depois me explicou que o rapaz tinha voltado para casa, aquele covarde. Dizia que sentia falta da família — Carolina soltou uma gargalhada sarcástica. — Coitadinho. Não voltei a saber mais nada dele, nem tive vontade. Passei os dois meses como pude. As mulheres do povoado devem ter me consolado, embora não guarde uma boa lembrança delas. Acabei a colheita com algum dinheiro no bolso. Não era muito, mas, como eu tinha ganhado, deram-me uma liberdade e uma autoestima que antes, em casa, nem sabia que existiam. No dia em que o ônibus voltaria para a Espanha, não apareci no ponto. Em vez disso, entrei em uma confeitaria e pedi um pedaço de bolo. Queria me sentir importante. Em seguida, liguei para casa e disse à minha mãe que tinham me oferecido outro trabalho no campo e que não voltaria até o Natal. No entanto, também não voltei a Barcelona para o Natal. Um dos capatazes do vinhedo tinha me apresentado para um amigo dele de Saint-Étienne. Tinha um bistrô em Lyon e precisava de garçonetes.

O falso bistrô ou bordel de beira de estrada se chamava Papillon, um nome que na década de 1960, por alguma associação absurda com alfinetes entomológicos e com cativeiro, sugeria erotismo. A chegada da nova *cocotte* foi considerada um grande acontecimento na região. Só faltou falarem disso nos jornais. Maquiada *comme une poupée de cire*[3] — assim como a madame exigia—, com um vestido curto que as luzes vermelhas

3. Expressão francesa que significa: "como uma boneca de cera". (N.E.)

se encarregavam de torná-lo mais transparente, tanto parecia uma menina de treze anos, desconfortável diante do desenvolvimento repentino de seu corpo, como também uma dona de casa que procurava uma aventura extraconjugal. Em ambos os casos, sobravam-lhe admiradores.

— *Muriel, ma belle, sont des mots vont très bem ensemble...*[4] — Chris não conseguiu evitar, adicionou seu grão de areia, incluindo profanação lírica.

Bundó não soube do nome verdadeiro de Muriel até o terceiro encontro. A primeira vez em que ele entrou no clube foi durante a mudança 73: Barcelona-Estrasburgo. Os três amigos da La Ibérica tinham descarregado naquele mesmo dia e não se aguentavam em pé. Anoiteceu quando se aproximavam de Lyon e, para o próprio bem, decidiram que parariam para dormir nos arredores da cidade, já em direção a Valência. Procurariam uma pensão de estrada que aparecia no guia europeu dos caminhoneiros profissionais. Gabriel, que estava dirigindo naquele momento, costumava confiar nas cidades que tinham um clube de futebol mais ou menos famoso. Embora estivesse meio adormecido em seu lugar, quando as primeiras casas se aproximaram Bundó distinguiu à distância o rímel brilhante de uma borboleta de néon e pediu a Gabriel que parasse em frente ao local. Na escuridão da cabine ele sorriu, satisfeito de seu instinto. Era incapaz de resistir.

— Vai me custar quase o mesmo que um quarto com café da manhã, e vocês sabem que eu nunca tomo café. Prefiro me banquetear no jantar... se é que entendem — justificava-se. É claro que não era verdade. Sua diversão saía muito mais caro e, além disso, não podia constar como alimentação, mas os dois amigos sempre concordavam. Já era grandinho. Ficaram de buscá-lo na volta, lá mesmo, no dia seguinte, às cinco da manhã.

Bundó entrou. Era um dia de inverno e o bar do lugar estava praticamente deserto. No balcão, meia dúzia de meninas entediadas e um par de solitários que preferiam beber. De fora, o néon vermelho da fachada brilhava com tanta intensidade que se metia pelas frestas da porta e pelas persianas e contornava as coisas com uma aura de sangue. Mais tarde, cada vez que voltava, Bundó prestaria atenção naquele efeito até a exaustão, concentrando-se enquanto Muriel estava no andar de cima com outro cliente e demorava muito a descer. Nessa primeira noite, no entanto, ele

4. Muriel, querida, essas palavras andam muito bem juntas. (N.E.)

se apressou a escolher a companhia de Muriel, porque não havia alternativa possível. Essas coisas se sabem de primeira, não é preciso pensar.

Uma vez no andar de cima, no quarto, como deve ter sido a conversa deles? Nós, cristóvãos, gostamos de brincar com isso.

BUNDÓ (enquanto tira os sapatos e as meias): *Comme tu t'appelles? Tu é três jolie.*[5]

MURIEL (fingindo arrumar o vestido): *Muriel, mon cheri. Et tu?*[6]

BUNDÓ (desabotoa a camisa e boceja): *Je m'appelle Bundó.*[7]

MURIEL (fingindo pentear-se na frente do espelho): *Bondeau, mon cheri? De dond es-tu?*[8]

BUNDÓ (tirando a calça, sentado na beirada da cama): *Espagnol.*[9]

MURIEL (observando-o pelo reflexo do espelho e fingindo retirar os brincos): Ah, caramba. Também sou espanhola. De Jaén. De Andaluzia.

BUNDÓ (metendo-se na cama): Bem, eu sou catalão. E também caminhoneiro. Olha... Que nome... é esse...? Quem... lhe deu esse...?

MURIEL (sentada de costas para a cama, em voz baixa, enquanto finge estar com vergonha): É só um nome. E você, é de que parte da Catalunha?

BUNDÓ (coberto com o lençol, já dormindo): ZZZZZZ...

MURIEL (fingindo gostar um pouco dele): *Bon soir, mon cheri.*[10]

No dia seguinte, o instinto acordou Bundó quinze para as cinco da manhã. Acordou e levou alguns segundos para lembrar onde estava. Isso acontecia muitas vezes. O calor que Muriel irradiava, dormindo ao lado dele, o ajudou a se situar. Enquanto se vestia, observou aquela menina: seu corpo aninhado sob os lençóis, o cabelo louro e liso — à France Gall —, traços tão bonitos e ligeiramente inchados pelo sono... Bundó ficou quieto durante um minuto, prendendo a respiração, e naquele tempo suspenso

---

5. Como você se chama? Você é muito bonita. (N.E.)
6. Muriel, querido. E você? (N.E.)
7. Eu me chamo Bundó. (N.E.)
8. Bundó, querido? De onde você é? (N.E.)
9. Sou Espanhol. (N.E.)
10. Boa noite, querido. (N.E.)

percebeu que a menina o fascinava com uma força desconhecida. Talvez fosse ternura. Um toque da buzina do Pegaso, lá fora, o resgatou daquele sonho e aguçou os sentidos. Lavou o rosto em uma pia no canto — a água estava gelada —, colocou o anoraque e lhe disse adeus com o olhar. Quando já estava com a mão na maçaneta da porta, voltou para fazer algo: lentamente, com cuidado para não acordá-la, levantou o cobertor da cama por um momento e observou Muriel. Estava nua sob os lençóis. E, daquele corpo magnífico, encolhido como uma semente dentro da vagem, emanou um aroma intenso, feminino e noturno.

Aspirou com avidez, para absorver aquele perfume, e a cobriu de novo.

Enquanto descia as escadas, compreendeu que seria difícil tirar aquela menina da cabeça.

O segundo encontro no bordel aconteceu nove semanas depois — mudança 77, Barcelona-Paris —, e Muriel demorou a reconhecer Bundó. Foi uma visita curta, um sobe e desce, enquanto Gabriel e Petroli lavavam o caminhão, colocavam gasolina e comiam na lanchonete do posto mais próximo. Bundó falou com ela em castelhano, mas Muriel estava em um mal dia e só respondeu em seu tímido francês. Ele pensou que era parte de algum jogo, com todos aqueles *mon cheri* e *mon chouchou* sussurrados ao ouvido, tão mal pronunciados e tão excitantes, e se deixou levar. Foram diretos ao assunto e *au revoir*. Mas a natureza retraída da menina ocupou os pensamentos de Bundó durante toda a viagem.

O terceiro encontro aconteceu somente quinze dias mais tarde, em um sábado radiante de um fevereiro cinzento, e foi para os dois a confirmação de que algo estava acontecendo. Bundó não trabalhava naquele fim de semana. Guiado por uma atração sem precedentes, foi parar na estação de França na madrugada de sábado. Tomou um trem que ia sentido Perpignan e, depois da mudança de linha, seguiu no sentido de Lyon. De lá, pegou um táxi e disse ao motorista que seguisse a estrada de Saint-Étienne. Com o trem e o táxi, já tinha gastado o salário de uma semana inteira, mas, longe de se preocupar, quando chegou à porta do bordel, um entusiasmo heroico lhe acelerou o pulso. Que emoção. Ele era o rei. Só por aquela sensação tão poderosa, como a de matar a vontade, a aventura já tinha valido a pena. Devia ser sete da noite quando desceu do táxi. Entre viagens, pausas e atrasos, passaram-se quase doze horas desde que saiu de manhã de Barcelona. Disse a si mesmo que era uma viagem curta e com a mesma leveza afugentou um pensamento incômodo: ainda não tinha calculado como ou quando voltaria.

Enquanto se acostumava com a falsa escuridão do bordel — naquele dia havia muita clientela, um movimento de homens e mulheres —, procurou Muriel e não conseguiu achá-la. Encontrou a madame em uma ponta do balcão e lhe perguntou por ela.

Muriel? Não trabalhava naquele dia.

O quê? Não tinha entendido bem...

Muriel não trabalhava aquele dia. A natureza feminina, você sabe.

Seu mundo caiu. A madame sorriu de pena — sabia detectar essas dependências fatais — e mostrou as outras meninas, caso pudesse ajudá-lo. Bundó observou com desconfiança o rosto das pessoas em torno dele, tentando reagir, mas só conseguiu se sentir um idiota. Estava vestido com roupa de trabalho e com o anoraque em cima, para que tudo parecesse mais natural, e de repente aquela roupa fez que se sentisse mais ridículo ainda. Sem terminar de beber o uísque que tinha na mão, deu meia-volta e saiu. A luz avermelhada o cobriu como um chuvisco de vergonha. Naquela hora mesmo teria pagado outra semana de salário para estar em casa de volta, ileso, e apagar da memória toda aquela farsa, incluindo a lembrança de Muriel. Então ouviu o som de um sapato alto, deu a volta e a viu descer as escadas que levavam a seu quarto.

Agora vamos delinear a cena. Explicaremos apenas que Muriel estava com olheiras e sem maquiagem — não parecia ela, tão apagada —, e que Bundó a adorou ainda mais. Ela reconheceu aquele rosto bochechudo e simpático, de menino travesso, emoldurado pelo cabelo cacheado. O caminhoneiro de Barcelona. Muriel parou no meio das escadas. Ele iniciou um gesto como de resposta e também parou. Mais tarde, Bundó explicaria que naquele instante esteve a ponto de se ajoelhar com gesto dramático e se declarar, mas desistiu da ideia porque não tinha um buquê de flores. Foi sorte não ter feito isso: de vez em quando Muriel vivia episódios como aquele e mandava o rapaz embora sem piedade. Para uma prostituta, não há nada mais desagradável que um cliente que pensa poder atraí-la — e redimi-la — com a promessa de uma vida estável de cidade pequena.

— Hoje estou de folga — disse ela finalmente, com uma voz fraca, enquanto acabava de descer as escadas. — Mas por que você não me convida para comer alguma coisa? Gostaria de lhe pedir um favor.

Custa imaginar que no mundo todo, naquele sábado à noite, houvesse duas pessoas mais carentes de afeto.

Bundó convidou Muriel para jantar, claro. Como não tinha carro, nem caminhão, acabaram comendo na lanchonete do posto de gasolina, que ficava cinco minutos a pé e que fazia uns *croque-monsieur* que não eram nada mal. Enquanto caminhavam pela beira da estrada, à luz da lua, Muriel tomou o braço de Bundó. De salto, ficava mais alta que ele. Caminharam em silêncio e soltavam fumaça pela boca. Cada vez que um carro se aproximava, eles paravam por precaução e ela se encostava um pouco mais nele. Então, por alguns segundos, os faróis iluminavam um casal de amantes furtivos. Aquela imagem isolada resumia o futuro do jeito como Bundó queria vê-lo. Ocupava seus pensamentos e, apesar de ser uma noite muito fria, o fazia transpirar muito. Muriel percebia o calor de seu corpo, como uma estufa, e se agarrava a ele ainda mais.

Na lanchonete, enquanto jantavam, brincaram de gato e rato. Agora, mais centrado, Bundó tentava se infiltrar na vida real da menina e lhe fazia perguntas. Muriel respondia com evasivas e logo mudava de assunto. Era costume profissional. Eles poderiam ter passado metade da vida assim. No final, no entanto, ela lhe pediu um favor, e uma primeira fissura se abriu.

Para que pudesse ajudá-la, Muriel teve de explicar a Bundó que na verdade se chamava Carolina e não havia nem um ano que seus pais viviam no bairro de Can Tunis, nos arredores de Barcelona. Depois explicou no que consistia o favor: ela lhe daria uma soma de dinheiro para que levasse a seus pais. Naturalmente, quando perguntassem por ela, devia mentir sobre o trabalho e o lugar onde morava. Em seguida combinariam os detalhes. Enquanto a escutava e concordava em silêncio, Bundó repetia mentalmente aquele nome. Carolina. Gostava mais do que Muriel, muito mais. Carolina. Talvez fosse mais normal e comum — Carolina —, mas para ele soava como uma senha para acessar um segredo precioso.

Agora que já tinha começado a se livrar desse peso, Carolina respirou aliviada. Foi ao banheiro para se arrumar e se olhou no espelho. Seu rosto tinha mudado. Depois Bundó pagou o jantar e voltaram para o bordel. Subiram para o quarto e juntos, sentados na cama, construíram uma história que fosse bastante verossímil para os pais de Carolina. Divertiram-se por um bom tempo com o exercício. A imaginação prática dela combinava muito bem com as invenções mais desatinadas de Bundó. Ficou tarde, muito tarde. Bundó bocejou e Carolina se apressou a dizer que, se ele quisesse, poderia ficar para dormir.

— Como um amigo.

Na manhã seguinte, antes de voltar a Barcelona, Bundó lhe deu o primeiro presente: um bracelete de prata (lote 66, Barcelona-Colônia).

Na segunda-feira chegou atrasado ao trabalho. Tinha um resfriado fortíssimo.

Uma noite naquela semana, ao sair do trabalho, Bundó escapou para ver os pais de Carolina. Apresentou-se como um conhecido da filha e lhes entregou um envelope com o dinheiro. A mãe chorou ao ler a carta que havia dentro. O pai assobiou maravilhado quando Bundó calculou o câmbio daqueles francos em pesetas. Depois o levaram para a sala de jantar, ofereceram uma taça de vinho e ambos o encheram de perguntas. Uma das coisas que mais os impressionou foi que sua filha, que trabalhava como secretária em uma empresa de exportação do ramo de frutas, tivesse aprendido a falar francês em tão pouco tempo.

Essa mesma cena haveria de se repetir no futuro, dependeria apenas de os destinos da La Ibérica levarem Bundó até o reino do bordel. A desconfiança com que os pais tinham-lhe recebido da primeira vez se transformou em confiança absoluta. Aos poucos Bundó se tornou o biógrafo oficial da vida de Carolina. Tal como havia combinado com ela, tentava passar-lhes os dados em doses homeopáticas. Quanto menos detalhe, melhor. A partir de um determinado momento, no entanto, já que os pais exigiam novidades, e Carolina continuava sequestrada por Muriel, o mensageiro se viu obrigado a inventar uma vida paralela.

Passatempos, amizades, projetos, problemas. A cada visita, Bundó construía um episódio de Carolina na França. Contanto que não a comprometesse demais, valia tudo para dar corpo àquela falsa vida. Chegou um momento que nem a própria Carolina estava a par de tudo e, quando ligava para os pais, em dias especiais como um aniversário ou a noite de Natal, era surpreendida por alguns comentários. Então se via obrigada a disfarçar e a improvisar. Em seguida, indignadíssima (e brincalhona), ligava para Bundó na pensão e soltava os cachorros em cima dele.

"Mas onde você estava com a cabeça? Como você se atreveu a dizer que minha melhor amiga se chama Muriel? Quer dizer que talvez me mude para Paris? Ah, e agora tenho um namorado francês? E como é o namorado fisicamente, igual ao Bundó?"

Sabemos que Bundó se divertia e sofria igualmente com os ataques de raiva de Carolina. Era 1967, havia mais de um ano que se viam com intervalos e a relação dos dois, enquanto isso, tinha entrado em uma nova fase. Bundó tinha parado de frequentar outras prostitutas. Agora a abstinência fazia que os caminhões da La Ibérica parassem com mais frequência na estrada de Lyon para Saint-Étienne. Enquanto ele subia com Muriel, Gabriel e Petroli o esperavam na lanchonete do posto de gasolina. Comiam um *croque-monsieur*, tal como Bundó havia-lhes recomendado, e tramavam as desculpas que dariam ao senhor Casellas por causa do atraso. Carolina, por sua vez, tinha começado a incorporar as invenções de Bundó na vida de Muriel: quando um cliente se tornava inconveniente, ela se livrava dele dizendo que estava prestes a receber um diploma universitário em Lyon, que tinha um namorado francês parrudo e muito bravo, e que logo iriam morar juntos em Paris.

Às vezes aquela transição entre a realidade e a ficção pegava o próprio Bundó desprevenido. Em algum momento em que tinha a sorte de ficar a noite toda com a moça, metia-se na cama com Muriel (pagando, porque a dinâmica do bordel e o controle da madame assim o exigiam) e no dia seguinte acordava com Carolina. Por mais conhecida que fosse, aquela dupla identidade não lhe poupava certa angústia, e, uma vez no caminhão, os dois amigos tinham de animá-lo. Petroli, que dos três era o mais decidido, o aconselhava a levar Carolina para Barcelona o quanto antes melhor. Acontece, no entanto, que desde o início, desde aquele sábado que tinha ficado para dormir — como amigo —, Carolina advertiu Bundó que nunca fizesse planos para os dois nem tentasse convencê-la a nada. Ela, e somente ela, poderia decidir o próprio futuro.

A seu modo, Bundó apostou em outra estratégia mais lenta. Consistia em ser paciente e envolver Carolina em uma rede de atenções que a fizesse abrir os olhos. Ele a visitava com devoção sexual, levava notícias de seus pais (amenizando quando preciso, para evitar a mediocridade) e a presenteava com os objetos que conseguia nas mudanças. A cada nova aproximação, ela cedia um milímetro cúbico de seu futuro. Eram referências vagas, comentários feitos de passagem. Para qualquer um de nós teria sido um progresso imperceptível, mas Bundó soube interpretá-lo como um estímulo para seguir adiante.

No início de 1969, quando já havia mais de três anos que aquela indecisão ameaçava perpetuar-se, Bundó pagou a primeira parcela de um apartamento que estava sendo construído em Vía Favència, em Barcelona, e o colocou no nome dos dois. Eis um momento decisivo. Um tempo depois, quando lhe entregaram as chaves, abandonou a pensão da senhora Rifà e foi morar sozinho no apartamento. Carolina aprovou a mudança (e pode ser até que tenha começado a fazer planos), mas lhe custou muito decidir voltar.

Antes que Christophe marcasse o encontro com ela na *brasserie* em Paris, nós, os cristóvãos, tínhamos nos perguntado mais de uma vez: ela gostava de verdade de Bundó? Embora não tivéssemos nenhum direito de fazer isso, tínhamos dúvidas sobre seus interesses. Podemos dizer que essa suspeita durou alguns dias após o almoço. A senhora Carolina de cinquenta e muitos anos, amável, porém distante, só podia voltar àquele momento da vida resguardada por trás de um escudo de cinismo. Para nós esse artifício não servia e, injustamente, partimos de Paris abatidos por um sentimento de frustração. Três semanas depois, Christophe abriu a caixa de correio de casa e encontrou esta carta. Leiam-na e censurem-nos.

> *Mon cher* Christophe,
> Passaram-se algumas semanas desde que almoçamos em Paris e não há um dia em que eu não me censure por aquele encontro. Não devia tê-lo aceitado. Falei mais do que devia. Sacudiu minha memória como se fosse uma bola de cristal e agora a tempestade de neve não assenta de novo no fundo. No entanto, você não deve se sentir culpado. Nos últimos dias, refletindo sobre o assunto, compreendi que tudo se reduziu a uma questão de autodefesa. Custou tanto superar a ausência de Bundó! No final, por paradoxal que possa parecer, a única saída possível foi abandonar o bordel da maneira que fiz. Após um tempo de isolamento em Paris, disse sim a um homem convencido de que me amava e fui viver com ele nas províncias, em outra cidade sem nome. A felicidade não existe, só se deseja. Você pode desejá-la a vida toda e nunca terá o suficiente. Não me queixo,

mas mudei de vida do mesmo jeito que se tivesse ido com ele, com Bundó. Era a única maneira de sobreviver.

Agora, Christophe, lhe explicarei — lhes explicarei — uma intimidade que teria me libertado desta dor, ou pelo menos apaziguado. Muitos anos se passaram, mas é a coisa mais viva que tenho de Bundó: ele foi o único homem capaz de me fazer confundir amor e sexo, perdão pela franqueza. Os franceses dizem que o orgasmo é uma pequena morte. Cada visita dele, no entanto, tinha o mérito de me fazer viver pequenos nascimentos: devolvia-me por alguns segundos àquele lugar de escuridão perfeita, inviolável, de quando ainda não se nasceu e o mundo não espera nada de você. Percebe? Agora tudo começa a ficar mais calmo dentro da bola de cristal. Eu me assustei sem motivo. A tempestade de neve era apenas uma chuva de confete.

Mande minhas lembranças à sua mãe, por favor. Ah, Mireille: diga-lhe que penso nela muitas vezes. Esperando que você e seus irmãos me compreendam, adeus para sempre, com um beijo,

sua Carolina

P.S.: Eram os seus irmãos, *n'est-ce pas*, aqueles três gabriéis que me espiavam do outro lado da rua quando entrei no táxi na frente do restaurante? Vocês se parecem muito!

Ah, nos descobriu. O que mais podemos dizer?

Talvez seja um sinal. Talvez tenha chegado a hora de cada um tomar a palavra por conta própria. Christof, vai se preparando: pela rigorosa ordem biológica, é a sua vez.

8

O QUINTO IRMÃO

A vez de Christof e Cristoffini

— Antes de tudo, a primeira coisa que você deveria é me pedir desculpa. Na frente de todo mundo.

— Pedir desculpa? E posso saber por quê?

— Porque já faz alguns meses que você conhece nossos irmãos, Christof, e ainda não me apresentou a eles. Não me convidou a nenhuma de suas viagens "de investigação", como você chama essa sua pedanteria. Certamente nem sequer lhes falou de mim — faz-se um silêncio acusador. — Nunca lhes falou de mim, não é verdade?

— Agora não temos tempo. Mete na sua cabeça que este é o meu momento, o único que me cabe em todo este concerto, e que tenho de contar muitas coisas. Deveria estar agradecido porque já deixei você vir desta vez.

— Ou seja, você me ignora e quer todo o protagonismo... Você é quem sabe. Depois não se queixe se eu me negar a abrir a boca. Você está me incitando à ira e à revolta. Além disso, você não tem ideia de como fazer monólogos. Sempre fizemos essas coisas juntos.

— Está bem, está bem. Cristóvãos: escutem, este é nosso irmão Cristoffini. Nasceu na Itália...

— Em um pequeno povoado da Sicília, no centro da ilha, e não me peçam que seja mais concreto. Não sou o filho predileto porque já têm um, em Vito. E nisso também não me peçam para ser mais concreto. Fica tudo em família. Ainda que compartilhemos o pai, cristóvãos, sou de uma estirpe famosa por parte de mãe, *capisci*? Também sou o mais velho de cinco irmãos. O herdeiro entre nós, caso não lhes tenha ficado claro. Quando vocês nasceram, eu já estava correndo pelo mundo havia anos com este esqueleto de papelão, toc, toc — dá umas batidinhas na cabeça com a mão —, esta roupa de listras diplomáticas e este chapéu que jamais sairá de moda. Se pareço mais jovem que vocês, é porque sou imortal.

A voz de Cristoffini sai roca e asmática, como se tivesse as cordas vocais de esparto.

— Agora me dou conta de que talvez lhes deva uma explicação: Cristoffini e eu atuamos nos fins de semana. Em discotecas, salões de festa, teatro de bairro, onde nos chamarem. Criticamos o governo e os famosos e fazemos as pessoas rirem com nossos comentários. Às vezes Cristoffini se mete com o público e tenho de tapar-lhe a boca, porque do contrário diria muita besteira. É o nosso passatempo e, além disso, ganhamos um dinheiro extra.

— Sabe como nos anunciamos? Christof e Cristoffini. Deixei que o nome dele ficasse na frente por uma questão eufônica... Ele fica com o dinheiro (pouco) e eu com a fama (muita). Faz quantos anos que atuamos em público, rapaz?

— Mais de quinze. Estreamos no Instituto, em um desses festivais que eram montados para o Natal, lembra? A mamãe ia a cada ano, mas o papai nunca foi. A verdade é que, ao longo dos anos, temos feito muita companhia um para o outro, não é mesmo, Cristoffini?

Cristoffini apoia a cabeça no ombro de Cristof, fingindo estar emocionado por aquelas palavras, mas o olhar matreiro o delata. Uma cicatriz bem rosada perfila sua bochecha esquerda.

— Já sei que você leva na brincadeira, como sempre — alfineta Cristof, tirando-o de cima com um gesto de ombro. — Às vezes penso que você é capaz de ver os limites entra realidade e ficção. Uma coisa é você interpretar o papel de cínico quando atuamos, estamos de acordo nisso, e outra muito diferente é se comportar como um cínico em família. Tenho certeza de que meus irmãos... de que nossos irmãos entenderam quando eu disse que nos fazemos companhia. Cristóvãos: refiro-me àquele peso súbito que nos abatia quando éramos pequenos. Já falamos disso alguma vez, não? De quando tínhamos onze ou doze anos. Voltava da escola, no inverno, e ficava sozinho em casa, porque a mamãe estava trabalhando e não se sabia do papai. Você se olhava no espelho do saguão enquanto tirava o cachecol e o casaco, e logo essa cara do menino sonolento pelo frio se escurecia de desconsolo. Essa solidão durava pouco tempo, mas como magoava! Nascia de dentro e morria na imagem do espelho. De uma forma muito natural, teríamos vendido aquele reflexo por um irmão que ajudasse a preencher os silêncios.

— Se você tivesse me despertado antes de meu sonho letárgico na caixa, teria se poupado de tudo isso.

— Já disse milhões de vezes que sinto muito — admite Christof em voz mais baixa, como um comentário à parte. — Não me faça repetir isso de novo na frente de nossos irmãos. E agora, deixe-me falar sobre meu pai, que é para isso que estamos aqui.

— *Va bene* — concorda Cristoffini, fechando os olhos e movendo a cabeça em um gesto afirmativo, como se fosse um sacerdote que se dispõe a ouvir uma confissão. — Por onde você quer começar?

— Pois poderia explicar que a primeira vez que vi meu pai, havia mais de um ano que eu tinha nascido e ele nem sequer sabia da minha existência. Talvez pelo impacto que me causou, a aparição dele ocupa um lugar muito importante na lista de minhas primeiras lembranças conscientes. Estamos no saguão de casa e aquele homem alto e magro me pega nos braços com gestos inexperientes. Ninguém diz nada. Com o olhar procuro a mamãe, para que me tranquilize, mas ela está tão surpresa que não a reconheço e começo a chorar.

— Um momento, um momento. Rebobine-se, volte atrás e regresse ao ventre da sua mãe, por favor. Se necessário, retroceda até um pouco além, até os *coglioni de il tuo padre*. Queremos saber os detalhes.

— Se você insiste... — Christof parece satisfeito. — Então terei que retroceder até 15 de janeiro de 1965, durante uma mudança que a La Ibérica fez com destino a Bonn. No catálogo de roubos é a viagem número 47, diria, e o espólio se destacava por uma coleção de discos de zarzuelas. Eram duas horas, depois de descarregar o caminhão na capital do governo alemão, Gabriel, Bundó e Petroli tomaram o caminho de volta, mas perto de Koblenz uma espécie de edredom branco e grosso encobriu o céu. Não tinham percorrido nem dez quilômetros quando se encontraram no meio de uma tempestade de neve de proporções bíblicas — Cristoffini se benze. — Em outras ocasiões eles já haviam superado dificuldades semelhantes, mas dessa vez foram pegos na volta. Com a carroceria vazia, sem carga, o caminhão patinava na pista como um elefante em uma pista de gelo. Rodaram mais alguns quilômetros na estrada, seguindo o Reno, esperando que aquela brancura ameaçadora do céu diminuísse. Mas, quando estavam prestes a chegar a Mainz e Wiesbaden, renderam-se. Anoitecia e a paisagem que entreviam, cada vez mais soterrada sob a cortina de neve, lhes causava uma ansiedade muito germânica. Bundó, com seu sexto sentido para detectar boa hospedagem de estrada, se lembrou de que uns caminhoneiros alemães tinham lhe falado sobre as qualidades de algum lugar perto de Mainz. Naquele tempo ainda não havia conhecido Muriel-Carolina, e quando encontrava com outros caminhoneiros nas paradas aproveitava para trocar recomendações sobre os melhores motéis e bordéis existentes nas rotas do transporte europeu. Como era muito meticuloso para essas coisas, marcava o ponto no mapa com uma cruz vermelha e escrevia o nome ao lado...

— Para o carro, Christof — interrompe Cristoffini. — Uma hospedagem? E perto de Mainz? Não me diga que era o Herz-As, aquele antro em que há meses, voltando de uma apresentação em Frankfurt, você me obrigou a entrar para tomar uma cerveja — Christof confirma com resignação. — Eu imaginava. Quanta decadência! Que fedor de cerveja derramada! Aqueles bancos e paredes de madeira devem guardar o vômito dos caminhoneiros dos últimos trinta anos, incluindo o de nosso pai e de seus amigos. E as senhoras que nos tentavam no balcão (mais a mim que a ti), *madonna*! Há pelo menos três décadas que ganham a vida da mesma forma... — cala-se por um momento e mexe a cabeça para cima e para baixo, refletindo em silêncio. — Ou seja, voltando àquela noite, uma simples nevada foi a desculpa perfeita que os três amigos encontraram para se refugiar sob os edredons bem quentes daquelas meretrizes. E, enquanto isso, os espermatozoides de Gabriel, coitadinhos, se preparavam para a grande corrida de sua vida.

— Não tire conclusões precipitadas, Cristoffini. Escuta, e não me interrompa, por favor. Não vamos começar. Em primeiro lugar, se entramos na hospedagem dos caminhoneiros, foi para investigar, embora você não goste dessa palavra. Petroli tinha contado o episódio aos quatro cristóvãos de carne e osso, e eu queria encontrar o cenário. Concordo contigo que agora tenho pena. Em segundo lugar, você precisa saber que o único que ficou no Herz-As naquela noite foi Bundó. Ele não podia resistir à tentação.

Sua atração pela intimidade com mulheres de vida alegre o impeliam como uma necessidade vital, assim como comer ou dormir, e de quebra espairecia a mente. Embora o nome e o letreiro da hospedagem (um Ás de Copas) devessem atrair o instinto lúdico e jogador de Gabriel, Petroli e ele decidiram por outras opções mais formais... E se você tinha imaginado por um momento que minha mãe, Sigrun, trabalhava no Herz-As, desculpe decepcioná-lo, mas não.

— Nem tinha pensado nisso, Christof, eu juro. As mães são sagradas.

Cristoffini beijou a ponta dos dedos. Christof soube ler os pensamentos de Cristoffini e, por um momento, diria que ele tinha ficado vermelho e a cicatriz da bochecha acesa como uma brasa.

— Melhor assim.

— Continue, por favor, que está ficando tarde. No momento, já temos Bundó no Ás de Copas conversando com uma senhora que poderia ser sua mãe, mas não é, que fique claro. Não é a mãe dele nem a mãe de ninguém. Agora falta saber o que aconteceu com Gabriel, Petroli e, acima de tudo, com os bichinhos que se mexem impacientes nos colhões de Gabriel.

Christof acende um cigarro. Embora não fume com frequência, serve-lhe para criar um clima e retardar as palavras. Ele se cala e solta a fumaça na cara de Cristoffini, que fecha os olhos e tosse violentamente, a ponto de quebrar a espinha.

— Quem passa a vida inteira na estrada, dentro de um caminhão e longe de casa, tem a necessidade de ficar sozinho — disse Christof. Eu considero isso um refúgio, e é acima de tudo um refúgio mental, ainda que muitas vezes se disfarce de urgência física. Dia e noite trancados na cabine, indo para cima e para baixo por todos os cantos do mapa, no fim se cansam uns dos outros e morrem de vontade de escapar um pouco.

— Assim como nós dois — interrompe Cristoffini. — Como nos dias em que você me põe para dormir dentro da minha caixa de papelão (porque ele me guarda dentro de uma miserável caixa de papelão, cristóvãos!) e viaja sem mim.

— Se me lembro bem, na última vez em que nós, os cristóvãos, nos reunimos em Barcelona, bem que levei você comigo.

— Sim, dentro da mala, fazendo companhia às suas cuecas, mesmo sabendo perfeitamente que com os anos eu tenha ficado claustrofóbico! E, depois, você tem vergonha de mim, que é a coisa mais feia entre irmãos. E você não me deixou sair do hotel...

— Bem, chega de falar de você. É a vaidade em pessoa. E agora, se me permite, estávamos com Gabriel, Bundó e Petroli — Cristoffini quer replicar, mas Christof não deixa. — Como dizia antes, depois de meio ano viajando juntos, os três amigos já tinham aprendido a distinguir as oportunidades de ouro de ficarem sozinhos, tão escassas, e a reservá-las para si. O repertório incluiu os defeitos do caminhão (reais ou inventados), pausas depois de descarregar uma mudança inteira ou os contratempos tão benignos como uma alfândega fechada por algum controle internacional, um desvio por causa de algumas obras, a proibição em alguns países de dirigir no domingo ou uma tempestade inclemente. Em tais ocasiões, vimos que em um instante Bundó corria para refugiar-se nos braços da primeira prostituta que estivesse disponível em terra firme. O refúgio de Gabriel, nosso pai, continua sendo um mistério: complexo e às vezes volátil, fugidio e inalcançável durante tantos anos, também pode ser que sua única presença tangível sejam estas páginas (assim como as pegadas na neve revelavam os passos do homem invisível), e colocar-lhe um ponto final será a forma de dar corpo a seu refúgio. Não é verdade, cristóvãos? No que diz respeito a Petroli, já sabemos que suas preferências tendiam para as mulheres mais velhas, mas recorrer a prostitutas, por meio de dinheiro, era como se estivesse trapaceando. Preferia a aventura do flerte com as mães de família, mesmo que desse errado. Embora ele mesmo reconhecesse que suas pretensões costumavam ser novelescas demais, para não dizer completamente irreais. Até a menor vitória o satisfazia tanto que durante alguns dias o investia de um orgulho íntimo de casanova.

— Casanova? Petroli, um casanova? *Ma tu sei pazzo!* Como se atreve a profanar a lenda de meu compatriota...! Nem mesmo eu — Cristoffini estica o pescoço e fecha os olhos, indignados —, olha o que estou dizendo, eu, que passei horas e horas trancado nos armários ou escondido sob as camas de tantas senhoras, tremendo de medo de que o chifrudo me descobrisse (os chifrudos italianos são sempre brutais), nem mesmo eu posso me comparar ao grande Giaccomo!

Christof o deixa tagarelar.

— Não lhe deem atenção, cristóvãos. Agora entendem por que não o havia apresentado antes, não? Porque nosso irmão mais velho é um inapresentável! — Christof se altera por um momento, então para e tenta se acalmar. — Tanto faz. É o seu jeito, e não vai conseguir me deixar nervoso. O que lhes dizia: no exterior, Petroli se transformava em uma espécie de casanova, sim, e seu refúgio era uma cenografia nostálgica. Por algum estranho impulso sentimental, só conseguia se tranquilizar se estivesse rodeado por conterrâneos. Assim, com a mesma devoção de Bundó para seus haréns de estrada, Petroli colecionava centros de emigrantes espanhóis espalhados pela Europa Central. Tudo se deu por causa de um amigo de infância que havia emigrado para o sul da Alemanha para trabalhar em uma empresa siderúrgica. Encontraram-se nos primeiros verões, quando ele voltava ao povoado para visitar os pais. Mas, depois que estes morreram, Petroli nunca mais o viu. Anos mais tarde, um dia em que passavam perto de onde ele morava, aproximaram-se para cumprimentá-lo. Enquanto Gabriel e Bundó o esperavam na cabine jogando baralho, o amigo o levou para beber uma taça de vinho na Casa do Trabalhador Espanhol. Mostrou-lhe fotos da mulher e dos filhos, que já tinham nascido na Alemanha. Estava fora de forma, seu catalão tinha perdido o sotaque da terra. Aquela longa meia hora de conversa, ainda que o tempo todo beirasse o precipício da tristeza, levantou o ânimo de Petroli para o resto da viagem. A partir de então, sem precisar usar um amigo como desculpa, viciou-se em visitar aquela espécie de receptáculo da melancolia. Entrava pensativo, descarregava as tristezas com o primeiro espanhol que lhe desse conversa e saía de lá como um novo homem. Bem de vez em quando, nos dias em que lhe funcionava a arte da sedução, podia até sair acompanhado de alguma ibérica liberal e com muita vontade de se divertir. Como podem ver, diante de tais perspectivas, logo aprendeu de cor cada círculo, casa e centro onde se reuniam os trabalhadores imigrantes. Vocês lembram, cristóvãos, o que Petroli disse quando fomos vê-lo? Ele disse: "Essa gente, com suas preocupações diárias e o desejo de seguir adiante, com seus ataques de saudades impossíveis de controlar, me faziam sentir acompanhado. Eu era quase como eles. Com a única diferença que minha frustração não estava quieta e meu país de adoção estava em todos os lugares e em nenhum." A ronda de Petroli incluía centros de catalães, galegos, estremenhos, aragoneses. Tinham nomes como o Centro García Lorca, a Casa do Aragonês ou La Santa Espina e surgiam sempre em cidades industriais com o mesmo padrão. Eindhoven, Mannheim, Reading, Béziers, Kaiserlautern. Bairros com fábricas e chaminés, casas baratas e céu esbranquiçado.

— É isso. O que você quer é que derramemos lagrimazinhas, Christof. Espero, para o seu bem — Cristoffini apalpa um objeto no casaco, na altura das costelas —, que agora você não pense em cantar um daqueles hinos choramingões, do tipo "Oh, não verei nunca mais o litoral ensolarado do meu país... oh, como sinto saudades dos pássaros e das flores do meu jardim...". Concordamos que ir trabalhar no exterior devia ser um drama para toda aquela gente, mas, caramba, ao mesmo tempo perdiam de vista a Espanha de Franco, que nos anos 1950 não era exatamente um cabaré de variedades.

— Não, eu não pretendia me tornar folclórico nem patético. Muito pelo contrário. Precisamente, o que queria dizer (antes que este parasita me interrompesse, como sempre) é que o Petroli atual, aposentado no norte da Alemanha, estava convencido de que o tempo lhe deu razão e que aquela representação dramática dos centros de imigrantes deu um jeito em sua vida, mas isso é só meia verdade. A realidade é que, depois de tantos anos rodando com o caminhão (em fevereiro de 1972, para ser mais exato), Petroli havia se tornado famoso entre os emigrantes a ponto de ser uma caricatura. Seus males e queixas eram conhecidos em todos os lugares, e as pessoas faziam o possível para evitá-lo. Os milhares de quilômetros que tinha aguentado, além do mais, começavam a acabar com seu humor e a envelhecê-lo prematuramente. Então, em uma visita que poderíamos chamar de rotineira ao Centro Asturiano de Hamburgo, conheceu Ángeles. A atração mútua foi tão imediata e elétrica que no dia seguinte cedo, sem pensar duas vezes, ligou para o senhor Casellas no escritório e entre risadas desvairadas lhe comunicou que estava se demitindo. Nesse momento Gabriel e Bundó já retornavam com o Pegaso para Barcelona. Casellas tentou dissuadi-lo, apelando primeiro para as responsabilidades e depois tentando-o com o atrativo de salário extra. Petroli, por sua vez, não sentiu o menor pudor na hora de pronunciar a palavra...

— Que palavra?

— A palavra. Você já sabe.

— Não sei. Diga, quero ouvir.

— Você quer zombar, já sei.

— Estou dizendo que não, de verdade. Que palavra?

— Amor. Amor. Disse que tinha encontrado o amor de sua vida.

— Ooooooh! *Che bello! Amore!*

— Você é repugnante, Cristoffini, você não tem alma. Se um dia o diabo aparecesse com a intenção de comprá-la, você não poderia vender nada. Seu interior é vazio. É um poço sem fundo. Uma geleira, um abismo que traga tudo... Quer que eu continue?

— Porque sabe o que eu acho? — Cristoffini contra-ataca. É visível que as reprimendas não o abalam. — Se eu não tenho alma, é porque você a roubou de mim quando você era criança. Cada vez que você metia a mão dentro de mim, sem cuidado, exatamente como faz neste exato momento, beliscava uma parte da minha alma e a roubava. Você é um ladrão, mais que ladrão! — faz uma pausa para que o veneno de suas palavras se propague. — É isso que você quer? Quer lavar a roupa suja na frente de nossos irmãos?

Christof fica assombrado. Com as costas baixas e o olhar perdido, de repente parece um boneco sem vida. Cristoffini levanta a cabeça altivo, como um rei que acaba de ser coroado, e saboreia a vitória. Quando o silêncio começa a pesar demais, toca o ombro de Christof como se quisesse despertá-lo de um sonho. É um gesto cheio de soberba.

— Vamos, não seja criança, irmãozinho. Não se aborreça. Estamos morrendo de vontade de ouvi-lo. Você dizia que Petroli estava apaixonado por Ángeles...

— Isso, eu dizia que a conheceu em um lugar de imigrantes — fala Christof retraído —, mas o que gostaria de enfatizar é que, além desse detalhe, você não vai encontrar nenhuma outra coincidência com as habituais aspirações eróticas de Petroli: nem era uma senhora mais velha, nem sentia falta da pátria mãe a cada cinco minutos, nem tinha vontade de voltar para Oviedo.

— Muito bem. Terminou, senhora Corín Tellado? Desculpe, desculpe... — a reação modesta de Christof o faz perceber que o sarcasmo era pouco adequado. — Só quero perguntar uma coisa: o que a vida amorosa de Petroli tem a ver com aquele famoso dia da nevada, o que temos com isso?

— Tudo, Cristoffini, tudo. Vamos ver se você entende: a vida sempre nos pega por onde menos esperamos, por isso nos atrai e tem tanta graça. Não é verdade, cristóvãos? Se constatamos alguma coisa desde que tentamos reconstruir os passos de nosso pai é porque a nossa vida (a de todo mundo) está tão atada e interligada uma à outra de maneira arbitrária que, às vezes, é brincalhona, e muitas vezes tortuosa. Tente seguir uma ponta do fio, desate todos os nós para observá-lo separadamente e você vai perceber que é completamente inútil: no exato momento em que nascemos o fio começa a se enredar. O paradoxo, no fim das contas, é que uma vida tão solitária quanto a de Gabriel tenha podido se entrelaçar a muitas pessoas diferentes. Assim, no caso de nosso pai, a meada de realidades e sonhos que constitui toda vida íntima começou a se emaranhar perigosamente no dia da nevada em Mainz.

— Traduz em palavras normais, por favor. Tanta filosofia está me deixando tonto... — Cristoffini acompanha o comentário com movimentos de pescoço não humanos.

— Pois com a mesma agilidade mental que Bundó localizou o Ás de Copas, Petroli consultou naquela tarde seu vade-mécum, uma lista de centros de imigrantes na Alemanha. A margem do Reno e os arredores de Frankfurt, tão industrializados, eram um formigueiro, e logo descobriu que havia um lugar chamado Rüsselsheim que tinha uma sede social de trabalhadores espanhóis. Saindo da estrada, pela rodovia, a cidade ficava a uns dez quilômetros, ou seja, valia a pena se aventurar. Como começava a escurecer e Gabriel se orientava melhor à noite, Petroli lhe perguntou se queria ir também.

— E o pobre Gabriel teve de escolher entre as putas e os que passavam por uma puta situação — soltou Cristoffini.

— Você e seus jogos de palavras. Como você é engraçado... Tenho a sensação de que, muitas vezes, nessas ocasiões, nosso pai queria era ficar sozinho e ponto. Qualquer restaurante de estrada lhe servia, por menos acolhedor que fosse. Comia alguma coisa e, em seguida, enquanto tomava um café e fumava um cigarro, puxava o baralho e jogava solitário até a hora de voltar para o caminhão. Se os outros dois ainda não tinham chegado, procurava uma estação de música, deitava-se na cama e tentava tirar um cochilo. Isso lhe fazia bem, porque costumava pegar o volante depois do jantar. Ele dizia que o ajudava a fazer a digestão. De vez em quando, no entanto, se não tinha vontade de estar sozinho ou se fazia frio demais para ficar dentro do Pegaso, aceitava uma das propostas dos dois amigos. Tentava ser imparcial e não era incomum que jogasse cara ou coroa. As excursões sexuais com Bundó eram marcadas por uma jovialidade que lhe fazia reviver a adolescência. Além disso, acompanhando-o poderia controlar a carteira dele: deixando-se levar pela euforia, seu amigo do coração tinha uma tendência descontrolada de demonstrar gratidão e deixar boas gorjetas às meninas (sem pensar, evidentemente, no abismo que separava nossas pesetas dos francos, marcos ou libras esterlinas). As visitas de Petroli aos receptáculos de melancolia, por sua vez, ofereciam a Gabriel a possibilidade de jogar cartas...

— Sexo ou jogo, estou vendo, essa era a escolha — comenta Cristoffini. — Que vida mais edificante a do nosso querido pai! Agora já sei com quem me pareço.

— Não, com aquelas pessoas não jogava por dinheiro. Também não trapaceava. Depois de chegar, Gabriel se sentava a uma mesa, tirava um baralho de cartas espanholas e as misturava. A presença imponente do rei de espadas ou o gesto pérfido da dama de ouros (a puta de ouros) bastavam para animar dois ou três daqueles imigrantes a jogar uma partidinha. Jogavam mus, remígio, butifarra e, no fundo, como uma TV ligada em um bar, lhes chegava o eco de Petroli, que entretinha os outros espanhóis com suas histórias. Aquela faceta de seu amigo era tão exagerada que os companheiros de jogo não tardavam em criticá-lo. E então Gabriel começava a defendê-lo por defender, como se fosse seu irmão mais novo. As visitas nem sempre seguiam um roteiro tão rústico. Em algumas ocasiões, principalmente na França, o centro de emigrantes tinha uma vertente mais política, marcada por exilados e refugiados da guerra, e então os dois amigos eram recebidos como sobreviventes de um outro tempo, heróis do passado que continuavam resistindo no inferno que era a luta operária na pátria mãe. Então, Gabriel e Petroli estufavam o peito, repetiam as quatro noções básicas que sabiam sobre a opressão dos patrões e insultavam o senhor Casellas aos quatro ventos por explorá-los. Se fosse preciso confirmação, repassavam em seguida uma longa lista de queixas, com mudanças intermináveis, condições penosas e salários desumanos. Gabriel também costumava lembrar os ensinamentos revolucionários que Lluís Salvans doutrinava na pensão de Barcelona e até mesmo o citava como referência, caso houvesse no centro algum antigo militante da FAI ou da CNT que o tivesse conhecido e pudesse dizer por onde ele andava. Os imigrantes o ouviam e concordavam, entre comovidos e revoltosos. Quando chegavam a este ponto — alguém costumava pegar um violão —, começavam a cantar algumas músicas que os aliviassem de tantas atribulações. Iam de "Cucurrucucú Paloma" para "España es la emperaora", de uma toada republicana para "Asturias, patria querida". No final, sempre tocavam alguma de imigrantes e acabavam brindando com os novos companheiros à amizade e à morte de Franco de uma única vez.

Cristoffini levanta o punho esquerdo e cantarola os primeiros compassos de "Bella ciao". Não fica claro se está zombando ou não, mas de qualquer forma é uma imagem extravagante. Christof tapa a boca dele com a mão, mas ainda se ouve um cantarolar de fundo. Quando já não aguenta mais, porque fica sem ar, Cristoffini o morde. Por um momento, parece que algumas gotas de sangue tingem de vermelho a palma da mão.

— Sigrun, minha mãe — prossegue Christof, ignorando-o —, que na juventude era muito ativa politicamente, lembra que Petroli e Gabriel se cansavam logo e depois de um tempo prudencial encontravam uma boa desculpa para irem embora. As horas de viagem os deixavam exaustos demais para que lhes apetecesse uma sessão de teoria libertária. Ela já sabia disso porque, exatamente no dia da nevada, no dia em que Petroli e Gabriel abriram a porta da sede de Rüsselsheim, havia ido com uma amiga ao centro de trabalhadores espanhóis.

— Caramba! Já estava na hora! Os bichinhos de Gabriel esquentam os motores e se preparam para a corrida. Christof, adiantando-se a todas suas dúvidas existenciais sobre o futuro, não ainda é, mas está prestes a ser. Explica, vai. Explica.

— Primeiro devo dizer que a idade e as frustrações acabaram refinando as memórias da minha mãe. Quando ficou grávida, Sigrun era uma estudante de 19 anos. Não vou incomodá-los com seu currículo, mas direi sim que estudava sociologia na Universidade de Frankfurt, assistia às aulas de Habermas e militava na famosa União Socialista Alemã. Havia, inclusive, participado de algum jantar de estudantes com Angela Davis, e se não fosse por ter de me alimentar, não duvido que tivesse acabado no Baader-Meinhof. Quando nasci, ela começou a trabalhar em uma livraria universitária. Era filha única e precisava de dinheiro. Seus pais não tinham aceitado aquela gravidez indesejada, e a bolsa de estudos não era suficiente. Continuava indo às aulas, mas em outro ritmo, quando podia, e ao mesmo tempo tentava esquecer Gabriel. Era o que as teorias feministas da época aconselhavam, mas cada vez que conseguia tirar esse caminhoneiro da cabeça, ele voltava para lhe encher de esperanças (*Entschuldigung!*). Sigrun vivia em um círculo vicioso. Quando finalmente o papai parou de nos visitar de vez em quando para não voltar nunca mais, a vida sentimental da mamãe se transformou em um desfile de homens. Viva a liberdade sexual. Aqueles nomes e rostos se sobrepõem para formar um retrato falado da juventude alemã masculina dos anos 1960, aparentemente tão aberta e crítica. Mas é um retrato decepcionante: o que surge é um jovem sério e peculiar, politicamente comprometido ou não, com grande predisposição ao contato sexual, mas que inevitavelmente foge como o diabo da cruz quando descobre que aquela menina doce e culta já tem um filho de produção independente.

Christof faz uma pausa para respirar fundo. Com um cascudo acorda Cristoffini, que boceja, fingindo-se de adormecido.

— Alguns anos tiveram de se passar — continua — para que Sigrun assim pudesse distinguir as experiências importantes das que funcionavam como truques para enganar o presente. Agora os homens, quando há, não lembram em nada o retrato falado. As perguntas já não lhe dão medo, ainda que vindas do próprio filho, e eu finalmente pude satisfazer minha curiosidade. Aqui está. Acontece que naquela noite de janeiro de 1965, em Rüsselsheim, um grupo de espanhóis havia se reunido para homenagear um amigo que acabava de se aposentar. Era galego, tinha chegado à Alemanha havia mais de uma década, com os primeiros ônibus de operários, e, como muitos dos presentes, trabalhava em uma fábrica de automóveis. Republicano até os ossos, comprometido com a luta proletária, aquele homem aprendeu alemão às pressas para se tornar o porta-voz sindical de seus conterrâneos na fábrica. Era reconhecido por todos como um pioneiro entre os imigrantes da Alemanha (uma desculpa como outra qualquer para abrir algumas garrafas de vinho). Até então, Sigrun havia obtido sua primeira bolsa para estudar sociologia e tinha acabado de apresentar o pedido para aderir à União de Estudantes. Uma amiga da faculdade, filha de espanhóis imigrados, a convidou para a festa. Com certeza seria boa. Se o galego bebesse um pouco (e como gostava de beber!), o fariam reviver o breve lapso da Segunda República. A amiga se encarregaria de traduzir o mais importante. Quando Petroli e Gabriel entraram no local, surgidos do nada, os imigrantes mais velhos estavam cantando os últimos compassos do Hino de Riego. Em seguida o galego entoou um "Viva a República!" sufocado pela emoção e todos o aplaudiram. Então se fez silêncio e os dois amigos desejaram boa-noite àquelas pessoas que os olhavam. Em um ato instintivo, Petroli esfregou as mãos e acrescentou: "Que noitinha, não? Como está bom aqui!". O comentário funcionou como um salvo-conduto e as trinta pessoas reunidas os acolheram de braços abertos. Eles fizeram as perguntas de sempre, os dois caminhoneiros responderam o que era esperado deles e a noite não teria sido especialmente relevante se não fosse porque, depois de uma hora e meia, quando já se despediam, ao sair, descobriram que a temperatura tinha baixado de repente para dez graus abaixo de zero e as ruas estavam soterradas sob uma camada de gelo. Diante da impossibilidade de dirigir nem cinco metros com o Pegaso, os imigrantes se organizaram para dar abrigo aos dois espanhóis. Petroli foi disputado por duas senhoras que trabalhavam em uma fábrica de lenços: uma viúva de Altafulla e uma solteirona de Manises (ganhou a viúva, é claro, que era mais velha). Gabriel aceitou a oferta de uma menina tímida e silenciosa. Usava um gorro e um cachecol de lã verde escuro e se comportava com uma segurança previsível, de quando as convicções ainda não haviam passado por nenhuma provação. Não sabia nenhuma palavra de castelhano, mas era atraente, e sua insistência tinha o lisonjeado. Além disso, talvez por não ser espanhola, era a que menos o intimidava de todo o grupo.

— Sim! — exclama Cristoffini. — Que grande sedutor era o nosso pai! Viva o mau tempo! Vivam as tempestades de gelo! Viva o amor mudo!

— Sigrun e Gabriel viveram aquelas primeiras horas como dois desconhecidos que aceitaram um encontro às cegas. De Rüsselsheim até o bairro da mamãe, nos arredores de Frankfurt, havia cinco estações de S-Bahn. Durante a viagem, usaram o pouco de inglês que sabiam para fazer perguntas óbvias, dessas que felizmente podiam ser respondidas com um monossílabo. Você é estudante? Já esteve antes em Frankfurt? Uma vez no apartamento, pequeno e bagunçado, como correspondia a uma estudante, Sigrun encheu duas taças de vinho e, enquanto lhe preparava o sofá-cama, tentou puxar conversa. O idioma peculiar de Gabriel deve ter provocado algum mal-entendido engraçado. Riram, gesticularam desajeitados e se contagiaram de mais gargalhadas. Fez-se um silêncio absoluto. O papai lembrava que naquela noite havia duas velas na mesa da cozinha e tinha pouca iluminação, situação perfeita para que o vinho se iluminasse de um vermelho mais íntimo. Mas a Sigrun de hoje nega, dizendo que isso é muito clichê e que não suporta clichês. De qualquer forma, nunca pude me aprofundar. Ela não deixa. Podemos apenas soprar as velas e deixar a estudante alemã e o caminhoneiro expatriado às escuras. Que se virem.

— Não, não, não, quem tem de se virar é você, Christof. Anda, é você em essência. Mexe a cauda de espermatozoide escolhido, vai. Deixe-me imaginar?

— Nem pensar!

— Falando disso e daquilo, deram três da manhã — disse Cristoffini, que tenta imitar a voz pausada de Christof. — Por dentro, os dois pensam que a linguagem corporal seria mais adequada para se entenderem. Gabriel e Sigrun se desejam boa-noite olhando-se nos olhos...

— Eu já disse que não! Chega. Agora pulamos um ano e dez meses no tempo.

— Que decepção! Isso é trapacear.

— Novembro de 1966! — grita Christof para se impor. — Já tinha nascido. Já ando. Sou curioso. Destruo objetos. Já cativo. A mamãe trabalha, estuda, lê, prepara mamadeiras e troca minhas fraldas, de modo que não lhe sobra tempo para nada. Os finais de semana chegam como uma bênção para ambos, porque podemos estar juntos e brincar. É sexta-feira à tarde e estamos em casa. Faz meia hora que ela me buscou no jardim de infância. Ainda não havia tirado o casaco quando tocaram a campainha. Abre a porta e é Gabriel, meu pai. Ela o reconhece de imediato, mas não lhe saem as palavras. Olham-se. "Fizemos outra mudança em Frankfurt", ele explica, "e acabamos logo". A mamãe o faz entrar em seguida ("*Komm'rein*") e acontece uma cena que é como um *déjà-vu* da primeira noite: naquele saguão estreito, os dois tiram o casaco ao mesmo tempo e se estranham mutuamente, mas é um desconforto agradável. Então eu entro em ação, venho correndo da cozinha e fico olhando aquele senhor alto e magro, plantado na minha frente, e a mamãe lhe diz: "Gabriel, este é o seu filho. Ele nasceu em novembro. No ano passado". Sigrun fala em um castelhano de iniciante de curso de espanhol. Durante todos esses meses, estudou a fio seguindo um manual e algumas fitas cassete da escola Berlitz.

— Um momento, um momento — Cristoffini se mexe de repente. — Como Gabriel poderia ter certeza de que era filho dele?

— Foi isso mesmo que lhe perguntou um pouco depois, uma vez refeito do susto. Temos de entender que só ia visitá-la. Talvez com alguma expectativa sexual, não nos enganemos, mas sem qualquer intenção de se perpetuar. "Não me leve a mal", deu a entender, "mas como você sabe que é meu filho?". Já tinham me colocado para dormir. Havia milhares de maneiras de responder essa pergunta, do drama ao sarcasmo, mas Sigrun escolheu estas palavras: "Porque se chama Christof". E não restou nenhuma dúvida. "Não se preocupe, você não terá de se responsabilizar por dele", tranquilizou-o depois, ao ver o quanto seu rosto havia mudado. "Não, sim, estou muito feliz", ele balbuciou. De acordo com a mamãe, ele parecia emocionado de verdade e, em seguida, comemoraram sua paternidade. Agora temos de voltar um instante à primeira noite para confirmar que o mistério dos cristóvãos vem de longe. A luz de vela dança na taça de vinho (admite, mamãe), as palavras e os gestos surgem tocados por uma nitidez etílica. A conversa impossível desliza de um tópico a outro e Sigrun pergunta se Gabriel tem filhos. Ele toca os próprios bolsos, como se tivessem lhe roubado a carteira, e se apressa a responder que não, que não. Ele então diz que, se um dia fosse o caso, teria de se chamar Cristóbal, ou Cristòfol. Pega um lápis e um bloco de notas que Sigrun tem sobre a mesa e escreve os nomes. Ela entra no jogo e escreve embaixo como seria a versão em alemão: Christof. Estávamos no cerne da questão, cristóvãos, estávamos queimando de tão perto que nos encontrávamos, e nesse momento minha mãe não pensou em lhe perguntar por que gostava daquele nome. No entanto, perguntou: "E se fosse menina?". E ele respondeu: "Sigrun, como você". Ah, a arte da sedução, como nos amansa!

Depois dessa última exclamação, os dois ficaram em silêncio. Diria-se que Cristoffini está preso em algum pensamento.

— Ou seja, você é um erro — por fim comenta. — Sempre imaginei isso.

Christof acende outro cigarro.

— Ou um puro acerto. Depende de como se olha. Talvez fosse um erro antes de conhecer os outros cristóvãos, o erro matemático de uma menina que havia se enrolado na hora de tomar as pílulas anticoncepcionais. Mas agora que nós quatro nos conhecemos, nossa vida se transformou em um acerto.

— Os cinco. Eu também conto, certo?

— Não sei o que lhe dizer... — Christof esboça um risinho pérfido. — Vamos ver, deixe-me ouvir seu coração. Quero ouvir como bate...

— Não seja cruel, irmãozinho! — Cristoffini faz cara de assustado. Começa a tremer. — Que cara é essa? Não me deixe, Christof. Não me abandone. Você não vai me abandonar, verdade? Você e eu somos inseparáveis. Nós nos ajudamos tanto nos momentos difíceis! O que você faria sem mim? Quem o protegeria? O que eu faria sem você?

Christof permanece em silêncio. O rosto de Cristoffini é de pânico. Desesperado, agarra o próprio pescoço como um filhote de cachorro.

9

UMA AVENTURA NO CANAL, OU TOXICOSMOS

A vez de Christopher

Chuva. Essa chuva fina e persistente que ofusca há muitos dias a Grã-Bretanha de um extremo ao outro. E água, água doce e água salgada por todos os lados. Aviso: estas páginas que me cabem como cristóvão serão úmidas. Para começar, procurem alguns discos de *pop* britânico da década de 1980 — The Smiths, The Pale Fountains, Lloyd Cole, The Cure —, coloquem essas músicas invernais e deliberadamente melancólicas e vocês vão ouvir a trilha sonora da minha adolescência. Minha solidão cresceu em sábados como aqueles mitificados por aquela música, encostado em sofás empoeirados de um *pub* local ou fazendo fila debaixo de chuva para entrar na discoteca (enquanto nos bolsos dos casacos os dedos nervosos se distraíam brincando com um par de anfetaminas). Minha mãe trabalhava como enfermeira no Hospital St. Andrews. Com isso não quero dizer que ela tenha me conseguido os comprimidos, mas que uma vez por mês — quando era seu turno de fim de semana — me dava dois dias de liberdade absoluta. No fundo eu odiava aqueles sábados e domingos sem cabresto. Pareciam eternos. Por alguma espécie de lei juvenil, meus amigos jamais aceitariam que eu ignorasse aquela trégua familiar e me empurravam a jogar todas as fichas em um único dia. A mamãe entrava no hospital sábado às onze da manhã e não voltava até meia-noite de domingo. Meu sábado, poderia dizer, começava sob os auspícios de "New Order", do Ceremony, e acabava tragado por "Shadowplay", do Joy Division. Escutem essas músicas e vocês vão me entender. Muitas vezes entrávamos de penetra no trem e descíamos em Charing Cross.

Aos quinze anos, Londres era sinônimo da Rua Oxford. Nós nos perdíamos pelas ruas. Entrávamos nas lojas de música e pedíamos que nos colocassem discos até que os vendedores, enjoados de nossos gritos tão *new wave*, nos mandassem embora. Roubávamos livros nas lojas de Charing Cross, pela emoção de roubá-los, e, em seguida, tentávamos revendê-los aos livreiros da concorrência, duas portas depois. Nós nos aproximávamos das putas do Soho para passar a mão na bunda delas e elas, hipersensíveis pelos maus modos, reagiam como se estivessem sendo esfoladas vivas, nos insultavam e cuspiam. *Fuck off you fucking cunt!*[11] Como o passar das horas, minha roupa ia acumulando várias camadas de fedor: *fish & chips*, fumaça de cigarro, cerveja, suor encharcado, vômito. Por algum mistério cósmico, no domingo isso costumava emergir daquele turbilhão em minha cama. Mais que me acordar, recobrava-me a dolorosa consciência de estar no mundo. A ressaca me deixava atordoado o dia todo, até que lá fora anoitecesse, e me enclausurava em casa.

Daquela época me restou uma mania: cheirar os dedos.

Por que estou contando tudo isso? Cristóvãos: aqueles domingos de ressaca, sozinho em casa, era quando mais me oprimia a ausência de papai. Eu era assim. Desde que nos conhecemos, todos tentamos estabelecer os laços que nos unem para chegar até ele. A realidade, no entanto, é que há muito mais detalhes que nos separam. Estamos de acordo, não? Não é um problema, nem eu estou boicotando nada. Vejo dessa maneira: somos quatro pessoas que o destino uniu em um momento específico. Como se tivéssemos ficado presos em um elevador e, enquanto falávamos para distrair o medo, descobríssemos um passado comum. Nossa vida é um acidente. Nosso pai é o acidente. Dos quatro, reparem, eu sou o que ele viu menos vezes. Provavelmente poderia contar nos dedos das duas mãos: umas dez, a última quando eu tinha quatro anos. Era tão pequeno que nem me lembro.

As viagens da La Ibérica às ilhas eram uma decepção. Nos anos 1960, que diplomata ia querer morar e trabalhar na Grã-Bretanha? Nevoeiro, jovens cabeludos... Londres talvez, mas Manchester, Liverpool, Southampton! Cidades de fuligem e ferrugem que não apareciam no mapa da alta sociedade. Além disso, o Palácio de Buckingham e todos

---

11. Cai fora, seu merda estúpido! (N. E.)

aqueles lordes eram inacessíveis, como os de outra época. Os altos funcionários espanhóis que tinham de passar pelo purgatório inglês preferiam deixar a família na Espanha e morar sublocados em uma mansão no bairro de Belgravia, sujeitos aos horários marciais de uma governanta viúva de guerra e antipática por tradição. Acho que para o *mister* Casellas essas medidas lhe caíam com uma luva. As mudanças para os destinos britânicos exigiam muitas horas dos três operários, o seguro encarecia com um trajeto pelo mar e as contas não batiam. Mas então, no início de 1964, a empresa norueguesa Thoresen se uniu à inglesa Townsend e foi lançada uma frota de barcos que cruzavam o canal. De repente, espalhou-se a notícia de que a passagem entre Calais e Dover era muito mais rápida, segura e barata — um negócio , e *mister* Casellas deixou de torcer o nariz de porco quando alguém lhe encarregava uma mudança para a Grã-Bretanha.

Naturalmente, havia também outras razões mais úteis, como vocês descobrirão em breve.

Antes, no entanto, quero voltar à última vez que vi nosso pai, em novembro de 1971. Sua estada por todo um fim de semana — de sábado ao meio-dia, depois de descarregar os móveis, até segunda-feira na primeira hora — foi inaugurada com um presente dele. Entrou em casa, pegou-me nos braços para me beijar e me deu de presente um globo terrestre. O globo se iluminava graças a uma lâmpada interna, mas não funcionava, porque a tomada espanhola era diferente da inglesa. Tinha uma rachadura que transformava a Itália em uma ilha do Mediterrâneo (lote 192, Barcelona-Londres). Nem lhe passou pela cabeça que o melhor presente era a sua presença. Na noite de sábado, para me distrair enquanto eu jantava, pegou o globo terrestre com o dedo e me mostrou a rota que Bundó, Petroli e ele tinham feito com o Pegaso até chegar a London Fields. Fiquei fascinado com o itinerário que o dedo amarelado de tabaco traçava sobre o mapa. Os Pireneus, Perpignan, Saint-Étienne, Ródano, Lyon, Dijon, Sena, Paris, Calais... Ouvidos pela primeira vez, e com a pronúncia desastrosa de papai, esses nomes franceses adquiriam ressonâncias fantásticas. Quem sabe o que cheguei a imaginar. De repente, o dedo foi interrompido no litoral atlântico francês. Papai começou a imitar o som do vento, da chuva e das ondas agitadas durante uma tormenta e avançou aos poucos até a mancha azul de água.

— Se você olhar bem — disse-me então com uma voz que pretendia ser assustadora —, verá como cruzamos o Canal a bordo de um *ferry*.

— O que é um *ferry*?

— Um *ferry* é um barco muito grande que pode transportar pessoas, carros e caminhões. Este nosso *ferry* se chama Viking III. Lembre-se sempre deste nome, Chris. Quando você sentir saudade de mim, pegue a lupa que eu lhe trouxe da última vez e nos procure neste pedacinho de mar. Com certeza estaremos lá. Petroli, Bundó e eu.

Vocês podem imaginar, cristóvãos, as vezes que, tal qual Sherlock Holmes das lembranças roubadas, procurei com a lupa aquele mar em miniatura? E os via! Via o Viking III com papai e seus amigos a bordo! Sim, eu acredito, acenavam com a mão, fazendo os mesmos gestos de quando se despediam na janela do Pegaso!

Meses mais tarde, quando já devia ser evidente que papai não voltaria nunca mais — nenhum sinal de vida, nenhuma carta, nenhuma ligação —, mamãe teve de esconder o globo, porque eu estava obcecado.

Ela me devolveu depois de mais de oito anos, no dia em que fiz 13 anos. Em um primeiro momento, me pareceu ridículo. O que deveria fazer com aquele brinquedo de criança? No entanto, de forma instintiva, meus olhos correram para buscar o pedaço de mar no Canal. O azul-marinho tinha se descolorido. Fui invadido por uma raiva retroativa. Cada idade é cruel com a anterior, e a adolescência costuma acertar as contas com as ingenuidades da infância. Com o globo debaixo do braço, fui para a rua e o chutei o mais forte e o mais alto que pude. Voltei a entrar em casa sem olhar onde havia caído, mas olhando de lado ouvi o estalo daquele mundo que se desintegrava.

Dentro de casa, mamãe me abraçou por um bom tempo, até que me acalmei. Depois, como um presente de aniversário, ela me explicou pela primeira vez a sequência de eventos que levaram ao meu concebimento. Por que sempre gostamos de saber sobre este tipo de episódio pré-natal, se são apenas a expressão mais pura da vaidade, uma vaidade de placenta?

O início de tudo foi uma aventura que o meu futuro pai e seus amigos viveram no Canal da Mancha a bordo de um *ferry* que estalava terrivelmente, à mercê de umas ondas de seis metros, no meio de uma tempestade que teria feito o pintor Turner feliz. O final é quando, no ocaso de um dia particularmente insano, sob uma inevitável impressão de causa-efeito, Sarah e Gabriel se juntaram.

Sou, então, o resultado da calmaria depois da tormenta? É difícil de acreditar. Naqueles domingos dos 16 anos, eu atirava tudo contra as paredes da ressaca, e minha cama ia à deriva. Se abria os olhos, enjoava ainda mais. Se fechava, entrevia na escuridão a silhueta imprecisa de papai.

Agora quero reconstruir para vocês a aventura no Canal. Talvez devesse adicionar uma nota de rodapé que dissesse que as cenas peculiares da burguesia de Barcelona eu devo a Cristòfol, mas não colocarei, porque não se trata de um estudo sisudo.

Vamos lá.

O *ferry* partiu de Calais no horário previsto. Eram dez da manhã. Naquela época do ano — início de outubro —, o canal da Mancha voltava a ser um corredor estreito, onde os ventos brincavam como meninos da cidade. O caminhão da La Ibérica havia chegado ao porto e foi o primeiro a estacionar nas entranhas do barco. Agora, enquanto o Viking III fazia manobras de distanciamento, o quebra-mar e a cidadela de Calais se confundiam com a neblina marítima, e os passageiros o contemplavam do convés. Devia haver uns cinquenta passageiros, dispersos aqui e ali, não eram muitos considerando que o barco tinha capacidade para mais de seiscentas pessoas. Com o outono houve uma queda na loucura turística do verão, e Gabriel gostava disso. Quatro meses antes, em junho, tinham feito a mesma viagem — mudança 88 —, e as duas longas horas para Dover tinham se transformado em uma tortura, de tanta gente no barco. Estremecia só de pensar.

A culpa era da companhia naval e seu instinto capitalista. Em 1964, dois anos antes, havia modernizado a frota de *ferries*, eliminando a primeira classe com a alegação ridícula de que tudo pareceria de primeira classe. De repente, a "excursão do Canal", como era popularmente chamada, virou moda nas cidades do interior da França e da Grã-Bretanha. A oferta de rotas era considerável: entre Calais e Dover, entre Cherbourg e Southampton, entre Dieppe e Newhaven. Em todos, inevitavelmente, a paixão turística se manifestava como um espetáculo até mesmo durante a travessia. As senhoras idosas de Birmingham, artríticas e fumantes, sedentas, provavam os uísques do bar e, em seguida, os compravam na loja do *duty free*. Os açougueiros de Leeds e suas mulheres passeavam pelo convés com uma pose hierárquica, como se na realidade estivessem voltando de Nova York no Queen Elizabeth II. Quando descobriam os penhascos brancos de Dover, os bedéis solitários de Oxford, ou de Cambridge, recitavam quatro versos de Matthew Arnold que tinham aprendido com um professor palerma por quem estavam secretamente apaixonados. Enquanto isso os franceses passavam a viagem tentando evitar a ralé britânica. Os aposentados de Amiens se perdiam pelos corredores do barco com cabeça erguida e uma medalha da Segunda Guerra Mundial no peito. As *demoiselles* mais atraentes de Rouen, como se tivessem saído de um filme de Resnais, bebiam licor de menta e criticavam a incivilidade de alguns garçons de Brighton. As crianças de Chartres prestavam atenção nos penteados cônicos de algumas senhoras inglesas e começavam a chorar de susto.

Naquela ocasião, oprimidos por tamanho carnaval, a solução de Gabriel e seus companheiros havia sido procurar uma mesa no canto mais perdido da cafeteria e passar o tempo jogando cartas. Desta vez, em lugar disso, a tranquilidade no convés parecia prever uma travessia calma e rápida. Para confirmar essa impressão, deu uma olhada nas pessoas ao seu redor. Um excursionista lia em um canto, agasalhado e encostado sobre a mochila. Um casal se fotografava com o mar no fundo. Cinco soldados ingleses conversavam e fumavam em uma roda. Um solitário homem declamava algo em voz alta, mas as palavras se perdiam no ar. Bundó esticava as pernas na outra extremidade do convés. Uma primeira rajada de vento, fria e inesperada, deixou todos descabelados. Gabriel observou a menina que estava ao lado, apoiada na grade, e parecia pensativa. Apesar de sua aparente calma, viu que uma pálpebra estava tremendo.

— Você está nervosa? — perguntou. Rapidamente percebeu que ainda não era o momento. Faltavam algumas horas.

— Não. Sim. Não, não estou nervosa. É um mal-estar no estômago, mas não é nervosismo. Será que estou com fome?

— Não me admira. Você não comeu nada desde que saímos de Barcelona. Podemos descer ao bar, se você quiser, e você pede alguma coisa. Os sanduíches daqui são... diferentes — havia estado a ponto de deixar escapar um "nojentos". — São nórdicos, como a companhia do *ferry*. Eles passam manteiga, salmão defumado, pepino, cebola crua...

A menina sentiu um enjoo se aproximando, mas não disse nada. Como única resposta, acendeu um cigarro. Depois de três fósforos tentando, Gabriel a ajudou, fazendo barreira contra o vento e aproveitou para acender um também. Fumaram em silêncio. O ar marinho avermelhava a ponta dos cigarros. As gaivotas sobrevoavam o contorno do navio com movimentos graciosos.

— Parem de dar voltas — disse Gabriel depois de um tempo.

A menina também não respondeu nada. Apenas esboçou um meio sorriso. Durante todo o trajeto, Bundó e ele tiveram de lhe arrancar as palavras da boca. Gabriel se sentia desconfortável no papel de acompanhante, quase de pai. Odiava aquela servidão que o senhor Casellas lhe havia imposto pela terceira vez. A menina se chamava Anna Miralpeix e, por assim dizer, tinha de entregar um pacote em Londres: os transportadores da La Ibérica a levavam para fazer um aborto escondido. Estava de seis semanas, tinha 17 anos e a aparência de um menino. Pequena e fracote, de feições angulosas, com a pele morena e o cabelo louro cortado *à la garçonne*, estava vestida como se ainda não tivesse chegado o fim do verão (calça branca, camiseta de listras azuis e brancas, capa de chuva amarela). À primeira vista, aquela imagem a revestia de uma fragilidade de porcelana e a distanciava de qualquer vislumbre de esplendor sentimental, mas era aquela, precisamente, uma das tendências da moda verão de 1966 na Costa Brava. Os jovens de boa família se reuniam em *garden parties* privados ou nos bares e discotecas da praia e se divertiam compartilhando uma displicência da vida — uma aceitação do vazio que, aliás, os distraía do vazio real que os espreitava no futuro. Às vezes, quando não tinham experiência suficiente, assim como caso de Anna Miralpeix, o jogo os absorvia incondicionalmente e os narcotizava com uma amálgama de sensações novíssimas. Essa amálgama sempre continha os versos de algum poeta confidente (amigo dos pais, e não obstante, um aliado), uma canção francesa, as espirais de fumaça à luz da lua, as sardinhas na brasa, os risos, as conversas intelectuais (sempre falavam do mesmo, mas não se importavam), o desejo de correr com um carro conversível, atrações desinibidas, aquela melancolia remelenta de final de festa e as frases vagamente marxistas com as quais enfeitavam o ápice de cada bebedeira. O álcool, é claro, os protegia do exterior como um líquido amniótico que se renovava a cada noite.

No final da temporada, a felicidade desmedida continuava em Barcelona. Somente nos casos menos afortunados, pagavam o preço em setembro. Assim, o pecado havia sido revelado na casa de Miralpeix, no bairro de Sant Gervasi, havia apenas uma semana. As primeiras aulas de Anna no Preu haviam coincidido com uma sucessão de nervosismo, tontura e vômitos. Uma empregada galega, que sabia prever o futuro apenas examinando os lençóis de uma cama desfeita, havia deixado a senhora de sobreaviso. Naquele mesmo dia, a mãe levou a filha ao médico da família para ver se ela estava grávida. "Espera, espera, a menina está grávida", confirmou o médico. Voltando para casa, no táxi, a mãe perguntou a Anna quem era o pai, o culpado de tudo. Tinham de se preocupar? Tinham acabado de publicar *Últimas tardes com Teresa* e nos bairros de classe alta de Barcelona havia uma histeria. Ela negou com a cabeça. Não lhe diria o nome. Quando pensava nele, a boca se enchia do sabor pegajoso de laranja amarga do Licor 43. De enjoo já tinha o suficiente, sua mãe. Então, uma maquinaria precisa tinha sido acionada para corrigir o tropeço. O médico escreveu uma carta em inglês (pela terceira vez naquele outono). A senhora Miralpeix tinha amansado o marido. "A menina é a menina." O senhor Miralpeix conhecia alguém no Círculo Equestre que, encontrando-se na mesma situação, tinha confiado em um tal Casellas. Ligação. Não, ligação, não, visita pessoal. Óculos escuros. Referências. Reverências de Casellas. Por coincidência, havia uma mudança para a Inglaterra agendada para uma semana mais tarde. Chegariam a tempo ou seria necessário adiantá-la? Imediatamente depois, Rebecca, a secretária da La Ibérica, tinha ligado algumas vezes para o seu contato no hospital em Londres.

Já estavam esperando por eles.

Durante todo esse processo, ninguém gastou nem cinco minutos perguntando a Anna o que ela achava. Nem ela mesma, na verdade. A diligência com que todos tinham agido para solucionar o problema não lhe deixou alternativa. Se fosse quatro anos mais velha, talvez tivesse protestado, mas aos 17, e vindo de uma boa família, o que se pode esperar? Inserida naquela realidade fantasiosa, Anna Miralpeix viajava para Londres sem grandes preocupações. O nervosismo, caso houvesse, aparecia por outro lado: intuía que, como quem faz uma prova para passar de ano, a cicatriz — física e mental — de um aborto lhe daria um novo protagonismo no círculo de amigos e tinha medo de não estar à altura.

Sob essa influência, o trajeto pesadíssimo no caminhão (quinze horas) e a atual travessia em um *ferry* se enchiam de uma poesia que a ajudava a escorar aquele futuro. Com o tempo, além disso, aprenderia a se refugiar nela mesma. No centro dessa aventura, é claro, estava a companhia de Bundó e Gabriel (Petroli havia ficado em Barcelona para que ela pudesse ir no caminhão). "Salva pela classe operária", pensava. Aqueles homens usavam casacos meio rasgados de tanto trabalhar, fumavam Ducados, bebiam cerveja no gargalo! Pode-se dizer que os estimava e sentia por ambos uma atração antropológica. O sentimento era recíproco. Em uma parada para comer, na estrada, a viram tão cansada e pálida que Bundó abriu a carroceria, fez um espaço para um colchão da mudança e a deixou dormir ali dentro por uma hora. Aqueles detalhes, tão irrelevantes para os dois caminhoneiros, davam corpo à viagem de Anna Miralpeix.

— Vocês fazem isso com frequência, Manuel, isso de transportar meninas grávidas? — perguntou-lhe depois de jogar a guimba no mar. Ela não aprendia seus nomes de jeito nenhum.

Gabriel não quis corrigi-la. Era a primeira vez que começava uma conversa e não perguntava o quanto faltava para chegar.

— Você é a terceira — respondeu ele. — É também a mais jovem. Não pense que gostamos muito disso. Em teoria, estamos contra a lei espanhola, somos os criminosos, mas nosso chefe é daqueles que fazem favores e seus pais...

— Não estou nem aí para os meus pais — interrompeu ela. — Faço isso por mim e ponto. Não quero ter nenhum bebê nunca. Tenho horror a crianças.

As palavras lhe saíram contundentes, mas sem nenhum indício de agressividade. Parecia quase uma súplica.

— Não diga isso — disse Gabriel. — Você é muito jovem, e quem sabe para onde a vida vai te levar? Eu mesmo...

— Você tem filhos?

— Não, que eu saiba — mentiu.

— E você gostaria de ter?

— Sim. Claro que sim, com certeza — não teve de pensar muito. — Algum dia. Se eu deixar de andar para cima e para baixo com os móveis e encontrar uma mulher que me aguente.

— Quantos anos você tem agora?

— Acabo de fazer 26. Para que esse interrogatório?

Anna pensou que ele parecia mais velho. Uma nova rajada de vento varreu o convés, agora com mais violência, e os pegou de surpresa. O *ferry* se entregou ao vaivém do mar agitado. As poucas pessoas que ainda permaneciam fora se apressaram para entrar. Gabriel pensou que era uma desculpa para pôr fim à conversa e chamar Anna para descer à cafeteria. Ela ficou mais alguns segundos sozinha (uma chuva fina começou a salpicar-lhe o rosto) e depois o seguiu. Quando já estavam embaixo, ao pé da escada estreita, viram Bundó, que se aproximava correndo pelo corredor. Parecia muito alterado.

— Oi, linda, como você está? Bem, não? — disse a Anna e, em seguida, sem esperar resposta, se dirigiu a Gabriel. — Sabe quem eu vi na proa? Ou é na popa? Sempre me confundo... Tanto faz. Sabe quem está do outro lado do *ferry*? — uma pausa de suspense. — O francês, o do cavalo. Com o empregado.

A partir daquele momento, era como se as palavras de Bundó, tão triviais, tivessem dado início a algum sortilégio que afetasse o *ferry* e a todos os seus ocupantes. Gabriel mudou de cara. Anna reparou que o olhar dele se aguçou ainda mais, como a raposa dos contos de fadas, e os músculos e as veias do pescoço ficaram tensos. Seus lábios secaram e ele os umedeceu passando a língua. Essa transformação durou alguns segundos e terminou com um gesto: Gabriel apalpou o peito e os braços rapidamente, como se procurasse a carteira, e, em seguida, estendeu as mangas da camisa e confirmou que os punhos estavam bem abotoados. Então voltou à calma habitual. Bundó esfregou as mãos para se aquecer.

— Querem jogar? — perguntou Gabriel.

— É claro — respondeu o amigo. — Mas ainda se lembram da última vez.

— Jogar o quê? — Anna interrompeu.

— Cartas. Jogamos cartas, pôquer — explicou Bundó.

Gabriel já tinha desaparecido por um dos longos corredores entapetados, em direção à cafeteria. Enquanto o seguia, cambaleando pelo movimento do barco, Bundó explicou quem era o francês. Conversar era sua maneira de acalmar os nervos.

Os franceses, um parisiense de uns cinquenta anos, respondia ao adequado nome de *monsieur* Champion. Era desagradável e arrogante, um filho da mãe da cabeça aos pés. Jorrava dinheiro pelo ladrão e achava que a humanidade inteira trabalhava sob suas ordens. Criava cavalos em uma fazenda na Grã-Bretanha. A pérola de seus estábulos era um puro-sangue que participava do circuito de corridas hípicas do sul da Inglaterra. Você tinha de ver, era um belo cavalo. Chamava-se *Sans Merci*. O *monsieur* Champion andava sempre acompanhado de Ibrahim, um jovem argelino retraído e monossilábico. Conforme Bundó explicou a Anna, o amo e o criado mantinham uma relação estranha, obscura, você sabe. Em alguns momentos, o francês maltratava Ibrahim como se fosse um escravo, a ponto de esbofeteá-lo. Em outros, olhava para ele inebriado. O rapaz parecia muito cordial e nunca reclamava. Seu trabalho consistia em cuidar do cavalo, escová-lo, alimentá-lo e certificar-se de que, uma vez dentro da carroceria, durante a travessia, estivesse tranquilo e manso. Alguns dias antes da corrida, os dois homens cruzavam o Canal e levavam o cavalo até o hipódromo em questão, onde um jóquei inglês o treinava e o deixava preparado para o evento de sábado. Era um cavalo vencedor, um negócio para as apostas. Durante a última mudança que o caminhão da La Ibérica fez para Londres, em junho, tinham se encontrado pela primeira vez no *ferry*. Naquele dia, os dois companheiros jogavam em uma mesa no canto da cafeteria para se distrair da multidão. O francês havia se aproximado para desafiá-los a uma partida contra Ibrahim e ele. Com dinheiro, francos franceses. Então Gabriel e ele, Bundó, tinham jogado por mais de uma hora com o *monsieur* Champion e seu empregado. Como a travessia era curta, não haviam tido tempo de depená-los (de depenar o fanfarrão, o que dava mais dinheiro para o rapaz jogar), mas os benefícios haviam sido consideráveis. Agora o monsieur Champion queria vingança. Estava no seu direito, ele dizia.

Se Petroli tivesse viajado no *ferry* naquele dia de outubro, Gabriel não teria caído tão facilmente em um de seus espirais de jogo. O caminhoneiro conhecia os pontos fracos dele, lembrava-se das partidas nas casas e centros de imigrantes e sabia pará-lo no momento certo. Bundó, por sua vez, fazia as vontades de Gabriel, porque aquela aliança o divertia e o completava. Faltava pouco para que Carolina-Muriel e ele comemorassem seu primeiro aniversário e morria de vontade de dar-lhe um presente caro. Com essa finalidade, vasculhava as caixas de todas as mudanças de forma doentia, e qualquer oportunidade de ganhar dinheiro, ainda que fosse de forma indevida, era bem-vinda.

Guiado por esse espírito de colecionador, Bundó entrou na cafeteria acompanhado por Anna Miralpeix e com um sorriso de orelha a orelha. Gabriel já estava sentado na mesa com *monsieur* Champion, e o empregado embaralhava as cartas.

— Olá! E essa jovenzinha linda, de onde saiu? — recepcionou o *monsieur* Champion. Notava-se que havia aprendido castelhano com pessoas do litoral basco francês. — Ah, já vi, é seu... como se diz, talismã.

— Eu não sou talismã de ninguém — Anna respondeu na língua dele. Estudava no Liceu francês e seu sotaque impressionou o *monsieur* Champion. Ele a olhou de cima a baixo com um gesto desdenhoso e decidiu que não gostava daquela pirralha.

— *Alors tais-toi, ma petite*[12] — alfinetou-lhe, subitamente enfurecido. — Aqui você não apita em nada. Se quiser ficar, que seja em silêncio. Sente e aprenda.

Anna se calou, mas não se mexeu nem um centímetro. Ninguém no mundo lhe dizia o que devia fazer. Ficaria em pé ao lado dele para incomodá-lo.

— Começamos? Combinamos que eu divido primeiro — disse Gabriel, como se não tivesse acontecido nada. Baixou o tom de voz e informou um detalhe a seu companheiro de jogo. — Bundó, vamos jogar com moedas espanholas para disfarçar. Não queremos que o capitão venha fechar nossa banquinha. Mas uma peseta representa um franco. São como fichas. No final faremos as contas. A aposta mínima é de uma peseta, a máxima, de 20.

— Porra!

— Hoje eles estão com medo, Ibrahim. Vejo que já não confiam na sorte dada pelas prenhas.

Gabriel o censurou com o olhar, e o francês piscou o olho como uma resposta. Ao seu lado, Anna apertou os lábios e permaneceu inabalável. Gabriel dividiu as cartas. O *ferry* virou de novo e Anna esteve prestes a cair. No último momento, apoiou-se no ombro de *monsieur* Champion. O francês sorriu reconfortado e o empregado a observou de soslaio. Bundó pegou as primeiras cartas. Depois de ver o jogo que tinha, bebeu um gole de cerveja e se dirigiu a Anna.

---

12. Então cale a boca, minha pequena.

— Se eu fosse você, me sentaria em uma mesa e tomaria café da manhã. É um *self-service*. Isso significa que você mesma tem de escolher e pagar no caixa. Se quer um conselho, pegue um café com leite e um pão de ló. Os sanduíches são nojentos.

A menina seguiu o conselho. Depois de um tempo, tinha se sentado ao lado de uma janela de vidro grosso e olhava para fora, absorta no combate das nuvens e do mar. De vez em quando, com uma cadência regular, uma onda subia, invadia a paisagem e, antes de se desfazer em uma imensidão de água, brilhava como um lampejo de chumbo esmaltado, como o ventre de uma baleia banhado pelo sol. Então todo o barco se estremecia com um movimento ondulante e Anna voltava a sentir o espasmo do enjoo. O café com leite e o pão de ló continuavam intactos sobre a mesa. Voltava a fumar.

De longe, via que os quatro homens jogavam muito concentrados. Dividiam e faziam as apostas, depois as cartas deslizavam depressa sobre a fórmica branca da mesa. Em 1966, um franco representava muito dinheiro para um caminhoneiro espanhol. Gabriel e Bundó começaram sentindo o terreno e sempre com apostas baixas. O *monsieur* Champion havia adotado de repente um ar arrogante, de aristocrata de Monte Carlo, e apostava com pescoço esticado e a cabeça erguida, distante. Tinha acendido um charuto e se diria que fumava com má vontade, com o único propósito de empeçonhar o ambiente. Ibrahim se limitou a seguir as instruções do chefe francês. Apenas cobria suas apostas. Mas se perdiam a mão, o *monsieur* Champion o culpava.

— *Nom de Dieu! Que tu es simple, mon Ibrahim! Quel gaspillage!*[13]

Um esguicho de água jorrou no vidro da janela e, quase como se a tivesse rachado, turvou a visão de Anna. Poucos segundos depois, um chiado do megafone quebrou a concentração dos jogadores. Primeiro em inglês e, em seguida, em francês, o capitão anunciou que o *ferry* tinha se deparado com uma tempestade inesperada. Teriam de fazer um desvio pelo Sul para evitá-la e o trajeto se estenderia por uma hora, talvez mais. Lamentava os inconvenientes causados pelo clima desfavorável do Canal, totalmente alheio ao controle da companhia, e os convidavam a se divertir usufruindo as instalações do Viking III. Como uma reação àquela

13. Meu Deus! Você é único, meu Ibrahim! Que desperdício!

voz formal e entediante, um redemoinho sugou o *ferry* e o cuspiu no ar. O solavanco, desta vez, foi brutal. As luzes piscaram e se ouvia o grito unânime dos viajantes. Ruído de louça quebrada. O café com leite se derramou sobre a mesa, e Anna teve de conter o enjoo com guardanapos de papel. Os quatro jogadores tiveram ao mesmo tempo o mesmo reflexo — segurar as cartas com uma mão e garantir as moedas com a outra. Apesar de tudo, três ou quatro moedas de Bundó rolaram pelo chão. Um inglês, o mesmo que antes falava sozinho no convés, trepou no corrimão da escada e começou a recitar Shakespeare em voz alta:

— *Down with the topmast! Yare! Lower, lower!*[14] — gritava enquanto fazia sinais para orientar a multidão. Eram as palavras de contramestre no início de *A tempestade*.

— Vamos chegar muito tarde? — perguntou Bundó com as moedas na mão. — A que horas estão esperando a patricinha?

— Não dará entrada no hospital até hoje à noite. Vai ser operada amanhã de manhã. Há tempo de sobra.

O *ferry* voltou a fazer um movimento estranho, não tão violento como o anterior, mas mais imprevisível, como se deslizasse sobre a água. O ator reagiu levantando mais a voz.

— *A plague upon this howling!*[15]

Monsieur Champion dividiu as cartas com um meio sorriso. Acabava de ganhar uma mão vantajosa com um blefe que os caminhoneiros não tinham percebido. Ibrahim, por sua vez, se remexia na cadeira havia um tempo, inquieto. No final, atreveu-se a levantar.

— Vou descer um momento para ver como está *Sans Merci*. Tenho medo de que...

— Você não se mova daí, Ibrahim! — ordenou-lhe o francês. — Sente-se. *Sans Merci* está acostumado a esta agitação. Mais do que eu e você. Está no sangue: nos tempos da Revolução, um ancestral seu havia trabalhado em cocheiras reais. Além disso, agora temos uma boa sequência, e temos de aproveitá-la. Estes espanhóis nos devem.

Bundó abriu as apostas com uma peseta tímida. Ibrahim se intimidou e pegou as cartas a contragosto. Sua cabeça, no entanto, continuava lá

---

14. Abaixem os mastros! Vamos! mais para baixo, mais para baixo! (N. E.)
15. Uma praga sobre nós uivando! (N. E.)

embaixo, na área de carga. Imaginava o cavalo tentando se manter em pé na estreita baia de ferro, alterado e suando como quando esperava a saída no boxe do hipódromo. Com a diferença de que ali não teria o campo para espairecer.

— *Lay her a-hold! A-hold! Set her two horses; off to sea again; lay her off.*[16]

O ator inglês havia abaixado o tom de voz, mas continuava com seu recital. Aos poucos, um murmúrio constante e mais harmonioso, como de cassino da cidade, havia se apoderado da cafeteria. Lá fora, o fragor do mar animado simulava um *jazz* de fundo. Se não fosse pelo movimento, ninguém diria que estavam no meio de uma tormenta. Em um canto, a fumaça espessa do charuto dava à mesa dos quatro jogadores uma claridade de aquário. Um novo murmúrio cresceu e se somou àquele redemoinho: no outro extremo, dois jovens tinham se sentado no chão. Um deles tocava violão e outro cantava. Eram músicas estranhas, de Bob Dylan, Donovan, Eric Burdon, que Anna nunca tinha ouvido. Pelo sotaque se notava que eram franceses. Depois de um tempo se aproximou deles, os cumprimentou com um gesto e se sentou junto a eles, no chão. Os dois jovens se olharam sem parar de tocar. Ela ofereceu um cigarro e os dois aceitaram.

— Anna — apresentou-se.

— Ludovic.

— Raymond — acompanhou o nome com um arpejo da guitarra.

Ludovic lhe deu uma cotovelada amistosa porque achava que aquilo tinha sido muito brega. Os dois tinham cabelo comprido e despenteado. A barba crescida. Uma linha preta fina lhes sombreava os olhos. Parecia que estavam de uniforme, com calça de veludo surrada, casacos de lã, lenço prateado no pescoço e jaqueta militar. Deviam ter 20 anos, não mais que isso, e eram irmãos. De Paris. O casaco tinha sido feito pela avó. Longe dos caminhoneiros, sozinha e falando em francês, Anna se sentia mais segura. Ela perguntou aonde iam (para Londres). Eles quiseram saber se ela estava viajando sozinha (sim) e depois pediram que os acompanhasse (como veremos). Eles tinham recebido um endereço do bairro de Brixton,

16. Coloquem-na em espera! Em espera! Preparem-na dois cavalos; para o oceano novamente; coloquem-na para fora. (N. E.)

onde poderiam ficar alguns dias. Visitariam as lojas de música e colocariam um anúncio para buscar uma bateria e um baixo. Montariam um grupo, ainda não sabiam o nome. Fariam sucesso.

— Vocês conhecem alguma do Brassens? — perguntou-lhes Anna quando apagaram o cigarro. Ela se via capaz de cantar com eles.

— Ah, não! — respondeu Raymond. — Não tocamos música francesa. Estamos cansados de tanta poesia. Não queremos salvar ninguém. Que todo mundo faça o que quiser, certo? A vida tem muitas cores, além de preto e cinza. E não gostamos de gatos.

— Brassens, Brel, Ferré! Que chatos!

— Gainsbourg! Serge Gainsbourg! Esse, sim. E Boris Vian. Mas queremos fazer sucesso na Inglaterra. Por isso cantamos em inglês.

Raymond não resistiu a tocar os primeiros acordes de "Sunshine Superman", de Donovan, e Ludovic fechou os olhos imediatamente. A psicodelia agia com contundência, embora se reduzisse a um simples violão. Anna se sentiu ferida, como se aqueles cabeludos atacassem seus verões, aqueles em que cantava "La mauvaise réputation" na praia.

— Ah é? — E como vocês pensam em fazer sucesso? — desafiou-os.

Os dois irmãos voltaram a se olhar e sorriram ao mesmo tempo. Diria-se que dividiam um segredo.

— *I feel free, I feel free, I feel free... Dance floor is like the sea; ceiling is the sun...*[17] — cantou Ludovic.

— *What cares these roares for the name of king? To cabin: silence! Trouble us not*[18] — do outro lado da cafeteria, as palavras de Shakespeare chegaram como uma resposta à música do Cream.

— Temos algumas músicas — acrescentou Raymond, mais realista. — E se não derem certo, por serem previsíveis ou estranhas demais, sabemos como fazer outras novas.

— Como? — perguntou Anna. Os dois rapazes voltaram a se olhar. Esperavam a pergunta. Ludovic meteu a mão no bolso da mochila e tirou uma caixinha de rapé. Ele a abriu e dentro havia alguns pedaços de papel secante.

---

17. Sinto-me livre, sinto-me livre, sinto-me livre... A pista de dança é como o mar; o teto é o sol. (N.E.)

18. O que importa essa agitação, pelo nome do rei? Para a cabine: Silêncio! Não nos perturbe. (N.E.)

— Viajando. Somos os duques da estratosfera, somos a chama líquida que alimenta o sol.

— A pele do camaleão entre duas cores diferentes, o diamante negro guardado nas coxas de uma javanesa...

A menina escutava atônita. Não sabia se estavam brincando.

— São letras de nossas músicas — Raymond a informou.

No verão, Anna havia fumado maconha pela primeira vez. Uma noite, na praia, um pintor belga e sua companheira haviam se juntado ao grupo da pequena enseada de Mongó e haviam feito circular alguns baseados. Tinha experimentado. No início havia sentido enjoo — estava apavorada —, mas na terceira tragada todos os músculos de seu corpo tinham adormecido com um formigamento tão agradável que, assim como outros, tinha começado a rir de prazer. Naquela mesma noite, mais tarde, tinha ouvido falar das drogas psicodélicas. Alguém tinha contado que alguns ingleses de Platja d'Aro, que apareciam todas as noites no Tiffany's Club, colocavam músicas de Jefferson Airplane e, quando começava a clarear, convidavam os amigos para um LSD. Os sortudos iam até a praia, perto do pontal d'en Ramis, e se entregavam a uma indescritível experiência mística. Pelo visto, durante algumas horas habitavam mundos paralelos. Do cérebro, diziam os que tinham experimentado, nascia uma fonte de sensações que colonizava o mundo e o transformava em lugar como o de desenho animado, mais gostoso e mais cheio de amor. Ao emergir daquela outra realidade, cada um a descrevia de um modo diferente, mas todo mundo queria repetir no dia seguinte.

— O que são esses papeizinhos? LSD? — perguntou Anna. As três letras lhe fizeram cócegas no paladar. A sorte, de repente, a colocava no centro de um privilégio. Os dois rapazes confirmaram. Uma súbita intimidade conectou os três. — Quero experimentar.

— Agora? Aqui? — perguntou Ludovic. Embora se fizessem de experientes, os dois irmãos só tinham tomado LSD em três ocasiões, e sempre fechados no local onde ensaiavam. — É muito arriscado.

Uma nova investida do mar sacudiu o *ferry* de proa à popa, um calafrio na espinha de Netuno.

— Mas quando vamos chegar de vez? Esta travessia está insuportável. — Anna pronunciou essas palavras com desespero e ao mesmo tempo fazendo cara de anjo. Os dois irmãos não souberam dizer não. Raymond voltou a abrir a caixinha.

— Vamos dividir uma dose pequena, está bem? Que dure apenas um par de horas. Temos de chegar à costa inglesa com a cabeça arejada.

Raymond tirou um daqueles papeizinhos marrons, dividiu em três pedaços iguais e os repartiu, um para cada um.

— Coloque debaixo da língua — disse Ludovic enquanto lhe ensinava como fazer. Anna o imitou. Seus dedos tremiam.

No dia seguinte, ou meses mais tarde, Anna seria incapaz de dar uma ordem lógica aos acontecimentos. A versão que contaria aos amigos, como um sonho narrado ao psicanalista, alinhavaria retalhos dos dois irmãos, a própria experiência e a contemplação atônita de alguns passageiros do *ferry*, entre eles Bundó e Gabriel. Poderia reviver com clareza, por exemplo, que a espera até o ácido começar a fazer efeito foi longuíssima. Meia hora infinita em que ela e os dois irmãos se olharam nos olhos, concentrados, criando uma espécie de muro visual que continha os três e somente os três. Do fundo, de muito longe, chegavam os versos de Shakespeare — o ator inglês era incansável — mesclados com a voz do capitão, que se dirigia de novo aos passageiros porque a tormenta marulhava com relâmpagos e trovões. São Marcos, São Mateus, Santa Bárbara, não me abandonem. E era melhor que o splassshhh da agitação constante das ondas não os atingisse de perto, ou a maré-cheiaaaa (slurp!) os arrastaria sem piedade, amém.

— Somos lindos demais? — os dois irmãos lhe perguntaram. — Gostaríamos de ser mais feios. Feios, horrorosos. Feios. Horrorosos. Como Serge Gainsbouuuuurg, com as orelhas graaaandes e o nariz aquiliiiiino de judeeeeeu. A beleza é interior ou nãoooo é, Anneeette.

Para cada resposta, ela lhes dava um beijo na boca, que de repente tinha o sabor iodado de uma ostra e uma pérola (embora não soubesse muito bem que gosto tinham as pérolas).

A primeira conexão do LSD se apresentou com a forma simples e perfeita de uma gota de água. Ela tinha se transformado no centro daquela gota. Tinha caído do céu sem fazer barulho e em seu entorno se expandiam milhares de círculos concêntricos que pintavam o mundo. Lá fora, a chuva que açoitava os vidros era de cor laranja com borbulhas, como Fanta Laranja. Anna abriu mais os olhos (que de repente desfrutavam de uma vida sem pálpebras opressoras) e abraçou mentalmente tudo o que aqueles círculos continham. Na frente de tudo, os dois irmãos: como se fosse uma divindade Hindu, havia crescido em Raymond mais quatro braços e uma tromba de elefante. Ele tocava o violão, mas em vez de música, o que saía do instrumento era uma luz dourada, da cor da felicidade, que ele mesmo cheirava com a tromba. A seu lado, Ludovic, extasiado, tinha empalidecido até ficar branco e bidimensional. Cada parte de seu corpo, cada peça de roupa, tinha um número inscrito, e Anna, depois de lê-lo, sabia que cor deveria usar e o pintava com um pincel feito de olhos. Enquanto coloriam aquelas partes do quebra-cabeça, Ludovic chorava de júbilo, e as lágrimas regavam suas calças: um pênis floral crescia entre as pernas, grandioso e ameaçador como uma planta carnívora. Mais além, Anna fixou o olhar no ator inglês — um esqueleto fluorescente que recitava o monólogo de Hamlet segurando a própria cabeça — e nos quatro jogadores de cartas: agora eram cinco — havia se juntado a eles um bebê de pele morena que fumava um charuto —, estavam vestidos como na Idade Média e jogavam de mãos dadas.

Depois da primeira onda, Anna e os dois irmãos se acostumaram à nova realidade. Os movimentos constantes do *ferry* e a tormenta de relâmpagos e trovões que castigava o Canal lhes chegavam ao cérebro transformados em uma trilha sonora wagneriana. A concha do mundo os acolhia com um calor maternal. Foi em meio a um daqueles impulsos, como um cavalgada suspensa no ar, que os pensamentos de Anna se uniram para se materializar em um cavalo de crina selvagem. E, de repente, com uma clareza hiper-realista, visionária, compreendeu que sua missão era libertar aquele cavalo, do qual ela morria de pena, que estava no porão do Viking III. Ela se levantou, beijou os dois irmãos na testa e, esticando os fios prateados que uniam os três, explicou que tinha de buscar um cavalo que se chamava *Sans Merci* e levá-lo até a costa inglesa. Os dois franceses a seguiram predispostos.

Exeunt personae.[19]

Enquanto isso, na mesa de pôquer, Gabriel e Bundó tinham começado a perder de forma sangrenta. Com a sorte do *monsieur* Champion e de Ibrahim, eles estavam ficando sem um tostão. Se contassem em pesetas,

19. Fora de si. (N.E.)

era uma soma menor, mas quando passavam para francos — tal como tinha sido acordado —, a cifra se transformava em uma dolorosa dentada. Além disso, cada vez que ganhava uma mão, o francês zombava dos dois caminhoneiros. Ibrahim ria das brincadeiras. Gabriel, que dominava como poucos a psicologia do jogador de pôquer, suspeitava havia um tempo que por trás daquelas explosões de alegria se escondia uma inclinação ao blefe, por mentir e ganhar sem ter boas cartas, mas não era capaz de descobrir seu calcanhar de Aquiles — um gesto repetido, uma maneira de respirar, esse tique encoberto que os jogadores mentirosos não controlam. Bundó estava duplamente inquieto: porque não lhe vinham as cartas e porque antecipava o momento em que Gabriel pediria uma pausa para ir ao banheiro. Jogaram mais quatro mãos. Gabriel ganhou a primeira, mas depois das três seguintes, que beneficiaram o francês e seu empregado, lhe pareceu uma gorjeta indigna. Assim como tinha feito na primeira vez no *ferry*, como fazia sempre, ele se levantou da cadeira e pediu uma pausa para ir ao banheiro. *Monsieur* Champion o olhou de cima a baixo e concordou com a cabeça, magnânimo, como se interrompesse uma ejaculação no último suspiro.

A intenção de Gabriel era bem clara: se trancar no banheiro e esconder algumas cartas na costura das mangas da camisa. Um par de ases, um rei, uma dama no máximo. O ás de espadas passou a partida toda sem sair, certo? Pois o tiraria quando necessário. Trapacear também era uma arte.

Até que deu alguns passos e deixou para trás o microcosmo da partida de cartas, Gabriel não percebeu que o *ferry* atravessava uma tormenta extraordinária. Com o movimento, ficou enjoado e esteve a ponto de cair. Tinham perdido toda a noção de tempo e espaço. Agarrou-se a uma cadeira, olhou o relógio e constatou que havia quase duas horas que estavam jogando. O ator inglês, ao passar perto dele, lhe jogou na cara algumas palavras do velho Próspero:

— *No more amazement: Tell your piteous heart there's no harm done.*[20]

Como não o entendia, Gabriel o ignorou e, com passos cambaleantes, seguiu o caminho dos banheiros. Na última vez que havia vigiado Anna, não sabia dizer quando, a tinha visto com os dois *hippies* do violão. Notou que debaixo da escada, jogadas, estavam suas mochilas, mas os três haviam

20. Não é mais surpresa: informe ao seu coração triste que não há mau feito. (N.E.)

desaparecido. A ansiedade por recomeçar a partida de cartas lhe causou um mau pressentimento. Pensativo, entrou no banheiro.

Exatamente quando saía, com os punhos das mangas do casaco cheios de cartas (mas os outros jogadores não prestariam atenção nisso, nunca prestavam), deparou-se com uma menina. Atrevo-me a dizer que, nesse momento, em outubro de 1966, a única pessoa no mundo que poderia distraí-lo de uma partida de cartas era precisamente aquela menina: Sarah. Sarah tinha 22 anos, cabelo ruivo, pele branca e olhos indomáveis. Sarah com jaleco de enfermeira e, debaixo, saia curta, curtíssima: uma precursora das modas do *swinging London* em seu bairro da periferia.

Sarah, minha futura mãe.

Gabriel ficou tão atordoado que lhe custou situar-se. Contribuiu para isso o fato de Sarah carregar uma maleta com a cruz vermelha desenhada. Com uma doce pontada, retornou-lhe uma lembrança de três meses antes, do primeiro e único encontro dos dois. Durante todo aquele ano, Sarah fazia residência na enfermaria do *ferry*. Embarcava três noites por semana durante dez horas — quatro trajetos — e se encarregava dos escassos incidentes que ocorriam. Uma tontura, um escorregão no convés, uma briga de bar entre transportadores escoceses... Pouca coisa. Apesar do incômodo de ter de dormir três noites por semana em uma pensão do porto de Dover, o trabalho era bem tranquilo. Naquele exato momento, por exemplo, enquanto o navio havia ficado à mercê da tormenta, ela caminhava sem pressa e distribuía comprimidos para enjoo entre os passageiros.

Aquele primeiro encontro havia acontecido no verão e o *ferry* navegava pacificamente. As águas estavam calmas, Bundó e Gabriel tinham evitado a multidão refugiando-se no bar e depenavam o francês no jogo de cartas. Uma menina grávida estava no convés, tomando aquele sol de mentira que envernizava o Canal nos dias de poucas nuvens. De repente, ela desmaiou. Um passageiro conseguiu segurá-la mais ou menos quando caía e a deixou no chão. As pessoas que estavam mais perto não tardaram em rodeá-la e todos opinavam. A seu lado, alguém tentou reanimá-la enquanto pedia que deixassem entrar ar, mas o ar não passava. A menina não voltava a si. Outra pessoa, muito exaltada, apertou um alarme do barco e depois de um minuto a enfermeira Sarah apareceu carregando a caixa de primeiros socorros. Ela tomou o pulso da menina, olhou para a multidão e todos concordaram que não era nada, mas por precaução a levaria para a enfermaria. Quando já estavam chegando — dois ingleses musculosos a carregavam nos braços —, viram Bundó e Gabriel, que se aproximavam no corredor. Depois que soaram o alarme, a notícia tinha corrido de proa à popa. A enfermaria era um cômodo minúsculo e Sarah disse que só um deles poderia entrar. Bundó desmaiava quando via sangue e se excluiu, dizendo que era gordo demais para aquele espaço tão reduzido. Foi assim que Gabriel e Sarah se trancaram sozinhos na enfermaria. Com a menina desmaiada, é claro.

— Nós a jogamos na cama — lembrava mamãe —, e antes que eu pudesse dizer alguma coisa, Gabriel me deu a entender com gestos, tocando-lhe a barriga, que a menina estava grávida. "*Are you the father*[21]?", perguntei-lhe. Ele me olhou com olhos arregalados. Repeti a pergunta mais devagar. "*No, no, no, no. I only driver. Driver*[22]". Enquanto falava, dirigia um volante invisível. "*To* Londres. *London. I... driver hospital. She...* abortar *in hospital.*[23]" Ele fez outro gesto, como se o ventre da menina fosse um balão e quisessem explodi-lo. Parecia que estávamos brincando de adivinhar filmes. Eu disse que sim com a cabeça, que o entendia, e o tranquilizei com o olhar. Devo admitir que, só de colocar os olhos nele e ouvir aquele balbucio, já estava seduzida. É algo difícil de explicar racionalmente. Quando queria falar, Gabriel abandonava aquela postura hierática dele para se transformar em uma fonte de carinho e preocupação. Seus gestos transmitiam uma ternura totalmente desconhecida entre os homens ingleses, e admito que no início também me senti atraída por seu exotismo primitivo de macho hispânico. Os músculos fortes, a pele curtida, o sangue quente... Quando o olhava, pensava na frieza de uma chaleira cheia de água que, uma vez ao fogo, vibra com todo o seu temperamento. Circulavam tantas histórias sobre o ímpeto dos homens espanhóis que, aos meus olhos, Gabriel surgiu como uma oportunidade única de experimentar. E eu sempre fui de provar de tudo.

Quando se reencontraram frente a frente, no dia da tormenta, Gabriel e Sarah mentalmente voltaram para a enfermaria. Para os dois era uma

---

21. Você é o pai? (N.E.)
22. Não, não, não, não. Eu só motorista. Motorista. (N.E.)
23. Para Londres. Londres. Eu...Motorista Hospital. Ela... abortar no hospital (N.E.)

lembrança antiga, de camisas desabotoadas e saias levantadas, de descontrole e urgência juvenil, mas predominava com mais nitidez que a própria realidade. Como no fundo não havia acontecido grande coisa, uma vez separados, cada um em sua casa, tinham completado o episódio com a imaginação e haviam lhe inferido um desempenho sexual. Agora misturavam memória e desejo. Os fatos aconteceram como se segue. Naquele dia, Sarah conseguiu reanimar a menina grávida fazendo que ela cheirasse alguns sais. Depois mediu a pressão, o pulso, e ao ver que estava tudo bem, recomendou que subisse ao convés para tomar ar. Quando a menina já estava saindo, tremendo de susto, Sarah pediu que Gabriel ficasse um momento para assinar um relatório. Então fechou a porta abruptamente e se jogou em cima dele com uma fome de predadora. Passado o momento de surpresa, Gabriel compreendeu a situação e deixou acontecer (quando surgia a oportunidade, ele sempre deixava acontecer). Enquanto se beijavam, os papéis foram pelos ares, uma caixa de comprimidos se espalhou pelo chão, os utensílios médicos caíram com um estrondo de conjunto de panelas e, justo quando estavam se despindo, os três toques da sirene do barco informavam que estavam chegando a Dover. Os alto-falantes convidavam os condutores a descer ao estacionamento e a preparar seus veículos para a saída. Empolgados como estavam, Sarah ignorou tudo, mas Gabriel era muito responsável. Parou de repente, suado e desorientado, e começou a se vestir com a mesma rapidez. Antes de ir embora ele deu um longo beijo em Sarah. "*Another day...*[24]", acertou ao sussurrar-lhe ao ouvido, e o calor da voz, fazendo cócegas suaves, agiu como uma pomada que alivia uma irritação. Mais tarde, enquanto os dois caminhões e a menina grávida já se dirigiam para Londres, Sarah colocou ordem na enfermaria e em um canto, debaixo da cama, encontrou uma carta do pôquer: por coincidência era o rei de copas. "Que detalhe — disse a si mesma —, estes espanhóis são uns amantes únicos".

Se Sarah soubesse que nesse segundo encontro Gabriel carregava outro rei de copas escondido na manga, pronto para soltá-lo na partida, talvez as vendas teriam caído dos olhos e freado a atração que de repente voltava a sentir por ele, intacta e até mesmo aumentada pela lembrança. Talvez.

24. Um outro dia. (N.E.)

Para sorte minha (que nasci nove meses depois), nunca saberemos. O que sabemos é que Gabriel se esqueceu completamente das cartas e da partida e do *monsieur* Champion, e se aproximou de Sarah para dar-lhe um beijo. No último instante ela o freou. "Aqui não, agora não", disse em inglês, e o fez compreender que a tripulação não podia saber sobre eles. Em seguida explicou seus planos: tinha de distribuir mais alguns comprimidos e dentro de meia hora poderiam se encontrar na enfermaria, como da outra vez, e brincar de médico (esta última ela disse piscando o olho). Gabriel parecia desnorteado e, antes de se despedir, ela lhe deu uma pista: pegou um dos comprimidos e colocou diretamente na boca dele, deixando os dois dedos lá dentro por alguns segundos. Depois os retirou, colocou em sua própria boca e, chupando-os com lascívia, seguiu pelo corredor em busca de passageiros enjoados.

A agitação do *ferry*, que agora estava tentando se esquivar de um exército de ondas gigantes, trouxe Gabriel de volta para a realidade instável. Assegurou-se de que as cartas continuavam em seu lugar e voltou para a cafeteria, esforçando-se a cada passo para acalmar a excitação. Na entrada encontrou Bundó, que planejava sair em sua busca. Estava uma pilha de nervos. Desde que começou a sair com Muriel, não suportava a companhia dos franceses, porque via em todos possíveis clientes de sua namorada. Era um sofrimento. Mal ultrapassava a fronteira, e o primeiro funcionário da alfândega se transformava em suspeito.

— Onde você estava? — perguntou impaciente. — Esse francês de merda é muito esperto e poderia suspeitar de algo.

— Tudo sob controle — tranquilizou-o Gabriel. — Deixa comigo, como sempre. Quando vir que estou com a mão, continue jogando mesmo que não tenha nada. Quanto mais dinheiro estiver envolvido, mais animado o francês ficará. Eu o conheço bem.

Monsieur Champion, convencido de sua boa sorte, tinha pressa em esvaziar o bolso deles e começou a distribuir as cartas sem dizer uma palavra. Ibrahim as recolheu com dedos inexperientes e deixou cair uma no chão. Apressou-se para pegá-la antes que o francês lhe desse uma bronca. Por dentro, torturava-o a visão do cavalo *Sans Merci* sofrendo na baia. Já podia estar morto. Continuaram em silêncio, e somente quando todos tinham os naipes nas mãos, sem levantar os olhos do jogo, *monsier* Champion deu uma tragada no charuto e deixou escapar um comentário:

— Que visita mais longa ao banheiro, *mon ami*. Você deve ter ficado leve.

— Tenho a bexiga pequena — respondeu Gabriel, sem se mover —, e bebo muita cerveja. Não sei como diz isso em francês, mas tenho certeza de que me entende — uma pausa. — Bundó, é a sua vez, certo?

A primeira mão que jogaram foi de transição. Ibrahim ganhou, mas levou pouco dinheiro. As quatro seguintes foram divididas entre Gabriel e Bundó. O francês os amaldiçoava com o olhar, mas então o deixaram ganhar uma boa mão e ele se tranquilizou. Gabriel não apelou para a trapaça até a oitava partida. Havia meia hora que jogavam e se deu conta de que tinham recuperado uma quantia ridícula. Entre uma mão e outra, pensava em Sarah e olhava o relógio. Faltava pouco tempo para que o esperasse na enfermaria. Tinham de se apressar. Bundó dividiu as cartas e conseguiu um par de ases, copas e ouros. Tinha a intuição de que as de paus não haviam saído. No primeiro encarte, *monsieur* Champion descartou um ás de espadas, sinal de que não tinha nenhum outro na mão. Com um gesto de ilusionista, invisível, pegou o ás de paus dentro da manga esquerda. Apostou grande e os demais o seguiram na jogada. Mostraram as cartas. Gabriel havia apostado o trio de ases e deu certo. O francês reclamou, mas não deixou as cartas viradas para cima, para que não pudessem vê-las. Estava no seu direito. A partir daquele momento, sem precisar utilizar a despensa de trunfos, Gabriel continuou ganhando. Sentia-se seguro e lhe vinham as cartas. A sorte sempre se afasta dos desesperados. Depois de duas mãos, o ás de paus voltou e ele o colocou de volta na manga. De vez em quando, para evitar suspeitas, deixava Bundó ganhar ou deixava que o francês ganhasse uma mão. Ibrahim jogava de forma mecânica, sem estar mentalmente na mesa. À medida que passavam as partidas e os minutos, e os francos disfarçados de pesetas voltavam para o lado dos caminhoneiros, Gabriel reparou em um detalhe: a reação do *monsieur* Champion consistia em tentar blefar uma partida sim e outra também. Tinha chegado a tal ponto que nem mesmo examinava as cartas. Dava a impressão de que ele intuía alguma trapaça dos adversários e tentava confundi-los desfazendo-se dos reis e damas na hora errada. Apostava grandes quantias sem pensar. Tinha ficado louco. Em meio a esse clima, Gabriel observava o rosto do francês. "Dentes demais — pensava —, tem dentes demais e são brancos demais." De repente, o tique se tornou evidente: toda vez que preparava um blefe, sem perceber o francês levantava o lábio superior com uma careta e mostrava aquela fileira de dentes impolutos, um sorriso de sarcasmo marmóreo.

Enquanto Bundó embaralhava as cartas para uma nova rodada, Sarah apareceu na cafeteria com a maleta de primeiros socorros. O *ferry* tinha serenado um pouco, mas mesmo assim ela se aproximava dos passageiros que estavam com cara de enjoados e lhes oferecia um comprimido. Deu um comprimido ao ator shakespeariano, que o engoliu depois de recitar alguns versos. Gabriel admirava Sarah a distância. Com sua maneira de andar daqui para lá pelo barco, de uma ligeireza quase adolescente, tinha o dom de transformar aquela travessia de pesadelo em uma espécie de aventura no Canal. Enquanto procurava novos pacientes, o olhar de Sarah se encontrou com o de Gabriel. Os dois se olharam por um instante e depois desviaram, como se temessem um curto-circuito. Sarah se posicionou no centro da sala e gritou com a força de uma pescadora no mercado:

— Os últimos comprimidos! Os últimos comprimidos! Estão acabando! Grátis! Acabaram os comprimidos! Quem mudar de ideia e quiser um, me procure na enfermaria... *Free! They are free!*[25]

Aparentemente, os quatro jogadores ignoraram a gritaria e se concentraram na nova mão distribuída. Bundó, no entanto, tentava se lembrar onde havia visto aquele rosto. Ibrahim calculava que um frasco daqueles comprimidos seria o suficiente para tranquilizar *Sans Merci*. Na primeira jogada, o *monsieur* Champion tentou blefar outra vez, e os dentes reluziram como a espuma do mar tormentoso. Voltaram a apostar e finalmente Gabriel o desmascarou com um simples par de valetes. A situação beirava o ridículo. Dez minutos e uma rodada completa foram o suficiente para que o francês e seu empregado acabassem totalmente esgotados. Gabriel voltou mentalmente para a enfermaria para imaginar Sarah fazendo gestos obscenos.

— Acho que em breve chegaremos a Dover — disse então. — Talvez devêssemos parar por aqui, não acha, *monsieur*?

O olhar que o francês lhe lançou teria fulminado até mesmo o capitão Ahab.

25. De graça! Eles são de graça! (N.E.)

Com a tormenta, a percepção do tempo a bordo do *ferry* havia mudado. O vaivém ondulante, os açoites do mar, as investidas da chuva, o enjoo e o tédio se combinaram de tal forma que os minutos não passavam com regularidade, senão a espasmos. Alguns passageiros sofriam como se tivessem subido em uma montanha-russa aquática. Nossos jogadores se protegiam, fechando-se em sua bolha de fumaça e especulações monetárias. Protegidos pelos efeitos do LSD, Anna, Ludovic e Raymond perambulavam pelo navio com uma lentidão extrema. Levaram meia hora para percorrer os 100 metros que separavam a cafeteria de seu objetivo. A rede de corredores e portas tinha se transformado em uma expedição selvagem. De repente, Anna havia visto como a grama crescia sob seus pés descalços, verde, aveludada e fresca, e das paredes e grades de ferro fundido brotavam ramos grossos, cipós e heras intrincadas que lhes ocultavam o caminho. Na frente dela, Ludovic empunhava um facão e abria caminho. Atrás, Raymond a protegia dos animais selvagens que os espreitavam. Caminhavam em fila indiana e paravam constantemente para ouvir o grito distante dos macacos ou o gorjeio dos pássaros no fundo da selva. Havia alguns que tentavam cantar músicas dos Beatles e tinham se divertido ouvindo-os por um bom tempo, até que um unicórnio branco apareceu no meio do caminho e lhes entregou um segredo pequeno e redondo. Eles o engoliram antes que alguém descobrisse (Sarah havia percebido que estavam tão pálidos e atordoados que os havia obrigado a tomar um comprimido). Agora, graças à informação que aquele segredo havia colocado no cérebro deles, tinham chegado às portas do templo sem qualquer problema. Bom, uma serpente havia comido de uma bocada só o braço de Raymond, mas ainda lhe restavam cinco.

Na porta que levava ao estacionamento, havia uma placa que proibia a entrada durante a travessia do canal. Aos olhos de Anna, aquelas letras se transformaram em um baixo-relevo da palma da mão direita. Colocou sua mão em cima para verificar se coincidiam, e a porta se abriu milagrosamente. Os dois irmãos aplaudiram. Do outro lado, um país diferente os esperava. Enquanto desciam as escadas, a grama secou e os degraus se transformaram em dunas de areia. Foram invadidos pelo cheiro do mar salgado e perceberam que naquele submundo fazia mais calor. Quando chegaram lá embaixo, a roupa os incomodava tanto que se despiram sem complexos. À distância se ouvia o ritmo das ondas que quebravam na praia e o corpo lhes pedindo água. Desinibidos, caminharam entre carros e caminhões estacionados, que eles percebiam como rochas imensas. De vez em quando, um raio de sol refletia no retrovisor de um carro e lhes indicava que iam por um bom caminho. Os pés se afundavam na areia. Demoraram uns bons quinze minutos para cruzar o estacionamento, que naquela travessia guardava poucos veículos, e em um extremo da garagem descobriram um lugar paradisíaco. Um guindaste transformado em coqueiro lhes dava sombra e água cristalina, oleosa e filtrada da tormenta, molhava seus pés e os tingia com um reflexo de gasolina e coral. Anna percebeu que aquela ocasião era tão única que se aproximou dos dois irmãos em silêncio, os abraçou e começou a acariciar seus genitais. Os meninos viram como crescia uma ereção instantânea, uma fruta exótica. Obedecendo a um gesto dela, os três se ajoelharam e continuaram as carícias. Os dois irmãos se entrecruzaram um olhar de surpresa consciente, que ultrapassava os efeitos da droga, mas o poder lisérgico os arrastou de novo para a ação. Anna se jogou no chão e pediu que eles lambessem toda aquela areia que lhe cobria o corpo. Então, quando Raymond e Ludovic começaram a lambeção — um em cada peito —, os relinchos do cavalo ressoaram no estacionamento com a magnitude de uma intervenção divina.

— Quietos, silêncio! — ordenou Anna. — Este é *Sans Merci*, que já nos chama. É o cavalo. Temos que libertá-lo agora mesmo.

Ela se levantou e os dois irmãos a seguiram contrariados. Os três tremiam de frio. Tinham a pele tingida de óleo e graxa, mas eles a viam bronzeada pelo sol. Anna pediu que a levantassem para que pudesse observar o horizonte.

O jipe do *monsieur* Champion e o reboque do cavalo, alto, longo e estreito, estavam estacionados a menos de dez metros do oásis tropical. O encarregado pelo estacionamento, que dormia em sua cabine, havia-lhes dado uma vaga longe dos carros, para poder manobrar melhor. No chão, em volta do reboque, havia um rastro de palha e alfafa, porque Ibrahim havia alimentado *Sans Merci* exatamente antes de subir para o convés. O cavalo voltou a relinchar e Anna localizou a prisão onde ele estava encarcerado. Os três se aproximaram e, com uma destreza que só o estado de alucinação pode dar, abriram a trava.

Quando ouviu o ruído metálico, *Sans Merci* se mexeu nervoso, dando coices e relinchando. Anna começou a cantar uma canção de ninar para tranquilizá-lo. Enquanto isso, os dois irmãos abriram a porta devagar e desceram a rampa do reboque. A visão dos quartos de *Sans Merci*, com cauda trançada e as patas esbeltas e enfaixadas, os cativou com uma atração religiosa. Nervoso, o animal deixou cair um jato de excrementos dourados. O fedor quente os envolveu. Anna continuava cantando, Raymond sentia falta do violão, e Ludovic começou a estalar a língua.

— Clac, clac, clac, clac.

Ao ouvir esse sinal, *Sans Merci* deu um passo para trás, como costumava fazer com Ibrahim, tateando para encontrar a rampa.

— Clac, clac, clac, clac.

Outro passo. Então Raymond deu umas palmadinhas na lateral da garupa e o cavalo sentiu confiança. Mais três passos e já estava do lado de fora. *Sans Merci* relinchou de novo, meio assustado, e Raymond voltou a passar a mão na garupa. O cavalo se acalmou. Anna entrou no reboque e encontrou uma corda que servia de rédea. Colocaram-na aos poucos e o cavalo aceitou de bom grado.

— Clac, clac, clac, clac.

Agora que o viam inteiro, exibindo aquela pose aristocrática dos puros-sangues, os três jovens sentiram um arroubo de submissão. Além disso, os efeitos do LSD começavam a diminuir.

— Temos apenas de cavalgar até a costa inglesa e você já será livre, *Sans Merci* — sussurrou Anna em seu ouvido. Em seguida, caminhando no ritmo do cavalo, procuraram uma saída ao ar livre que lhes permitisse correr sob o céu sem ter de atravessar a floresta.

— Por acaso querem apostar o cavalo? — perguntava Gabriel na parte de cima, na cafeteria, naquele exato momento. Um pouco antes, adiante da proposta de terminar a partida, o francês havia reagido com um olhar fulminante e uma gargalhada desdenhosa.

— Sou eu que estou perdendo e serei eu quem irá decidir quando isso acaba — havia dito enquanto esmagava a ponta do charuto no cinzeiro.

— Mas lhe restam apenas quatro moedas e já se avista a costa inglesa — tinha comentado Bundó. — Não vai se recuperar.

— Divida e cale-se, *nom de dieu*!

Em seguida, jogaram mais duas mãos, e Gabriel levou as duas. Trapaceando. Na segunda, Ibrahim tinha entrevisto como ele tirava um ás da manga, mas não disse nada, porque estava ansioso para que a partida acabasse e pudesse se encontrar com *Sans Merci*. Já não tinham nem um franco para apostar. Bundó tinha recolhido as cartas e as organizava para guardar no estojo.

— Uma última mão. Tudo ou nada — *monsier* Champion havia dito. Seu desespero não era monetário, mas nascia do amor-próprio. Ele se recusava a perder outra vez para dois caminhoneiros espanhóis.

Foi então que Gabriel lhe fez aquela pergunta com toda a tranquilidade do mundo, sem saber que estava prestes a abrir a caixa de pandora:

— Se vocês já não têm nada... Por acaso querem apostar o cavalo?

O francês moveu a cabeça e pensou por quatro segundos eternos.

— *Oui.*[26]

— *Non, non, non, jamais! Sur mon cadavre!*[27] — gritou Ibrahim. O empregado estava fora de si. Não reconhecia ninguém.

— Calado — respondeu o *monsieur* Champion com desprezo —, que aqui mando eu.

A reação de Ibrahim deixou a todos boquiabertos.

Normalmente não teria dito nada, resmungando por entre dentes, mas dessa vez seu chefe tinha ido longe demais. No mesmo instante, com agilidade, pulou sobre a mesa e se jogou em cima do francês. Empregado e patrão caíram no chão. Ouvia-se o rangido de cadeiras quebradas. As cartas foram pelos ares como um bando de penas e o dinheiro que Bundó ainda não tinha recolhido rodou pelo chão. Ibrahim tinha ficado louco e agora, sentado sobre o peito do francês, o estapeava com vontade. Eram umas bofetadas infantis, mais barulho que outra coisa, mas o *monsieur* Champion tinha se rendido e apanhava, gemendo eufonicamente. Diria-se que ele gostava e que ambos estavam acostumados. Gabriel segurou Ibrahim por debaixo do braço e o separou do patrão, que continuava no chão, cobrindo o rosto com as mãos. Atraídos pelos gritos da briga, os passageiros e parte da tripulação tinham se juntado na cafeteria. O ator recitava a plenos pulmões outro fragmento escolhido:

— *Fury, Fury! There, Tyrant, there! Hark! Hark!*[28]

---

26. Sim. (N.E.)
27. Não, não, não, jamais! Sobre o meu cadáver! (N.E.)
28. Fúria, fúria! Aqui, Tirano, aqui! Escute! Escute! (N.E.)

Sarah chegou com a maleta de primeiros socorros para acudir os possíveis feridos. Bundó, que ainda estava contando o dinheiro, se afastou da confusão e se aproximou de uma janela à procura de tranquilidade. Então olhou para fora, para ver se o mar estava calmo — o *ferry* somente emborcava —, e diante de seus olhos apareceu uma imagem extraordinária, sobrenatural, que lembraria e explicaria dezenas de vezes com admiração: no primeiro convés, o mais largo, uma menina completamente nua cavalgava um corcel a galope. A mulher e o animal iam tão rápido que dava a impressão de que voavam sobre o mar.

Anna se agarrava ao lombo do cavalo, sem sela, e segurando a única rédea que lhe havia colocado antes. Mais que correr, *Sans Merci* trotava. E com a faixa azul do mar no fundo, parecia que estavam a uma velocidade alucinante. Bundó reparou primeiro nos peitos daquela menina, pequenos e firmes, e depois, ao ver o rosto, percebeu que era Anna.

— Merda! Puta merda! — gritou. — Gabriel, é a Anna, a menina que estamos levando para Londres, montando um cavalo desgovernado... Vai se matar!

Embora ninguém tenha entendido, o interesse foi da briga para a janela. Todos os passageiros que se aproximavam ficavam hipnotizados pela menina e o cavalo. Alguém assegurou que ela era a reencarnação de Lady Godiva. Assim que entendeu a palavra *cavalo*, Ibrahim se livrou de Gabriel, cuspiu no *monsieur* Champion e correu escada abaixo para o convés. Sarah o seguiu. Os espectadores que estavam na cafeteria desfrutaram de uma segunda visão impactante. De repente, Ludovic e Raymond apareceram no convés, dançando nus ao ritmo de uma melodia céltica que eles mesmos improvisavam. Não estava claro se perseguiam Anna e o cavalo ou se glorificavam a passagem deles. A ereção floral continuava tensionando entre as pernas.

Nos dias em que estou com o moral baixo, ou quando cheiro os dedos com muita insistência, refugio-me naquela imagem de amazona nua cavalgando um corcel no convés do barco. Possui a nitidez das lembranças usurpadas, que ajudam e completam e salvam nosso dia, mas não podem nos fazer mal, porque não foram vividas de verdade. Desde que minha mãe me contou essa aventura no Canal, no dia em que fiz 13 anos, a imagem tem me acompanhado como uma marca de nascença na pele, uma tatuagem na alma. Às vezes acho que todo mundo deveria saber o que os pais estavam fazendo um pouco antes de fabricá-lo. No momento em que transavam ou faziam amor — ou qualquer que fosse o termo escolhido —, senão exatamente antes, nas horas anteriores, e na verdade não seria nada mau se já nascêssemos com essa informação no cérebro. Assim entenderíamos mais coisas sobre nós mesmos.

Seja como for, naquele dia de outubro de 1966, o Viking III aportou com cinco horas de atraso e todos os comprimidos para enjoo distribuídos. Não houve nenhuma vítima. A Anna lisérgica, que cavalgava *Sans Merci* para o infinito, estava convencida de que saltariam pela proa e voariam mar adentro, até os penhascos brancos de Dover, mas o cavalo provou ser mais sensato que ela. Quando chegaram no fim do convés, ele girou para a esquerda e saltou uma cerca baixa para continuar trotando. Daí em diante, saltava ou se esquivava de todos os objetos no caminho. Assim, transformou o convés do *ferry* em uma pista improvisada de equitação. No final da segunda volta, Ibrahim começou a correr a seu lado e brigou com Anna até que ela saísse. Não tinha a menor ideia de que estava nua. Ela tremia e tinha a pele úmida pela água e pelo frio. Os lábios estavam roxos. Sarah a levou às pressas, para que não sofresse uma hipotermia, mas a menina era jovem, e o resultado foi que todos os sinais vitais estavam em seu mais perfeito estado.

Depois de cinco minutos, Gabriel bateu na porta da enfermaria. Tinha recolhido e trazido a roupa de Anna. Os efeitos do LSD tinham desaparecido quase por completo e agora um calmante tentava desintegrar a própria vergonha. Sarah a ajudou a se vestir. Com uma seriedade impostada, Gabriel pediu a Anna que lhe fizesse o favor de subir ao convés e procurar Bundó. Ele tinha de ficar para assinar alguns papéis.

O ferry chegou a Dover, mas Sarah e Gabriel ainda demoraram mais de meia hora para sair da enfermaria. Tiveram de assinar muitos papéis. A essa hora, todos os veículos já tinham desembarcado. Bundó tinha acertado as contas com *monsieur* Champion. Agora uma soma considerável de francos enchia seus bolsos, e aquela vitória dava uma sensação de vingança contra todos os franceses que alguma vez tivessem passado pela cama de Muriel. O proprietário de *Sans Merci* se desfez do dinheiro com má vontade, apesar de fingir que não dava a menor importância, e, em seguida, jurou que um dia não muito distante eles voltariam a se encontrar para a revanche. "Estou no meu direito!", repetia. Enquanto isso, Anna se despedia dos dois irmãos franceses, Raymond e Ludovic, e lhes desejava boa sorte em sua aventura musical (não temos nenhuma notícia deles e nem mesmo sabemos se chegaram a saborear os dias de glória da Rua Carnaby). Depois adormeceu no caminhão.

Em razão de atraso na viagem do *ferry*, Bundó e Gabriel tiveram de adiar a mudança para a manhã seguinte, um dia depois do planejado. O senhor Casellas resmungou pelo telefone, mas Gabriel lançou a melhor desculpa:

— Podemos correr mais com os caminhões, mas não podemos lutar contra os imprevistos. Com a tormenta que sofremos, senhor Casellas, teria de nos pagar um adicional de periculosidade.

Sarah, que tinha dois dias de folga seguidos, se ofereceu para acompanhar Anna Miralpeix à clínica onde faria o aborto. Por ser enfermeira, foi possível que ficasse com ela a noite toda, algo que em condições normais nem Gabriel nem Bundó poderiam ter feito. No dia seguinte, acordando de uma noite especialmente plácida, enquanto os dois homens descarregavam os móveis, Anna emergiu do sono renovada: aquela experiência mística com o cavalo havia feito nascer em seu interior um desconhecido instinto maternal. Deitada na maca, enquanto a levavam para a sala de operação, as dúvidas lhe consumiam.

Cinco meses mais tarde, em meados de março, a La Ibérica cruzou o Canal para uma nova mudança para Londres, desta vez sem nenhuma missão abortiva. Assim que subiram a bordo do Viking III, Bundó e Petroli percorreram o *ferry* em busca do *monsieur* Champion e seus francos fáceis de ganhar. Não tiveram sorte. Gabriel foi direto para a enfermaria e bateu na porta. Quando Sarah abriu, ele reparou na incipiente protuberância sob o jaleco branco — eu —, e naquele momento, sem necessidade de fazer contas, soube que era o pai. Como já tinha experiência — na época Christof, em Frankfurt, já andava e o chamava de papai —, aceitou mais naturalmente. "É o destino — dizia a si mesmo —, e minha bendita pontaria, é claro." Durante toda a travessia, Sarah e Gabriel ficaram trancados na enfermaria, primeiro falando e depois assinando mais papéis. Sarah, a quem a perspectiva de mãe solteira não dava medo, explicou que queria ter o bebê (que queria ter-me) e que não lhe exigiria nada. Gabriel pediu apenas um favor: que o deixasse visitá-lo de vez em quando. Ah, e que lhe permitisse escolher o nome da criança. Se fosse menina se chamaria Ann, assim como a menina que os uniu pela segunda vez na enfermaria, e se fosse menino deveria se chamar Christopher.

— Por que Christopher?

— E por que não? — foi sua resposta enigmática.

A mamãe disse que iria pensar, mas por dentro resolveu que gostava daquele mistério.

Da próxima vez que Gabriel foi a Londres, para reencontrar a paternidade, Sarah já não trabalhava no *ferry* porque estava de licença maternidade. Havia um mês que eu tinha nascido, em julho de 1967. Mamãe tinha ligado na pensão para dar a boa-nova e ele tinha prometido que não demoraria muito para nos visitar. Teria vindo se tivesse nascido uma menina? Devemos pensar que sim, mas nunca saberemos com certeza. De qualquer forma, essa viagem pode ser considerada um descuido nas folhas de serviço da La Ibérica. Na última segunda-feira de julho, quando estava a ponto de fechar tudo para as férias do mês de agosto, Gabriel persuadiu a secretária Rebecca a deixar com ele as chaves do DKV mais novo — escondido do senhor Casellas. Naquela mesma tarde, completamente sozinho, sem carga física nem humana, encheu o depósito e saiu pela Europa.

Quando estava no meio da gravidez, Sarah havia deixado um apartamento que dividia com outras enfermeiras e se mudado para um apartamento térreo com dois quartos na Rua Martello, atrás das linhas de trem e perto da estação de Hackney. Papai apareceu naquele novo endereço na terça-feira no meio da tarde, livre, leve e solto. Ele tinha ligado assim que desceu do *ferry*, em Dover, e havia duas horas que mamãe e eu o esperávamos na frente de casa, contando os trens que passavam. Assim que chegou, papai me pegou no colo (com uma habilidade que surpreendeu Sarah) e sussurrou meu nome ao ouvido: Christopher... É uma pena que essas lembranças estejam guardadas em uma parte do meu cérebro trancada a sete chaves! Como eu gostaria de lembrar por minha conta o que mamãe me contou depois! Gabriel ficou conosco seis dias consecutivos, seis. Um recorde. Deve ser, cristóvãos, o período mais longo que passamos juntos. Na primeira semana de agosto, Londres ainda goza dos últimos dias de verão, e certamente o aproveitamos. Pelo visto, parece que saíamos todos os dias para passear por London Fields. Enquanto eu dormia no carrinho, os dois faziam um piquenique no gramado e Gabriel tentava entender a coreografia de uma partida de críquete que alguns jogadores praticavam no parque. Ao entardecer, antes de me colocarem para dormir, íamos ao *pub* e bebiam uma caneca de cerveja escura. Estávamos de férias, as horas se alongavam. Gosto de pensar que naquela semana papai chegou a intuir a inércia protetora dos dias repetidos. Digo só intuir porque, na manhã do sexto dia, durante o café da manhã, disse à mamãe que naquela mesma tarde voltaria para Barcelona. Ele não deu nenhuma desculpa, nem ela pediu explicações. Inocentes e alegres, ignorando o privilégio que acabávamos de deixar para trás, mamãe e eu vimos o furgão se distanciar rua abaixo.

Agora que nós, os cristóvãos, nos conhecemos, sabemos que naquele dia Gabriel não voltou diretamente para Barcelona, mas se desviou para Frankfurt para visitar Sigrun e Christof por quatro dias. É um sentimento estranho, porque a descoberta da mentira comporta o perdão instantâneo. Coisas de irmãos, não é, cristóvãos?

E como teria dito o ator do *ferry*, o resto é silêncio. Este silêncio que juntos tentamos tornar mais suportável.

10

O MUNDO ESTÁ MAL DIVIDIDO

A vez de Christophe

Quer dizer, deixem-me colocar isso como o título do capítulo que me corresponde porque é verdade: o mundo está mal dividido, cristóvãos. Dos quatro irmãos, vejam bem, eu devo ser o que viveu mais vezes aquela alegria de quando papai nos visitava e provavelmente também o que recebeu mais presentes roubados dos clientes da La Ibérica. Paris sempre ficava no meio do caminho de uma mudança. Ele podia conversar comigo, porque seu domínio de francês era aceitável. Que privilégio, não? E, contudo, tenho uma lembrança vaguíssima de tudo isso. Entre meu nascimento, em fevereiro de 1969, e a última vez que eu o vi, passaram-se menos de três anos. Muito pouco tempo. Se me lembro de coisas é porque mamãe foi me contando anos depois e as associo às fotos que guardamos dele. São sensações, mais que lembranças. Uma vez, quase obrigado por mamãe, fiz uma sessão de hipnose com um psicanalista argentino que morava em Porte d'Italie e que tinha sido uma espécie de namorado dela. Ele queria que eu voltasse no tempo, até aquela faixa etária dos 3 anos, e desenterrasse a primeira lembrança de meu pai. Relaxei no divã e me rendi a todo o ritual. Em voz baixa, comecei uma contagem regressiva a partir do cem. Cem, noventa e nove, noventa e oito, noventa e sete... Depois de um tempo, já quase dormindo, mergulhei nas profundezas do subconsciente como um caçador de pérolas, mas emergi de novo desorientado e com as mãos vazias. Nenhuma lembrança secreta, nenhum trauma ou imagem inesperada se deixou ser capturado. Não sirvo para este tipo de experiência.

Agora, permitam-me uma hipótese: fui o primeiro filho que Gabriel desejou de verdade. Não me dou nenhum mérito por isso, que fique claro. O primeiro cristóvão, nascido de mãe solteira, pode se considerar um acidente. O segundo Cristóvão, podemos vê-lo como um descuido (desculpe, Chris). O terceiro cristóvão é forçado a obedecer a vontade. (O quarto cristóvão, em Barcelona, vai mais além e nasce como resultado de uma obsessão, mas a protagonista já terá seu momento de glória mais tarde.) Esse desejo de existir, no entanto, foi logo apagado pelo pai verdadeiro — um Gabriel que aparecia quando queria — e por quatro pais postiços que, por acumulação e excesso, desmagnetizaram-me a bússola filial. Vocês veem como o mundo está mal dividido?

Enquanto vocês passavam longas temporadas sozinhos com suas mães, perguntando-se por onde papai andava e ouvindo muitas evasivas surrealistas, eu tinha quatro pais que o substituíam sem complexos. Teria havido um para cada um de nós. Agora que já sou mais velho, tenho certeza de que aqueles quatro amigos de minha mãe gostavam e se importavam comigo como se eu fosse um filho deles, mas isso nunca me poupou dos ataques de abandono. Vocês sabem, cristóvãos, temos falado disso em nossas reuniões: é essa tristeza solitária que sentíamos de vez em quando, como um desamparo vital que só era suprimido — com sorte — pela atenção da mãe ou, mais raramente, pelo anúncio da chegada de papai. Nem mesmo quando já estava claro que Gabriel não voltaria e eu me preparava (inutilmente) para esquecê-lo, os substitutos subiram de categoria: agora nunca penso neles. Deve ser genético.

Posto que essa confidência talvez os surpreenda, devo explicar que, quando cheguei a este mundo, mamãe morava em uma espécie de comunidade universitária do Quartier Latin. Mireille tinha 20 anos, a cabeça cheia de minhocas e cursava (é o que diz) o segundo ano de literatura francesa na Sorbonne. Aos 18 anos tinha saído de um povoado de Ardenas, muito perto da fronteira com a Bélgica, e viajado para Paris. Era a quarta vez na vida que ia à capital. A menina mais inteligente da escola chegava à universidade com honras de herdeira, como se fosse uma representante de toda a região. Ela disse que um pouco antes tinham lhe organizado uma despedida na prefeitura, com banda e autoridades de segunda linha, e havia recitado dois poemas de cor, um muito sombrio de Apollinaire e outro de Prévert, para compensar. Graças a uma bolsa de estudos local, seus pais tinham lhe conseguido uma pensão para estudantes na Rua Vaugirard, ao lado do Boulevar Raspail. Poderia ir de casa à universidade a pé, como se estivesse no povoado. No sábado, antes do início do curso, eles a acompanharam a Paris e depois ficaram até o Natal. Como era filha única, sentiam saudades com frequência, e para acalmar sua ausência se refugiavam em uma imagem cândida: a imaginavam no quarto em que haviam visto, estudando na mesa de canto enquanto enrolava os longos cabelos com um dedo, ou jantando no refeitório com outras meninas que tinham o mesmo rosto dela. A realidade é que Mireille viveu apenas cinco meses na pensão. No início de 1968, depois de passar o Natal com os pais e se certificar mais uma vez de que a quietude do povoado a sufocava e a entristecia, foi à sua primeira assembleia da universidade e viu sua vida mudar. A própria Mireille me explicou com aquela energia que ela tem às vezes e que não há quem a pare:

— Olha, quando cheguei a Paris, eu era como fósforo sem acender. Tinha o cérebro cheio de ideias, de leituras adolescentes que serviam para ficar sozinha, sim, para sobreviver, mas que ainda não iluminavam nada. Eu as escondia fora de ordem na minha mente, apertadas umas atrás das outras, com avareza, para não ter de pensar no que estava ao meu redor. Não há nada pior que o isolamento de províncias — se você não se identifica —, nada pior que um entardecer de inverno em casa ouvindo essas vozes simpáticas e artificiais de uma emissora de rádio local. A sua pele resseca de pura solidão, juro. Que sorte que você não precisou passar por isso, Christophe — dizia-me enquanto me apontava com o cigarro acesso, um gesto típico dela que vem daqueles anos de discussões e debates.

"Seu avô, você sabe, trabalhava como escriturário em uma fábrica de móveis. Quando tinha meia hora livre, ao cair da tarde, trancava-se na garagem e construía miniaturas de carros e trens. Algumas, quando as terminava, dava de presente aos filhos do fabricante de móveis. Sempre pensei que, se eu tivesse nascido menino, o teria feito mais feliz. Sua avó fazia os trabalhos domésticos e sofria. Sofria por tudo e por todos. Sem perceber, eu sofria com ela. Já em Paris, quando queria passear, sempre buscava as grandes avenidas. O Boulevard de Montparnasse, Saint-Germain, o Boulevard Raspail... por quilômetros. Naqueles espaços amplos o sofrimento foi desaparecendo aos poucos. Adorava ouvir o vibrar dos carros sobre os paralelepípedos. Respirava fundo e, ainda que estivesse sozinha, ou exatamente por isso, tudo adquiria um sentido. Depois, um dia de janeiro, meio sem vontade, como se estivesse predestinada a isso, entrei na assembleia de estudantes da faculdade para fazer hora entre duas aulas, e de repente o fósforo se acendeu. Rasss!"

Como não tinha fósforos, Mireille acompanhou a onomatopeia acendendo o isqueiro.

— Não pense que me converti em uma ativista imediatamente. O que me cativou naquela primeira assembleia foi o desconcerto de vozes, a gritaria, o calor que emanava de nós, os estudantes, como uma caldeira em plena ebulição, a ponto de explodir. Todos concordávamos sobre uma coisa: o general De Gaulle era um fascista que tinha se firmado no poder e era preciso protestar para tirá-lo de lá. A partir daí, contudo, os métodos de protesto e de intervenção divergiam e pareciam até mesmo contraditórios. Aos poucos, a sala de reuniões se transformou em uma bagunça mais ou menos pacificada por quatro ou cinco porta-vozes dos alunos. As opiniões de um grupo eram vaiadas por outro e aplaudidas por um terceiro grupo, mas não se sabia se os apoiavam ou se pretendiam ser sarcásticos. Um grupo de rapazes ria sistematicamente diante de cada intervenção e, quando eram eles os que falavam, defendiam a liberação sexual como a única saída. "Chega de discussão e vamos transar agora mesmo", gritavam enquanto tiravam o casaco, mas nenhuma menina os imitava, eram apenas uns iludidos. Havia marxistas, trotskistas, anarquistas, comunistas, textualistas e não sei mais que "istas". Cada vez que um tinha a palavra, fragmentavam-se mais os protestos. Meia dúzia de estudantes, no máximo, se declarava situacionista e exigia que, acima de tudo, se organizassem grupos para visitar fábricas e conscientizar os trabalhadores do país, porque do contrário não chegariam a lugar nenhum. Todos que quisessem, diziam, podiam se encontrar com Guy Debord. Então outra estudante lhes respondia: "Para que queremos audiência com Debord, se já temos Beauvoir?", e alguém gritava: "Beauvoir? Beauvoir e Sartre? Até parece! Viva o surrealismo anarquista!". Ou talvez fosse o inverso, viva o anarquismo surrealista. Misturados entre os alunos, descobri alguns professores: ouviam e observavam aquela exaltação com o rosto incrédulo. Dois jovens, que falavam com um sotaque inglês, abriram um cartaz que insultava o presidente norte-americano, um filho da mãe que acho que se chamava Johnson ou algo assim, e pediram mais pressão mundial contra a guerra do Vietnã.

Todos aplaudiram e eles levantaram o punho esquerdo com orgulho. Os demais os imitaram por alguns segundos. Após duas horas de discussão, a assembleia foi dissolvida sem resultado prático, que eu me lembre, mas com a sensação de que tínhamos consertado o mundo ou que, no mínimo, tínhamos tentado. Na época não podíamos nem sonhar que iríamos conseguir isso quatro meses mais tarde. Na saída me dei conta de que tinha matado aula pela primeira vez e voltei para a pensão transformada. Não tinha falado com ninguém, somente escutado, mas me sentia sacudida por dentro. Lembro que me tranquei no banheiro, molhei o rosto, olhei-me no espelho e dei um grito que era meio de raiva e meio de emoção. Uma colega bateu na porta para perguntar se estava acontecendo alguma coisa. "Não, não, nada", disse-lhe, "ou tudo", mas esta última ela não conseguiu ouvir, porque eu disse em voz baixa.

Mamãe acendeu outro Gauloises, deu uma tragada longa e gestual, para avivar a memória, e continuou:

— Na hora do jantar, as meninas da pensão me pareceram umas moscas mortas, frágeis e inocentes, meu próprio reflexo. Comi com pressa, sem dizer uma palavra, e me tranquei no quarto. Lembro que li algumas páginas de um romance de Gide que era para a aula dos próximos dias, *Os subterrâneos do Vaticano*, mas meu pensamento se afastava do texto e se perdia em outras ideias desconexas. Tinha de dominá-las. Coloquei o pijama, apaguei a luz e, sem um pingo de sono, deixei que os pensamentos se organizassem sozinhos. Então, na escuridão compacta daquele lugar, não pude evitar me concentrar em meus pais. Eu os imaginei como bodes expiatórios. Viviam uma realidade roubada, forjada pelo governo de Gaulle e seus cúmplices. A vida inteira sendo feitos de mulas de carga, tentando acreditar que, de fato, aquela merda de existência que tinham depois da guerra lhes agradava. Identifiquei meu pai como um de tantos desgraçados que havia pelo país, alguém que só se guiava por questões de Estado (acima de tudo, que não mexessem com a sua França, nem com o patrão da fábrica de móveis, um deus da superação pessoal), e a minha mãe como uma comparsa patética, impassível, sempre o ajudando incondicionalmente. "Nunca estaremos tão bem quanto agora", costumava dizer quando previa momentos de mudança familiar... Mudanças mínimas, pode acreditar. A frase ecoava em minha cabeça e me deprimia profundamente. Sobretudo que não mudem nada, que o futuro não nos incomode. Percebi que em pouco tempo seriam velhos, velhos prematuros, e essa certeza me doeu como um soco no estômago. Era a mesma dor que sentia quando me diziam, com voz chorosa e chantagista, que estavam com saudades. Vá estudar em Paris, diziam, mas depois volte para casa para que todos possam ter orgulho de você. Não sei se chorei naquela noite... Sim, eu sei que sim, e digo, claro que sei, claro que chorei, não nos enganemos. Primeiro um gemido furioso, afogado no travesseiro e depois prolongado e incansável como uma canção de ninar. Tão harmonioso que, finalmente, caí no sono — fechou os olhos um momento, como se quisesse reproduzir aquele parêntese de sono, e ao abri-los de novo passou a língua nos lábios. — Estou com a boca seca de tanto falar. Por que não me traz uma cerveja? Tem algumas na geladeira.

Tirei duas, uma para cada, e depois ela continuou.

— No dia seguinte levantei enjoada. A cabeça girava como se tivessem me acordado no meio de um terremoto. Eu me vesti de qualquer maneira e saí para a universidade sem tomar café da manhã. Aquela sensação de sobressalto não me abandonou enquanto caminhava pela rua. Lembro também que era um dia de inverno especialmente frio, um daqueles dias em que o ar ondeia a superfície do rio e volta ainda mais gelado, cravejando o rosto como mil agulhas. Caminhava e não sentia os pés. De repente, meu corpo decidiu que eu mataria a aula e entrei em um café. Sentada em um canto, pedi um café com leite para me aquecer e tirei um livro da bolsa, não saberia dizer qual, não é importante. A perspectiva de ficar o dia inteiro naquele café, lendo e fumando (tinha começado a fumar havia alguns meses), me acalmou com uma tranquilidade desconhecida. Não sei quanto tempo fiquei lá, absorta, por pelo menos umas duas horas, até que uma moça se aproximou e disse: "Por acaso você esteve ontem na assembleia?". A pergunta deve ter me despertado de alguma espécie de sonho, já que ela teve que a repetir para que eu prestasse atenção: "Desculpe... Meu nome é Justine. Por acaso você esteve ontem na assembleia?". Aquele rosto me parecia familiar. Era uma das poucas meninas que tinha participado no dia anterior. Sua serenidade na hora de falar, sem deixar que os demais a interrompessem, tinha me fascinado. Eu disse que sim, que havia estado na assembleia, e perguntei se ela queria se sentar comigo. Depois, tomamos café, comemos algo e ficamos falando, até que anoiteceu. Bom, eu falei e ela escutou. Justamente porque era uma desconhecida e por termos a mesma idade, foi muito fácil. Coloquei tudo para fora: desde o nojo que a deserção passiva dos meus pais me causava até a necessidade de violar aquela merda de sociedade para que não nos acontecesse o mesmo. Tínhamos de mudar o curso da história! Ela me ouvia repetir ideias que no dia anterior tinham me impressionado e que agora, ao sair da minha própria boca, me davam segurança. Justine, que também não era de Paris, aprovava com convicção e me incentivava a continuar. "É que nossos pais são uns mortos-vivos," lembro que disse em algum momento, "este é um país de mortos-vivos. Existe alguma coisa mais monstruosa que o desfile diário das condecorações de guerra? Saia desta cidade, ou até mesmo deste bairro, e você vai ver a mesma coisa em todos os lugares: velhos prematuros que trabalham feito mulas e aos domingos se arrumam para ir ao parque e passear com as condecorações. Se um dia suas casas fossem inundadas, as primeiras coisas que salvariam, antes mesmo da esposa, dos filhos ou os dos netos, seriam essas merdas de medalhas de guerra...". Eu sei que o fascínio imediato é uma das virtudes da juventude, ou um defeito, se preferir, e que muitas vezes se trata de uma mera ilusão, mas a sintonia com Justine foi absoluta: quando nos despedimos, com beijos, foi como se nos conhecêssemos a vida inteira. Combinamos de nos encontrar no dia seguinte no mesmo lugar.

Mireille fez uma pausa. Parecia cansada. Disse que, se ela quisesse, poderíamos continuar em um outro momento.

— Mas o que você está dizendo? — respondeu ela. — Se agora é que vem o melhor! Naquela semana nos vimos todos os dias. Contamos nossa vida. Nossa amizade foi tomando forma, como se entrelaçam as mechas de uma trança. Na sexta-feira ela me convenceu a sair da pensão e a ir morar com ela. Justine estava hospedada no coração da cidade, no mesmíssimo distrito 5, Praça da Contrescarpe, em um prédio de apartamentos baratos, pensados para estudantes, e que tinha o espírito de uma comunidade intelectual. Contando comigo, lá morariam quatro meninas e três meninos. (Hoje em dia seria impensável morar em uma república como a nossa e naquela região, que é caríssima.) No sábado ela me ajudou a fazer a mudança das poucas coisas que eu guardava no quarto. Naquele mesmo dia liguei para meus pais e lhes contei uma mentira das mais elaboradas: a dona da pensão estava presa. Dias antes, a polícia tinha descoberto que ela captava meninas, estudantes, para transformá-las em prostitutas, e que, enquanto investigavam, tinham fechado a pensão. Papai me ouvia do outro lado do telefone, acho que com cara de espanto, e ao fundo se ouvia os bramidos de mamãe: “O que aconteceu com você? O que aconteceu?”. Eu os tranquilizei pedindo que não sofressem por nada. E dizendo que ligava para dizer que estava bem e que já tinha me virado para encontrar outra pensão, mais decente e mais perto da universidade. Seus avós, Christophe, morreram convencidos de que eu sempre fui uma santa. Não sei se fui muito justa com eles... Enfim, prefiro não pensar nisso. O fato é que, graças a Justine, meu mundo se ampliou um pouco mais. No que diz respeito à relação que mantínhamos entre os sete moradores da república, vou lhe poupar alguns detalhes íntimos que um filho não deve saber   sorriu buscando minha cumplicidade, porque sabia que se fazia de rogada sobre esses assuntos —, mas é provável, escute o que digo, que eu nunca tenha vivido tão intensamente como naquele tempo. Também não é que sinta falta, hein? Na verdade, o apartamento onde vivíamos com Justine era, acima de tudo, um ponto de encontro. Entrava e saía gente o tempo todo: amigos, estudantes rebeldes como nós que procuravam “a dialética”, como se dizia na época. As horas voavam. O aquecimento do apartamento só funcionava de vez em quando e morríamos de frio. Nós nos trancávamos todos em um quarto, amontoados lá dentro, pelo chão, em volta de um aquecedor elétrico que alguém tinha roubado dos pais, e nos cobríamos com cobertores. Fazíamos vaquinha para descer e comprar vinho e cigarro, pão e queijo, e discutíamos até de madrugada. Nem sempre o assunto era política, a luta social também nos atraia: “Fazer justiça de uma vez por todas! Abrir os olhos dos companheiros trabalhadores!”, gritávamos embriagados. Às vezes, inflamados de proclamações, indignados contra o poder, montávamos grupos e saíamos à meia-noite para pichar pelos bairros dos ricos. Como ríamos! Por aquele apartamento passou gente que depois ficou famosa, como Jacques Sauvageot, que era o líder da união dos estudantes, ou um jovem que queria ser romancista e se chamava Robert Merle. Ou um tal de Riesel, que liderava os situacionistas, e de quem nunca mais voltei a saber. Aquela república foi para mim a verdadeira universidade. Três meses depois de ir morar lá, em maio, estava totalmente preparada para fazer a revolução. Então, Christophe, um belo dia seu pai e você apareceram. Bem, primeiro Gabriel e nove meses depois você. Essa é a ordem, se não me engano.

Eis a ironia do assunto, cristóvãos: sou um filho da revolução. Já tinha dito antes, o mundo está mal dividido. Nasci na bendita república do Quartier Latin. Mamãe quis um parto natural, assistido por uma parteira revolucionária e um bando de cabeludos que, enquanto minha cabeça saía, se extasiavam com a comunhão cósmica que meu nascimento lhes proporcionava. O primeiro cheiro que entrou pelo meu nariz, deste lado do universo, foi o da maconha. Fui envolvido com lenços indianos, de lantejoulas, que eu rejeitava enchendo-os de babas e golfadas de leite. Quando me ninavam, minhas mães e meus pais postiços cantavam "Les Nouveaux Partisans" ou "Le Déserteur"... "*Depuis que je suis né, j'ai vu mourir mon père, j'ai vu partir mes frères...*"[29] Nem se fossem videntes que quisessem prever o futuro, não é? Talvez pelos efeitos da lei do pêndulo, sempre tenha achado difícil aceitar os caprichos *hippies* de mamãe e de seus amigos. Não é que eu tenha ido para o outro extremo, mas valorizo a ordem social e me considero um racionalista prático. Por isso segui carreira científica, eu acho.

Às vezes, quando ela ia a Paris visitar um amigo daquela época, ou fumava muito baseado, ou simplesmente tinha um dia retrô, mamãe me ligava à noite para conversar um pouco (há anos me colocou para fora de casa, como ela gosta de dizer). Primeiro comenta alguma novidade, para dissimular, mas logo suas divagações a levam a se perguntar onde estaríamos e como seríamos agora se no Natal de 1970 não tivéssemos ido morar no distrito 19, um bairro muito mais popular. Como eu seria, acima de tudo, se tivéssemos aguentado mais tempo na república. Sua voz é melindrosa, afavelmente resignada, sem nenhuma ponta de ressentimento, mas estou convencido de que, no fundo, bem no fundo, me recrimina por algo. Como se eu sozinho tivesse perdido a oportunidade de ser uma pessoa melhor e, ao mesmo tempo, tivesse culpa por como as coisas se deram com papai etc. Eu a ouço com paciência e no fim sempre lhe respondo o mesmo: "Não me pergunte, mamãe, eu ainda não tinha completado dois anos".

Sei que a entedio mortalmente e não faço nada para evitar isso.

Como disse antes, cristóvãos, nunca pude recuperar as mudanças que minha cabecinha de bebê desorientado arquivou. Dessa forma, preparado para reconstruir aqueles meses de vinho e rosas, vou confiar na lembrança dos protagonistas e retroceder um pouco mais no tempo. Gostaria de

---

29. Depois que eu nasci, eu vi meu pai morrer, vi meus irmãos partirem... (N.E.)

explicar a gloriosa entrada em Paris, *ham ham*, do Pegaso da La Ibérica. Agora deixaremos Mireille quieta na república do Quartier Latin. É de manhã cedo. O cigarro na mão, o olhar perdido, a mente aprisionada entre o desejo de insurreição e um bocejo de sono, o sorriso pela vitória possível. Ao redor, os estudantes em greve recapitulam as batidas policiais dos dias anteriores, a repressão, a reunião da segunda-feira passada no Arco do Triunfo com alguns companheiros trabalhadores. Consulto os livros de história — porque isso já é história — e leio que a manifestação serviu para pedir que a polícia saísse da universidade, que soltasse os estudantes detidos e que voltasse a abrir Nanterre e Sorbonne, mas o governo não fez caso. Mireille e os colegas repassam as estratégias diante dos novos enfrentamentos.

Isso acontecia na manhã de sexta-feira, 10 de maio de 1968, e o primeiro raio de sol estava prestes a iluminar a ponta da Torre Eiffel.

Enquanto isso, a mais de 800 quilômetros, o caminhão da La Ibérica acabava de passar pela alfândega de Jonquera e já corria pelas estradas francesas. Bundó, Gabriel e Petroli tinham carregado a carroceria na noite anterior, em um apartamento no último andar da Rua Balmes. Depois foram logo dormir e saíram da La Ibérica às quatro da manhã. A mudança consistia em levar os móveis e os objetos de um jovem empresário do setor de couros que abria uma filial em Paris. Como o almofadinha tinha se casado com uma francesa, ele cedeu aos desejos da esposa e abriu uma loja de sapatos de luxo na Rua de Saint-Honoré.

Como sempre, Gabriel estava dirigindo na hora que cruzaram a fronteira. Bundó tinha dormido na altura de Figueres, com a cabeça apoiada na porta. O movimento do caminhão o ninava, mas depois, como era de costume, acordaria com dor de cabeça e se queixaria pelo fato de os dois amigos não o terem avisado antes. Petroli, sentado no meio, descobriu que estavam levando as chaves e, em seguida, folheou os papéis da mudança. Queria saber para qual bairro iam. O boletim das sete da Rádio Nacional da Espanha acabava de informar sobre os distúrbios em Paris. "A cidade de Paris está a caminho de se transformar em um território em guerra, sitiada e às escuras, posto que os estudantes e os trabalhadores se rebelaram e as autoridades lutam para restaurar a ordem social". Encontrou o endereço: Rua de l'Estrapade. Mais tarde buscaria a rua no mapa, ainda faltavam muitas horas de viagem. Rodaram uns 100 quilômetros em silêncio, ouvindo o rádio. Gabriel costumava dizer que todas as viagens precisam de um aquecimento. Nas primeiras horas, que foram as mais tranquilas e passavam depressa, não gastavam saliva. Não era preciso falar por falar. Os caminhoneiros se adaptavam ao assento, à estrada, distraíam-se com a paisagem repetida ou variada. Falavam sobre ela um pouco e voltavam ao silêncio.

— Esse anúncio, "Visitem Camargue", vocês acham que já estava aí da última vez?

— Acho que sim.

— Nunca reparei.

— Pois talvez não estivesse. Não saberia dizer.

— Não parece muito recente.

— "Visitem Camargue..."

Assim que deixamos Valence para trás, Bundó acordou de repente. De manhã tinham combinado que parariam para tomar café da manhã na estrada de Lyon, um café contundente, e ele aproveitaria para passar um tempo casto com Muriel-Carolina.

— Onde estamos? — perguntou em seguida, esfregando os olhos para mandar o sono embora e se concentrar na paisagem. Os outros dois riram de sua cara de susto.

— Já deixamos Lyon para trás e até mesmo Dijon... Carolina mandou lembranças para você — respondeu Petroli.

Adormecido, Bundó demorou alguns metros para reagir, até que viu ao lado da estrada uma placa que indicava "Lyon – 20 km".

— O que a inveja não faz — alfinetou, aliviado. Em seguida, pegou no porta-luvas a frasqueira comunitária, que enchiam com os produtos dos roubos, e começou a se empetecar. A operação incluía passar o pente no cabelo rebelde, borrifar as axilas com desodorante, colocar algumas gotas de colônia no rosto e finalmente estrear a camisa nova, de popeline, que estava na moda. Bundó se divertia com esses detalhes porque achava que assim faria inveja aos dois companheiros. Naquelas horas, com os cachos e o ritual ingênuo na frente do espelho de mão, nervoso, parecia com Harpo Marx. Naquele dia, além disso, se arrumava com solenidade porque levava uma surpresa para Carolina. Dias antes, quando havia ido ao Monte de Piedad de Barcelona para receber a semanada, o diretor do escritório o chamou e falou sobre uma nova promoção de apartamentos populares em Via Favència. Tinha um prospecto com a planta baixa e fotos do bairro e também uma folha com os valores calculados pelo banco. As condições eram tão vantajosas que Bundó estava decidido a comprá-lo — precisava somente que ela lhe desse um empurrãozinho — e, sem lhe dizer nada, colocá-lo no nome dos dois.

Carolina os esperava do lado de fora quando estacionaram na frente do Papillon. À luz do dia, sem o resplendor do néon nem o tráfego dos carros para cima e para baixo, o casarão apresentava um aspecto desamparado e frágil, como se a próxima rajada de vento fosse derrubá-lo. Ela, que cinco horas antes tinha mandado embora o último cliente e continuava ali, parada como uma embasbacada, cansada, se encaixava na cena com uma precisão dolorosa. Bundó desceu do caminhão uma pilha de nervos. Gabriel e Petroli cumprimentaram Carolina e depois continuaram até a lanchonete do posto de gasolina. Avisaram que voltariam depois de cinquenta minutos, nem um a mais. Enquanto se afastavam, Gabriel espiou pelo retrovisor a imagem trêmula do casal se abraçando forte.

Se me distraio descrevendo esses momentos, cristóvãos, não é porque eles tenham um significado especial na epopeia que se aproxima, mas pelo contrário: porque não têm importância nenhuma nem vai além da estrita circunstância. Eu os transcrevo assim como minha mãe me contou — e Gabriel a ela —, com todo o peso da trivialidade. E gosto de enfatizar o porquê de nós, irmãozinhos, sermos herdeiros desse tipo de contradições: enquanto os estudantes fabricavam coquetéis molotov em uma comuna de Paris, três caminhoneiros param em uma estrada secundária para visitar uma prostituta. A vida é estranha.

Uma hora mais tarde, a buzina do Pegaso sacudiu aquele canto do mundo. A porta do andar de cima se abriu e Bundó e Carolina saíram. A despedida foi mais breve e mais mecânica do que em outras ocasiões. Carolina lhes disse adeus do patamar das escadas, um adeus desanimado. Já na cabine, Bundó adotou seu gesto taciturno habitual e permaneceu em silêncio por um bom tempo. Era o mais sentimental dos três. Em uma única viagem, mudava de humor umas cem vezes. E tanto transbordava com uma alegria injustificada quanto se afundava desanimado no banco. O cérebro, em tais ocasiões, se transformava em uma confusão de intuições e mal-entendidos. A relação com Carolina havia exacerbado aquele desajuste de emoções e Gabriel e Petroli já sabiam que, depois de ter estado com ela, sempre passava por uma fase insuportável (entre os dois amigos, às escondidas, apostavam sobre quantos quilômetros ele levaria para abrir a boca).

Naquele dia Bundó bateu todos os recordes de silêncio. Os dois companheiros tentaram encorajá-lo fazendo algum comentário atrevido, como sempre, ou provocando-o com alguma brincadeira para que ele se defendesse, mas ele não reagia. Gabriel, que havia presenciado aqueles momentos de isolamento antes, tanto no orfanato quanto na pensão, compreendeu que se tratava de uma situação extrema. Nesse caso, era melhor ir direto ao ponto, sem subterfúgios.

— Precisamos nos preocupar, Bundó? O que aconteceu com vocês? — aventurou-se. A pergunta funcionou.

— Está tudo perdido — respondeu. A frase soou como uma sentença de morte. Segurava na mão um prospecto amassado do Monte de Piedade. — Carolina nunca irá para Barcelona. Acabou, pessoal. Mostrei este apartamento da Via Favència, com todo o entusiasmo do mundo e, quando ela entendeu o que significava, ficou furiosa. Em vez de se alegrar, me perguntou quem eu pensava que era, que ela deixaria aquele trabalho no dia que quisesse, e não quando alguém dissesse. Que não sou nenhum príncipe encantado... — a voz lhe escapou em um desafinado patético, a ponto de chorar. — Eu sei que não sou nenhum príncipe, mas também não sou um molenga. Nem ela é nenhuma princesa, que inferno! Está tudo perdido. Duvido que tenha algum cliente que lhe dê bola, um desses franceses solteirões que queira levá-la para casa prometendo-lhe mundos e fundos...

Petroli, que estava ao lado, deu uma palmadinha no ombro para animá-lo. Não tinha jeito. Depois que começava a desabafar, já não havia maneira de pará-lo. Por mais de meia hora o ouviram exteriorizando aquele monólogo interior. De repente, quando a lista de reclamações e críticas começava a se tornar repetitiva, o discurso tomou outro rumo e se transformou em autoflagelação. Aos poucos, Bundó foi assumindo a culpa de tudo. Que era um miserável... Que ela, pobre, fazia o que podia... Como não tinha percebido? Ganhar a vida como *cocotte* deve ser uma tragédia. De repente ficou claro: tinha de lhe dar mais liberdade. Para que se sentisse segura e, sobretudo, para que tivesse vontade de voltar. Gabriel e Petroli já tinham se desligado da enxurrada de palavras quando ouviram a sentença final:

— Agora ficou muito claro, pessoal. Na volta, se vocês não se importarem, vamos parar de novo no Papillon. Apenas dez minutos. Subir e descer. Vou propor que nos esqueçamos do apartamento, que rasguemos juntos o prospecto, sem amarras, e que tudo continue como está agora — fez uma pausa para tomar fôlego. — Mas tenho certeza de que no último instante Carolina vai me implorar para não fazer isso. Tenho certeza. Tantos anos nesta merda de ofício lhe congelaram os sentimentos, mas se há alguém que sabe como encontrar o coração dentro daquele congelador sou eu. Talvez ela não tenha percebido ainda, mas fomos feitos um para o outro. E quando chegar o momento, vocês irão ao casamento, não é? Caramba, mas o que estou dizendo, claro que vocês irão, porque você, Gabriel, e você, Petroli, serão os meus padrinhos de casamento!

Às quatro da tarde entravam em Paris pelo Porte d'Orléans. Bundó tinha sentado ao volante para dirigir pela cidade. Essa tinha sido a estratégia para fazê-lo se calar. Petroli consultava o mapa das ruas e indicava o trajeto. Tinham estabelecido códigos semelhantes aos dos pilotos e copilotos de um rali. Segunda direita. Direto até o final e a primeira à esquerda, se puder. Semáforo e talvez uma rotatória, direita, se puder. Não diziam os nomes franceses das ruas porque seria uma confusão. Gabriel, enquanto isso, distraía-se observando a cidade. Havia estado em Paris algumas vezes, sempre graças ao turismo acidental das mudanças, e nenhum outro lugar lhe provocava tanta vontade de parar o caminhão, esquecer a carga e passear. Comparava-a a Barcelona e achava que o para-brisas desse lado parecia mais limpo. Outra vida era possível. "Se um dia me perder, me procure em Paris", costumava dizer, ainda que depois isso não tenha sido verdade. À medida que se aproximavam do centro, o tráfego nas avenidas ia melhorando. Era sexta-feira, mas parecia um domingo à tarde. Como tinham ouvido as notícias em francês e decifrado a situação, esperavam uma cidade praticamente sitiada. Muito pelo contrário, o bairro de Montparnasse estava mergulhado em um silêncio de toque de recolher. Alguns pedestres aqui e ali, e os terraços dos cafés, geralmente lotados, quase desertos. Subiram por uma avenida ampla até Port-Royal e depois seguiram pelo Boulevard Saint-Michel, mas quando avistaram os Jardins de Luxemburgo, um policial os obrigou a desviar. Estavam a menos de 300 metros da Rua de l'Estrapade, muito perto da Rua Lhomond, mas para chegar lá tiveram de fazer desvios e manobras intermináveis. Havia travessas tão estreitas que o caminhão teria encalhado no meio daquele funil. As poucas pessoas que circulavam pelas ruas naquela hora olhavam para eles como se fossem extraterrestres — e talvez fossem. No final, encontraram um bom lugar para estacionar na esquina da frente, com espaço para descarregar, e pararam o caminhão.

Lá fora, na rua, Petroli leu uma pichação que estava na fachada da casa: "*Enragez-vous*! O que diabos isso deve dizer?". Como se fosse um tipo de resposta, ouviram, em seguida, um zumbido distante, um enxame em plena atividade. Nervoso, o porteiro do edifício os esperava na entrada. Ele os recebeu abrindo bem a porta. Embora já estivessem cientes de tudo, ele informou aos três que os proprietários não chegariam até segunda-feira e que deveriam encontrar tudo descarregado e depositado nos quartos correspondentes, conforme a marcação do desenho que lhes entregava. Gabriel concordou. Calculava que descarregariam tudo em, no máximo, cinco horas e depois fariam o caminho de volta. Queriam estar outra vez em Barcelona, na noite do sábado. Aquela era a versão oficial. A realidade é que os três amigos tinham outros planos. Tinham combinado que, se acabassem tarde e estivessem muito cansados, ficariam no apartamento. Quem poderia recusar uma noite em Paris? Dormiriam nos colchões (ninguém iria saber) e no dia seguinte se dirigiriam para Clermont-Ferrand. Graças à sua mania de centros de imigrantes, Petroli conhecia uns estremenhos que tinham se estabelecido na cidade. Agora, definitivamente nostálgico e prestes a se aposentar, com os dois filhos criados, o casal tinha decidido voltar. Tinha comprado uma casinha em Sant Vicenç dels Horts. Como queriam levar os móveis que tinham entesourado por todos aqueles anos, quase como um testemunho de seus esforços, Petroli havia se oferecido para fazer a mudança a preço de custo (e sem passar pelo caixa da La Ibérica).

Embora tivessem de subir apenas um andar com a mudanças, os três amigos comemoraram o fato de a propriedade ter um elevador monta-cargas. Após uma viagem longa, o corpo agradecia um pouco de exercício físico, para acordar os músculos. Mas, passado o entusiasmo inicial, o elevador se fazia imprescindível. Enquanto abriam as portas da carroceria, os sinos da Igreja de Saint Médard bateram às cinco da tarde. Se quisessem acabar antes do anoitecer, teriam de se apressar. A última badalada acentuou ainda mais a quietude que os rodeava. Ouviram o repique de bolas de bilhar que vinha de um café do outro lado da rua. Sem falar nada, os três imaginaram aqueles jogadores como aliados seus, indiferentes ao mundo.

Enquanto Gabriel, Bundó e Petroli desamarravam cordas e dobravam cobertores, vigiados de perto pelo porteiro do edifício, algumas ruas adiante, Mireille, Justine e seus camaradas tinham parado em uma esquina e dividiam uma garrafa de vinho para aliviar a garganta. Talvez não fosse um remédio muito científico, mas era preciso cuidar da voz. Havia horas que se esgoelavam gritando *slogans* revolucionários — às vezes, aquilo parecia uma competição divertida para ver quem era o mais original — e ainda restavam muitas horas de luta pela frente. Aquele seria um grande dia. E já era, de fato, *já era* um grande dia. Na parte da manhã tinham ajudado a pintar cartazes e a pendurá-los por todo o bairro, e depois, quando viram que a polícia tomava posições estratégicas, começaram a arrancar paralelepípedos. Alguém tinha lhes assegurado que embaixo estava a praia. Agora se encontravam no cruzamento do Boulevard Saint Michel e da Rua Soufflot e aquela gritaria compacta lhes deixava arrepiados. Justine tinha subido nas costas de um dos meninos e dizia que a manifestação era infinita — assim, impossível de medir. A avalanche de pessoas, além disso, se movia e os empurrava para frente. Ora todos se davam os braços, cobrindo a rua de uma ponta a outra, ora se soltavam e avançavam alguns metros no tumulto, pulando e gritando "Anistia, anistia, anistia...!", todos ao mesmo tempo. Os encarregados de falar pelos megafones repetiam que a ocupação pacífica do Quartier Latin era um sucesso.

Às sete da noite, duas horas mais tarde, o grupo de Mireille tinha chegado de novo ao centro principal da revolta, nos arredores da Praça de Sorbonne. Esperavam os discursos dos líderes universitários. Era preciso exigir do governo que os jovens detidos deixassem a prisão. Naquele momento, os três trabalhadores da La Ibérica já tinham esvaziado metade da carroceria. Todas as caixas de papelão — menos uma, ao acaso, que tinham separado como quem não quer nada — já estavam no apartamento, assim como objetos frágeis e os mais leves. Agora faltavam os móveis mais complicados, os estrados, os armários, as poltronas, os eletrodomésticos... Antes, no entanto, com muito cuidado, transportaram entre os três um espelho que ia para a sala de jantar. Era um senhor espelho: media dois metros de comprimento, emoldurado com molduras douradas e pesado como um morto. Retiraram os cobertores que o protegiam, para que não escorregasse das mãos, e desceram do caminhão. Uma vez fora, o espelho se apressou a refletir o céu nublado daquele entardecer de maio, as janelas fechadas, as casas antigas, as ruas calçadas. Então um estrondo de carros, sirenes e botas pesadas romperam aquela calma. Os três trabalhadores pararam, curiosos, e aguçaram o ouvido. Gabriel observou o fundo do espelho e nele viu o reflexo de um movimento. No fim da rua, pela Rua Tournefort, um regimento da polícia passava marchando na direção da universidade. A fileira de homens não acabava nunca, e estavam tão protegidos, com capacete e escudos, que lembravam um exército de guerreiros samurais.

— *Vite, vite, vite!*[30] — chamou o porteiro, desesperado, do interior do edifício. De repente os três amigos se sentiram como ladrões à beira de serem apanhados *in fraganti*[31]. O espelho tremeu alguns segundos e a cena de guerra se desintegrou. Enquanto subiam as escadas com aquele peso nos braços — não cabia no monta-cargas —, ouviram uma série de disparos, atenuados pela distância.

A primeira bomba lacrimogênea caiu a cerca de 100 metros do local onde se encontrava o grupo de Mireille e Justine, no Boulevard Saint-Michel. Um cartaz carregado por um jovem, com um retrato de Ho Chi Minh, recebeu o impacto. Do lado da Rua Bonaparte e Saint-Sulpice, chegavam notícias de que a polícia tinha começado a reprimir os estudantes, mas ninguém esperava aquele ataque tão direto. Logo lançaram outra bomba da Rua des Écoles. Caiu de bem alto, com uma órbita fumegante, e abaixo todos se empurravam para não serem acertados. Diziam que, se dessem azar, poderiam ter o rosto queimado. Alguns jovens começaram a se dispersar em meio à fumaça dos gases. A maioria tampava a boca com um lenço e jogava pedras nos policiais, embora só conseguissem intuir onde estavam os *les vaches*. No meio daquele combate, Mireille sentiu medo pela primeira vez, medo de verdade. Ouviu os gritos cavernosos dos militares, do outro lado da rua, e sentiu as pernas trêmulas. A fim de se distrair, esforçava-se para repassar os *slogans* do momento. Os de sua célula tinham decidido que, acontecesse o que acontecesse, tinham de resistir na rua. Se a luta os separassem, reagrupariam-se às dez da noite na frente de um bistrô que conheciam na Rua Danton. Era proibido voltar para o

---

30. Rápido, rápido, rápido! (N.E.)
31. Em flagrante. (N.E.)

apartamento da Praça Contrescarpe. A polícia tinha colocado homens em todos os lugares, alguns vestidos à paisana, e podiam descobri-los como suspeitos. Nas últimas horas, tinham intensificado os métodos de captura, sem dó nem piedade, aqueles bastardos.

O silvo de outra bomba lacrimogênea os dispersou de novo. No tumulto, as duas meninas se perderam de vista dos companheiros. Agora os gritos eram ensurdecedores e Mireille não entendia o que Justine lhe dizia. Elas se deram as mãos e correram juntas em direção à Rua Cujas, mas de repente se viram rodeadas por uma multidão de pessoas indo na direção contrária e tiveram de se separar. Justine, que já tinha participado de mais manifestações, deu meia-volta e se deixou levar pela maré humana. Mireille se esforçou para acompanhar um grupo de rapazes, ainda na contracorrente e, como eles, se refugiou na entrada de um edifício. Alguém fechou a porta atrás dela. Cruzaram um pátio interno e seguiram por um corredor sujo e cheio de lixo. Enquanto avançavam, quase pisou em um rato que se escondia atrás de um balde (e, enojada, teve tempo de pensar: "Como eu!"). No fim daquele túnel imundo, uma menina entreabriu a outra porta e colocou a cabeça para fora. Caminho livre. Uma vez na rua, descobriu que eles estavam do outro lado da Rua Touiller. Respirou fundo. Justamente quando começava a recuperar o fôlego, ouviu de novo o ruído sinistro da polícia em ação. "Querem nos cercar!", gritou alguém. Buscando forças, Mireille cruzou a Rua Soufflot — de canto de olho viu o vulto do Panteão, à esquerda, erguendo-se como a espada de um gigante sentado — e entrou no primeiro beco que encontrou. Conhecia aquela área e se sentia segura dentro do labirinto. Cada vez encontrava menos estudantes fugindo como ela. Pensou em voltar para o apartamento, mas um sentimento de lealdade a fez estremecer da cabeça aos pés e procurou a direção oposta. Entrou em uma travessa estreita que parecia ter parado no tempo. Estava cansada e diminuiu o passo. Atrás vinha um jovem que a assustou gritando para que ficasse atenta, que os *les vaches* estavam se aproximando e que logo estariam na esquina. Começou a correr de novo. Desceu a Rua Lhomond correndo e, um pouco antes de dobrar a esquina, olhou para trás. "Nunca olhe para trás", os amigos tinham aconselhado, mas não conseguiu evitar. Do outro lado da rua, um policial deu voz de prisão aos gritos enquanto empunhava um cassetete. Ela ignorou e acelerou, fez um ziguezague e se meteu pela Rua de l'Ulm. Atrás, ecoavam os passos do policial. Virou na Rua de l'Estrapade escorregando, a ponto de perder o equilíbrio, com o coração na boca e o cérebro sem oxigênio. Desorientada, como se tivesse entrado em outra dimensão, descobriu o caminhão da La Ibérica no meio do caminho.

Naquele momento, Gabriel e Petroli acabavam de descarregar um armário de duas portas. Meio minuto antes, dois estudantes tinham se esquivado deles e desaparecido rua abaixo. Mireille parou, indecisa. Respirou com dificuldade, ofegante. Seus olhos apavorados penetraram nos de Gabriel. Queria dizer algo, mas as palavras não saíam. Olhou de novo para trás, um instante. Então ele a entendeu, abriu as portas do armário e, com um gesto teatral, de comédia de Molière, a convidou a se meter lá dentro. Mireille esboçou um sorriso de heroína e em um segundo se acomodou no esconderijo. Petroli fechou as portas exatamente quando a silhueta do policial dobrava a esquina a toda velocidade.

Com esse truque fantástico, cristóvãos, Mireille entrou no mundo de Gabriel.

Quando estavam prestes a levantar o armário — não tinham tempo a perder —, o policial parou na frente deles. Suado, com o rosto franzido de raiva, o cassetete na mão, perguntou para onde a menina tinha ido. Os dois amigos fizeram um movimento de ombros, fingindo que não o entendiam, e o gesto impacientou ainda mais o policial. Repetiu a pergunta a gritos, batendo no armário com o cassetete (lá dentro, Mireille se encolheu no canto que parecia mais longe). Bundó, que não sabia nada, que acabava de se juntar ao grupo e detestava os policiais franceses, mais por serem franceses do que por serem policiais, apontou para o armário e disse:

— Isso, cara, pode bater! Nós a temos aqui dentro. O que você acha?

O policial o olhou de cima a baixo com um gesto desdenhoso. Gabriel e Petroli ficaram petrificados. Sem responder, o policial voltou a dar umas batidinhas no armário, agora mais fracas, como se marcasse o ritmo de suas suspeitas. Então, providencialmente, de trás do móvel saiu o porteiro do edifício e, com um francês sereno, muito persuasivo, indicou ao policial que a menina tinha fugido rua abaixo e depois para a esquerda.

— Parecia muito cansada, você vai pegá-la logo! — assegurou quando o policial já saía voando. Depois, fuzilou os três caminhoneiros com o olhar, e, enquanto lhes dava uns tapinhas, repetiu sua ladainha favorita:

— *Vite, vite, vite!*

Logo foram envolvidos pela mesma quietude densa de antes. Do café, do outro lado da rua, ouviram um novo repique das bolas de bilhar, o toc-toc feliz de duas bolas se chocando.

Número 126. Barcelona-Paris. 11 de maio de 1968
Acabamos ficando com a caixa dos cacarecos. Em toda mudança há uma. É sempre a última que os proprietários fecham. Lá vão parar todos os trastes que estavam jogados pela casa, assim como os esquecidos de última hora. Costuma ter tralha, embora a de hoje não esteja má. Petroli vai ficar com uma caixa de charutos e diz que dará as etiquetas a Tembleque, que as coleciona. São também para ele uma caixa de vidro com seis borboletas tropicais, um livro intitulado *Vida sexual saudável* e uma imagem de cerâmica descascada, com alguns cães atacando um caçador. Bundó vai ficar com um capacho que diz "Bem-vindos" para a entrada do apartamento de Vía Favència, uma coleção de bandeirolas de hóquei no gelo de times universitários — vai pendurá-las em seu quarto e para se vangloriar de ter estudos —, um óculos de sol como os de José Luis Barcelona da TV. Gabriel ficará com um urso de pelúcia, que está novo, e um rádio cassete portátil, que funciona a pilhas. Há também fitas de María Dolores Pradera, Pau Casals e Xavier Cugat e sua orquestra, e mais duas fitas cassete, daquelas de gravar, da marca Agfa, que colocaremos durante a viagem para ver o que tem nelas. Também quebramos um cofrinho com a forma da cabeça de um menino negro, de Domund. Gastaremos as 50 pesetas que estava em seu interior em uma garrafa de conhaque francês.

Quantas vezes minha mãe deve ter me contado o episódio do armário? Fecha os olhos, suponho que para reviver a escuridão de seu interior, e se lembra mais uma vez para vocês, cristóvãos.

Acontece que o três trabalhadores da La Ibérica não a pouparam da viagem clandestina. Com medo de que algum outro policial atrasado aparecesse, ou talvez porque o sentido do dever os obrigasse a terminar a cena, em vez de abrir as portas e deixar que Mireille saísse à luz do dia, carregaram o armário ocupado e lá se foram, escada acima. O percurso não durou muito — "exatamente 26 degraus a passo de tartaruga, eu os contei mais tarde, quando já ia embora" —, mas foi o suficiente para que minha mãe se apaixonasse por Gabriel. Palavras exatas. De repente, paralisada pelo medo e pela vergonha, dentro daquele tipo de confessionário móvel, viveu uma epifania laica: tinha sido salva pela classe trabalhadora. Enquanto os estudantes como ela se manifestavam por um mundo igualitário, em que todos crescessem com igualdade de oportunidades, aqueles camaradas continuavam trabalhando, escravizados por um patrão que lhes sugava o sangue. Protegendo-a da polícia, disse a si mesma, tinham lhe retribuído o favor. Era o melhor exemplo da cooperação cultural e profissional que os estudantes reivindicavam!

— Que conste que tinha somente 20 aninhos e a cabeça cheia de doutrinas e proclamações — enfatiza Mireille. — O interior daquele armário era tão escuro que vi a luz, o que se pode fazer. Ah, e que conste também algo mais, infinitamente mais decisivo: Gabriel era tão atraente! Seu pai era um sedutor como poucos, Christophe, pena que você não tenha herdado essa virtude. Um sedutor passivo. Pergunte, se não, às outras mulheres... Sem fazer o menor esforço, apenas com sua presença um pouco tímida, seu pai me conquistou na hora.

Já no apartamento, Petroli abriu as portas do armário e Bundó lhe deu a mão para que saísse. Mireille, emudecida, contemplou aqueles três homens com a atenção de um bom selvagem que via um ser humano pela primeira vez. Eles perguntaram se ela estava bem. Bundó imitou o policial enfurecido e todos riram. Gabriel fez as apresentações. Ela só não sabia ainda que, além de transportadores oprimidos, aqueles três hércules eram espanhóis e viviam a duras penas sob a tirania do regime de Franco. Eles retomaram o trabalho e a deixaram sozinha com suas elucubrações. Na vez seguinte que Gabriel voltou a subir, carregando uma máquina de lavar com Bundó, Mireille já tinha se rendido a seus encantos, mas ainda levaria um bom tempo para perceber.

A mudança acabou depois das nove. Os três companheiros se limparam e trocaram de roupa. O dia tinha sido longuíssimo, mas agora a recompensa os esperava. "*Paris la nuit!*"[32], gritavam, deturpando o sotaque francês. O porteiro subiu para verificar se o apartamento estava em

32. Paris à noite! (N.E.)

ordem, assinou o recibo e fechou a porta. Mireille quis ficar com eles por precaução. Sentia-se protegida, dizia. Desceram todos juntos. Uma vez fora, depois que aquele homenzinho havia lhes desejado uma boa viagem de volta, cada um interpretou seu papel tal como estava previsto. Mireille representou uma despedida emotiva e saiu rua abaixo. Os três companheiros subiram no Pegaso e também se foram. Quando dobraram a esquina, na Rua Lhomond, a menina os esperava com um sorriso de orelha a orelha. O caminhão parou e Petroli e Gabriel desceram. Bundó estava com o jogo de chaves do apartamento. Iria em busca de estacionamento — Mireille recomendou os arredores do cemitério de Montparnasse — e depois voltaria a pé. A discussão da manhã com Muriel o havia deixado abatido e não estava para festa. Talvez parasse para tomar uma cerveja e comer um sanduíche, talvez nem isso. Petroli, por sua vez, já tinha planejado a noite. Havia um tempo, uns imigrantes tinham lhe falado sobre um bar que não ficava muito longe dali. Chamava-se Le Buci e ficava perto do Odeon. Eles o tinham marcado com uma cruz em um mapa da cidade. Se fosse quinta-feira ou domingo, teria ido para a avenida Wagran, que era onde todos os espanhóis se encontravam. Nos dias de semana, no entanto, o melhor lugar em Paris para interagir com os compatriotas era o Le Buci. Tentaria evitar as manifestações, cruzar Saint-Germain e procurar aquele lugar. Como estava muito cansado, tomaria uma cerveja e iria dormir em seguida — a não ser, é claro, que na última hora uma cordobesa ou uma salmantina nostálgica se aproximasse dele.

Mireille tinha convencido Gabriel a acompanhá-la ao bistrô da Rua Danton. Se não se divertissem, chegariam a tempo para o reagrupamento das dez da noite. Morria de vontade de mostrá-lo a Justine e aos outros.

— Penteado, com aquelas calças boca de sino e a jaqueta de couro, Gabriel era a imagem viva do sindicalista com roupa de domingo em um dia de folga — lembra mamãe, depois de lhe suplicar que este episódio fosse contado por ela. — Havia aceitado me acompanhar um pouco a contragosto. Ele teria gostado de fazer um passeio turístico pelo bairro, ir a Notre-Dame, mas expliquei que naqueles dias os turistas éramos nós, os estudantes. Enquanto caminhávamos a passos largos, falei sobre a correria da tarde, sobre nossas exigências. Pronunciava as palavras devagar para que me entendesse. Ele dizia sim com a cabeça, por educação, mas estava claro que não estava interessado. À medida que nos aproximávamos da Rua des Écoles, a gritaria ficou mais intensa. Atravessamos as nuvens de fumaça e nossos olhos ficaram irritados. Gostaria de ter transmitido a Gabriel a euforia de estar exatamente lá naquele momento. A importância de estar lá com ele. De repente, fomos surpreendidos por um mar de gente que vinha do lado de Saint-Germain. Agarrei a mão dele sem pensar e começamos a correr com os demais. Eu estava eufórica. Depois de alguns metros, parou-me de estirão e nos metemos por outra rua. "Está cansado?", perguntei, decepcionada. "Sim, mas não é isso", respondeu ele, "se a polícia me pegasse, eu teria problemas. Meu passaporte diz que sou espanhol. Eles me mandariam para o meu país e automaticamente me tornaria um prisioneiro político". Seu medo me comoveu, é claro. "E por que você não fica aqui?", perguntei com toda minha inocência, "Não volte para a Espanha, meus amigos encontrariam um trabalho para você... Poderia ficar com a gente. Se você até arranha o francês". Gabriel se obrigou a sorrir e demorou uns segundos para pensar nas palavras exatas: "Obrigado, mas não pode ser. Eu sou daqueles que não sabem ficar quietos em um lugar". Sua resposta, tão bizarra, deveria ter me deixado de sobreaviso, mas naquela tarde eu tinha saído de um armário como quem sai da máquina do tempo, em outra dimensão, e a única coisa que me ocorreu foi: "Então vamos nos esconder lá em casa. Moro perto daqui. Pelo caminho eu mostro o que resta do bairro".

Já estou acabando, cristóvãos. O Chris precisou de um monte de páginas. Eu sou um pouco mais modesto. Falta apenas ligar alguns cabos.

Sim, Gabriel ficou com Mireille até de madrugada. Sozinhos. Não se esforcem: qualquer comparação entre o alvoroço daquela noite no Quartier Latin com o que aconteceu na república da Praça Contrescarpe, sob os lençóis, tenho certeza de que eu já tinha feito antes. E no que diz respeito a Gabriel, nosso pai, esse sim era um situacionista! Sempre soube onde tinha de estar.

Assim, quando já estava clareando, papai voltou para o apartamento da Rua de l'Estrapade. Para poder ir embora, teve de prometer a Mireille que pensaria naquilo de imigrar para Paris — ela chamava isso de exílio. As ruas, agora, tinham um aspecto devastado. Pedras retiradas, sinais quebrados, um sapato perdido por aqui, um cartaz queimado por ali. Ainda se ouviam sirenes e gritos a distância, para os lados do Sena. Gabriel escapou correndo pelos arredores daquele campo de batalha, como a sombra fugidia de um agente provocador. Quando já estava perto do prédio, avistou outra sombra que vinha de frente. As duas sombras pararam e se estudaram por alguns segundos.

— Gabriel! — finalmente sussurrou a penumbra.

— Porra, Petroli, mas é você — respondeu ele.

Uma murciana, desta vez ele tinha se divertido com uma murciana.

Às nove, após quatro horas de sono, saíram para buscar o Pegaso. Pararam antes para tomar café da manhã em um café no Boulevard Raspail. Bundó, que era o que estava mais acordado, ligou para o senhor Casellas, que estava passando o fim de semana em sua casa de Caldetes. Contou que os policiais tinham detido o veículo durante a noite toda, por causa das manifestações, mas que em breve os deixariam sair. Desligou em meio aos xingamentos do dono da La Ibérica, desfrutando do privilégio de tê-lo tirado da cama em uma manhã de sábado e com más notícias.

Na frente do cemitério de Montparnasse, antes de irem embora, os três amigos dividiram a caixa que "tinha se distraído" na mudança. Dois meses e meio depois, em um sábado no fim de julho, quando voltou a Paris, Gabriel correu para visitar Mireille. Durante a segunda visita à república da Praça Contrescarpe, mamãe voltou a pedir que Gabriel "se exilasse" em Paris com ela. Para tentar convencê-lo, ela disse que estava grávida. Ainda não tinha muita barriga, e também, com o vestido largo que usava na época, não dava para notar.

— É meu? *C'est à moi?* — perguntou-lhe em seguida, animado como se fosse a primeira vez. Estavam sentados no chão, em uma roda com os outros companheiros de apartamento. Gabriel tinha acabado de conhecê-los. Como já tinha a fama operária, Justine e outros, encantados, não tiravam os olhos dele. Fumavam e bebiam vinho. Era meio-dia. As janelas estavam abertas. Ouviam música do rádio. Com o verão e o fim das aulas, as revoltas estudantis tinham diminuído, pelo menos em Paris.

— Sim, é seu — respondeu Mireille —, mas você tem de saber que será filho de todos. Todos seremos pais e mães deste bebê, você também. Será um dos filhos da revolução.

Mireille lhe deu um beijo na boca, um beijo de desentupidor de pia, e os outros aplaudiram. Depois, Gabriel ficou em silêncio, ouvindo a música que saía do rádio. O locutor acabava de anunciar a música. Levantou um dedo para que os demais também a ouvissem. Todos ficaram olhando para ele.

Puis il a plu sur cette plage
Et Dans cet orage elle a disparu...
Et j'ai crié, crié, Aline, pour qu'elle revienne
Et j'ai pleuré, pleuré, oh!, j'avais trop de peine...[33]

— Esta música... — disse-lhes — esta música é muito bonita. Poderíamos fazer uma coisa, Mireille. Se for menina, se chamará como a menina da música...

— E se for menino? — perguntou ela, rindo.

— Se for menino, que se chame como o cantor!

Todo mundo riu da brincadeira, mas, chegado o momento, quando eu nasci, Gabriel a lembrou daquela conversa e Mireille concordou, claro.

Sim, a canção era Aline, um sucesso naqueles anos, e era cantada por um tal Christophe.

Gabriel, o situacionista perfeito.

---

33. Então choveu sobre esta praia
E Nesta tempestade ela desapareceu...
E eu gritava, gritava, Aline, para que ela volte.
E eu chorei, chorei, oh!, eu tenho muita dificuldade... (N.E.)

11

A ÚLTIMA MUDANÇA

— E então... — disse Christophe, com um ar misterioso — Gabriel acordou em sua cama da pensão, com os lençóis encharcados, e percebeu que a epopeia de Paris tinha sido um sonho.

— ...

— ...

— ...

— Não. E não! É brincadeira! Não fiquem com essa cara, cristóvãos. Tudo o que eu contei é verdade. É sério.

Estamos na sobreloja da Rua Nàpols, em meio a uma de nossas "sessões de espiritismo", como diz a Rita, e estamos ficando loucos. Literalmente. Às vezes parece que fomos possuídos pelo espírito volátil de Gabriel, como se estas paredes que o protegeram nos sugassem o juízo. Cada reunião que fazemos no clube dos cristóvãos serve para que fiquemos um pouco mais obcecados pelo tema. Estreitamos o cerco, como dizem os detetives particulares nos filmes, mas nunca capturamos nosso pai. A descrição de seus movimentos, passo a passo, muitas vezes nos deixa insatisfeitos. Por mais que incluamos em nosso relato um número infinito de pessoas que o conheceram bem, não conseguimos torná-lo mais vívido, mais próximo. Pelo contrário, parece que Gabriel se deleita camuflando-se na multidão para passar despercebido.

— *Get back, get back, get back... to where you once belonged!*[34]

---

34. Volte, volte, volte... Ao lugar onde você pertenceu uma vez. (N.E.)

Quem canta essas palavras dos Beatles não é o Chris, como poderia se esperar, mas Christof. Cristoffini faz coro e ambos desafinam. Caminham na ponta dos pés pela sobreloja (bem, quem caminha é Christof, o outro sempre vai nos braços) e abrem as portas de repente, como se atrás fossem descobrir nosso pai escondido. "Volta, vai, volta, volta de uma vez ao lugar a que você pertence". Vocês veem? Até nas músicas selecionadas somos imprecisos: se temos alguma certeza, depois de tantos meses reconstruindo a vida dele, é de que Gabriel nunca pertenceu a nenhum lugar. A maioria das pessoas precisa encontrar um lugar para criar raízes. Pode ser um canto solitário do mapa ou talvez o centro colérico de uma cidade mais barulhenta. Pode ser onde todos fiquem perto ou onde todos fiquem longe, mas sempre precisam de um lugar no mundo para se sentirem vivos. Há aqueles, contudo, que são incapazes de ficar quietos e seu lar acaba sendo esse movimento em si mesmo, a fuga constante e cotidiana sem um destino fixo.

— Como tubarões, que têm de estar sempre nadando. Nadam até enquanto dormem porque, se param, seu corpo não aguenta e morre — ilustra Christophe.

Foi assim. Desde os 17 anos, quando saiu do orfanato e foi para a pensão com Bundó, Gabriel sempre viveu com um par de malas debaixo da cama. A primeira, de cartonada, havia sido presente das freiras como um passaporte para o futuro. Era possível dizer que eram como seu armário principal. Entre ambas guardava seus tesouros das infância, alguns cadernos escolares que tinha trazido do orfanato, um livro, fotos nossas, objetos que ficavam das mudanças. Gostava de acreditar que podia colocar sua vida inteira em duas malas. Esta leveza se encaixava muito bem com as viagens da La Ibérica, que o faziam se sentir como um nômade, e com o alojamento sempre provisório da pensão. Agora me veem, agora não. Gabriel poderia ter exemplificado o movimento perpétuo, com um desgaste mínimo, mas então, numa manhã de fevereiro, parou bruscamente para não voltar a se mover durante uma temporada. Mais de três meses de inércia absoluta, calculamos, o que para ele deveria ser uma eternidade. O momento exato da freada, tão física, tão newtoniana, aconteceu com um grito ensurdecedor, daqueles que desafiam a barreira do som e nos sacodem com um arrepio. A desgraça fez que aquela fosse a última mudança e, se quisermos nos manter fiéis a nossos métodos, neste capítulo teríamos de reconstruí-la sem deixar tremer nem o pulso nem a voz. Não será fácil.

Número 199. Barcelona-Hamburgo. 14 de fevereiro de 1972
Uma caixa retangular de papelão, profunda e estreita, com as palavras "Muito frágil" escritas nela. Obrigado pela pista. Como Petroli tinha ficado para morar na Alemanha, tudo indica que, de forma definitiva, desta vez Bundó e Gabriel dividem tudo. Uma vez aberta, descobrem que é a típica caixa de objetos grandes e planos que não cabem em nenhum outro lugar. Bundó ficará com um espelho de saguão com moldura dourada e dois quadros com imagens de bosques outonais que têm a assinatura de um tal S.B. Como por coincidência são suas iniciais, certamente dirá que ele as pintou. O espelho está envolvido em duas toalhas com as mesmas iniciais bordadas, ou seja, os quadros foram pintados pelo dono da casa. São bonitos, mas nota-se que não são profissionais. Gabriel ficará com um atlas de geografia universal, uma bandeja de madeira com algumas gravuras de frutas tropicais e duas raquetes de tênis, marca Slazenger. Há também um envelope com duas radiografias empoeiradas de um pulso quebrado: talvez o artista tenista tenha escorregado durante a partida e passou uma boa temporada sem poder pintar. Embora ninguém as queira, Bundó disse que as radiografias não podem ser jogadas fora, porque isso dá azar.

Esse relatório que vocês acabam de ler é o da última viagem que Gabriel, Bundó e Petroli fizeram juntos. A última cavalgada do Pegaso. Nosso pai detalhou a divisão do saque, como sempre, sem saber que não haveria mais nenhum. Talvez escrevesse um pouco contido, porque se aproximavam da mudança 200 e já se sabe que os números redondos instilam respeito, mas seria absurdo procurar em algum sinal premonitório o que ia acontecer dez horas mais tarde na rodovia, quando a tinta ainda estava fresca. Mesmo assim, depois de termos olhado de todos os ângulos possíveis, nós, cristóvãos, estamos tentados a acreditar que os três amigos se dirigiam havia tempos, inconscientemente e de má vontade, a um ponto sem volta. É essa incerteza que nos atrai do futuro e que, para simplificar, a chamamos de destino. Todos fazemos isso, não? Quando nos acontece uma desgraça, apressamo-nos a buscar seus indícios no passado mais próximo, em uma tentativa de compreendê-la ou até mesmo de justificá-la. É como se dessa forma abolíssemos o erro, como se nos permitíssemos voltar à ordem natural de causa e efeito. Às vezes, durante nossos encontros na sobreloja da Rua Nàpols, nós cristóvãos tentamos transformar esses indícios em certezas e nos agarramos a todo tipo de hipótese. Por exemplo, esta: é muito provável que, se as viagens da La Ibérica tivessem continuado, naquele ano de 1972 Gabriel teria feito o impossível para adicionar outro cristóvão à lista. Um irmão mais novo. Nós nos apoiamos em uma questão de coerência biográfica: Christof nasceu em outubro de 1965, em julho de 1967 veio Christopher, e Christophe é de fevereiro de 1969. A cadência diz que a cada 20 meses, mais ou menos, papai se deixava seduzir por uma menina e, ao final de nove meses obrigatoriamente, esse intercâmbio esporádico se traduzia em um bebê. Não temos dúvida, portanto, que mais cedo ou mais tarde outra mulher europeia — uma italiana, uma holandesa, uma suíça? — teria se rendido a seus encantos.

Quando visitamos Petroli na Alemanha e comentamos nossa teoria, ele pensou alguns segundos e, torcendo o nariz, nos rebateu, dizendo que Gabriel jamais teria planejado ter filhos. Que aquelas coisas aconteciam com ele e pronto.

— Levem em conta que o pai de vocês era um Don Juan passivo — comentou. — Bundó sempre pagou para se sentir como um Don Juan. Eu recorria ao charlatanismo das palavras de Don Juan Tenório para persuadir minhas espanholazinhas melancólicas (recitava-lhes "Às cabanas desci..., Aos palácios subi... "). O pai de vocês, em vez disso, era regido pela lei do menor esforço. Em assuntos amorosos, simplesmente não sabia dizer não. Ah, e tinha uma enorme facilidade para acertar o alvo, como confirma a presença de vocês neste mundo. Com os filhos, como vocês veem, era o oposto de um Don Juan.

Tudo bem, talvez não procurasse uma paternidade europeia, mas nós, cristóvãos, estamos convencidos de que nesse inverno fatídico, com ou sem vontade, o Don Juan passivo teria se deixado fisgar outra vez.

Eis o panorama prévio do desastre.

No início de outubro de 1971, finalmente, com dez meses e trinta crises nervosas de atraso, Bundó recebeu as chaves do apartamento de Vía Favència. No primeiro sábado de folga, gastou as quatro moedas que tinha comprando alguns poucos móveis mais necessários. Eles os entregaram e os montaram depois de dez dias — dois transportadores que, a seus olhos de caminhoneiro internacional, não passavam de aprendizes — e, naquela mesma tarde, com Gabriel, pegou o DKV e mudou para o apartamento novo todos os bens furtados durante as viagens da La Ibérica. Quando acabaram a mudança, Bundó observou as caixas espalhadas pelo chão, os móveis ainda por distribuir, as lâmpadas nuas, as janelas sem cortinas, e de repente aquele entorno sombrio lhe pareceu tão familiar e acolhedor — mil vezes visto — que decidiu ficar para dormir naquela mesma noite.

— Sem lençol, apenas com um cobertor, sobre um colchão novo, com o primeiro raio de sol como despertador... — imaginou. — Como aquela vez em Paris, lembra? Deve estar em alguma caixa aquele tapete de bem-vindo que ganhei naquele dia. Será o primeiro a colocar, para que seja sempre bem-vindo na minha casa.

Os arrebatos de Bundó. Gabriel entrou no jogo por um tempo, mas o viu tão animado com o apartamento que preferiu deixá-lo sozinho. Deu as chaves do furgão para que fosse ele a levar o veículo à La Ibérica no dia seguinte e disse que voltava para a pensão.

— Já passou das oito — anunciou, olhando para o relógio. — Se não me apressar, vou chegar tarde para o jantar. Você sabe que logo a Rifà fica de mau humor.

Apesar da calma, não pôde evitar que aquilo soasse como uma desculpa. A situação também não era fácil. Gabriel sabia que era a lei da vida, e dizia para si mesmo que tudo bem que fosse assim, mas pela primeira vez em 30 anos, desde que usavam fraldas — não é brincadeira —, os dois amigos deixariam de viver sob o mesmo teto. Havia tempo que, cada um por sua conta, tinham se acostumado com as peculiaridades deste mundo e, como a todos — também não é preciso transformar isto em um drama —, a vida estava se complicando e levando-os por caminhos que não esperavam. Eles próprios deviam fazer graça de tudo aquilo, no final de alguma noite dessas em que se acaba rindo para não chorar: "Grande dupla de destrambelhados nos tornamos! Um com três mulheres e outros tantos filhos espalhados pelo mundo, o outro saindo com uma puta. Desculpe, com uma *cocotte*... Com uma *cocotte*, que soa mais fino". Com tal histórico, parecia inconcebível que, finalmente, Bundó e Gabriel tivessem de aprender a viver cada um por sua conta — como se os siameses, uma vez separados, não fossem gêmeos, nem mesmo irmãos.

Quando ficou sozinho, Bundó saiu na varanda da sala de jantar e se debruçou para olhar a rua. Era o sexto andar e imediatamente sentiu um pouco de vertigem. Agarrou com força a grade. Havia escurecido e, lá embaixo, o asfalto negro recém-capeado se confundia com as sombras da noite. Os poste novos irradiavam uma luz amarelada e manchavam a rua. Uma parte da calçada ainda estava sendo construída. Na manhã seguinte seria despertado por um misturador de cimento. Depois de um minuto, ouviu a porta do edifício se fechar e depois entreviu a figura de Gabriel, que se afastava rua abaixo, em direção ao ponto de ônibus. Caminhava com passos decididos. Assobiou para dizer adeus, com uma melodia que ambos reconheciam desde crianças, mas o amigo não deve ter ouvido, porque não se virou. Bundó procurou o furgão no lugar onde tinham estacionado, pequeno como de brinquedo, e cuspiu para ver se o acertava. A escuridão engoliu o projétil na altura do primeiro andar. Mais além, no horizonte, a constelação de luzes de Barcelona o hipnotizou por um bom tempo. Carolina ficaria boquiaberta quando visse. Sentiu frio. Voltou para a sala de jantar e, de repente, como um ataque, agora sim, estava ciente da mudança que ele próprio tinha causado em sua vida. Havia anos que esperava e temia esse momento e não sabia se gostava ou não. Um mal-estar desconhecido nascia no estômago, ramificava-se por todos os lugares e o paralisava. De repente, teve a sensação de que o corpo estava mais pesado e de que o ar tinha se tornado mais denso ao seu redor, pressionando-o, como se a casa precisasse fazer um molde dele para reconhecê-lo. Embora não fosse uma sensação dolorosa, daria a vida para ter Carolina com ele. Ele a teria abraçado com força e, juntos, teriam quebrado aquela quietude.

Eis uma questão espinhosa: desde que Bundó havia começado os trâmites para a compra daquele apartamento, dois anos atrás, Carolina adiava uma e outra vez seu regresso a Barcelona. Cada vez que ele a visitava no Papillon e, inevitavelmente, lhe falava sobre o apartamento, ela respondia que morria de vontade de estar sempre com ele, de se levantar todas as manhãs ao seu lado, de nunca mais ver os franceses fedorentos — quando chegava nesse ponto, Bundó lhe pedia que não entrasse em detalhes, pelo amor de Deus. Ao mesmo tempo, no entanto, resistia a acabar com aquela etapa de sua vida de um dia para outro. Se Bundó tentava convencê-la a entrar no Pegaso sem pensar e ir embora com ele, ela dizia que não podia simplesmente fechar a porta e perder de vista para sempre o néon rosa daquele casarão. Não sabia exatamente o que queria, mas as coisas nunca eram tão fáceis.

Talvez seja conveniente lembrar que, no outono de 1971, Carolina já tinha 25 anos e havia seis que fazia programas na estrada. Tinha aprendido a conviver diariamente com Muriel, seu próprio doutor Hyde, e gostava dela como se fossem realmente uma só pessoa. Também graças ao seu *alter ego*, durante aqueles anos tinha desenvolvido uma visão cética do mundo. "Aqui não há bons nem maus — dizia Muriel em madrugadas de balcão, champanhe barato e voz rouca —, todos nos chafurdamos como porcos em nossa miséria particular. E gostamos. Não porque seja uma miséria, mas porque é nossa. Não se pode escolher: ou você aceita de bom grado, ou você se pendura na viga mais alta". Nos últimos tempos, tinha subido de categoria no prostíbulo. Meninas novas tinham chegado e, portanto, ela trabalhava menos horas que antes, algo que satisfazia um pouco Bundó. Ignorando os conselhos da *madame*, ela e duas companheiras de trabalho haviam alugado um apartamento em Saint-Étienne e só ficavam as horas necessárias no Papillon. Nas horas sem movimento, Muriel pegava as meninas mais novas que ela — havia duas espanholas, ingênuas, analfabetas e lindíssimas — e as doutrinava na arte da simulação e de se esquivar dos clientes.

No entanto, aquela dinâmica não a fazia mais feliz. Pelo contrário. Quando a Carolina de 50 e muitos anos, esplêndida e reservada, encontrou Christophe em Paris, falou-lhe sem rodeios sobre aqueles meses decisivos.

— Agora é muito fácil falar, claro — reconheceu Carolina —, mas quem dera ter ido embora com Bundó para Barcelona no início. Meu problema foi a indecisão, como acontece com todas. Você não pode nem imaginar: a rotina de um bordel paralisa e faz você se sentir como uma aleijada, como se seu presente estivesse atrofiado. Você é jovem, tenta não pensar nisso e, para se justificar, a cada 30 dias você manda dinheiro para seus pais. No meu caso, de vez em quando aconteciam explosões de lucidez, muitas vezes logo depois de uma visita de Bundó, e então percebia que Muriel era minha trava. Não podia levá-la a Barcelona ou para lugar algum, mas também não podia deixá-la sozinha lá, com a esperança de que reencarnasse em outras meninas. Essas dúvidas me consumiram durante meses e meses, como quando você não tem coragem de fazer um exame por medo do resultado, e foi assim até que foi tarde demais. Então, um pouco depois da grande desgraça (e por causa dela), quando minha vida já não valia nada, e não estou exagerando, em uma manhã clarividente me levantei da cama sabendo exatamente o que tinha que fazer — ela se calou uns segundos, como se refletisse sobre o que estava a ponto de confessar, e depois continuou em um tom mais confidencial. — Isso eu nunca contei a ninguém, Christophe. Que não saia daqui, quer dizer, nem de você nem talvez de seus irmãos. Foi no final daquele terrível mês de fevereiro, em um dia de semana, no meio da manhã, em um momento que sabia com certeza que o Papillon estaria fechado e deserto. Eu me levantei, acabando com uma noite de insônia (a cabeça estava a mil por hora), vesti-me de Muriel e pedi um táxi por telefone. Coloquei em uma bolsa de viagem minhas roupas de Carolina e algumas poucas coisas que queria conservar, especialmente os presentes de Bundó. Escrevi um bilhete para minhas colegas de apartamento explicando-lhes que havia surgido um trabalho especial no Papillon (algo que acontecia de vez em quando) e que já nos veríamos à tarde. Pedi ao taxista que me levasse até o posto de gasolina que ficava a meio quilômetro do bordel e depois lhe disse que fosse embora. Com uma garrafa vazia que tinha trazido de casa, comprei três litros de gasolina. Como os meninos do posto de gasolina me conheciam, disse que era para o carro de um cliente: ele tinha me pagado para ir até lá e buscar gasolina. "Vai saber o que ele quer, esse bastardo! Tem cada pervertido neste mundo...!", comentei. Caminhando pela beira da estrada, assim como Bundó e eu tínhamos feito na noite em que me apaixonei por ele, cheguei ao Papillon. Não passava nenhum carro, tudo estava silencioso e a casa parecia adormecida. Havia uma janela, na parte de trás, que dava para o depósito e para o quartinho onde guardavam o lixo do bar. A *madame* sempre deixava essa janela encostada, para que ventilasse a mistura perpétua de odores (tabaco, ambientador, desinfetante, suor). Depois, ao meio-dia, voltava a ser fechada por uma mulher que ia para limpar a casa, lavar os lençóis e retirar toda a porcaria. Não foi difícil forçar a persiana usando um cabo velho de vassoura que encontrei jogado por lá. Entrei e subi para o primeiro andar, onde estavam os quartos. Joguei a gasolina por onde poderia queimar melhor: nas cortinas, na roupa de cama, nos tapetes. Liguei na tomada os aquecedores elétricos para que, se alguém investigasse, parecesse um acidente. Usei a gasolina restante para fazer uma trilha que descia pelas escadas e ia até o balcão, que era de madeira e estava carcomido.

Depois, ateei fogo na casa. Tudo se incendiou com uma virulência bíblica. Fiquei o tempo exato para me despir de tudo, até ficar totalmente nua e atirar as roupas e os objetos de Muriel nas chamas. O calor queimava minha pele, mas mesmo assim era agradável. Pulei de novo pela janela e uma vez do lado de fora, vesti-me de Carolina. Afastei-me pelo meio do mato, caminhando agachada e sem olhar para trás, até chegar ao povoado seguinte e de lá peguei um ônibus para Paris. Exatamente quando saímos, dois carros dos bombeiros e uma ambulância nos ultrapassaram. Era possível avistar a coluna de fumaça a distância. À tarde, horas depois, quando o fogo já tinha carbonizado e reduzido toda a casa a escombros e havia apenas cinzas, a polícia se certificou de que não houvera vítimas e os bombeiros atribuíram o incêndio a um curto-circuito. Havia tempo que o estabelecimento pedia uma reforma. Esperta como era, a *madame* preferiu se esquecer de mim, cobrar o seguro e não se aborrecer com denúncias e investigações que não lhe convinham em nada. E assim, todos felizes. Adeus para sempre, Muriel.

Quatro meses antes da imolação de Muriel, Bundó, que tentava passar aquela primeira noite em casa, teria apreciado o calor das brasas do Papillon. O apartamento de Vía Favència não tinha aquecimento e ele estava morrendo de frio. Além disso, por conveniências mentais, encobriu a ausência de Carolina dizendo-se que aquela opressão súbita não era culpa da solidão, mas da acolhida glacial dispensada por aqueles quartos. Que ingratos! Por acaso não viam que logo Carolina e ele os preencheriam de vida? Poderiam ter tido mais consideração. Absorto em desculpas, Bundó revirou uma das caixas e tirou de dentro um termômetro de parede que tinha a forma de uma estrela polar, roubado quem sabe quando e onde. Deixou no chão, próximo à janela, e observou como a linha de mercúrio baixava até parar. Dez graus! E essa umidade! Se ele não ficasse de olho, pegaria uma pneumonia. Ele teria de comprar um aquecedor. Os vidros das janelas eram finos como papel de fumar. Colocou o anoraque e bateu os pés no chão para se aquecer. Depois foi até o quarto que seria do casal e arrumou a cama com o colchão no chão e uma colcha feita com todos os cobertores que tinha e também duas toalhas de banho. Se mesmo assim passasse frio, dormiria agasalhado. No fim, olhou a hora e se surpreendeu que fosse somente nove e meia. O tempo não passava naquele iglu. Decidiu que o melhor combustível para o corpo seria uma taça de conhaque, ou duas, e saiu para procurar um bar. Lembrava-se de ter visto um ao passar com o furgão, rua acima, na esquina com a Rua Almansa. Quando chegou ao bar, o dono estava limpando o balcão com um pano. Não havia mais ninguém. Deu umas batidinhas no vidro da porta e fez o gesto de beber. Sem se mexer, o proprietário disse que sim, que entrasse.

Uma hora mais tarde, com o quarto Veterano na taça — o último, porque agora, sim, já era hora de fechar —, Bundó percebeu que em um canto do balcão havia um telefone. Pediu linha e ligou para Carolina. A chamada para o exterior custaria o olho da cara, mas não importava, porque no fundo sabia que ela não atenderia o telefone. Naquela hora tinha de estar no Papillon. Ouviu o sinal da linha, a ausência, e como vinha da França, foi o suficiente para que sentisse que sua namorada estava mais perto. Depois, sem saber por que, fez algo que não era nada apropriado: discou o número da pensão. No quarto toque, a senhora Rifà tirou o telefone do gancho.

— Posso falar com Gabriel Delacruz? — perguntou Bundó.

— Quem quer falar?

— Um amigo... Bem, sou eu, Bundó.

— Homem, Bundó! Você se perdeu ou o quê? — disse a dona da pensão. — Já vou chamá-lo.

Demorou alguns segundos. Pelo fone se ouvia uma bagunça ao fundo, uma gritaria não habitual a essa hora da noite na pensão. Então lembrou que o mecânico alemão, um jovem que montava teares para a fábrica da Fabra e que estava passando uma temporada na pensão, tinha lhes dito que sua mulher estava esperando um bebê, o primeiro. Havia dias que o viam inquieto. Ele tinha prometido que, assim que tivesse novidades, brindariam com champanhe à saúde da mãe e do menino ou da menina. Bundó desligou antes que Gabriel chegasse ao telefone. Depois, conseguiu que aquele homem do bar o servisse outro conhaque, vai, o último, e foi para casa. Ele precisava dele para se aquecer. A noite no iglu seria difícil.

No dia seguinte, Bundó chegou à La Ibérica vermelho, com olheiras e cara de sono. Gabriel lhe perguntou sobre a ligação no dia anterior, se ele tinha desligado ou se a linha tinha sido cortada ou sei lá, se era uma brincadeira, mas o amigo não se lembrava de nada. Uma névoa espessa havia coberto o trajeto entre o bar e o apartamento. Durante a noite, por sorte ou azar, a azia tinha lhe neutralizado o frio solitário.

As mudanças previstas para aquele dia fizeram que dessem voltas por Barcelona com o DKV. Petroli estava de licença por causa de uma ciática, mal curada havia semanas, e foi substituído por Tembleque. Ao longo do dia, os dois amigos reviveram aquele jeito dele engraçado, que tanto os havia divertido e animado durante os primeiros tempos na La Ibérica. À beira da aposentadoria, mais despreocupado que nunca, Tembleque distribuía cantadas para todas as mulheres que atravessavam, fossem jovens, velhas ou manequins de vitrine. Orquestrava a buzina, os assobios e os gritos pela janela com a desenvoltura de um napolitano. Cumprimentava os guardas urbanos como se os conhecesse a vida inteira e eles lhe devessem dinheiro. Na hora de descarregar, comprovaram que os anos não lhe haviam refinado a arte da picaretagem: dava as mesmas desculpas de vinte anos atrás. Se por acaso se abaixava e carregava algum pacote, a perna ruim tremia com o ímpeto de sempre, mas, além disso, a boa, já mais cansada, também se contagiava. De repente, ele todo parecia dançar o *twist* de cima a baixo, *come on everybody*, como se tivesse uma mola em vez de extremidades. A mudança foi longa e chata porque tinham de ir de um escritório a outro — um gerente de sucesso mudava a firma de Urquinaona para Calvo Sotelo —, mas ao final, quando já tinham subido no DKV, Tembleque lhes lembrou de que havia sido o professor deles em matéria de furtos. Com olhinhos maliciosos e um sorriso travesso, tirou debaixo do casaco uma caixa cheia de canetas BIC que tinha pegado, todas novas, e deu três para cada um.

— Para escrever cartas de amor para as namoradas, rapazes. Já está na hora de vocês arrumarem uma esposa.

Graças ao surpreendente protagonismo de Tembleque, Bundó passou aquele dia distraído e sem ter de falar muito. Gabriel tinha notado que ele estava cabisbaixo e, quando se despediram, com a melhor das intenções, perguntou-lhe que ônibus teria de pegar para ir de Poblenou até Vía.

— Não, hoje vou outra vez para a pensão — respondeu Bundó. — Tenho a semana toda paga e seria uma pena perdê-la. Além disso, em casa faz muito frio. No sábado vou comprar um aquecedor.

Suas palavras tiveram um efeito balsâmico para ambos. Depois do jantar, desceram meia hora para tomar café no Principal. Estavam exaustos, como todas as noites, mas o retorno à rotina comum os aliviava. De pé no balcão, matavam o tempo jogando conversa fora, que o Tembleque estava ficando velho, que o *Dicen* garantia que o Barça não sei o quê, que logo teriam de comprar o bilhete da loteria de Natal... E então, de repente, Bundó propôs a Gabriel que fosse morar com ele no apartamento de Vía Favència.

— Alguns meses, hein? Só até Carolina chegar. Digo isso pensando em você. Você vai economizar o aluguel da pensão e mudar de ares.

Nosso pai o deixou acabar e lhe respondeu em seguida que não, sem hesitar nem um segundo. Tinha isso muito claro. Estava muito bem na casa da Rifà.

— Tinha de tentar — reconheceu Bundó e voltou a mudar de assunto como se nada tivesse acontecido. Por dentro, no entanto, era outra história, porque pouco tempo depois, quando caminhavam de novo para a pensão, agora sem disfarçar um ar de urgência, fez nosso pai prometer que pelo menos no Natal passariam o dia juntos e comeriam em sua casa. Os três: Carolina e eles dois. Comprariam uma árvore e a decorariam e cantariam sem vergonha as músicas que tinham aprendido com as freiras, e depois trocariam presentes.

— Ai de você se não tivesse me convidado — foi a resposta de Gabriel.

Quando queremos imaginar nosso pai naquele fim de outubro de 1971, a imagem que mais nos convence é a de um saltimbanco de circo. Um desses acrobatas que jogam uma pilha de pratos para mantê-los girando sem parar na ponta de uma haste flexível. Sua principal virtude é o equilíbrio: sabem aguentar uma haste na palma de cada mão, uma na testa e outra apoiada no queixo. Com uma parcimônia que desespera os espectadores, as mantêm retas enquanto os pratos dão voltas, cada vez mais devagar, e no último instante, quando o ruído da louça quebrada parece inevitável, as fazem vibrar de novo, alternadamente, e o movimento recomeça.

Gabriel tinha aprendido a cadenciar sua relação com as três mulheres e os três filhos com equidistância e, como um bom saltimbanco, não aparentava grandes dificuldades. É claro que todas as regras do jogo o favoreciam: tinha o acampamento base em Barcelona, onde vivia uma vida de solteiro e, graças às mudanças da La Ibérica, ia visitar suas famílias de vez em quando. Aparecia uma vez a cada três meses, com sorte um pouco mais de vezes. Se um mês acontecesse a coincidência de ele aparecer duas vezes, parecia de repente que já morava conosco e que o mundo era maravilhoso. A espera entre duas visitas era difícil de suportar, mas nossas mães tinham aprendido a não fazer disso um drama. Jovens, corajosas, modernas, emancipadas. E tinham a nós, os cristóvãos. De qualquer forma, seríamos ingênuos se pensássemos que para papai aquela dispersão era idílica de verdade e que não sofria nada. Em vez disso se tratava de uma situação inevitável, inesperada, ainda que isso não o eximisse de nada. Nós mesmos, que éramos crianças de seis, quatro, dois anos, chorávamos quando o víamos partir ou nos contorcíamos de saudade durante horas e horas — e ele sabia. Com esses argumentos, nossas mães tentavam convencê-lo uma vez ou outra que não voltasse a subir no maldito Pegaso e ficasse morando conosco.

Não seria nenhum absurdo imaginar que, por algum défice de afeto desde pequeno, essa insistência o animava a não mudar nunca. Sentia-se querido. É sempre reconfortante saber que alguém nos espera em algum lugar. Pois bem, como elas teriam reagido se tivessem descoberto que Gabriel fazia malabarismos para equilibrar aquelas mesmas ilusões com as outras mulheres e os outros filhos? Sigrun, Sarah, Mireille e Rita (que apareceu mais tarde) preferem não se aprofundar no assunto. As notícias lhes chegaram depois de tantos anos, enterradas sob tantos cálculos, suspeitas, resignação e depois indiferença, que parecem inverossímeis, como uma dessas notas destinadas a provocar a admiração incrédula dos leitores de jornais. "A cozinheira usou por engano as cinzas do avô como tempero para uma sopa." "Um advogado ganhou duzentas ações seguidas sem ter diploma." "Um transportador manteve oculto, por décadas, sua relação com quatro mulheres diferentes e quatro filhos."

A realidade, é preciso dizer, era muito mais complicada e ultrapassava os limites de uma manchete sensacionalista. Papai fazia um esforço constante para manter aquela mentira na linha. Gastava uma fortuna ligando-nos um dia fixo na semana, sempre no fim da tarde, quando voltava do trabalho. Sempre com conversas que, por culpa de seu coquetel de línguas mal aprendidas, pareciam o cruzamento de duas chamadas internacionais. As frases perfeitamente compreensíveis eram as que misturavam lugares, dias e datas. "*I arrive Londres Saturday twelve in the morning, and go the Monday very early*"[35]. "*Nous serons a Paris le divendredi vingt-itrois*"[36]. Bom, e as mais íntimas das despedidas também. Nossas mães não querem nos revelar, mas reconhecem que soavam sinceras e carinhosas.

Gabriel era meticuloso e dedicava um dia diferente a cada família.

— Em casa eram as terças-feiras — informa Christof —, eu lembro porque jantávamos mais cedo. A partir dos três anos, mais ou menos, mamãe me ensinou que devia dizer o meu nome, "Christof", e me deixava pegar o telefone. Era ouvir a voz do papai, que ria, e eu emudecia de vergonha.

— Pois ele nos ligava às quintas-feiras — diz Chris.

— Quartas-feiras. Sempre às quartas-feiras.

Não sabemos se papai anotava as coisas ou tinha muita memória, porque ninguém se lembra de um único deslize. Sigrun jamais ouviu que ele a chamasse de Mireille, por exemplo, nem Rita se transformou em Sarah. Paris nunca foi Londres, nem Christof foi Christophe — e isso que era só uma letra e a entonação. Pelo que as mães dizem, seu subconsciente era igualmente organizado: sempre sabia onde dormia e nem mesmo em sonho, nas diversas camas de casal, tinha se delatado pronunciando o nome de uma das mulheres que não correspondia.

Toda aquela discrição esteve a um triz de vir abaixo, exatamente por causa da ceia de Natal na casa de Bundó. Foi o primeiro indício de que algum daqueles pratos de saltimbanco podia acabar no chão e, um quebrado, quebrados todos. Durante os anos de concubinato com Sigrun, Sarah e Mireille, Gabriel tinha conseguido que sua vida em Barcelona ficasse discretamente na sombra. Pode-se dizer que, com a ajuda de Bundó e Petroli, nunca tinha ocultado nada, mas também não tinha contado tudo. Elas ficavam enternecidas com as lembranças da infância órfã. Não escondia detalhes na hora de falar sobre o trabalho na La Ibérica: como tinha entrado, como o chefe os maltratava, como se vingavam dele roubando nas mudanças. Aparentemente, papai também não as excluía de sua vida cotidiana. Todas sabiam que ele morava em uma pensão no centro da cidade, com Bundó. Havia dado o telefone de lá, mas com a condição de que só poderiam ligar em caso de emergência. Ele havia feito um retrato exato da senhora Rifà, adicionando-lhe apenas alguns anos a mais e

35. Eu chego Londres Sábado às 12 da manhã e saio segunda muito cedo. (N.E.)
36. Nós seremos em Paris de sexta dia 23. (N.E.)

alguns quilos a mais, e até tinha feito que rissem com a história dos animais empalhados. Falava dos outros hóspedes, sempre dotados de um aspecto antiquado. Em troca dessas minúcias, Gabriel havia podido dissimular seu presente sob uma infinidade de ambiguidades e generalizações. Nas entrelinhas de suas palavras, Barcelona aparecia como uma cidade sórdida, chata, inóspita. As ruas eram mal iluminadas, os pobres moravam em casas rústicas, o mar era sujo e ficava longe, os marginais roubavam os poucos turistas que se aventuravam a percorrê-la. "*Spain is differente*"[37], dizia-lhes com uma astúcia que elas não conseguiam detectar. Depois de Jonquera, Gabriel se transformava em um antifranquista mais ativo e criticava o ditador com uma veemência pouco natural, mas muito eficaz.

Dessa forma, aos poucos, por acumulação, nossas mães fizeram uma ideia de Barcelona como um inferno em que nunca colocariam os pés. Dessa perspectiva, a vida de Gabriel como hóspede na pensão poderia ser considerada apenas temporária, um lugar de passagem para o futuro. O problema é que o futuro, concretamente o futuro francês, se cansou de esperar. Uma manhã de dezembro Mireille decidiu comprar uma passagem de ônibus com destino a Barcelona. Partiria em uma linha especial, projetada para os trabalhadores que queriam passar o Natal com a família. Os ônibus saíam terça-feira, dia 21, à meia-noite. Mireille preferiu deixar Christophe com Justine, que agora estava morando com um dos antigos companheiros da república. Ambos tinham cuidado dele quando bebê e sabiam como tratá-lo.

— Tinha dois anos e dez meses. Eles me faziam dançar músicas psicodélicas do Pink Floyd e, à noite, como estava superagitado, me davam chá de uma dormideira com leite para que meu sono chegasse — quer enfatizar o protagonista.

Depois de muitas horas na estrada, que lhe fizeram entender melhor o sacrifício diário de Gabriel com suas mudanças, Mireille chegou à parada da Praça Universidad na quarta-feira, à uma hora da tarde. Como eram datas difíceis, de reuniões familiares, só tinha encontrado passagem de volta para sábado à noite. Três dias e meio lhe pareciam uma miséria, mas pior teria sido não ver Gabriel, e esperava que a visita surpresa fosse o melhor presente de Natal. Também esperava — mas isso dizia apenas

---

37. A Espanha é diferente. (N.E.)

para si mesma — que finalmente, com aquele impulso louco, provocado por uma espécie de fé amorosa, saberia convencer seu homem de que eram feitos um para o outro e que o lugar dele era em Paris.

Quando pisou nas ruas de Barcelona, um raio de sol a estremeceu de cima a baixo, batizando-a com um otimismo desconhecido. Fazia meses que não via um sol como aquele em Paris. Havia chovido na noite anterior e, embora a temperatura estivesse baixa, a luz deslizava sobre os paralelepípedos úmidos, e os edifícios cintilavam com um brilho dourado. Entrou em um desses táxis que faziam fila na praça, e deu um endereço para o motorista. "Almogávares, 135". Ela sabia esse nome impronunciável de cor, de tantas vezes que tinha lido na carroceria do Pegaso. Ao perceber que era estrangeira, o taxista lhe deu uma visita panorâmica da cidade: continuou pela Gran Via, desceu pela Vía Laietana até os Correiors e de lá foi em direção à Ciutadella. Durante toda a viagem, Mireille não perdeu nenhum detalhe das pessoas que passavam. Prestava atenção nas fachadas manchadas das casas, nas vitrines embaçadas das lojas e dos bares, nos postes em que brilhava uma estrela cadente, de tons de dourados, que se iluminaria à noite. No cruzamento com a Avenida da Catedral, um guarda urbano com uniforme de gala organizava o trânsito em cima de uma base. Mireille ficou maravilhada com a quantidade de presentes que havia a seu redor, no comércio de rua. O taxista percebeu e sorriu, cheio de uma espécie de orgulho de sua cidade. Ao fundo, acompanhavam um estranho programa de rádio que pareceu mágico para Mireille: algumas crianças cantavam sem parar listas de números com um murmúrio como de oração. Quando passaram ao lado da Ciutadella, deixou-se encantar pela cadência das grades do parque e pelas árvores sem folhas atrás delas. Algumas ruas depois, onde o Poblenou se reduz a uma sucessão de fábricas e armazéns, ultrapassaram uma charrete levada por uma mula e carregada de couve, alface e sacos de batatas. Era uma e meia quando pararam na frente da La Ibérica. Apesar da gorjeta generosa que deixou para o taxista, Mireille pensou que o trajeto havia saído incrivelmente barato.

Naquele momento, o senhor Casellas instruía seus funcionários na garagem. Como todos os anos, no dia 22 de dezembro, reunia todo o quadro de funcionários e solenizava a cerimônia do bônus de Natal. Enquanto ele ficava no escritório, ouvindo o sorteio da loteria de Natal pelo rádio, os transportadores passavam a manhã limpando o local, lavando os caminhões e furgões e decorando os capôs com alguns ramos de azevinho e algumas fitas brilhantes. Depois colocavam os veículos em semicírculo, como em uma feira de exposição, e no meio montavam um presépio com imagens gigantes (São José, a Virgem Maria e o Menino Jesus). Quando o cenário estava pronto, o senhor Casellas chamava a todos com um toque de buzina e ficava ao lado do presépio acompanhado pela secretária graduada, Rebecca, e por um padre enviado por sua irmã da Casa de Caridade. A coisa acontecia da seguinte maneira: com seu castelhano de La Bonanova, o senhor Casellas pregava primeiro sobre as virtudes do trabalho diário e sobre o espírito de superação. Ele lhes recordava que o Natal era um tempo de recolhimento, de reunião com a família, de pensar em Deus Nosso Senhor. O padre concordava com um gesto sério e depois tomava a palavra para conduzir uma Ave-Maria, que todos rezavam juntos em voz alta, e para lembrá-los mais uma vez de que aqueles eram dias de festas de recolhimento. Ele os esperava na igreja. Finalmente, com a ajuda de Rebecca, o senhor Casellas chamava os trabalhadores um por um, desejava-lhes boas festas e fazia a entrega do envelope contendo a gratificação e da cesta de Natal. A cada trabalhador, dirigia algumas palavras paternalistas.

— Como está sua perna, Tembleque? Ainda incomodando? E não serão as varizes? Porque já temos certa idade...

— Isto é para você, Petroli. Guarde em lugar seguro, que na vida nunca se sabe.

— Bundó, Bundó... Vamos ver se você se lembra das irmãs dos Hogares Mundet e faz uma doação. O que um exemplo de modéstia como você fará com tanto dinheiro?

— Delacruz. Ah, Delacruz, aqui está. Se faltar alguma nota, é porque se perdeu em uma mudança... Se fosse você, contaria.

Mireille assistiu àquela farsa às escondidas, da entrada da garagem e medindo a repulsa que aquele homem de bochechas carnudas lhe causava — sem dúvida era o fascista Casellas. No final, o padre e o patrão começaram a cantar “O Menino do Tambor”, que todos os anos encerrava a cerimônia, e os trabalhadores acompanharam timidamente. Quando o rataplã já estava acabando, Mireille avançou alguns passos e entrou na penumbra do local. Gabriel foi o primeiro a vê-la, contornada à contraluz, com a mala no chão, e a reconheceu imediatamente. Ele se separou do grupo e se aproximou dela, sem disfarçar o desconcerto, mas ao mesmo tempo sem se transtornar. Havia anos que tinha se preparado para superar aquele imprevisto, se um dia acontecesse. Ele a abraçou e lhe deu um beijo. Do fundo se ouviam os gritos e os assobios dos colegas, entre eles a voz de Bundó, que gritava:

— *Oh la la*!

— Caramba, Delacruz, você é discreto — disse o senhor Casellas enquanto se aproximava do casal. Estendeu uma mão mole com dedos gordos na direção de Mireille. — E a quem devemos a honra?

Gabriel fez as apresentações. O patrão se aprumou como um pavão na frente da menina, mas quando ouviu o nome em francês e a origem de Mireille, franziu a testa. Foi um gesto instintivo e rápido, como se em um décimo de segundo tivesse vislumbrado a origem de todos os contratempos da La Ibérica quando iam para o exterior. Os pacotes perdidos, os atrasos, as desculpas, as reclamações dos clientes. A atitude de Mireille, distante e nem um pouco submissa, também não ajudava. Fez-se um silêncio funesto. O ruído de uma rolha de champanhe que saiu voando interrompeu aquele silêncio. Outra vez imbuído do espírito de Natal, o senhor Casellas se apressou em pegar uma taça para fazer o brinde e convidou Mireille para celebrar o Natal com eles, a grande família da La Ibérica. Mais tarde, anotou mentalmente, depois das festas, interrogaria Bundó — que dos três amigos era o mais fraco — sobre a amiguinha francesa de Delacruz.

Quando foram deixados sozinhos, Mireille se virou para Gabriel e sussurrou ao seu ouvido, com uma voz que lhe dava cócegas:

— O seu chefe não sabe que Christophe existe, não é?

— Está louca? — respondeu Gabriel. — Se descobrisse que você e eu temos um filho sem estarmos casados, faria que o maldito padre me excomungasse aqui mesmo. Seria capaz até de me demitir.

— Neste caso, talvez eu devesse ter aparecido com o menino e ter feito uma cena — soltou Mireille, brincalhona.

— Ou talvez a solução seja que você e eu nos casemos um dia desses — sentenciou ele.

Foi uma réplica arriscada, uma fuga desesperada, e Mireille reagiu morrendo de rir. Ah! Casar! Nem em seu pior pesadelo se deixaria tentar por essa instituição machista, burguesa e obsoleta que é o casamento.

Um dia eles viveriam juntos em Paris, em Barcelona, onde fosse, e sem prestar satisfação a ninguém. Com o compromisso dos dois, teria o suficiente, não? Acendeu um Gauloises, para fazer alguma coisa com as mãos. Gabriel exclamou um sim retraído, sem vontade de se aprofundar no tema, e não falou mais nada.

Hoje Mireille suspira e lembra que naquele momento, bem no fundo, se sentiu lisonjeada pela proposta, como se Gabriel a tivesse surpreendido entrando pela porta dos fundos dos sentimentos. Algum tempo depois, no entanto, quando estava de volta a Paris, sozinha com Christophe, foi tomada por uma nova sensação: "Não saberia explicar. Era como aquele abatimento inconcreto de quando se intui que alguém nos enganou, mas não se tem provas".

Mais do que aquele despropósito inicial, a estadia de Mireille em Barcelona aconteceu de forma pacífica. Nessa mesma tarde, Gabriel a levou à pensão e a apresentou à senhora Rifà. Inicialmente, a proprietária se comportou com tanta formalidade e discrição que beirava a ofensa — ou talvez eram ciúmes? —, mas aos poucos foi amolecendo. Falava um francês mais que correto, que tinha aprendido quando pequena e praticado com as irmãs claretianas de Vic, e Mireile soube elogiá-lo na terceira frase. A senhora Rifà baixou a guarda e logo as duas se deram bem. Conversavam pulando de um assunto a outro, de Edith Piaf a Grace de Mônaco, da Torre Eiffel a lebre *à la royale*. A senhora Rifà a levou para uma visita guiada pela pensão enquanto lhe contava, retocada com escárnio, a história do senhor de Logroño e dos animais empalhados. Mireille ria com cumplicidade, daquele jeito que só as francesas sabem rir dos desamores alheios e não parecer inconvenientes. Ela se apaixonou pelo beija-flor de penas furta-cor, que em quinze anos não havia se movido da cristaleira da sala de jantar, e a proprietária confessou que também era seu animal preferido. Em um momento em que a menina pediu licença para ir ao banheiro, a senhora Rifà baixou a voz e deu os parabéns para Gabriel. Simpatizou-se por aquela menina, via que tinha caráter. "Dará uma boa esposa", teria dito se fosse sua mãe. Por todas essas razões, e por força dos anos que Gabriel vivia na pensão, a proprietária abriu uma exceção e deixou que ela ficasse para dormir. Seria a primeira mulher em duas décadas que, além da própria Natàlia Rifà, pernoitava naquela pensão.

À tarde, quando já começava a escurecer, Gabriel mostrou o bairro para Mireille. Primeiro se aproximaram da Casa de Caridade e rodearam seus altos muros de pedras escurecidas. A maioria dos postes de luz estava queimada, ou quebrada, e a edificação se erguia com o ar sombrio, de masmorra medieval, que mais de uma vez tinha causado pesadelos ao menino Gabriel (Mireille o abraçou). Depois, continuando pela Rua Elisabets, chegaram às Ramblas. Haviam pendurado uma série de luzinhas coloridas de um lado a outro da rua e, vistas das Canaletas, resplandeciam a distância e produziam um efeito de um toldo sem-fim, cheio até o topo. Embrenharam-se por ele decididos a cruzá-lo até o fim. Uma multidão subia Rambla acima, carregada de bolsas e pacotes, e tiveram a impressão de estar nadando contra a corrente. Mais acima, na altura do Liceu, o sentido da corrente mudou, e de repente todos desciam, como eles, em direção a Colón. Em alguns trechos, eram acompanhados por uma agitação de bandas. Enquanto isso, Mireille absorvia cada peculiaridade dessa descida: os cartazes pintados dos filmes de Can Pistoles, os gritos dos engraxates — limpa!— misturados ao escândalo pitoresco do *sheriff* de Rambla, que a essa hora já estava trocando as pernas, as bancas de jornal, os pássaros piando nas gaiolas, as floristas... Pararam no Moka para tomar uma cerveja em memória aos revolucionários — Mireille havia lido Orwell havia pouco tempo. Passeavam de mãos dadas e, pela primeira vez na vida, Gabriel experimentou uma calma interior. De repente, a companhia de sua namorada francesa o fazia sentir que essa paisagem não lhe era completamente alheia. Gostava de mostrá-la como algo próprio. Quando chegaram ao fim da Rambla, seguiram pela Rua de Escudellers e foram jantar no Los Caracoles. Na porta do restaurante, Mireille ficou fascinada diante daquela formação de frangos assados e se aproximou deles esfregando as mãos. Um garçom muito simpático, com cabelo brilhoso e a parte de cima do avental manchada de gordura, pensou que ambos eram turistas franceses — Gabriel não quis corrigi-lo — e convidou Mireille a escolher o frango de que mais gostasse. Em seguida, com um ferro quente, marcou uma coxa para que o reconhecessem quando chegasse à mesa.

No dia seguinte e na sexta-feira, véspera de Natal, a La Ibérica fechava pelo feriado. Eram dias para fazer o balanço nas empresas, de ajustar as contas do ano, e ninguém se aventurava a fazer uma mudança. Mireille e Gabriel dividiram as horas de sol entre o quarto do falcão e os passeios por Barcelona. Mireille, que nunca quis voltar à cidade, tem uma vaga lembrança do que viveu naqueles dois dias. Novidades demais. Diria que pararam em um mercado, mas não sabe se foi o la Boqueria ou o de Sant Antoni. Diria que subiram uma montanha (Montjuïc? ou Parque Güell?). Diria que, ao passar por uma praça com palmeiras, entraram para tomar um drinque em um bar (o Glaciar? o Ambos Mundos)? e depois — disso, sim, se lembra — caminharam até o zoológico porque Gabriel queria lhe mostrar um gorila de pelo branco, fofo como um bicho de pelúcia gigante. Também se lembra de que a levou a uma feira de Natal na rua e, como deviam se sentir culpados, compraram presentes para Christophe.

Na quinta-feira no final da tarde, aproveitaram para cumprir uma missão. Havia alguns meses, Justine, a melhor amiga de Mireille, havia conhecido um rapaz de Barcelona na universidade. Estava passando uma temporada em Paris, era esperto, peludo, leitor voraz de Lukács e dos estruturalistas, muito dialético, e estava em dúvida entre se dedicar ao cinema ou à crítica literária. Justine tinha se encontrado com ele em alguns debates sobre as divergências entre o marxismo e o maoísmo. O rapaz, pouco orgânico e mais para presunçoso, tinha discordado de uma opinião que ela tinha defendido com veemência. Na saída, Justine quis esclarecer algumas ideias e a discussão continuou em um bar. No final da noite, como não havia jeito de se colocarem de acordo, tinham mudado a discussão do campo intelectual para o terreno, o qual chamavam práxis, ou seja, embaixo dos lençóis, em um quarto que ele tinha alugado. Dois dias depois, o rapaz teve de voltar para a casa repentinamente por questões familiares e Justine morria de vontade de saber o que tinha sido dele. Assim, em troca de cuidar de Christophe no Natal, tinha pedido a Mireille que levasse alguns livros ao entusiasta de Barcelona e de passagem sondassem um pouco sobre a vida dele.

Ainda hoje, trinta anos depois, Mireille se enfurece ao lembrar daquela visita.

— Justine me escreveu o endereço em um papel. O rapaz tinha lhe dito que, se alguma vez visitasse Barcelona, o encontraria naquele bar todas as noites antes do jantar — nós, cristóvãos, fizemos nossos pesquisas e verificamos que o bar se chamava Bocaccio. — Gabriel tinha lido esse nome em algum jornal, nas colunas sociais. Ficava na região alta, longe do mundo normal, e não podiam imaginar que nele se reunissem estudantes. Foi só entrar no local (muitos rostos, aqui e ali, nos seguiram com o olhar), compreendemos a situação: era um bar de jovens mauricinhos, filhinhos de papai! Alguns até mesmo tinham atingido a categoria de papais de filhinhos de papai. Tínhamos desses em Paris também: jovens eternos de boa família que brincavam de contracultura, mas que, na hora da verdade, se casavam na Igreja. Naquela noite, os rebentos dos senhores de Barcelona se dividiam entre o longo balcão e os sofás de veludo vermelho. Vistos de longe todos se pareciam, como variações de George Peppard e Audrey Hepburn em *Bonequinha de Luxo*. Perguntamos pelo amigo de Justine a um garçom. Movendo a cabeça, indicou-nos um canto do lugar. Nosso alvo estava sentado entre um grupo de meninos e meninas e dominava a conversa. É preciso dizer que todo esse conjunto, e especialmente o amigo de Justine, irradiava um otimismo natural, poderia se dizer até involuntário. Para eles era muito fácil ignorar que viviam sob uma ditadura. Talvez por isso todos estivessem vestidos de uniforme: elas com túnicas vagamente orientais, vestidos soltos e minissaias, e eles com calça *jeans* Lois, casacos de lã Shetland, camisa britânica e, em alguns casos, uma gravata. Riam por qualquer coisa, com umas risadas gostosas, e bebiam o gim-tônica com uma sede de deserto. Duas das meninas fumavam cigarros extragrandes. Gabriel preferiu ficar no balcão tomando uma cerveja. Eu me acerquei do grupo e todos se calaram. Pronunciei o nome do rapaz e lhe entreguei o pacote de livros. "Da parte de Justine de Paris", disse-lhe. Ele associou os fatos e me agradeceu. Uma das meninas que estava sentada do lado dele ficou com uma cara de chateada. O rapaz abriu o pacote e, sem prestar muita atenção, passou os três livros para os amigos. Leu o bilhete que estava dentro do pacote. "Ah, então você é a famosa Mireille!", disse , "Justine me falou muito de você... E aquele deve ser o seu motorista de caminhão de Barcelona. Diga a ele que se aproxime, vamos, me deixe convidá-los". Fui procurar Gabriel. Eles deram lugar e nos sentamos um pouco. Embora eu fosse a única estrangeira, passaram a falar francês com muito prazer. Eles nos olhavam com curiosidade e nos fizeram perguntas, e um deles gostava de traduzi-las ao castelhano para Gabriel. Ele não dizia nem um ai. A conversa foi um desfile de banalidades. Eles se esforçavam para ser brilhantes, cosmopolitas, mas falavam um francês afetado e soavam pedantes e elegantes. Havia pouco tempo que tinham estado em Nova York e citavam Andy Warhol o tempo todo. Eles me explicaram, sem um pingo de pudor, que eram conhecidos em Barcelona como a *gauche divine*. Assim, em francês. Imagine. Perguntei sobre a situação política, pelas últimas revoltas estudantis. Um deles levantou o copo, muito sério, brindou por uns colegas da Assembleia da Catalunha, mas não pareciam muito convencidos. Os demais o imitaram sem vontade. Aquele tilintar conjunto dos cubinhos de gelo me deu a pista: viviam em uma ficção, pensavam que seu Bocaccio era o Café de Flore, ou Café Deux Magots, o ponto de encontro da esquerda mais intelectual. É claro que cada classe social tem seus sistemas de fuga. Aquilo me deu vontade de provocá-los um pouco e de perguntar sobre suas famílias, o que faziam e se Franco tinha lhes causado muito sofrimento, mas então alguém me interrompeu para propor um jantar em outro de seus templos. Um restaurante da moda onde faziam omeletes, já viu? Gabriel e eu aproveitamos a oportunidade para nos despedir e os deixamos com o teatro deles. Eram sedutores e logo encontrariam outro disposto a lhes dar bola. Nós os desejamos boas festas e certamente dois minutos depois já teriam nos esquecido.

— *Lucy in the Sky with Diamonds*... — canta Chris. Sua interrupção tem sentido. É sua maneira insidiosa de nos lembrar de que ainda falta contar um último detalhe daquela tarde. É que quando Gabriel e Mireille ainda estavam na porta do Bocaccio, acompanhados pelo amigo de Justine, uma garota se aproximou deles por trás e deu um tapinha no ombro de Gabriel.

— Ei, o que você faz por aqui? — perguntou. — Não me reconhece?

Gabriel fez um esforço para resgatar do fundo da memória esse rosto fino e anguloso de cabelo curto e louro. Retrocedeu seis anos no tempo, subiu de novo a bordo do *ferry* que os levava para a Inglaterra e então recuperou a figura fugitiva de uma amazona nua montada a cavalo. Sim, era Anna Miralpeix. Descobriu que ela era prima do amigo de Justine. Ficava tudo em família.

— O que foi afinal, menino ou menina? — perguntou Gabriel.

— Uma menina. O nome dela é Llúcia, mas a chamamos de Lucy. Agora tem cinco anos e é a mais linda do mundo. Um pouco rebelde e agitadinha, isso sim.

— Deve ter puxado à mãe. Ela gosta do mar?

— Ela gosta mais dos animais. Principalmente dos cavalos — piscou o olho.

A visita à esquerda divina de Barcelona foi neutralizada — como se fosse um antídoto — no dia seguinte pelo jantar de Natal na casa de Bundó.

Ou talvez, ainda que apenas pela primeira e última vez, deveríamos dizer de Carolina e Bundó. Se os dois amigos estivessem sozinhos, teriam comemorado o Natal como sempre — com um almoço no dia 25, do jeito catalão —, mas a presença das duas meninas fez que o transferissem para a véspera. Carolina também tinha chegado no dia anterior, na parte da tarde, em um ônibus de linha, e em poucas horas já tinha tomado posse do apartamento. Quando entrou nele, Gabriel não acreditava em seus olhos. Não lembrava em nada aquele lugar desolador, quase deprimente, que tinha deixado na primeira tarde. Alguns retoques e um pouco de bom gosto foram o suficiente para torná-lo mais aconchegante. Bundó estava que não se continha de felicidade. Carolina saiu da cozinha para recebê-los, ainda com o avental, como se tivesse feito isso a vida inteira. O aroma do peru com castanhas, dourando no forno, se espalhava pela casa e a perfumava com um aconchego que os quatro — por várias razões — identificavam com uma ideia de felicidade. Como a desconheciam, e não se sentiam oprimidos pela nostalgia de natais passados, aquela noite os uniu com uma pureza original. Tão única que já não voltaria a acontecer nunca mais. Se tivessem acreditado em algum deus, teria sido o da própria essência do Natal.

Aquele tipo de energia os animou a noite toda. Embora tivessem acabado de se conhecer, Carolina e Mireille se deram bem muito rapidamente. Ambas usavam minissaia e botas altas. Fumavam a mesma marca de cigarros. Tiveram de crescer na marra. Falavam francês entre elas, e se Bundó e Gabriel se queixassem de que não as entendiam, elas imitavam a pose altiva de duas expatriadas ricas e brincavam trantando-os com uma indiferença exagerada. Por trás desses jogos, no entanto, se a amizade se intensificava era graças aos segredos dos dois amigos: Bundó nunca havia contado a Carolina que Gabriel tinha duas mulheres e dois filhos a mais na Inglaterra e na Alemanha.

Na hora da sobremesa, quando o peru já tinha acabado, comeram torrones e brindaram com um champanhe francês que os dois transportadores tinham surrupiado em uma viagem recente. Dias antes haviam combinado que comprariam um presente para cada um. Enquanto eles os abriam, Carolina e Mireille, meio de brincadeira, meio sério, disseram que não aceitariam qualquer coisa proveniente de uma mudança. Não seria ético no Natal, diziam. Depois, Bundó, que era o que mais tinha bebido a noite toda, começou a cantar músicas natalinas, inventando a letra quando não sabia, e Carolina e Gabriel o acompanharam na brincadeira. Mireille tentou lembrar alguma em francês, de quando era pequena, e Carolina também a acompanhou. Tinham apagado as luzes e cantavam sob a luz frágil de algumas velas e o pisca-pisca de discoteca da árvore de Natal. Bundó estava tão animado que, na falta de uma zabumba, pegou uma garrafa de licor de anis e a arranhava com uma faca para marcar o ritmo. As duas meninas caíram na risada, tomadas por um ataque de riso de rolar lágrimas, e Bundó reagiu fazendo ainda mais palhaçada. Dançou descontrolado por toda a sala, suado e com a camisa para fora da calça, arranhando a garrafa de licor de anis. Era a imagem viva da satisfação, da vitória do presente.

Gabriel, mais contido, ria ao ver o amigo se fazendo de bobo. Tempos depois, quando fosse inevitável, de todos os bundós que havia conhecido, se lembraria exatamente desse da véspera de Natal. Todo santo dia, porque a única maneira de suportar a dor era exagerando a felicidade do passado.

Nós nos divertimos bastante, verdade? Os cristóvãos se divertem bastante. Que novidade. Há um tempo que estamos adiando a última viagem do Pegaso, como se o fato de não falar sobre isso mudasse o curso da história, mas chega de enrolação. A esta altura estamos tão acostumados que poderíamos reconstruir em tempo real — escala um para um — tudo o que aconteceu entre a véspera de Natal e aquele 14 de fevereiro, o triste dia dos namorados. Mas não nos convém. Se quisermos avançar na investigação sobre nosso pai, temos de reviver aquela dose amarga de uma vez por todas. Temos de pegar atalhos para chegar o mais rapidamente possível. Por exemplo: embora tivessem ficado muito amigas na véspera de Natal, Mireille e Carolina não voltaram a se ver nunca mais.

No dia seguinte, Gabriel e Mireille passaram a manhã inteira de preguiça no quarto do falcão. Tinham acordado com uma ressaca desumana e cada palavra que pronunciavam ecoava dentro do crânio como um tambor, rataplã. Com tamanha enxaqueca alcoólica, ficaram no escuro e em silêncio, e não falaram mais sobre o seu futuro. Se soubessem que essas seriam as últimas horas que passariam juntos como casal, teriam aproveitado melhor o tempo.

No meio da tarde, quando os ouviu levantar, a senhora Rifà esquentou um prato de sopa de Natal que tinha sobrado para o almoço. O caldo era forte e os animou um pouco, embora fosse apenas para lembrá-los de que algumas horas depois, às oito, o ônibus partiria para Paris. Enquanto Mireille fazia a mala, a senhora Rifà bateu na porta do quarto e lhe deu o beija-flor empalhado. Ela havia tirado o pó das penas furta-cor e aquelas penas vivas que mudavam de cor lhe animariam a despedida e a viagem de volta.

— Cuida dele — disse a senhora Rifà. — Ah, e volte outro dia para ver o Gabriel. Gosto muito dele, mas, se continuar morando mais tempo nesta casa, corre o risco de se transformar num animal empalhado como os demais.

Hoje, pelo menos, o beija-flor continua na casa de Mireille, em Paris. No que diz respeito a nosso pai, vejam bem, não sabemos como reagiu à sua ausência. Pela primeira vez, provava do próprio remédio que havia dado tantas vezes a nossas mães. Pela primeira vez, era ele que dizia adeus e ficava quieto, o que voltava para casa e enfrentava a solidão. Nós, cristóvãos, intuímos que aquela novidade deve ter sido incômoda. Além disso, caso seja preciso enfatizar, os próximos dias trouxeram outra situação irritante. Carolina tinha ficado em Barcelona uma semana inteira, até o Ano Novo, e em primeiro de janeiro havia voltado à França. Muriel precisava dela no Papillon. Embora tivessem combinado desde o início e ela tivesse garantido que um dia não muito distante viveriam juntos em Barcelona, Bundó interpretou muito mal sua partida. De repente, o compromisso que Carolina tinha aceitado já não significava nada. O temor de que não o cumprisse o destruía e, de quebra, despertava os ciúmes de todos aqueles franceses que pagavam para receber favores dela. Ficava doente.

— Se nem mesmo deixou uma escova de dentes! — gritava Bundó quando Gabriel tentava amenizar sua neurose.

A primeira semana na La Ibérica, depois das festas, agravou ainda mais seu fatalismo. Bundó estava convencido de que a única alternativa era visitar Carolina no Papillon, mas naqueles dias não estava prevista nenhuma mudança para o exterior e tiveram de fazer saídas pela cidade e alguma pela Espanha. Cada dia que passava sem vê-la pessoalmente, Bundó pressentia que Carolina se afastava dele. Desesperado, ligava todas as tardes para ela, mas era ouvir sua voz que ficava paralisado e desligava.

A partir da terceira chamada, a menina tinha começado a insultar o *putain de connard*[38] que a incomodava. Em meio àquela loucura desgastante, Bundó achou ter enxergado uma solução feita sob medida para ele. Carolina precisava de um incentivo para voltar a Barcelona. Tinha pânico de se sentir sozinha e ficar entediada. Se Mireille também estivesse lá, já que eram amigas, seria mais fácil a adaptação. Portanto, Mireille também tinha de ir morar em Barcelona. A partir de então, Bundó lançou uma campanha para combater a dispersão amorosa de nosso pai e convencê-lo de que devia se concentrar em fazer Mireille feliz. Em Barcelona. De repente, a discrição mútua de toda uma vida desapareceu e ele o atacava por todos os lados. Dizia que papai tinha de escolher uma mulher — Mireille — e se esquecer das outras, porque aqueles problemas não lhe faziam bem. Ele o incentivava a abandonar a pensão — por acaso ele não percebia? Rifà estava dando em cima dele, queria sequestrá-lo — e a comprar um apartamento em Vía Favència, como ele. "Todo mundo precisa de uma família, Gabriel, mas uma e ponto, vai." "Não vai querer morrer mais sozinho que uma..." Teimoso como era, Bundó aproveitava qualquer desculpa para assediar Gabriel. Quando viajavam no caminhão, quando descarregavam juntos um armário pesadíssimo, quando jantavam após um dia cansativo. Não se importava que Petroli presenciasse aquela ladainha, pelo contrário, era um amigo e até procurava seu apoio. Não é, Petroli? Não é verdade, Petroli? Você concorda, Petroli?

— Bundó, coitado, esteve um tempo com um parafuso a menos — lembrava Petroli quando fomos visitá-lo na Alemanha. — Dava medo de vê-lo tão obcecado. Tinha mudado de personalidade. Não comia, algo incrível para ele, e quando ficava em silêncio era quase pior. Fechava-se em si mesmo, espremendo o cérebro, e tínhamos pânico que dirigisse o Pegaso naquele estado. Na época não se dava importância, mas agora, hoje, os psicólogos teriam diagnosticado uma depressão fortíssima.

Gabriel conhecia Bundó como se fosse seu irmão — era seu irmão, que diabos, nosso tio — e nos primeiros dias aguentou com muita paciência. Já vai passar, dizia para si mesmo, é uma dessas birras dele. No fim de janeiro fizeram a primeira mudança internacional de 1972 (Barcelona-Genebra, mudança número 198) e Bundó pôde finalmente se encontrar

---

38. Imbecil do caralho. (N.E.)

com Carolina. Mas as duas horas de visita no Papillon não resolveram nada. Pelo contrário. Carolina recebeu Bundó com o carinho e a devoção de sempre — tinha sentido muita saudade dele naquelas três semanas —, mas ele estava cismado demais para perceber alguma coisa, determinado demais em seu desejo de convencê-la, e ela acabou se protegendo com as dúvidas e evasivas habituais. Bundó subiu de novo no Pegaso com a sensação de ter dado um passo para trás. O mundo estava caindo. No dia seguinte, estava tão abatido que não teve forças nem para ir trabalhar. Como ainda não haviam instalado o telefone em casa, não podiam localizá-lo. No meio da manhã, desceu de ônibus na pensão e perguntou à senhora Rifà se ainda tinha um quarto vago. Ele queria se esquecer do apartamento de Vía Favència e ficar mais perto de Gabriel. Com bastante bom-senso, a senhora Rifà lhe preparou um chá e mentiu, dizendo que não tinha nenhum. Em seguida o mandou de volta para casa, fazendo-o prometer que se distrairia e iria trabalhar à tarde. Quando chegou outra vez à Vía Favència, com a intenção de se meter na cama e ficar lá até que Carolina fosse resgatá-lo, Gabriel e Petroli o esperavam no portão. Levaram-no para fazer uma mudança — o senhor Casellas estava soltando fogo pelas ventas — e naquela noite, temendo que fizesse alguma loucura, Gabriel ficou para dormir com ele. Algumas semanas sem Carolina, descobriu o amigo, e o apartamento tinha se transformado em um antro de sujeira e desleixo.

Aquela espiral aumentou e parecia não ter fim, mas então chegou a viagem de Hamburgo que o tirou do fundo do poço.

Depois de todos estes anos de mudanças internacionais, Gabriel, Bundó e Petroli tinham se acostumado a comparar cada viagem à escalada de uma montanha. A ideia tinha surgido de Petroli, que fazia caminhadas de fim de semana quando era jovem. A subida era sempre a parte mais lenta e pesada: carregar móveis, sair de madrugada, respeitar os horários de entrega marcados pelo senhor Casellas... Uma vez que tinham chegado ao destino e descarregado, como quem finca a bandeira, as coisas se tornavam mais fáceis e mais agradáveis. Era Europa abaixo. O Pegaso corria mais leve, eles dividiam o saque, inventavam desculpas para descansar e, sempre que a rota permitisse, paravam para visitar a família — deem a essa frase a profundidade que quiserem. Seguindo essa analogia, então, a viagem para Hamburgo era seu Everest. A rota mais longa possível dentro do raio de ação da La Ibérica. Só tinham feito aquele trajeto em uma outra ocasião, mas guardavam uma lembrança nefasta disso. Hamburgo, tinham descoberto, estava no extremo norte da Alemanha. Sentiam frio só de procurar no mapa.

— Vamos chegar quase no Círculo Polar Ártico — tinha comentado Bundó com sua tendência ao exagero.

A viagem parecia interminável e, como também era inverno, sofreram com os rigores do mau tempo.

Chuva e neve, e mais chuva e mais neve, e dirigir com correntes nas rodas, e controles policiais a cada 200 quilômetros, e retenções nas estradas, e o aquecimento da cabine que falhava... O caminhão estava ficando velho e já não aguentava batalhas tão extremas como aquela.

Agora, dois anos mais tarde, o Pegaso continuava sendo o mesmo avô vagaroso, Hamburgo continuava no mesmo lugar no mapa e o espírito aventureiro dos três tinha diminuído.

A subida começou na madrugada de sábado, 12 de fevereiro. O senhor Casellas tinha estimado 24 horas de estrada para atravessar a França e a Alemanha, enquanto dormiam em turnos na cama, e descarregamento no domingo dia 13, na primeira hora da manhã. Se mantivessem aquele ritmo, poderiam estar de volta a Barcelona na segunda-feira à noite, prontos para trabalhar na terça-feira de manhã. Os três estavam conscientes de que essas agendas tão apertadas jamais funcionavam, mas a mudança lhes impunha respeito. Além disso, o Pegaso ia carregado até o topo: levavam móveis e lembranças de uma viúva recente que voltava para casa, quarenta anos depois de ter fugido dos nazistas, se casado com um banqueiro catalão e comido o pão que o diabo amassou durante a última guerra civil enquanto criava quatro filhos que agora tentavam se livrar dela.

Acabavam de cruzar a fronteira francesa — Petroli dirigia — quando apareceu o primeiro contratempo. Bundó havia estado excepcionalmente silencioso e pensativo. De repente, quebrou o silêncio.

— Daqui a pouco — disse-lhes —, quando passarmos por Clermont Ferrand, vamos parar um momento no Papillon. Vai ser entrar e sair, dez minutos. Tenho de falar com Carolina.

Falou num tom calmo, falsamente ingênuo, de criança que pede para comprar um presente sabendo que lhe dirão não. Gabriel e Petroli temiam que isso acontecesse. Antes de sair, os três tinham combinado que não parariam em lugar nenhum na ida, para chegar o quanto antes em Hamburgo. Ganhariam tempo e depois, ao descer, poderiam relaxar. Gabriel tomou a palavra:

— Já sabe que não podemos, Bundó. Você diz dez minutos, mas serão mais. Já nos conhecemos. Desta vez não podemos perder tempo. Isto é o Everest.

— Por que sempre tenho de fazer o que vocês dizem? — respondeu Bundó. — Sabe de uma coisa? Vocês me deixem descer e continuem sem mim — os dois amigos riram da brincadeira. — Não, estou falando sério. Vou embora. Já estou ficando esperto. Vou sair da La Ibérica. Já podem dizer ao Casellas. Grande adeus. Há algum tempo que venho pensando: vou comprar um furgão e fazer frete por conta própria. É isso, com a merda de salário que nos pagam...

— Você está falando sem pensar, Bundó — repreendeu Gabriel. — Na volta você vai poder ficar o quanto quiser com a Carolina. Além disso, não sei por que você sofre. Ela está louca por você. Dava para ver na noite de Natal.

— É, mas é que na volta pode ser tarde demais. Tenho que a ver agora. Tenho que a convencer a parar com essa merda de trabalho e vir comigo. Amanhã mesmo, se puder. Tenho de explicar que algum dia Mireille também estará em Barcelona.

— Você já sabe que não pode dizer isso. Isso nunca vai acontecer. — Gabriel ficou vermelho de raiva.

— Pois então vou dizer outra coisa. Que tal se eu disser que você tem uma mulher em Frankfurt e outra em Londres? E de quebra mais dois filhos — fez uma pausa. — Sempre fui obrigado a mentir por você, Gabriel, a proteger você, e o que eu ganho com isso?

Nosso pai — sabemos de tudo por Petroli — ficou mudo e lhe lançou um olhar de pena. Bundó esboçou um sorriso culpado, assustado, com medo de sua própria audácia. Teria entendido melhor se o amigo tivesse lhe dado uma surra. Do volante, com o canto do olho, Petroli mediu aquele silêncio em que se afundavam 30 anos de amizade e tentou estancar a sangria.

— Está certo, vamos parar dez minutos no Papillon — disse. — Dez minutos e ponto, o tempo de fumar um cigarro. Se demorar mais, Bundó, vamos embora e você que se dane.

Bundó agradeceu com um fio de voz e voltou para suas orações. Percorreram os quilômetros restantes até o bordel sem dizer nada. Gabriel continuava paralisado e com os olhos vazios. Petroli colocou na Rádio Exterior de Espanha para matar o silêncio.

— Dez minutos, Bundó. São 600 segundos — repetiu Petroli enquanto estacionava na frente do Papillon. Vamos cronometrar.

Quando o tempo estava acabando, ligou o motor do caminhão e Bundó apareceu como uma flecha na porta do bordel. Nesse tempo, enquanto fumava o cigarro, Gabriel agradeceu Petroli. Carolina acenou do alto da escada com uma cara de quem não estava entendendo nada.

— Na volta ela vai me dar uma data! — gritou Bundó quando o Pegaso estava saindo. Estava tão animado que seu rosto havia mudado.

— Você disse alguma coisa? — perguntou Gabriel sem olhar para ele. Tinha os olhos fixos na estrada.

— O quê?

— Se você disse alguma coisa para ela. De Sigrun, Mireille e Sarah e dos meninos.

— Não, claro que não! Quem você acha que eu sou? Um traidor? — exclamou Bundó. — Meus amigos: Carolina disse que na volta me dará uma data. Você entendem? O dia exato que irá para Barcelona! É que sentimos muita saudade um do outro e isso não pode ser assim!

O nervosismo não o deixava ficar quieto. Em seguida, abraçou Gabriel e bagunçou seu cabelo. Era o seu jeito de pedir desculpa. Nosso pai o afastou com um empurrão conciliador e Petroli tocou três vezes a buzina.

Uma vez superado esse obstáculo, a subida até Hamburgo ocorreu com a proporção de dificuldades e distrações das melhores épocas. Na altura de Estrasburgo tiveram um problema mecânico e precisaram mudar a correia da ventoinha. Já na Alemanha, perto de Karlsruhe, pararam para jantar em um restaurante de estrada onde assavam um cervo todos os dias. Vamos mudar de assunto.

Nós, cristóvãos, pagaríamos para viajar no tempo e assistir a uma daquelas viagens pela estrada, ou rodar alguns quilômetros na cabine do Pegaso. Participar do concerto de vozes, dos debates, das piadas, aspirar o ar viciado e nos queixar da tirania do senhor Casellas, passar frio e manobrar o volante com luvas, cochilar e sonhar com as meninas nuas dos calendários.

Ser um deles, nem mais, nem menos.

No fundo, dizemo-nos, as horas que dedicamos a perseguir a pista de nosso pai e de seus amigos são uma economia em psicólogos. Conhecendo suas circunstâncias, talvez entendamos melhor quem nós somos. Por isso agora, se queremos delinear esta última viagem, precisamos tomar outro atalho: por incrível que pareça, nesse mesmo dia Petroli ficou para morar em Hamburgo.

As últimas horas da última mudança foram especialmente desgastantes. A partir de Hanover, a neve que cobria a estrada tinha congelado e o caminhão prosseguia com uma lentidão exasperante. Chegaram em Hamburgo ao meio-dia de domingo, com mais de cinco horas de atraso além do previsto, e demoraram mais outra hora para localizar o edifício onde deviam fazer o descarregamento. Havia mais de 30 horas que estavam viajando. No entanto, sempre acontecia a mesma coisa: a ponto de desfalecer, a visão do topo os enchia de uma energia desconhecida e arriscavam um último esforço. No dia de Hamburgo, além disso, a sorte os acompanhou naquele último trecho: a viúva alemã havia contratado dois carregadores que já os esperavam. Impregnados pelo espírito olímpico de Munique 1972, os jogos seguintes, os dois demonstraram que tinham lugar na equipe alemã de halterofilismo. Assim, entre os cinco, acabaram de descarregar à noite, mas o suficiente para encontrar um restaurante aberto. Cumprindo o ritual que sempre encerrava uma mudança, tiraram a roupa de trabalho, limparam-se e colocaram uma muda limpa. Antes de se despedirem dos fortões, perguntaram-lhes se conheciam algum restaurante nas redondezas, e por algum tipo de intuição operária, eles indicaram o Centro Asturiano de Hamburgo. Petroli não podia acreditar na sua sorte. Aquele centro não aparecia em nenhuma lista!

Christof e Cristoffini já haviam adiantado, mas agora temos de entrar em detalhes. Enquanto Gabriel e Bundó literalmente mergulhavam em um prato de fabada asturiana, prato de caminhoneiro, Petroli preferiu se sentar no balcão e tomar uma taça de sidra enquanto procurava conversa. Se em seu radar detectasse imigrantes espanholas nas proximidades, a fome e o cansaço passavam em um minuto. Então alguém o apresentou a Ángeles e sua vida, assim, no lapso de poucos segundos, deu um giro de 180 graus.

Deve-se dizer que o deslumbramento foi mútuo. Ángeles e Petroli passaram duas horas se olhando nos olhos e se seduzindo com histórias do pós-guerra. (Depois daquela noite, afirmam, vacinaram-se contra o passado e este nunca mais voltou a ser tema de conversa. Não era preciso.) Enquanto isso, Bundó e Gabriel, com o estômago a ponto de estourar, tinham se jogado em umas poltronas em um canto e tiravam um cochilo. No fim, Petroli se aproximou deles, os acordou e soltou sem mais nem menos:

— Vou ficar, rapazes.

— O que você quer dizer? — perguntou Gabriel.

— Isso mesmo, vou ficar. Não vou voltar com vocês. Conheci a mulher da minha vida. Há anos que me arrasto por este tipo de lugar e hoje descobri por quê. Não, não estou bêbado. Sei que vocês não acreditam, mas essa menina aí (não virem agora!) se chama Ángeles e fomos feitos um para o outro. É um pressentimento, e vocês sabem que eu nunca tenho pressentimentos. Se a coisa não der certo, eu me viro para voltar. Vão sem mim, por favor.

Dizia com tanta convicção que não souberam responder. Petroli não era um fanfarrão, nem estava desesperado como Bundó, capaz de mandar tudo para o espaço por dez minutos no Papillon. Petroli sabia o que queria. Ele chamou Ángeles, a apresentou e depois juntos se afastaram rumo ao próprio destino.

Tal como nos confirmou Petroli em pessoa, depois daquela noite os três nunca mais estiveram juntos.

Bundó e Gabriel dormiam nas poltronas como dois anjinhos. Petroli havia pagado a conta e pedido aos asturianos que, por favor, não os acordassem até a hora de fechar. Depois de varrer, o último garçom os sacudiu um pouco. Dormiam profundamente e, quando abriram os olhos, demoraram a entender onde estavam. Voltaram ao último momento antes de dormir e se lembraram da decisão de Petroli: era parte do sonho ou realidade? Com palavras educadas, o garçom os colocou para fora do local e lhes aconselhou que, se quisessem passar a noite quentinhos, fossem à estação de trem — "a chamada Hauptbanhof" —, que estava bem perto dali e tinha um bar que não fechava.

Nas ruas, o ar era tão úmido e frio que os despertou como uma ducha de água gelada. Passava da meia-noite e não se via uma alma. Seus passos ecoavam, amortizados pela neve gelada. Tiveram de andar com cuidado, porque escorregavam o tempo todo.

— Está saindo sangue das minhas orelhas? — perguntou Bundó. — É que não consigo senti-las!

— Hamburgo é nosso Everest — comentou nosso pai como resposta.

Caminharam encurvados, abrigados com um anoraque e cachecol bem finos. Apesar das quatro horas de descanso, as pernas estavam pesadas e os músculos tinham endurecido como pedras. Tomaram dois cafés bem forte na estação, acompanhados de três vagabundos e um grupo de *hippies*, e com certa apatia, meio obrigados pela tradição, abriram a caixa retangular que tinham surrupiado da mudança. Dividiram o saque e, como era habitual, papai passou alguns minutos anotando o inventário no livreto. Depois subiram no Pegaso.

Gabriel se ofereceu para dirigir. Agora que iam ladeira abaixo, tinha calculado que chegariam a Frankfurt às nove da manhã, justo a tempo de tomar café da manhã com Sigrun e Christof. Faria uma surpresa. Durante os primeiros quilômetros, até que o aquecimento começasse a funcionar a pleno vapor, notaram mais que nunca a ausência de Petroli: quando os três estavam na cabine, viajavam mais apertados e passavam calor uns para outros. Bundó não demorou a cair no sono e, com a trilha sonora de seus roncos, nosso pai pegou o volante com firmeza. Nas noites de inverno, todas as estradas do mundo têm um ar fantasmagórico. Sintonizou uma estação de rádio alemã. A voz do locutor lhe fazia companhia e, embora não entendesse nada, lhe dava a impressão de que assim praticava a língua.

Às seis e meia o sol nasceu e revelou um céu cinzento, carregado com nuvens baixas. Depois de um tempo, Gabriel acordou Bundó.

— Vai acordando — disse-lhe — que acabamos de passar por Kassel. Não falta muito para Frankfurt.

Bundó se mexeu no banco.

— Não, não, não, não podemos parar em Frankfurt. Se o fizermos, não chegaremos a tempo na França. Sabe que dia é hoje? É 14 de fevereiro, de São Valentim, dia dos Namorados! Prometi à Carolina que também iria visitá-la. Não pode me deixar na mão!

Gabriel hesitou alguns segundos em discutir ou não e no fim pisou no acelerador sem respondê-lo, concordando com a cabeça, um sim contrariado. Alguns quilômetros mais tarde passaram direto pela saída de Frankfurt. Não havia tido tempo de avisar Sigrun que queria vê-la, assim também não seria tão grave. Quantas vezes, no futuro, voltaria àquele segundo de dúvida? Quantas vezes amaldiçoaria sua indecisão?

Continuou dirigindo.

— Se quiser, paramos no próximo posto para tomar café da manhã — disse — e depois você pega o volante.

Bundó roncou de novo como resposta. Tinha voltado a dormir tão depressa que Gabriel até duvidou de tê-lo ouvido momentos antes. Depois de vinte quilômetros, mais ou menos, em uma reta longa e inclinada, o Pegaso entrou no embalo como um cavalo alado. Ao mesmo tempo, Gabriel notou um incômodo na vista, como um grãozinho de areia, e um peso irresistível na testa que o fazia inclinar para frente. Então ele também dormiu.

No mundo exterior, voltava a nevar com força.

SEGUNDA PARTE

CHEGADAS

1

NO AEROPORTO

A vez de Cristòfol

Na primavera de 1968, os corredores e salas de espera de aeroporto de Barcelona brilhavam com um enganoso resplendor, como o de gelo quebradiço. Embora já houvesse algumas semanas que o ministro da Aeronáutica espanhol tinha inaugurado o novo terminal internacional de Prat, todo dia surgia algum problema para resolver. Quando abriam as portas de manhã, o chão de mármore encerado durante a noite ofuscava de tão brilhante, e as salas de espera, revestidas de um bege oficial que se usava muito na época, refletiam-se nele com suntuosidade. Contudo, à medida que os viajantes passavam para cima e para baixo, disparados pela pressa ou entediados pelo atraso, arrastando as bolsas e malas e jogando as guimbas mal apagadas, o chão se desgastava e perdia a vitalidade. Ao meio-dia, as áreas mais movimentadas adotavam um ar de lápide abandonada e o terminal, então, parecia cada vez mais um grande mausoléu, hostil e cinzento. Alguma autoridade deve ter reparado nisso quando em trânsito entre dois voos, ou enquanto vagava nervosamente à espera de uma visita oficial (os passos perdidos, os óculos de sol), e de repente a administração contratou três homens para se dedicarem o dia inteiro a uma única missão: varrer, esfregar e fazer o aeroporto brilhar como se todos os dias tivesse de ser inaugurado pelo Generalíssimo. Os eleitos se chamavam Sayago, Leiva e Porras, e a primeira vez que se viram foi no gabinete do intendente. Um calendário de mesa com a publicidade da Iberia indicava sexta-feira, dia 21 de junho de 1968. Embora ninguém tivesse pedido, os três trabalhadores ficaram firmes e em fila, as costas retas, como se aquele senhor com cara de judas fosse passar em revista. O intendente despendeu cinco minutos para instruí-los na nova tarefa e, de quebra, fez que soubessem que tinha vocação de poeta e lhes ordenou que começassem a limpar imediatamente. Sabia que havia dito para começarem na segunda-feira, mas àquela tarde chegaria um cardeal italiano, em trânsito para Jerusalém, e uma imensa quantidade de personalidades religiosas e políticos viria recebê-lo. Os mármores do aeroporto deviam reluzir de espiritualidade como os da basílica do Vaticano. Seria a prova de fogo.

Leiva, Porras e Sayago correram para se trocar e se entregaram à limpeza com tamanha devoção que naquele dia conquistaram o céu e a salvação eterna. Então, no fim, Sua Eminência nem sequer pisou no terminal, mas isso é outra história. Ao entardecer, quando a jornada havia acabado, os três pararam no bar do aeroporto para tomar uma cerveja. Estavam exaustos, com dores nos pulsos de tanto esfregar, e esse primeiro cansaço os uniu como um segredo que reforça a cumplicidade nascente. Embora não se conhecessem, suas biografias, por coincidência, eram semelhantes, e logo descobriram isso. Sayago e Leiva passavam dos quarenta anos, moravam no bairro de Magoria e tinham chegado a Barcelona mais ou menos ao mesmo tempo, havia dez anos. Aos poucos, nos intervalos para o café da manhã ou enquanto pegavam o ônibus para casa, descobriram que ambos tinham nascido na província de Jaén, em dois povoados separados apenas por cerca de vinte quilômetros de pedregal; que suas mulheres costuravam em casa para a mesma senhora despótica; que com o tempo a saudade da terra se tornava cada vez mais abstrata, como um sinal ou uma marca de nascença na pele da qual se sente vagamente orgulhoso quando se olha no espelho, mas nada mais.

Sayago, que concentrava sua personalidade em um bigode cheio e uma barba bem aparada, gostava de procurar pontos em comum com Leiva e muitas vezes se tornava um chato com tantas perguntas. “Diga, quem era seu professor na escola? Não seria aquele bastardo do senhor Paredes, não? Naqueles anos, os professores iam de povoado em povoado...” Não, não, ele tinha crescido com a senhorita Rosário, que dava balas de presente se eles se comportassem bem — pelo menos durante os seis anos que frequentou a escola. Leiva era desalinhado, mas boa gente. Passava a mão pelos cabelos longos e gordurosos e se forçava para lembrar alguns detalhes de sua vida que o presente tinha conseguido enterrar com um golpe de realidade. Às vezes, por preguiça, ou para não decepcionar Sayago, contava-lhe mentiras: sim, claro, ele também se lembrava da família de atores que a cada primavera visitava as cidades da província com aquela garota que a cada ano ficava mais jovem e mostrava mais carne, e com o pai que não tirava o olho do palco...

Porras era muito mais jovem, tinha acabado de completar 17 anos. Tinha um porte esbelto, mas desajeitado, como se fosse guiado pela aceitação de certa fatalidade. Morava — ou melhor, dormia — no bairro de Verdun, do outro lado de Barcelona, com a mãe, dois irmãos e uma irmã. Eles tinham um apartamento alugado havia quatro anos, quando chegaram de Murcia, e como o garoto estava cansado de receber cascudos na escola — o bode expiatório de uma corja de desajustados e alguns professores vencidos pela frustração —, seu irmão mais velho, que ganhava um dinheiro como garçom no bar do terminal, fez que ele entrasse no aeroporto. Todos os dias os dois se levantavam às sete da manhã e cruzavam a cidade montados na Vespa do irmão, comprada com o primeiro salário de 18 de julho.

Apesar da diferença de idade, Porras tinha se entendido bem com Sayago e Leiva desde o primeiro dia. Uma vez que não tinha pai, eles faziam o papel da figura paterna, mas sem o peso da responsabilidade de sangue. Para os dois mais velhos, mais que um filho, Porras era como uma imagem anterior de si mesmos, aquela possibilidade imaginada alguma vez de começar uma nova vida do zero, sem o peso morto de alguns anos que agora já não serviam para nada. Além disso, havia outro detalhe que os unia: nenhum deles jamais tinha viajado de avião. Todos os dias viam como decolavam e aterrissavam dezenas de aeronaves, ouviam o choque nas pistas quando tocavam o solo e o assobio evasivo quando levantavam voo, mas para eles aqueles engenhos mastodônticos tinham a presença irreal de um animal pré-histórico.

Como gosto desses três personagens! Leiva, Sayago e Porras. Minha mãe conheceu os três no aeroporto há cerca de dez anos. Eles se tornaram muito amigos. Da cabine em que atendia os viajantes irritados com a perda da bagagem, Rita os via passar de vez em quando diante do guichê. Quando não tinha nenhum cliente, ela os chamava e conversavam um pouco.

Mamãe me contou que em fevereiro de 1972, que é quando toda esta história continua na verdade, o intendente arrogante já estava morto e enterrado por causa de um ataque fulminante do coração, e seus livros de versos estavam sendo vendidos em liquidação no mercado Sant Antoni. Os três amigos, por sua vez, continuavam passando a vassoura com afinco de um lado para outro do aeroporto de Barcelona, e os laços de amizade entre eles tinham crescido prodigiosamente, como a cena final de uma tragicomédia. Já havia um tempo que as mulheres de Leiva e Sayago tinham deixado a senhora que as maltratava e montado seu próprio ateliê de costura. Além disso, os dois casais saíam juntos para dançar nas tardes de domingo. Muitas segundas-feiras os dois amigos já não sabiam mais o que contar, mas isso não os inquietava nem um pouco. Sayago já não tinha tantas perguntas para Leiva, que havia engordado doze quilos, três por ano, e ainda continuava não se penteando quando se trocavam no vestiário do aeroporto. Agora as perguntas de Sayago eram dirigidas a Porras, porque ele saía com sua filha de 17 anos. Todas as noites, após o trabalho, o menino passava para buscá-la na farmácia, onde a deixava com a Vespa herdada do irmão, e algumas horas mais tarde a acompanhava à casa. No dia manhã seguinte de manhã, Sayago, aproveitando-se de alguma coincidência no trajeto pelos corredores, ou procurando uma especificamente, o encostava em um canto e o metralhava de perguntas. Aonde tinham ido na noite anterior, o que tinham feito trancados no quarto, se tinham planos para o futuro. Ele tinha um medo terrível de ser avô antes do tempo e notava-se que estava nervoso porque não parava de tocar as pontas do bigode. Enquanto isso, Leiva os olhava de longe e dava graças a Deus por sua esposa e ele terem tido apenas meninos — dois — e nenhuma menina.

Se falo agora desses três santos do pau oco, cristóvãos, não é por querer divagar, mas porque houve um momento em que a intervenção deles foi decisiva em nossa vida. Sim, na vida de vocês também. Vejam como Leiva, Sayago e Porras são importantes. Com suas trapaças, ganharam o direito de adornar o delinear esta história. Mas tudo vai aparecer. Agora me deixem contar sobre a primeira vez que vi seus rostos. Devia ter cerca de sete anos, calculo. Um dia em que passava com a minha mãe na frente da Niepce, a loja de fotografia que ficava na esquina da Rua Fontanella com a Vía Laietana, paramos para admirar uma foto enorme, de 1 por 20 metros, em preto e branco, que tinham exposto na vitrine.

— Vamos, me procure — disse ela, apontando para a foto. — Vamos ver se você me encontra.

Observei aquelas três fileiras de gente vestida sem saber direito do que se tratava, mas os olhos foram direto para o rosto dela, uma presença lívida e estática, como a chama de uma vela, em um ponta da fila de cima à esquerda. Uma digital de criança sujou o vidro da vitrine.

Era uma fotografia do quadro de funcionários do aeroporto. Cerca de cinquenta homens e uma dezena mulheres que posavam com sua melhor roupa. Recentemente um alto cargo do Ministério da Aeronáutica tinha se aposentado e um dos aspirantes à sucessão havia tido a ideia de fazer aquela foto comemorativa, justamente antes do discurso e do lanche planejado. Deviam estar muito orgulhosos daquela foto na Niepce, ou talvez tenham sido obrigados por algum compromisso pessoal, porque a mantiveram exposta na vitrine por muitos anos. Tinha adquirido quase uma categoria de monumento público e já fazia parte da geografia da cidade, como o letreiro da loja de música Werner, duas vitrines depois, ou aquele termômetro gigante de Cottet, no Portal de l'Àngel. A foto da mamãe estava cercada por uma constelação de retratos de estúdio que também não mudavam nunca e que para a maioria dos pedestres eram igualmente chatos: uma formatura de bacharéis em Direito pela Universidade de Barcelona, todos com toga e barrete oficiais; uma candidata a Miss Barcelona 1977 com cara de boba e saia xadrez; um casal alegre que interpretava a felicidade açucarada do dia do casamento.

Enquanto esteve na vitrine, aquela imagem se transformou em um dos passatempos da minha infância. Sempre que estávamos perto da praça Urquinaona, pedia à mamãe que por favor nos desviássemos até a loja Niepce para poder procurá-la na foto. Para tornar isso mais divertido, ou talvez porque ela precisasse, na terceira ou quarta vez ela já me explicou quem eram Leiva, Sayago e Porras aqueles três homens que apareciam parados como bobalhões na fila do meio, na direção do centro da foto e exatamente atrás do alto escalão.

— Está vendo esse menino que tem cara de travesso como você? — dizia-me. Eu concordava em silêncio, embora não soubesse distinguir a quem se referia. — Esse garoto se chama Porras e trabalhava comigo no aeroporto. Todos os dias ele vinha de moto, uma Vespa, e no inverno, por causa do frio e do vento no rosto, ficava com os olhos lacrimejando a manhã inteira. Quando chegava ao aeroporto, colocava o uniforme e vinha à minha cabine me ver. Às vezes, em tom de brincadeira, dizia que chorava por mim, porque eu não gostava dele e não lhe dava um beijo. Mas é uma mentira: eu gostava dele.

— Este é o senhor que também ficava com as bagagens perdidas?

— Sim. Ele e os dois amigos que o acompanham, Leiva e Sayago.

Diria que Leiva olhava de canto de olho a careca do gerente do aeroporto, em pé, na frente dele. O jovem Porras estava com a boca entreaberta, como se lhe escapasse um sorriso, e a seu lado Sayago, é claro, tinha arrumado o bigode e olhava para a câmera com jeito de mauricinho. Cada vez que parávamos em frente a essa vitrine — muitas vezes passavam-se meses entre uma visita e outra —, mamãe me contava algum detalhe a mais da vida de seus três amigos ou de sua vida no aeroporto.

Eu crescia, a foto amarelava.

Não sei quando tiraram aquela relíquia descolorida pelo sol da vitrine da Niepce. Um dia, muitos anos mais tarde, passei na frente da loja e, ao buscá-la instintivamente com o olhar, percebi que não estava mais lá. Senti um aperto no coração e na hora senti queimar por dentro uma febre nostálgica, absurda, se quiserem, que me deixou ali petrificado um bom tempo. Senti falta da fotografia como se sente falta de um brinquedo inseparável quando se é criança, com essa força desmedida que as lembranças sabem roubar da vida. Não há por que fazer drama, mas aquela imagem do aeroporto era a ligação mais direta que eu tinha com minha escuridão anterior, com minha eternidade escura, quando ainda não tinha nascido. Presa em um instante concreto, aquela foto continha uma ansiedade latente — a da minha mãe —, a informação criptografada de sua vida em jogo, hesitante, e para mim tinha se tornado um tesouro. Ao mesmo tempo, atrás daquele grupo de pessoas se entrevia os corredores do aeroporto, polidos pelos três amigos, que tinham se escorado nos passos desorientados do meu futuro pai — do nosso pai Gabriel. Um segmento de tempo breve, mas decisivo, outro tesouro.

Não há por que fazer drama, digo. Quando voltei para casa, na parte da tarde, corri para contar à mamãe que tinham tirado a foto da vitrine da Niepce. Esperava que ela se comovesse, que compartilhasse de meu desgosto e nos indignássemos juntos, mas ela não deu a menor importância. Como resposta, abriu um armário e revirou uma caixa de latão cheia de papéis: ela guardava uma cópia da fotografia, de tamanho menor. Eles tinham dado de presente aos trabalhadores do aeroporto dias após a festa

— como maneira de compensá-los por terem participado daquela farsa particular —, mas ela nunca quis me mostrar para manter intacta a magia da vitrine. Depois tinha se esquecido de que a tinha. Contemplada de novo anos depois, à primeira vista, parecia ser uma dessas fotos de peregrinos a Lourdes: um grupo de pessoas, todas elas entrevadas, doentes e enlutadas, sendo fotografadas sob aquela luz de santidade ungida pela bênção da Virgem. Cruzes e velas e curas. Do canto, acima à esquerda, minha mãe poderia ter representado perfeitamente o papel de uma Virgem que levitava. Eu lhe disse isso e ela soltou uma gargalhada seca, com aquele ponto de amargura que os anos e os desenganos tinham lhe dado. E dois copos de uísque por dia.

Voltei à fotografia e observei de novo seu rosto juvenil de então.

— Quantos anos você tinha?

— Você sabe muito bem.

— Não, vamos lá, quantos anos você tinha?

— Faça as contas. Tinha 21 ou 22. Mas nenhum juízo na cabeça.

Observei mais uma vez o contraste de todos aqueles rostos que a acompanhavam. Quatro chefezinhos engomados na primeira fila e um contingente de homens insignificantes ao redor deles, que se esforçavam para dissimular a dor nos pés, as contas para pagar ou o gosto insípido da água da torneira. Entre eles, os três amigos da mamãe: Sayago, Leiva e Porras.

Como me viu tão curioso, arrancou a foto das minhas mãos e a observou cuidadosamente. Então me disse com uma voz desafiadora:

— Sabe que, de certo modo, você também está nesta foto?

— Eu?

— Sim, naquela mesma semana descobri que estava grávida. Justamente antes da sessão de fotos, vomitei nos banheiros do aeroporto. Por isso saí tão pálida. No dia seguinte, fui ao ginecologista...

Fiquei com a foto.

— Ao aeroporto! Ao aeroporto! Temos pressa!

São meus irmãos e estão impacientes! Há tempos que me agoniam com esse tipo de gritos e pragas, meio de brincadeira, meio a sério, provocando-me a cada passo porque sou o mais novo e achando que vou lhes dar importância. Agora que sou eu quem está no volante, queriam que eu conduzisse essa história como um motorista de táxi louco, derrapando em cada esquina, pegando atalhos por ruas menos movimentadas e ultrapassando no sinal vermelho. Vamos dar uma boa gorjeta, vai, economize nos detalhes e nos leve ao aeroporto. Mas as aventuras de nosso pai não têm pressa, pelo contrário, se acomodam na calma cinza de uma manhã de fevereiro, aos pés de um avião. Vocês sabem muito bem.

Nós todos queremos formular a aritmética improvável de um mesmo pai e quatro mães espalhadas pela Europa. De acordo. Mas agora sou eu quem ensaia o solo. Cristóvãos: vocês tiveram o momento de vocês, e tenho certeza de que o aproveitaram. Agora sou eu, o filho de Rita Manley Carratalà, quem decide quanto tempo devemos retroceder, meus irmãos. Vocês serão o coro e a orquestra. Aqueles que aplaudem. Mais uma vez, devemos pegar impulso para conseguir saltar, por isso agora voltaremos ao mês de abril de 1967 (e mais atrás se for necessário), quando Rita tinha acabado de fazer 16 anos e seu quarto — inexpugnável para os pais — era como uma casa-museu dos horrores adolescentes. Seus complexos, seus sonhos, suas desilusões, suas fantasias e seus monstros se alojavam dentro daquelas quatro paredes dia e noite, e se não estivesse imunizada, como suas amigas, cinco minutos lá dentro eram o suficiente para enlouquecer. Ela tinha enfeitado as paredes do quarto com uma galeria de fotos de seus ídolos musicais, pregados de perfil para obter um efeito mais inovador. Um rádio Zenith com o volume quebrado, altíssimo, e uma antena deformada que procurava ondas na direção da luz da janela, como se funcionasse por fotossíntese, tocava o tempo todo. Uma coleção de amostras de perfume, sombras, batons e outros produtos de maquiagem, roubados dos mostradores da Wella e da Avon, cuidadosamente organizados sobre uma antiga escrivaninha, formavam a maquete de uma cidade de cristal. Entediados em um canto, estavam algumas bolas de lã empoeiradas e a máquina de tricotar que haviam lhe emprestado ao comprar o curso à distância CCC: das barras dentadas saiam 15 centímetros de um casaco de lã vermelho que no inverno anterior tinha conseguido prender o interesse e a paciência de Rita por seis semanas inteiras (até dois centímetros antes que o cervo branco que o deveria enfeitar chegasse a ter patas).

Com a porta do quarto entreaberta, naquele sábado de manhã, Rita enrolava na cama e saboreava o movimento de seus pais andando pela casa. Abriam armários, colocavam roupas nas malas e discutiam a cada momento por minúcias que os nervos magnificavam. Música celestial para seus ouvidos: pela primeira vez na vida, seus pais estavam saindo de viagem e ela ficaria sozinha durante sete dias inteiros. De sábado a sábado. Cento e sessenta e oito horas. Dez mil e oitenta minutos. Seiscentos e quatro mil e oitocentos segundos de liberdade adulta que começavam a circular pela fenda da porta. Naqueles sete dias caberiam todas as travessuras e todos os pecados que Rita tinha podido imaginar — todos eles muito inocentes —, e até mesmo lhe sobraria tempo para os que nem sequer se atrevia a prever. Quem diria: agora as amigas a invejavam pelos pais tão modernos e ela, filha única de dois filhos únicos, mimada e protegida até da dor, apreciava pela primeira vez os benefícios daquela ausência.

Uma noite seu pai tinha chegado da loja com um sorriso de orelha a orelha. Durante o jantar, abriu uma garrafa de champanhe que guardava na geladeira por via das dúvidas e, logo depois, respondeu às perguntas da mãe e da filha tirando do bolso duas passagens de avião para Paris e uma reserva no hotel Ritz da Place Vendôme. Os dedos tremiam de emoção quando as deixou sobre a toalha de mesa, e como sempre que se emocionava, sua expressão rígida lhe transfigurava o rosto, como um boneco de feira. Então explicou o mistério: seu principal fornecedor de perucas, um atacadista de Paris, quis presenteá-lo com uma viagem com toda pompa porque, em seu último pedido, havia comprado a peruca de número dois mil. Os pais de Rita — meus avós —, Conrad Manley e Leo Carratalà, nunca tinham saído da Espanha. Na viagem de lua de mel, vinte anos antes, tinham ido até Valência e Alicante para visitar uma série de parentes da noiva. Um chaveiro de madeira do Parque Nacional de Ordesa, pendurado no saguão do apartamento, recordava-lhes umas férias nos Pirineus aragonêses havia uma década. E poucas coisas mais. Para o casal, Paris sempre tinha representado a cidade ideal, uma fantasia romântica resumida em alguns poucos tópicos. A Torre Eiffel, o Museu do Louvre, as perucas de Luís XVI!

Rita foi se despertando na cama. Com o ouvido atento àquela agitação, folheava a última edição da revista *Garbo*. No quarto ao lado, o pai penteava duas perucas havia um tempo, a que usaria para a viagem e a que meteria na mala como substituta. Sobre a cabeça do manequim, ambas pareciam ter o mesmo caimento e uma mecha para a esquerda, mas a substituta era mais ousada, porque a cabeleira tinha quatro centímetros a mais que a outra e acabava em uns cachos minúsculos, muito difíceis de conseguir. Estavam mais para Belmondo que para Delon, por assim dizer. Enquanto passava o pente em cima e embaixo, com muito cuidado, como se fosse seu próprio cabelo, Conrad Manley falava sozinho, mexia o pescoço de forma espasmódica e, de vez em quando, levantava a voz.

— Ah, se o desgraçado do meu pai ainda estivesse aqui! — gritava sarcástico. — "Olha aonde as perucas nos levarão!", diria-lhe na cara, "nos levarão a Paris".

Sempre que se referia ao pai, a careca, brilhante e delicada de tantos cremes e loções que colocava, tensionava e ficava em um vermelho escarlate. Mesmo quando "vestia uma peruca" — como ele dizia — e não dava para ver, a pele oculta adquiria uma tonalidade arroxeada, de berinjela macia, que se podia entrever ultrapassando as fronteiras do cabelo postiço, como uma maré alta. Não era surpreendente, no entanto. Meu avô Conrad e seu pai Martí — meu bisavô — se odiaram a vida inteira, compulsivamente, e se dermos ouvidos às palavras do meu avô tantos anos depois, o ódio sobreviveu. Pode-se dizer que a aversão mútua começou bem cedo, quando meu avô teve de deixar os estudos para começar a trabalhar, e foi crescendo com o tempo até transformá-los em personagens fisicamente antagônicos, como o dia e a noite.

Agora, cristóvãos, se preparem, porque daremos outro passo para trás. Ao voltar da guerra — a que tinha fingido lutar com os republicanos até que teve de passar para o lado dos nacionalistas, sem nenhum problema —, meu bisavô Martí começou a trabalhar em uma barbearia na Rua Sant Pau, bem perto do Paralelo, o mesmo estabelecimento que anos mais tarde meu avô transformou na loja de perucas ou cabeleireiro. Antes da guerra, Martí Manley trabalhava com distribuição de produtos encomendados por algumas barracas do mercado Sant Antoni, mas na Frente tinha aprendido a se safar fazendo o papel de barbeiro, e aquilo de matar piolhos com uma máquina de barbear, tosando os cabelos como quem passa o rastelo para separar as folhas mortas da grama, o divertia muito — e os soldados, para piorar, não se queixavam. Mais tarde, como também teve de barbear e cortar o cabelo de algumas autoridades, tinha aprendido a dominar o pulso e a controlar as tesouras para evitar desastres que pudessem mandá-lo direto ao calabouço.

Embora a experiência militar não lhe tenha servido para nada, logo se tornou o dono da barbearia. Aparentemente, em família era um homem taciturno e de poucas palavras, como se naquela temporada na Frente Popular tivessem secado seus sentimentos, mas com o pente e a tesoura nas mãos transformava e dominava todos os registros da conversa banal. Falava com os clientes olhando-os nos olhos, através da realidade inversa dos espelhos, e sabia fazer piadas e dar-lhes razão em tudo sem parecer um bajulador. Às vezes, a forma particular de um crânio, ou uma orelha, ou uma nuca raspada, ou a confiança de um cliente de levantar o pescoço e oferecer claramente a carótida, lhe fazia reviver aquela fraternidade masculina dos dias da Frente, tão natural e ao mesmo tempo tão infantil, e por dez minutos sentia falta da guerra.

Três anos depois de ter começado a trabalhar, o verdadeiro dono da barbearia se aposentou e Martí Manley comprou o negócio por pouco dinheiro, mas assinando um papel em que se comprometia a pendurar na parede uma foto emoldurada do antigo dono — para que os clientes de toda a vida não o esquecessem — e a lhe oferecer grátis, até o dia de sua morte e a ponto de ser enterrado, os serviços da barbearia. Em vez de contratar um aprendiz para que o ajudasse, Martí tirou Conrad da escola e uma segunda-feira de manhã o levou para a barbearia. Para tornar a situação menos traumática, minha bisavó Dolors, que por dentro execrava o mau-caráter do marido, tinha comprado um jaleco branco e bordado o nome dele no bolso. Era o ano de 1944, meu avô Conrad tinha quinze anos e a penugem do bigode e da barba apareciam em círculos isolados que dificultavam o barbear. Uma premunição.

Pouco a pouco, a barbearia tinha feito nome em todo o bairro. Não havia um dia sem que algum desconhecido entrasse nela pela primeira vez e muitas vezes repetia o feito depois de algumas semanas. Como estava perto do Paralelo, no meio da tarde alguns galãs de revista faziam uma parada no caminho antes de ir ao teatro e aparavam as pontas, ou se barbeavam e retocavam as costeletas. Na parede, suas fotos dedicadas começaram a fazer companhia ao antigo mestre. Quando saíam para a rua, envoltos em uma nuvem de laquê e deixando um rastro de loção ao passar, Martí Manley, cheio de orgulho, se olhava no espelho com um olhar rápido e discreto. Era feliz.

Então, exatamente quando fazia um ano e meio que trabalhava como aprendiz na barbearia, por não se sabe que tipo de complô genético, Conrad Manley começou a perder o cabelo. No início, a epidemia se manifestou como todas as epidemias, com alguns sintomas fortuitos. Alguns pelos bem escuros no travesseiro, ao se levantar. Uma mecha enroscada no pente, um monte de cabelos que entope o ralo da banheira. Em seguida, no entanto, a coroa apareceu com toda virulência, devastando a região em poucas semanas. Quando percebeu sua calvície incipiente, Conrad se apressou em disfarçá-la penteando o cabelo para trás, porque sabia que seu pai se sentiria traído por aquele descampado. Martí estava convencido de que grande parte do sucesso do negócio era devido à imagem que o barbeiro passava — como modelo estético a seguir — e todos os dias, antes da abertura, arrumava a cabeleira com um esmero doentio. A natureza havia sido generosa com ele e um topete se levantava sobre a testa com a mesma presença imponente que a marquise do Hotel Colon. Infundia respeito.

Apesar dos esforços de Conrad para esconder aquela calamidade, a área devastada continuou crescendo. Uma poção comprada de um boticário da Rua Unió, de uma cor amarelo-fecal e um fedor de cloaca, lhe concedeu, contra todas as probabilidades, três semanas de esperança e uma coleção de pesadelos pestilentos: tinha de lambuzar a cabeça com a pomada antes de dormir e cobri-la com uma rede. Passada a trégua, no entanto, seus cabelos pareciam ainda mais assustados e se suicidavam em massa.

Logo foi impossível ocultar a calvície e Martí começou a olhar para o filho com maus olhos. Primeiro criticou os penteados estapafúrdios e em pouco tempo já zombava dele, daquela careca traidora em um adolescente, na frente da clientela, sem nenhum pudor.

As coisas aconteceram mais ou menos como se segue: Martí dá os últimos retoques ao penteado de um cliente. A tesoura procura quatro cabelos fugitivos que ainda se destacam e os elimina com um golpe seco, cortando o ar. O espelho que ocupa uma parede inteira reflete uma cena cotidiana: o rosto do cliente, em primeiro plano, que faz cara de satisfeito e parece levitar com vida própria, como se debaixo do lençol branco não houvesse um corpo sentado; a figura inquieta de Martí, que segura outro espelho e permite que o cliente contemple a própria nuca enquanto concorda e diz que sim, obrigado, é exatamente o que eu queria; a careca de Conrad, por último, uma santa coroa, que passa por trás de ambos enquanto varre aquela cama de cabelos sacrificados.

MARTÍ: É isso. Já pode varrer, já... Vamos ver se de tanto remover os cabelos dos outros algum se enxerta em você, pelo amor de Deus!
CONRAD: ...
CLIENTE: Tão jovem e com essa careca. Nisso você não se parece com seu pai, menino.
CONRAD: ...
MARTÍ: Nem nisso, nem em nada.
CONRAD: ...

Assim o ódio era forjado entre pai e filho, em silêncios breves e ao mesmo tempo tão carregados de ressentimento como aquelas três reticências de Conrad. A cena se repetia com frequência, com escassas variações, e a maioria dos clientes dava razão ao pai (talvez porque o toque frio da lâmina de barbear no pescoço os convidasse a fazê-lo), mas de vez em quando alguém se mostrava compreensivo com o menino e através do espelho tentava transmitir um olhar de ânimo, um misericordioso levantar de sobrancelhas. Conrad se limitava a responder com um sorriso contrito e encolhendo os ombros. Em uma ocasião, um senhor que ia muitas vezes à barbearia para tingir o bigode, louro por causa do tabaco picado para fumar, propôs alegremente a solução da peruca.

— Isso nunca! Nem pensar! — gritou Martí e mexeu a cabeça com tanta violência que o topete, compacto e brilhante como se fosse de baquelita, parecia a ponto de se quebrar. — As perucas são obras do demônio, falsas e repugnantes. São cabelos mortos! Não confiem nunca em um homem que usa peruca!

Com o tempo, a resignação acovardada do meu avô Conrad estava se transformando em orgulho. As críticas de Martí o revoltavam cada vez mais contra a careca e fortaleciam sua personalidade com uma aversão visceral. À noite, quando Martí ia dormir, ele e a mãe conspiravam. Os sussurros noturnos frequentemente causavam gargalhadas sufocadas e zombavam de um homem grotesco, uma caricatura daquelas desenhadas na época por Nogués. Imagino que aquele era o único recurso que mãe e filho tinham para suportar a vida ao lado de um homem obsessivo como ninguém. Já havia um tempo em que, além disso, Martí perdia as estribeiras por qualquer motivo e sempre acabava descontando no filho calvo. Tudo parecia ser culpa dele e, mais de uma vez, no meio da gritaria, deixava escapar que Conrad não parecia seu filho. Então sua mulher, arrebatada pela acusação, perguntava-lhe de quem era se não dele. E ele irritado, vermelho de ira, pedia-lhe que repassasse cada ramo da árvore genealógica até encontrar um careca, um só seria o suficiente.

Minha teoria é que o barbeiro Martí estava certo e que meu avô Conrad não era seu filho, mas não há nenhuma maneira de provar isso. É apenas um palpite, para não dizer um desejo, baseado em sua trajetória familiar cheia de passos em falso e expectativas frustradas. No meu lado materno (apenas filhos únicos de filhos únicos, sempre) predominam os espíritos livres e um pouco extravagantes. Portanto, um mero adultério em Barcelona da década de 1920 — especificamente, de acordo com meus cálculos, no fim de junho de 1929, durante a Exposição Universal — teria de ser quase considerado um dever por parte da minha bisavó Dolors.

Os cristóvãos concordam, pela parte não sanguínea correspondente. Mas o fazem de uma forma muito mecânica, sem interesse, somente para que a narração continue. Agora gostariam que eu avançasse no tempo e fôssemos de novo ao aeroporto, mas vou ignorá-los, porque há momentos decisivos que não posso deixar de lado. Por exemplo: o dia em que meu avô Conrad fez 17 anos e sua mãe, às escondidas do pai, lhe deu de presente uma peruca.

À noite, quando Martí foi dormir, Dolors pegou Conrad e o levou ao banheiro, que ficava do lado de fora, no corredor. Depois, pediu que ele ficasse quieto, com os olhos fechados e de pé na frente do espelho. Então colocou a peruca nele, cobrindo a parte careca e até mesmo alguns cabelos dos lados. Ainda com os olhos fechados, Conrad tinha a sensação de que haviam lhe colocado um pequeno gorro, talvez uma boina, mas logo notou os dedos de sua mãe arrumando seu cabelo, como se fossem as pontas de um pente, e sorriu. Quando abriu os olhos, no entanto, a primeira impressão foi desagradável. A pessoa que via refletida no espelho não era ele. Sentiu-se ridículo, especialmente porque a peruca tinha ficado muito grande — não era feita sob medida, claro. De repente, reviveu o momento de desamparo de muitos anos atrás, quando era criança, e Dolors o havia fantasiado de caçador, tipo Daniel Boone. A foto daquele menino pálido e tenso, que usava um rabo de raposa sintética enrolado ao redor da cabeça, ainda andava pela casa, como uma profecia ignorada.

Conrad tocou a peruca e tentou movê-la. O fru-fru do falso couro cabeludo eriçou os cabelos verdadeiros da nuca.

— Não se preocupe, já vamos arrumá-la — disse Dolors do espelho. — É coisa de algumas tesouradas e um pouco de fixador. Mas a cor é exatamente a sua.

Segundo minha mãe, com o passar do tempo a imagem que ela criou do pai era a de um bobalhão — às vezes cativante e às vezes terrivelmente maçante. Conrad Manley não soube até muitos anos depois que aquela peruca tinha sido de um homem morto. Três ou quatro portas abaixo de onde moravam, na Rua del Tigre, havia alguns sapateiros com quem minha bisavó se dava muito bem. Eram mais velhos que ela e durante a guerra, enquanto Martí Manley estava na Frente, tinham ajudado muito Dolors e seu filho. Desde que haviam reaberto o estabelecimento com tudo dentro da lei, uma vez superados os maus momentos, estavam sempre com um tio deficiente fazendo-lhes companhia. O homem tinha perdido a fala devido a um ataque de apoplexia, mas do seu canto, acomodado em uma poltrona estofada, não perdia um detalhe do que acontecia no estabelecimento. Poderia-se dizer que, mais que com o ouvido, acompanhava as conversas com aqueles olhos brilhantes. Era um solteirão com um jeito afeminado mal dissimulado — segundo seus próprios sobrinhos. A verdade é que não se sabia muito de sua vida, porque sempre foi um pouco agressivo. Boêmio e pretensioso, antes do ataque gostava de lembrar que havia dividido noites de absinto e cabaré com seu amigo Santiago Rusiñol. Os sobrinhos cuidavam dele na esperança (vã) de que no dia que morresse surgisse uma herança oculta — um quadro de jardins flutuantes, um desenho de uma mulher lânguida, uma obra de teatro inédita do amigo — e todas as manhãs, para mantê-lo feliz, antes de descer para a loja, o vestiam com terno e gravata-borboleta e colocavam a peruca que sempre havia usado. Mesmo nos últimos tempos, quando já estava piorando, aquele homem, sentado em silêncio na poltrona, sabia mostrar um porte orgulhoso e digno, de uma presença que fascinava a todos que entravam na loja.

No dia em que finalmente a peruca repousou sobre a cabeça de Conrad Manley, havia três meses que minha bisavó a desejava. Três meses de ansiedade e cálculos, primeiro de insinuações e depois de propostas claras, até que combinou com os sapateiros. O velho tio solteiro havia tido outro ataque, desta vez mais violento, e o médico tinha advertido os sobrinhos que não se iludissem. Agora o homem dormia o tempo todo e era muito mais difícil movê-lo que antes, de maneira que não o faziam descer à loja. "Resta-lhe quatro dias", diziam os sobrinhos com um fio de voz, mas os quatro dias se estendiam e se multiplicavam. Às sextas-feiras e aos sábados, que era quando havia mais trabalho na sapataria, Dolors se oferecia para cuidar do doente. Agora já não se davam ao trabalho de colocar a peruca. E quando ela estava sozinha, dissimuladamente, observava e media o crânio com uma perícia de craniologista.

Tal como estava previsto, uma vez o tio morto e enterrado, a peruca foi um presente dos sobrinhos como pagamento por todos aqueles momentos de ajuda. Desprenderam-se dela de bom grado, pois minha bisavó tinha confidenciado suas intenções e diziam que, assim, quando Conrad a levasse, seria como se uma parte do pobre tio continuasse viva.

Embora não a tenha usado por muitos anos, Conrad nunca se esqueceu daquela primeira peruca. Falava dela com o mesmo sentimento com que nos lembramos do primeiro cachorro que tivemos na infância: a maneira como nos procurava e se deixava acariciar, a servidão incondicional e aquela dor desconhecida que nos paralisou quando ele morreu, sempre injustamente. E que, além de lhe fazer muita companhia, aquela primeira peruca lhe dava segurança. Muitas vezes, aos sábados à noite e aos domingos à tarde, saía para dar uma volta com os amigos. Desciam pela Rua Viladomat até o Paralelo e entravam em algum bar que tivesse pebolim, ou paravam na calçada do Teatro Arnau uma hora antes do teatro de revista e olhavam todas as dançarinas e vedetes que entravam pela porta de serviço. Eles as conheciam pelas fotos penduradas na parede — as classificavam em uma lista e as dividiam hipoteticamente — e não era preciso muito para imaginá-las sem aqueles vestidos folgados de sair na rua, com enfeites de penas na cabeça e cobrindo a nudez com estratégicas jiboias e trajes de lantejoulas. De todo o grupo, Conrad era o único que se atrevia a fazer algum comentário indiscreto às meninas, um assobio de admiração ao qual elas respondiam com um sorriso de desdém, como deviam. Aquela coragem adolescente era o avesso da timidez que o angustiava meia hora antes, em casa, quando anunciava aos pais que sairia com os amigos. Martí soltava um adeus apático de sua poltrona, sem olhá-lo. Dolors lhe dava um beijo e piscava o olho enquanto o tocava dissimuladamente nas costelas.

Era uma tática criada pelos dois: trancado em seu quarto antes de sair, Conrad guardava a peruca sob a camisa, cuidando para que não aparecesse, e uma vez na rua, quando já tinha caminhado o suficiente para se afastar de seu bairro — a cada passo, o cabelo lhe fazia cócegas na barriga —, entrava em qualquer café, perguntava onde era o banheiro e lá dentro, longe de todos e de tudo, colocava a peruca e a arrumava com um passar de pente. Sabia os gestos de cor, de tanto repeti-los, e quando voltava para a rua, orgulhoso, era, na verdade, outra pessoa.

Como a ideia de aparecer na frente do pai com a cabeça disfarçada era insuportável, Conrad e a mãe tinham se resignado a aguentar durante os anos que precisassem aquela vida de conspirações atemorizadas, perucas furtivas e banheiros públicos. Isso até que Martí morresse ou, quisesse o azar, que algum cliente comentasse na barbearia sem saber que estava acendendo o estopim de uma bomba. O final feliz, no entanto, chegou muito mais rapidamente do que pensavam: meu bisavô bateu as botas em um sábado à noite, sozinho e ignorado, quando havia dois anos que o filho usava a peruca do vizinho morto e que o bairro todo compartilhava o segredo.

Devia ser oito da noite. Ele já tinha fechado a barbearia e, como todas as semanas, dedicava-se um pouco a encher os frascos de loção pós-barba Floïd. Embora os clientes pensassem que eram massageados com uma loção de verdade — e fazia muita graça, abanando-os com uma toalha quando diziam que ardia muito —, a verdade é que meu bisavô usava uma loção comprada no atacado. Um químico de Poble Sec a destilava na garagem de casa e a cada tantas semanas Martí subia até o pé de Montjuïc com duas garrafas de vidro vazias, de cinco litros cada uma, e voltava com as duas garrafas cheias. Pelo visto, a mistura conseguida pelo químico de Poble Sec se assemelhava muito à autêntica Floïd, e a única diferença era que a loção falsa tinha uma proporção maior de álcool puro.

Quando Dolors o encontrou morto, naquele sábado à meia-noite, Martí jazia no chão com a boca torta e os olhos abertos, e ao lado estava uma das garrafas, em cacos. O falso Floïd tinha se derramado por todo o chão e a barbearia tinha ficado submersa em perfume doce e viril.

— Parece que estamos nos vestiários do Price — comentou um dos guardas-civis ao levantar o cadáver.

— No mínimo, este senhor deve ter tido uma morte perfumada. Há males que vem para o bem...

O médico legista decretou uma morte por intoxicação etílica e parada cardíaca, mas nunca se soube o que matou realmente Martí, se o infarto ou a inalação excessiva da loção falsa. Seja como for, é uma pena que tudo fosse tão simples e prosaico porque, visto em perspectiva, teria lhe afetado mais uma morte furiosa, um ataque de raiva depois de descobrir o segredo oculto por mãe e filho. Imagino uma cena mais dramática, por exemplo, exagerada, como se fosse interpretada por um grupo de amadores: vejo meu bisavô que volta de um café no sábado à noite — não é preciso mudar de dia — e passa na frente do La Paloma, na Rua del Tigre. Vejo Conrad, que está prestes a entrar com seus amigos, e vejo a peruca toda orgulhosa sobre sua cabeça, brilhante e bêbada de laquê. Vejo Martí, que olha aquela cabeleira de longe, com certa admiração profissional, e ao se aproximar percebe o engano. O olhar, que agora é de nojo, vai da cabeleira até o proprietário, e então vejo que se dá conta de que é seu filho Conrad. Vejo como as veias saltam do pescoço e os olhos saem de órbita. Vejo como as pernas e todo o corpo tremem quando se aproxima pelas costas e, abrindo caminho aos empurrões, estende a mão para lhe arrancar a peruca. Agora vejo o rosto de surpresa de Conrad quando dá a volta, vejo a peruca arrebatada por Martí voando pelo ar, vejo as mãos de Conrad na direção do pescoço do pai. E quando o homem cai no chão enquanto o filho o asfixia, com a mesma boca torta pelo desmaio, o ouço dizer suas famosas últimas palavras:

— Não confiem nunca em um homem que usa peruca!

— Os fatos! Os fatos! Ao aeroporto!

Meus irmãos voltam a se queixar porque vou pelas beiradas e me divirto inventando óbitos fantasiosos demais. Gritam ansiosos (como se eles não tivessem enrolado antes) e me pedem para ir direto ao ponto. Calma, cristóvãos. Daqui a pouco tomo impulso. Minha bisavó Dolors não chorou muito a morte de Martí. Quatro lágrimas sinceras na hora dos pêsames e um pouco mais.

Os obituários mal passaram pelo bairro, a notícia correu e o apartamento se encheu de barbeiros da associação e de clientes da barbearia que iam dar os pêsames. Conrad, além disso, havia pendurado um cartaz de "Fechado por luto" na porta do negócio de seu pai, quem sabe se mais feliz que abatido.

Do velório temos alguns instantes memoráveis graças às memórias de Dolors. A associação de barbeiros mandou imprimir um obituário que foi distribuído pelo bairro e por outras barbearias. Embaixo do nome do meu bisavô, como se fosse um brasão da família, mandaram desenhar um pente e umas tesouras cruzados. O antigo dono da barbearia, que considerava Martí seu discípulo, quis vê-lo de corpo presente. Abriu o caixão e, quando estava diante dele, enquanto se lamentava, não pôde evitar tirar um pente de tartaruga do bolso e arrumar o venerável topete do falecido, que começava a murchar. E parece que o enterro também deu o que falar: Conrad Manley tinha decidido inicialmente que compareceria sem a peruca, por respeito à memória do pai, mas minha bisavó, que era muito decidida, não parou até convencê-lo de que a usasse. Afinal de contas, Martí já estava morto e Conrad tinha de respeitar a própria vontade. Os barbeiros amigos de Martí consideraram isso uma provocação e mais de um, ao sair da paróquia do Carmen e dar as condolências à família, olhava a peruca de canto de olho e não conseguia dissimular o desprezo e a raiva.

Isso aconteceu em 1949, quando meu avô tinha 20 anos e só faltava um ano para que minha mãe nascesse. A morte súbita de Martí facilitou consideravelmente a vida de Conrad e, por assim dizer, não teve de voltar a tirar mais a peruca. Após três meses daquele funeral tão hostil, quando ainda usava uma fita negra ao redor do braço em sinal de luto, Conrad vendeu de qualquer maneira os lavatórios, os espelhos e as poltronas de seu pai a um barbeiro que se instalava na Rua Tallers e abriu uma loja de perucas no mesmo local da barbearia.

Ele a chamou de "O Novo Sansão" e o acontecimento chocou a vida do bairro. Nos primeiros dias, Conrad recebeu algumas cartas anônimas que o ameaçavam escalpelar, do mesmo jeito que os índios faziam com os caras-pálidas nos filmes de John Wayne. O antigo dono da barbearia, que agora se sentia um órfão abandonado e não encontrava outro barbeiro que o adotasse, fez um escândalo por aquela "traição à história" e exigiu que ele devolvesse a foto com a dedicatória. O padre da paróquia do Carme, na Rua de Sant Antoni, um corvo a serviço do Movimento, entrou uma tarde na loja e com uma cara de desprezo secular e uma voz sinuosa, como de Richelieu, fez que soubesse que o nome do estabelecimento era uma heresia e talvez até mesmo uma condenação. Conrad explicou que, pelo contrário, a referência a Sansão pretendia ser uma homenagem aos ensinamentos das escrituras sagradas, e o conquistou, prometendo-lhe perucas grátis para o Jesus e os apóstolos da procissão da Semana Santa.

Movido pelo desejo de apagar qualquer vestígio de Martí, Conrad e sua mãe tinham transformado a antiga barbearia de cima a baixo. Era como se os cabelos cortados que antes cobriam o chão tivessem colonizado cada canto: havia perucas na vitrine, majestosas sobre a cabeça dos manequins, como bustos reais; perucas nas estantes; perucas no balcão, prestes a serem penteadas. Perucas de todos os tamanhos, com cachos dourados, longas cabeleiras negras ou de cabelos brancos cheios de talco. A única coisa que mãe e filho não tinham conseguido eliminar totalmente era o cheiro pegajoso do falso Floïd, desde que o sábado da morte de Martí tinha se infiltrado nas paredes. Apesar das mudanças, de vez em quando algum cliente antigo distraído entrava na loja e perguntava automaticamente por Martí. Sob a proteção de suas perucas, Conrad tinha fortalecido seu caráter e não tolerava aquelas regressões dos velhos tempos, de maneira que, empunhando a peruca da vez como se fosse uma cabeça guilhotinada — a cabeleira de Sansão nas mãos de Dalila —, ficava louco e os afugentava da porta:

— Aqui não ficamos com os cabelos de ninguém! Aqui vendemos cabelos!

Naquela cidade marrom e de fuligem da década de 1950, naquela Barcelona abatida e amedrontada, a maioria das pessoas via O Novo Sansão como uma extravagância que logo fecharia as portas para sempre. Mas, justamente quando perdeu o brilho da novidade e sua presença foi se ofuscando para todos — quando foi novamente engolida pelo tráfego uniforme daquelas ruas —, o negócio começou a funcionar. Conrad passava uma afabilidade um pouco pegajosa e exagerada e, quando sentia que tipo de cliente tinha em sua frente, fosse tímido ou pretensioso, lançava uma de suas máximas:

— Sempre digo uma coisa: cada peruca desta loja tem uma cabeça que a está esperando.

— Não fomos feitos para sair com a cabeça ao ar livre.

— De qualquer ângulo, uma peruca é sinal de distinção.

Uma manhã de outubro, o encarregado pelos acessórios do Teatro Romea apareceu na loja para comprar perucas e barbas postiças. No Dia de Todos os Santos iriam representar Don Juan Tenorio. Ficaram muito felizes com os acordos feitos e logo a notícia se espalhou entre as celebridades. Os teatros do Paralelo também se tornaram compradores regulares de O Novo Sansão. Os galãs, que antes iam arrumar o cabelo na barbearia de Martí, agora voltavam a entrar na loja, menos pretensiosos e mais desalinhados e, meio às escondidas, como se fossem contrabandistas, pediam uma peruca que dissimulasse a careca incipiente. As mesmas vedetes que Conrad e seus amigos tinham espiado no Arnau ou no Molino agora compravam extensões de cabelo para um número em que interpretavam a rainha de Sabá acompanhada de um coro de salomões com túnicas vaporosas, ou em que uma valquíria bobona, cobrindo a parte da frente com uma estratégica mecha loura e comprida até a cintura, destruía um dístico picante. Com os dedos trêmulos, Conrad Manley penteava as extensões diante de um espelho e se obrigava a agir com frieza, mas quando chegava o sábado, na frente dos amigos, se fazia de brincalhão e lhes contava histórias que bem poderiam ter sido um número do teatro de revista. Dolors, que na parte da tarde o acompanhava na loja, via como ele tratava aquelas meninas e podia adivinhar seus pensamentos libidinosos. Então, quando ficavam sozinhos, fazia o possível para dispersá-los:

— Meu filho, ouça-me, e não se enrole nunca com uma dessas sem-vergonha. O que esperar de uma mulher que se levanta ao meio-dia e bebe champanhe no café da manhã?

— O que você quiser, mamãe, mas já sabe que as clientes sempre têm razão — respondia Conrad para defendê-las. Ao conhecê-las, percebeu que por trás daquela aparência de mulheres volúveis ocultavam-se umas meninas bem simples e bastante elementares, fáceis de lidar e de riso solto. Tinham vindo de lugares como Úbeda, Ponferrada e Albarracín, e que o jeito mundano era apenas uma fachada de proteção.

De qualquer forma, os avisos de Dolors não serviram para nada, e no final Conrad caiu nas garras de uma aspirante a corista. A menina se chamava Leonor Carratalà, Leo, "uma leoa que procura domador", costumava anunciar ao se apresentar, e tinha vindo de Alcoi para fazer sucesso no Paralelo. O pai dela tinha uma loja de chapéus, e Conrad viu nesse fato um sinal premonitório.

— Sabemos que as perucas e os chapéus formam uma aliança indestrutível. Nada como um bom panamá, um chapéu feminino ou uma cartola para assegurar a estabilidade de uma peruca — explicou no dia que apresentou Leo à mãe.

Conrad e Leo saíram alguns poucos meses sob o olhar inquisitório de Dolors. A mãe temia o momento em que teria de recolher os pedaços do filho, devorado pela leoa, e só respirou quando finalmente anunciaram que se casariam. Leo deixou os palcos, as jiboias e os passos de dança — contam que também não era nada de outro mundo — e reservou as metáforas de cabaré para as noites conjugais.

As fotos que Rita guarda dos dois são engraçadas e excêntricas: um homenzinho zambeta e de gesto tenso, com a peruca repousando sobre o crânio como um disco voador, e junto dele uma mulher atraente, ingênua e um palmo mais alta que ele. Poderiam ser os dublês do superagente 86, Maxwell Smart, e sua esposa.

— Olhando bem, meu pai era um inútil e minha mãe, uma bobalhona que o acompanhava — conclui Rita quando a obrigo a olhar aquelas fotos. — Só vendiam perucas, mas se achavam os tais. Vivendo com a cabeça nas nuvens. Papai dizia que tinha se apaixonado pela mamãe porque ela se parecia com a Hedy Lamarr, que tinha feito Dalila em um filme de época. Como se ele tivesse a menor semelhança com Victor Mature! Houve momentos em que sua leveza era divertida, mas garanto que às vezes era insuportável, mesmo para uma menina malcriada como eu. No entanto, é possível que tenham sido feitos um para o outro. Por isso faz sentido que tenham morrido os dois ao mesmo tempo.

Em dias assim, minha mãe fala como se tivesse ficado presa em abril de 1967, com 17 anos recém-completados, e de repente já não soubesse como continuar sua vida. É como se ainda estivesse naquele quarto de adolescente rebelde onde a havíamos deixado antes, jogada na cama e folheando a última edição de *Garbo*. Rita Manley Carratalà vira as páginas com um gesto mecânico. Seus pais, Conrad e Leo, fazem as malas. Enquanto isso, cristóvãos, se vocês quiserem, enquanto eles se despedem, podemos preencher o vazio desses primeiros 17 anos de vida da Rita. (Os cristóvãos concordam com uma euforia que pretende ser irônica). Vamos lá.

1950. Conrad e Leo se casaram na Igreja de Carme. Três dias antes, Leo atua em seu último papel no Teatro Victòria, dançando na revista *Loucuras de amor*.

1951. Rita nasce depois de nove meses, sem dúvida concebida em um hotel de Peñíscola. Coincidência fatal: uma semana mais tarde morre minha bisavó Dolors (escorrega no chuveiro).

1953. A venda de perucas continua funcionando a todo vapor. Meus avós compraram móveis novos para a sala de jantar. Aos domingos saem para comer na pensão, vão em excursão a Sant Joan Les Fonts Les e, em Corpus Christi, a Sitges.

1956. Rita Manley Carratalà começa a ir à escola, com as freiras do Sagrado Coração.

1964. Os jovens deixam o cabelo crescer, mas O Novo Sansão não se ressente. Pelo contrário, Conrad prefere pensar que todos esses cabeludos irritam os barbeiros. Não passarão muitos anos antes que alguns cantores seborreicos e vítimas da calvície prematura visitem a loja para comprar uma peruca.

1967. Abril. Pela primeira vez em sua história, O Novo Sansão fecha para férias, aproveitando a Semana Santa. O casal Manley Carratalà vai a Paris. Um quarto no Ritz, na Place Vendôme e uma rota turística pelas luzes da cidade os esperam. O Louvre, Versalhes, o Sena no Bateau-mouche. Depois de dar-lhes um beijo e dizer adeus, sua filha Rita ouve da cama o som da porta do apartamento se fechando. Apática, ainda folheando a última edição da revista *Garbo*.

Já chegamos. Apática, Rita continuou folheando a última edição da revista *Garbo*. Eram mais de dez da manhã de um sábado e ela não sabia como começar a gastar aquela liberdade estendida. O silêncio do apartamento, tão agradável, recomendava-lhe que ficasse na cama até meio-dia. Se voltasse a dormir, sua mãe não a acordaria com o burburinho de todos os sábados — uma sinfonia de persianas, queixas alucinadas e broncas aos gritos. Saboreou a nova situação com preguiça e depois de um tempo decidiu que tinha de contar isso a alguém. Levantou-se da cama e foi ao saguão para ligar para sua amiga Raquel. Enquanto pedia o número à telefonista, viu junto ao telefone um envelope com o nome de uma agência de viagens. Ela o pegou e o abriu com urgência. Dentro estavam as passagens dos pais. "Voo IB 1190. Barcelona-Paris." Soltou um grito de surpresa. Como estava descalça, notou o frio da baldosa que subia perna acima e a paralisava. Tentava decidir como poderia resolver, mas somente a ideia de que seus pais perdessem o voo e estragassem aquela semana a bloqueava. Então, ouviu a chave na fechadura, e a porta se abriu de repente. Era Conrad: estava com o rosto transfigurado e torcido de quando ficava muito nervoso. Algumas gotas de suor saíam por baixo da peruca estilo Alain Delon e desciam pelas têmporas.

— Já estávamos na Praça de Espanha e o táxi teve de dar meia-volta! — gritou. — Que desastre!

Antes que Rita pudesse dizer alguma coisa, ele arrancou as passagens da mão dela e foi sem fechar a porta.

— Corre, que ainda dá tempo! — disse ela da escada. — Boa viagem.

— Ai, ai, ai, ai, ai...!

A voz histérica do pai foi se perdeu no eco da escada. Rita fechou a porta com um senso de propriedade, como se o apartamento já fosse só dela, e voltou para o quarto sem ligar para Raquel. Deixou-se cair na cama, como um peso morto. Veio à mente a imagem de seus pais fazendo uma cena no táxi e, como tantas outras vezes, os viu como dois broncos. O mundo apequenado e convencional de sua casa, tão pouco lúcido, contrastava com a elegância e o bom gosto que reencontrava a cada semana na *Garbo*. Tony Franciosa, Ira de Furstenberg, Sylvie Vartan ou a princesa Soraya a acostumaram mal com a desenvoltura que exibiam na hora de responder às entrevistas impertinentes ou de se deixar fotografar nas praias de Côte d'Azur.

Rita se atormentava imaginando seus pais andando pelas ruas de Paris. Ela os imaginava desorientados ou sentados em um restaurante modestamente luxuoso enquanto Conrad, que acreditava saber falar francês porque sabia dizer *sivuplé*, pedia o cardápio com aquele minidicionário nas mãos e seus gestos cômicos.

Para contrabalancear tanta cafonice, Rita voltou a folhear a revista. Nas primeiras páginas, como toda semana, saía o horóscopo escrito por um tal Argos, dividido em duas partes, uma para os homens e outra para as mulheres. Procurou primeiro seu signo — Câncer — na seção "Para ela" e leu o texto. O mago lhe recomendava que não perdesse a esperança — assim, em geral — e que a semana se mostrava clara, com dias ricos em afeto e presentes. Rita encheu aquelas palavras vagas de conteúdo pessoal e depois leu o que aconteceria com seus pais. Sempre lhe pareceu engraçado que sua mãe, que se chamava Leo, fosse leonina. O horóscopo era tão contundente e apocalíptico que assustava: "Júpiter está de mal com você estes dias. Seja o mais amável possível. Evite mal-entendidos em família. Não escreva. Fuja de todos que possam deprimi-la. Não viaje". Aquele último imperativo causou uma impressão fatídica em Rita e, para compensar, para afastá-lo do pensamento, virou a página e olhou na seção "Para ele". O signo de Conrad era Gêmeos e dizia: "Período de instabilidade que você sabe dominar com sua iniciativa rápida. Evite tudo o que possa agitá-lo e deixá-lo nervoso. Não deve desanimar. Peça conselho aos seus entes queridos. Divirta-se muito, mas sem viajar para muito longe". Os dois horóscopos tinham se encaixado como duas metades de uma mesma laranja.

"Parece uma piada desse Argos", Rita disse a si mesma, e o medo que lhe havia gelado o sangue por dois minutos se fundiu lentamente naquele silêncio que a rodeava. Em outro apartamento do edifício, uma vizinha que fazia faxina começou a cantar uma música de Adamo.

— E minhas mãos em sua cintura...

Mal tinha entrado na adolescência, como acontece muitas vezes, Rita tinha começado a desprezar o amor incondicional de seus pais. O pacto de nascimento se rompia, sua personalidade pedia licença. As mesmas brincadeiras que de pequena a faziam rir de gargalhar, quando Conrad se atrevia a brincar com a peruca — só para ela, exclusivamente —, colocando-a ao contrário ou tirando-a para cumprimentar, como se fosse um chapéu, agora a humilhavam de tão óbvias e batidas. Ultimamente, a condescendência de Leo na hora das tarefas (não estava sempre em cima, como faziam as outras mães, e até a ajudava) ou quando a defendia diante do pai se pedisse roupas mais modernas — vantagens que anos antes tinham lhe servido para se destacar entre as amigas — lhe pareciam um sinal de fraqueza e se aproveitava delas. A vida interior de Rita ainda precisava dessas revoltas mínimas para se formar e, de vez em quando, em dias mais negativos, sentia o imenso desejo de que seus pais morressem de repente, os dois de uma vez. Que a deixassem sozinha no mundo. Uma vez passado o enterro e o choro, saberia se virar. De maneira geral, tinha essas ideias como um surto eufórico e bastante vago, e depois de um tempo gerava uma carga de culpa bem terrena. Mas nesse sábado de manhã a coincidência dos horóscopos lhe permitiu se livrar da culpa e brincar com a ideia mais claramente. Era uma profecia dos astros, dizia-se.

Na cama, Rita tentou levantar, mas a preguiça não deixava. Então, para se afastar dos pais e ao mesmo tempo se sentir mais perto daquele mundo encantado da revista *Garbo*, fez algo de que depois se lembraria risonha: tirou a camisola. O calor dos lençóis a eriçou de excitação.

Embora eu saiba que desta vez, surpreendentemente, vocês não me pediriam para poupar os detalhes, cristóvãos, não posso me meter debaixo daqueles lençóis com Rita nua, ingênua e travessa, porque na época, de certa forma, ela já era minha mãe (o futuro está contido no passado, dizem). Portanto, estaríamos no limite do incesto, ainda que fosse apenas um incesto literário. E embora hoje em dia já não se escandalize com nada, a Rita da época talvez se sentisse ultrajada por tanto atrevimento. Direi apenas que depois de um tempo suas pálpebras começaram a pesar e ela adormeceu de novo. A morte desejada dos pais se diluía no éter do sonho.

Passaram-se três horas. Naqueles anos, os sábados de inverno em Barcelona passavam com uma calma prostrada de asilo. De vez em quando, o ronco de um aspirador de pó entupido, dois andares acima, ou o estrondo de uma moto envenenada na rua quebravam o silêncio por um momento e depois o acentuava ainda mais. Rita acordou faminta, com o estômago roncando, e demorou meio minuto para recompor a realidade: que aquele era seu quarto, que estava nua, que estava sozinha. Concatenou três bocejos seguidos, e o terceiro foi interrompido quando viu a hora no despertador. Sentiu-se alegremente rebelde e indisciplinada.

Quando peço a minha mãe que revivamos juntos aqueles momentos — de sair da cama, andar nua e confiante pelo apartamento, tomar café da manhã e finalmente tomar banho —, ela sempre me diz que eles voltam com uma consistência líquida e borrosa, como se tivessem acontecido sob a água, no fundo do mar ou por trás de um vidro fosco. Não é de estranhar. Antes de entrar no chuveiro, Rita ligou um rádio portátil que ficava em uma prateleira do banheiro. Todos os dias de manhã Conrad se barbeava com as notícias das oito na Rádio Nacional, e Rita tinha de sintonizar outra estação de rádio para ouvir música. Depois de um tempo saiu da banheira — pequena, com um degrau, das antigas — e secou o cabelo com a toalha. O espelho embaçado lhe devolvia um rosto difuso.

E então, de repente, no meio daquela atmosfera vaporosa, o locutor da rádio interrompeu uma música para dar uma notícia urgente.

"Atenção. Cortesia de 'Kelvinator, eu gosto da vida!', oferecemos uma informação séria, de última hora. Por razões ainda desconhecidas — anunciou a voz de repente entristecida —, há alguns minutos, no aeroporto Prat de Barcelona, um avião da companhia Iberia que estava em plena decolagem saiu da pista e se incendiou depois de colidir com um caminhão de abastecimento. Segundo fontes do aeroporto, tratava-se do voo 1190 da Iberia com destino ao aeroporto de Paris, Orly, na França. Neste momento não se sabe se há sobreviventes. A companhia aérea espanhola, em colaboração com a Cruz Vermelha, fez um apelo aos familiares e seus representantes, pedindo que entrem em contato com o seguinte número de telefone...". Daqueles minutos aquosos e esfumaçados, Rita consegue apenas distinguir um detalhe com precisão: que em meio ao caos, ao impacto pela notícia e às lágrimas que turvavam a visão, anotou o número de telefone no vapor do espelho, para não o esquecer. Minutos depois, enquanto aqueles números se desfaziam, ligou para a Iberia e gritou o nome dos pais.

— Desculpe-me, poderia soletrar o sobrenome de seu pai, senhorita? — pediu uma voz da Cruz Vermelha que pretendia soar afetuosa. — N de Navarra... A de Alicante...

— Não, não! Manley! Conrad Manley. Com M... de morte, A... de acidente, N... de ninguém...

2

NA GAIOLA

Continua a vez de Cristòfol

Em vez da fantasia romântica de Paris, o destino final de Conrad e Leo foi o cemitério de Montjuïc, em Barcelona. Um Père Lachaise humilde, mas igualmente bonito. Cristóvãos: se algum dia quiserem visitá-los (é apenas uma sugestão), dirijam-se à entrada, perguntem pelo primeiro agrupamento e procurem os túmulos dos anarquistas Durruti e Ascaso. De lá, olhando para a paisagem de pinheiros e caminhões, com a névoa esfumando o porto de mercadorias ao fundo, caminhem cerca de 20 metros à direita e encontrarão a sepultura onde meus avós maternos estão enterrados. Leiam a lápide: aqueles nomes e números são praticamente a prova material que deixaram neste mundo, porque depois do acidente de avião não encontraram restos significativos do corpo físico — como dizem os espíritas.

Segundo contou minha mãe, o acidente deixou uma dezena de mortos e uma centena de feridos. Naquela época ainda não tinham inventado a caixa preta dos aviões, de modo que a versão oficial dos acontecimentos foi construída a partir do testemunho dos sobreviventes — entre eles, os pilotos — e dos dados apresentados pela torre de controle. As autoridades estabeleceram que, quando a aeronave começou a ganhar a velocidade para a decolagem, uma roda quebrou e o avião começou a derrapar na pista. O piloto conseguiu dominá-lo, reduzindo a velocidade, mas no último momento, quando parecia que tudo seria só um susto, um caminhão tanque saiu do nada e colidiu com a traseira da aeronave. Embora pareça que os fatos tenham passado em câmera lenta, como resultado do impacto, a aeronave foi dividida em duas — um corte limpo, de guilhotina — e a cauda pegou fogo na hora. "Em meio à histeria geral — escreveram os repórteres —, a explosão devorou instantaneamente os passageiros infelizes que ocupavam os assentos traseiros". O avô Conrad, precisamente, seguindo o conselho de um vizinho sabe-tudo, tinha feito o impossível para que a poltrona dele e a da vovó fossem na cauda do avião. "Dizem que é o lugar mais seguro porque está longe dos motores. Caprichos da aerodinâmica", havia dito para se animar.

Aquela primeira ligação, depois de sair do chuveiro, já tinha dado poucas esperanças à Rita. Com belas palavras, a moça da Cruz Vermelha disse que não desanimasse, mas que seus pais estavam em uma lista de vítimas mais prováveis. Rita deixou seus dados e esperou notícias. Ouvia o rádio jogada na cama, como se alguma superstição a mantivesse em seu quarto. De vez em quando o telefone tocava, mas não tinha nem vontade nem coragem de atender. Algumas horas mais tarde, dois policiais bateram à porta. Talvez seja um clichê, mas mamãe se lembra deles como dois homens mais velhos, austeros, com o bigode arrumado e um uniforme amassado. Um deles, o que parecia mais bonachão, lhe falou com uma voz doce e disse que naquela tarde seus pais tinham sofrido um acidente de avião no aeroporto, como ela já sabia, e que tinham "ido para o céu". Rita havia mentalizado a tarde toda para se fazer de forte, mas de repente as palavras do policial fizeram que se sentisse uma menina desamparada e começou a chorar.

Os homens se esforçaram para consolá-la. Ofereceram um lenço. Passaram a mão nos cabelos e disseram que ela tinha de ser uma menina crescida e forte. Rita tinha 16 anos, era evidente que já não era uma menina, e por dentro sentiu vergonha alheia de todos, começando por seus pais. Enxugou as lágrimas com determinação e os policiais agradeceram. O segundo policial, de voz mais áspera e jeito pragmático, abriu uma pasta, retirou uma folha de dentro e perguntou se ela tinha irmãos. Não. Avôs? Não. Nenhum tio? Não. A cada resposta negativa, os olhos do bom policial se enchiam de lágrimas. E parentes distantes? Lembrava o nome de algum parente distante, mesmo que não o tivesse visto há anos? Não havia ninguém, é claro, mas Rita percebeu que a pergunta tinha um tom ansioso, de última oportunidade. Como hesitou alguns segundos, o bom policial a incentivou, lembrando que ela ainda era menor de idade e que nessas circunstâncias não poderiam deixá-la sozinha. Tinha de haver alguém.

— Tenho uma tia que mora em Sagunto — mentiu. Escolheu Sagunto porque lembrava que seus avós tinham vivido lá anos atrás. — Já é bem idosa, mas liguei para ela esta tarde e amanhã ao meio-dia ela vai chegar de trem. — A mentira surtiu efeito e os policiais respiraram aliviados. Então lhe pediram uma foto dos pais e a acompanharam à casa de Raquel, sua melhor amiga. Nos últimos meses, havia dormido alguns sábados na casa dela. Leo e a mãe de Raquel faziam compras nos mesmos lugares no mercado. Para Rita, aqueles dias passaram como se estivesse representando em uma peça de teatro. Lembra-se da cerimônia do luto, da roupa preta, da compaixão geral, das atenções melindrosas de vizinhos e amigos. Os pais de Raquel a trataram como uma filha, encarregando-se dos trâmites fúnebres, e sua amiga se comportou como uma irmã cuidadosa.

Por terem de esperar a confirmação oficial das mortes, o funeral aconteceu apenas na sexta-feira, passados seis dias do acidente. Na quinta-feira, os dois policiais tinham entregado à Rita um papel assinado pelo juiz, cheio de carimbos oficiais, e depois lhe fizeram uma pergunta singular:

— Vamos ver, linda. Você poderia nos confirmar se no dia da desgraça seu pai usava uma peruca?

Acontece que a única coisa de Conrad que sobreviveu à catástrofe foi um fragmento da peruca estilo Alain Delon. A bagagem dos passageiros também havia sido queimada com a combustão ou desintegrada em meio ao caos subsequente. Mas horas mais tarde, enquanto as equipes de resgate tentavam recuperar restos humanos que os ajudassem a identificar as vítimas, um bombeiro encontrou um pedaço de peruca. Estava a oitenta metros do incidente, entre os restos chamuscados e grudado no asfalto. No começo, coletaram aquela coisa com muito cuidado, acreditando ser couro cabeludo, mas então, quando a analisaram no laboratório, perceberam que se tratava de pele sintética. Rita nunca chegou a ver o pedaço de cabelo queimado, mas aquele retalho de vaidade paterna lhe inspirou uma última homenagem. Uma das poucas decisões para o futuro que Conrad havia tomado, e que Leo nunca concordou, tinha sido a contratação de um seguro de vida no La Unión e no Fénix. Assim, embora os corpos não existissem, e posto que os caixões e o enterro já haviam sido pagos antecipadamente, Rita quis que a cerimônia fosse realizada.

No último minuto, quando os dois caixões vazios estavam prestes a sair de casa para a Capela de Sant Llàtzer, onde seria realizada a missa do funeral, a menina pegou a coleção de perucas de seu pai e as distribuiu dentro do caixão, forrado em tecido. Havia uma dezena de perucas, desde aquele primeiro capacete que parecia um chapéu de caçador até a que estreou no dia do casamento, e todas juntas resumiam as diversas fases de sua vida. Em seguida, para compensar a mãe, procurou uma edição antiga que guardava da revista *Garbo*, recortou uma foto de Hedy Lamarr e Victor Mature e a colocou no caixão de Leo. Os novos Sansão e Dalila.

Uma vez passado o enterro, Rita ficou completamente ciente de que estava sozinha no mundo. De um dia para o outro, quando se tornou uma imposição, aquela vontade formulada e cobiçada tantas vezes perdeu todo o encanto. Órfã perfeita. Mamãe diz que demorou mais de um ano para se acostumar às novas circunstâncias. Quando finalmente conseguiu, já era outra pessoa.

O grande baque veio por parte de seu pai. Como não queria estudar, seguir uma carreira, Rita deixou a escola aos 15 anos. Desde então passava o tempo em casa, fingindo que procurava sua vocação à distância. Aprendeu a tricotar por correspondência, tentou aulas de francês, matriculou-se em um curso para recepcionista de eventos e congressos... Mimada como era, tudo a entediava. Surpreendentemente, a morte de Conrad e Leo abreviou aquele desinteresse e um dia de manhã, às nove, poucos dias depois do funeral, foi abrir O Novo Sansão.

— Meus pais não tinham deixado nenhum testamento e eu havia herdado o negócio, certo? Então o mais lógico era que eu mesma me encarregasse dele — lembrou anos depois. — O movimento dos primeiros dias me atordoava, mas, ao mesmo tempo, me estimulava. Uma vez tinha ajudado na loja, mas naquele contexto tinha de lidar por minha conta com o movimento comercial. Os clientes vinham buscar as encomendas e eu tinha de revirar metade do estoque para encontrá-las. Os fornecedores se aproveitavam da minha inexperiência para me empurrar produtos. A cada instante, a voz rabugenta do meu pai ecoava entre aquelas quatro paredes para me dar conselhos. "O segredo é pentear as perucas todos os dias, para que brilhem bem exuberantes na cabeça dos manequins", dizia. "É muito importante que os homens, especialmente os mais velhos, percam o medo de experimentar a peruca. Deixe-os sozinhos na frente do espelho, lhes dê confiança." Passei as duas primeiras semanas tão atordoada e absorta que não tive tempo para decidir se gostava ou não do trabalho. A única certeza era de que, à tarde, antes de voltar para casa, fazia as contas e os números não batiam. "Você vai ter de contratar um contador", dizia para me tranquilizar. Então, em uma sexta--feira, entrou na loja um homem bem-vestido e com uma pasta, parecia um viajante, e felizmente (digo isso agora) tudo foi por água abaixo. Acontece que o senhor não era um viajante, mas um advogado. Ele se apresentou e me perguntou se o senhor Conrad Manley estava. Expliquei que meus pais tinham morrido havia alguns dias. Ele me olhou com ceticismo. "Não é uma piada, verdade?", perguntou. Disse que não, que era sua filha e que dali em diante estaria à frente dos negócios. Ele prestou condolências e, com um jeito bem sério, me entregou um papel e disse: "Neste caso, senhorita Manley, recomendo que procure um bom advogado. Compreendo que você não tem culpa de nada, mas seu pai, com o devido respeito, era um caloteiro. Em breve você receberá uma intimação judicial".

Ah, vovô Conrad, que malandro! Cristóvãos: chamá-lo de caloteiro é dar-lhe um *pedigree* que não merecia. Talvez tivéssemos de apelidá-lo de iluminado ou até de perplexo. Rita conhecia seu pai bem demais para se assustar de verdade, mas também havia crescido com seus ataques de mau humor, aquelas explosões obsessivas que o cegavam por alguns dias e que ele esquecia depois com a mesma intensidade.

— No fundo, tinha herdado do papai essa mania de começar dezenas de cursos por correspondência e não terminar nenhum — reconhece Rita. — De repente, por exemplo, ele metia na cabeça que iria fazer o próprio iogurte e enchia a geladeira de fermento lácteo. Durante quinze dias se dedicava a enviar cartas para todos os jornais comentando o mau estado das ruas. Ou aquela temporada em que se sentava todas as noites na frente da máquina de escrever para redigir suas memórias (não passou da página vinte, mas tinha título: De bobo, nem um fio).

Dias mais tarde, quando o carteiro lhe entregou a intimação judicial, Rita foi à casa de Raquel e explicou tudo aos pais dela. O pai de Raquel trabalhava em um banco e no dia seguinte procurou um advogado. No meio da tarde, os dois passaram no O Novo Sansão e estudaram os livros contábeis, a intimação, as faturas de fornecedores dos últimos meses. Rita ouviu os dois conversando e discutindo no escritório dos fundos, verificando as contas, e quando finalmente saíram, a expressão de compaixão deles os delatava.

Eis, resumidas, as explicações que os dois senhores deram à Rita: de acordo com os números, havia mais de quatro meses que o negócio das perucas ia de mal a pior. Em vez de procurar uma solução razoável, Conrad tinha optado por uma loucura suicida: tinha pedido um crédito no banco e colocado a loja como garantia. É muito provável que a intenção tenha sido liquidar as dívidas pendentes, mas pelo que intuíam, ele não tinha pagado nem uma letra de câmbio e gastado quase a metade do dinheiro em passagens e reservas do hotel em Paris. Uma fatura da agência de viagens que tinham encontrado no lixo, amassada como uma bola, confirmava essas suspeitas.

Conrad, como havia dito antes, sempre foi impulsivo, exagerado, mas neste caso o deslumbramento o havia levado longe demais. Era possível até atribuir um ponto de ironia mórbida: o famoso atacadista de Paris que, de acordo com ele, tinha feito o convite para a viagem, era na verdade seu maior credor.

A conclusão do advogado foi que Rita tinha tudo a perder. Assim, seguindo seus conselhos, antes do fim de mês vendeu de qualquer maneira tudo o que pôde da loja. Um grupo de teatro amador ficou com as perucas, quase de graça. Um catador da Rua Tamarit levou os móveis, as prateleiras, os manequins e o letreiro do O Novo Sansão (duas décadas mais tarde, no início dos anos 1990, aquele letreiro luminoso apareceu na Fundação Miró, formando parte da instalação de uma artista conceitual). No dia que o juiz ordenou que lacrassem o local e passassem para as mãos do banco credor, aquele espaço já não era mais que uma lembrança nostálgica entre alguns vizinhos e clientes, primeiro como a barbearia de Martí Manley e depois como a antagônica loja de perucas de Conrad Manley. Enquanto entregava as chaves aos representantes do banco, Rita se perguntava o que teria acontecido com O Novo Sansão, com seus pais e com ela, depois que tivessem voltado da viagem a Paris. O que teria acontecido com todos eles? Que calamidades os novos arroubos de Conrad teriam trazido? De repente, agora sem desejá-lo, dizia-se que talvez o acidente tivesse sido uma boa solução.

Enquanto isso, para evitar que a levassem para um orfanato, Rita havia cultivado e melhorado a mentira de sua tia-avó de Sagunto. Aprendeu a imaginá-la diariamente, a dar-lhe uma forma, um rosto e um nome (tia Matilde). Primeiro se referiu a ela em conversas com os vizinhos, ou na frente dos pais de Raquel, e sempre a descrevia velha e acabada. "Ela sente dor nas pernas e só sai para ir ao médico", dizia. "Veio para cuidar de mim, mas agora sou eu quem cuido dela", dizia. O próximo passo foi dar-lhe uma voz. Ensaiava andando pela rua e depois, em casa, lhe saía mais natural. A tia falava espanhol. Como se supunha que era surda, os vizinhos a ouviam gritar pelo pátio interno. Rita aprendeu a manter conversas com ela mesma, comentários banais e até mesmo alguma discussão. Ficava perto da janela da área, que dava para a cozinha, e gritava: "O que vamos fazer hoje para o almoço, tia?"; "Olha, meu bem, vá ao mercado e compre algo para um ensopado... Traz aqui o porta-moedas". Se o telefone tocava, às vezes era a tia Matilde que atendia e passava o telefone para Rita. Mamãe nunca contou o segredo a ninguém, nem à Raquel, convencida de que o menor deslize poderia delatá-la. Além disso, a tia de Sagunto lhe fazia companhia, a ajudava a se manter ativa e a não se sentir sozinha.

A farsa durou uns bons seis meses, até o outono. Rita tinha sobrevivido com o dinheiro das vendas da O Novo Sansão, mais umas economias que Leo guardava na cômoda para uma emergência, pouca coisa. Sabia que quando chegasse à maioridade receberia o dinheiro do seguro de vida que lhe correspondia, uma quantia considerável, mas enquanto isso estava começando a ficar pobre, ou melhor, a passar necessidades. Ficava em casa para não gastar e se entediava na frente da TV. Comia somente duas vezes por dia, café da manhã e jantar. Ao se olhar no espelho se via enfraquecida, pálida e frágil. Se continuasse assim, logo a descobririam, dizia-se nos momentos mais difíceis. Talvez fosse melhor. Então, quando estava a ponto de ficar definitivamente louca, um inesperado golpe de sorte deteve aquela queda livre e mudou sua vida.

Seu anjo da guarda foi o advogado que tinha lhe levado a intimação. Pensando bem, poderíamos dizer seu nome, certo? No fim das contas, embora sua aparição tenha sido circunstancial, ele desempenhou um papel decisivo.

— Como ele se chamava, mãe? Você lembra?

— Sem dúvida. Ele se chamava, se chamava... Carlos Bravo. Parecia um nome de cantor. Mas eu o chamava de senhor Bravo. Tinha um escritório lá na Rua Provença, perto da Avenida de Catalunya, em cima do Mauri. Faltava pouco para que ele se aposentasse.

Em sua longa e penosa trajetória nos tribunais, o senhor Bravo tinha se acostumado a lidar com charlatães sem escrúpulos e safados que se achavam espertos. Rita, aquela menina que tinha ficado sozinha e desamparada, foi uma exceção, uma vítima, e ele se afeiçoou a ela. Um pouco depois do embargo da O Novo Sansão, o senhor Bravo a chamou uma manhã e perguntou alguns detalhes sobre seus pais. Se ela permitisse, disse em seguida, ele tentaria conseguir alguma compensação financeira por parte da Iberia ou do próprio aeroporto. Afinal, alguém tinha de ser responsável pelo acidente. Rita desligou o telefone, comentou o assunto com a tia Matilde — que lhe pediu que acendesse uma vela para Santa Rita, sua santa, padroeira das causas impossíveis — e não voltou a pensar nisso. Chegou o verão, passaram-se as férias de agosto, e em uma manhã no início de setembro o senhor Bravo voltou a ligar.

— Sabe quem é, senhorita Manley? — perguntou o advogado. — Carlos Bravo. Tenho boas notícias, eu acho. Estive pesquisando e fazendo algumas ligações, para ver se recebíamos alguma compensação por seus pais. Não tivemos muita sorte. A companhia Iberia vai nos pagar algo por perdas e danos, mas já aviso que é uma ninharia. Melhor isso que nada, é claro, embora eu esperasse muito mais. Agora, bem, falei com o serviço jurídico do aeroporto e, apesar de não terem nenhuma obrigação de pagar nada, seu caso os comoveu e eles me fizeram uma oferta. Acontece que, com as obras de expansão do terminal do Prat, ano que vem serão abertos novos postos de trabalho. Se você quiser, pode aspirar a algum deles, o que eu aconselho fortemente, e o trabalho seria seu. Não sei de qual área se trata, mas me asseguraram que o salário é bom e com possibilidades de crescimento.

Foi assim que alguns meses depois, em janeiro de 1968, com quase 17 anos, Rita começou a trabalhar no aeroporto de Barcelona. Era muito jovem, mas talvez isso a favorecesse, já que seu trabalho consistiria em lidar com os viajantes indignados da Seção de Reclamação de Bagagens Perdidas.

No que diz respeito à tia Matilde, naquela mesma tarde ela fez as malas e, sem nem sequer dizer adeus à Rita, foi embora para Sagunto para todo o sempre.

Cristóvãos, obrigado por me permitirem resgatar do esquecimento a herança cômica e dramática dos Manley. Tesouras e perucas. E agora que deixamos Rita trabalhando no aeroporto — cada vez nos aproximamos mais, podem ver—, com alguma esperança depositada no futuro, teremos de viajar de novo à Alemanha. Embora não queiramos voltar lá, a manhã de 14 de fevereiro de 1972, Dia dos Namorados, nos chama.

Tínhamos parado no ponto em que voltava a nevar forte, certo? Bundó dormia. O Pegaso conduzido por Gabriel embalava na estrada...

Meses mais tarde, quando já tinha conhecido minha mãe, Rita, e ainda estava em dúvida se seguia de novo com sua vida, Gabriel se abriu e lhe contou a desgraça com todas as letras. Quanto tempo teria dormido no volante? Oito, dez segundos? Dez segundos, no máximo. Agora fechem os olhos e contem até dez, cristóvãos. Não é nada e é uma eternidade. Havia sido o suficiente para que o caminhão desviasse para a direita, saísse da estrada e, levado pelo próprio impulso, caísse em uma encosta arborizada de uns 15 metros. Gabriel tinha a lembrança de ter aberto os olhos em meio a um ruído desconhecido e ter gritado de pavor. A primeira imagem que lhe vinha à mente, ao reviver aquele momento, era a de uma enxurrada que batia em seu rosto com uma força sobrenatural. Antes daquilo tudo, nosso pai tinha sonhado mais de uma vez que ele e seus amigos despencavam de uma ponte e caíam no rio com o caminhão. O ruído dos vidros quebrados, o açoite dos galhos, a chuva de lama removida, a confusão vinda do nada... Durante o acidente real, todos esses elementos usurparam a lógica do pesadelo.

Quando o Pegaso finalmente parou, quase em posição vertical e com a cabine amassada na parte de baixo, Gabriel demorou mais meio minuto para superar aquele desconcerto. O braço esquerdo, que tinha ficado preso entre duas dobras da porta, lhe enviou as primeiras sensações de dor. Compreendeu que tinham sofrido um acidente. Merda, tinha caído no sono. Enquanto o cérebro recobrava a consciência, a mão direita buscou automaticamente a chave do contato e desligou o motor. Uma roda que girava no vácuo parou. Então percebeu o silêncio que o rodeava — um falso silêncio, intruso, grotesco — e, como um lampejo, soube que Bundó estava morto. Ele o buscou com o olhar (tinha um olho meio encharcado de sangue) e o chamou.

— Bundó! Bundó! Acorda, caramba!

O lado direito da cabine era o que tinha sido mais protegido contra o impacto. Apesar de a posição parecer incômoda, Bundó tinha a cabeça apoiada na porta, como sempre que dormia. Os olhos fechados. Três ou quatro pequenos cortes no rosto que sangravam. Havia apenas um detalhe diferente naquela imagem: a estranha inclinação do pescoço, um ângulo impossível. Gabriel sacudiu algumas vezes o corpo do amigo. Depois, rendido, vencido, segurou a mão dele, como se assim pudesse lhe transmitir vida, e ele também ficou quieto.

Não merecia mais nada.

Alguns gritos incompreensíveis, cada vez mais próximo, o afastaram por alguns instantes daquele choque e o mantiveram vagamente acordado.

Sorte da neve, cristóvãos. Naquela hora da manhã, às sete, ainda não passavam muitos carros. Um minuto antes de o Pegaso sair da estrada, um turco que dirigia um Mercedes desengonçado compreendeu o significado daquele desenho das rodas sobre o asfalto coberto de neve. Há alguns quilômetros, por segurança, brincava de seguir com suas rodas o traçado grosso e constante dos pneus do caminhão, como se assim pudesse evitar que desaparecesse. De repente, no final daquela reta, percebeu que as duas linhas paralelas se desviavam graciosamente em direção à valeta e desapareciam no nada. Freou a tempo, reprimindo a inércia de continuar o desenho até o fim, e parou o carro ao lado da estrada. Então viu as ruínas do Pegaso lá embaixo, uma mancha escura que fumegava entre as árvores, e saiu para socorrer encosta abaixo, aproveitando o caminho aberto pelo caminhão.

— *Alles in Ordnung? Hören Sie mich? Sagen Sie was!*[39]

Gabriel não lembrava se tinha perdido a consciência, mas a última imagem que havia guardado dentro do caminhão era o rosto daquele homem, assustado ou atordoado pelo frio, olhando para ele de cabeça para baixo através da janela e abrindo a boca para falar. Depois já via a estrada, em uma ambulância, rodeado por mais carros e luzes de emergência, enquanto um enfermeiro da Cruz Vermelha imobilizava seu braço esquerdo — fraturado em dois lugares, na altura do cotovelo — e outro limpava com álcool e algodão as feridas do rosto e do pescoço. Tinha a testa, o nariz e as bochechas marcadas por uma infinidade de arranhões

39. Vocês estão bem? Você está me ouvindo? Diga que sim! (N.E.)

e de pequenos cortes dos vidros. O silêncio prudente dos enfermeiros já predizia a terrível notícia, mas quando iam para o hospital, deitado na maca, perguntou por Bundó.

— *Mein Freund*?[40]

O enfermeiro que o acompanhava negou com a cabeça.

Passou aquele dia todo e o seguinte em um hospital em Kassel. Primeiro fizeram radiografias e lhe engessaram o braço. Depois o mantiveram por algumas horas em observação. Frankfurt não ficava muito longe e não sabemos se lhe passou pela cabeça ligar para Sigrun, mas o caso é que não o fez. Na minha opinião, cristóvãos, não é improvável que aquela renúncia fosse o que tenha nos trazido todos até aqui: o primeiro sinal de uma inatividade prolongada. Enquanto isso, na estrada, outra ambulância havia levado Bundó ao necrotério do mesmo hospital. Um guindaste tinha recuperado a sucata do pobre Pegaso, e a polícia alemã teve acesso aos documentos do veículo. Tinham identificado a empresa de mudanças, ligado para Barcelona e informado o senhor Casellas sobre o acidente.

No meio da tarde, quando Gabriel estava começando a se sentir isolado demais, recebeu a visita do secretário do consulado espanhol em Frankfurt. Seu rosto lhe era familiar. Havia alguns anos, os três tinham feito a mudança dele. Depois de prestar condolências pela morte de Bundó, o secretário informou que o senhor cônsul — outro antigo cliente da La Ibérica — havia recebido uma ligação do senhor Casellas pedindo-lhe conselhos e assistência. O senhor Casellas, como era óbvio, queria transmitir seu máximo apoio naquele momento, encorajá-lo, porque sabia que Bundó era seu melhor amigo, e desejar que tivesse uma recuperação rápida. O secretário do cônsul também informou sobre as questões práticas. Graças a alguns trâmites feitos no consulado, a filial alemã da empresa seguradora se encarregaria dos restos do caminhão, perda total. Se os médicos descartassem alguma lesão interna, algo desejável, haviam lhe reservado um lugar no voo Frankfurt-Barcelona da companhia Lufthansa, que sairia dois dias depois, na manhã do dia 16. Naquele mesmo voo, se não houvesse nenhum inconveniente, o corpo do senhor Serafín Bundó seria repatriado. O consulado, é claro, como é obrigatório em tais casos, também forneceria um caixão de urgência para a viagem.

---

40. Meu amigo? (N.E.)

Gabriel ouvia o secretário e concordava com gestos ausentes ou respondia com monossílabos. Embora não gostasse da situação, no fundo a assepsia polida e diplomática daquele burocrata lhe convinha. Os calmantes o haviam deixado grogue e seu cérebro agradecia a inércia. Não pensar. Abandonar-se. Quando o assistente do cônsul se despediu, no entanto, uma lembrança se infiltrou naquela solidão de quarto de hospital. Tempos atrás, durante a mudança do secretário e de sua família para Frankfurt, os três capangas da La Ibérica tinham extraviado uma bolsa que continha roupa esportiva. O saque dividido era mínimo: moletom, tênis, algumas meias esportivas que ninguém queria, uns óculos de natação. Embora não fosse exatamente do tamanho dele, Bundó estava obstinado a ficar com um roupão de banho masculino, listrado de azul-marinho e de caimento aristocrático, com um escudo na altura do coração, que parecia ainda não ter sido usado. Agora que tinha reconhecido seu proprietário inicial, alto e magricela e com aquele jeito sinistro, Gabriel reviveu a imagem de Bundó com o roupão. Ele o havia usado uma temporada, quando os dois ainda viviam na pensão. Colocava para sair do chuveiro, ou à noite, como um robe sobre o pijama, e parecia ainda mais cômico. Como era baixo e gordo, o roupão de banho ficava apertado, não conseguia acabar de amarrá-lo com o cinto, e a barra se arrastava pelo chão. Gabriel dizia que ele caminhava como um rei com capa, um rei medieval, cansado da ralé, a ponto de condenar à morte os vassalos que estavam na pensão. Aquela visão lhe provocou um sorriso doloroso — esticavam os pontos de um corte — e depois o fez adormecer de pura exaustão.

Um dia e meio mais tarde, na manhã da quarta-feira em que o levaram ao aeroporto, essa indefinição do espírito tinha desaparecido. Sem calmantes para amolecer o cérebro, a realidade se impunha com uma precisão afiada. Cada segundo longe de Bundó lhe agulhava as têmporas como uma tortura chinesa. A culpa tinha feito o seu ninho. Sob aquele céu, o futuro só poderia piorar. Nunca havia viajado de avião, mas aquele medo era engolido pelos outros medos. Uma competição de tristezas. E eram apenas oito da manhã.

A partir da porta do hospital, vestido com as roupas que lhe haviam dado, viu dois carros pretos chegar. Um era da funerária e tinha acabado de pegar o caixão de Bundó. O outro era dirigido por um motorista do consulado. Este parou e abriu a porta traseira, mas Gabriel fez entender que queria se sentar na frente, a seu lado. Não era nenhuma autoridade. Uma vez no carro, o motorista lhe entregou uma pasta com o anagrama do consulado da Espanha em Frankfurt e uma bolsa de lona preta. Ele abriu. Encontrou dentro alguns objetos pessoais de Bundó e outros achados no Pegaso, coisas como um abridor de garrafas ou uns óculos de sol, intactos, que antes haviam sido úteis e agora lhe davam raiva. Também havia uma camisa e uma calça de Bundó que os empregados do consulado, muito cuidadosos, haviam lavado e passado. Eram as roupas que ele tinha tirado depois da mudança em Hamburgo e lhe custou identificá-las. Bundó era movido por caprichos e nos últimos meses aquela camisa — conseguida depois de uma mudança para Bonn (número 188) — era a sua favorita. Gostava dela porque, como dizia, reunia três grandes qualidades que uma camisa de trabalho de inverno deveria ter: era de flanela e aquecia, lhe permitia fazer movimentos bruscos porque estava folgada e não se sujava. Esta terceira razão não era objetiva. Bundó sempre se sujava na hora de comer, mas não se importava. Quando Gabriel e Petroli o repreendiam, até brincavam e buscavam formas geográficas nas manchas — uma Itália de molho de tomate, uma península Ibérica de alho e óleo, uma África de sorvete de chocolate. A camisa de flanela tinha um desenho estilizado em preto e branco, moderno e bem extravagante, que camuflava bem as manchas. Agora, a visão daquela camisa tão suave e imaculada, com o colarinho engomado, deixou Gabriel ainda mais deprimido. Era como se tivessem tirado a essência de seu amigo.

Para não pensar mais nisso, abriu a pasta da embaixada. Alguém, talvez aquele mesmo secretário, havia guardado ali a passagem de avião e — de maneira bem organizada — os documentos que conseguiram recuperar da cabine. Entre eles encontrou seu passaporte e o de Bundó, folhas de itinerário, os documentos do Pegaso, a autorização de circulação internacional, postais em branco, alguns mapas um pouco rasgados nas pontas (Bundó sempre os dobrava mal), um folheto amassado dos apartamentos de Vía Favència, a lista de centros de espanhóis de Petroli e outros papéis. Folheou aqueles documentos com apatia, mas se surpreendeu de novo com a presença de Bundó em todos eles.

Em uma das folhas, reconheceu sua letra. Havia alguns cálculos de um dia em que, enquanto viajavam, se distraiu contando os quilômetros que tinham feito juntos com o Pegaso. Outro papel mais recente tinha o cabeçalho da La Ibérica, com o desenho de um caminhão que atravessava o mapa da Europa. Nele Gabriel leu uma série de datas, horários e nomes dos médicos que a secretária Rebeca havia anotado. De repente, Gabriel leu aquilo como quem recebe uma facada traiçoeira: ele e o amigo projetavam um futuro em comum que agora não existiria nunca. A cada dois anos, os motoristas da La Ibérica eram obrigados a passar por um exame médico para atestar que estavam aptos a conduzir o caminhão. Aqueles exames eram feitos na clínica da seguradora, e Rebeca os programava com uma antecedência de mais de dois meses para que se encaixassem com os compromissos das mudanças. Bundó e Gabriel sempre faziam juntos. O senhor Casellas insistia naquele detalhe para matar dois coelhos com uma cajadada só e evitar que eles se esquecessem da avaliação. No dia em que estavam prestes a deixar Hamburgo, a ponto de iniciar a fatídica mudança 199, Rebeca tinha chamado Gabriel ao escritório e lhe havia dado duas cópias daquela lista.

> As datas das avaliações médicas de Gabriel Delacruz e Serafín Bundó (sim, já sei que seria melhor tudo em um único dia, mas é impossível). Local: Seguradora do Transportador. Clínica Platón, Rua Platón, 33. Quinta-feira, 20 de abril, 9h da manhã. Exame de sangue. Devem ir em jejum — ou seja, sem tomar café da manhã, Bundó. Sexta-feira, 28 de abril, 10h da manhã. Oftalmo. Doutor Trabal. Sexta-feira, 5 de maio, 10h30 da manhã. Otorrino. Doutor Sadurní. Segunda-feira, 8 de maio, 9h da manhã. Clínico geral. Doutora Pacharán.

Gabriel se comoveu pelo poder evocativo de todos aquele papéis, tão dolorosos e ao mesmo tempo tão edificantes, e não parou de folheá-los até que o carro entrou na estrada. Então pegou a passagem de avião, seu passaporte e o de Bundó e guardou a pasta dentro da bolsa preta. Alguns quilômetros mais adiante, quando se aproximavam do local do acidente, Gabriel pediu ao motorista que parasse o carro.

— *Zwei minuts*[41] — disse-lhes. — *It's important*.[42]

---

41. Dois minutos. (N.E.)
42. É importante. (N.E.)

Aos poucos, equilibrando-se por causa do braço engessado, desceu a encosta sozinho. O motorista não tirava os olhos dele. Como no dia anterior o guindaste já havia levado o Pegaso, restava apenas uma faixa de vegetação destruída e terra mexida. Os arbustos derrubados e os fragmentos de vidro espalhados indicavam o ponto em que o caminhão tinha parado de escorregar. Mais adiante, um véu de neve gelada cobria tudo. Desceu um pouco mais. Aqui e ali havia restos de sucata, um pedaço de pneu, um pedaço de retrovisor. Por que ele quis voltar ao local do acidente? Três semanas depois, recluso em Barcelona, ainda incapaz de chorar, poderia-se dizer que havia sido sua primeira tentativa de buscar lágrimas. Naquele dia, no entanto, torturou-se com um sarcasmo: "O assassino sempre volta ao local do crime", disse a si mesmo. O motorista assobiou da estrada e, com gestos, pediu que subisse. Perderiam o voo. Gabriel ainda se distraiu um momento. O dia havia nascido luminoso, em alguns pontos a neve já se desfazia. Sentia falta de algo... Com a ponta do sapato examinou a terra e as folhas. O motorista voltou a assobiar com impaciência e então, quando já estava voltando, a ponto de se render, seu pé direito pisou em um objeto macio. Lá estava. Ele o recolheu e comprovou com alegria que era o caderno dos roubos, a biografia mais fiel de sua aventura por esse mundo de Deus com Bundó e Petroli.

Então voltou a entrar no carro e o cortejo fúnebre se dirigiu ao aeroporto.

Era isso que vocês queriam, não, cristóvãos? Fatos! Vocês me diziam antes. Pois eis os fatos. Um após o outro, encadeados, sincronizados, como se tivessem sido orquestrados por um Deus arbitrário e brincalhão. E ainda não acabou, não senhor. Gabriel e o corpo de Bundó já voam para Barcelona. É a primeira vez que nosso pai viaja de avião, mas ainda está tão atordoado pelos fatos — os fatos! — que não presta atenção em nada. Enquanto isso, no aeroporto, Rita está no mesmíssimo ponto de uma nova jornada de trabalho dentro da gaiola — como ela dizia.

Se calcularem, perceberão que naquele 16 de fevereiro de 1972 já havia quatro anos que Rita trabalhava no aeroporto. Conrad e Leo foram ocupando aos poucos, sem pressa, o espaço para eles reservado na lembrança. Era um lugar preferencial, é claro, mas isolado e imutável, quase lendário — como veremos em seguida. — Ao longo desse caminho, a órfã de pai e mãe tinha descoberto a segurança dada por uma rotina diária e um salário no fiml do mês. As horas na Seção de Reclamação de Bagagens Perdidas lhe haviam acelerado desde o primeiro momento a sensação de independência. Teve de se acostumar a madrugar e a levantar sozinha, por exemplo. Às sete pegava o ônibus e uma hora mais tarde, já no aeroporto, pintava os lábios para emoldurar o sorriso, colocava um uniforme que a fazia se sentir como uma aeromoça e, assim como lhe haviam ensinado no início, começava a atender os clientes irritados.

Rita entrou como aprendiz e depois de alguns meses já dominava todos os truques do ofício. Eles a escolheram por sua juventude inocente e por sua carinha de anjo que desarmava até os mais furiosos. Assim como todos que trabalhavam naquela seção, sua primeira função foi a de bode expiatório. A de pagar o pato. Tinha de ouvir as reclamações dos clientes e fazê-los acreditar que tinham tido muito azar, que aquilo não acontecia quase nunca.

— Nas primeiras horas — um dia me contou mamãe, recapitulando aquela época —, atendia os passageiros mais dóceis e mais fáceis de lidar. Acabavam de chegar de um voo transoceânico, desorientados pelo *jet-lag*, sem saber se era dia ou noite, e logo descobriam que a empresa tinha perdido suas bagagens. Enquanto eu dava a entender que provavelmente as malas ainda estavam em Buenos Aires ou Nova York, e que chegariam sem falta no dia seguinte, no próximo voo, eles se apoiavam no balcão e me respondiam sem ânimo. Os olhos se fechavam de cansaço. Era difícil fazer que preenchessem o formulário, mas logo a maioria ia embora resignada e sem resmungar. É preciso dizer, além disso, que na época era diferente. Agora Deus e o mundo viajam de avião, mas na época não era assim. As passagens eram caras e os passageiros eram tratados como príncipes pela companhia aérea. A partir das onze da manhã, os homens de negócios começavam a chegar, quase todos com uma secretária jovem. Dependendo do bom humor, ou do mau humor, deles se sabia se a moça, além de tudo, assumia as funções de amante. Se eram estrangeiros, uma colega de trabalho que arranhava o inglês me substituía. Se eram sul-americanos ou espanhóis, eu os atendia. É preciso dizer que eu sempre ficava com os piores. Como aqueles novos ricos eram convencidos! De longe se notava que o franquismo tinha enchido seus bolsos, e digo bolsos, porque não tinham nem carteira, e ainda andavam com aqueles maços de notas amarradas com um elástico. Escapavam alguns dias de suas cidadezinhas, arrogantes e malcriados, e achavam que ao chegar a Barcelona seriam recebidos com tapete vermelho e reverências. Muitas vezes, a única forma de amansá-los era buscando a cumplicidade da secretária. "Peço desculpa em nome de nossa empresa, senhor fulano de tal. Não sabe o quanto lamentamos que sua esposa e o senhor tenham sofrido esse contratempo", dizia-lhes em seguida e, se precisasse, arrematava: "Não estão justamente em lua de mel, certo? Parecem tão apaixonados...". Os homens sempre ficavam vermelhos ou gaguejavam mil desculpas e eram elas que tomavam as rédeas da situação. Sem desmentir nada, diziam o nome do hotel para onde poderíamos enviar a bagagem quando a recuperássemos e aceitavam de bom grado o estojo de brinde. Às vezes, ao se despedir, até piscavam o olho, como se estivéssemos mancomunadas. Depois do meio-dia, os turistas e os viajantes ocasionais substituíam os homens de negócios. Gente que tinha subido no avião com um problema e agora, ao descer, descobria que tinha dois. A hora do almoço se aproximava e, em vez de estarem em um restaurante, ou de novo em casa, os passageiros tinham de fazer fila para reivindicar uma mala perdida. Eram as horas mais difíceis. A atmosfera do terminal ficava carregada e todo mundo se sentia mais irritado. Então, se alguém me levantava a voz além da conta ou queria chamar a guarda civil, eu tinha de recorrer à minha estratégia secreta, uma homenagem particular a Leo e Conrad. "Não seja tão pessimista", falava em voz baixa diante do indivíduo queixoso, "poderia ter acontecido algo pior...". Quando chegava nesse ponto, fazia uma pausa dramática, fazia-me de órfã inocente e acrescentava: "Como aconteceu com meus pais". A incógnita permanecia suspensa no ar e, sempre, após um ou dois segundos, o cliente dizia: "E o que aconteceu com seus pais, linda, posso saber?". Aqui o tom de voz já tinha suavizado. Então tinha apenas de lhe explicar a tragédia do avião (que todo mundo lembrava), sem poupar os detalhes escabrosos, e finalmente acabava com uma mentira dramática: "Talvez se lembre de mim, porque apareci no telejornal, em uma matéria sobre o acidente. Eu era aquela menina com o olhar perdido no cemitério, enquanto a voz em *off* dizia aquilo, de que a catástrofe havia ceifado a vida de muitas vítimas inocentes, deixando um rastro de órfãos desconsolados". Aquela matéria nunca existiu, claro, mas asseguro que era um método infalível.

A seção de reclamação ficava disfarçada em um extremo pouco iluminado do terminal, na planta baixa, depois das esteiras que transportavam a bagagem. Tinha duas janelas com um balcão de atendimento ao cliente. Dentro, atrás da porta sempre fechada, o local se alargava em uma grande sala entulhada até o teto de malas perdidas, caixas, pacotes e dezenas de objetos inverossímeis. Nela trabalhavam quatro pessoas em cada turno, duas atendendo os viajantes e as outras no depósito. Rita chamava aquela seção de gaiola, não tanto pela claustrofobia e pelo confinamento diário, mas pelas associações que sugeria com o mundo animal:

— Quando atendemos os viajantes, parecemos papagaios — gostava de dizer.

Além de atendimento ao cliente, depois de alguns meses trabalhando na gaiola, mostraram-lhe outras duas ocupações dos bastidores. Por um lado, havia a organização e a descrição da nova bagagem sem proprietário, que para Rita era o trabalho mais chato. Quando um pacote não era recolhido, já zonzo de tanto rodar na esteira, um funcionário do aeroporto o recolhia e o levava para a gaiola. Então o encarregado do turno criava uma entrada no registro e fazia uma descrição básica do objeto: medida, cor, peso e outros detalhes externos que pudessem contribuir para a identificação. Se o pacote tinha uma etiqueta de origem ou era reivindicado por telefone no mesmo dia, era então levado no voo seguinte para o lugar correspondente. Por outro lado, se depois de uma semana ninguém o reivindicasse, ia para o depósito e já estava prestes a passar pela "autópsia", como diziam dentro da gaiola.

Rasgar as bolsas e malas de cima a baixo era a tarefa de que Rita mais gostava. Muitas vezes bastava soltar uma fivela ou um nó, mas quando a mala tinha uma trava de segurança, era preciso descosturá-la ou até mesmo abrir a fechadura a golpes de martelo. Em seguida, tinha de organizar seu conteúdo sobre uma mesa longa e procurar qualquer indício de seu proprietário. Havia colegas de gaiola que tinham muito nojo da autópsia. Sentiam-se agredidas pelos odores desconhecidos que às vezes surgiam ao abrir uma bolsa, ou pela estranha maneira de empilhar roupas, talvez sujas, ou até mesmo pela intimidade violada que emanava dos objetos, de uma frieza acusadora. Para Rita, por outro lado, a operação era fascinante e fazia que se sentisse como uma aprendiz de detetive. Se não encontrava nenhum documento útil dentro da bagagem, tinha um dom natural para descobrir dados que, a longo prazo, poderiam ser relevantes: uma receita com um frasco de antidepressivos em um estojo de primeiros socorros, o nome do proprietário nas páginas de um romance em italiano, um cinzeiro e algumas toalhas roubadas de um hotel em Acapulco... Se aparecessem objetos de muito valor, como joias ou relógios, ou se estivessem enrolados de forma suspeita, tinha a obrigação de comunicar à guarda civil, que se encarregava dos objetos até que a mala reencontrasse seu dono. Rita admite que suas inspeções respondiam poucas dúvidas, mas se divertia muito. Poderíamos contar inúmeras histórias que incluiriam, por exemplo, batinas e cintas-liga na mesma mala (nunca reclamada pelo padre); um feto de macaco mumificado e outros artigos de magia negra; ou um galego emigrado para o Chile, que voltava de férias para casa com uma caixa cheia de pão seco para as galinhas. Também está disposta a reconhecer agora, tantos anos depois, que a eficácia era limitada, sobretudo porque ela mesma a boicotava. Como veremos mais tarde, se o conteúdo de uma mala parecesse valioso, devolveria ao depósito sem dizer nada a ninguém, condenando-a assim ao esquecimento das profundezas da gaiola. Um esquecimento tão absoluto que no fim a bagagem desaparecia para sempre.

Vocês veem, cristóvãos, que Rita se adaptou sem problemas à vida do trabalho. Ela se entregava a essa vida com um entusiasmo que seus colegas de gaiola não podiam entender. Embora o salário não fosse grande coisa, permitia-lhe morar sozinha, sem dificuldades, enquanto esperava para receber — assim que completasse 21 anos — a pequena fortuna do seguro de vida dos pais.

De qualquer forma, esse retrato de Rita em 16 de fevereiro de 1972, a ponto de se encontrar com Gabriel, seria incompleto se não nos detivéssemos um momento nas horas em que ela passava em casa. Acontece que sua vida particular havia se encolhido perante o trabalho na gaiola. A inspeção de bagagem satisfazia, embora de maneira enganosa, seus desejos de aventura inerentes à idade. Os horários também não ajudavam: tinha de trabalhar um a cada três fins de semana e agora via com menos frequência as amigas de sempre. Quando saíam juntas, percebia que suas prioridades tinham mudado. Não tinha vontade de fugir para o exterior para ver o mundo como Raquel, que agora estava na universidade, nem sonhava se casar com o primeiro que passasse e ter muitos filhos. "Como você tem sorte, já tem a vida resolvida", diziam-lhe as mais conformistas com uma pitada de inveja que ela não conseguia entender. Encalhada na solidão da orfandade, além disso, tinha sido incapaz de mudar alguma coisa a seu redor. Como se o tempo a tivesse ancorado naquela definitiva tarde de sábado, continuava dormindo em seu quarto de adolescente. No início, assim que ficou sozinha, esvaziou os armários e levou a roupa dos pais à paróquia, mas a limpeza não tinha ido mais adiante. Lembranças demais e muita poeira para tirar. Agora o quarto do casal estava sempre fechado e no escuro, como se tivesse sido amputado da casa. Se preparava alguma coisa para jantar à noite, comia no mesmo lugar de sempre da mesa.

— Você pode imaginar — reconhece a mamãe —, tinha 20 anos e estava à beira de me transformar em uma solteirona antes do tempo. Sorte que apareceu seu pai para me salvar.

Sorte ou azar. Mais que Gabriel, digo que isso foi coisa da revista *Garbo*. Ela aceita a provocação e me mostra um sorriso debochado. Em alguns meses, o trabalho no aeroporto, com suas artimanhas, trapaças e furtos, a ajudou a reduzir o peso de estar sozinha no mundo. Ao mesmo tempo, no entanto, amorteceu suas preocupações emocionais. Os colegas de gaiola eram casados e tinham filhos ou eram muito mais velhos para sair com ela, e, como já dissemos, suas amigas lhe pareciam aventureiras ou bobonas demais. Diante desse panorama, aos poucos, as páginas da *Garbo* se transformaram no único mundo de referência. Toda sexta-feira à tarde, gastava cinco pesetas na nova edição da revista. Depois se sentava para lanchar na La Valenciana, na esquina da Gran Via e da Aribau, e mergulhava naquele mundo tão artificial quanto instável. Farah Diba esquiava o inverno todo em St. Moritz, María Pía Savoy se fazia de confidente e a aconselhava, Raquel Welch lhe ensinava o melhor penteado para estar na moda. Minha mãe, Rita, não sonhava com príncipes encantados nem era tão ingênua para acreditar ao pé da letra naquele mundo feliz, mas aquelas mulheres privilegiadas lhe reforçavam uma intuição cada vez mais forte: de que a vida é uma luta de altos e baixos e que vale mais a pena dar a cara que as costas.

Havia, além disso, a questão do horóscopo. Poucos dias depois do funeral, enquanto folheava a nova edição da *Garbo*, Rita lembrou a precisão com que o tal Argos havia antecipado o acidente e a morte de seus pais. Leu as previsões semanais para seu signo, Câncer, e novamente ficou deslumbrada. "Dias de mudanças inesperadas. Se for forte, o futuro lhe compensará", dizia o texto. Em seguida, escreveu uma carta ao astrólogo, parabenizando-o por sua sabedoria. O homem ou a mulher que se escondia por trás do pseudônimo lhe respondeu com o silêncio, mas isso não a desencorajou. Ao procurar o endereço da revista, descobriu que a redação era muito perto de sua casa, na Rua Tallers, número 62, e em uma tarde livre passou por lá para falar com o "senhor Argos". A recepcionista a dissuadiu dizendo que era impossível, que nem mesmo eles sabiam quem estava escondido por trás daquele nome enigmático. Só o diretor o conhecia. Toda semana enviava seus textos pelo correio, mas o envelope não tinha remetente.

Essa aura de mistério estimulou Rita ainda mais e, a partir de então, se tornou uma obcecada pela análise detalhada do horóscopo. Às sextas-feiras, diante da mesma banca de jornal, abria a revista na página do zodíaco e lia em voz alta o texto que lhe correspondia. As frases de Argos eram um grande exemplo de prosa profética: bem imprecisas e, ao mesmo tempo, suficientemente pessoais para que pudesse se apropriar delas sem suspeitas. Aos poucos, expandiu seu campo de interesse e perguntou aos colegas do aeroporto de que signo eram. Se via que Porras ou Sayago discutiam por uma bobagem, ou que Leiva arrastava a vassoura com um ar muito melancólico, consultava o horóscopo e sempre encontrava uma explicação plausível.

Como acontece muitas vezes com todas as fixações, chegou um momento em que o horóscopo semanal da *Garbo* não era suficiente. Desde que, como havia previsto o senhor Argos ("novidades na área profissional"), a haviam chamado para trabalhar no aeroporto, sua vida tinha se tornado mais complexa. Agora lidava com mais gente que antes, falava todos os dias com desconhecidos e, portanto, havia mais probabilidades de que a sorte quisesse brincar com ela. Tinha de estar preparada, mas as previsões da revista lhe pareciam escassas.

Um sábado de inverno encontrou a ajuda necessária. Havia pouco tempo que tinha perdido as chaves de casa, provavelmente na rua, e tinha mandado trocar a fechadura por medo de ladrões. Queria fazer uma cópia das chaves novas e lembrou que sua mãe sempre ia a um chaveiro da Avenida da Luz. Se vocês não sabem, cristóvãos, este era o nome de uma galeria subterrânea que havia debaixo da Rua Pelayo, quase chegando na Praça de Catalunya. Na claridade falsa de luzes fluorescentes, um bar, um cinema e algumas lojas se amontoavam na entrada de uma estação ferroviária. Assim, Rita desceu as escadas da esquina da Rua Bergara e entrou na

Avenida da Luz. Apesar de ser sábado à tarde, quase não havia gente. Respirava-se um ar meio espesso e doce, como um cheiro híbrido de biscoito assado e fuligem. As colunas de um lado e do outro, de um amarelo nicotínico, davam ao longo e estreito corredor um aspecto de cripta sepulcral. O interior da traqueia de um dinossauro. Ela se esquivou de algumas pessoas que saíam do cinema, com os olhos intumescidos pela escuridão, e procurou a banca do chaveiro.

Depois de fazer a cópia das chaves, distraiu-se na frente da vitrine de uma loja de *lingerie*. Então, quando estava prestes a sair pelo outro lado do túnel, exatamente na altura da última coluna, deparou-se com um homem sentado na frente de uma mesa dobrável. Era bem alto, tinha um cabelo comprido de *hippie*, uma túnica lilás e prateada e um pingente em forma de estrela de seis pontas. Sobre a mesa tinha um cartaz que dizia: "Mago Jorgito. Prevê o futuro... Agora!". Rita não pensou duas vezes e lhe perguntou o preço de uma consulta do horóscopo. O mágico a olhou de cima a baixo e, enquanto abria uma cadeira que puxou debaixo da mesa, pediu que ela se acomodasse. O preço não seria problema. Logo em seguida, explicou que os bons horóscopos precisam ser feitos a partir de um mapa e que o resto era baboseira. Se alguma vez tinha feito um mapa astral? Não? Então, para começar, deveria lhe dizer o dia e a hora exata de nascimento. Ela informou os dados. O mágico Jorgito tirou um livro de uma bolsa, abriu em uma página em que havia um complicado mapa astral e, enquanto fazia os cálculos em um papel, dizia palavras que para Rita pareciam bem profissionais: que se a posição dos planetas... que se o ascendente que subia no horizonte... que se o signo lunar e o signo solar...

Rita ainda foi mais duas vezes na Avenida da Luz. O mago Jorgito precisava explorar seu perfil astrológico. Não sabemos quanto dinheiro ela pagou por tudo aquilo, certamente mais que o necessário, mas com o tempo o considerou bem investido. O mago dividia suas predições em três diferentes áreas: saúde, dinheiro e amor. A saúde e o dinheiro não preocupavam Rita. Por outro lado, queria mais detalhes sobre aquela coisa tão ambígua e desconhecida que era o amor. Assim, após a terceira visita, conseguiu delinear ainda mais sua sorte amorosa. Graças à atração mútua que determinados signos do zodíaco exercem e à influência dos planetas sobre seu ascendente, o mago Jorgito lhe especificou qual era o perfil do homem ideal para ela.

De espírito viajante e aventureiro (a essa altura, o mago Jorgito já sabia que Rita trabalhava no aeroporto), sem laços familiares (já sabia que ela era órfã), nascido em Barcelona ou nas cidades de Estocolmo, Paris e Nova York (das quais saíam voos diretos para El Prat, que coincidência), ou em até cem quilômetros ao redor de tais núcleos urbanos e acima de tudo — importantíssimo, crucial! — que tivesse chegado ao mundo entre 10 de novembro e 7 de dezembro de 1941. Essas duas datas asseguravam uma simbiose perfeita entre os ascendentes dos signos do zodiacais de Rita e de seu futuro pretendente.

Não, cristóvãos, se achavam que agora eu diria a data de nascimento de Gabriel, não poderiam estar mais enganados. Fácil demais. A sorte não se deixa acariciar com tanta docilidade.

Na segunda-feira seguinte, após a última visita ao mago Jorgito — como me custa pronunciar esse nome tão ridículo! —, Rita tinha memorizado aquelas datas até a exaustão. Seu cérebro as repetia sem controle, como a melodia de uma música da moda que não conseguimos tirar da cabeça. Quando o primeiro cliente masculino do dia se aproximou da gaiola, seguiu o procedimento habitual e lhe pediu o passaporte para preencher o formulário. Era um homem amável, charmoso, atlético, de uns 30 anos e de caráter reservado, e os olhos de Rita se apressaram em procurar a data de nascimento. Ao ver que não correspondia, nem mesmo no ano, experimentou pela primeira vez uma decepção que mais tarde viveria centenas de vezes. Sofreria aquela decepção tantas vezes e por causa de tantos homens que até chegaria a apreciá-la. A mera possibilidade de sucesso já seria um prêmio.

Durante os primeiros meses, até que se acostumou ao desânimo, Rita viveu em meio a um entusiasmo constante. Quando via que a data de um passaporte coincidia com os dias de novembro ou dezembro indicados pelo astrólogo, ainda que fosse de outro ano, prolongava o processo com o passageiro e assim sondava sua personalidade. Às vezes, de tão entusiasmada, perdia o controle e fazia perguntas impertinentes.

— A propósito, o senhor é casado? — conseguia dizer adotando um gesto científico. Os colegas de trabalho erguiam os olhos. Alguns a olhavam estupefatos, enquanto outros riam da ousadia.

— Não, não sou casado — respondia o passageiro com indignação. — E, francamente, não entendo o que isso tem a ver com minha bagagem perdida.

— Pois tem a ver sim e muito — respondia ela ainda. — Se fosse casado, é provável que a sua esposa tivesse feito a mala. E que tivesse colocado uma etiqueta com o endereço. As mulheres são sempre mais prevenidas.

Cada comentário, cada reação a ajudava a construir a imagem de seu homem ideal. E também a sentir saudades sem tê-lo conhecido. Outro dia, por exemplo, atendeu uma menina de Mallorca que havia perdido uma bolsa de viagem. Rita lhe pediu a carteira de identidade, como a todo mundo, e por rotina olhou a data de nascimento. Em 11 de novembro de 1941, seu coração deu uma reviravolta e, à beira de um ataque de nervos, a tratou com tanto entusiasmo que a menina se assustou. Nunca havia estado tão perto do objetivo, dizia-se, e de repente se sentiu atraída por aquela desconhecida. Não era um homem, está certo, mas não perdeu a oportunidade de entrevistá-la a fundo. A menina foi embora atordoada e com a sensação incômoda de ter revelado metade da vida a uma desconhecida. Dois dias mais tarde, sua bolsa de viagem apareceu e Rita se ocupou dela pessoalmente. Então se trancou na sala de autópsia e, com muita atenção, registrou o conteúdo. Havia dois vestidos floridos, roupa íntima, uma frasqueira com cremes para a pele, uns chinelos de praia, um biquíni estilo Ursula Andress, um romance de Françoise Sagan... Rita contemplou tudo com uma devoção boba e, de repente, compreendeu que aquelas coisas não lhes transmitiam nenhum afeto pela menina. Pelo contrário, assim como os pertences de uma irmã mais velha que teve mais sorte na vida, provocavam-lhe esse mal-estar da inveja quando é injustificada. Guardou tudo de novo na bolsa e a enviou para o endereço correspondente, mas no último momento ficou com o biquíni por despeito. À noite, em casa, o experimentou na frente do espelho. O biquíni vestia bem, como feito sob medida, mas, quando ensaiou aquela pose desafiadora de Ursula Andress no filme de James Bond (tinha recortado a foto de uma edição antiga da *Garbo*), o gesto se deformou em um trejeito ridículo. Sentiu pena de si mesma.

À espera de sua outra metade astrológica, deparou-se mil vezes com episódios parecidos. Dentro dos limites seguros da gaiola, Rita aprendeu a não se tornar vingativa. Cada tropeço fazia que o jeito fantasioso diminuísse um pouco mais. As brincadeiras do calendário se transformaram primeiro em anedotas cada vez menos cruéis e depois em sobressaltos que lhe animavam o dia. E então, sem aviso, como acontece com as grandes tempestades, tragédias e milagres, chegou a gloriosa data de 16 de fevereiro de 1972.

O avião reduziu a velocidade, as rodas tocaram o solo com um espasmo e Gabriel respirou profundamente, como se tivesse segurado a respiração durante as duas longas horas de viagem. Nunca mais. Era a primeira e a última vez que tomava um avião. Seu corpo de caminhoneiro estava acostumado às vibrações do motor e do asfalto. As rodas transmitiam às pernas o pulsar da estrada, a gravidade e o movimento. As mãos seguravam o volante com força. Como poderia conduzir um veículo suspenso no ar? Sério, como é que alguém está disposto a fazê-lo? Tinha recebido um assento na janela, logo acima da asa direita. Nunca gostou de pássaros.

A voz melodiosa de uma aeromoça deu as boas-vindas ao aeroporto de Barcelona. Agora que voltavam para casa, reviveu a imagem de Bundó colocado no caixão. Haviam fechado seus olhos e disfarçado as feridas com maquiagem. Na alfândega, a polícia alemã o havia obrigado a reconhecê-lo e depois a assinar alguns papéis. Durante os últimos dois dias, desde o momento do acidente e especialmente mais tarde, no hospital, Gabriel tinha se esquivado da ideia concreta da morte do amigo. Agora que se aproximavam da origem de tudo, do ponto de partida, notou como aquela ausência era sentida e o transformava. O avião parou. O estômago se inflou com um peso insuportável, um saco de cimento em um rolo compressor. A última mudança em Hamburgo, a despedida de Petroli ou até mesmo a plácida imagem de Bundó dormindo na cabine de repente pareciam vivências distantes e com a inconsistência de uma mentira. Enquanto ao seu redor os passageiros se preparavam para descer, ele se sentiu paralisado. Jamais poderia se levantar daquele assento. Uma aeromoça tocou seu ombro suavemente. Foi o último a sair. Lá fora, já na pista, viu que era esperado por dois guardas-civis e um carro fúnebre.

A repatriação de um cadáver é um labirinto burocrático. Com os dois guardas-civis, havia um tabelião enviado pela seguradora da La Ibérica e um funcionário da funerária. Era um dia escuro, nublado, típico de fevereiro, e os quatro homens e o carro preto compunham uma imagem de dar arrepios. Poderia-se dizer que tudo estava preparado para um duelo e que Gabriel era o adversário desafiado. O tabelião lhe pediu a cópia dos documentos da polícia alemã e, depois de revisá-los e assiná-los, os entregou aos guardas-civis . Em seguida lhe informou que o senhor Casellas tinha ido recebê-lo. Ele o esperava, totalmente consternado, no portão de desembarques internacionais. Dada a ausência de familiares, e se ele não tivesse nenhuma objeção, tinham decidido que o funeral de Bundó seria realizado no dia seguinte à tarde, na paróquia de Vendrell. Gabriel dizia sim para tudo. Depois o enterrariam no cemitério, na mesma sepultura em que estavam os pais dele.

Na noite do primeiro dia, no hospital de Kassel, Gabriel tinha conseguido recobrar um momento de lucidez e havia ligado para Carolina. Devia ser ele, sua voz, a pronunciar as terríveis palavras.

— Esta manhã aconteceu uma desgraça, Carolina. Sofremos um acidente. Não sabe como eu sinto muito, mas Bundó está morto, coitadinho.

A menina tinha emudecido. Gabriel segurava o fone com a mão trêmula e esperava em silêncio. Ele a imaginava em seu quarto do Papillon, com os nervos em frangalhos e temendo o pior. Tinha contado as horas daquele dia, atenta ao motor do Pegaso abaixo, no estacionamento. Esperava que Bundó chegasse antes daquele São Valentim acabar. Após um minuto, os soluços de desespero de Carolina tinham começado a ganhar volume. E depois, muito depois, as palavras choradas: onde estava? Queria vê-lo, não podia suportar nem mais minuto sem vê-lo. No fim, Gabriel a convenceu que fosse diretamente para Barcelona. Na manhã de quarta-feira levariam Bundó ao apartamento de Vía Favència, para velá-lo em sua casa, como tinha de ser.

Caramba, cristóvãos, que merda. Desculpem-me a lágrima. Tinha de explicá-lo e já foi.

Os funcionários do aeroporto e o rapaz da funerária desceram o caixão do avião e o colocaram no carro. Então, por indicação do tabelião, Gabriel deu o endereço exato de Vía Favència ao motorista. Certamente Carolina já teria chegado no apartamento. Depois que o carro fúnebre e o tabelião foram embora, os dois guardas-civis acompanharam nosso pai à área de bagagem. No aeroporto de Frankfurt haviam feito Gabriel despachar a bolsa de lona com os objetos pessoais de Bundó e outras coisas resgatadas do Pegaso. Eles a procuraram na esteira, mas não a encontraram. Todos os passageiros do voo já tinham ido. Os trâmites para carregar o caixão se estenderam por quase uma hora, e os guardas civis o acompanharam à seção de bagagem perdida. Certamente a bolsa estaria lá.

Gabriel os seguiu como um robô. Estava tão desprovido de vontade, tão nocauteado, que naquela manhã ele os teria seguido até o inferno. Como de costume, os dois guardas civis cantaram a menina do escritório com alguma brincadeira grosseira, explicaram-lhe que aquele senhor vinha no voo de Frankfurt e depois, cumprimentando com o quepe, voltaram para a guarita. Rita recebeu o passageiro com seu sorriso profissional, mas rapidamente percebeu que não surtia efeito. Aquele homem estava exausto, consumido por algum problema. Seus movimentos eram lentos, como se a qualquer momento fosse ficar quieto para sempre, e o braço engessado acentuava seu aspecto frágil. Ela perguntou como era a bolsa. Gabriel conseguiu dizer que era preta, de tecido preto. Ela apontou para o formulário e lhe pediu um documento. Podia ser o passaporte ou a carteira de identidade. Então, usando o braço imobilizado, Gabriel abriu a pasta dos documentos, e alguns papéis caíram em cima do balcão. Rita pegou o primeiro passaporte que viu.

Era o de Bundó.

Abriu na página correspondente e, como sempre, seus olhos correram para encontrar a data de nascimento: 29 de novembro de 1941. O mundo parou e, por pouco, não deixa escapar um grito. Levantou os olhos, olhou de novo a cara daquele inválido e voltou ler a data.

Vinte e nove. De novembro. De 1941. Ela se sentia como quem verifica os números do bilhete vencedor da loteria. Suprimindo a emoção, virou as páginas do passaporte e reparou em todos aqueles carimbos de alfândegas. Para piorar, era viajante. Quando voltou à última página, já estava entregue e sabia que daria tudo para conhecer aquele estranho. Gabriel não percebia nada. Rita segurou o passaporte com força e, sem prestar a menor atenção à foto — Para quê, se já estava na sua frente? —, anotou o nome de seu homem perfeito: Serafín Bundó Ventosa. Que nome mais harmonioso. As letras saíram hesitantes e esse detalhe fez que ela percebesse que estava dando pouca atenção ao homem. Tinha de falar com ele, ouvir sua voz, descobrir mais coisas sobre ele. O endereço, claro! E se não fosse de Barcelona? Ela lhe pediu o endereço e Gabriel titubeou. Estava tão longe de tudo que lhe custou remontar os pensamentos até onde vivia, se é que vivia. No fim, deu o endereço da pensão. Ronda de Sant Antoni, 70. De Barcelona? Sim. Enquanto anotava, Rita se deu conta de que ele morava muito perto de sua casa. Eram vizinhos. “Nem duzentos passos de distância", disse a si mesma, tentando imaginar qual edifício seria. Para disfarçar seu espanto, fez um comentário que pretendia criar cumplicidade: "Ah, mas moramos no mesmo bairro... Eu mesma poderia levar a bolsa, amanhã, quando aparecer". Embora acreditasse que a entregariam naquele momento, Gabriel concordou, distraído, e ela admirou aquela timidez. Rita morria de vontade de lhe fazer mais perguntas, mas com a emoção não lhe vinha nada à mente. Pela primeira vez, sentiu medo de intimidar um passageiro. Tinha de ganhar tempo e lhe pediu que assinasse o formulário. Gabriel desenhou um rabisco ininteligível e, em seguida, diante do olhar atônito de Rita, pegou o passaporte, deu meia-volta, deixou escapar um adeus exíguo e foi embora arrastando os pés. Rita demorou para reagir e quando o fez, chamando-o pelo sobrenome, ele não a ouviu. Em vez de se desesperar, pegou o formulário, releu o nome, o endereço e o deixou ir. Dava no mesmo. Tinha uma garantia. Estava escrito nas estrelas que, no dia seguinte, quando finalmente aparecesse, a bolsa de lona preta os uniria.

Gabriel caminhou seguindo as setas que indicavam a saída. Passou perto da última esteira de bagagem, no fundo do terminal, no ponto mais afastado da gaiola. Uma bolsa solitária dava voltas sozinha. Aproximou-se. Embora parecesse, não era a dele, mas naquele momento sua memória imediata não funcionava. Ele a reconheceu exatamente porque não havia mais nenhuma. Sem entender nada, sem perguntar nada, a recolheu e saiu para se encontrar com o senhor Casellas. Os dois guardas civis de antes o cumprimentaram da guarita com gesto circunspecto.

3 MISTÉRIOS E DESMAIOS

Papa. Daddy. Papi. Papá. Era assim que o chamávamos? Chegamos a nos acostumar? Faz tanto tempo que já nos esquecemos? Nosso trabalho se acumula. Temos de confiar em nossas mães. Quando perguntamos sobre isso, dizem que Gabriel gostava que o chamássemos assim e tinha orgulho disso, que ele pedia, mas admitem que quase sempre nos referíamos a ele por causa da ausência ou da distância. Onde está papai? Amanhã papai virá. Pegue o telefone, que o pai quer dizer oi. Não, papai não está aqui agora. Quando voltará o papai, meu filho? Poderíamos fazer uma lista de desculpas e subterfúgios que as mães tiveram de inventar quando ele parou de nos visitar, mas essas páginas ficariam muito melancólicas.

Sim, nosso trabalho se acumula. É provável que esta nossa mania de nos fixar no passado seja uma reação instintiva, uma proteção contra as incógnitas do futuro. Agora que nós, cristóvãos, tínhamos nos acostumado a viver em fevereiro de 1972 — "mea culpa", admite Cristòfol —, de repente, o presente se rebela e reivindica o papel principal. Tínhamos marcado uma nova reunião dos quatro irmãos em Barcelona. Na sexta-feira, às duas horas, nos encontramos para almoçar em Can Soteres, um restaurante da Diagonal que o senhor Casellas frequentava trinta anos atrás, quando queria impressionar um cliente. Depois descemos caminhando pelo passeio de Sant Joan até chegar ao Arco do Triunfo, e dali tomamos a Rua Nàpols. Fazia um tempo que não havíamos estado no apartamento da sobreloja. O programa para o fim de semana era rastrear os movimentos de Gabriel pelo bairro. Enquanto comíamos, Christof anunciou uma novidade que tinha nos impressionado: Cristoffini e ele tinham localizado um cemitério de caminhões nos arredores de Kassel. Graças à placa espanhola, em uma ponta abandonada do lugar, tinham encontrado os restos do pobre Pegaso. Tinham passado mais de 25 anos e a cabine ainda resistia. A lepra da ferrugem tinha feito buracos por toda parte, o musgo e as folhas secas criado uma selva por dentro. Faltavam as rodas, o para-brisas, os faróis, o volante. A chuva tinha apodrecido os assentos. Tinham fotografado, é claro. Reviraram por dentro, mas quase não encontraram nada. Haviam embarcado no caminhão e, contorcendo-se, sentaram-se no banco do motorista e tocaram o que restava da alavanca de marchas. O proprietário do cemitério tinha dito a eles que, se quisessem levar aquele caco de Pegaso, ele daria de presente. Cristoffini queria levá-lo, mas finalmente prevaleceu o bom-senso de Christof e levaram apenas a placa, um calendário da Pirelli de 1972, miraculosamente intacto, e um espelhinho portátil quebrado que já tinha esgotado os sete anos regulamentares de desgraça. Quanta vezes teria se refletido nele o rosto de Bundó, enquanto se arrumava para visitar o Papillon?

Nós nos divertimos com esse tipo de elucubração, quando chegamos ao apartamento. Cristòfol abriu a porta. Entramos e nos espalhamos por ele como se fosse a nossa casa. Christof foi até o banheiro, Chris abriu as persianas da sala de jantar, Christophe entrou na cozinha e Cristòfol enfiou-se no escritório para pegar alguns papéis. Talvez a ordem fosse diferente, mas não importa, o caso é que de repente o apartamento ficou em silêncio. Um momento depois, reencontramo-nos na sala de jantar. Andávamos na ponta dos pés, e nós quatro tínhamos a mesma cara de quem tinha visto um fantasma. Não tínhamos nenhuma prova disso — fosse um prato sujo na pia ou um cinzeiro com duas guimbas de cigarro no escritório –, mas logo compreendemos que alguém tinha estado ali. Sei lá, havia algo, um detalhe que tínhamos captado pelo canto do olho, um barulho estranho... Como se precisássemos de confirmação, Christophe pediu silêncio e apontou a porta do quarto. Estava fechada. Sempre que saíamos do apartamento, deixávamos uma janela interna entreaberta para que os cômodos fossem ventilados, mas não poderia haver correntes de ar. E as portas não se fechavam sozinhas. Entreolhamo-nos e nós quatro pensamos a mesma coisa: seria aqui, agora, quando finalmente reencontraríamos nosso pai? Embora nos abstivéssemos de confessar, não gostávamos da ideia. Tínhamos dedicado tantas horas a reconstruir sua biografia que imaginávamos um desfecho mais caprichado.

Chris, que é quem tem os nervos mais equilibrados, abriu a porta cautelosamente. Os outros três cristóvãos espiávamos por trás. Pouco a pouco, a claridade que se filtrava pelas cortinas revelou-nos que no quarto não havia ninguém.

A posterior exploração do apartamento nos fez decidir que o intruso foi Gabriel. Quem mais? A porta continuava intacta, ninguém a tinha forçado, e, sendo solitário como era, supúnhamos que somente ele tivesse a chave. É provável que houvesse passado uma noite ali, ou pelo menos algumas horas, porque o cobertor da cama estava um pouco amarrotado, mas não desfeito (talvez tivesse dormido vestido). A porta do armário estava fechada e seu interior, vazio, revelou que ele tinha levado todas as suas roupas, incluindo a jaqueta e as camisas preparadas para fazer trapaças. A pergunta nos fez cócegas na língua: teria decidido, agora sim, ir embora de vez? Mas nos custava imaginar que abandonasse seus pertences. Aqueles objetos que guardava como um tesouro (ou como uma condenação) tinham acompanhado nosso pai a vida inteira e, paradoxalmente, lhe davam toda a amarra de que precisava. Mais uma vez, reviramos as caixas e pastas que guardava no escritório, procurando alguma pista de seu destino. Continuavam organizadas no mesmo local, nem as tinha tocado, e somente sentimos falta dos baralhos novos de cartas de pôquer, que guardava embrulhados em celofane. No inventário do primeiro dia, tínhamos contado uma dúzia de baralhos, e agora todos tinham sido levados.

Mais pistas. Nós, cristóvãos, nos apropriamos de uma estante vazia do quarto de despejo e a usávamos para guardar tudo aquilo com que nos deparávamos na investigação. Havia um caderninho de anotações sobre as viagens da La Ibérica; papéis e cartas de Carolina; um gravador e as fitas gravadas com Petroli; os objetos que tínhamos afanado infamemente de sua casa... À primeira vista, parecia que Gabriel não tinha tocado nada. Parecia mesmo, mas não podia ser, que as coisas estavam mais bem organizadas e sem poeira, como se ele mesmo tivesse tomado conta delas.

Mais pistas, mais pistas. Na última vez em que estivemos na Rua Nàpols, tínhamos deixado na mesa da sala de jantar um envelope com fotografias nossas. Tínhamos tirados as fotos em Londres, no verão, durante um encontro de férias dos cristóvãos. Havia fotos do parque de London Fields, da casa na qual tinham vivido Chris e Sarah na Rua Martello (e que papai tinha visitado algumas vezes), de nós quatro brindando com cerveja no *pub* do parque. Tínhamos feito cópias a mais e planejávamos enviar as que sobraram para Carolina e Petroli, como um presente por suas gentilezas. Pela marcas de poeira sobre a mesa e a posição de uma cadeira, percebemos que papai tinha se sentado ali para olhá-las. Repassamos as fotos e, sem ter certeza, intuímos que tinha levado uma foto nossa. Ou talvez fosse um desejo.

À noite, durante o jantar, compartilhamos nossas ideias. De acordo, não podíamos ter certeza de que o intruso fosse Gabriel, mas parecia o mais lógico e nos ajudava a acreditar que estava vivo. Forçosamente, tínhamos de nos ater a essa hipótese. Agora ele sabia que nós, os quatro irmãos, nos conhecíamos e que procurávamos por ele. Sabia que estávamos loucos o suficiente para nos reunir de vez em quando em Barcelona. Que o apartamento de sobreloja da Rua Nàpols tinha se tornado a sede do improvável Clube dos Cristóvãos. Avaliamos esses fatos e nos dissemos que estávamos no caminho certo, mas ao mesmo tempo, no caso de nosso pai, era melhor conter o otimismo. Ele próprio tinha instigado o primeiro passo deixando a lista com nossos nomes na mesa de cabeceira, não é? Parecia uma decisão calculada para fazer que tudo caminhasse passo a passo. Então, agora, de repente, seria ingenuidade esperar seu retorno, sem mais nem menos. No início de tudo, lembramos, tínhamos pensado que papai não tinha desaparecido de um dia para o outro — opa! —, mas que tinha se esvanecido pouco a pouco. Bem, talvez agora o processo tivesse se invertido e, em vez de aparecer de uma vez, estivesse nos deixando pistas, chamarizes para que continuássemos procurando por ele.

Misturadas com a tensão do dia e o cansaço, e com umas tantas garrafas de vinho, essas conclusões nos deixaram sentimentais. O que aconteceria com os cristóvãos quando encontrássemos papai? Nós nos perguntávamos. Mudaríamos nossa vida? Continuaríamos nos vendo? Talvez fosse melhor largar a missão e comemorar nossa amizade. Que se dane papai. Christof, o mais melodramático (e bêbado) balbuciava que tínhamos de fazer um pacto de irmãos, mas não esclarecia o que seria isso. Chris se isolava em um canto, como se com o silêncio esconjurasse qualquer ideia de futuro. Cristòfol se questionava o que era mais importante, se o processo de busca ou o sucesso em si, o fim ou os meios, e Christophe o provocava, apelando para as teorias do acaso e da necessidade.

Para quebrar os maus presságios, alguém teve a boa ideia de brindar por nossas mães.

Naquela noite, fomos dormir os quatro com a cabeça cheia. Cristòfol em sua casa e os cristóvãos visitantes do Hotel Oriente, onde nos hospedávamos sempre. No dia seguinte, sábado, quando nos reencontramos, exageramos a ressaca — reconheçamos isso — e fingimos não nos lembrar do surto de psicodrama. As novidades nos incitavam a agir o quanto antes. Era a hora do café da manhã e Christophe desceu de seu quarto com uma surpresa que no dia anterior, com toda aquela conversa fiada, tinha se esquecido de nos mostrar. Era um achado menos espetacular que os restos do Pegaso que Christof tinha conseguido, mas que de repente tinha adquirido uma importância fundamental. Um amigo seu da Universidade de Paris, do departamento de Computação Aplicada à Física, tinha desenvolvido um projeto para fazer retratos falados bem precisos. A confiabilidade era tão alta que até mesmo os serviços secretos franceses tinham comprado o programa. Christophe tinha lhe dado uma foto de nosso pai, a mais recente que guardávamos, de 1975, e o computador tinha desenhado sua fisionomia atual. Seu amigo lhe entregou o desenho em um envelope lacrado, com uma inscrição brincalhona de "*top secret*", e Christophe tinha preferido não olhar até que estivéssemos todos juntos. Eis a surpresa. Decidimos que abriríamos o envelope solenemente, após o café da manhã, e enquanto isso enfrentamos a dor de cabeça com café bem forte e uma conversa típica de crianças:

— Acham que o reconheceremos? Eu o imaginei muitas vezes...

— A estrutura do rosto não muda muito, foi o que disse meu amigo cientista da computação.

— Sim, mas lembre que em 2001 ele fez sessenta anos...

— Portanto, agora está perto de se aposentar. Se é que voltou a trabalhar.

— E se tem cabelos brancos?

— E se está mais gordo?

— Ou mais magro... É possível que não coma muito.

— Você são uns chatos. O computador não tem como saber tudo isso, faz apenas um esboço do rosto. O programa parte da evolução lógica dos traços mais marcantes. O nariz, as orelhas, a boca...

— Já estou vendo: terá cara de presidiário.

— Todos os retratos falados têm cara de presidiário.

Visto que começávamos a destrambelhar, Christophe nos fez calar a boca e abriu o envelope, e então nos deparamos com o retrato falado.

O sobressalto foi monumental. Era e não era ele. Olhávamos para aquele rosto, tão pouco pessoal, e reconhecíamos Gabriel nele com um tanto de fascínio, mas ao mesmo tempo a proximidade era desconfortável. Era ele, sim. Certamente tinha aquele aspecto. Com as feições envelhecidas, o computador tinha acertado em atribuir-lhe um olhar vago — aquela candura evasiva que todos tínhamos conhecido quando crianças. Do papel, nos olhava fixamente e poderia-se dizer que lamentava a situação.

Fizemos cópias do retrato. Voltamos ao apartamento, tudo estava como na véspera, pegamos um mapa e dividimos o bairro entre nós. O quadriculado da área facilitava nossa tarefa. Tratava-se de entrar em todas as lojas e bares e perguntar às pessoas se conheciam aquele homem. Era provável que tivessem visto Gabriel, que recentemente teria passado por aquelas ruas, e qualquer informação que pudessem nos dar, por imprecisa que fosse, nos ajudaria. Separamo-nos diante do portal e combinamos que voltaríamos a nos encontrar no mesmo ponto depois de duas horas.

— Sincronizemos os relógios! — gritou Cristòfol. Parecíamos crianças. Nossos corações disparavam com pretensões de detetives.

A maioria das pessoas interrogadas olhava o retrato e dizia que nunca o tinha visto antes. Pedíamos que puxassem pela memória e tentassem imaginá-lo com o corpo: um homem alto, magro, de cerca de sessenta anos e caráter reservado, um bom homem. Talvez ele tivesse frequentado a loja em outra época, talvez o tenham visto recentemente. Alguns pensavam nisso um pouco mais, como se nos fizessem um favor, e depois diziam que não. Quando percebiam que éramos estrangeiros, com a exceção de Cristòfol, havia alguns que faziam perguntas: É um terrorista? Foi assassinado? Desapareceu? O senhor é da Interpol?

Como dizíamos, nem tudo foi tão previsível. Chris falou com o vendedor de uma banca da Avenida Pujades na esquina com a Rua Nàpols, que reconheceu papai como um antigo cliente. Comprava com ele o jornal todo sábado e domingo. Só o jornal? Não, por um tempo fez um curso de inglês da BBC em fascículos (Chris sorriu), mas cansou depois de alguns meses. Quando tinha deixado de vê-lo? Calculava que havia um ano, talvez até mais. O jornaleiro se ofereceu para divulgar o retrato pendurando-o em seu estabelecimento, mas preferimos mantê-lo privado.

Em um bar seboso da Rua Sardenya, batizado premonitoriamente como Carambola, Cristòfol obteve a pista mais promissora: um mistério. Quando entrou, prestes a dar meio-dia, tinham acabado de abrir e não havia um único cliente. No fundo do local, duas meninas, sentadas diante de uma televisão, assistiam a desenhos animados. Um garçom abastecia as geladeiras. O dono estava encostado no balcão e folheava um jornal de esportes. Tinha os olhos inchados e com olheiras. Cristòfol lhe mostrou o retrato de Gabriel. O homem bufou como um cavalo, buf!, esboçando uma careta repulsiva, e o palito de dentes que tinha entre os lábios caiu no chão.

— Há tempos vinha por aqui às sextas à noite — disse-lhe. — Reunia-se com um grupo para jogar cartas. Ficavam um tempão. Começavam com apostas baixas e pouco a pouco iam esquentando o bolso.

Aquele fanfarrão falou de Gabriel. Lembrava-se dele porque tinha uma maneira muito peculiar de jogar, com a cabeça erguida e postura hierática. Tinha evaporado de um dia para outro.

— Se ainda estiver vivo, certamente tem problemas. Porque estão procurando por ele, não é? Sabia que ia acabar mal. Com essa forma tão concentrada de jogar cartas... Ou acabava entre as grades, ou alguém lhe quebraria a cara — calou-se, como se não tivesse nada mais a acrescentar, mas depois soltou pensativo: — Mas a verdade é que ele sabia ganhar, o grande safado.

Sem disfarçar a má vontade, o dono do bar pegou outro palito de dentes e continuou virando as páginas do jornal. Cristòfol pediu um café por cortesia. O garçom, um rapaz de cerca de trinta anos, com a barba por fazer, serviu o café dando-lhe uma piscadela. Quando levantou sua xícara para beber, Cristòfol percebeu que havia embaixo um guardanapo de papel dobrado. Pegou-o e procurou os olhos do garçom. O rapaz disfarçou, olhando para outra direção, mas fez que sim com a cabeça. O dono do bar ainda estava distraído com o jornal. Cristòfol escondeu o bilhete na palma da mão e leu. Havia um número de telefone e uma frase: "Ligue à noite!". Então pagou o café e saiu sem dizer adeus.

Quando nos reencontramos no apartamento no horário combinado, Cristòfol apareceu muito nervoso e com o pedaço de papel que ardia em seu bolso. Compartilhamos nossas pesquisas e constatamos mais uma vez o que já sabíamos: o papai tinha a habilidade de passar despercebido, de misturar-se com a multidão. E o lugar onde melhor se apreciava tal arte era na sua própria casa: aproveitamos a tarde para consultar os vizinhos do edifício, mas as respostas foram escandalosamente simples. Em três dos nove apartamentos restantes, nem sequer nos abriram a porta. Outros três vizinhos negaram que o conhecessem ou que tivessem esbarrado com ele nas escadas (visto que morava na sobreloja, Gabriel não pegaria o elevador). Duas vovós fofoqueiras que moravam no primeiro andar, no 1A e no 1B, abriram a porta ao mesmo tempo, como se estivessem mancomunadas. Estudaram o retrato falado e nos asseguraram que aquele homem era "o espectro" que tempos atrás tinha se escondido no apartamento. Aquele ser, nos informaram, tinha morrido fazia coisa de um ano. Elas mesmas tinham avisado à guarda municipal de que saía um fedor intolerável do apartamento. Por trás de tudo isso, no entanto, devia haver alguma história obscura, uma questão de Estado, porque o governo tinha fingido que nada aconteceu.

— Claro que era um espião russo. Ou americano. Ainda do tempo de Franco.

— Ou um extraterrestre. Levaram-no sem fazer barulho para analisá-lo.

— Às vezes o ouviam falar em línguas estrangeiras.

— Comunicava-se com seus superiores. Alguém tem interesse que isso não seja descoberto, mas é a pura verdade.

— Isso sim, nós não nos rendemos e continuamos em estado de alerta. Há alguns meses, vozes voltaram a ser ouvidas no apartamento da sobreloja.

— E sempre nos fins de semana. Aqui tem algo suspeito.

Dissemos a elas que não estavam erradas e depois pedimos a sua colaboração. Também não era preciso decepcioná-las. Se no meio da semana ouvissem qualquer barulho no apartamento, qualquer conversa, quando voltássemos teriam de nos contar. Tivemos medo de que desmaiassem de tanta empolgação.

A vizinha do segundo apartamento da sobreloja, parede com parede com papai, era italiana, chamava-se Giuditta — sabíamos disso pela caixa de correio — e nos pareceu a personagem mais interessante da escada. No dia em que Cristòfol foi pela primeira vez ao apartamento da Rua Nàpols, ela o ouviu chegar, saiu até o patamar da escada e chamou por ele. Tinham conversado por um tempo. Estava ciente da ausência de Gabriel e lamentava isso de todo coração. A polícia a interrogou um par de vezes antes de dar papai como desaparecido, mas infelizmente ela não sabia de nada. Gabriel nunca foi muito dado a relacionamento com os vizinhos, não é? Depois se ofereceu para recolher a correspondência que pudesse chegar.

Dessa vez, quando os cristóvãos chamamos à sua porta, limitou-se a entreabri-la e a deixar-se ver pela fenda que uma corrente permitia. Cristòfol a considerou mais reservada que daquela primeira vez. Dissemos que precisávamos falar com ela: Tinha ouvido algum ruído ultimamente? Tivemos uma suspeita... Pediu que esperássemos um momento e voltou a fechar. Levou dois ou três minutos (corria pela casa e guardava coisas, um rádio se calou, uma porta se fechou) e veio abri-la novamente, desta vez com mais confiança. Ela teve tempo de pôr um vestido e maquilar-se por alto, mas nem o batom nem o ruge disfarçavam seu sobressalto. Ela parecia incomodada.

Com o gesto tenso, convidou-nos para a sala. Não ofereceu nada para beber, provavelmente porque esperava que fôssemos embora logo. A sala era como uma versão colorida e barroca da de nosso pai. As cortinas e os sofás floridos davam um ar britânico, um tanto decadente, como se fosse a sala de jantar do Hotel Fawlty. Um carpete de tons terra, como de sala de bingo, cobria todo o chão. Não restava um centímetro de parede livre: tinha duas prateleiras cheias de livros, a maioria com lombadas de cores berrantes, e o espaço restante estava ocupado por infindáveis pinturas de paisagens e fotografias. Como não perdíamos nenhum detalhe, explicou que gostava de ler dois tipos muito diferentes de livros: os romances de amor e os atlas. Christophe apontou para uma fotografia em preto e branco que dominava toda uma área de parede. Uma jovem pendurada de ponta-cabeça de um trapézio que recebia a luz de um refletor. Ao fundo se adivinhava a maquinaria de cena de uma tenda de circo. A jovem se sustentava em um suave equilíbrio graças às pontas dos dedos dos pés, que se afincavam como ganchos à barra do trapézio. Todo seu corpo dependia da tensão daqueles dois pés, mas seu rosto transmitia uma calma angelical.

— Desculpe-me, é a senhora?

— Sim. Essa foto... — bufou. — Eu não tinha nem 16 anos, imagine. Às vezes eu olho e não me reconheço.

Agora a senhora Giuditta passava dos cinquenta. Conservava a figura miúda e esbelta da trapezista, mas tinha se acentuado nela a fisionomia ambígua, a meio caminho entre a felicidade e a neurastenia, que costuma afetar as pessoas que envelhecem no circo e têm de se maquilar diariamente. Sem que lhe pedíssemos mais detalhes, apressou-se a explicar que tinha crescido em uma família ligada ao mundo do espetáculo, os Cherubini Brothers, como anunciava um pôster emoldurado, e desde pequena tinha sido predestinada ao trapézio. Ela mesma, ao se aposentar, tinha continuado a tradição dentro da família, até que um belo dia, dez anos atrás, justo quando faziam temporada em Barcelona, se cansou daquela vida nômade e disse chega. Pouco depois, uma escola a contratou como professora de ginástica, trabalho que continuava exercendo.

Seu tom amigável e espontâneo, quase familiar, abateu-se quando lhe contamos o motivo da nossa visita. Tudo parecia indicar que o intruso do dia anterior tinha sido o próprio Gabriel Delacruz. Tinha levado alguns objetos. Ouviu alguma coisa? Os outros vizinhos... Dava a impressão de que nos atendia à força, ou que reprimia a vontade de falar, porque suas respostas eram curtas e incisivas. Nos outros vizinhos não se podia confiar, disse ela. As duas velhas do primeiro andar, por exemplo, tinham perdido o juízo completamente. A senhora Giuditta falava em um catalão carregado de italianismos que dava a suas palavras uma elevação lírica. Cristòfol as traduzia para o nosso idioleto. Ultimamente, passava poucas horas em casa e não, no dia anterior, não tinha ouvido nenhum barulho nem nada. Também era certo que Gabriel e ela se viam muito pouco. Quando se encontravam na escada, ou descendo o lixo à noite, mantinham conversas muito breves e triviais. Falavam do tempo, criticavam os outros vizinhos, recomendavam ao outro um programa de televisão. Às vezes, se ela não estava em casa, ele recolhia para ela os livros que um vendedor de um clube do livro levava até sua casa. Nós lhe mostramos o retrato falado e ela confirmou que a foto reproduzia Gabriel com grande fidelidade. Pelo que ela lembrava. Agora fazia... calculou que mais de um ano que não o via. Não, também não tinha nenhuma pista de para onde poderia ter ido.

— Não posso lhes dizer mais nada, de verdade — assegurou enquanto se levantava para indicar que já era suficiente. Teria dito, no entanto, que gostava de falar com Gabriel. Então, quando nós também nos levantávamos, não pôde evitar de nos pedir um favor. Poderiam sentar os quatro no sofá? Seria apenas um momento.

Era um sofá longo e confortável, mas estávamos muito apertados. Ficamos lá por alguns momentos, esperando que Giuditta dissesse alguma coisa. Estava claro que queria ver todos nós juntos, alinhados como se fôssemos os irmãos Dalton.

— Vocês são os quatro filhos de Gabriel, certo? — perguntou afinal. Não esperou pela nossa confirmação. — Vocês se parecem muito. Quando começaram a vir aqui, nos fins de semana, intuí isso. Um dia Gabriel se abriu além da conta e me contou que tinha quatro filhos. De quatro mulheres diferentes. Em quatro países diferentes. Disse isso como se fosse a coisa mais normal do mundo, e não acreditei nele, é claro. Então pensei que tinha um modo muito peculiar de castigar sua solidão, com um humor refinadíssimo. "Ria de si mesmo para não se desesperar", disse-me.

Depois nos agradeceu e se despediu. Quando estávamos de volta à rua, cada um tirou suas conclusões.

— Acho que ela detestava nosso pai — disse Christophe.

— Pois acho que estava secretamente apaixonada por ele e que Gabriel não lhe dava bola — corrigiu Christof.

— Talvez... mas vocês notaram um detalhe? — indicou Cristòfol. — Disse que ela e papai falavam às vezes sobre programas de televisão... Mas papai não tem televisão.

— Não sei o que lhes dizer, na verdade — rematou Christopher —, mas não consigo confiar nessa senhora. Enquanto estávamos lá amontoados no sofá, meus dedos ficaram nervosos e começaram a explorar. É uma mania que tenho. Já sabem que os submundos dos sofás, esse inferno entre almofadas e dobras, sempre são um bazar de surpresas. Meus dedos encontraram isso.

Puxou a mão do bolso e nos mostrou uma carta de pôquer meio amassada. Era o curinga. Um exame minucioso da carta nos fez perceber que alguém tinha desenhado um ponto na frente, uma marca.

Depois daquela conversa estéril com Giuditta, nós, cristóvãos, fomos caminhar pelo bairro e tomar uma cerveja. Chegamos ao bar Carambola. Estava aberto e dentro se ouvia a agitação, mas passamos direto, porque não queríamos comprometer o garçom, se é que a essa hora ainda estava trabalhando. Fomos tomar a cerveja em outro bar e discutimos um tempo sobre o que queria dizer com "à noite", a hora em que deveríamos chamá-lo. Às nove em ponto, por votação democrática, Cristòfol pegou o celular e digitou finalmente o número que deveria nos aproximar um pouco mais de nosso pai.

— Em primeiro lugar: eu não disse nada, por favor — disse uma voz jovem. Cristòfol lhe fez a cara amedrontada do garçom. — Escute bem. O dono do bar é um filho da puta chamado Feijoo, com dois "os". Essa manhã ele ficou calado, se fez de morto. Ele também jogava nas rodadas de pôquer, ainda faz isso toda sexta-feira. Descem as persianas do bar e se trancam dentro até o nascer do sol. Já viu a cara de sono dele, não? Acho que isso de apostar com dinheiro é proibido, mas vem até mesmo um policial nacional aposentado. Chama-se Miguélez, anote este nome, por favor. Feijoo me manda ficar nos sábados, para servir a bebida, limpar e cuidar da entrada. Mas eu não lhe disse nada, hein? — repetiu. Falava devagar, mas com um tom ansioso, como se carregasse isso há muito tempo. Não deixava espaço para réplica. — Esse homem do seu desenho, o chamavam de Delacruz, sempre os depenava. De uma forma ou de outra, sem estardalhaço, toda sexta-feira levava muito dinheiro. Todos perdiam, uns mais, outros menos, e lhe tomaram ojeriza. Ninguém lembrava quem o tinha levado da primeira vez ou de quem era amigo. Eles se ressentiam que ele não se importasse, que não bebesse nem comemorasse como eles fazem quando ganham uma mão gorda. Era provocado com insultos para que perdesse a concentração, mas não havia jeito. O tal Delacruz somente bebia conhaque. Molhava os lábios e pronto, sempre depois de lançar uma carta, e uma taça durava duas horas. Certa vez, Feijoo me obrigou a servir a ele um conhaque meio envenenado, vagabundo, que teria feito um beberrão vomitar, mas Delacruz nem se queixou. Pediu uma pausa para ir à toalete, os demais concederem, rindo sorrateiros, e ao cabo de cinco minutos o cara voltou como novo. Depois esvaziou os bolsos deles outra vez. Está me ouvindo? Olá? — fez uma pausa. Cristòfol só conseguiu dizer que sim, que sim, antes que o garçom voltasse a soltar a sua torrente de palavras. Formigavam em sua boca. — Eu não lhe disse nada, hein? Que conste, mas de repente um dos jogadores habituais começou a encher a cabeça do Feijoo, dizendo que Delacruz trapaceava, com certeza, e que eles tinham que o flagrar. O chefe passou a semana obcecado. "Desta sexta não passa, vamos pegá-lo em flagrante", repetia o tempo todo. Chegou a sexta-feira e os outros quatro jogadores apareceram no bar dez minutos antes da hora. Traziam cartas novas e marcaram todos os curingas com uma hidrográfica. Desenharam um pontinho preto, minúsculo, entre as sobrancelhas, como o terceiro olho dos deuses hindus. Toda vez que lhes caísse um curinga nas mãos, tinham de atentar nele. Se encontrassem algum sem o pontinho, queria dizer que ele trocava as cartas com algum truque. Era disso que suspeitavam. Enquanto acabavam de preparar tudo, Miguélez nos mostrou uma pistola... Guardou-a no bolso do casaco. "Não está carregada", lembro que ele disse, "mas se for necessário, vamos dar um bom susto"... — Cristòfol tentou dizer algo, mas o garçom também não lhe deu tempo. Vendo que aquilo ia se estender, mudou o telefone de orelha e fez um gesto de calma para os demais cristóvãos. — Vamos ver, não sei se Delacruz estava trapaceando ou não, nem me importo. Gostava dele porque ficava com o dinheiro de todos aqueles filhos da mãe. Naquela noite, deixei-os bebendo em volta da mesa, prestes a começar o jogo, e saí fora. Fingia varrer a entrada. Passados dez minutos, vi Delacruz, que subia vindo da Rua Almogàvers. Quando estava perto o suficiente, eu disse baixinho que fosse com cuidado. Ele parou, me olhou intrigado e me perguntou por quê. "Hoje o chefe e seus amigos estão de mau humor", eu disse, "estão de conchavo e preparam alguma para você". Ele me agradeceu. "O policial tem uma arma e tudo, mas não se preocupe porque não está carregada", acrescentei no último instante. Entrou no bar, como se nada tivesse acontecido. Com segurança. Depois de um tempo, quando voltei a entrar, já estavam jogando. Delacruz estava sentado de costas para o balcão, como sempre, e não via seu rosto, mas sua presença me infundiu muito respeito. Tão concentrado e imóvel que se diria que estava com os olhos vendados diante de um pelotão de fuzilamento. Deixei uma taça de conhaque sobre a mesa e ele nem sequer olhou para mim. Fiquei bisbilhotando um tempo, indo e vindo com mais cubas-libres para os outros. Jogavam em silêncio, absortos e nervosos, e fumavam como caminhoneiros. Todos estavam alerta. A cada partida, o centro da mesa se enchia com mais notas. Até decorrer uma hora, não relaxaram nem riram. Todos tinham começado a ganhar, menos Delacruz, que perdia e perdia e perdia. Tudo isso que explico é verídico, hein? Não inventei isso. Por volta das duas da madrugada, tinham esvaziado os bolsos dele. Falamos de uma dinheirama, porque a quantia para entrar no jogo era sempre muito alta. Setenta ou oitenta mil pesetas. Ele disse que estava se retirando, que o tinham deixado sem um tostão, mas Feijoo respondeu que de jeito nenhum. Todos tiveram noites ruins e ficaram até o fim. Aquela noite era a vez dele. Para mim, que via tudo de fora, era claro que Delacruz perdia de propósito, mas a gentalha parecia não perceber. Estavam cegos pelo dinheiro que dividiam.

Delacruz lhes disse que as regras do jogo eram outras. Todos sabiam que, quando se perdia tudo, era permitido abandonar a partida. Diante dos olhos atônitos dos outros jogadores, esvaziou a taça de conhaque de um gole só, levantou-se e começou a colocar o casaco. Quando já tinha dado a volta para sair, Miguélez gritou: "Você não vai a lugar nenhum até que eu diga! Sente aqui novamente, filho da puta!", e lhe apontou a pistola. Delacruz deu meia-volta e viu a arma. Levantou as mãos como se estivesse sendo assaltado, e aquele gesto conturbou ainda mais o ambiente. Um dos jogadores pediu calma. "Volte para a mesa", ordenou Feijoo, "farei para você uma promissória com juros para que possa continuar jogando. Mas, amanhã de manhã, por sua mãe, você tem de me devolver até a última peseta...". "Para que possa continuar perdendo, você quer dizer", interrompeu Miguélez, e todos riram. Eu observava Delacruz e o admirava, porque tinha a situação controlada. Tinha certeza de que tudo sairia exatamente como ele tinha previsto. Voltou a sentar-se, assinou a promissória e pegou o dinheiro de Feijoo. Depois, continuou perdendo tudo, como um otário, até que se fez dia e a partida acabou. No dia seguinte... No dia seguinte, sábado, como esperado, Delacruz não apareceu nem por acaso. Feijoo estava subindo pelas paredes, e à medida que se passavam as horas, estava cada vez mais consciente de seu erro. Mais que o dinheiro perdido, o que o enfurecia era ter sido feito de bobo. De vez em quando, tirava do bolso a nota promissória, assinada com um rabisco incompreensível, e se perguntava em voz alta quem era aquele Delacruz. Onde ele morava. O que fazia da vida. O silêncio sem resposta o irritava ainda mais. À noite, quando já fechávamos, apareceu Miguélez, o policial. Vinha se gabar de que tinha gastado o dinheiro que ganhou em um almoço na Barceloneta, com sua esposa, e à tarde, com uma puta. Quando viu Feijoo tão mal-humorado, tranquilizou-o dizendo que não sofresse, que ele o ajudaria. Na manhã de segunda-feira, sem falta, passaria pela delegacia de polícia e conseguiria o endereço de Delacruz. "Quando trouxer o endereço", disse o chefe, "traga a arma também. E desta vez com balas, que faremos uma visita a esse filho da puta". Não sei ao certo o que aconteceu na segunda-feira, nem durante toda a semana. Só sei que na sexta seguinte Delacruz não veio jogar, e desde então não voltou a aparecer — o garçom fez uma pausa no monólogo à espera de alguma pergunta, agora sim, mas Cristòfol não conseguiu dizer nada. A enxurrada de informações recebidas o deixou exaurido. Os outros cristóvãos, formando uma roda em volta dele, riam de sua cara de estupefação. O rapaz, no entanto, ainda tinha disposição: — Não volte ao bar, por favor, agora já lhe disse tudo. Não volte, mas se voltar porque alguém o obrigar ou o que for, não me delate. Feijoo... Conheço seus métodos. Armaria para que me dessem uma surra e depois conseguiria que a polícia me prendesse com pretexto qualquer, e isso não me convém. Ele sim é que deveria ser pego pela polícia. Se Delacruz desapareceu do mapa, aposto que Feijoo e Miguélez estão metidos nisso. Já viu o desprezo com que falava dele, essa manhã... Olhe, para que veja que digo a verdade, que isso não é nenhuma brincadeira e que confio em você, vou explicar qual é o meu interesse nisso tudo. Mas vai guardar meu segredo, certo? Agora faço você cúmplice do meu segredo: — Cristòfol não teve tempo de reagir — faz mais de um ano que a mulher do Feijoo e eu estamos tendo um caso. Chama-se... Bem, tanto faz como se chama. Eu a amo loucamente, e às meninas também. Hoje, quando você veio, ela não estava, mas se a tivesse visto dois minutos saberia que esse filho da mãe não a merece. Ele a trata como uma escrava, nem vou contar, e bem debaixo do meu nariz. Não posso fazer nada, mas um dia desses vou explodir. Você está entendendo? Se pudéssemos provar que Feijoo é culpado pela morte de Delacruz, ou pelo menos cúmplice, ele seria mandado para a cadeia e tudo mudaria para nós. E digo: se quer saber o que aconteceu com Delacruz, você tem de puxar o fio pelo policial aposentado e por Feijoo (com dois "oos", não sei se tinha dito). E agora adeus, tenho de ir. Que tenha muita sorte.

Essas foram suas últimas palavras, e depois desligou. Cristòfol nem tinha aberto a boca, mas estava esgotado de ouvir tão atentamente. Em seguida, ligamos de novo, só para agradecer, mas o garçom não atendeu mais ao telefone. Nem naquela noite nem no dia seguinte, embora tenhamos tentado em diversas ocasiões.

No restante do sábado e do domingo, até que cada cristóvão tivesse de voltar a seu país, analisamos a história do garçom por vários ângulos. Concordávamos que era bastante plausível, e tudo aquilo das trapaças se encaixava no perfil de Gabriel, mas ao mesmo tempo tinha alguns pontos obscuros. Por exemplo: o garçom estava interessado em nos fazer crer que Feijoo e Miguélez tinham matado meu pai, mas estamos convencidos de que não foi assim. Nós o queríamos vivo. Sua visita incógnita ao apartamento nos enchia de esperança. Quem sabe se essa jogatina fatídica tinha sido o gatilho de tudo, o ponto de virada que o levou a decidir, como se diz nos romances de bancas de jornal, desaparecer por um tempo? Só que o tempo tinha se estendido indefinidamente. De todo modo, dizíamos, papai tinha experiência nisso de desfrutar da clandestinidade.

Essas elucubrações tinham nos situado em uma nova realidade, menos esportiva e mais desagradável, mas o que mais podíamos fazer? Concordamos que, a partir daquele momento, Cristòfol, que dos quatro era quem tinha mais facilidade para isso, passaria a visitar o apartamento uma ou duas vezes por semana, caso houvesse mudanças ou a vizinha italiana decidisse nos dar mais pistas. De vez em quando, espionaria os movimentos de Feijoo em seu bar, especialmente nas noites de sextas e sábados. Enquanto isso, dissemos, a melhor maneira de intuir o presente de Gabriel era continuar explorando seu passado. Talvez lhes pareça um recurso para ganhar tempo, mas não nos importa nem nos desagrada. Além disso, já sabemos que tudo é cíclico, que o tempo se repete, e às vezes o presente e o passado se confundem. Por exemplo, enquanto procuramos Gabriel e nos atemos a pistas incertas, vinte e cinco anos antes uma garota chamada Rita também se esforçava para encontrá-lo (guiada por um ascendente zodiacal errado).

Vá em frente, Cristòfol. Todo seu.

Muito bem. Nós tínhamos ficado no dia 16 de fevereiro de 1972, o dia em que Rita, por causa de um passaporte errado, apaixonou-se por Gabriel pensando que seu nome era Serafín Bundó. Desse modo, na quarta-feira, ao sair da gaiola, mamãe partiu em busca da casa do desconhecido. Era apenas um primeiro passo. Mesmo tendo se dedicado a isso de corpo e alma a manhã toda, a bolsa continuava desaparecida, mas ele lhe havia dado o endereço, ela sabia que moravam perto um do outro e considerou que assim encurtava um pouco mais a distância que os unia. Notem, cristóvãos, que não digo "separava": naquele momento Rita já estava convencida de que nada nem ninguém poderia separá-los. Era apenas uma questão de tempo. Se as estrelas tinham conspirado para harmonizar o destino deles, quem éramos nós para contradizê-las? A Rita atual encontraria mil respostas convincentes, mas a daquela época, com 20 anos, forçosamente solitária e entregue à fé dos horóscopos, nem pensava nisso.

Ela desceu do ônibus na Praça de Catalunya e fez o mesmo percurso de todos os dias. Foi em direção às avenidas, adentrou na Rua Elisabets e seguiu em direção à Joaquim Costa. Quando chegou à Rua del Tigre, no entanto, passou em frente da entrada de sua casa e seguiu em direção à Ronda de Sant Antoni. Chegou ao número 70, contando os passos a partir da sua casa — 192, exatamente! — e então descobriu que o tal Serafí tinha lhe dado o endereço de uma pensão. O otimismo ingênuo que a governava reprimiu uma sensação de fraude — as pensões, assim como os aeroportos, são apenas lugares de passagem — e reconduziu seus propósitos pelo caminho certo. Na verdade, disse para si mesma que era melhor que não tivesse casa, as plantas sem raiz são arrancadas com mais facilidade. Foi até o meio-fio e examinou a fachada do edifício. Em outras circunstâncias, a porta de entrada, de um alumínio gasto, teria lhe parecido feia e vulgar, mas naquele momento lhe pareceu prática. Fixou-se na galeria do primeiro andar, onde se supunha que estivesse a pensão. Atrás das vidraças, dois homens sentados em suas poltronas conversavam animadamente enquanto tomavam um chá fumegante. Embora a galeria não estivesse iluminada e as duas figuras se recortassem em uma semipenumbra, convenceu-se de que nenhum deles era Serafín. Eles pareciam muito ativos. Enquanto isso, uma senhora baixinha e arrumada, que usava um vestido preto, saiu pela entrada. Por um segundo, seus olhos se cruzaram, e depois a mulher se afastou, fazendo soar os saltos. Rita se aproveitou disso para se infiltrar na entrada. Não podia evitar: tudo o que tinha a ver com Serafín a atraía. Subiu o primeiro lance de escadas e se plantou diante da porta da pensão. Pendurada na parede, a cabeça de uma cabra dissecada a escrutinava com um ar de professor refinado. E se batesse na porta e perguntasse por Serafín? Mas o que lhe diria, que ainda não tinham encontrado a bolsa? Queria vê-lo novamente, longe do aeroporto, em seu território, mas de repente a cabra fez que se sentisse ridícula e ela correu escada abaixo. A partir daquele momento, montou guarda na rua, diante da casa.

É uma pena que Rita não tivesse entrado na pensão naquela tarde, quando se confrontou com o oráculo da cabra. Faltou empenho, ou sobrou intimidação. Se tivesse feito isso, se tivesse batido na porta e perguntado pelo senhor Serafín Bundó, teria se poupado de uma parte das angústias, prantos, desfalecimentos e mal-entendidos que viriam depois, logo no dia seguinte. De uma forma ou de outra, perguntando aos hóspedes que estavam naquela hora na pensão, bisbilhoteiros como ninguém mais, Rita teria acabado amarrando as pontas soltas. Mas não fez isso. Um acesso de prudência dentro da temeridade — uma constante em sua vida — a empurrou a voltar sobre seus passos.

Enquanto Rita vigiava aquele vitral da galeria com a empolgação furtiva de uma *matahari*, os protagonistas se encontravam em um bairro menos tradicional de Barcelona. Teria bastado seguir a senhora Rifà quando ela saía de casa tão resolutamente. Teria subido com ela no ônibus e cruzado a cidade até Vía Favència. Em seguida, teria seguido seus passos incertos (era a primeira vez que ia àquele bairro tão distante) até o apartamento de Bundó.

Pela manhã, quando finalmente tinha deixado para trás a alfândega e saído do terminal com a bolsa errada, Gabriel percebeu que o senhor Casellas e Rebeca, a secretária, esperavam por ele. Casellas, que trazia uma faixa preta no antebraço, lhe deu a mão e fez que soubesse que, nesse momento tão difícil, quis recebê-lo pessoalmente. Depois prestou suas condolências com alguns palavras formais (era de agradecer, no entanto, que como bom católico se esforçasse para parecer sincero). Rebeca abraçou Gabriel e, com a emoção à flor da pele, começou a chorar. Suas lágrimas eram reais, porque sempre tinha simpatizado com Bundó, a quem via como um urso de pelúcia, inofensivo e suave, um aliado em meio àquela turba de machos incivilizados.

Um táxi os levou diretamente ao apartamento de Vía Favència. Naquele momento, como informou o senhor Casellas, o carro funerário já deveria ter chegado à casa de Bundó. O pessoal da funerária tinha recebido a incumbência de pôr o corpo em um caixão novo, de mais categoria que o do consulado alemão, custeado pela La Ibérica em agradecimento aos anos de dedicação à empresa.

Gabriel, que continuava mergulhado em seu pesar e respondia com monossílabos, se deixava levar. Cada nova fase daquele pesadelo esmagava um pouco mais sua vontade. O único momento em que tentou manter a pose foi quando entrou na casa de Bundó. Carolina tinha chegado naquela manhã de trem vinda da França. Estava lá havia meia hora, desde que haviam trazido Bundó, sentada como em transe junto à cama na qual jazia o corpo de seu noivo para que fosse velado.

Cristóvãos: agora terão de imaginar o drama, do qual tenho medo de reconstruir. Imaginem — isso é fácil — as coroas de flores, o cheiro enjoativo dos crisântemos, as caras tristes, os tapinhas no ombro dos colegas de trabalho, as mãos nos bolsos sem saber o que fazer com elas. Imaginem as palavras sentidas e, no entanto, patéticas de Tembleque (desde a noite anterior, bebia drinques de conhaque e anis um atrás do outro à saúde de Bundó). Imaginem também as conversas que enchiam o silêncio, as histórias sussurradas com demasiada seriedade e recato para fazer justiça à contagiosa alegria de Bundó. Imaginem a senhora Rifà consolando Gabriel como uma irmã mais velha e Carolina como uma mãe. Imaginem Petroli, que também acabava de chegar da Alemanha, destroçado e desorientado, evitando o senhor Casellas para não ter de dar explicações, procurando um momento a sós com Gabriel; imaginem ele com o aspecto de um cachorro perdido, lívido, carregado de culpa ("deveria ter sido eu ao volante do caminhão... ele ainda estaria vivo..."). Imaginem, finalmente, o momento em que todos partiram e nosso pai e Carolina ficaram a sós no apartamento de Vía Favència, fazendo companhia um ao outro, falando na escuridão, sem acender as luzes, lembrando de Bundó como quem toma um remédio contra toda aquela tristeza. Não fazia dois meses ainda que, na noite de Natal, enquanto jantava com os dois e com Mireille, seu riso havia alegrado aqueles mesmos cômodos... O que lhes restava agora de tudo aquilo?

Enfim, cristóvãos, não se reprimam. Podem dizer que a vida é uma merda, se quiserem, e razão não vai faltar, mas essa frase nos conduz a um beco sem saída — e já se sabe que os caminhoneiros preferem as estradas amplas e com boa visibilidade (perdoem a metáfora viária, escapou). Além disso, a experiência nos mostra que a vida é antes de tudo uma comédia de humor negro. Haja vista o que aconteceu com Rita. Nós a tínhamos deixado montando guarda diante da pensão, desconcertada e atenta aos movimentos que se produziam. Esteve ali muitas horas. Espreitava todos os homens que entravam ou saíam do edifício e se entretinha especulando sobre sua relação com Serafí. Era um modo como qualquer outro de pensar nele. Às oito, notou que voltava a senhora de antes, agora mais apressada (tinha de servir o jantar aos hóspedes). Passadas as dez horas, uma de suas pernas ficou dormente. Sentiu fome e foi para casa.

Na manhã seguinte, quando saía para pegar o ônibus, fez um desvio e passou em frente à pensão. Por via das dúvidas. Mas nada. Com a pressa e o nervosismo, esqueceu-se de tomar café da manhã. Dessa forma começou o dia no qual desmaiaria duas vezes.

Assim que chegou à gaiola, foi correndo olhar o arquivo de entradas e saídas de malas perdidas. Depois de comprovar que o protocolo continuava aberto, tranquilizou-se e começou a atender os clientes irritados. Fazia as perguntas automaticamente, sem se envolver, esperando um intervalo para ir comer na cafeteria. Seus olhos não estavam mais olhando para a data de nascimento no passaporte dos viajantes. Os comentários desagradáveis não a incomodavam mais. Tinha inaugurado uma nova fase. Serafín Bundó ainda não estava ciente disso, apenas o carregava escrito nas estrelas, mas aquele era o segundo dia de sua vida juntos.

Um novo viajante se aproximou de gaiola e, como todos os outros, disse que queria recuperar uma mala perdida. Rita não se lembraria de nenhum traço daquele homem, se era alto ou baixo, jovem ou velho, feio ou bonito. Não saberia dar-lhe um rosto. Quando pensasse nele — e faria isso muitas vezes no futuro próximo — só lhe viria à mente um gesto casual de suas mãos, casual ou não, vá alguém saber, e a intrigante sensação de hesitar entre lhe agradecer um favor ou amaldiçoá-lo para todo o sempre.

O passageiro em questão vinha de Madri e tinha perdido a mala. Rita anotou seus dados no formulário, como de praxe, pediu que verificasse e assinasse. O homem pegou a folha amarela e leu. A mão direita procurou uma caneta no inferno do moletom. Certamente tratava-se de uma caneta de marca, muito delicada (ou ele era muito meticuloso), porque então, para não estragar a ponta enquanto escrevia, deixou um jornal sobre a bancada e pôs o formulário em cima. O jornal era *El Correo Catalán* e estava aberto e dobrado em uma página interna. Deviam ter oferecido o jornal a bordo do avião e ele o teria folheado. As palavras cruzadas estavam feitas pela metade. A caneta assinou no rodapé da página e depois a mão se estendeu à Rita. Então o jornal ficou de novo à vista. Antes que o homem voltasse para levá-lo, Rita percebeu que era a página de obituários e, com uma velocidade treinada durante meses, os olhos foram até um boxe na parte inferior da página, centralizado e mais para discreto, um obituário em que ela leu o seguinte:

SERAFÍN BUNDÓ VENTOSA
(1941-1972)

São coisas que acontecem.

O cérebro de Rita demorou muito a reagir. Foi como os segundos que separam o trovão do relâmpago. O homem tinha ido embora, levando o jornal, absorto em sua bagagem perdida, e ela ficou ali, paralisada, agarrando-se à bancada para não cair. Quando a viu assim, imóvel, uma colega de trabalho lhe perguntou se estava bem. Rita ouviu sua voz, mas foi incapaz de responder por que não entendia a pergunta. Seu olhar se mantinha fixo no jornal, os olhos cravados na mão daquele homem que se afastava. Logo o perderia de vista. Pouco a pouco, o sangue voltou a irrigar o corpo. "Não pode ser", disse então para si mesma, "é uma brincadeira de mau gosto". Soltou uma gargalhada histérica, mas somente uma — ah! — que no mesmo instante tinha se transformado já em uma exalação de desespero. No fim do corredor, o homem jogou o jornal na cesta de lixo e esse gesto a reanimou. Saiu da gaiola bem rápido, correu para resgatar o jornal e ali mesmo, com determinação, leu de novo o obituário. Serafín Bundó Ventosa. Era ele, o homem que o destino tinha lhe entregado no dia anterior? Comprovou a data de nascimento: 1941, sim. Outra vez: 1941, sim, era isso. Releu cem vezes aquele nome, escrito em negrito enlutado, e reviveu o encontro com seu Serafín, o falso Bundó, Gabriel, o homem do braço engessado, chamem como quiserem. A ofuscação do momento fez a cabeça rodar e desmaiou pela primeira vez naquele dia.

Cristóvãos: tudo isso eu mesmo explico porque minha mãe não quer nem ouvir o assunto. Até hoje se envergonha da coisa toda, como se tivesse alguma culpa.

Publicar o obituário em *El Correo Catalán* foi uma iniciativa da secretária Rebeca, provavelmente às escondidas do senhor Casellas, que lia somente *La Vanguardia*. O texto dizia que os colegas de trabalho de mudanças La Ibérica anunciavam aos leitores "tão sentida perda" e lhes pediam que rezassem por sua alma. Também explicava que o funeral seria naquela mesma quinta-feira, às quatro da tarde, na igreja paroquial de Sant Salvador, na cidade de El Vendrell, em Penedès.

Porras e Sayago, que limpavam e faziam resplandecer o chão de mármore daquele saguão, foram os primeiros a socorrer Rita. Quando recobrou a consciência — estava caída no chão, enquanto Sayago a abanava com o bendito jornal —, a primeira coisa que fez foi perguntar que horas eram. Eles a ajudaram a se levantar. Eram dez da manhã. Os dois mestres da limpeza a acompanharam até a gaiola e, como era habitual neles, exageraram o desmaio de Rita, dando-lhe proporções de heroína romântica. Ela se justificou dizendo que ainda não tinha tomado café da manhã, mas o chefe do escritório a viu tão pálida e anêmica que a mandou para casa. Não precisou dizer isso duas vezes. Rita arquivou o protocolo do homem do jornal e foi para o ponto de ônibus. Quando passou por Sayago, com passos vacilantes para esconder a pressa, o ouviu dizer:

— Veja se está grávida, menina!

— Eu gostaria! — respondeu ela, com olhos lacrimejantes. E realmente parecia acreditar nisso.

A partir daquele momento, Rita empreendeu um périplo interminável para poder comparecer ao enterro. Um ônibus de trabalhadores a devolveu a Barcelona e, uma vez na estação do passeio de Gràcia, comprou um bilhete para Vendrell. Embarcou no trem, pouco antes de fecharem as portas.

Quando entrou no vagão para encontrar um assento, um velho perguntou com mau humor se agora as mulheres também atuavam como fiscais. Tinha saído do aeroporto sem trocar de roupa, ainda com o uniforme da gaiola. Sentou-se em um compartimento vazio, tirou a jaqueta para evitar outros mal-entendidos e não se sentir tão deslocada. A calefação do trem funcionava a todo vapor, como sempre no inverno, e imediatamente agradeceu aquele calor aconchegante. Com a calma, voltaram as lágrimas e as preocupações. Evitava pensar em sua má sorte porque parecia injusto para Serafín. Mas quando se concentrava nele, a cabeça se enchia de dúvidas que já não teriam resposta. Como tinha morrido? Por exemplo, quem o tinha encontrado? No dia anterior, viu que ele estava em mau estado, mas não era para tanto. E se ela fosse a última pessoa com quem tinha falado? Que honra mais inútil. De qualquer forma, dizia, voltava a estar de luto como quando morreram seus pais. Era um luto estranho, como por tabela, e fazia que ela pensasse nesta frase: "Começamos a casa pelo telhado...".

Entre o calor e os solavancos do trem, absorta nesses pensamentos, Rita adormeceu. Só acordou depois de um bom tempo. Abriu os olhos porque o trem parou em uma estação, e seu sonho se encheu de sonoros silvos agudos. Em Vilafranca del Penedès, duas camponesas se sentaram ao seu lado. Traziam uma cesta cheia de pintinhos.

— Falta muito para Vendrell? — perguntou-lhes.

— É esta parada, menina! Já está atrasada...

Desceu do trem com o último apito. Ouviu os resmungos do chefe da estação, e as duas camponesas a aplaudiram da janela. O relógio na plataforma marcava quatro horas e três minutos. Seguindo as indicações de um passageiro, demorou mais cinco minutos para fazer o caminho contrário por uma bela avenida, atravessar um mercado e, depois de subir por uma rua estreita, chegar à praça da igreja. Quando entrou, a missa fúnebre já tinha começado. O cheiro enjoativo de cera queimada a deixou atordoada. O caixão repousava aos pés do altar. Naquele momento, o padre elogiava Serafín, filho de Vendrell que, seguindo os desígnios de Nosso Senhor, tinha levado uma vida marcada pelas dificuldades e fatalidades, mas também por uma vontade de ferro e procurando sempre o caminho correto. Sua voz esganiçada, montserratina, ecoava pelo interior da igreja barroca. Rita contou ao todo apenas trinta pessoas, sentadas e encolhidas de frio. Sentou-se na penúltima fila e observou a nuca dos que estavam adiante. Os homens estavam sentados à direita do altar e as mulheres à esquerda. Na primeira fila do seu lado, destacavam-se as figuras devotas de três freiras. Junto a elas estava a senhora que tinha visto no dia anterior, saindo da pensão da Avenida de Sant Antoni, e uma garota loura que chorava muito. O tempo todo a via balançando a cabeça, inconsolável, e preferiu acreditar que seria a irmã de Serafín, e não sua viúva. O lado dos homens estava mais cheio e custava distinguir algum perfil. Presumiu que fossem colegas de trabalho (agora sabemos que estavam todos os funcionários da La Ibérica, comandados por seu chefe Casellas). De qualquer forma, pensou, se ela morresse, quem iria ao seu enterro? Os colegas do aeroporto, os vizinhos, as suas quatro amigas e pronto. Muitas pessoas não saberiam de sua morte até que se passassem algumas semanas ou meses, como tinha acontecido com seus pais.

Continuou durante toda a cerimônia distraída por esses pensamentos. De vez em quando, dava uma olhada no caixão. Seu Serafín descansava ali dentro, dizia-se. Viria visitá-lo no Dia de Todos os Santos; todos os anos, sem falta, lhe levaria um ramo de flores. Faria a viagem de trem até Vendrell. Seria o seu segredo. Imaginou-se velha e adoentada, uma solteirona inclassificável. Jogaria bingo com suas amigas, mas sem dinheiro, com grãos-de-bico, e na hora do lanche, quando alguma viúva lhe perguntasse se não se sentia só, recordaria sempre um antigo amor de juventude. "Uma história trágica — diria —, trágica demais para que eu deseje contar". E então se calaria.

Quando o padre os dispensou com o último amém, Rita imitou os outros presentes e se encaminhou para fora. Um coroinha lhe entregou um memento e voltou a ler aquele nome. Serafín Bundó Ventosa. Lá fora, todo mundo se situou nas laterais da porta e das escadas, deixando um corredor para que o cortejo pudesse sair com o caixão. O carro funerário já esperava com o capô aberto. O dia estava nublado, mas naquele momento um raio de sol banhava a praça. Rita entreviu que dentro da igreja na penumbra alguns homens levantavam o caixão e o carregavam sobre os ombros. Seriam seus amigos e colegas de trabalho. Logo saiu o padre, murmurando uma oração e acompanhado pelo coroinha.

O caixão vinha atrás. Caminharam lentamente. Rita acompanhava a cena arrebatada. Tudo tinha acontecido tão rapidamente que de repente o mundo lhe parecia um lugar irreal. No momento em que o caixão passou por ela, um raio de sol impediu sua visão, e então, quando fez sombra com a mão para não perder nenhum detalhe, descobriu Gabriel lá na frente, seu Serafín, vivo, aflito como no dia anterior, mas vivo, mal aguentando o caixão com o braço e ombro direitos (o braço esquerdo estava engessado). Que horror! A visão sobrenatural a sacudiu com tanta força que deixou escapar um grito de terror. Gabriel virou-se para ela, como todo mundo, mas não a reconheceu. Claro que não. Então, Rita começou a tremer do sobressalto, perdeu o equilíbrio e desmaiou pela segunda vez naquele dia. Era como se um desmaio se contrapusesse ao anterior, um combate de desmaios.

Duas mulheres que seguiam o enterro, empregadas de uma loja de lãs da praça, a reanimaram, fazendo que tomasse "água del Carmen", uma beberagem de erva-cidreira. Enquanto isso, todo o cortejo já tinha se dirigido para o cemitério. Somente Natàlia Rifà, que não podia suportar a visão das covas abertas, ficou para fazer companhia a essa moça com um uniforme tão estranho. Tinha reconhecido Rita da noite anterior, quando vigiava quem sabe o que diante de sua casa, e lhe era familiar do bairro. A curiosidade a matava.

Rita se levantou, narcotizada pelo santo álcool. Sua cabeça estava girando. Ela também reconheceu a senhora Rifà. Suas primeiras palavras foram para perguntar se o falecido, Serafín, não teria um irmão gêmeo. Tinha visto seu braço engessado, é claro, mas na época já não acreditava no que viam seus olhos. Natàlia Rifà lhe dedicou um sorriso maternal e esclareceu que seu Serafín na verdade se chamava Gabriel Delacruz. Depois entraram em um café e lhe explicou o acidente, a morte de Bundó, as peripécias dos caminhoneiros da La Ibérica. Pouco a pouco, os mal-entendidos do aeroporto foram se desfazendo. Se tivesse observado bem, o obituário de *El Correo Catalán* dizia que Bundó tinha morrido havia três dias.

O próximo trem que saía de Vendrell as levou a Barcelona. Apesar do uniforme, Rita estava tão perturbada que dessa vez ninguém a confundiu com uma fiscal. Durante o trajeto, confessou à proprietária da pensão suas obsessões com o horóscopo, os presságios do mago, as coincidências no aeroporto. Explicar todas as suas vicissitudes era uma sensação libertadora. A senhora Natàlia se deleitava com suas confissões. Via em Rita um reflexo de si mesma trinta anos antes, com aquele entusiasmo entre ingênuo e imprudente de quando tinha chegado à cidade para dirigir a casa de hóspedes. Para compensá-la, alegrava-se falando de Bundó, de sua história com Carolina, e lembrava histórias dos anos que ele tinha passado em sua casa. Gabriel e ele tinham chegado lá com dezessete anos. Eram umas crianças e, por assim dizer, os viu crescer durante metade da vida. Não é que se tivesse feito de mãe para eles, mas quase, sobretudo com Bundó, que era mais dependente.

De repente, lembrou-se de que tinha uma foto dele na bolsa. Ela apanhou a foto pouco antes de sair de casa, se eles quisessem colocá-la na lápide, mas Carolina tinha dito que já tinham uma. Mostrou a foto a Rita.

Era uma foto de cerca de três meses atrás. Bundó lhe havia dado de lembrança quando fora morar no apartamento de Vía Favència. Embora mexesse com seus nervos, Rita olhou o rosto daquele homem desconhecido por quem tinha se apaixonado pelo nome, sem nunca tê-lo visto. Rechonchudo como era, tinha umas feições infantis que lhe davam um ar brincalhão e engraçado, mas assim, à primeira vista, não teria se apaixonado por ele. Além disso, vestia uma camisa horrível. Tinha uns tons de preto e branco estridentes, que machucavam os olhos só de olhá-los, e o pior era que ele parecia estar muito orgulhoso daquela roupa. Uma hora antes, Rita teria pago uma fortuna para conhecer qualquer minúcia de Bundó, agora, pelo contrário, sua mente se esforçava para esquecê-lo.

Voltando para casa, percebeu que precisava organizar o caos que aquele terremoto tinha deixado e acomodar um novo hóspede no meio das ruínas... Gabriel Delacruz, se chamava? As estrelas e o horóscopo eram vigaristas. Tinha de dar atenção aos sentimentos e ponto-final. Além disso, havia a bagagem perdida. No dia seguinte, sexta-feira, ou quando fosse que o pessoal da Lufthansa a entregasse, a levaria até a pensão e tentaria conhecer Gabriel. Daria os pêsames pelo amigo e tudo começaria de novo.

Pela tarde, após o funeral, Carolina e Gabriel voltaram a Barcelona no carro do senhor Casellas. A vontade de nosso pai, cristóvãos, era permanecer na pensão e não sair dali por um bom tempo. Tinham se passado cinco dias do acidente, e em sua cabeça continuava reinando a confusão. Sentia-se como se tivesse chegado a uma cidade desconhecida e não tivesse nenhum mapa. Era um dilema que já tinha vivido antes, mas se antes a solução passava por mover-se e escolher uma saída ao acaso, agora só queria ficar quieto. Felizmente ou infelizmente, com o braço quebrado, estaria de licença algumas semanas e poderia adiar qualquer decisão.

O senhor Casellas os deixou na Praça Calvo Sotelo e depois seguiu para os bairros altos. Gabriel se ofereceu para acompanhar Carolina até Vía Favència e chamou um táxi. Com a morte de Bundó, o apartamento tinha ficado em nome dela. Gabriel dava como certo que aproveitaria para romper para sempre com Muriel e seu passado francês. Quando estavam diante da entrada, no entanto, Carolina pediu ao taxista que não desligasse o motor. Então ela pegou as chaves da bolsa e as deu a Gabriel.

— Não vou subir – disse. — Tudo de que preciso de Bundó eu carrego comigo. Não poderia ficar nesta casa nem mais cinco minutos. As lembranças que nós não chegamos a viver... A armadilha constante do que não pôde ser tornaria minha vida insuportável. Hoje à noite volto para a França de trem, Gabriel, para ver se começo de novo de verdade. Logo vou escrever ou ligar para você. Tome, pegue as chaves e faça o que quiser com o apartamento. Por ora, fique e more aqui, se quiser, e mais adiante tratamos dos papéis. Logo nos entenderemos, porque já não posso tirar nada desse apartamento.

Naquela noite Gabriel ainda dormia no quarto do falcão. Bom, mais que dormir, deixou passar as horas. Na manhã do dia seguinte, enquanto tomavam café da manhã, informou à senhora Rifà que estava deixando a pensão.

— Estarei fora por longo tempo — disse ele. Mesmo nos momentos mais desesperados, ele se impunha a ideia de um destino provisório (mas a verdade é que nunca mais voltou).

Depois chamou Tembleque para ajudá-lo a fazer o transporte de seus poucos pertences. E assim acabou morando no apartamento de Bundó: sem saber por que, talvez como quem paga uma dívida, mas com uma intenção clara: não sair dali enquanto não fosse necessário. Mais uma vez, cristóvãos, a ironia se exibia fazendo um salto mortal duplo. O dia em que Rita decidiu mover céus e terra para encontrar o homem de sua vida, ele ficava finalmente quieto.

Barcelona era uma cidade grande demais para brincar de esconde--esconde.

4
RECLUSÃO
Continua, ainda, a vez de Cristòfol

A reclusão de Gabriel durou oitenta dias. No dia em que acabou... Bom, no dia em que acabou, cristóvãos, minha mãe apareceu pela terceira vez em sua vida, disposta a permanecer para sempre. Mas não é necessário que nos apressemos. Tudo chegará em sua hora. No que diz respeito ao conteúdo daquela dupla quarentena, eis o paradoxo: enquanto nosso pai ia para cima e para baixo com o Pegaso da La Ibérica, pudemos seguir seus rastros com facilidade; por outro lado, quando finalmente para em um lugar, perdemos sua pista.

Tudo o que sabemos daquela época foi revelado por ele mesmo à minha mãe em noites de confidências entre apaixonados. Seu isolamento no apartamento da Vía Favència era algo totalmente convencional. Não que fechasse as persianas, por exemplo, como se sua solidão tivesse de macerar no escuro, ou pior, sob a luz das lâmpadas de interrogatório. Não era movido por razões místicas nem esotéricas: não queria purgar o luto como um eremita, não procurava se comunicar com o espírito de Bundó (embora teria gostado). Também não queria se apropriar da casa de seu amigo, ainda que o próprio Bundó tivesse lhe proposto uma vez que morassem juntos. Não, Gabriel se fechou em sua nova casa seguindo um impulso instintivo, uma simples reação de seu temperamento.

Poderíamos até dizer que durante a clausura Gabriel respeitou os desejos de Bundó. Os apartamentos daquele edifício — e, na verdade, os do bairro inteiro — pareciam construídos para atormentar a vida privada dos operários e fazer que sentissem saudade das fábricas. Em sessenta metros quadrados, contando os ângulos mortos e as paredes mal concretadas, tinham enfiado dois quartos, a cozinha, a sala de jantar e o banheiro. Sei disso porque um dia, quando começamos a colecionar indícios de nosso pai, subi até Vía Favència para visitar o apartamento que Bundó tinha comprado. Era uma manhã de sábado. Toquei o interfone. Depois de ter achado que eu era um Testemunha de Jeová e um vendedor de enciclopédias, a senhora que mora lá atualmente supôs que eu fosse um jornalista e me deixou entrar em sua casa. Quando abriu a porta, meu mundo desabou. A imagem era desoladora. De repente, trinta anos depois da construção, alguns arquitetos haviam descoberto que as vigas do edifício tinham aluminose. Como solução provisória, tinham reforçado o prédio com um bosque de pilares de ferro. Fui forçado a passar por uma espécie de túnel até o interior do apartamento.

— Talvez tenha cheiro de mofo, por causa umidade — avisou —, mas eu não percebo mais.

Disfarçando a emoção, que teria sido impertinente, passei por aquele *bunker*, cômodo por cômodo. Durante alguns segundos de frivolidade, fiquei tentado pela ideia de que todo aquele colapso provinha dos dias infelizes de nosso pai, como uma infecção de efeitos retardados. Com uma naturalidade admirável, porque já suportava aquele desastre havia dois anos, a senhora me preparou um café, que tomamos na sala de jantar. Parecia que estávamos em uma mina de carvão abandonada. O único consolo provinha de um canário amarelo que gorjeava em uma gaiola e um rádio cassete que tocava boleros de Antonio Machín. "Aqui mesmo, sobre estes ladrilhos — pensei na ocasião —, pulava e dançava Bundó como um possuído naquela última véspera de Natal de sua vida".

A senhora, que era viúva e passava dos 60 anos, queria mostrar as escrituras do imóvel. Mantinha as escrituras sempre à mão, guardadas em uma pasta de plástico, para o caso de aparecerem os jornalistas ou os inspetores da aluminose. Reconheci a assinatura de Carolina. A data do contrato de compra daquela choça era de junho de 1979, e eu teria pagado para saber qual haveria sido o acordo entre Gabriel e Carolina. Perguntei à senhora se ela se lembrava com quem tinha fechado o contrato, mas era idosa e a memória já não funcionava como antes. O que disse é que, quando ela e o marido tinham ido morar lá, encontraram uma infinidade de coisas deixadas pelo proprietário anterior. Na maioria, eram trastes inúteis que eles jogaram fora, mas tinham cismado com duas ou três coisas. Perguntei se ela poderia me mostrar alguma delas e apontou dois quadros que resistiam, pendurados na parede. Os dois eram paisagens de outono, uma imitação ruim da escola de Olot, que tinha ficado com Bundó na repartição da última mudança, a 199. Ele já não teria podido vê-los expostos e, portanto, deduzi que fora Gabriel quem tinha recuperado e pendurado os quadros. Ah, e antes de me despedir, cristóvãos, fiz uma travessura de que vocês vão gostar. Elogiei a qualidade dos dois quadros e contei à senhora que eram de um excelente pintor, embora pouco valorizado em vida. As iniciais da assinatura, S. B., indiquei, escondiam certo Serafín Bundó.

— Esse nome soa familiar... — disse-me aquela alma crédula, e, sem saber, ela me fez feliz.

Durante os poucos meses em que morou ali, Bundó tinha arrumado o apartamento e deixado desocupado o quarto menor, o único em que não tinha posto papel de parede. Sempre dizia que seria o quarto das crianças, mas quando Carolina o lembrava de que não queria filhos, que tinha dito isso mil vezes, ele corrigia e se referia ao recinto como o quarto de hóspedes. Foi esse, precisamente, o quarto no qual papai se instalou. Tinha cerca de nove metros quadrados e uma janela com vista para o pátio interno. Visto que o apartamento ficava à meia escadaria, sexto andar, era obrigado a manter a janela sempre fechada, porque subiam por ali os odores culinários dos vizinhos de baixo. Assim que se instalou ali, Gabriel comprou um colchão, uma cama de molas e uma mesa de cabeceira, e dispôs os seus objetos pessoais imitando a ordem da pensão. Só faltava o falcão, por assim dizer.

É importante não confundir esse procedimento com um episódio maníaco. Para ilustrar o que quero dizer, vou esclarecer que, às vezes, quando lhe convinha, o isolamento de Gabriel era mais mental que físico. Passava dias inteiros sem sair de casa, mas não se tratava de um dogma nem o transformava em um monge cartusiano. Quando a despensa esvaziava, dedicava uma hora da manhã para ir ao banco, sacar algum dinheiro da conta e se abastecer com alimentos na mercearia da esquina e de fumo na tabacaria.

Em uma dessas expedições, quando tinha passado duas semanas enclausurado, procurou uma cabine e telefonou para a La Ibérica. Embora continuasse de licença, explicou à Rebeca que estava decidido a voltar.

A secretária o poupou da conversa com o chefe e lhe aconselhou que não se precipitasse, que logo falariam disso quando tirasse o gesso e pudesse voltar ao trabalho. Gabriel concordou, mas com a condição de que não revelasse a ninguém onde ele estava. A ninguém. Rebeca continuou o jogo:

— Ainda vivendo em alguma pensão, certo? Uma dessas casas em que as pessoas vêm e vão sem ter de dar explicações...

Dizem que o passado é um país estrangeiro em que as coisas são feitas de forma diferente. Cristóvãos: durante aquela temporada de reclusão, a frase poderia ter sido aplicada a nosso pai com exatidão literal. Bundó, Petroli e as mudanças com o Pegaso eram sua principal conexão com o mundo. Para ele, estar vivo significava se mover para cima e para baixo, apreciar aquela leveza que sobrevinha quando atravessavam a fronteira, enganar o cronograma para poder visitar seus três filhos e suas respectivas mães. O acidente arrancou tudo aquilo com a insuportável velocidade da dor. De fato, sozinho em Barcelona, forçado a permanecer quieto, via como o presente se desvanecia. Vocês e suas mães se tornaram um ponto no passado, uma trama de relações complicadas demais de combinar a distância e sem prejudicar ninguém. E é aqui que surge a principal censura que devemos a nosso pai, acredito eu: era tão inconsciente, tão ingênuo, que nunca tinha previsto isso? Realmente não percebia que aquela ronda amorosa não poderia durar para sempre, que um dia perderia o equilíbrio e tudo desabaria como um castelo de cartas? Ele é a única pessoa que poderia responder a essas perguntas. No entanto, sem tentar desculpá-lo, é provável que confiasse demais em nossas mães: jovens e livres e com uma independência que na Espanha franquista ainda não era vista com bons olhos. É provável também que, em meio àquela solidão, sentisse saudade da proteção familiar de Sigrun e Christof, ou de Sarah e Christopher, ou de Mireille e Christophe... Mas isso, é claro, teria significado escolher uma família, e ele não tinha como escolher nada.

Portanto, tendo em vista essas intuições, não deveria nos surpreender que Gabriel se trancasse no apartamento de Vía Favència. Com a renúncia de Carolina, a casa se tornou uma terra de ninguém, uma ilha deserta para o Robinson voluntário. Os visionários dirão que Gabriel esperava extrair alguma epifania de seu isolamento.

Estão errados. A monotonia solitária não se estanca nesses lugares, não se corrompe, precisamente porque não possui aspirações de nenhuma espécie. A única epifania possível é a cotidiana: o sol que nasce, o sol que se põe, outro dia que passa.

Como já disse, sabemos poucos detalhes sobre o confinamento de papai. Podemos afirmar, por exemplo, que se tornou um pioneiro dos viciados em televisão. Uma semana antes do acidente, para o Natal, Bundó tinha ido a Pont Reyes e investido o pagamento extra em um televisor Philips, pago à vista. Pôs o televisor em um canto estratégico da sala de jantar, sobre uma mesinha com rodas, e depois montou o presépio em cima. Ao contrário de Bundó, Gabriel não mostrava nenhum interesse pela tevê. Nunca tinha passado mais de meia hora assistindo sem ficar entediado. Quando muito, espiava a tevê no café Principal, nas tardes de domingo, bebendo uma cerveja, enquanto transmitiam um jogo de futebol. Ele era mais do rádio, de ouvir as notícias ou os esportes ou a série noturna. A senhora Rifà era igual: sempre se recusou a colocar uma televisão na pensão, por receio de que os hóspedes ficassem sonolentos diante do aparelho após o jantar. Por estranho que pareça, a primeira vez que Gabriel ligou o televisor foi porque estava congelando. Era uma noite de terça-feira, no final de fevereiro, e Barcelona sofria uma onda de frio. Pouco antes do anoitecer, tinha ido à varanda para olhar o termômetro e descobrir que àquela hora já marcava quatro graus abaixo de zero. Sentado no sofá da sala de jantar, com um casaco e um cobertor por cima, vieram à sua mente algumas palavras de Bundó: "A única desvantagem é que não tem aquecimento e faz um frio de rachar", dissera-lhe o amigo logo após ter se instalado no apartamento. Gabriel tinha deixado o aquecedor a gás butano ligado o dia inteiro, confinado na sala de jantar e com as portas fechadas, mas das paredes escorria umidade e pelas frestas das janelas, um ar frio, persistente. A vedação não servia de nada. De repente, teve a ideia de ligar a televisão apenas para ver o tempo no telejornal das nove. Ele estava convencido de que tinha chegado uma nova era glacial e queria que um meteorologista confirmasse sua opinião. Além disso, disse a si mesmo, o transformador e a tela ajudariam a aquecer a sala.

O homem do tempo relatou a onda de frio polar, mas o tranquilizou com a perspectiva de um brioso anticiclone nos Açores. Quando acabaram as notícias, pareceu-lhe que já fazia menos frio. Aquela nova calentura o conduziu a deixar a tevê ligada um tempinho mais. Vieram uns tantos anúncios, depois um filme de guerra que o fascinou, mais propaganda e outro noticiário mais curto, e, por fim, um senhor muito sério se despediu dos telespectadores até o dia seguinte. Era meia-noite e ele tinha engolido tudo sem sair uma vez só do sofá. A tela se encheu de neve catódica. Então o corpo voltou a esfriar. A televisão, compreendeu, lhe fazia companhia.

Depois dessa primeira noite, Gabriel transformou seu novo vício em um ritual vespertino. Seis horas por dia. O primeiro passo era ligar o transformador às quinze para as seis da tarde. Quando a luz piloto vermelha se acendia, queria dizer que já podia ligar o televisor. Depois da tela de ajuste, os primeiros programas eram dedicados às crianças. As apresentadoras dos espaços educativos, com aquela voz tão doce e espirituosa, lembravam a ele a época em que as freiras da Casa de Caridade lhes preparavam as brincadeiras. Olhava aqueles programas sem vontade, por olhar, como um aquecimento que o distraía enquanto esperava a hora dos telefilmes: um cavalo do Oeste, um canguru brincalhão, alguns astronautas perdidos no espaço. A *Pantera Cor-de-Rosa* o fez rir pela primeira vez em muito tempo e, no dia seguinte, sem perceber, cantarolou a música dos desenhos enquanto preparava um café. Dia após dia, foi aperfeiçoando seus hábitos de telespectador, moldando o seu ritmo vital ao da tevê. Às sete e meia passava *Boa-Tarde*, um programa de reportagens. Quando não gostava, aproveitava para preparar alguma coisa para jantar. Comia assistindo ao capítulo diário da telenovela, *Persuasão*, e depois já vinha o telejornal. Era a única coisa que via forçado, como um pedágio obrigatório: além da apologia diária a Franco e seus políticos, ficava exasperado de quase não darem notícia do que acontecia no exterior. Parecia que naquele mundo em preto e branco não existiam outros países além da Espanha. Como nunca se informava da programação, gostava da surpresa de não saber que filme ou que série passaria à noite. Apreciava especialmente aqueles instantes quando saíam os títulos de crédito, soava a música e uma voz masculina em *off* anunciava o título. *Atormentada. Ironside. MacMillan y esposa.*

Nos fins de semana, a tevê ficava mais festiva. Aquelas oscilações do humor televisivo acolchoavam sua rotina. O rúgbi dos sábados, por exemplo, que chamavam de torneio das Cinco Nações. Embora fosse difícil para ele entender a lógica do jogo, entregava-se com vontade àqueles campos da Inglaterra, da França, da Escócia, cujos nomes repetia em voz alta: Twickenham, Murrayfield... Via os rostos dos jogadores, vermelhos e bufando como bois, e vinham à sua memória alguns caras que tinha conhecido circulando com o Pegaso por aquelas terras.

Uma noite, enquanto tentava ajustar o volume da tevê, apertou o botão errado e entrou outro canal. Que espanto, que maravilha. Teve a sensação de ter entrado em uma realidade paralela. Transmitiam um filme que se passava em Paris, mas as personagens falavam espanhol fluente. As ruas e as pessoas daquela cidade estavam reproduzidas com tanta graça que enganaram sua memória. Ficou preso em frente da tevê até o fim, também à meia-noite, e quando o locutor disse adeus, confirmou o que já adivinhava: aquele era o segundo canal espanhol e se chamava UHF. A partir de então, sua dedicação televisiva adquiriu maior complexidade. Faltava-lhe tempo e tinha de escolher, coisa que no fundo ele gostava. Todas as noites levantava-se uma centena de vezes do sofá para mudar de canal. Logo o exercício de ginástica o ajudou a ser mais seletivo. Deixou de ver o telejornal e se inclinou pelos programas menos previsíveis do UHF. A janela, agora, estava voltada para outro tipo de paisagem. Seu programa favorito chegava nas noites de domingo. Chamava-se *Um Domingo em...* e oferecia reportagens sobre cidades do mundo. Budapeste, Berlim, Amsterdã... Londres! Com os olhos grudados na tela, os pés pisavam no freio e na embreagem, e, às vezes, as mãos se afincavam a um volante invisível. Embora fosse em preto e branco, voltava a viajar.

O luto é um processo, dizem, e cada um o canaliza como pode. Semanas se passaram e Gabriel ainda não tinha derramado uma lágrima pela morte de Bundó.

Na noite da primeira segunda-feira de abril, que caiu na Semana Santa, estava assistindo a um episódio de Hawai 5-0, uma das séries de que mais gostava. Havia uma cena na qual dois bandidos mascarados espancavam o vigia de um estacionamento e roubavam um carro de luxo. Pouco depois, o detetive Mac interrogava o vigia, que saía com um olho preto, a cabeça enfaixada e o braço engessado. Gabriel se reconheceu nele. Em seguida, observou seu braço engessado. Como não doía nem incomodava, tinha se esquecido dele completamente. Sua pessoa tinha assumido o gesso como quem assume o relógio de pulso ou um novo corte de cabelo. Observou-o atentamente. Estava tão sujo e imundo que dava nojo. Havia dias que ele já não usava a tipoia, e, por causa das batidas que se dava, ou por se coçar por dentro com uma agulha de tricô, estava descascando e quebrando.

Apesar de ele envolver o braço em um saco para entrar no chuveiro, a água tinha amolecido o gesso, e a tala aparecia em uma parte. Pegou um calendário e contou as semanas que se passaram desde o acidente, e então percebeu que devia ter tirado o gesso havia quinze dias.

No dia seguinte, terça-feira, marcou hora com o ortopedista da cooperativa. Quando rompeu aquela carapaça, surgiu por baixo um bracinho esmaecido, frágil, indefeso. Cheirava mal. Gabriel o segurava pelo pulso, com a outra mão, como quem pega um gatinho recém-nascido.

— Não pergunto se você quer o gesso como lembrança, porque vejo que não tem nenhum desenho ou inscrição — disse o médico, enquanto arremessava aquele refugo no lixo. Gabriel não respondeu. Era a primeira vez em um mês e meio que saía e se aventurava fora de seu bairro. — Você se surpreenderia em saber as bobagens que as pessoas escrevem nos gessos hoje em dia. Às vezes levam mensagens políticas que, se descobertas por algum policial, os mandariam direito para o calabouço.

Uma enfermeira lavou o braço e, em seguida, o médico o examinou, movendo-o para cima e para baixo algumas vezes. Antes que ele saísse, recomendou que por um tempo levantasse pesos diariamente para fortalecer os músculos e assinou a alta do paciente. Na segunda-feira seguinte, já poderia voltar ao trabalho.

É preciso dizer que, na segunda-feira, Gabriel não se aproximou da La Ibérica nem por acaso. A visita ao ortopedista e a remoção do gesso — como quem abandona uma pele morta — o encorajou a sair mais vezes à rua, e até mesmo a andar um pouco todas as manhãs, mas não a entrar em um caminhão. Naquele mesmo dia, além disso, ocorreu outro fato marcante que contribuiu para seu despertar, se é que se pode chamar isso assim. Gabriel lembrou que uma vez, durante a distribuição de uma mudança para Munique, Bundó tinha ficado com um conjunto de pesos de mão. Em um primeiro momento, os tinha deixado no Pegaso e, quando não era sua vez de dirigir, enquanto viajavam, dedicava-se a levantá-los e descê-los para fortalecer os bíceps, em séries de vinte que contava em voz alta.

— É que estou perdendo massa muscular — anunciava Bundó ofegante, e os dois companheiros riam e respondiam que o que estava perdendo era massa encefálica.

— Largue os pesos e carregue mais caixas você sozinho, vai ver como cria músculo — provocavam. Finalmente, cansado de tanta zombaria, havia levado os pesos para casa.

Gabriel os procurou por todo o apartamento. Revirou armários e gavetas, remexeu mecanicamente os objetos de Bundó, obrigando-se a não os carregar de sentido com as lembranças do amigo, mas os pesos não apareceram. Então percebeu que tinha somente um lugar que faltava olhar, o quarto, e teve a certeza de que estariam lá. Durante todo esse tempo, não tinha entrado naquele recinto nem uma única vez. À sua maneira, sobrevivendo lá dentro, tinha conseguido se desafeiçoar de todo o apartamento, menos do quarto do casal. Depois de pensar sobre isso por um tempo, agarrou a maçaneta da porta, tomou ar como um mergulhador que está prestes a submergir no mar e entrou. Tudo estava como no dia do enterro, a mesma penumbra, a mesma quietude silenciosa e acusadora. Com movimentos rápidos, Gabriel se agachou ao lado da cama, levantou a colcha e olhou debaixo. Sim, os dois pesos estavam lá, apavorados e envoltos em fiapos de poeira. Conhecia os hábitos e manias de Bundó como se lhe tivesse dado à luz. Recuperou-os e então, quando estava prestes a sair, um fardo preto no canto chamou sua atenção. Aproximou-se para olhá-lo.

Na penumbra reconheceu sua bolsa de viagem, a bolsa de lona que tinha levado do aeroporto. Alguém, com certeza ele mesmo, tinha deixado a bolsa ali no dia do velório de Bundó. Depois, ao voltar do cemitério, as coisas tinham se precipitado de tal maneira, com a renúncia de Carolina, sua mudança para o apartamento e a reclusão etc., que tinha apagado a bolsa de seu pensamento por todas aquelas semanas. Ele a pegou e, enquanto a colocava sobre a mesa de jantar, percebeu que ninguém a tinha aberto uma única vez desde aquele dia. Parecia se lembrar do que havia lá dentro, mas teve a impressão de que agora pesava mais.

Quando abriu o zíper, foi envolvido por uma baforada de ar doce e viciado, e Gabriel de imediato soube que aquela não era sua bolsa. Fazia muitos anos que saqueava fardos alheios e tinha se tornado um perito na hora de distinguir cheiros desconhecidos. Pouco a pouco, retirou o conteúdo da bolsa e o dispôs sobre a mesa. Depois o examinou. Havia algumas peças de roupa masculina, de muito boa qualidade e bem passadas em sua época. Separou duas mudas completas: camisas, calças, camisetas, roupa de baixo, duas gravatas discretas. Um cinto e sapatos do mesmo couro, de marca britânica. Dois pacotes embrulhados com um papel com desenhos infantis continham um conjunto de peças de Lego e um joão-bobo de madeira. Um envelope branco fechado, no fundo da bolsa, guardava um maço de papéis. Quando abriu, intrigado, saíram de dentro duas revistas pornográficas. Eram suecas, ou dinamarquesas. Ele mesmo, fazendo vaquinha com Bundó e Petroli, tinha comprado algumas para suas viagens para a Alemanha e para a França, mas nunca tinha visto fotos como aquelas. O sexo entre homens e mulheres, ou entre mulheres e mulheres, aparecia ali com uma naturalidade radiante, como uma cena do paraíso na terra. Continuou o exame. Uma delicada reprodução da Pequena Sereia, em bronze, confirmou que o dono da bolsa deveria ter retornado de Copenhague, provavelmente após uma viagem de negócios. Um pequeno estojo revelou que, além de rico, era diabético: dentro havia cinco ampolas de insulina, duas seringas, algodão hidrofílico e uma borracha de plástico.

O inventário de objetos fez que ele revivesse aquela empolgação que tomava conta dos três quando abriam as caixas roubadas das mudanças. Olhou de relance todo o material e, em seguida, imaginou a divisão daquilo. Bundó teria ficado com a roupa, claro. Era mais ou menos do seu tamanho e, como costumava acontecer, ele acabaria destroçando-a. Podia vê-lo descarregando móveis com um daqueles pulôveres caríssimos, como um nobre deserdado, e blasfemando porque a caxemira tinha enganchado na ponta de um prego sobressalente de algum móvel. Petroli teria querido os brinquedos, a pequena sereia de bronze e talvez uma das gravatas. Ele teria ficado com o cinto e os sapatos, mas depois ficaria com vergonha de colocá-los, por serem chiques demais. Teriam dado o estojo a um colega da La Ibérica que também era diabético e, no que se refere às duas revistas pornográficas, não tinha dúvida: teriam sido deixadas no Pegaso por algumas semanas, para deleite pessoal e solitário dos três, e depois, um dia, teriam desaparecido. (Quando se cansava de folheá-las, Bundó as revendia a algum colega da La Ibérica, dos que trabalhavam somente em mudanças dentro da cidade e das províncias, e assim conseguia um dinheiro extra.)

"Outra vida é possível." Como sempre que repartia as pilhagens das mudanças, nessa tarde Gabriel ruminou a frase por um bom tempo, despedaçando-a e saboreando-a. Outra vida era possível. Então, também como sempre, a engoliu. Para afugentar os maus pensamentos, concentrou-se de novo na bolsa. O que deveria fazer com ela? A coisa mais natural teria sido devolvê-la ao aeroporto e tentar recuperar a sua de verdade, mas não se sentia com ânimo. O que ele fez foi tirar a velha caderneta na qual anotava as mudanças e registrar aquela última repartição imaginária, a 200. Parecia um ato de justiça. Depois, guardou os objetos de Bundó em seu armário, com o resto da roupa, e preparou um embrulho com as coisas de Petroli. Se alguma vez voltassem a se ver, entregaria a ele. Ficou com as revistas. Pôs o cinto, calçou os sapatos novos e saiu para a rua. Quando tinha dado uns vinte passos, descendo pela Vía Favència, percebeu que tinham ficado um pouco apertados. Criaria bolhas, com certeza.

O viajante de Copenhague deve ter reclamado sua bagagem algumas vezes, talvez apelando para o valor sentimental dos dois brinquedos para seus filhos (e sem mencionar as revistas), mas nunca a recuperou, porque Gabriel não a devolveu. Após noventa dias exatos do desaparecimento, deram por definitiva na gaiola a perda da bolsa, e a companhia o indenizou com uma quantia de dinheiro irrisória. Não teria dado para pagar nem os cadarços dos sapatos ingleses.

Quando uma bagagem desaparecia para sempre, como aquela, Rita dizia que tinha ido para o céu. Ela gostava de pensar na gaiola como um purgatório no qual se decidia o destino das almas extraviadas. A maioria das bagagens voltava aos seus proprietários, à vida ativa, após um período incerto. (A vida, portanto, representava o inferno.) Essa cosmogonia — que Gabriel, Bundó e Petroli teriam compartilhado com seus furtos na Ibérica — não atendia a critérios espirituais: o céu das malas extraviadas era apenas um modo de justificar e maquiar as ações criminosas que Rita perpetrava com Sayago, Porras e Leiva.

Essas afinidades delitivas tinham ocorrido pouco depois de Rita começar a trabalhar no aeroporto. Digamos que as herdou de sua antecessora na gaiola, uma oportunista de Clot que tinha se aposentado pouco antes da sua chegada. A senhora se chamava Carola e era solteira. Com uma aparência frágil e os olhos azuis sempre aquosos, lacrimejantes, chegou a se tornar uma instituição na Gaiola. Trabalhava ali havia mais de vinte anos e se poderia dizer que era sua fundadora, o cérebro, o modelo a ser seguido. No início de tudo, como o aeroporto recebia poucos voos comerciais, ela era a única funcionária para atender às reclamações dos viajantes. As histórias que contava daquela época competiriam com os filmes de Berlanga. Mais tarde, quando o tráfego aéreo cresceu, a administração a encarregou de organizar o departamento segundo os sistemas que eram seguidos no aeroporto de Madri. A oportunista foi à capital, estudou os métodos locais e os adaptou às necessidades mais modestas de Barcelona para criar um escritório eficaz e transparente: acabava de nascer a gaiola. Portanto, por trás daquele aspecto acanhado — tão franciscano e prestativo diante do público — se escondia uma grande estrategista. Carola tinha urdido um plano para tirar alguns tostões sem que ninguém percebesse, nem mesmo seus subordinados. Os estatutos determinavam que a cada trimestre, quatro vezes por ano, todas as bagagens não reclamadas tinham de ser levadas a um depósito do aeroporto de Madri, em voo regular, onde eram destruídas ou queimadas ou sabe-se lá o quê. "Tanto trabalho por nada", dizia a oportunista, e diante desse dilema preferia poupar problemas à empresa: não passava um dia sem que, escondido sob o casaco, ou na bolsa de mão, ou dentro da marmita do almoço, levasse algum objeto mais ou menos valioso que as malas sem dono lhe proporcionavam. Às vezes, por exemplo, se a roupa que havia em uma das bolsas era de mulher e coincidia com suas medidas, enfiava-se no toalete, punha uma muda em cima da outra e ia para casa com o rosto branco perolado de suor. "São os sufocos, são os sufocos...", dizia quase sem fôlego quando alguém a interrogava com o olhar. Com aqueles roubos de formiguinha, as malas faziam a viagem final para Madri meio vazias, ou meio cheias, e ninguém suspeitava de nada. Na outra ponta da corrente estava um irmão dela, também solteiro, que tinha um emprego nos Encantes e punha à venda todo o material.

Alguns anos mais tarde, quando Rita entrou na gaiola, o progresso tinha obrigado a oportunista do Clot a expandir os negócios e compartilhar os lucros. Desde as obras de reforma do aeroporto, em 1968, a guarda civil tinha instalado uma guarita no terminal, o número de trabalhadores tinha duplicado, e a rapina se tornou muito mais difícil. Além disso, ela envelhecia. Estiveram a ponto de pegá-la um par de vezes, sempre por distrações da idade, e uma vez quase teve um ataque cardíaco. De repente, percebeu que precisava de ajuda. Depois de estudar minuciosamente os movimentos ao seu redor, atenta às inércias e manias de seus colegas de trabalho, a oportunista escolheu Leiva, Porras e Sayago.

A seleção atendia a critérios de controle, mas também observava um pano de fundo piedoso porque, de todo o quadro de funcionários do aeroporto, os três homens da limpeza eram os mais necessitados. Em uma manhã de pouco movimento, na hora do almoço, os chamou em um canto do terraço da cafeteria, ao pé da pista, e expôs seu plano. Falava com uma voz misteriosa e seca, desconhecida, e o barulho de aviões decolando ou aterrissando abafava suas palavras... Acontece a cada dois ou três dias. Enquanto varriam o terminal. Ela faria um sinal combinado. Um dos varredores se aproximaria com a caçamba maior. Começaria a limpar o corredor interior da gaiola, um canto onde nunca havia ninguém. Deixariam passar alguns minutos por prudência. Em seguida, ela abriria a porta dos fundos. Um dos pacotes não reclamados ficaria no meio da passagem. O varredor faria seu trabalho e recolheria aquele dejeto. Aquele estorvo. Depois o guardaria dentro da caçamba. Até o fim do dia. Como os quatro saíam do trabalho à mesma hora, um deles levaria o saco. Dissimuladamente. Em seguida, dividiriam o conteúdo da mala no ponto de ônibus. Seria em partes iguais, de acordo com as necessidades de cada um. Mas ela sempre seria a primeira a escolher; era a arquiteta do grupo.

Porras e Leiva não hesitaram nem por um segundo em aceitar a proposta. O olhar aquoso da oportunista, transbordante de bondade, os convenceu de que não violavam a lei. Seriam uma espécie de herdeiros de Robin Hood. Roubariam dos ricos que voavam de avião para dar aos pobres que iam a pé, ou seja, ficariam com o roubo. Sayago afagou as pontas do espesso bigode e anunciou que tinha de pensar. Razões morais. A oportunista, que sabia que os três amigos tinham se tornado inseparáveis, disse-lhe que não. Dentro ou fora. Agora. Diga sim, e não vai se arrepender. A energia daquela mulher o desarmou. Além disso, a primeira comunhão de sua filha mais nova se aproximava e tinha convidado alguns parentes do povoado. Não podia faltar nada. O almoço seria em um restaurante de Barcelona capital. Disse sim. Dentro.

Leiva, de caráter bovino e nada escandaloso, foi incumbido da primeira missão. Era um teste, com uma mala vazia, e tudo saiu como tinha previsto a oportunista. As missões seguintes também transcorreram sem sobressaltos e não demoraram a encontrar prazer e lucro nisso. Quando um dos três homens da limpeza passava diante da gaiola, arrastando a vassoura, a oportunista lhe oferecia um sorriso cúmplice. Com vinte anos a menos, ainda teria se apaixonado por Leiva e seu comedimento um tanto camponês. Porras era rápido, agia com a desenvoltura de quem sabe fazer uma ligação direta para roubar um carro e não fugia do perigo de ser pego, coisa que indignava seus dois colegas e orgulhava a oportunista. Sayago, no entanto, a tirava do sério. Quando levava uma bolsa escondida na caçamba, sofria de todos os males e tropeçava em tudo. Ele e seu bigode mal tingido! Parecia uma morsa.

Um dia, o irmão da oportunista de Clot deixou seu emprego nos Encantes. A partir de então, ela continuou rapinando por hábito e gosto. Doava sua parte dos furtos à Cáritas. O tráfico de malas a fazia se sentir viva. Quando se aposentou, treinou Porras, Sayago e Leiva para manterem vivo o fogo da pilhagem, como uma velha tradição da gaiola que não deveria ser perdida. Por isso, tinham de procurar um substituto para ela.

Pouco depois, quando as malas não reclamadas (e não rapinadas) começavam a se amontoar perigosamente no depósito da gaiola, os três amigos escolheram Rita. Consideravam-na meiga e aluada, uma perita em doçura. Acabava de substituir a santa Carola de Clot e ainda não tinha nenhum vínculo com seus colegas de trabalho. Porras, jovem como ela, ganhou sua amizade com quatro piadas e a tentou. Rita aceitou sem pensar muito nisso, como se saquear a bagagem perdida fizesse parte de sua função dentro da gaiola. Havia alguns meses, vivia em cima de uma montanha-russa, e a vertigem já não a afetava. Não era verdade que os confeiteiros comiam quanto creme quisessem e que os filhos dos alfaiates tinham ternos de graça? Pois aquilo vinha a ser a mesma coisa.

Os homens da limpeza chamaram Carola para comunicar-lhe sua escolha. No dia seguinte, sem falta, a oportunista de Clot foi ao aeroporto para visitar seus velhos amigos da gaiola. Sentia tanto a falta deles! Não sabiam o quanto estava entediada em casa! Os olhos aquosos se umedeceram ainda mais, duas poças de tristeza. Tinha trazido uma caixa de biscoitos Birba e uma garrafa de licor Aromas de Montserrat. Chamaram os três homens da equipe de limpeza e os guardas-civis e brindaram juntos com copos de plástico. Alguém lhe apresentou Rita como sua substituta. A oportunista esquadrinhou Rita de cima a baixo com aquela expressão beatífica e lhe fez algumas perguntas de cortesia. Rita sustentou o olhar todo o tempo. Dez minutos antes, na toalete, tinha encontrado com aquela anciã decrépita. Estava postada diante do espelho, com os lábios apertados em um gesto de dor, enquanto jogava um litro de colírio em cada olho.

A oportunista sorriu satisfeita. Diante de Leiva, Porras e Sayago, muito atenciosos com ela, disse-lhe:

— Você vai se sair muito bem, Rita, você vai ver. O trato com as pessoas, os colegas do terminal... Este trabalho é muito gratificante — e lhe deu um sorriso cúmplice.

À noite, em casa, enquanto tirava o casaco, Rita sentiu algo em seu bolso. Era um frasquinho de colírio.

Cristóvãos: em defesa da minha mãe, devo dizer que nunca usou o colírio como recurso para apaziguar viajantes irritados. Rita, já disse antes, tinha caráter suficiente para modernizar os métodos da oportunista e procurava a compaixão ao longo de sua biografia. No entanto, foi, sim, uma digna sucessora desta na rapina de bagagens. Dou testemunho, porque vivi isso na própria carne. O guarda-roupa da minha infância provinha principalmente daquelas malas chegadas de meio mundo. Como os filhos de Leiva e Sayago já eram adultos, mamãe ficava com toda a roupa de criança. Lembro-me de umas calças curtas de couro, estilo tirolês, uma camiseta com um desenho da orquestra dos Aristogatas e algumas palavras em inglês que papai me traduziu: "*That's Entertainment!*"[43], umas botas de verniz brilhante que meus colegas de aula diziam que era de menina (e com certeza estavam certos), uma roupa de marinheiro, um paletó de *tweed*, de mangas longas demais, que me espetava nos punhos, tênis esportivos Nike, brancos e com uma faixa azul, vindos diretamente dos Estados Unidos, que por um trimestre me tornaram o garoto mais popular da escola.

Rita se sentia realizada com aquela movimentação diária no aeroporto.

Mais que um emprego, era a sua vida. Prova disso foi o meu nascimento. No início, decidiu não trabalhar mais e se dedicar de corpo e alma a me criar. A presença intermitente de Gabriel em casa, sobretudo durante minhas primeiras semanas neste mundo, favorecia a ilusão de ter uma família, e dizia a si mesma que era algo de que ela gostava. No entanto, logo caiu a venda de seus olhos. Após este período em que lhe bastava me contemplar enquanto eu dormia para não se entediar, moveu céus e terra para que seu chefe a deixasse voltar para a gaiola. Naquela época de donas de casa solícitas, mais de uma colega de trabalho a considerou

---

43. Isso é entretenimento! (N.E.)

uma inconsequente e uma mãe ruim. Ela as desarmava louvando as excelências do leite artificial, que os pediatras mais jovens tinham posto na moda. As mamadeiras libertavam as mulheres da escravidão da amamentação! O fato é que Rita ia para o trabalho de manhã bem cedo com a tranquilidade de que eu não ficaria sem comer. Nos dias em que papai dormia em casa conosco, era ele quem cuidava de mim. Se não, mamãe me deixava na casa de uma vizinha de confiança. Também tinha acontecido, mais de uma e mais de duas vezes, que todo mundo falhasse e me levasse com ela para a gaiola. Então se enfiava na sala dos fundos, abria uma mala não reclamada, improvisava cobertores com as roupas que encontrava dentro e me punha para dormir ali. Ao que parece, eu mal protestava, e até dormia mais tranquilo do que em casa. Ocasionalmente, se eu acordava chorando de fome, a mamãe fervia água — os guardas civis tinham um fogareiro de acampamento na guarita — e me dava a mamadeira, enquanto atendia aos passageiros que tinham perdido suas bagagens. Minha cara de felicidade abrandava suas queixas.

Talvez porque mais de uma vez as malas me serviram de berço, uma das minhas primeiras lembranças, eu seria muito pequeno, é a de minha mãe entrando pela porta de casa com uma mala na mão. Era uma visão que me fazia bocejar de sono. Sempre voltava do aeroporto, mas podia ter chegado de uma viagem a qualquer parte do mundo. Tirava os sapatos, deixava a bolsa em um canto, sentávamos no sofá e me cobria de beijos. Às vezes, as malas ainda não abertas ficavam amontoadas na sala de estar da casa por semanas. Então, no dia em que papai vinha nos visitar, nós nos divertíamos esvaziando-as juntos. A mamãe já sabia o que havia dentro — ela mesma tinha repartido seu conteúdo antes com Leiva, Sayago e Porras —, mas gostava de exagerar a emoção, porque assim contagiava papai e a mim. Anos mais tarde, minha memória de adulto compreendeu o que na época apenas percebia como um ambiente familiar feliz: para eles dois, a brincadeira de abrir malas se revestia de um erotismo que os predispunha sexualmente. Não é uma hipótese absurda, absolutamente: no fim das contas, o que os uniu desde o início foi precisamente uma bagagem perdida.

E já que nos fixamos no erotismo das malas, o que acham de seguirmos o rastro delas de novo? Voltemos a fevereiro de 1972, quando Rita ansiava por uma sacola preta de lona, uma, simplesmente, uma peça que a levaria diretamente até Gabriel?

Recapitulemos, então.

Eu não era nascido ainda.

Christof já tinha sete anos e morava em Frankfurt com Sigrun, e quando se sentia sozinho, compartilhava seu pesar com um boneco ventríloquo. Viviam exatamente como dois irmãos: tão prontamente eram inseparáveis quanto logo brigavam por uma ninharia. Quando isto acontecia, o boneco torturava Christof, dizendo que seu pai nunca mais voltaria.

Christopher não via Gabriel havia três meses. Tinha quatro anos e meio, e na escola tinha feito um artesanato com massa de modelagem, que então tinha presenteado a Sarah: pretendia ser um caminhão de mudança, com uma carroceria bem grande e duas figurinhas — ele e sua mãe — em cima e prontos para partir.

Christophe tinha acabado de fazer três anos. Mireille tinha passado o Natal anterior em Barcelona. Às vezes, quando sentia saudades de Gabriel, sentava Christophe em seu colo e lhe contava coisas da cidade. Algum dia eles iriam morar lá. Ela poderia trabalhar na livraria francesa. Quando papai voltasse a visitá-los, em breve, muito em breve, talvez propusesse isso. Christophe não entendia nada, é claro, mas dizem que as crianças pressentem essas coisas do jeito delas.

Eu não era nascido ainda, digo. Nem tinha sido concebido. Mamãe e papai nem mesmo tinham se conhecido. Se eu pudesse me relacionar com alguma presença física, se pudesse receber um corpo antes mesmo de a ideia da minha existência ter algum sentido, então eu era para todos os efeitos aquela mala sem dono. Ou, dito de outra forma: aquela sacola que vagava sabe-se lá por qual aeroporto continha uma boa parte do futuro de Rita.

Na sexta-feira, o dia seguinte ao enterro de Bundó, Rita foi trabalhar como se nada tivesse acontecido. Nunca adoecia e, se quisesse, poderia ter telefonado para o trabalho, dito que ainda se sentia fraca depois de desmaiar e ficado o dia todo em casa. Eles teriam entendido. Mas o desejo de recuperar a sacola de Gabriel a dominava. Tinha acordado mais cedo que o habitual, despertada por um estado de alerta. Diante do armário aberto, prestes a se vestir, tinha começado a entender o que lhe estava acontecendo: deveria vestir roupa preta, em sinal de luto pelo coitado do Serafín Bundó, ou escolher um conjunto ousado e alegre, para comemorar que seu Gabriel tinha ressuscitado? Os dois sentimentos cancelavam um ao outro. Escolheu uma peça de cada e, destoando terrivelmente, como um caixão em uma festa de aniversário de criança, ou como um vendedor de balões na porta de um cemitério (conforme os olhos de que a vissem), foi para o aeroporto.

Já na gaiola, vestiu o uniforme, e aquela insipidez azul-marinho a ajudou a pôr os pés no chão. Antes de qualquer coisa, é claro, revisou o registro para o caso de já terem devolvido a maldita sacola, mas tudo continuava como na véspera. Desperdiçou o dia de trabalho esperando inutilmente por ela. Fingiu catalogar as malas recém-chegadas, mas na verdade verificava um por um todos os volumes que guardavam no depósito, talvez outra pessoa tivesse extraviado a bagagem por engano. Ao meio-dia, em desespero, ligou para a sede da Lufthansa em Madri. Recitou o número de reclamação (sabia de cor) e lhe garantiram que aquela sacola tinha sido enviada havia dois dias. Já deveriam tê-la recebido em Barcelona. Desligou o telefone rudemente.

O passado tem um problema, cristóvãos: é intocável e ninguém pode mudá-lo. Como só nos permite observá-lo a distância, em troca nos concede o dom da ubiquidade. A nosso modo, como meros espectadores, estamos em todos os lugares e podemos nos maravilhar com as insidiosas voltas que dão os destinos cruzados. Agora sabemos que naquela manhã, enquanto Rita se vestia para espantar uma noite difícil, a cerca de trezentos metros dali, Gabriel acordava pela última vez na cama da pensão, sob o olhar severo de um falcão empalhado. Enquanto Rita revirava dezenas de maletas alheias, Gabriel tentava enfiar todos os seus pertences em suas duas maletas, históricas, mais um par de bolsas e meia dúzia de caixas de papelão. Enquanto Rita voltava para casa, com a decepção desenhada no rosto, Gabriel encaixava a última tralha no furgão de Tembleque e ambos cruzavam as ruas do Ensanche, para cima, para baixo, em direção à Vía Favència. Enquanto Rita...

Passadas as cinco horas da tarde, Rita deixou o aeroporto. Sentada no ônibus que a levava ao centro da cidade, dizia para si mesma que não podia continuar assim. O que tinha de fazer o mais rapidamente possível, com ou sem sacola, era ir até a pensão, falar com Gabriel e desfazer o mal-entendido. Alguém duvidava disso, cristóvãos? Entrou na Rua Tallers e depois se dirigiu pela Valldonzella até a avenida. Caminhava com os passos enérgicos de quem sabe que deve executar um plano. A essa hora, o sol agonizante de fevereiro desbotava os ângulos das casas e as envelhecia. Com as janelas ainda às escuras, o edifício da pensão lhe pareceu uma ruína desabitada. Abriu a porta e deslizou para dentro desse casarão fantasmagórico. Alguém, em um andar acima de tudo, acendeu a luz da escada e começou a descer enquanto assobiava a melodia de *A ponte do rio Kuwait*. Rita apertou o passo para não encontrar com o desconhecido. Embora a cabra montanhesa a tivesse recebido com cara zangada, assim como dois dias antes, desta vez não se deixou intimidar e tocou a campainha. Sem a sacola que lhe serviria de salvo-conduto, tinha previsto uma infinidade de desculpas para falar com Gabriel, mas não teve que as pôr em prática. A senhora Rifà reconheceu Rita de imediato e a convidou a entrar.

— Eu estava esperando você — disse-lhe. Talvez não fosse verdade, mas a frase vinha melhor que a encomenda para a situação. De repente, Rita se sentiu desconfortável, como se alguém a estivesse espionando atentamente de um esconderijo. A senhora Rifà acendeu a luz do corredor, e então descobriu a galeria de animais empalhados.

— Entre, entre. Vamos preparar um café e falar de Bundó e de Gabriel.

— O senhor Delacruz está? Teria de vê-lo em seguida — Rita falava baixinho, como se estivesse em um asilo de idosos. Caminhava logo atrás da dona da pensão. O chão vibrava e as vidraças tiniam com um ruído de cristal caro. Uma das portas do corredor estava entreaberta e, de passagem, vislumbrou um homem deitado na cama. Estava em uma posição improvável, porque lia o jornal e não pôde ver seu rosto.

Como única resposta, a senhora Rifà parou diante de uma porta, a escancarou e mostrou a Rita um cômodo vazio.

— Gabriel voou do ninho, bonita — disse, laconicamente. Notava-se um tremor de desgosto em sua voz. — Já era hora de migrar para terras mais quentes, se quer que lhe diga a verdade. Por mim, ele poderia ter ficado até que envelhecesse, mas para ele é melhor assim.

Rita entrou no quarto e ficou quieta na penumbra. "Quanto mais perto, mais longe", ousou pensar. Da porta, a senhora Rifà compôs o gesto de quando mostrava o quarto a um visitante e acendeu a luz. O espaço, tão despido e sem alma, fez Rita estremecer. Nessa tarde ia de clareza em clareza, e tudo eram decepções. O colchão de lã, enrolado como um canelone, esperava que o sacudissem. A porta do armário se entreabriu sozinha, em um gesto de submissão. Na mesa de cabeceira, os diferentes círculos de um copo delatavam uma noite pesada. Certamente conhaque. Nada mais, nenhum outro sinal de vida fazia pensar que alguém tinha dormido naquele covil na noite anterior.

— Este deve ter ensinado... — aventurou-se Rita, apontando o falcão empalhado em cima do armário. A senhora Rifà fez cara de quem não entendia nada. — A voar, quero dizer. O pássaro deve ter ensinado ele a voar. Gabriel terá ido muito longe?

— Não saberia lhe dizer isso — respondeu a senhora Rifà, satisfeita de poder mexericar. — Perguntei a ele, claro, como não, mas a morte do Bundó o deixou meio perturbado e sem vontade de falar. Disse a ele cem vezes que não pensasse em tudo aquilo, mas se sente culpado. Se sempre foi bem reservado, imagine agora. Ele simplesmente disse adeus e que logo passaria para me cumprimentar com mais calma. Tinha pressa, porque na rua um colega de trabalho o estava esperando com um furgão carregado. Quando já estava descendo, meio de lado por causa do braço engessado, eu o chamei, "Gabriel!", e lhe perguntei se iria se instalar no apartamento de Bundó. Ele me olhou pelo vão da escada e me disse adeus com a cabeça, de novo, mas não disse nem sim nem não. E olhe que temos intimidade, mas menina... Se realmente foi para a casa de Bundó, que me perdoe, mas morrerá de nojo naquele bairro de forasteiros.

Rita não ficou para o café. Cinco minutos mais tarde, já estava lá embaixo de novo, na rua, animada e contente. Tinha saído da pensão com um endereço anotado em um papel e uma promessa de que, se tivesse notícias, iria contá-las imediatamente à senhora Rifà. Era uma tarde de sexta-feira e tinha pela frente todo um fim de semana livre, do início ao fim, para conhecer Gabriel. Agora nada poderia detê-la. Contudo, à noite foi difícil conciliar o sono. Não conseguia tirar da cabeça o falcão empalhado. Lembrava-se daqueles olhos escuros, penetrantes e enigmáticos, e invejava as milhares de horas que teriam observado tudo o que acontecia naquele cômodo.

Na manhã seguinte, quando saiu de casa, estava chuviscando. Atravessou metade da cidade com o ônibus 50, até que a deixou em uma ponta da Vía Favència, e então andou pelo bairro, procurando o apartamento para o qual supostamente Gabriel tinha se mudado. Algumas ruas, ainda não pavimentadas, estavam em obras e com a chuva se tornaram um lamaçal cheio de poças. Rita tinha saído arrumada demais e andava na ponta dos pés, esquivando-se para evitar sujar os sapatos. Quando já estava diante do edifício em questão, começou a chover ainda mais forte. Uma senhora com um carrinho de compras segurou a porta para ela, que correu para dentro. Sozinha no saguão, leu os nomes das caixas de correio, mas não encontrou o que queria. Em um quadro da associação de moradores, preso com uma tachinha, viu o obituário de Serafín Bundó Ventosa. Mais uma vez verificou o andar e a porta, anotados no papel, e depois subiu as escadas com determinação.

Gabriel — já sabemos — estava em casa, é claro que estava, mas não abriu a porta quando Rita tocou a campainha. Outra ocasião perdida. Na verdade, nem se moveu da cama. Naquela hora, ainda estava debaixo das cobertas, atordoado pelos desastres dos últimos dias. Tinha acordado de madrugada (se é que realmente tinha chegado a dormir algum instante) e se sentia incapaz de fazer qualquer coisa. Aquela paralisia que tinha acabado de começar — isso também sabemos — duraria pouco mais de dois meses. Rita insistiu chamando de novo, com três toques de campainha curtos e simpáticos, para transmitir confiança, mas sem sucesso. Em seguida, grudou o ouvido na porta e ouviu por um longo tempo o silêncio compacto dentro do apartamento. "Se agora a porta se abrisse — pensou —, do outro lado não haveria mais que uma parede de tijolos." Um vizinho, que chegava carregado com dois sacos do mercadinho, interrompeu suas orações. Ofegante de cansaço, a assustou com um olá rude e alertou que ninguém morava ali, que o dono tinha morrido havia poucos dias. Depois esperou que ela fosse embora escada abaixo para entrar em sua casa.

De volta à rua, Rita se afastou alguns metros do edifício e o abrangeu com os olhos. Desconfiava do que tinha lhe dito aquele homem. Contou os andares e calculou qual seria a varanda de Gabriel. As persianas estavam levantadas. Embora o dia estivesse cinzento, com o céu calçado de nuvens baixas, não se via nenhuma luz acesa na janela. No entanto, esse primeiro fracasso não a desanimou. Sem perder de vista em nenhum momento as pessoas que subiam e desciam pela calçada, entrou em um bar nas proximidades e tomou o café da manhã. Os guarda-chuvas dos transeuntes dificultavam sua vigilância, e assim que terminou, saiu de novo para a rua. Passou o dia inteiro quieta como uma pateta sob uma varanda, pegando frio.

Pouco depois da hora do almoço, viu que o vizinho mal-encarado saía do edifício e entrava no bar. Aproveitou para subir e tocar de novo a campainha, mas sem resultado. Logo voltou ao seu ponto de vigilância. As horas se passaram, a chuva parou, anoiteceu, algumas lâmpadas da rua se acenderam. A janela da varanda continuava apagada. Durante muito tempo, foi a única em toda a fachada, como um olho vesgo. Às vezes, de tanto observá-la, Rita vislumbrava uma luz que piscava, a chama incerta de uma vela, mas depois percebia que era apenas um reflexo das estrelas, uma impureza do ar. Doía o pescoço de tanto olhar para cima. Às dez e meia, quando o dono do bar desceu as portas e parecia que todo mundo tinha voltado para suas casas, prestou atenção de novo no edifício. Retornou lá e, dessa vez, não tocou a campainha, apenas grudou seu ouvido à porta. A luz automática da escada se apagou, e então achou ter ouvido um ruído metálico e cavernoso do outro lado, como o som de uma roldana subindo água de um poço. Quando o silêncio é incômodo, o ouvido inventa os sons mais peculiares. Assustou-se e começou a correr escada abaixo. Descia os degraus de três em três, e seus saltos eram sufocados pelos televisores ligados em cada casa. À meia-noite, quando percebeu que todas as janelas estavam se apagando, desistiu. Seus pés estavam congelados, e quando já estava na Praça Virrei Amat, finalmente encontrou um táxi.

No dia seguinte, levantou-se com febre e os ossos doloridos, mas repetiu a missão do dia anterior. Os resultados também foram idênticos, umas malditas horas de espera. E é dramático e desanimador pensar que Gabriel estivesse, de fato, no apartamento, mas que naqueles dois dias fazia apenas os movimentos estritamente necessários para sobreviver. Cama, banheiro, cama. Cama, cozinha, cama. Nem uma única vez abandonou aquela hibernação para entrar na sala de jantar e se aproximar da janela. O mundo exterior (e a porta, e a campainha, e aquele dedo que apertava a campainha faziam parte do mundo exterior) tinha deixado de existir.

Na noite de domingo, quando voltava para casa de ônibus, Rita poderia ter afundado na desgraça. No entanto, preferiu considerar as horas de vigília inútil como um teste de resistência para tudo o que ainda teria que suportar. Até que ponto estava disposta a ir? A pergunta tinha surgido naquela mesma noite, em algum momento de fragilidade. A melhor resposta não seria construída com palavras, mas poderia tentar... Procuraria Gabriel enquanto fosse inevitável. Procuraria por ele enquanto não deixasse de sentir a necessidade imperiosa de fazê-lo, como naquele momento:

o ônibus descia pelo Paseo de Sant Joan e cruzava a Diagonal; tinha deixado para trás a estátua de Mosén Cinto e, abrindo os olhos como os da coruja de Rótulos Roura, observava os pedestres que naquela hora caminhavam pela calçada. Visão noturna. Todos podiam ser ele. Só tinha de ficar atenta aos sinais: os passos cansados, um braço engessado, uma atitude ausente. Ou quando viraram por Tetuán para a Gran Vía, por exemplo. Dois homens esperavam diante de um semáforo vermelho e discutiam; um senhor e uma senhora muito elegantes caminhavam de mãos dadas em direção ao Hotel Ritz — mas não, claro que não! —; um grupo de rapazes e moças, agasalhados com capuzes e xales, saía das profundezas de um bar que se chamava El Viejo Pop. Quando o ônibus parava em um ponto, ela se virava para reparar nos passageiros que não tinham subido. Depois, fazia o mesmo com aqueles que tinham embarcado no veículo. Tudo eram oportunidades e, enquanto a emoção não decaísse, enquanto a cidade continuasse dando corda, valeria a pena.

Cristóvãos, não vão pensando que Rita era uma ingênua. Não é isso. O que acontece é que estava muito sozinha.

Na segunda-feira telefonou para a La Ibérica do aeroporto. A secretária Rebeca pegou o telefone e, quando lhe perguntou pelo senhor Delacruz, informou a ela que Gabriel estava de licença. Não sabia quando voltaria. Levaria muito tempo.

— Estamos ligando do aeroporto porque temos de entregar a ele uma mala que se extraviou — mentiu Rita. Fazia tempo que tinha movido céus e terra para ver se a bolsa aparecia, mas foi em vão. — Saberia onde podemos encontrá-lo?

— Gabriel vive em uma pensão da avenida...

— Não mora mais lá — interrompeu Rita. — Vamos lá, isso é o que nos disseram antes. Alguma ideia de onde mais poderia estar? Com um parente, talvez?

— Não — respondeu Rebeca —, não tem ninguém. Bem, tem os colegas de trabalho, mas já não contam. Do jeito que ele é, poderia estar em qualquer lugar... Em todos os lugares.

— Em todos os lugares?

— Sim, mas diria que está em Barcelona. Eu não o vejo indo para nenhum lugar, realmente. Quebrou o braço em um acidente, não sei se você sabe disso, e recentemente está passando por um mau momento. Se você quiser, traga a mala aqui, na La Ibérica, e nós a entregaremos a ele.

— Não, não pode ser — respondeu Rita —, a entrega deve ser pessoal.

Então desligou.

Em todos os lugares. Em todos os lugares, mas em Barcelona. Como não havia alternativa, Rita tomou as palavras de Rebeca como um desafio. Naquela noite, ao voltar do aeroporto, comprou o *Guia Urbano de Barcelona*, edição atualizada de 1972. Em casa, enquanto a folheava, leu em uma das primeiras páginas: "Contendo 10.006 ruas", mas em vez de se alucinar diante de tal imensidão, animou-se pensando nos limites. Não há nada como estar apaixonado. A interminável lista de ruas se resumia a duzentas páginas de mapas! Nunca tinha percebido o quanto Barcelona era pequena. Cabia até no bolso do casaco! O que é melhor para procurar por alguém? Perguntava-se. Permanecer quieto em um ponto e esperar que o outro passe, ou mover-se de cima para baixo? A resposta era óbvia, especialmente porque depois de conversar com Rebeca suspeitava de que Gabriel havia ficado retido em algum lugar. Ela o desencavaria. A partir do dia seguinte, empregaria cada momento livre para procurá-lo, página por página. Depois do trabalho, tomaria o metrô até onde fosse necessário. Tinha de ser sistemática: começaria pela primeira página e, até que o acaso a ajudasse a topar com Gabriel, iria escrutinando a cidade bairro por bairro. Se chegasse ao fim sem encontrá-lo, recomeçaria pela primeira página.

Vê-se que esse método não tinha muito futuro. De fato, a própria Rita admite hoje que nem ela mesma chegou a acreditar. "Não é possível ir pelo mundo sem um retrovisor", diz enigmática, mas também lembra que seus planos a distraíam e ajudavam a não pensar além da conta. Nem lhe passava pela cabeça que poderia ter desperdiçado uma vida inteira — e até mesmo duas, e 100! — sem nunca encontrar com Gabriel. Nós humanos somos assim: somos atraídos e nos emocionamos com histórias de amor que nascem das condições mais adversas, improváveis e até mesmo absurdas, mas esquecemos que, para cada final feliz, há um milhão que fracassam. Vocês concordam, cristóvãos? Talvez seja por isso que reconstruímos os passos de nosso pai, por seu caráter extraordinário. Como aquelas pessoas que ganham duas vezes na loteria, ou que são atingidas por um relâmpago em três tempestades diferentes e sempre sobrevivem, ele obteve o estranho privilégio de ser escolhido por quatro mulheres. Não uma, quatro.

5
INDECISÕES

Mais uma vez, a vez de Cristòfol.
Schon Wieder! Again! De nouveau!

Rita não sabia disto, mas quando fazia a ronda de Barcelona e eliminava páginas do guia urbano com seus passos, como se assim suprimisse as ruas, havia uma circunstância que a favorecia: Gabriel atraía as casualidades. Desde o exato instante em que uma mulher desconhecida o tinha deixado cair nesse mundo, mais que trazê-lo, o acaso tinha se obcecado por ele como um gato que brinca com um rato. Ao ponto que, quando fazia uma revisão de seus 30 anos de vida, tão intensos na aparência, parecia-lhe que nunca tinha tomado uma decisão importante. Tudo tinha acontecido com ele porque sim, porque os outros tinham gostado dele, começando pelo gesto inaugural da esposa do comerciante de bacalhau do Born que soube escutar seu choro e o amamentou. Até a única vontade firme de sua vida — permanecer morando na pensão — poderia ser considerada uma antivontade, um gesto passivo. Rita procurava as casualidades, obsessivamente. Para Gabriel eram inevitáveis. Essa é a diferença que os unia.

Seguindo esse fio, podemos supor que a morte de Bundó, que ele poderia ter evitado se tivessem parado em Frankfurt, ou se tivesse forçado seu amigo a dirigir o Pegaso, o transformou de um dia para o outro. Recluso no apartamento de Vía Favència, durante os dois primeiros meses se resignou a viver sem destino, como se já estivesse morto, mas então um evento tão arbitrário e imposto como o de se chamar Gabriel se infiltrou naqueles dias sem sombra e o empurrou a tomar uma decisão de verdade.

O recolhimento de Gabriel — já vimos isso antes — tinha sido rompido pela primeira vez no dia em que o ortopedista lhe tirou o gesso. A visita a um médico costuma causar nas pessoas um acesso de transcendência. Mesmo que seja somente para ver o médico lhes diagnosticar uma gripe ou receitar um antibiótico, as salas de espera infundem até no paciente mais bonachão, ou no mais sereno, uma circunspecção que os vincula com a morte. Tem a ver com esse silêncio branco, com as caras sérias dos pacientes, com o cálculo da dor alheia. No caso de Gabriel, a visita teve o efeito oposto: acabou tão sozinho, tão desesperançado, tão alheio que aquele ambiente até conseguiu animá-lo.

A partir daí, sempre que tinha de sair para comprar alguma coisa, aproveitava para dar uma volta. Calçava os sapatos ingleses, que ao fim de alguns dias tinham se moldado aos pés, e passeava pelo bairro. Abril tinha aberto, por fim, o bom tempo. As manhãs esplêndidas em que as garotas recebiam o sol com minissaia, sem meias, e lambiam o primeiro sorvete da estação. No meio da tarde, se o bom tempo persistia, Gabriel descia para matar o tempo no Parque da Guineueta. Sentava-se em um banco e, como se encarnasse uma alegoria da idade, escutava as queixas dos aposentados (o ajudavam a se sentir melhor) e ao mesmo tempo acompanhava as brincadeiras das crianças nos balanços; estudava suas expressões e depois as procurava repetidas nas faces das mães que cuidavam delas.

A cada dia passava menos horas diante da tevê, que já tinha perdido o encanto da novidade, e ousava chegar mais longe. Naquela época, o bairro de Canyelles estava ainda em construção, sobretudo para os lados da montanha, na direção de Roquetes. Quando sentia ânimo para fazer exercício, Gabriel cruzava o balburdio de Vía Favència e subia em direção às Ruas Alcántara, Garellano, subindo, subindo. A maioria dos caminhos era de terra, poeirentos no verão e sempre enlameados no inverno. A fiação elétrica saía de um poste solitário, erguido no meio de um descampado, e se distribuía pelos edifícios como uma teia ameaçadora. Alguns vizinhos — de Andaluzia e de Múrcia, na maioria — cimentaram com Portland dois metros quadrados diante da fachada de casa, como se fosse um quintal, e os enfeitavam com o gorjeio de um pintassilgo engaiolado e um gerânio plantado em uma velha lata de azeitonas de cinco quilos. Ao entardecer, agora que a primavera tinha entrado plenamente, levavam algumas cadeiras para a rua e se sentavam para refrescar. Os homens fumavam tabaco negro e fingiam estar desiludidos com tudo, e as mulheres gritavam histericamente quando viam a sombra de um rato fugindo rua abaixo. Então corriam para fechar a porta de casa, enquanto eles irrompiam em gargalhadas rotundas, satisfeitas.

Duas vezes por semana, no meio da manhã, um furgão entrava em algum dos descampados. Duas ciganas tiravam algumas caixas cheias de roupa e vendiam aos gritos. Um pouco adiante, alguns patifes em idade escolar jogavam bola, enquanto seus irmãos mais velhos fumavam cigarros e discutiam que motos eram mais fáceis de roubar, se as Bultaco ou as Montesa. Quando saía para passear, Gabriel passava direto por ali, subindo, subindo, e parava em um ponto do morro onde começava um pequeno pinheiral. Enquanto recuperava o fôlego, fumava um cigarro e observava a cidade. No primeiro plano, os guindastes, cada vez mais altos, vigiavam as barracas que ainda resistiam. Os esqueletos de dois ou três blocos em construção em uma sombra rajada e ameaçadora sobre os telhados de amianto. Mais adiante de Vía Favència, subindo, subindo, edifícios populares se alinhavam como peças de dominó, uma caveira de cimento que desvanecia na poluição.

Quando se cansou de fazer aquele percurso, Gabriel ampliou seu raio de ação. Nunca pegava o transporte público. Era atraído pelas três praças que podia alcançar a pé. Caminhava até a Praça Llucmajor, ou continuava descendo até chegar à Praça de Sóller, e eventualmente até se aventurava por Horta, subindo o Turó de la Peira, e depois descia em direção à Praça Eivissa. A volta era sempre mais rápida, como um cachorrinho que tivesse transposto os limites do seu território e de repente se sente perdido, mas o passeio lhe deixava um gostinho de aventura muito prazeroso. Eram lugares de Barcelona que sempre tinha visto ao passar com o furgão, extenuado pelo tráfego, e agora passeava por eles como se os pisasse pela primeira vez, como um forasteiro.

Aquelas incursões ao mundo exterior (que também podiam ser consideradas excursões ao mundo interior) com frequência abrigavam uma duplicidade sentimental: via a si mesmo como um substituto de Bundó, como se reproduzisse seus passos no que teria sido seu hábitat natural. Observava aqueles lugares com o olhar guloso de seu amigo, em uma tarde de domingo, digamos, passeando abraçado com Carolina, e o efeito daquela evocação impossível o consolava. Era o modo de não se sentir um intruso em nenhum lugar.

Imerso nessa nova rotina, um belo dia, com a mesma facilidade com que pedia um café no bar, cumprimentava alguns vizinhos ou estendia a roupa no pátio interno, Gabriel começou a considerar o suicídio. Não era uma pessoa impulsiva, e a ideia não surgiu do nada, em um momento de fraqueza, mas foi crescendo dentro dele pouco a pouco. Como as pedras e sedimentos que vão se assentando no leito de um rio e, finalmente, um dia, interrompem a corrente de água. Nem mesmo ele poderia ter precisado quando tinha pensado nisso pela primeira vez e, de fato, olhando para trás, sentia que estava predestinado a cometer suicídio. "Como um defeito de fabricação", lembro que minha mãe me disse quando perguntei o que aquilo significava.

A coisa foi da seguinte maneira: uma tarde do fim de março, na última hora, Tembleque tinha ido visitá-lo e tinham tomado uma cerveja no bar perto de sua casa. Além de atualizá-lo sobre as notícias da La Ibérica, seu amigo trazia uma mensagem do senhor Casellas: tinha passado um prazo razoável desde o acidente e na empresa já sabiam que tinha recebido alta médica; se não comparecesse ao trabalho na segunda-feira da próxima semana, poderia se considerar demitido. De volta ao apartamento, a sós, Gabriel avaliou o dilema e, então, compreendeu: quando punha em um prato da balança a volta ao trabalho, percebia que no outro prato havia algo desconhecido que pesava mais. Quando tentava compreender o que era, descobria que se tratava do nada. Quer dizer, lhe parecia mais fácil apagar a si mesmo do mapa.

Essa intuição tomou forma em seu espírito por meio de alguns indícios bastante triviais. Gabriel fumava um maço de Ducados a cada sete dias. A quantidade de cigarros tinha aumentado desde quando levava uma vida sedentária, mas tentava controlar, obrigando-se a comprar o fumo em um dia fixo. Assim, toda segunda-feira pela manhã descia até a tabacaria e levava os cigarros que tinham de durar a semana inteira. Como de costume, o dono da tabacaria, um valenciano que tinha perdido um olho na guerra, o importunava por cinco minutos, sempre com a intenção evidente de elogiar os feitos de Franco (que os contemplava de um quadro pendurado atrás do balcão), e depois embrulhava o pacote de Ducados em uma folha de jornal. O dono da tabacaria lia *La Vanguardia*, e naquela segunda-feira do final de abril pegou uma página da seção de espetáculos. Como não tinha fumado desde o dia anterior, assim que chegou em casa Gabriel abriu o pacote e acendeu um cigarro. Depois, sentado no sofá, pegou a página meio amassada do jornal e leu a seguinte manchete:

Suicidou-se o ator de cinema Jorge Mistral
Fazia alguns anos que residia no México

Apesar de não se lembrar muito de nomes de artistas, sabia quem era Jorge Mistral, e a notícia despertou seu interesse. Em alguma das últimas mudanças, justamente, tinha surgido em uma conversa com Bundó e Petroli durante um percurso com o Pegaso. No boletim, a Rádio Nacional tinha se referido ao ator para explicar que tinha morrido uma filha recém-nascida dele. Comentando a tragédia, os três amigos tinham relembrado os filmes que tinham visto do ator. Petroli lembrava de *Loucura de amor*, no qual aparecia quando ainda era muito jovem e se dizia ser um ator promissor. Bundó lembrou de uma ocasião em que as freiras da Casa de Caridade os levaram ao cinema Goya. Eles teriam 11 ou 12 anos. Tinham visto *Botão de âncora*, no qual Jorge Mistral era um dos protagonistas, e depois, durante uma temporada, todos os garotos do orfanato brincavam de resgatar navios que naufragavam e apregoavam que quando crescessem seriam marinheiros.

O jornal, notou Gabriel, era de poucos dias antes, da sexta-feira, 21 de abril. Jorge Mistral tinha se matado na quinta-feira, dia 20. Então leu o artigo e descobriu que Jorge não era seu verdadeiro nome. Na verdade, chamava-se Modesto Llosas Rosell. Tinha dado um tiro na cabeça. Tinha 51 anos. Embora fosse espanhol, havia muitos anos que vivia no México. Tinha deixado três cartas: um para sua esposa; uma para um amigo, também um ator; e outra para o juiz.

As informações fizeram que ele associasse aquele suicídio com sua condição de aspirante. Pela primeira vez, representou mentalmente seu próprio desaparecimento, a ausência posterior, embora sem os elementos práticos e sombrios que viriam ao caso. E se aquela página do jornal fosse um sinal? Anos atrás, tinha sabido dos detalhes de seu nascimento graças a outra página surgida ao acaso. São coisas que acontecem. Agora, então, esse recorte talvez estivesse indicando um caminho a seguir. Havia uma simetria em tudo aquilo que o atraía.

Pela tarde, voltou à tabacaria e perguntou ao mutilado de guerra se deixaria que ele folheasse os jornais do fim de semana. O dono da tabacaria, que desconfiava de todo mundo, olhou Gabriel de soslaio, com o único olho que lhe restava, mas foi buscar os exemplares. Um cliente era um cliente. No sábado, *La Vanguardia* contava que Jorge Mistral sofria de câncer, mas que quase ninguém sabia disso, nem mesmo sua esposa. No domingo, um novo artigo reunia as mostras de condolências dos amigos do ator. Em seu testamento, pediu que fosse cremado, mas a família tinha preferido enterrá-lo porque assim, disseram, poderiam levar flores ao seu túmulo. Gabriel perguntou ao dono da tabacaria se ele podia lhe dar aquelas duas páginas — se fosse necessário, compraria mais tabaco —, e o homem as presenteou.

Na terça-feira, desceu para comprar *La Vanguardia* de manhã cedo. De pé, diante da banca, abriu o jornal e o folheou procurando a página de espetáculos, mas já não continha mais nenhuma revelação. Na quarta-feira, voltou a comprá-lo. Ele teria gostado de saber o que diziam as cartas escritas por Jorge Mistral. Leu atentamente toda a seção de espetáculos, mas não encontrou nada, e então, quando estava prestes a desistir, virou as páginas e na seção de ocorrências esbarrou com um título que gelou seu sangue:

George Sanders tirou a própria a vida em um hotel de Castelldefels

Outro ator. Neste caso, a notícia era maior, três colunas, e era acompanhada por uma foto de George Sanders com a postura que lhe rendeu tantos papéis de homem enigmático, sempre afável e ao mesmo tempo distante. O rosto do ator era familiar, mas não conseguia lembrar-se de nenhum de seus filmes. Sob a manchete se reproduzia o bilhete que tinha deixado: "Estou cansado deste mundo de esgotos, tenho dinheiro para pagar, avisem à minha irmã, com meus melhores votos".

Tinha escrito em inglês, é claro, com uma letra instável, mas que conservava uma beleza caligráfica, e alguém tinha traduzido o bilhete para publicá-lo no jornal. Gabriel leu cada frase do artigo como quem interpreta um oráculo. George Sanders tinha se suicidado no quarto número 3 do Hotel Rey Don Jaime de Castelldefels. Tinha ingerido cinco frascos de barbitúricos com a ajuda de uma garrafa de uísque. Chegou dois dias antes de Palma de Mallorca — em janeiro tinha vendido a casa que tinha ali — e no dia seguinte deveria partir para Paris. Aparentemente, estava passando por um momento ruim do ponto de vista espiritual, e acalentava a ideia de comprar uma casa na praia de Castelldefels. (Quem sabe se as palmeiras do litoral, com aquela inclinação meio selvagem, lhe lembravam às de Santa Monica ou de Venice Beach, ou alguma outra praia próxima de Los Angeles.) A notícia era complementada por uma nota biográfica em que relembravam os filmes que o tornaram famoso. Gabriel reconheceu dois filmes *A malvada* e *O retrato de Dorian Gray* —, mas não tinha certeza de tê-los visto. Nos dias seguintes, permaneceria atento à programação televisiva; às vezes, quando morria um ator de renome, no segundo canal transmitiam algum filme dele como forma de tributo.

Com o passar das horas, reordenou aqueles dados para estabelecer um padrão comum a todos eles. Seria por acaso que George Sanders e Jorge Mistral fossem atores e compartilhassem o nome de batismo? Não sabia onde — certamente no rádio —, tinha ouvido falar que com frequência um suicídio leva a outro, como uma epidemia que se espalha. Talvez George Sanders tivesse tomado a decisão — porque era uma decisão, um ato de coragem — depois de saber da morte do colega. E se isso era verdade, quem viria em seguida? Que sinal ele deveria esperar? Nos dias que se seguiram, continuou grudado às páginas de ocorrências. Além de *La Vanguardia*, agora também comprava *El Correo Catalán*. Sentava-se à mesa da sala de jantar e lia os dois jornais de cabo a rabo. Por um par de dias ainda reuniu novos detalhes — as pílulas tomadas por Sanders eram Nembutal e Tranxene —, mas depois pararam de falar sobre o caso. Os jornais, com sua pretensão ingênua de captar o presente, são a melhor prova de que o tempo é um tirano que castiga com o esquecimento.

Como não tinha o suficiente, no sábado de manhã pegou o trem para Castelldefels e foi para o Hotel Rey Don Jaime. Vestia paletó e gravata para passar despercebido, mas um funcionário da recepção rapidamente o pegou e o expulsou aos gritos, dizendo que estava farto de jornalistas. Se quisesse saber mais, teria que ir à polícia. Após vinte minutos, voltou a entrar camuflado entre um grupo de turistas alemães e escapuliu por um corredor lateral. Quando chegou ao quarto número 3, a porta estava lacrada com uma fita amarela. Hesitou um momento se abriria ou não, e no último instante desistiu. O que teria conseguido fazendo aquilo? Dizia-se a caminho de casa. Nunca tinha sido um bisbilhoteiro e não iria mudar agora.

No entanto, a predisposição para o suicídio não desapareceu. Em vez disso, era persistente e sabia aproveitar os momentos de fraqueza para conquistar mais uma parcela de ânimo. Estimou que entre o anúncio da morte de Jorge Mistral e a de George Sanders tinham decorrido cinco dias. Assim, não seria despropositado supor que cinco dias depois — na segunda-feira — os jornais informariam outro suicídio. Se não acertasse, talvez devesse considerar se já tinha chegado a sua vez.

Aconteceu que aquela segunda-feira, primeiro de maio, Dia do Trabalhador, era feriado. Fazia calor e, durante todo o fim de semana prolongado, a cidade tinha estado tão deserta que nenhuma notícia parecia possível. No dia anterior, o jornaleiro avisou que não abriria, era uma questão de princípios, e, além disso, lembrou que *La Vanguardia* não saía às segundas-feiras. Portanto, tudo parecia empurrá-lo a permanecer em casa e não ler os jornais. A abstinência lhe caiu bem, e as horas transcorreram sem sobressaltos, mas à noite foi difícil pegar no sono. Uma nova pergunta tomava forma, como um grumo que resistia a fundir-se na inconsciência líquida do sono: quando chegasse a sua hora, como faria isso?

Embora não estivesse ciente disso, terça-feira trouxe uma trégua. No meio da tarde, saiu para uma caminhada de algumas horas e, quando já voltava para casa, passando em frente à banca de jornal, quase relutantemente, como se alguém o forçasse, comprou três jornais. Só teve de abrir *La Vanguardia* na página de obituários e ler o título que encabeçava uma meia coluna:

Na morte do poeta Gabriel Ferrater

O texto não dizia como tinha morrido, mas o fato de que fosse poeta o deixou em alerta. “Desde sempre os poetas cometeram suicídio”, pensou. Então leu o artigo e, embora o texto estivesse repleto de subterfúgios, intuiu claramente. Pouco depois, as páginas de outro jornal menos inibido confirmaram o suicídio.

Das três mortes, a de Gabriel Ferrater foi a que mais o impressionou. Se até se chamava como ele! Que dúvida poderia restar? Primeiro um Jorge tinha chamado um George, e agora um Gabriel chamava outro Gabriel. O poeta tinha se matado havia alguns dias, calculava-se que na quinta-feira, mas não foi encontrado até a segunda-feira. Morava em Sant Cugat, sozinho. Além de poeta, era professor da Universidade Autônoma. Não tinha chegado a completar 50 anos. Gabriel rastreou todas as notícias, mas não encontrou nenhuma outra informação substancial. Não se sabia, por exemplo, se tinha deixado um bilhete ou uma mensagem.

Levou horas para digerir a notícia, dando voltas e mais voltas sobre o assunto, e quando levantou os olhos, já estava anoitecendo. Naquela hora, não sabia por que, saia à varanda e fumava o penúltimo cigarro do dia (o último ele reservava para antes de ir para a cama). Passava das oito, as cores amainavam céu acima e lá embaixo a cidade adquiria um aspecto mórbido, esfumaçado. Essa visão panorâmica era uma das razões que convenceram Bundó a comprar o apartamento. O sol se escondia lentamente por trás da serra de Collserola, às suas costas, e Gabriel se distraía imaginando que a esquálida sombra de seu corpo era suficiente para escurecer Barcelona de um extremo a outro. Se erguia um braço, um bairro inteiro ficava eclipsado. Em meio a essas distrações, olhou para baixo, para a rua, e se surpreendeu mais uma vez da altura que havia. Seis andares até chegar à calçada. Um pensamento se formou em seu cérebro: cada momento de cada dia, um por um, fazia sentido, mas se fossem todos reunidos, o resultado não significava nada.

Repetirei de novo, cristóvãos: podem estar certos de que nesses argumentos que o impulsionavam a se matar não pulsava nenhuma tonalidade trágica. A prova é que naquela mesma noite, enquanto fazia algo tão trivial como tirar a roupa, colocar o pijama e escovar os dentes, Gabriel calculou quando lhe caberia suicidar-se. Se contasse quatro dias a partir da data presente, que era quando tinha coletado o testemunho do poeta, tinha de fazer isso no sábado. Sim, sábado não era um dia particularmente ruim. Mas então aquela antecipação lhe pareceu exagerada e antinatural, e, além disso, fez que ele compreendesse uma evidência: ele não sairia nos jornais. Nenhum jornalista escreveria uma manchete que dissesse: "Um transportador de móveis comete suicídio em...". Se realmente quisesse adicionar um elo à cadeia de suicídios e que aquele gesto tivesse qualquer sentido, deveria procurar um local público e conhecido de todos. O templo da Sagrada Família. Os leões do zoológico. O avião do Tibidabo. Uma excentricidade que fizesse que ele saísse na primeira página dos jornais.

De repente, na hora decisiva, tornou-se convencido.

Finalmente, depois de muitas reviravoltas, escolheu o monumento a Cristóvão Colombo, que no guia urbano de Rita se encontrava na página vinte e sete. Brincava com a ideia simbólica de que sua última viagem consistiria em saltar dos pés de um famoso viajante como o marinheiro. Faria isso no sábado à tarde, na hora em que os barceloneses saíam para passear por Las Ramblas, as floristas baixavam o preço dos cravos meio murchos e as prostitutas saíam com os primeiros cavalheiros na esquina de Escudellers e rua afora, em Conde del Asalto. Pagaria a entrada do monumento, subiria no elevador até o mirante da estátua e, quando ninguém notasse, se lançaria abraçando com a vista toda a cidade pela última vez, ou talvez desse atenção ao dedo de Colombo e olharia para onde apontava, para o mar aberto. O marinheiro nem se abalaria após sua trombada. Não é verdade que todos os principais monumentos, desde a Torre Eiffel de Paris até o Big Ben, em Londres, têm em sua história um suicídio que lhes dá prestígio? Pois ele passaria à posteridade como o suicida de Colombo.

Embora tivesse planejado muito bem, cristóvãos, Gabriel não pulou dos pés de Colombo, nem cumprimentou o ascensorista, nem sequer chegou a comprar a entrada para visitar o monumento. Por paranormal que possa parecer, Bundó salvou sua vida. Fez isso com uma intervenção do além que compensava com juros toda a paciência e os favores que nosso pai tinha dispensado ao seu melhor amigo desde a infância.

Além disso, a presença *in extremis* de Bundó transmigrado (ou deveria dizer transliquificado?) foi duplamente oportuna, porque naquela ocasião Rita já tinha descartado que Gabriel estivesse escondido na página vinte e sete de seu guia. Nunca teria aparecido ao pé do monumento a Colombo a tempo de salvá-lo.

De fato, as intenções de Rita de procurar por Gabriel pelo mapa de Barcelona estavam desvanecendo-se dia após dia. Aquele método tão particular tinha ficado obsoleto graças a uma novidade importante, que ocorreu mais ou menos ao mesmo tempo em que Gabriel ia descobrindo a cadeia de suicídios e considerava a possibilidade de somar-se a ela.

Teimosa como ninguém, havia semanas que Rita tinha transformado sua procura em um hábito. Toda manhã chegava ao aeroporto e a primeira coisa que fazia era verificar se a sacola de lona preta tinha aparecido na gaiola. As respostas negativas não a afetavam nem um pouco, e alguns colegas de trabalho já davam como certo que ela tinha perdido a sanidade mental. Repetiam com frequência que tirasse isso da cabeça, que aquela maldita sacola nunca apareceria. O desaparecimento de volumes era o pão nosso de cada dia, e justamente ela deveria saber disso melhor que ninguém. Então, em um dia do final de abril, ocorreu a epifania longamente esperada.

Embora tivesse imaginado a cena mil vezes, a sacola negra não se materializou como ela esperava, mas apareceu por partes. Tudo aconteceu da seguinte forma. Acabava de atender um passageiro, o último da fila até que a nova remessa chegasse, e estava sentada em um banquinho no balcão da gaiola. Visto que todas as tardes andava tantos quilômetros pela cidade, as pernas tinham se tornado musculosas, mas as plantas dos pés a faziam sofrer. Era uma hora da tarde e não havia movimento. O gerente tinha saído para almoçar. Na ausência de passageiros, tinha de ir ao depósito e ordenar as malas perdidas que tinham entrado aquela manhã, mas lhe dava preguiça. No fim do corredor do terminal, tomou forma a silhueta de Leiva, arrastando uma vassoura. Rita reconheceu seu contorno de paquiderme. O homem tinha estado de licença médica por causa de uma gripe e havia dias que não o via. Pouco a pouco, enquanto esfregava e fazia brilhar o chão de mármore, com aquela arte que tinha de avançar em ziguezague como um esquiador em slalom, Leiva foi se aproximando da gaiola. Rita bocejou.

— Você já está bem? — perguntou quando ele chegou perto o suficiente para ouvi-la. A amizade entre os dois estava baseada no desprezo irônico e controlado pelo outro. Sabiam levar a brincadeira até o limite, mas sem magoar um ao outro. Com Porras, por outro lado, funcionava por meio de insinuações eróticas que ela sempre neutralizava, acusando-o de fanfarrão, e com Sayago a relação era de pai histérico e filha rebelde (as conversas costumavam acabar com um "Sim, papai" infantil da parte dela). Leiva era o que lhe dava mais corda, porque fazia alguns meses tinha se arriscado a falar com ela em catalão. — Como foram as férias?

— Mais ou menos — respondeu ele, dissimulando uma careta. Tinha sido contagiado pelo bocejo com efeito retardado. Depois passou a mão na testa para comprovar a febre e a afastou em seguida, como se queimasse de tão quente que estava. Deixou cair a vassoura no chão. — Que horas são? Diga que já são duas horas, minta para mim se for preciso.

— Já são duas horas — esperou alguns segundos para que ele acreditasse. — Não, uma hora em ponto. Sinto muito. Não usa relógio?

— Claro que sim, o Festina de quando me casei — disse ele, levantando a manga para mostrar o pulso dourado. — Mas esses dias em que estive doente ele parou e tenho de levá-lo para consertar. Mesmo assim eu o coloquei, porque não sei ficar sem ele. Eu me sinto nu.

— Então é melhor não tirá-lo nunca, pelo bem de todos.

Riram juntos. Leiva apoiou todo o seu peso sobre o balcão. Era dessas pessoas que não sabem ficar de pé. Ele pegou uma embalagem de chicletes do bolso e ofereceu um a ela.

— Não quer, verdade?

— Não, obrigado, que você é capaz de me envenenar — alfinetou Rita, mas pegou um. Então escrutinou seu colega com um olhar científico. — Você perdeu peso? Vejo você mais fraquinho que antes.

Leiva, que era bonachão, não entendeu que ela estava zombando dele. O macacão azul de trabalho estava justo, como sempre, e apertado ao redor do ventre.

— Talvez sim — respondeu, muito orgulhoso. — É por causa da gripe, mas logo recuperarei os quilos, lhe garanto. — Sublinhou essas palavras desabotoando um botão do macacão e abrindo-o, como se fosse estourar. Foi então que Rita observou a camisa que ele levava por baixo.

— Esta camisa... Vamos ver... Tire o macacão, Leiva. Por favor.

Leiva não pensou duas vezes e deixou à vista uma camisa de flanela com um padrão ziguezague de tons de preto e branco e um moiré tão chamativo que feria os olhos.

— Você gosta, hein? É o primeiro dia que uso. E o último. Isso me faz suar muito.

Rita reconheceu, de um só relance, a horrorosa camisa que usava Bundó na foto que ela viu no dia em que foi enterrado. Não poderia haver duas iguais, era inconcebível, e Leiva vestia a camisa com exatamente a mesma displicência e deselegância.

— De onde você tirou isso? — ela insistiu.

Leiva chegou um pouco mais perto e baixou a voz.

— Daqui, você sabe. De nossos negócios... — e piscou o olho sem o menor disfarce.

— Quando foi isso? Não me lembro...

— Foi há umas três semanas. Era um dia em que você estava muito atarefada revirando outras malas e nos disse que não queria nada, que nós ficássemos com isso.

— Não seria uma bolsa de lona preta, certo?

— Não, diria que não... — notava-se que Leiva não tinha certeza e que tinha medo de cometer uma gafe. De todo modo, era Rita quem mandava na questão das malas extraviadas. Ele passou a mão pelos cabelos sebosos, em uma tentativa de lembrar. — Não, agora me lembro. Era uma daquelas sacolas cáqui, como as do exército, muito grandes. Não sei se você se lembra.

— Acho que sim.

— Parecia muito cheia, mas a questão é que, quando a abrimos, estava praticamente vazia e dentro havia... Sim, claro! Dentro havia outra sacola. E era preta. Eu me lembro bem porque, quando a descobrimos, Sayago soltou uma daquelas pérolas de que ele gosta tanto: "O peixe grande comeu o peixe pequeno". O pessoal da Lufthansa a enfiou dentro da outra sem cuidado, suponho que para ganhar espaço no avião.

— E por que não me contaram no dia seguinte?

— Menina, você estava tão absorta nas suas coisas que não queríamos incomodar. Você tinha desmaiado, me lembro, e estava com cara de zanga. Além disso, também não havia nada de valor naquela sacola. Apenas objetos inúteis, como um abridor de garrafas enferrujado ou óculos de sol com lentes rachadas. Já sabe. Se esta camisa era o melhor dos despojos!

— E o que fizeram com a sacola? Não havia papéis, algum endereço?

— Sim, eu diria que sim. Mas também diria que jogamos tudo fora, como sempre...

— Pobre de você!

— Ou não. Claro que não! — exclamou Leiva em seguida, feliz por se corrigir. — Ficou tudo com o Porras. Era uma pasta como de ministro, do consulado espanhol na Alemanha, e nos deu respeito demais para jogar em uma lixeira qualquer. Acho que ainda guarda a pasta no armário dele.

— Então já vá procurando, e diga a ele que me traga agora mesmo! — Rita estava fora de si. Leiva não a reconhecia. — Não sabe o que daria para ter aquela pasta!

As palavras de Rita caíram sobre seu cúmplice como uma saraivada de açoites e fizeram que fugisse apavorado em busca de Porras.

Nem sequer dez minutos se passaram até que Rita tivesse nas mãos a pasta do consulado, que acariciava com a cobiça de um déspota. A sacola de lona preta fora perdida no caminho, abandonada em uma lata de lixo desconhecida, e os objetos que guardava tinham passado por desgraças semelhantes. Eram baixas inevitáveis, vítimas de fogo amigo para que o cerco a Gabriel pudesse avançar com manobras mais competentes.

Agora algumas palavra sobre Rita. Quando a forço a entrar na câmara de tortura das lembranças — porque a forço a fazer isso, sou um filho ruim —, minha mãe admite que naquele período consumiu as reservas de energia de metade de uma vida. Ela explica isso assim:

— Meu estado natural era a vigília, a espreita, o estado de alerta, uma atenção eufórica que me mantinha tensa dia e noite, um arrebatamento que nunca mais voltei a experimentar. A razão é que vivia no futuro, e não no presente (o presente era apenas um trampolim), e já se sabe que a imaginação nos ajuda a completar sem muito esforço as letras que nos faltam para conseguir a palavra chave: felicidade. Enquanto andava para cima e para baixo por aquela Barcelona de brinquedo, nunca duvidei por um segundo que acabaria esbarrando com Gabriel. E que ele não me evitaria — teve o suficiente olhando-o nos olhos naqueles cinco minutos no aeroporto.

— Isso de se apaixonar por uma pessoa só de vê-la, sem tê-la conhecido... Isso me faz pensar que talvez você estivesse apaixonada pelo amor — disse a ela na ocasião. — Há pessoas assim. Talvez Gabriel fosse apenas uma tela na qual você projetava...

— Não, absolutamente não — interrompeu com firmeza. Ela não gosta de ser interrompida com teorias absurdas. — A prova é que nunca mais voltei a cair no mesmo erro. Eu estava apaixonada pelo Gabriel e ponto-final, pelo futuro com Gabriel. Nem todas as histórias de amor têm de ser convencionais, não é mesmo? — pouco a pouco vai se irritando, eu noto. — O que você acha, que não havia outras oportunidades? Tinha 22 anos e uma personalidade esculpida para lutar contra as desgraças familiares e a solidão, não sei o que era pior. Tinha aprendido a me virar sozinha. Mais que um viajante com a carteira cheia (e não tiveram escrúpulos em mostrar isso para mim!) tinha me proposto casamento ali mesmo, na gaiola, com insistência, cinco minutos depois de ter me visto pela primeira vez. Talvez devesse ter seguido o jogo deles... Quem sabe onde eu estaria agora. Você em nenhum lugar, minha coisinha, isso com certeza. Você não estaria em lugar nenhum.

De acordo. Capto a indireta — sempre capto — e me calo. Aos 14 ou 15 anos, implorei que não me chamasse mais de "minha coisinha", mas em momentos como esse é a sua arma secreta.

Ao sair do aeroporto, Rita escoltou a pasta até em casa com uma cautela exorbitante. Carregava-a apertada com força contra o peito, com o pudor de uma colegial, e suspeitava de todos que passavam a seu lado. Embora pudesse tê-la aberto no trem, não ousou fazer isso em público. Assim que atravessou a porta de seu apartamento, aquela cautela transformou-se em adoração. Deixou a pasta sobre a mesa da sala de jantar, pronta para o exame. Antes, porém, trocou de roupa, foi ao banheiro e preparou uma caneca de leite quente com chocolate, como quando ela queria assistir a um bom filme na tevê ou ler o último capítulo de um romance que a tivesse cativado. Nada poderia perturbá-la. Não tinha pressa e estava gostando de prolongar o suspense. O destino tinha lhe prometido e recusado tantas coisas, dizia para si mesma, que agora não tinha nenhum direito de falhar com ela.

Dois meses atrás, no carro que o levava até o aeroporto, Gabriel tinha organizado o conteúdo daquela pasta. Agora, com os gestos inversos, como se desse marcha a ré, Rita estava prestes a corrigir aquele passado.

A inspeção dos papéis do Pegaso lhe interessou porque ela ficava fisicamente mais perto de Gabriel: na maioria das folhas havia digitais gordurosas, alguma delas seriam dele. A permissão de tráfego internacional e os papéis com os itinerários lhe pareceram enigmáticos e sem qualquer valor. Os folhetos de informação sobre apartamentos de Vía Favència confirmaram que ela tinha espiado no lugar certo, mas não provocaram nenhuma saudade daquele fim de semana perdido no frio. Via-se de longe que o resto dos papéis eram tediosas circulares da empresa, recibos de mudanças amarrotados com datas de cinco anos antes (a seus olhos de *groupie* tornavam-se autógrafos de Gabriel, que era com frequência quem os tinha assinado), instruções e endereços onde entregar carregamentos de móveis... Revisava todos aqueles documentos com certa angústia, como uma arquivista perto de se aposentar, quando de repente encontrou um mais recente. Tinha o logotipo das Mudanças La Ibérica e, quando o leu, soltou um grito de alegria. Rita tinha em sua frente aquela folha que Rebeca tinha entregado a Gabriel e a Bundó, pouco antes da última mudança, com as datas de seus respectivos exames médicos. A mensagem não poderia ser mais definitiva, como se alguém entrasse em contato com ela para lhe passar instruções.

> As datas das avaliações médicas de Gabriel Delacruz e Serafín Bundó (sim, já sei que seria melhor tudo em um único dia, mas é impossível). Local: Seguradora do Transportador. Clínica Platón, Rua Platón, 33. Quinta-feira, 20 de abril, 9h da manhã. Exame de sangue. Devem ir em jejum — ou seja, sem tomar café da manhã, Bundó. Sexta-feira, 28 de abril, 10h da manhã. Oftalmo. Doutor Trabal. Sexta-feira, 5 de maio, 10h30 da manhã. Otorrino. Doutor Sadurní. Segunda-feira, 8 de maio, 9h da manhã. Clínico geral. Doutora Pacharán.

A dança de números e dias a embriagou e a deixou atordoada. Por um momento, parecia incapaz de interpretar aquele emaranhado. Que dia era? Sexta-feira, já? Quinta-feira? Quinta-feira, 27 de abril? Sim, certo? Uma colega da gaiola que se chamava Montse tinha trazido bolinhos de Tortosa. Ou foi ontem? Não tinha calendário em casa e se amaldiçoou por ser tão suscetível: em um sábado de final de ano, em dezembro, tinha ido ao mercado fazer compras e, na hora de pagar, a açougueira lhe deu um calendário de bolso. Achou ridículo e brega, com aquela foto de uns gatinhos meigos, e o jogou no lixo, apesar de saber que um dia iria precisar dele. Isso acontecia com ela todos os anos. Agora todos aqueles números a deixavam doida. Foi até o patamar das escadas e bateu na porta da vizinha. Uma senhora saiu para abrir enquanto secava as mãos no avental. Estava preparando o jantar.

— Que dia é hoje?

— O quê?

— Que dia é hoje, Mariona.

— Quinta-feira, querida.

— E do mês, que dia do mês é?

— Quinta-feira, 27 de abril. Nossa Senhora de Montserrat. Mas me diga, você tem alguma coisa, Rita? Entre, que tenho uma tortilha de batatas no fogo...

— Não, obrigada. Adeus...

Suas palavras esvaneceram pelo corredor. Tinha se esquecido de trancar a porta, como tantas outras vezes, e a vizinha fez isso por ela. Enquanto isso, Rita já calculava as suas chances de sucesso. Uma das datas era história, passado, mas restavam três adiante, três gloriosas oportunidades — 28 de abril, 5 e 8 de maio — que todos os calendários do mundo deveriam ter assinalados em vermelho, como os dias festivos.

No dia seguinte, telefonou para a gaiola e explicou a seus colegas que tinha acordado com um olho inchadíssimo — um terçol, era assim que se chamava, não é? — e tinha de ir a um oftalmologista. Travestida de meia verdade, a mentira a ajudava a se sentir melhor e a predispunha às coincidências. Poderíamos definir isso, cristóvãos, como o método Stanislavski aplicado ao teatro trabalhista. A visita de Bundó e Gabriel ao oftalmologista estava agendada para as 10h da manhã. Às 9h30, Rita já tinha passado mais de vinte vezes em frente da clínica. Às 9h45 entrou, perguntou pelo oftalmologista e se sentou na sala de espera. Havia mais três homens esperando, mas nenhum deles era Gabriel. Também não era Bundó (era só o que faltava). Uma recepcionista lhe perguntou o nome para confirmar a hora, mas ela explicou que estava indo só para acompanhar uma amiga.

— Ela me ligou de manhã e me pediu que viesse — mentiu. — Ainda não chegou. Está com um olho inchado, não sei se o direito ou o esquerdo, e conforme o que o doutor Trabal disser é possível que tenha de acompanhá-la até em casa.

A recepcionista acreditou. Rita tinha levado todos os papéis — agora tinha enfim o pretexto perfeito para falar com Gabriel — e estava tão nervosa que seus dedos começaram a esfolar as pontas de plástico da pasta. Os minutos seguintes se passaram como se estivesse assistindo a uma partida de tênis: sua atenção ia da pasta para a porta, e da porta para a pasta.

Todos os pacientes que estavam esperando entraram no consultório, e chegaram outros novos, mas Gabriel não apareceu. Às 10h10, a recepcionista ergueu a cabeça.

— Serafín Bundó.

Repetiu o nome. Como ninguém se levantou, leu outro nome.

— Gabriel Delacruz — uma pausa. Os outros pacientes se entreolharam. — Gabriel Delacruz?

Rita esteve prestes a gritar "eu!" e entrar ela no consultório, de tão identificada que se sentia com aquele nome, mas então chamaram o nome seguinte da lista e outra moça se levantou. Ainda esperou mais dez minutos, por via das dúvidas, mas finalmente partiu silenciosamente, com o rabo entre as pernas. Ao contrário de outros fiascos, essa nova decepção mergulhou Rita no desespero. Como uma atriz que tem dificuldade de sair do personagem ao fim da encenação, saiu do consultório do oftalmologista com o olhar vago. Embora o sol brilhasse, o mundo lá fora tinha se tornado uma mistura difusa de cores na qual os tons cinzentos predominavam. Focalizou de novo a vista, permitindo que as coisas recuperassem sua forma natural, pois ainda tinha duas balas no cartucho, os dias 5 e 8 de maio. Em um momento de lucidez pragmática, prometeu a si mesma que, se nenhuma daquelas datas a aproximasse de Gabriel, esqueceria-se dele para sempre.

Subia caminhando pela Rua Muntaner, persuadindo-se desses argumentos, quando de repente lhe pareceu tê-lo reconhecido sentado em um banco da Praça Adrià. Estava de costas e não podia ver seu rosto, mas a aparência do homem — ombros ossudos, cabelos curtos, crânio alongado — combinava com a imagem que tinha formado dele. Em seguida começaram as conjecturas: talvez estivesse indo para a clínica, mas tinha pensado duas vezes; talvez tivesse perdido o endereço e agora não soubesse o que fazer; talvez... Nos últimos tempos, antes de conseguir aquelas três datas cruciais, a cidade estava cheia de gabriéis, e aquele tipo de aparição tinha se tornado uma constante no cotidiano de Rita. Em seus passeios por Barcelona, podia passar uma hora seguindo um candidato a Gabriel, ou estudando-o até que algum fato a convencesse de que não era ele. Por uma espécie de superstição, nunca os interpelava diretamente para perguntar-lhes o nome. Pareceu que, enfim, a oportunidade valia a pena, e atravessou a rua. Justamente naquele momento, no entanto, uma moça se adiantou e, aproximando-se do banco por trás, tapou os olhos dele com as mãos e lhe perguntou: "Quem sou eu?". A três metros de distância, Rita escutou a resposta e depois viu como o homem se virava e beijava a garota. Não, aquele também não era Gabriel. Felizmente.

É hora de contar a intervenção sobrenatural Bundó. Certamente que em parapsicologia existe uma palavra para descrever o fenômeno, mas eu a ignoro. O fato é que, na manhã de sexta-feira, trinta horas antes da hora marcada para seu suicídio, Gabriel acordou com uma dor de ouvido insuportável. As ondas de choque da dor se infiltraram em sua letargia, pervertendo um sonho qualquer, e não deixaram de atormentá-lo até que ele abrisse os olhos em um estado de alerta. As pontadas nasciam nas profundezas de ouvido direito. Brotavam do cérebro e depois se expandiam em círculos concêntricos até devastar as ramificações dos nervos daquele lado do crânio. A dor viajava pelo sangue com as pulsações do coração. Os quatro passos que havia até a pia lhe causaram a sensação de uma detonação continuada do tímpano. Notava o tímpano cheio de pus e estava completamente surdo. Olhou-se no espelho para confirmar que parte de seu rosto continuava existindo. A pálpebra direita estava tremendo. Uma vez, Petroli tentou explicar o quanto dói uma boa infecção de ouvido: "É como uma dor de dente, mas de todos os dentes de uma só vez", tinha dito. Bundó e Gabriel o acusaram de exagerar, mas agora Gabriel lhe dava razão. Diante de tal panorama, pensou o mesmo que teríamos pensado: "Com uma dor assim não posso me matar amanhã".

Se é que tinha chegado a saber disso, algo bastante duvidoso, Gabriel tinha se esquecido de que, justamente naquela sexta-feira, tinha hora marcada com o otorrinolaringologista da Seguradora do Transportador. Os motoristas de caminhão de mudanças não mantêm agendas de couro para anotar essas coisas (talvez roubem uma ou outra, mas tendem a presentear outras pessoas com elas). O processo costumava ser mais prosaico: forçada pelo senhor Casellas, Rebeca lhes entregava o papel com todas as informações sobre as consultas; eles o perdiam; dois dias antes da consulta médica, Rebeca os lembrava e eles acomodavam isso em sua memória imediata. Só que desta vez Rebeca não tinha dito nada a Gabriel, porque ele não trabalhava mais na La Ibérica. Após o acidente do Pegaso, a consulta tinha sido engolida pelo nada com o mesmo ímpeto com que Rita a havia resgatado da folha e a ela se aferrava agora.

Mas o fato é que naquela manhã de sexta-feira Gabriel se levantou com uma dor de ouvido insuportável.

Desde que tinha se levantado e se vestido, havia começado a supurar do fundo do ouvido um líquido bilioso que ele conteve enfiando no canal auditivo um pedaço de algodão hidrofílico. Eram nove horas da manhã. Incapaz de comer qualquer coisa sólida, porque cada mordida teria sido um martírio, o caminhoneiro Gabriel decidiu que a única alternativa era apresentar-se na emergência da seguradora para que o curassem. Chegou uma hora depois, às dez horas, depois de atravessar metade da cidade trocando de ônibus duas vezes. Os outros passageiros olhavam para ele com cara de compaixão e ele sentia que a orelha crescia a cada pontada. Pela primeira vez naqueles meses, sentiu falta do furgão da La Ibérica.

Quando ele entrava na Clínica Platón, Rita subia pela Rua Muntaner. Faltava um tempo para o compromisso anotado no papel, mas, assim como oito dias antes, ela gostava de chegar antes e controlar a entrada. Gabriel procurou a recepção e perguntou pela emergência. Perguntaram o que ele tinha. Quando viram a orelha naquele estado, tão vermelha e purulenta, foi enviado diretamente para o otorrinolaringologista. Uma vez lá, a enfermeira do médico pediu seu cartão da seguradora e, quando leu o seu nome, disse que estavam esperando por ele. Tinha chegado antes da hora, mas a enfermeira informou que fariam que ele entrasse logo para não continuar sofrendo. Gabriel disse para si mesmo que aquelas coincidências eram alucinações causadas pela dor.

Cinco minutos mais tarde, enquanto o médico o fazia entrar no consultório, Rita subia as escadas em direção ao otorrino. Visto que com o oftalmologista tinha dado bons resultados, repetiu com a nova enfermeira o diálogo da semana anterior. Vinha acompanhar uma amiga que ainda não tinha chegado. Doía muito o ouvido e tinha perdido o sentido do equilíbrio. Tinha ligado para ela para o caso de ser preciso acompanhá-la até em casa. A enfermeira acreditou e Rita se sentou na sala de espera (que na época já tinha batizado como a sala de desespero).

A consulta de Gabriel com o doutor Sadurní durou uns vinte minutos. De seu assento, Rita ouvia o médico conversando com outro homem, mas não podia entender a conversa nem suspeitar que era Gabriel. Continuava controlando a porta e, cada vez que entrava alguém, o coração dava um pulo no peito.

Dentro do consultório, o doutor Sadurní mandou Gabriel sentar-se em uma maca e examinou seu ouvido, primeiro visualmente e depois com um aparelho que parecia uma corneta. Gabriel se lembrava vagamente do médico de um antigo exame médico e relaxou. Era um homem cordial e atencioso, das antigas. Passava dos 60 anos, usava suspensórios e uma gravata borboleta elegante, tratava os pacientes por senhor e falava aos gritos (talvez porque a maioria chegava lá surda). Enfiou um cotonete na orelha de Gabriel. Gabriel não sabia reprimir os gestos de dor e o médico tentou tranquilizá-lo, repetindo uns sons misteriosos:

— Berebê, berebê, berebê...

Ao longo dos anos de experiência, e depois de ter experimentado diversas combinações, tinha chegado à conclusão de que a vogal *e*, aliada ao *b* e ao *r*, formava o som que acalmava mais os pavilhões auditivos infectados. Colocou uma pequena bacia de estanho embaixo da orelha e depois, com uma seringa, gotejou água oxigenada no conduto auditivo.

— Isso vai doer por um segundo — antecipou o médico.

Gabriel recebeu a torrente de água encolhendo os ombros e com os olhos fechados. Uma descarga elétrica o paralisou e um segundo depois, de fato, a dor foi seguindo o curso da água. O ouvido se destampou e aquele novo vazio foi ocupado por um zumbido irritante.

— Berebê, berebê, berebê...

O doutor tocou seu ombro para que se mantivesse quieto. Usando outro cotonete, coletou uma amostra do pus que agora saia pela orelha e a espalhou sobre um papel branco. Era de uma cor verde lagarto com pontinhos opalescentes. Mostrou aquilo a Gabriel como quem mostra uma pedra preciosa.

— O senhor tem uma senhora infecção, meu amigo. Das mais raras que já vi. Seis ou sete casos em quarenta anos de carreira, se quer que eu diga. Agora veremos de onde pode vir, para que não se repita.

O doutor desinfetou o ouvido com a ajuda de outro cotonete e untou o conduto auditivo com um pouco de pomada. Depois, tamponou com gaze e esparadrapo. Era um curativo ostensivo, mas Gabriel estava grato a ele porque a fera dentro da orelha tinha sido saciada.

— Não exponha o ouvido ao ar durante cinco ou seis dias — disse o médico. — Vou lhe receitar um antibiótico e essa pomada. Troque o curativo todas as manhãs. De noite, não durma com ele, por favor. Vai sujar o travesseiro, mas não se preocupe. As orelhas também têm o direito de respirar e se expressar, e não apenas ouvir.

Gabriel concordava distraidamente, como se acordasse pela primeira vez naquela manhã. O médico pegou o papel com a amostra de pus, sentou-se à mesa e abriu um compêndio muito grosso. Ia virando as páginas e dizendo que sim com a cabeça. Depois pegou outro tomo grosso e estudou algumas fotos deste.

— Você tem uma infecção aguda do ouvido interno, muito incomum, como eu disse — concluiu ele. — As cavidades foram gradualmente entupidas com uma rara combinação química. Permita-me uma pergunta pessoal: o senhor teve uma morte recente na família, uma tragédia?

Gabriel não teve de pensar muito.

— Perdi um amigo que era como um irmão, sim.

— Eu imaginava isso. E quando ele morreu?

— Hoje faz oitenta e dois dias.

— Minha mãe. É muito. E me diga: o senhor chorou quando seu amigo morreu?

— Não — respondeu, abatido. — A verdade é que ainda não consegui chorar. De jeito nenhum.

— Pois isso explica tudo. Pode parecer estranho, mas as lágrimas não derramadas durante todo este tempo acabaram causando a infecção, meu amigo. Isso mesmo. As lágrimas nascem em umas bolsas chamadas sacos lacrimais. O corpo humano é muito inteligente, sabe? Quando é preciso chorar, o saco se enche, mas se as lágrimas não saem, ocorre um excesso de sódio e potássio que inflama os órgãos e desestabiliza todo o sistema. O senhor tem de cuidar do ouvido e tentar chorar por seu amigo. Seria o melhor remédio. Considere esta infecção como se ele implorasse por isso do outro lado.

Gabriel agradeceu ao doutor Sadurní e saiu do consultório desorientado e pensativo. Não se podia dizer que estivesse abatido, ainda não, mas as explicações do médico o abalaram por dentro, e ele se esforçava para organizar os pensamentos. O combate interno lhe dava um aspecto errático, disperso, e quando ele abriu a porta do consultório, Rita o viu sair e reconheceu imediatamente o mesmíssimo Gabriel do aeroporto.

O homem maltratado pedia desesperadamente que alguém cuidasse dele.

Embora já não estivesse com o braço engessado, aquela bandagem grotesca na orelha também facilitava a comparação. Tinha chegado o momento. Pegou a pasta e se levantou como um pudim, mas Gabriel passou por ela sem vê-la.

Não levou isso a mal, era compreensível. Ela o seguiu enquanto descia as escadas (de longe, ouviu que o médico repetia para alguém: "Berebê, berebê, berebê...") e manteve uma distância segura. Uma vez fora, Gabriel caminhou em direção à Rua Muntaner. Não conseguia tirar da cabeça as palavras do médico, e seus pés ficavam cada vez mais lentos. Rita teve de parar para não tropeçar nele. Gabriel não percebia nada, tão absorto que estava. Uma parte de seu ser, a mais racional, se recusava a vincular aquela dor à morte de Bundó, mas então a culpa ganhava terreno e o repreendia por ter sido tão covarde, tão mesquinho. Uma voz interior, como se fosse do além-túmulo, recriminava Gabriel até por ter pensado em se matar. Que covarde! De repente, teve a sensação de que estava se sufocando e lhe faltava ar. Tropeçou e Rita pensou que o teria de pegar do chão. Gabriel deu mais alguns passos, atravessou a rua e se sentou em um banco da Praça Adrià. Não era o mesmo banco do casal de oito dias antes, este ficava mais retirado e meio escondido pela vegetação. Rita lhe deu tempo. Tinha de agir com muita prudência. Acima de tudo, não comprometer nada. Pareceu que Gabriel estava se tranquilizando.

Naquela hora da manhã, a Praça Adrià era um oásis de tranquilidade. Aos poucos, tremendo o corpo todo, como quando o motor do Pegaso custava a dar a partida, Gabriel começou a chorar. Primeiro uma lágrima inundou o olho direito e se derramou, e depois outra fez o mesmo no olho esquerdo. Por alguns segundos, parecia que a torrente se detinha, que a coisa não passaria dali, mas outras duas lágrimas apareceram em cada olho, salgadas e volumosas, exuberantes.

Quando o motor do caminhão continuava se fazendo de preguiçoso, nas madrugadas frias do inverno no norte, Bundó costumava gritar:

— Vamos, maldito, dê a partida de uma vez! Não seja tímido!

O jorro de lágrimas aumentou e Gabriel não pôde controlar os primeiros espasmos do corpo. Soltou um uivo agudo, que se emendou com um lamento.

— Isso, isso — gritava Bundó —, solte-se! Mostre sua força, Pegaso!

Em seguida, o caminhão trotava como um cavalo, bufava com orgulho, e Bundó ria e batia no volante, com as duas mãos, de pura alegria, buscando o olhar de cumplicidade dos amigos. Agora Gabriel bramava a plenos pulmões, chorava com os olhos e com todo o corpo, que tremia com mais espasmos.

Quando considerou que tinha passado um tempo razoável, Rita se sentou no mesmo banco, um pouco afastada. Ele olhou para ela, meio cabisbaixo. Não parou de chorar, agora não podia mais. Seus olhos estavam vermelhos, esfogueados, e as bochechas reluziam de tantas lágrimas que tinha derramado. Rita lhe entregou um lenço e ele o pegou, balbuciando algum agradecimento. Em vez de secar as lágrimas, usou o lenço para assoar o nariz e poder continuar chorando.

Decorreram três horas, sem exagero, durante as quais Gabriel chorou com todos os registros possíveis, como se assim pudesse resumir sua vida junto a Bundó. Berrou como um recém-nascido que exige o peito. Chorou com as lágrimas de crocodilo da criança que faz uma pirraça. Chorou como um adolescente, soluçando as tristezas do amor, e como um adulto engole as lágrimas e simula um resfriado. Chorou como se chora nos cinemas, assistindo a um drama no escuro, e como se chora em um campo de futebol, na frente de todo mundo, quando seu time perde uma final. Chorou de raiva, de tristeza, de dor física, buscando compaixão. Chorou sem saber por que, de pura depressão, e chorou como um bebê chorão, quase por gosto, mergulhando no pranto. Chorou como um cão espancado. Teve soluços de tanto chorar. Uivou, lamentou-se, gemeu. Doíam o peito e os músculos do rosto, as pálpebras queimavam. Quando queria recuperar o fôlego, choramingava um pouco. Quando parecia que já não tinha lágrimas, bastava pensar em Bundó e uma nascente ignorada, nas profundezas de seus olhos, lhe fornecia mais alguns litros.

Passaram-se três horas, digo. Se ele tivesse coletado todas aquelas lágrimas, secado e extraído o sal, poderia ter temperado para sempre todas as refeições de sua vida.

Rita continuava a seu lado. Fazia muito tempo que ela também tinha se lançado a chorar, liberando a tensão e os medos de todos aqueles meses, o cansaço de tantos quilômetros inúteis por Barcelona. Aquele canto da Praça Adrià era um vale de lágrimas, um lagrimódromo.

De repente começou a chover algumas gotas finas, pacíficas, e os dois consideraram o resultado mais lógico. Até mesmo a meteorologia se juntava a eles. Rita finalmente pegou a pasta e a entregou a Gabriel. Ele a abriu, reconheceu os papéis, os mapas, as listas de Bundó, e encontrou um novo motivo para continuar chorando. Depois de um tempo, virou-se para ela e perguntou:

— Por que você está chorando?

— Eu choro de alegria. Porque finalmente nos encontramos. E você?

— Por um amigo que se chamava Bundó.

Chegados a este ponto, cristóvãos, permitem-me uma manobra traiçoeira que resume o que aconteceu a seguir? É esta: poderia dar um salto adiante no tempo e concentrar toda essa choradeira, todos os rios e riachos de lágrimas, em um único pranto, o de meus berros quando rompi o silêncio do meu primeiro segundo de vida, logo após a parteira me dar um tapa na bunda. Tinham se passado nove meses e, de quebra, cinco ou seis dias.

6 A QUINTA MÃE

É uma pena que, desde o primeiro sopro de vida, nós seres humanos não nasçamos sabendo e com a memória em plena capacidade. Agora, por exemplo, esse dom nos seria muito útil para descrever a relação que Gabriel manteve com nossas mães. Lembraríamos exatamente como transcorriam os dias em que nos visitava e ficava em casa. Que tipo de intimidade tinham. Quando e por que brigavam. Se alguma vez se sentiram como um casal de verdade. Se tudo, definitivamente, chegou a ser normal (não foi, claro que não. A vida de casal requer uma maturação dos sentimentos de que ele não dispunha). No entanto, como nós quatro éramos pequenos demais para entender alguma coisa, temos de confiar no que Sigrun, Mireille, Sarah e Rita queriam nos transmitir. É um ótimo sinal que as quatro mães concordem sobre o retrato de Gabriel como um homem bom, independente, fugidio, sem alças para agarrá-lo. Uma desgraça doce, dizem, ou um presente amargo.

Permintam-nos uma vaidade filial, mães: se nós não existíssemos é provável que Gabriel, o procriador de cristóvãos, tivesse passado pela história de vocês como um acidente insignificante. O testemunho de uma idade de alegrias sexuais e de dúvidas amorosas que às vezes recordaria com orgulho e às vezes com desprezo — como tudo na vida.

Alguém que olhe de fora pode se perguntar: houve alguém depois? Sim, é claro. As quatro conheceram outros homens, mas nenhum deles substituiu Gabriel e, portanto, eles não têm lugar aqui.

A intenção principal de nossos encontros tem sido, e ainda é, seguir as pistas de nosso pai. Nós quatro estamos sozinho com ele, para ele, por ele, contra ele (coloquem todas as preposições que quiserem), por isso que nossas mães ficaram à margem. Elas, diga-se de passagem, estão muito felizes com nossa decisão.

Deixamos claro desde o início que a traumática morte de Bundó interrompeu as viagens de nosso pai e que ele nunca mais voltou a nos visitar. Talvez o fato de que nossas mães tenham se conformado e se esquecido dele — cada uma do seu jeito — demonstre a fragilidade da relação com Gabriel. Na verdade, em nenhum momento deixaram de ser mães solteiras e de viver como tal.

Podemos dizer que, sem o acidente do Pegaso naquela madrugada do Dia dos Namorados, tudo teria sido diferente, mas isso é se perder em especulações. É melhor que sejamos práticos e aceitemos que, com os anos, a situação teria se tornado insustentável para Gabriel. A mentira teria apodrecido. No fim, o segredo é revelado, diz o poema. *At last the secret is out. En fin le secret est percé. Das Geheimnis ist gelüftet.*

O próprio Gabriel, sem querer, se colocou em evidência após alguns meses sem visitar os filhos e as mulheres de além dos Pirineus. Aparentemente, o encontro com Rita em Barcelona — e o nascimento de Cristòfol — teria sido uma grande oportunidade de dar um ponto-final. Uma só família, uma só cidade. Os limites acessíveis. Depois de pouco tempo, no entanto, Gabriel percebeu que não servia para as convenções e repreendeu os hábitos solitários de antes. Rita já nos resumiu muito bem aquela decepção — "quando o presente se impôs" —, mas mais uma vez Cristòfol pede permissão para ampliar aqueles primeiros tempos.

Você tem cinco minutos, Cristòfol, nem um a mais. Preparados, pronto, já!

Obrigado pela infinita generosidade, cristóvãos. Deixem-me dizer, para começar, que Gabriel nunca morou com a gente no apartamento da Rua del Tigre. Ele passou muitas noites e muitos dias cuidando daquele bebê que era eu. Rita diz que ele aprendeu a me trocar, vocês podem imaginar?

— Um momento, desculpe: ele também trocou minhas fraldas quando precisava — interrompeu Christof.

— E as minhas.

— E as minhas.

Estou vendo que não sou nada original. Mas vamos ver quem supera isso: quando eu tinha cerca de quatro meses e a mamãe voltou a trabalhar no aeroporto, havia semanas em que Gabriel até ficava todos os dias. Todos os dias. Uma semana inteira. Dia e noite. O que vocês acham, hein? Apesar dessa persistência, nunca considerou aquele apartamento como seu lar. Seu nome, para ser claro, nunca esteve na caixa de correio. Continuava morando em Vía Favència, embora ali tampouco seu nome aparecesse na caixa de correio. No início, essa ambiguidade familiar não desagradava Rita. Eram os anos 1970, Franco sempre estava prestes a morrer (mas não morria nunca) e a pediatria dinamarquesa era um furor entre as jovens mães. Além disso, desde sua posição de órfã militante, Rita desconfiava da autoridade dos pais e gostava da ideia de que eu crescesse um pouco desamparado, mas só um pouco. Imagino que por aquela época já tinha se acostumado às intermitências de Gabriel. Suas idas e vindas faziam parte de um estilo de vida, e era preciso vê-las como um contraponto à entrega absoluta, apaixonada, com a qual se oferecia quando estavam juntos. Vocês reconhecem a situação, não é verdade, cristóvãos? Tenho certeza de que ele também se comportava assim com a mãe de vocês: ele inspirava essa sensação constante de gratidão, como se tivesse consciência de que, com sua presença breve, compensava as horas de ausência e espera. Embora isso nunca tivesse sido explícito, funcionou desde o início e depois foi se aperfeiçoando...

— *Words are flowing out... like endless rain...*[44]

— Está vendo o que acontece quando você se diverte demais? Você está provocando. Combinamos cinco minutos, Cristòfol.

— Nós já nos conhecemos...

Está bem, está bem. Farei de maneira telegráfica. Durante o encontro no vale de lágrimas, Rita contou a Gabriel que o procurava desde que ele tinha perdido uma mala e a havia reclamado no aeroporto. Havia oitenta dias. Gabriel não se lembrava dela, mas a coragem daquela menina lhe tocou a alma e se deixou adotar. Anotem essa expressão, porque eu acho que é a chave, cristóvãos: se deixar adotar. O pranto contínuo havia lhes

---

44. As palavras estão fluindo para fora...como uma chuva sem fim... (N.E.)

secado a boca e tinham sede e fome. Comeram e beberam em um bar qualquer. Falaram com a boca cheia. Rita lhe explicou com grande entusiasmo sua vigilância noturna em Vía Favència, o frio que tinha passado enquanto montava guarda. Em suas palavras não havia o menor sinal de reclamação. Em vez de considerá-la louca ou se encolher de pânico, Gabriel agradeceu que alguém pensasse nele durante aquele momento ruim. Os dois começaram a rir quando ele revelou que tinha ouvido o toque da campainha no interior do apartamento, mas não teve vontade de fazer nada. Sim, começaram a rir. "Melhor assim", disse Rita, e ele concordou satisfeito: "Tudo está bem quando acaba bem, certo?". O encontro às cegas orquestrado por Bundó do além funcionou com êxito.

Naquela noite Gabriel não dormiu no apartamento de Vía Favència e seu ouvido supurou em um novo travesseiro. No dia seguinte, Rita lhe fez um curativo novo. Graças a todas as lágrimas derramadas em memória a Bundó, o ouvido incomodava cada vez menos. No sábado e no domingo não saíram de casa. Da cama, reconstruíam o passado individual, pulavam de um assunto a outro. O acidente de avião de Conrad e Leo. O acidente do Pegaso. É presumível que Gabriel fosse mais seletivo e escolhesse o que podia contar ou não. O grande reconhecimento mútuo veio quando ele lhe explicou os furtos na La Ibérica. "Ficávamos com uma mala, ou caixa, ou pacote de cada mudança..." "Sério? Nós fazemos a mesma coisa no aeroporto! Ficamos com as malas perdidas. Somos almas gêmeas." "Sim..." Na segunda-feira, Gabriel acompanhou Rita ao ônibus e depois voltou ao apartamento de Vía Favència. Essa primeira retirada aos quartéis de inverno durou um dia, nada mais. No dia seguinte ele voltou a dormir na casa de Rita. A segunda retirada se prolongou por mais dois dias. Rita não queria pressioná-lo porque o via frágil, inseguro, e entendia que ele precisava ficar sozinho. Uma noite, Gabriel lhe havia contado sua descida ao inferno depois da morte de Bundó, sem poupar o episódio do suicídio. Os dois sabiam que, com sua aparição, Rita tinha evitado que mais cedo ou mais tarde ele acabasse se jogando do monumento a Colombo. (Alguns meses mais tarde, na verdade, quando Rita já estava grávida, Gabriel insistiria em subir no monumento. Era domingo de manhã, antes dos aperitivos, e lhe pareceu uma boa maneira de enterrar para sempre aqueles maus pensamentos. Quando estavam na cúpula que fica aos pés da estátua, contemplando nas alturas o porto, o Montjüic e Las Ramblas enfeitada para o Natal... Gabriel percebeu que teria sido difícil se lançar lá de cima: as janelas eram protegidas. Mais tarde disse à Rita: "Sabe o que eu acho? Se for menino, teríamos de dar-lhe o nome de Cristòfol, como Colombo". Para ela, que estava convencida de ter um menino no ventre, lhe pareceu uma grande ideia, e desde então me chamaram assim.)

Mamãe disse que depois que nasci houve uma fase em que Gabriel passou muito tempo com a gente. Antes disso, ele tinha tentado voltar a trabalhar na La Ibérica. Suas economias tinham acabado e o senhor Casellas o havia aceitado de novo como transportador. Havia pedido para fazer viagens curtas com o furgão DKV, apenas por Barcelona e arredores, mas depois de algumas semanas ele desistiu. Cansava-se mais que antes, muitas vezes o braço lesionado inchava, e aquela rotina o levava de volta aos bons tempos com Bundó. Casellas, que quando o via tão abatido se sentia culpado, lhe fez a proposta de voltar para as mudanças internacionais. Tinham acabado de comprar um caminhão novo, e então as viagens eram mais confortáveis. Gabriel preferiu não aceitar e meio ano depois deixou de novo, dessa vez para sempre, os transportes da La Ibérica (é importante considerar que a volta às estradas europeias teria implicado um esforço moral que o superava: recuperar seus outros filhos e mulheres). Ele saiu sem ter a segurança de qualquer outro trabalho. Por um tempo, ocupava seus dias fazendo bicos por aqui e por ali. Um mensageiro do bairro estava com hérnia e, até que este fosse operado, usava o furgão de dois cavalos dele e entregava os pacotes — agora sem ficar com nenhum. Pouco antes do meu nascimento, Rita havia finalmente recebido o seguro de vida dos pais e tinha algum dinheiro no banco. Um dia ela ofereceu de lhe comprar um carro para que se tornasse mensageiro por conta própria, mas Gabriel franziu a testa e não aceitou. Não se via como patrão, nem sequer de si mesmo. Rita já conhecia aquela reação morna: era a mesma que havia tido uma vez que, meio em tom de brincadeira, havia deixado escapar que poderiam se casar.

No outono de 1975, Gabriel foi se distanciando de nós dois, até que um dia não voltamos a vê-lo. Rita nunca havia se iludido, sabia que ele não se instalaria em casa, mas durante uma temporada tinha lhe arrancado um ar de família. Saíam juntos para passear, levava-me de cavalinho, cantava músicas, parecia feliz. Mas então suas visitas foram se espaçando cada vez mais. No início aparecia de surpresa, quando nós não o esperávamos, ou ligava no último momento para dizer que ele não viria. Rita tinha se acostumado com relutância àquela incerteza e a aceitava por amor. Mas ele devia se sentir culpado, porque chegou um momento em que preferia não ficar de vez. Nada de "virei dia tal, faremos isso outro dia". Não, ele preferia que as coisas fossem ainda mais abertas, mais livres. Quando Rita perguntou por que lhe custava tanto, ele respondeu que o apartamento de Vía Favència ficava muito longe. Que aquilo era quase outra cidade, dizia, outra Barcelona. Às vezes penso nisso e acredito que não se referia tanto ao espaço, mas ao tempo. Talvez para ele morar na Rua del Tigre, a cem metros da antiga pensão, a dois passos da Casa de Caridade, significava voltar ao passado. O cenário mal tinha mudado, mas os personagens eram outros. Ou talvez quando nos visitava se sentia como se viajasse para o futuro, um futuro que não correspondia com o que havia sonhado. Embora tenhamos a sensação de que Gabriel tenha demorado um tempo para se tornar escorregadiço, a verdade é que sabemos exatamente qual foi o último dia em que estivemos juntos em casa. Foi em 20 de novembro. Por isso Rita se lembra tão bem, porque foi o dia em que Franco morreu. Havia uma semana que não víamos papai e naquela tarde ele apareceu de surpresa. À noite Rita e ele me colocaram para dormir e depois desceram ao Principal, o café da esquina, para sentir o ambiente. Os proprietários do café tinham colocado um rádio no balcão. Cada vez que a programação musical era interrompida para darem as notícias, o bar todo emudecia e escutava. Havia alguns rostos tensos e preocupados, mas a maioria dos clientes e dos empregados pontuava os comentários do locutor com frases sarcásticas: "Esse açougueiro não vai bater as botas nunca", "Se é para sofrer assim, melhor que lhe deem um tiro de misericórdia", "Vamos ver se o champanhe não estraga de tanto esperar", "Não acaba de morrer porque o inferno também não o quer por lá".

Rita estava inquieta por ter me deixado sozinho e voltaram para casa. Ligaram a televisão, caso houvesse notícias, mas as horas se passaram com uma apatia hipnótica. Quando estavam prestes a dormir, ouviram em algum andar da escada o estalido de uma rolha de champanhe e os gritos de alguém que desabafava. Contagiados pela alegria e pela impaciência desse vizinho, encheram duas taças de vinho e brindaram. O alvoroço me despertou e, acordado, comecei a brincar com papai e mamãe.

Eram altas horas da madrugada e, deixando-se levar pela euforia, Rita se atreveu a propor que Gabriel se instalasse em casa de vez. Ele, como de costume, não disse nem que sim, nem que não. Não há nada que possa ser definitivo.

No dia anterior, Gabriel tinha marcado com o mensageiro que na primeira hora da manhã o acompanharia em uma entrega. Às seis em ponto se ouviu a buzina do furgão lá embaixo na rua, o sinal combinado, e papai foi embora. Mamãe me ergueu e nos despedimos da janela.

— Você tem um minuto, Cristòfol. Sinto muito.

— Tic tac, tic tac...

— *I'm a loser, and I'm not what I appear to be...*[45]

— Vai à merda, Chris. Já foi, já acabou. Vamos ver, curto, curto, como se ditasse um telegrama: Gabriel. Distância. Silêncio. Os dias passam. Ele se desvanece. Não volta nunca. Pare — uma pausa para respirar. — Rita. Cansada. Já teve o suficiente. Assustada. O que teria acontecido com ele? Ela se desespera. Imagina absurdas tramas políticas. Mas é casualidade. Ela o procura na casa dele. Nunca está. Decepção. Terá ido para sempre. O tempo cura tudo. Pare — uma pausa para respirar. — Eu. Sinto a falta dele. Mamãe, onde está o papai? Eu o esqueço. Pare — uma pausa para respirar. — Um dia, porque sim, o procuramos de novo em seu apartamento. Ele o vendeu há tempos, nos dizem. Nós o esquecemos à força. Com vontade. Passam-se vinte anos. E mais também. Pare — outra pausa. — A polícia liga. Nós, os cristóvãos. Nós nos conhecemos. Começamos a buscá-lo. Agora é agora. Agora. O presente.

— Tempo!

— Ufa. Isso é desumano. Que cruéis.

— Obrigado, Cristòfol.

— Sim, obrigado.

Acreditamos conhecer os que nos rodeiam e poder antecipar suas emoções, mas é apenas uma ilusão. A vida interior de uma pessoa é o segredo mais impenetrável do mundo, uma câmara blindada. Ao longo deste período em que temos procurado Gabriel, horas e horas para delimitar seus movimentos até ter se esfumaçado da face da terra, nós, cristóvãos, temos nos perguntado mais de uma vez: o que sabemos melhor agora?

---

45. Sou um perdedor, e não sou o que aparento ser... (N.E.)

O ponto de partida da pergunta já é errôneo. Embora apenas se possa viver indo para frente, a existência, qualquer existência, somente ganha sentido quando olhada para trás e compreendida em seu conjunto. A biografia que deixamos com nossa passagem é como o rastro de uma serpente na areia: eis um artifício que muitas vezes nos conforta. No fim das contas, não é tão diferente da arriscada interpretação de um sonho. Tomamos quatro ou cinco cenas que resgatamos exatamente ao acordar, sensações que somos capazes de reconhecer de forma velada, como objetos que reaparecem na superfície da água depois de um naufrágio, e as unimos com um fio narrativo para que o resultado seja compreensível. Mas a vida é outra coisa. O sentido de uma vida é ela mesma, aquilo que construímos todos os dias sem estarmos cientes disso. Por isso, quando a vivemos, a maioria das situações não tem um significado especial. A ilusão do sentido vem mais tarde. Sentamos em um café, falamos com um amigo e justificamos o passado olhando para trás. Nós o organizamos. Da necessidade de entender nossos dias fazemos uma virtude. Esse processo também não está muito longe do resumo de umas férias de verão em um cartão-postal idílico, com quatro tópicos rabiscados na última hora (para que nossos parentes ou amigos o recebam quando já estivermos de novo em casa, sãos e salvos). Reduzimos a vida a algumas palavras, a simplificamos, mas seu significado real é complexidade, contradição, incerteza.

Desculpem a filosofada. Nós, cristóvãos, já manifestamos alguma vez que estas páginas nos poupariam de algumas sessões de psicanálise. Tudo isso vem ao caso porque ontem, sábado, finalmente — finalmente! —, a linha do passado e do presente se encontraram, e de repente tivemos consciência da selvageria que havia implicado refazer os passos de Gabriel. Pensávamos que sabíamos tudo, mas somente em retrospectiva. No fundo, não sabíamos nada.

A questão é que na noite de terça-feira, com três dias escassos de margem, Cristòfol nos ligou para convocar uma nova reunião.

— Tenho uma informação privilegiada — anunciou-nos, um a um —, mas não posso contá-la por telefone. Seria muito longo. Você tem de confiar em mim e vir para Barcelona. É possível que eu esteja errado e fiquemos entediados, mas diria que no sábado à noite acontecerão coisas.

A reunião anterior, talvez seja bom lembrar, havia acontecido havia apenas três semanas e tinha nos fornecido algumas pistas. O garçom do bar Carambola havia nos confirmado que seu chefe, Feijoo, perseguia Gabriel havia meses por causa de uma dívida de jogo. Mau sinal. Outro ponto quente era a vizinha do apartamento da Rua Nàpols, aquela antiga artista de circo que se chamava Giuditta. Quando a tínhamos visitado, Christopher havia descoberto a carta curinga com o terceiro olho escondida entre as dobras do sofá, mas não havia como interpretar o achado. Como devíamos considerar a vizinha? Era uma aliada ou alguém para vigiarmos? Gabriel poderia ter perdido a carta meses atrás, durante uma visita amigável, ou tê-la escondido sutilmente ao se ver encurralado por alguém, ou até mesmo ter se desfeito dela enquanto Feijoo, Miguélez e seus capangas o torturavam diante dos olhos impiedosos daquela italiana...

As palavras de Cristòfol eram tentadoras e é preciso dizer que nós, os outros irmãos, abandonamos de bom grado nossa respectiva solidão. Christof cancelou uma *performance* com Cristoffini prevista para sábado à tarde: um menino rico de Berlim ficaria sem ventríloquo em sua festa de aniversário. Christophe tinha de corrigir alguns testes da universidade, do segundo ano do curso de Mecânica Quântica, mas era tão simples que poderia se livrar disso no avião e nos momentos livres (Christophe dorme apenas quatro horas por noite). No domingo, Chris tinha planejado participar de uma feira de disco em Bristol. Ia se encontrar com um cliente que queria comprar dele a primeira edição espanhola de *Let it be*, dos Beatles. Era peculiar, porque a tinham impressos os títulos traduzidos para o espanhol: *Déjalo estar, El loco de la colina*... Mas na Inglaterra todo fim de semana há alguma feira dedicada aos Beatles, está cansado de ir a todas, e disse a si mesmo que o cliente esperaria o tempo que precisasse.

O ar urgente que a procura de Gabriel tinha adquirido nos predispôs à aventura. Nossos aviões partiam de capitais como Berlim, Londres, Paris e desenhavam sobre o mapa europeu uma elipse de linhas vermelhas que convergiam em Barcelona. Pegávamos nossa bagagem de mão com a seriedade de quem parte para uma missão secreta. Assim, quando ontem, sábado, às 12h02, nós quatro nos apresentamos no saguão dourado do hotel de sempre, tal como planejado, nos faltaria apenas pronunciar uma senha. Alguma frase enigmática, poética, como, por exemplo, "As abelhas já polinizam as magnólias" ou "Bertie me havia dito que todas as baleias têm sífilis".

Essa eletricidade nos acompanhou durante o dia todo e asseguro que horas depois tivemos motivos para notar um ou outro espasmo. Enquanto almoçávamos no mesmo hotel, Cristòfol nos deixou a par do estado de emergência.

— Tal como havíamos combinado, cristóvãos, nestas últimas semanas fiz a ronda do apartamento. Ficava um tempo, tomava conta para que não acontecessem novidades desagradáveis e depois ia embora por onde tinha vindo. Terça-feira à tarde foi a última vez. Encontrei o apartamento como sempre, com aquela calma que já conhecemos, mas quando já estava indo embora, decidi passar pelo Carambolas. Não esperava conseguir muita coisa com a visita, na verdade, mas também não perdia nada entrando lá. Encontrei aquele garçom falante, mas ele estava silencioso. Assim que me viu entrar, levou o indicador aos lábios para me pedir silêncio. Tinha acabado de dar sete da noite e o proprietário do bar, Feijoo, não estava. "Volte daqui a pouco", disse-me, como se tivesse lido meu pensamento. "Foi buscar uísque em um armazém em Santa Coloma. Trazem de contrabando e ele o compra mais barato. Vai, vou te ligar quando puder..." "Por que você me ligaria?", perguntei-lhe com confiança. Enquanto esperava sua resposta, observei a clientela. Um menino e uma menina, meio escondidos entre as pastas e os livros do colégio, agarravam-se em uma mesa mais reservada. Um idoso cochilava na frente da televisão ligada, como se concordasse com os comentários de uma apresentadora sensual. Em outra mesa, duas meninas tomavam Coca-Cola e passavam as páginas de um catálogo de vestidos de noiva. A que estava de frente não parava de me olhar desde que eu havia entrado. Como o garçom continuava indeciso e sem responder, ela se levantou e se aproximou. Era jovem e atraente, com uma cara de muito esperta. Prestei atenção no avental, mais comprido que a saia que estava embaixo, e deduzi que era a dona do bar, a mulher de Feijoo, a amante do garçom. "Olá", disse, olhando-me de cima a baixo. Depois acenou e virou-se para o rapaz: "O que você já disse para ele?". Tinha uma voz de mariscada. Notava-se de longe que fazia dele o que queria. O rapaz respondeu a contragosto: "Você não se meta...". Mas ela respondeu: "Ou você conta, ou conto eu. Não é verdade que ele tem de nos ajudar?", e enquanto voltava à mesa exercitou por cinco metros toda a arte do rebolado. "O que você tem de me dizer? Por que tenho de ajudar vocês?", perguntei. Então o garçom me explicou que tinha ouvido havia alguns dias uma conversa entre Feijoo e Miguélez, o ex-policial aposentado. Falavam de um tal Manubens, um empresário cheio da grana que gostava de jogar. Tinham combinado uma partida de cartas para o sábado à noite (ou seja, para esta noite, cristóvãos). O garçom me disse que apostariam pesado. E que Miguélez, Feijoo e outro companheiro de luta querem depenar o tal Manubens, deixá-lo com uma mão na frente e outra atrás. Eu lhe perguntei a mesma coisa que vocês teriam perguntado: o que Gabriel tinha a ver com tudo isso? Então deixou escapar estas palavras, dizendo-me exatamente: "Não sei se tem a ver ou não, mas a verdade é que o nome de Gabriel apareceu na conversa. Miguélez, que não tem escrúpulos, se referiu ao 'sistema Delacruz' de limpar o Manubens. Disse deste jeito: 'Fica tranquilo, Feijoo, que aplicando o sistema de Delacruz, vamos levar tudo dele', e depois começou a rir da própria piada. Acho que alguma coisa está acontecendo com o tal Gabriel...". "E se o Miguélez estivesse se referindo a usar a arma?", perguntei, mas ele negou. "Que nada. O próprio Feijoo pediu que não a trouxesse, que não era preciso e que, além disso, Manubens se assustaria", disse.

Nós, os quatro cristóvãos, estamos de acordo que aquelas palavras do garçom eram a pista mais consistente dos últimos meses. Agora a pergunta principal se resumia nesse "sistema Delacruz" que Miguélez citava com tanta convicção. Tratava-se simplesmente de um truque inspirado em nosso pai (os mestres sempre engendram discípulos repreensíveis) ou, por algum tipo de simpatia impossível, seria ele mesmo em pessoa quem jogaria as cartas? Por mais que nos esforçássemos, não tínhamos nenhuma intuição brilhante o suficiente. Nossa dose de clarividência com relação a Gabriel tinha secado de pura exaustão. Portanto, a única maneira de descobrir era estando presente no bar. O garçom tinha se despedido de Cristòfol explicando-lhe que o grande jogo começaria às onze da noite. Tínhamos que definir uma estratégia.

Às quatro da tarde, depois do almoço, um táxi nos levou até o Arco do Triunfo. Uma vez lá, como desconfiávamos da vizinha italiana, nos separamos para seguir caminhos diferentes e chegamos ao apartamento com quatro minutos de diferença cada um. Tratava-se de subir ao apartamento um por um, sem fazer ruído no patamar da escada, para que ela não suspeitasse que estivéssemos em casa. Cristòfol, que tinha as chaves, entrou primeiro e deixou a porta entreaberta. Depois os demais foram chegando com a mesma cautela. Chris tinha trazido uma garrafa de uísque escocês e decidimos que tomaríamos um copo. Restavam ainda sete horas para entrarmos em ação, e se soubéssemos dosar o álcool durante a tarde toda, teríamos o prumo e o atrevimento necessários para a noite. Sentamos ao redor da mesa de jantar e discutimos o que deveríamos fazer. Conversamos sigilosamente, tal como exigem as conspirações. Christophe, que aproveitava a oportunidade para corrigir os testes, sugeriu uma opção conservadora: era preciso vigiar a entrada do bar uma hora antes. Assim, esclareceríamos antes de tudo se Gabriel participaria da partida ou não. Chris se ofereceu para entrar no bar — ninguém o conhecia — e observar os movimentos de dentro da boca do lobo. Cristòfol anotava todas as sugestões, como se lavrasse a ata da reunião, e nos lembrava de que devíamos ter cuidado. Sabíamos pelo garçom que aqueles indivíduos poderiam ser perigosos. Christof desenhava um mapa da área onde ficava o bar, para quando tivesse de estabelecer nossos pontos de vigilância, e ao mesmo tempo permanecia atento aos ruídos de fora. Se ouvíamos algum ruído nas escadas, por insignificante que fosse, ele ia correndo na ponta dos pés até a porta e dava uma olhada pelo olho mágico.

Estávamos em pleno complô quando fomos alertados por um rangido de madeira velha que em seguida se transformou em uma espécie de sussurro, como se um animal arranhasse uma porta. Vinha do quarto. Nós quatro ficamos paralisados. Chris se levantou devagar, segurou o copo de uísque e o tomou de um gole. Nós o imitamos. Com muito cuidado, aproximamo-nos do quarto, enfiando a cabeça na porta, mas não havia ninguém à vista. Entramos no quarto. Com uma mímica aprendida nas séries policiais da TV, Christof apontou para a janela entreaberta e todos nós concordamos. Talvez os ruídos viessem de fora. Fosse quem fosse, o pegaríamos em flagrante. Ficamos quietos inspecionando a persiana levantada, as cortinas que se mexiam com o ar. Descartamos que tivesse vindo da janela. As vibrações surgiam das próprias paredes, ou de debaixo do piso, como um gêiser a ponto de despertar. Justamente quando detectamos que vinham de dentro do armário, elas pararam.

A nova quietude era tão premonitória, tão carregada de tensão, que nos petrificou. E, então, enquanto estávamos ali, desfalecidos como estátuas, à espera de que se passassem os anos e os séculos, aconteceu um fato extraordinário. De repente a porta do armário se abriu e, como se voltasse das profundezas do inferno, de seu interior saiu a senhora Giuditta.

Uma vez, em Paris, uma menina tinha entrado em um armário de Gabriel. Agora, em Barcelona, outra mulher saía dele.

Sua atitude era tão confiante, e estávamos tão imóveis, que em um primeiro momento nem sequer nos viu. Estava vestida com roupa de ficar em casa e sua expressão concentrada denotava que estava com a cabeça em outro lugar, poderia se dizer que vinha estender a roupa ou pedir uma pitada de sal à vizinha. Era evidente que entrava e saía daquele armário com certa frequência. Caminhava recuando e as contorções feitas para emergir daquele cubículo demonstraram que ainda conservava um corpo adequado para o circo. Uma vez fora — nós a seguíamos impávidos e em silêncio —, reergueu-se para recompor novamente a figura, fechou a porta do armário e arrumou o cabelo. Na parte de fora, precisamente, o armário tinha um espelho de corpo inteiro. Quando Giuditta se olhou nele, nos descobriu no reflexo. Um grito agudíssimo brotou de sua garganta, como se tivesse descoberto quatro zumbis a ponto de atacá-la. Nós nos assustamos com o grito e também gritamos, cada um com as peculiaridades guturais de seu idioma, de maneira que todos juntos criamos um instante mágico de medo universal. A reverberação de espantos deu lugar ao reconhecimento. Nós quatro. Ela.

— *Madonna! Che shock!*[46] — exclamou ainda a plenos pulmões, na mais pura tradição das sopranos italianas, enquanto levava a mão ao peito e ofegava intensamente. Ninguém nunca teria dito que daquele corpinho pudesse sair tanta potência. — O que fazem aqui?

— Isso é o mesmo que nos perguntamos — respondemos. — O que faz você aqui, na casa de nosso pai? Por que acaba de sair do armário? — Chris foi buscar um copo com um dedo de uísque, que ela engoliu como se fosse um remédio.

— Não ouvi vocês entrarem... — foi sua resposta. — Mas que sorte que estejam aqui! Na verdade, queria mexer nos papéis de vocês para tentar encontrar um número de telefone, algum endereço onde localizá-los... — Falava compulsivamente e fez uma pausa para recuperar o fôlego.

---

46. Nossa Senhora! Que choque! (N.E.)

— O pai de vocês vai me matar... Ele não queria que lhes dissesse nada, mas faz alguns dias que ele está sequestrado e...

— Sequestrado? — a interrompemos todos ao mesmo tempo. A palavra cortou de um só golpe nossas alegrias aventureiras.

— Queria convencê-los de que aparecessem por lá. Hoje à noite, sem que ele soubesse. Eles o sequestraram para fazê-lo jogar e vocês têm de salvá-lo esta noite... São filhos dele!

Nós lhe oferecemos outro uísque para que se tranquilizasse. Claro que ajudaríamos nosso pai, mas primeiro ela tinha de nos contar tudo, sem omitir detalhes. Então, pediu que a seguíssemos. E nós quatro, um atrás do outro, como quem se presta a um ritual de iniciação, cruzamos a passagem secreta do armário. Christof, que é o mais robusto (não quer que digamos gordo), esteve à beira de ficar encalhado. Uma vez em casa, nos sentamos no sofá de três lugares que já conhecíamos e ouvimos de seus lábios o capítulo mais recente — e o mais ignorado — da vida de Gabriel.

— Por onde começo? — perguntou-nos Giuditta.

A primeira informação prodigiosa, que deixou a todos boquiabertos, é que Gabriel nunca havia deixado aquele edifício da Rua Nàpols. Pelo contrário, tinha se entrincheirado lá durante todo este tempo com a colaboração dela. Lutamos contra um sentimento de frustração. Como estávamos longe quando o imaginávamos dando voltas por este mundo de Deus. E como estávamos perto quando realizamos nossas reuniões no apartamento!

Tal como tínhamos suspeitado uma vez, aquela partida infeliz com Feijoo e Miguélez, havia mais de um ano, tinha acabado provocando a reclusão de nosso pai. Gabriel tinha se recusado a devolver o dinheiro que tinham lhe dado de empréstimo porque acreditava que lhe pertencia. Se tivesse jogado sem pressão, dizia-se, em plena posse das suas faculdades, certamente teria ganhado. Além disso, por algum tipo de orgulho, sentia a necessidade de escaldar aquele bando de desalmados...

— Naquela época — revelou-nos Giuditta —, já havia uns dois anos que o pai de vocês tinha transformado as partidas de cartas (e as trapaças, quando necessário) em seu único ofício. Com o tempo, tinha melhorado muito a técnica e jogava para ganhar a vida. Quando lhe perguntava se pelo menos se divertia, respondia-me que não muito, apenas de tempos em tempos, quando detectava que outro jogador tentava trapacear e não conseguia. O problema é que conhecia três ou quatro lugares de jogos importantes na cidade. As partidas sempre aconteciam às sextas-feiras e aos sábados nos bares simples e populares, pouco vistosos, locais em que se proliferam os fanfarrões de dinheiro fácil e as bebedeiras ainda mais fáceis. Gabriel alternava aquela série de lugares de jogos para que não notassem que ele vivia disso: nunca ia duas semanas seguidas no mesmo...

Depois daquela última noite no bar Carambola, assim como havia intuído o garçom, Miguélez tinha verificado seu endereço na delegacia de polícia. Na noite de terça-feira, tinha aparecido no apartamento com Feijoo. Os dois homens, cheios de conhaque e raiva, espancaram a porta de Gabriel, ameaçando-o de morte se ele não devolvesse o dinheiro. Caso não se lembre, eles tinham uma arma. Apesar do escândalo, Gabriel não deu nenhum sinal de vida e depois de um hora eles foram embora...

— Mas voltaram no dia seguinte. E no outro. E no outro — explicou Giuditta. — "Sabemos que você está aí dentro, filho da puta, e não vamos parar até você sair!", gritavam em turnos. Não tinham uma hora fixa. Um dia apareciam na parte da manhã e no dia seguinte chegavam ao anoitecer. Às vezes, quando eu chegava em casa do trabalho, ou saía para fazer compras, via um desconhecido plantado na rua duas portas adiante, espionando a entrada com um estilo bem desleixado. Dava para perceber suas intenções. Uma sexta-feira, acho que era sexta, apareceram de novo e Miguélez adicionou uma novidade ao discurso: "É melhor você sair, Delacruz", disse. Sua voz, agora mais impassível e segura, dava calafrios. Gabriel dizia que ele deixava sair o policial franquista que tinha dentro de si. "Agora já não é pelo dinheiro, bastardo. Isso se transformou em uma questão de honra, uma questão pessoal, e por minha santa mãezinha não vamos parar até esfolarmos você vivo. Tenho bons amigos na polícia, sabe? E se precisar, conseguirei um mandado de busca e derrubaremos porta abaixo." Alongava as palavras (saiiiir, dinheeeeiro, bastaaaaardo, hooonra, amiiigos) e, não sei, naquelas vogais esticadas se sentia uma paranoia. Era a voz de alguém que estava acostumado a lidar com ameaças e torturas...

Quando o cerco de Miguélez e Feijoo se intensificou com tiques de polícia franquista, já havia uma semana que Gabriel não saía de casa. Anos atrás, pouco depois de Giuditta se mudar para morar no apartamento ao lado, nosso pai e ela tinham começado uma peculiar relação amorosa, por assim dizer. Eis a segunda revelação inesperada. Nós, cristóvãos, tínhamos uma nova madrasta, para chamá-la de alguma forma (a esta altura, já não tínhamos nenhuma). A quinta mãe, a italiana, embora já não tivesse idade para dar à luz a um novo cristóvão. Desde o início, Giuditta e papai tinham concordado que cada um viveria em sua casa e que manteriam certa independência em sua vida. Estariam juntos quando precisassem um do outro... A mesma história de sempre, que todos tínhamos ouvido de nossas mães.

— Havia semanas em que só nos víamos aos domingo, mas isso não era um problema — disse Giuditta. — A festa do reencontro compensava tudo. Além disso, os vizinhos não suspeitavam de nada e aquele lugar furtivo nos estimulava. Gabriel, vocês já devem saber, vivia como se fosse um refugiado, um fugitivo, apenas com algumas coisas imprescindíveis, como se estivesse sempre a espera de um sinal para fugir para o exterior, "pernas, para que te quero". Eu conhecia essa efemeridade quando saía em turnê com o circo. Um dia, por exemplo, me chamou na porta e apareceu com uma bolsa de viagem e um sorriso de orelha a orelha. "Está indo?", perguntei-lhe, apontando para a bolsa. "Não", respondeu-me meio surpreso, "venho para ficar alguns dias com você. Bem, se você quiser...". À noite, antes de se meter na cama, percebeu que tinha esquecido a escova de dentes em casa. "Por que não vai buscá-la?", perguntei-lhe, mas se fez de louco. "Longe demais", respondeu-me. Eu pensava que ele dizia em tom de brincadeira, mas em seus olhos intuí uma distância mental intransponível...

Sim, o carinho com que Giuditta falava de Gabriel nos levava a pensar em nossas mães: compartilhavam a mesma sabedoria na hora de absorver a resignação a respeito dele. No entanto, confessou-nos, aquela sociedade amorosa convinha acima de tudo ao nosso pai. No início, ela havia insinuado alguma vez que talvez um dia vivessem juntos — "ainda mais juntos", havia lhe dito —, mas ele respondeu que não era feito para a vida conjugal. Então, como quem mostra as cicatrizes de uma velha ferida para insultar a guerra, havia lhe explicado que tinha quatro filhos divididos pela Europa, com quatro mulheres diferentes. Uma vez digerida a notícia — e certificada mais tarde com as fotografias —, ela tinha entendido melhor quais eram os limites sociais daquele homem...

— Por ironia do destino — continuou Giuditta —, a perseguição de Feijoo e Miguélez fez que surgisse a nossa vida de casal. Na segunda-feira, na primeira hora de manhã, três dias depois de sua última visita, Miguélez reapareceu acompanhado por um policial. Felizmente, naquela noite tínhamos dormido juntos e Gabriel estava aqui, em minha casa. De repente, ouvimos um ruído de passos que subiam pelas escadas. Em seguida, a polícia bateu na porta ao lado e exigiu que a abrissem em nome da lei. Tinham um mandado! A obstrução da lei era penalizada com não sei o quê! Pela primeira vez, nos assustamos de verdade. Como a situação se agravava, Gabriel tomou uma decisão. Ele me deu a chave de sua casa e me pediu que fosse ao corredor. Enquanto isso, ia se esconder no armário. Eu abri a porta, chamei o policial e lhe expliquei que o senhor Delacruz não ia voltar por um tempo. Uma temporada muito longa, ele tinha dito exatamente. Tinha me deixado a chave para qualquer emergência. Miguélez (agora eu contemplava o rosto da besta em toda sua imundice) me interrompeu para perguntar aonde ele tinha ido. Eu me fiz de inocente e lhes respondi que não sabia. "Ele só tinha dito que ia para o exterior, para longe. Que crime aquele homem tinha cometido?", perguntei. "Ele parecia tão reservado..." O policial saiu pela tangente. "Às vezes", disse-me, "há apartamentos como este, que parecem vazios, mas que são sublocados e se transformam em locais de prostituição ou de jogo — Giuditta sorriu —, ou em abrigos onde os imigrantes ilegais se amontoam". Então me pediram a chave. Nós três entramos no apartamento de Gabriel (não queria deixá-los sozinhos lá dentro) e o policial inspecionou, mas muito por alto. Olhou o banheiro, atrás da cortina do chuveiro, abriu os gabinetes e por aí foi. Seus movimentos eram bruscos, de alguém que não tem rodeios. Miguélez segurava a vontade de intervir. Teria querido abrir as gavetas e vasculhar as prateleiras. Era evidente que o policial estava receoso. Fazia um favor ao amigo, talvez lhe devesse, mas não queria se meter em confusão. Sobre a mesa de jantar havia um baralho de cartas. Às vezes Gabriel se distraía jogando solitário. Miguélez o pegou e começou a examinar as cartas uma por uma, procurando nelas algum indício de trapaça. "Isso fica confiscado", disse o policial, e levaram o baralho. Aquele gesto de autoridade os deixou satisfeito e depois foram embora. "Ah, se o senhor Delacruz aparecer por aqui", advertiu-me o policial, "diga-lhe que o estamos procurando". "E que mais cedo ou mais tarde o encontraremos", insistiu Miguélez...

Não deviam estar confiantes, porque Feijoo e o próprio Miguélez repetiram as visitas por alguns dias seguidos. Sem a presença do policial, sua atitude era menos contemplativa, mais violenta e furiosa. Parecia que se divertiam com aquilo. Também começaram a tocar na casa de Giuditta para exigir a chave, mas ela nem sequer lhes abria. Do outro lado da porta se livrava deles pedindo que trouxessem outro mandado de busca. Então, por simples precaução, Gabriel permaneceu na casa de Giuditta dia e noite. Se sentia falta de alguma coisa, esperavam até tarde da noite, já de madrugada, e ela deslizava discretamente para o apartamento de Gabriel, a fim de buscá-la. Essa lua de mel — a expressão é de Giuditta — durou cerca de três meses...

— Na verdade, acho que Gabriel nunca chegou a pensar que minha casa também fosse dele. Ele gostava de dizer que estava passando uma temporada na Itália. Era sua questão pendente. Quando trabalhava como caminhoneiro, tinha percorrido metade da Europa, mas nunca havia estado no meu país. Então me pedia que lhe ensinasse palavras em italiano e as misturava com outras línguas que ele já sabia. O resultado fazia que a conversa fosse delirante. Quando estávamos juntos em casa, falávamos sobre nossas viagens para escapar do isolamento. Ele lembrava as aventuras vividas com o caminhão e eu revivia a interminável andança que significa trabalhar em um circo. Brincávamos com a ideia, não totalmente absurda, de que anos atrás o caminhão de mudanças tinha parado em algum povoado em que estávamos acampados — Giuditta se esforçou para não se perder naqueles doces dias e para retornar ao presente. — Esse estado de ausência, de gravidade de Gabriel, que eu comparava com as horas passadas no alto do trapézio, sem colocar os pés no chão, acabou se esgotando...

Durante aquele período, aconteceu outro fato crucial para esta história: o naufrágio do apartamento de Gabriel, se nos permite exagerar, a decadência física do apartamento. Uma manhã apareceu um operário da companhia elétrica para fazer alguns reparos no edifício. Usava um uniforme de trabalho e uma caixa de ferramentas. Giuditta lhe abriu a porta e ele mostrou a identificação da empresa. Depois manuseou o medidor elétrico por um tempo. Gabriel tinha se escondido no quarto e ela vigiava o funcionário, que conectava cabos e lhe dava uma infinidade de explicações incompreensíveis sobre o reparo. Quando terminou, o eletricista lhe perguntou se ela conhecia o vizinho. Tinha tocado na porta e ele não respondia. Com toda a franqueza, ela se ofereceu para abrir o apartamento. O funcionário não se surpreendeu, pelo contrário, pareceu grato pela coincidência. Entrou apenas para arrumar também alguns cabos do medidor, sempre sob a vigilância de Giuditta. Quando terminou, ele agradeceu e desapareceu sem subir para os outros andares. Este fato lhes surpreendeu, mas em nenhum momento suspeitaram do indivíduo. Naquela mesma noite, no entanto, Giuditta foi ao apartamento de Gabriel para procurar algo e descobriu que não havia nenhuma eletricidade em toda a casa. À luz de uma vela, inspecionou o contador e parecia que estava bloqueado. No dia seguinte, ligaria para companhia para se queixar. Não deu tempo: na primeira hora da manhã a campainha os despertou. Giuditta se levantou e, antes de tudo, foi bem cautelosa ao se aproximar do olho mágico. Era Miguélez. Tinha voltado. Sem gritar, com uma voz sinuosa como uma serpente, disse estas palavras: "Já sei que você não vai abrir, mas não importa. Se o seu vizinho estiver em casa, pergunte a ele como vai se virar sem luz. Nós o temos cercado e o vigiamos 24h por dia".

Gabriel tomou aquele revés como uma derrota pessoal, uma batalha perdida em uma guerra. Tinham subestimado Feijoo e Miguélez, eram mais espertos do que ele pensava, e estava claro que não iriam levantar o cerco. Aquela gente não se dava por vencida. Além disso, denunciá-los à polícia não serviria de nada. Talvez pareça uma decisão covarde, mas naquele momento sua única saída era fazer-lhes acreditar que tinha ido embora de verdade. Havia chegado a hora de tomar medidas desesperadas. O primeiro passo seria deixar de pagar o aluguel do apartamento, bem como as contas de água e de luz. Tinha ganhado bastante dinheiro com as cartas e podia se dar o luxo de não participar das partidas durante um bom tempo. Além disso, dizia, já conhecia a vida de recluso de outra época e isso não lhe incomodava particularmente. Giuditta perdeu os estribos diante daquela demonstração de estoicismo e lhe perguntou quanto dinheiro lhes devia. Ela lhe poderia dar e tudo se acabaria. Gabriel se negou rigorosamente. "Eles nunca têm o suficiente. Além disso, tenho certeza de que este ódio não é pelo dinheiro que devo", admitiu, "mas pelo dinheiro que lhes tirei durante todo esse tempo". Em seguida, pegou um papel e uma caneta e fez algumas somas e multiplicações. O valor era considerável. "Pode-se dizer que eles sozinhos me sustentaram durante um ano e meio." Giuditta assobiou de admiração. "A questão é que agora, de repente, por algum motivo, intuem que ganhei trapaceando...", refletiu Gabriel. Enquanto formulava essa hipótese, teve um pressentimento. Foi apanhar a jaqueta que tinha usado na noite da última partida, sentou-se no sofá e procurou nas mangas. Tirou duas cartas, uma de cada manga, e as examinou cuidadosamente. Tinha um curinga e não demorou a localizar o pontinho do terceiro olho que Feijoo tinha desenhado. "Estou fudido", disse então, jogando a carta em um gesto de desespero...

— Naquela noite Gabriel começou a tomar as medidas da parede do quarto — continuou Giuditta. — Quando lhe perguntei por que estava fazendo aquilo, ele se limitou a me pedir que fosse à loja de ferragens e comprasse um cinzel e um martelo. Disse-me resignado e paciente, com a convicção de quem tem um plano a cumprir. "Se tiver de ficar uma temporada aqui dentro", argumentou, "pelo menos que possamos cruzar a fronteira entre a Espanha e a Itália sempre que nos der vontade". Na manhã do dia seguinte, procurou uma estação de música no rádio e colocou a todo volume para abafar os golpes do martelo. Depois esvaziou o armário, traçou uma janela em seu interior com um lápis e começou a cortar a parede. Encolhido lá dentro, com o rosto empoeirado e rodeado por escombros, parecia com Steve McQueen em *Fugindo do inferno*. Três horas mais tarde já tinha aberto um buraco de oitenta centímetros de altura e de uma largura semelhante, grande o suficiente para passar para o outro lado, ou seja, para o armário de seu quarto. À tarde o tornou mais transitável. Poliu as arestas com os tijolos e o disfarçou com umas tábuas de madeira e algumas caixas de sapato vazias. Naquela noite atravessamos a fronteira engatinhando e, pela primeira desde que nos conhecemos, insistiu que dormíssemos em sua casa. Talvez uma bobagem, mas me fez muito feliz...

Nós, cristóvãos, ouvíamos Giuditta sem deixar de nos espantar. Tudo aquilo que ela revivia para nós ultrapassava o que tínhamos imaginado. Estávamos acostumados às filigranas existenciais de nosso pai, tínhamos crescido com elas, mas essa última série tinha nos surpreendido. A proximidade física e temporal dos eventos também contribuiu para aquela sensação. Estávamos sentados no sofá de Giuditta, tínhamos cruzado a passagem que Gabriel tinha construído. Até mesmo o apartamento, que tinha se transformado em um pretenso clube dos cristóvãos, assumia de repente um ar lendário, como se durante um tempo tivessem convivido nele duas dimensões paralelas, a dele e a nossa. Agora, através daquele armário, nós, cristóvãos, tínhamos acessado outra dimensão.

A tarde passava e lá fora anoitecia, mas ainda nos restava três horas até que começasse o início da partida de cartas. Estávamos fascinados e queríamos saber mais. Giuditta avançou na narração e de repente tivemos uma espécie de pudor inocente: nós, cristóvãos, entrávamos em cena. A trama se complicava.

— Embora a princípio tenha me parecido que dois lares faziam um, e que isso nos uniria mais, confesso que no fim acabei odiando a passagem secreta. Aos poucos, Gabriel repreendeu seus velhos hábitos, embora em vez de sair pelo patamar e entrar pela porta ele usasse a passagem. Dormíamos juntos em casa e, quando eu saía para trabalhar ou para jantar com alguma amiga (felizmente, não tinha abandonado por completo minha vida social), ele ia para a casa dele. Quando me ouvia chegar, ele voltava. Para mim, as horas mortas teriam significado uma espera insuportável, mas temo que ele não visse isso como algo temporário, mas como um estado definitivo. Eu trazia o jornal e ele lia, sim, embora não lhes saberia dizer como exatamente ele se distraía. Nunca assistia à televisão porque dizia que anos atrás ele tinha se enchido dela. Sei que pelas manhãs, isso sim, fazia exercícios de ginástica para se manter em forma... Seja como for, depois de umas duas semanas, sua estratégia começou a dar resultados. Miguélez e Feijoo deixaram de incomodar. De um dia para o outro se esqueceram de nós. Era difícil acreditar. Por isso, no início, cada vez que eu saía para a rua, costumava verificar se alguém estava me seguindo ou me espionando. O resultado era sempre negativo. Nós relaxamos. Enquanto isso, as empresas de água e gás também haviam lhe cortado o fornecimento de serviço, de maneira que o apartamento de Gabriel foi gradualmente se transformado no *bunker* que vocês herdaram. Era o mundo ao contrário porque, na realidade, o buraco escavado no armário levava a uma prisão. Apesar de tudo, o estado de abandono do apartamento não preocupava Gabriel em nada. Eu não podia acreditar, mas ele garantia que tinha vivido em lugares piores. Um domingo de primavera, em que fazia um sol resplandecente, lhe propus que saíssemos de novo. Tinha se passado quase um ano, calculei, desde aquela maldita partida de cartas. Agora já não tínhamos de nos preocupar e lhe faria bem passear por aquele parque da Ciutadella. Encheria os pulmões de ar fresco. Ele se recusou, dizendo que era cedo demais, que esperaríamos mais algumas semanas, e então percebi o que estava acontecendo: o pai de vocês tinha se transformado em um paciente que não queria se curar. Para ele, vir para casa, passar por esse buraco secreto, já era como sair para o mundo exterior. Ele ia para a Itália e eu lhe cozinhava um prato de massa, era isso. A situação, como vocês podem imaginar, era incômoda, tediosa e, além disso, estava minando nossa amizade. Nunca até então tínhamos discutido, e de repente brigávamos por qualquer bobagem. Se nos aborrecíamos, ele fazia cara feia e voltava para a casa dele. Uma noite, depois de brigarmos, eu estava deitada na minha cama sem conseguir dormir e ele na cama dele. A porta do armário estava entreaberta, essa espécie de túnel que nos comunicava. Se aguçasse os sentidos, podia ouvir como ele também se revirava entre os lençóis, cansado pela insônia, e teria gostado de ajudá-lo, que reconfortássemos um ao outro. Foi então quando decidi agir...

A audácia de Giuditta deu um fim àquele ambiente enfurnado, mas como contrapartida trouxe novas incertezas a ambos. Quando o assédio de Feijoo e Miguélez era mais insidioso, ela havia sugerido que Gabriel tentasse entrar em contato conosco. Éramos seus filhos, não?, e com certeza o ajudaríamos. Ele tinha se recusado com veemência. Não nos via há anos, tinha dito, muitos anos, nem sequer saberia onde nos encontrar (o que era mentira). Além disso, explicou, nós não nos conhecíamos uns aos outros. Seria um choque (e foi) e um trauma (não foi). Em um momento de fraqueza, havia me confessado que no fundo os cristóvãos representavam a grande frustração de sua vida, uma prova de sua incapacidade de levar uma existência organizada. “Talvez eles não sejam como você...”, disse Giuditta, o que o provocou, algo que nos incomodou e fez os quatro corar. Em todo caso, no dia depois daquela noite de insônia conjunta, Giuditta traiu nosso pai. Por um bom motivo. Em que consistia a traição? Depois de ter comentado com outros vizinhos e com o proprietário do apartamento, foi a uma delegacia de polícia e denunciou o desaparecimento de Gabriel. Havia seis meses, disse-lhes, que o vizinho não dava sinais de vida. Em um excesso de fantasia, até inventou que a escada fedia a defunto — o que acabou sugestionando os vizinhos. Sua estratégia, tal como se demonstrou, era bem adequada: teriam de dar início a uma investigação legal, que é o que fazem nesses casos.

A partir desse momento, nós, cristóvãos, já conhecíamos uma grande parte dos fatos que tinham levado ao nosso encontro. Mesmo assim, Giuditta os expôs de outro ponto de vista, o dela. Pouco tempo depois da denúncia, apareceu no apartamento um policial acompanhado do proprietário e se certificou cada vez mais — agora de forma oficial — de que Gabriel tinha desaparecido. Teria de iniciar os procedimentos correspondentes. Foi pela manhã, cedo. Naquela noite nosso pai tinha dormido na Itália, por assim dizer. De madrugada, antes que ele acordasse, Giuditta havia atravessado a fronteira clandestinamente para deixar sobre a mesa de cabeceira do outro quarto um pedaço de papel. Tinha anotado nele nossos quatro nomes. Nas mãos da polícia, a lista se transformou em uma prova, e a busca foi empreendida tal como ela havia previsto: primeiro localizaram Cristòfol. Por menos curioso que o menino fosse, dizia-se, averiguaria quem eram aqueles outros nomes ou tentaria encontrar seu pai...

— Pensei tantas vezes na primeira vez que você que veio, Cristòfol — continuou Giuditta. — Foi um milagre você não ter dado de cara com Gabriel! Um segundo antes de você abrir a porta do armário, ele escapuliu para minha casa e se certificou de que a passagem estivesse bem disfarçada. O que teria acontecido se, além dos cartões escondidos nas mangas, você tivesse localizado o esconderijo? Eu me perguntei muitas vezes... Provavelmente teria saído correndo apavorado e agora não estaríamos aqui. Tanto faz, melhor não pensar nisso. A questão é que, enquanto você passeava pelo apartamento e se familiarizava com a ausência de seu pai, ele, do outro lado da parede, se alterava como eu nunca o havia visto se alterar. Ele mereceu, por teimoso. Quantas horas você ficou? Seis, sete? Gabriel seguiu seus passos com o ouvido colado na parede. "Quem será?", ele me perguntava a cada cinco minutos. "Você acha que Miguélez e Feijoo voltaram? Que o policial tenha lhes dado uma chave..." Poupei mais sofrimento: "Está bem", menti, "não queria lhe contar para que não se preocupasse, mas os moradores do andar e o proprietário do apartamento denunciaram seu desaparecimento. Normalmente, quando alguém desaparece, a polícia procura o parente mais próximo. Será sua esposa em Barcelona, Gabriel, ou melhor, seu filho...". Anunciei minha hipótese com todo o cuidado do mundo, porque temia um escândalo de sua parte, mas ele reagiu muito bem. De repente, a ideia de reencontrar você não lhe desagradava. Vi isso como uma primeira vitória. "Quantos anos Cristòfol terá agora?", perguntava-se, e se perdia fazendo cálculos...

A partir daqui, a história dos cristóvãos transcorre paralela aos desejos de nosso pai. Sentia uma enorme estima em nos reencontrar, mas Giuditta nos explicou que, ao mesmo tempo, seguia nossos movimentos com grande expectativa. No dia em que nós quatro visitamos o apartamento pela primeira vez, Gabriel não cabia em si de felicidade. Gostamos de dizer isso assim: de repente, seu passado disseminado e perdido se unia inesperadamente e adquiria um novo sentido. Durante a semana, quando não havia nenhum perigo de que aparecêssemos, Gabriel se metia no apartamento e revistava nossos achados. Depois arrumava seus pertences para nos facilitar o trabalho e repassava as anotações que tomávamos em nossa pesquisa. Lia as cartas de Carolina, escutava a entrevista com Petroli, contemplava durante horas, com uma fixação documental, todas as imagens que levávamos. Embora teria sentido muita vergonha de nos reencontrar, de alguma forma gostava de nos sentir por perto — tão perto que um sábado em que ele tinha ficado dormindo, fazendo a sesta, entramos no apartamento e estivemos a um triz de pegá-lo. Havia dias, segundo Giuditta, em que parecia que ele desejava isso. Era como se, com a decisão de pagar o aluguel do apartamento, recuperar a luz, a água e o gás, lhe déssemos oxigênio. A vida inteira havia sido um desprendido e agora, finalmente, aos 60 anos de idade, pela primeira vez sentia algum tipo de vínculo terrestre...

— Eu o notava bem maduro, muito disposto — lembrou Giuditta. — Quero dizer, com relação a vocês. Estava convencida de que não demoraria em se fazer encontrar. Um sinal importante, por exemplo, era o fato de ter abandonado a reclusão e voltado a sair na rua de vez em quando. Colocava uns óculos escuros e um chapéu que eu havia lhe comprado e passeava pelo parque da Ciutadella nas horas em que havia menos gente. Talvez não fosse grande coisa, mas para mim representava uma mudança importante. Essa predisposição de reencontrá-los aumentava a cada dia graças aos documentos que inconscientemente vocês lhe deixavam em casa... Então, há três semanas, as investigações se depararam com um obstáculo e tudo mudou outra vez... — quando chegou neste ponto, Giuditta se emocionou. Nós lhe servimos a última dose de uísque que restava na garrafa. Ela se recompôs e continuou. — Por azar, no dia em que você, Cristòfol, entrou no bar Carambola perguntando por Gabriel, a besta se despertou de novo. É como se Feijoo tivesse tido um ataque de ciúmes porque outro caçador buscava sua presa. Além disso, se um desconhecido o perseguia por aqueles cantos, queria dizer que não estava tão longe. Desta vez Miguélez e Feijoo foram mais pacientes, mais sutis. Em vez de aparecerem aqui direto e esmurrar a porta exigindo seu dinheiro e enchendo-nos de ameaças, achamos que eles estudaram nossos movimentos por alguns dias. Imagino a cara de espanto deles quando descobriram que Gabriel saía na rua como se nada tivesse acontecido. Nós tínhamos relaxado, já lhes disse antes. Então, na segunda-feira passada tudo aconteceu. Gabriel saiu para passear de manhã e já não veio almoçar. No início, considerei um bom sinal e imaginei uma infinidade de possíveis causas: talvez tivesse se sentido confiante e ido mais longe, talvez tivesse comido em um restaurante, talvez tivesse ido visitar seus antigos companheiros da La Ibérica. No meio da tarde, comecei a me preocupar, porque aquilo não era normal. As horas se passavam e ele não chegava. Minha cabeça se encheu de maus presságios. Agora que ele tinha recuperado a liberdade, teria ido embora sem dizer nada, como quem sai para comprar cigarro e não volta nunca mais? Lembrava-me do que ele tinha feito às mães de vocês e o medo me encolhia o estômago. Para me acalmar, dizia-me que agora estávamos bem de novo, eu e ele, que não havia nenhum motivo. Então os temores se desviavam para um território ainda mais funesto, porque era incontrolável. E se Feijoo e Miguélez tivessem voltado? À meia-noite, graças a Deus, ouvi a porta da casa dele e respirei aliviada. Uma pilha de nervos, apressei-me em atravessar a passagem secreta. Do outro lado, como se aquele armário fosse a máquina do tempo, encontrei um Gabriel dez anos mais velho, abatido, trêmulo...

Havia sido sequestrado, o papai lhe explicou. Por Feijoo e Miguélez, claro, os suspeitos de sempre. Naquela mesma noite o obrigaram a jogar uma partida de cartas no bar Carambola. Era um teste, um treinamento para que fosse se aquecendo. Não lhe exigiam dinheiro, o que queriam é que jogasse para eles. Ou melhor: que ganhasse para eles. De agora em diante seria seu empregado. Ou, se preferisse, diziam rindo enquanto apontavam a arma, seu escravo. Eles o fariam jogar pelo menos vinte partidas de cartas e ele ganharia todas, é claro. Só assim pagaria suas dívidas. Iriam se divertir, ele ia ver. Eles procurariam as vítimas, peixes grandes dispostos a deixar uma fortuna em uma noite longa. Ah, e que não tentasse escapar nem chamar a polícia. Eles o vigiariam em turnos, se necessário, agora já não poderia desaparecer. E o mesmo valeria para a vizinha italiana. Nem uma palavra. Ele tinha de levar com calma, era bem simples e lucrativo para todos. Dois meses ganhando dinheiro e depois tudo estaria acabado...

— Gabriel — continuou Giuditta — me contava as condições jogado na cama, na penumbra de seu quarto. Eu tinha uma lanterna e, cada vez que o enfocava, via um homem resignado, temeroso, apático. Era uma cena absurda e deixava claro o grau de demência a que tínhamos chegado. "Faz muito tempo que eu não jogo", disse-me, "e eu não sei se os dedos vão me responder. Essa coisa de trapaça no pôquer é como com os pianistas. Você tem de exercitar os dedos, sempre tem de exercitar os dedos. Além disso, já não sou tão rápido quanto antes, não tenho a mente tão atenta..." Tentei animá-lo dizendo que havia outras soluções. Mencionei por alto o nome de vocês, mas ele não deu nenhuma atenção. Estava obcecado demais com as partidas que teria de jogar. No dia seguinte, terça-feira, exercitou a manhã inteira com as cartas. Sentou-se a esta mesma mesa, usando a jaqueta, fumando um cigarro atrás do outro. Tirava e guardava as cartas da manga com uma velocidade que o olho humano não capta facilmente. De vez em quando, algum movimento lhe saía menos controlado e uma carta saltava pelos ares. Era um efeito cômico, mas para ele não tinha nem um pouco de graça. Às oito da noite vieram buscá-lo de novo. À noite, foi realizada a primeira partida de verdade. Eles o chamaram à porta muito educadamente e ele os seguiu como um cordeiro a caminho do sacrifício. A situação se repetiu na quinta-feira e ontem, sexta-feira, na mesma hora. A cada noite o vi retornar mais abatido e desfigurado, é visível que a tensão o consome e o exaspera. "É muito diferente ganhar para si mesmo do que ter de fazê-lo para os outros", disse. Durante o dia, vegeta pela casa, em um compasso de espera que faz que pareça um condenado à morte. Se continuar assim, o pai de vocês não vai durar muito. Por isso hoje, quando o vi sair tão abrumado, tinha decidido pedir-lhes ajuda. Precisava apenas de um telefone ou de um endereço para localizá-los, mas a providência tornou tudo mais fácil para mim, e de repente vocês quatro se materializaram. É como um milagre forjado pelo armário — parou para olhar o relógio. — Acho que está ficando tarde...

Já era tarde, sim. Todos estávamos tão cativados pela história que as horas tinham passado voando.

— É verdade que a partida é às onze? — perguntou Christophe. Giuditta concordou. Nós quatro refletíamos sobre o que fazer para salvar papai. — Resta-nos apenas uma hora para preparar tudo.

— Faz muito tempo que levaram Gabriel? — perguntou Chris.

— Depois de comer. Deviam ser umas quatro horas... Vai saber onde o terão escondido até a hora da partida.

— Giuditta, você tem carro? — consultou Christof. — Poderia nos emprestar?

— Um Opel Corsa. Para que vocês querem?

— Se queremos libertar Gabriel — Cristòfol se juntou decidido —, precisaremos de um veículo para fugir. Seria mais adequado um carro preto, de luxo, com os vidros fumê, mas suponho que um Corsa também servirá...

Tinha chegado a hora de agir.

O RESGATE

O bar Carambola está localizado na Rua Sicília, subindo à esquerda, entre a Gran Via e a Rua Diputació, em um canto um pouco sombrio. Os postes que iluminam aquele fragmento do mapa emitem uma luz alaranjada, e os plátanos, velhos e de uma folhagem exuberante, fazem mais sombra que claridade. Nos arredores, não há nenhum outro bar nem comércio e a Passagem Pagès, um beco fantasmagórico que desemboca ali, acaba por dar-lhe o toque maldito. Esse cenário favorecia nossas intenções. Tínhamos inventado um plano que à primeira vista parecia absurdo, mas no qual confiávamos cegamente. Talvez porque não tínhamos alternativa. Nós, cristóvãos, havíamos atenuado nossa solidão infantil lendo quadrinhos de super-heróis. A vida, os adultos sempre nos diziam, era outra coisa. Mas agora estávamos dispostos a provar-lhes o contrário. Curtíamos como crianças.

Depois das onze da noite, quando estacionamos o Opel Corsa em fila dupla, um pouco mais abaixo do bar, a rua era um poço de tranquilidade. Tínhamos conseguido que Giuditta ficasse em casa e, enquanto os demais cristóvãos esperávamos dentro do carro, Cristòfol saiu para inspecionar a situação. Tinham baixado a porta de aço do bar Carambola até a metade e se percebia uma luz tênue no fundo do local. Cinco minutos mais tarde, o garçom cúmplice se despediu de alguém, deixou o bar e se agachou para descer completamente a porta. Nesse exato momento, Cristòfol passou na frente dele, em passo acelerado e sem parar, e murmurou: "Não a feche totalmente, por favor". O rapaz se assustou, mas não demorou em distinguir aquela imagem, aquela voz, e disse que sim, tudo bem.

Cristòfol voltou para o carro e esperamos mais meia hora. Era importante que, quando fizéssemos nossa entrada triunfal, os jogadores estivessem bem concentrados na partida. Enquanto isso, controlávamos o nervosismo dividindo mais uma garrafa de uísque que Giuditta tinha nos dado antes de sairmos. Bebíamos e ríamos de como estávamos vestidos. Não estávamos disfarçados, nem com capas extravagantes, nem gorros passa-montanhas, mas tínhamos, sim, remexido as roupas velhas de Gabriel e de Giuditta e nos disfarçado para nos misturar. Formávamos um quarteto extravagante e confiávamos que aquela fachada seria uma arma a nosso favor. Christof, com um casaco de gola alta, vestido da cabeça aos pés de um negro existencial, lembrava um espião da guerra fria. Chris, o mais alto e magro, tinha vestido um terno muito distinto, de risca de giz (roubado por nosso pai havia mais de trinta anos, na viagem 123 para Londres) e o havia combinado com um lenço excêntrico que o transformava em um ladrão de colarinho branco, um David Niven. Christophe, o mais baixo, tinha optado pelo arabesco arlequinado de um uniforme de circo de Giuditta e cantava como uma taquara rachada, um psicopata alienado, o primo do Coringa do Batman. Cristòfol, por último, tinha escolhido uma camisa e uma calça que pretendiam ser uma homenagem: eram elegantes, mas antiquadas, fora de moda, e faziam parte daquele último saque do qual Bundó já não pôde participar, o de número 200. Elas lhe conferiam um aspecto esfarrapado, indomável, um ser em meia transformação entre Jeckyll e Hyde. Fedia tanto à naftalina que tivemos de abrir as janelas do carro. Christopher pegou a garrafa de uísque e tomou uma boa dose.

— Onde estão Porras, Leiva e Sayago neste exato momento? — disse depois. A pergunta, tão inesperada, estourou ali dentro como um balão de doces e nos deixou saudosos.

— Tenho certeza de que aqui, em Barcelona — Cristòfol acertou em dizer. — Assim como a senhora Natàlia Rifà, se é que ainda está viva. Sua pensão já não existe mais, mas talvez tivéssemos de procurá-la e visitá-la um dia desses.

— Sim, aconteça o que acontecer com papai, cristóvãos, temos de continuar concluindo nossa investigação — interveio Christophe. — As notas de rodapé. São necessárias. Não há nada mais triste do que esses museus de povoados abandonados...

— Petroli, Tembleque, o senhor Casellas (que já deve ter morrido), Carolina... Nossas mães, cristóvãos, nossas mães! Que estranho, penso em todos eles aqui e agora — sussurrou Christof, e tinha razão. Estávamos a cinco minutos de reencontrar nosso pai e, de repente, aquela galeria de personagens que tinha nos conduzido até ele, amparando-o na lembrança um por um, como quem faz uma corrente, surgia com uma presença fabulosa, mítica.

Brindamos por todos aqueles que haviam nos ajudado a chegar até aquele momento. E depois, unidos por uma pulsão sanguínea, embravecidos como nunca, descemos do carro.

A partida estava sendo jogada no fundo do bar, de forma que atrás da porta não se ouvia nem uma mosca. Nossa intenção era levantá-la lentamente — tantos centímetros quanto fossem necessários — e depois rastejarmos para dentro, arrastando-nos pela sombra. Quando nós quatro tivéssemos entrado, nos levantaríamos dando um grito (que não tínhamos ensaiado) e os pegaríamos de surpresa. Christophe era o responsável pelo cobertor, e Chris levava as cordas com ganchos. Christof dirigiria o carro. Cristòfol seria o porta-voz e o tradutor.

A primeira tentativa de mover a porta arruinou nossa estratégia, porque aqueles centímetros chiaram com um assobio curto e excruciante, daqueles que deixam o pelo arrepiado e incomodam até os dentes.

— Pior que um giz arranhando o quadro negro — sussurrou Christophe.

Nós nos olhamos, aguçamos o ouvido contendo o riso e esperamos vinte segundos. Nada, não tinham percebido. Surpreendê-los daquela forma seria impossível. A única alternativa, dissemo-nos por sinais, era entrar de repente, um ataque. Então Christof e Christopher seguraram a porta. Contaram até três — um... dois... três — e a levantaram de uma vez. Para cima!

O ruído ensurdecedor nos favoreceu. Invadimos o local e corremos em direção à mesa de jogo iluminada.

— *Sitzen bleiben!* — gritou Christof com toda a capacidade de sua caixa torácica. Os cinco jogadores o viram surgir da sombra como um anjo exterminador. As reminiscências nazistas eram inevitáveis, espantosas e muito úteis: situavam nossas vítimas em uma referência de terror.

— Todos quietos e sentados! — traduziu Cristòfol, tentando engrossar a voz. A situação era tão ficcional, tão pouco natural, que a frase lhe saiu em castelhano em vez de em Catalão, do mesmo jeito de quando era pequeno e brincava de índios e caubóis.

Tal como havíamos calculado, a operação em sua totalidade durou cinco minutos — entrar e sair —, mas agora que a revivemos todos juntos, detalhe por detalhe, nos parece muito mais lenta. Na confusão dos gritos, os jogadores ficaram paralisados. Tentavam nos distinguir na escuridão, mas a luz zenital lhes impedia a visão. A toalha verde estava cheia de notas. Nós quatro procuramos Gabriel, com o olhar, mas ele estava de costas e só podíamos ver sua nuca, os ombros rígidos. Apesar do alarme, continuava imóvel e segurava as cartas. Tinha uma boa mão. Então reparamos nos demais. À direita de Gabriel havia um senhor de uns 50 anos, absolutamente aterrorizado. Ele tinha deixado as cartas sobre a mesa, viradas para cima, e levantava timidamente os braços, como se já o estivessem assaltando. Seu rosto de pele morena — horas ao sol — empalidecia às vezes. Um charuto fumegava bem perto dos lábios, mas ele não se atrevia a segurá-lo e a fumaça enturvava sua visão. Tinha todo o jeito de se chamar Manubens e ser o ricaço a quem iam enganar naquela noite. O homem ao lado dele suava em bicas, um suor oleoso. Notava-se que era da quadrilha de Feijoo pelo aspecto de vendedor de churros ambulante. Piscava sem parar, mas não se atrevia a nos olhar nos olhos. No dedo mindinho da mão direita, brilhava um anel com um rubi e, sem que lhe disséssemos nada, ele o retirou e o deixou sobre a mesa. Depois vinha Feijoo, o anfitrião da noite. Ele parecia tranquilo, preparado, em estado de alerta, mas olhou Miguélez de soslaio e não parava de roer um palito. À esquerda de Gabriel, por último, estava o famoso Miguélez. Contemplamos sua cara sebosa e flácida (uma grande vantagem na hora de esconder os blefes do pôquer), o bigode mal aparado, o corpanzil de sapo que tantas vezes tinha se estampado contra a porta do apartamento. Sua atitude era desafiadora.

A boca se torcia em um meio sorriso sinistro, de lobo que sente o cheiro de sangue. É preciso dizer que foi ele quem rompeu o silêncio:

— Vamos ver, meninos, digam qual é o problema... — alongava as vogais para se convencer e nos convencer de que tinha a situação controlada.

Christof, que como um bom homem de teatro tinha entrado no personagem, se aproximou dele com dois passos e lhe deu uma sonora bofetada, com a mão aberta, cheia, uma bofetada de palhaço de circo.

— *Sitzen bleiben, habe ich gesagt!* — gritou em seguida.

— É para sentar, caralho! — desta vez, além disso, por empatia com Miguélez, Cristòfol adicionou uma entonação de guarda-civil golpista.

É extraordinário o poder de convicção que tem algo tão elementar quanto uma bofetada. Gabriel não se alterou, mas o senhor do anel fechou os olhos e juntou as mãos para rezar, Manubens ganiu (a cinza do charuto caiu na lapela do paletó) e Feijoo enrijeceu o corpo e cuspiu o palito no chão. Miguélez tinha orgulho militar demais para se intimidar. Em um gesto instintivo, levou a mão à face ardente e levantou de novo para devolver o golpe, mas então Christopher surgiu da penumbra e, abrindo o canivete automático — clac! —, interpôs-se entre Christof e ele. Miguélez ficou chocado e retrocedeu para se sentar de novo.

— *She's thirsty* — disse-lhe Chris olhando-o fixamente, e perfilou no ar a esbelta figura do canivete automático que papai guardava no apartamento, tímida e retraída como ele, porque estava sempre escondida. — *My lovely dagger is thirsty...*

— A faca está sedenta... — traduziu mais ou menos Cristòfol.

Em seguida, Chris estalou os dedos, como quem dá uma ordem, e em meio ao desconcerto geral Christophe se aproximou de Gabriel para continuar o nosso plano. Com um gesto majestoso, que tinha ensaiado mentalmente 100 vezes naquela noite, desdobrou um cobertor como se fosse sua capa e o deixou cair sobre papai. Então Christof se lançou sobre ele e, entre os dois, com alguns movimentos ágeis, envolveram o corpo dele com cordas e ganchos. Naquele exato momento, para aplacar a resistência de Gabriel, Cristòfol lhe gritou ao ouvido:

— Controle-se, Delacruz, nossa missão é entregá-lo vivo ao *mister* Bundó.

Ao ouvir aquele nome, uma palavra mágica que nos unia, o pacote ficou quieto e soltou uma gargalhada. Ele tinha entendido. Sem perder mais tempo, Christophe e Christof se dirigiram ao carro, abriram o porta-malas e acomodaram Gabriel dentro.

— Consegue respirar bem?

O pacote fez que sim, obediente. Antes de fechar o porta-malas lhe explicamos que o colocávamos ali dentro porque tínhamos de ser coerentes com o sequestro, mas que aquele seria o último sacrifício ao qual o submeteríamos. Ligamos o motor e tocamos a buzina com o sinal que tínhamos combinado. Chris, enquanto isso, ainda ameaçando os jogadores com o canivete, estalou os dedos de novo para chamar a atenção de Manubens e lhe ordenou que recolhesse o dinheiro que estava sobre a mesa. Depois o tomou e o colocou no bolso.

— *Keep playing now...* — ordenou enquanto lhes apontava o canivete. Estava começando a se divertir. — *And don't move till you have finished the game. Understood?*

— Continuem jogando — traduziu Cristòfol —, e que ninguém se mova até que a partida tenha terminado. Entendido?

— Quem é esse tal Bundó? — Miguélez ousou perguntar quando já estavam indo embora.

— No fundo você não quer saber, Miguélez — Cristòfol lhe respondeu. — Nem você, Feijoo. Nem você, Manubens. Não querem saber. Não é verdade, Manubens? — O empresário disse que não com um fio de voz, desesperado porque estranhos sabiam seu nome. — Conhecemos todos vocês, claro. Mas somos educados, e já que perguntam, vou responder. Bundó é um nome de código. Ele esconde uma quadrilha internacional que opera nos melhores cassinos do mundo. Se vocês não tinham notado, otários, este Delacruz é muito bom. Há tempos que o vigiamos e de repente vocês se intrometem, que inúteis. A partir de agora outros desafios mais espetaculares o esperam. Mônaco, Nice, São Petersburgo, talvez Las Vegas, se ele melhorar um pouco...

A cara de Feijoo e Miguélez era impagável. A buzina do Opel voltou a tocar com o sinal combinado. Chris estalou os dedos de novo com insistência.

— *Come on, let's go, let's go!*

— Vamos, vamos, vamos — traduziu ainda Cristòfol, e no último momento, quando já saíam do lugar, virou-se para acrescentar: — Ah, e para o bem de vocês, Feijoo, Miguélez, nada de perseguir e incomodar o Delacruz. Nem a vizinha italiana. Agora são nossa propriedade, e vocês já viram como é o jeito do alemão.

A euforia nos dominou durante o breve trajeto até a casa de Giuditta. Gritávamos e aplaudíamos dentro do carro, liberávamos adrenalina e ríamos ao nos lembrar da bofetada que Miguélez tinha recebido. Apesar da agitação, Christof dirigia com cuidado para evitar acidentes. Agora que finalmente tínhamos recuperado Gabriel, precisávamos levá-lo são e salvo até sua casa. Deixamos o carro no estacionamento do edifício e abrimos o porta-malas. Nós o tínhamos ali, o nosso pai. O cobertor delineava sua figura estática, mas atenta. Como Houdini prestes a escapar.

— Não tenha medo, somos os mocinhos do filme — disse-lhe Cristòfol enquanto lhe dava uns tapinhas. Como o pacote nem se mexeu, voltou a tocá-lo e perguntou: — Consegue respirar, certo?

E então o pacote disse que sim. Entre os quatro seguramos o peso e, ainda envolto no cobertor, o levamos para o apartamento. Nós lhe fazíamos cócegas e ele deixava escapar o riso. Talvez toda essa espera pareça uma crueldade que um pai não merece, mas nós, cristóvãos, acreditávamos ser imprescindível. Tínhamos combinado de reencontrar Gabriel todos ao mesmo tempo, no mesmo momento e que ele tivesse a mesma experiência que nós.

Giuditta abriu a porta enquanto agradecia a todos os santos e madonas do santoral italiano. Deixamos papai no sofá, sentado, desatamos as cordas e nos sentamos, formando uma roda na frente dele.

O pacote se livrou do cobertor e das cordas com quatro braçadas e então, debaixo, apareceu Gabriel, nosso pai. Suado e desgrenhado, como um ator que acaba de abandonar o palco e se deixa cair no sofá do camarim para ouvir os aplausos que ainda ecoam na plateia.

— Obrigado — disse finalmente, olhando-nos um por um. — Muito obrigado.

Agora não seremos tão rudes a ponto de desperdiçarmos um punhado de frases com tudo o que cada um sentiu naquele momento. Também não nos deixaremos levar pela emoção. Nós, cristóvãos, sofremos com as efusões sentimentais — coisas de orfandade imperfeita, sem dúvida —, e quanto a Gabriel... Bem, Gabriel foi imunizado havia muito anos, quando finalmente chorou a morte de Bundó e suas glândulas lacrimais se secaram para sempre.

Além disso, em nossa opinião, isso deve ser um começo, e não um fim.

Mas.

Mas um dia, durante um de nossos primeiros encontros, nós, cristóvãos, nos distraímos com uma brincadeira bem espinhosa. Cada um tinha de descrever com uma metáfora a mistura de sentimentos que Gabriel lhe despertava. Um de nós, tanto faz quem tenha sido, gerou uma imagem que agora nos caiu como uma luva.

— Imaginem que um dia, por circunstâncias da vida, vocês estejam tão desesperados que acabem brincando de roleta-russa — disse na época um cristóvão. Agora imaginem que chega a vez de vocês. Vocês têm a arma nas mãos, colocam uma única bala no tambor (a que pode matá-los) e depois o faz girar. Apoiam o cano da arma na têmpora e disparam. Tentem se concentrar nesse brevíssimo calafrio entre o sim e o não. Para mim, a ausência de papai é como a recâmara vazia dessa arma.

Clique!

Clique!

Clique!

Clique!

7 TEMOS A MESMA LEMBRANÇA

Eis uma sensação de que gostamos: nós, os quatro cristóvãos, teremos a mesma lembrança desse momento. O dia glorioso em que a linha do passado e a do presente finalmente se uniram. Agora mesmo somos uma lembrança para o futuro. Passarão anos, talvez nos vejamos com mais ou menos frequência, quem sabe. Cada um de nós construirá uma narrativa dessa lembrança e lhe dará o sentido que for mais conveniente, mas o que nos orgulha, o que nos une de verdade, é que a origem será a mesma para todos. Sim, senhor: é este presente de domingo de manhã.

O sol acaba de nascer. A cidade já desperta e nós ainda não fomos dormir. Estamos exaustos, mas almejamos estender esta agitação que nos manteve em suspense durante a noite toda, com a mente clara e os olhos abertos. Às seis da manhã, decidimos que tínhamos de tomar um ar e descemos caminhando até o Pla de Palau. Gabriel conhece um bar onde a esta hora já nos servirão café da manhã. Tanta conversa abriu nosso apetite. Na Ciutadella, dois jovens de moletom corriam pelo parque e um bêbado procurava a melhor posição para curar a bebedeira em um banco. De longe se ouviam os gritos das aves do zoológico, que acordavam com as primeiras luzes da aurora. Ao passar em frente ao mercado de Born, paramos e contemplamos o galpão silencioso. A luz escassa delineava o espaço vazio e o batizava com uma aura transcendental. Cristòfol se aproximou da porta e quebrou o silêncio imitando o choro de um recém-nascido, que ressoava com um eco risonho, igual ao de nosso pai naquela manhã de sessenta anos atrás. Uma pomba assustada saiu voando.

— Sim, sim, tem razão — disse Gabriel como resposta. — Pode-se dizer que aqui é onde nasci. Meu primeiro berço. Mas com os anos tudo isso mudou muito, não podem nem imaginar.

— E a bacalhoeira? — perguntamos-lhe. — Alguma vez voltou a vê-la?

— Não, que eu saiba. Faz muito tempo que a perdi de vista, mas nunca deixei de pensar nela. É engraçado. Se alguém me pergunta como era minha mãe, sempre acabo descrevendo aquela senhora.

Gabriel fala com confiança, sem se esquivar e nos olhando nos olhos. Há momentos em que se diria que suas palavras procuram nos confortar e nada mais, passar no teste. É como se, enquanto estava confinado no apartamento, tivesse estudado nossas pistas e anotações, e agora se esforçasse para representar a imagem que fizemos dele. Talvez o faça porque não quer nos decepcionar mais e o agradecemos. Ou talvez seja imaginação nossa, um poço de amargura e decepção não é eliminado de um dia para o outro. Seja como for, faz mais de sete horas que estamos juntos, e agora podemos dizer que a aspereza inicial desapareceu.

Ontem à noite, assim que chegamos no apartamento, Giuditta abriu uma garrafa de champanhe e brindamos pelo sucesso do resgate. Então, passado o delírio, todos ficamos mudos. Por onde começar? Quem tomava a palavra? O silêncio ameaçava espessar até nos sufocar. Giuditta percebeu que estava sobrando e deu alguma desculpa para ir a seu apartamento. Então papai quebrou o gelo.

— Escutem, meninos, não vou lhes pedir perdão. Já passou muito tempo. Muitas vezes me arrependi do que fiz, ou melhor, do que não fui capaz de fazer... — parou para ver como reagíamos. Falava cabisbaixo e suas palavras saiam brandas e cansadas, como se tivessem amadurecido no estômago durante muitos anos. — Estou feliz por encontrar vocês de novo, claro, mas também um pouco envergonhado por ter sido desta maneira. Mas não podemos mudar as coisas. Quem dera... Podem me criticar se quiserem, e certamente terão razão, mas não vou pedir desculpas. Muito tempo se passou.

— Você fala como se fizesse menção a um crime que já prescreveu — dissemos-lhe.

— E não é crime abandonar os filhos?

— Depende de como você vê. Talvez, mais que um crime, é uma condenação que você mesmo se impôs.

— Sim, mas...

É impossível reproduzir a conversa que aconteceu em seguida, as réplicas e contrarréplicas entre os cinco. De repente, as convenções falhavam e nos sentíamos desajeitados, incapazes de encontrar o ponto exato entre a intimidade e a estranheza. Tínhamos de nos comportar como estranhos ou o laço de sangue eliminava qualquer barreira? Sondávamo-nos. As revelações mais valiosas e perturbadoras se alternavam com diálogos de uma frivolidade de conversa de elevador. Não encontrávamos equilíbrio. E tanto caíamos no interrogatório policial quanto nos distanciávamos com uma frieza diplomática. Cobríamos os silêncios incômodos com comentários de cumplicidade excessiva. Felizmente, à medida que nos explicávamos, também se abrandava este vaivém da montanha-russa. Além disso, é preciso acrescentar a confusão das línguas, causada pelo nervosismo e que inutilmente tentávamos harmonizar. Papai nos respondia com sua bricolagem linguística e finalmente escutávamos, intacta, aquela cadência que tinha subjugado nossas mães. Gabriel levava tudo com mais tranquilidade, sem tanto drama, e apelava para as lembranças de quando éramos pequenos. Então, se uma história de papai nos fazia rir ou nos deixava nostálgicos, reagíamos rapidamente e o censurávamos. Ele contra-atacava fazendo perguntas sobre Sigrun, Sarah, Mireille e Rita: se havíamos lhes contado algo, se tinham reagido bem, se o odiavam, se tínhamos alguma foto recente delas — e nos rendíamos de novo. Acontece que, além disso, nós, irmãos, nem sempre estávamos de acordo e por vezes um se fazia de ofendido e os demais caçoavam dele, ou vice-versa: uma gargalhada solitária explodia diante do rosto transtornado dos outros três. Ao longo da noite, comprovamos que todas as alianças eram possíveis, até mesmo que um dos cristóvãos se unisse a Gabriel para frear os outros irmãos.

— Tenho de confessar — disse papai em um momento de fragilidade — que esperava por este encontro com mais medo que ilusão. A vida inteira imaginei que vocês me abominassem, lá onde estivessem, e que não iriam querer saber nada de mim.

— Você não está muito errado — respondemos. — Cada um de nós, antes de nos conhecermos, teríamos pagado com desprezo todos os seus anos de silêncio. Ainda que fosse apenas para vingar o sofrimento de nossas mães. Mas demos a sorte de termos nos unido para procurá-lo. A curiosidade nos dominava e, a cada nova descoberta, sucumbíamos mais ao que chamamos de Síndrome do Pacífico Sul.

— O que é isso? Só tinha ouvido falar na Síndrome de Estocolmo...

— Não, é exatamente o oposto. Nós mesmos a inventamos. Demos o nome de Síndrome do Pacífico Sul porque o lugar diametralmente oposto a Estocolmo é o Oceano Pacífico. A Síndrome de Estocolmo é quando o sequestrado se afeiçoa ao sequestrador, certo? Pois, no nosso caso, você fez exatamente o oposto de nos sequestrar: você nos abandonou. Mas enquanto lhe procurávamos, fomos nos afeiçoando, e agora queremos saber tudo sobre você.

— Tudo! Não pedem nada... — respondeu Gabriel para ganhar tempo. De repente, parecia indeciso e assustado. — Mas é que sou reservado por natureza, o que se há de fazer, tenho dificuldade de falar por falar. Não estou acostumado a fazer isso. É melhor que me perguntem o que querem saber. Será mais fácil.

Não tivemos de pensar muito. Podíamos ter perguntado "por quê?", claro e conciso, e Gabriel responderia como quisesse, mas havia uma pergunta que precedia até a nós mesmos. Uma pergunta que condicionava nossa vida até o ponto de nos parecer planejada.

— Por que nós quatro temos o mesmo nome? — perguntamos. Então cada um pronunciou o nome de batismo, como se respondesse a uma chamada: Christof, Christophe, Christopher, Cristòfol.

— Já imaginava — disse em seguida. Parecia aliviado. — Vamos ver. Não sei se vou responder a pergunta exatamente, mas contarei algo que me aconteceu quando eu era pequeno. Sim, já está na hora de eu contar. Além de Bundó, que presenciou a história, ninguém mais soube, nem mesmo as mães de vocês. E se alguém merece saber, são vocês — fez uma pausa para tomar ar, ou coragem. — Acho que as mães de vocês...

— Um momento, por favor — interrompeu Christof. — Vamos colocar um título.

— Um título?

— Sim, desculpe, mas nós, os cristóvãos, temos a mania de dar título a tudo.

— Você disse os cristóvãos? Muito bem. Pois poderiam dar o título de "O primeiro cristóvão".

— Adiante.

O PRIMEIRO CRISTÓVÃO

As mães de vocês, digo, já haviam dito antes que cresci em um orfanato, na Casa de Caridade. Pois bem, as freiras que dirigiam a casa se desvelavam para dar-nos uma educação católica apostólica romana. Embora houvesse também muitas crianças de famílias pobres, que estavam lá porque seus pais não podiam cuidar delas, a maioria era órfã, crianças abandonadas, e as freiras estavam convencidas de que, se não nos criassem como bons cristãos, um dia acabaríamos contaminando a sociedade. Assim, íamos à aula, aprendíamos de cor o catecismo e celebrávamos as festas religiosas do calendário. Foi nesse território que conheci Bundó, que era um órfão como eu. Tínhamos quatro ou cinco anos e rapidamente nos tornamos amigos. Protegíamo-nos quando os mais velhos nos batiam, faziam brincadeiras pesadas conosco ou nos culpavam diante das freiras por alguma maldade. Bem, tudo isso vocês já sabiam, e agora não é tão importante... Estou contando só para situá-los.

Um sábado de outono — tínhamos sete anos —, Bundó e eu jogávamos bola com as outras crianças da Casa. Eu gostava de ser goleiro, porque assim me poupava de ter de sair correndo atrás da bola. De repente, a irmã Rosário apareceu no pátio e me chamou com um grito. Tinha que acompanhá-la para ver a madre superiora, a irmã Elvira. As reuniões de surpresa nos davam pânico, porque só podiam significar duas coisas: ou que a freira mais importante lhe repreenderia e castigaria por algo errado que você não fez, coisa que acontecia noventa e nove a cada cem vezes, ou porque tinham lhe encontrado uma família adotiva.

Em 1947, oito anos após o fim da guerra, as adoções de órfãos ainda eram raras em Barcelona. Alguns anos depois seriam mais frequentes, especialmente entre as famílias mais abastadas que não podiam ter filhos, mas naquela época supunha uma decisão arriscada e, até certo ponto, desesperada. Naquele sábado ao meio-dia, a freira sacudiu minha calça suja de areia, mandou que eu lavasse as mãos e me penteou depois de ter me batizado com uma boa salpicada de colônia. Assim, dizia, cheirava a menino bom. Quando chegamos à porta do escritório, ela se ajoelhou, beijou-me a testa, coisa inédita, e disse que me esforçasse para ser bem-educado. Já era um menino crescido. Então me fez entrar no escritório por meus próprios pés, eu sozinho. Quando abri a porta, a madre superiora estava falando com um senhor e uma senhora bem elegantes. Os três se viraram e me contemplaram com uma explosão de admiração. Fiquei com vergonha.

— Aproxime-se, Gabriel — ordenou a freira. — Diga oi para esses senhores. Dê-lhes a mão.

— Oi — disse com um fio de voz e lhes estendi a mão. O senhor me estendeu a esquerda, o que me surpreendeu muito. Depois notei que a direita estava incapacitada, inerte. A senhora se abaixou, exatamente como a freira um minuto antes, e fez algo que pretendia ser um gesto carinhoso, mas que então me deu nojo, porque ela não era uma freira: lambeu o dedo e o passou por minha bochecha para tirar um respingo de suor sujo.

Passaram-se mais de cinquenta anos e não esqueci a primeira impressão que me causou. Com certeza na época meu olhar de criança os envelheceu, mas na verdade eram um casal jovem de 27 (ela) e 30 anos (ele). A moça se chamava María Isabel, mas eles a chamavam de Maribel, e me pareceu muito bonita. Era alta, forte, em boa forma e ruiva. Tinha os olhos verdes, um narizinho arrebitado de princesa — digo de princesa porque, depois de alguns anos, quando passaram os filmes de Sissi, a Imperatriz, me fizeram pensar nela — e o que naquela época costumavam chamar de um biquinho de lacre. Apesar das feições graciosas, sua aparência transmitia fragilidade. Não demorei a descobrir que Maribel era uma pessoa apagada e sem vontade. Até para um menino como eu, saltava aos olhos que ela era infeliz, e durante as semanas seguintes me encontrei mais de uma vez tentando fazê-la rir com todo tipo de gracinha. Ele, por sua vez, se apresentava com muita personalidade, uma simpatia que beirava o ridículo de tão extrema e postiça. O nome dele era Fernando — sim, como os reis católicos, Isabel e Fernando — e usava um terno muito elegante, com gravata e abotoaduras na camisa. Notava-se que minha adoção o superava, porque pontuava as conversas com uma série de monossílabos e onomatopeias. Nossa, ui, vamos, bom, ufa, viu, isso.

— Nossa, que bom, que bom! — exclamou Maribel quando retirou um presente da bolsa de couro de crocodilo e me deu. Eu o abri e era um carro brinquedo, um Bugatti verde-oliva.

— Como se diz, Gabriel?

— Vamos lá...

— Obrigado.
— Isso, isso.
— Muito obrigada. Já vão conhecê-lo — acrescentou a freira. — Gabriel é um menino muito educado e muito bom, não é, Gabriel? Agora está um pouco tímido, mas é pela novidade.
— Entende-se.
— Claro...
Fernando Soldevila e Maribel Rogent tinham se conhecido falando em catalão, mas suas famílias tinham ganhado a guerra e todos tinham passado a falar castelhano.
— Bom, Gabriel. O que você acha de Maribel e Fernando? — perguntou a madre superiora. — Gosta deles, não é mesmo? Porque a partir de hoje serão seus pais... Que sorte a sua! Você verá como vai se divertir com eles. Além disso, em breve irá a um colégio de verdade, não como aqui. Um colégio onde construirá um futuro maravilhoso.
A freira de antes veio me buscar. Enquanto Fernando acertava alguns papéis com a diretora do centro, outra freira e minha nova mãe me levaram aos dormitórios e nós três colocamos minha roupa e alguns livros em uma bolsa. Maribel ia me dizendo que não precisava da roupa, que em casa tinha roupa nova. Eu devia estar com cara de pânico, porque a freira tentava me convencer o tempo todo de que eu havia tido muita sorte, dizia-me que não me metesse em confusão e que sempre poderia ir ver os amigos. Depois me levou para o pátio onde os outros meninos estavam brincando e os chamou. Quando todos se reuniram à nossa volta, formando uma roda, ela contou que uma família tinha me adotado e pediu que me dissessem adeus. A maioria, os mais velhos, gritou "adeus!" e voltou a brincar como se nada tivesse acontecido. Bundó ficou parado e em silêncio. Eu sofria, porque não queria abandoná-lo. Éramos como irmãos, vocês já sabem. Então se aproximou e me disse algo no ouvido, bem baixinho para que ninguém mais pudesse ouvi-lo. Disse:
— Muita sorte, Gabriel. Quando puder, venha me resgatar.
Logo depois fomos para casa de táxi. Era a primeira vez que subia em um, mas naquele momento a novidade parecia insignificante e choraminguei durante todo o trajeto até os bairros nobres de Barcelona. Estava sentando entre meus novos pais, e ele, Fernando, tentava me consolar com seu repertório de monossílabos. Enquanto isso, Maribel segurava

minha mão com força, a ponto de me machucar, e olhava pela janela, ansiosa para chegar.

Moravam no andar térreo de uma mansão na Avenida de la Bonanova à qual se chegava por uma escadaria de mármore com degraus largos e tapete vermelho. Ao redor da casa havia um jardim, com lago e rãs incluídos, que era exclusivo das três famílias que moravam no edifício. Quando chegamos em casa, Maribel pegou a minha mão e quis começar mostrando meu quarto. Guardo a lembrança de um trajeto interminável e tortuoso, que nos fez cruzar alguns cômodos pouco ou nada iluminados. As crianças que cresciam no orfanato estavam acostumadas à escuridão, por isso pensei que, quando não percebessem, me perderia em um daqueles cantos e nunca mais me encontrariam. Enquanto avançávamos pelo corredor, uma porta se entreabriu e duas jovens uniformizadas me observaram com curiosidade.

Finalmente paramos em frente a uma porta dupla, e Maribel a escancarou, diria que exagerando o gesto majestático. Foi como descobrir um mundo novo. De repente todos os males desapareceram. Meu quarto era, literalmente, maior que o dormitório em que todos os meninos de seis a dez anos nos amontoávamos na Casa de Caridade. Tinha sido idealizado e construído com devoção infantil. Era um quarto de dois ambientes e as paredes estavam ilustradas com cenas de contos infantis. Eu não sabia por onde começar. Estavam João e Maria vagando perdidos pelo bosque. Chapeuzinho Vermelho, que se dirigia à casa da vovozinha, e o focinho do lobo que se escondia por trás das cortinas da janela. Situada em um ângulo do quarto, minha cama era de madeira e tinha o formato de um navio pirata, com uma figura de proa talhada na cabeceira reproduzindo uma sereia. Os lençóis azul-marinho simulavam as ondas e em um painel de parede os desenhos de Peter Pan e Sininho — não os do Walt Disney, mas uns mais clássicos, certamente os originais — se encarregavam de que eu dormisse tranquilo e não tivesse pesadelos. Uma chaminé descomunal, a maior que já vi, funda como uma caverna, dominava o quarto de brinquedos. Era esculpida como a boca de um misterioso dragão e, de um lado a outro, os dentes eram cadeirinhas acolchoadas para que eu e meus amigos — foi assim que Maribel me disse — pudéssemos escutar historinhas ao calor do fogo quando o inverno chegasse. Não me custou imaginar que um dia, muito em breve, Bundó viria a morar comigo.

No quarto tinha lugar de sobra para outra cama. Ou melhor, se precisasse, podia se esconder dentro da tenda indígena que se elevava no outro extremo da sala.

Maribel mal me apresentou o lugar, comecei a abrir armários e a inspecionar as estantes. Estavam repletas de bonecos, quebra-cabeças, contos infantis, brinquedos, cadernos de desenho. Ia de uma coisa a outra, guloso e incapaz de assimilar tudo. Eu me sentia em uma manhã de Dia de Reis, mas abrindo todos os presentes do orfanato só para mim, e mais ainda. De vez em quando me vinha à mente o que a freira tinha me dito e então levantava os olhos e dizia obrigado, muito obrigado. Maribel e Fernando me olhavam extasiados do batente da porta, sem ousar me interromper. Ela secava as lágrimas de alegria com um lenço. Depois de um tempo me lembrei de agradecê-los de novo, mas tinham me deixado sozinho e eu gostei.

Na hora do jantar, mamãe veio me buscar acompanhada de uma empregada. O nome dela era Otilia e, juntamente com a outra empregada que tinha visto, Tomasa, se encarregariam de que não me faltasse nada (não me perguntem por que, mas todas as empregadas da época tinham nomes assim). Só devia me comportar bem e obedecê-las. Comi tudo o que me davam como um bom menino e depois me deixaram brincar mais um pouco. Naquela primeira noite, a mamãe me vestiu o pijama e me colocou na cama. Então, logo antes de apagar a luz, Fernando também veio — não consigo chamá-lo de papai — me desejar boa-noite. Os dois me cobriram dentro do navio pirata, me deram um beijo e então ela disse:

— O papai e a mamãe estão muito felizes por você estar em sua nova casa. Você está feliz, não é mesmo?

— Não é mesmo? — repetiu Fernando.

Pronunciei um sim convencidíssimo. Não teria me ocorrido nenhuma outra resposta.

— Só queremos lhe pedir uma coisa, meu amor. A partir de amanhã, quando se levantar, você vai se chamar Cristóbal. Gostamos mais desse nome. Combinado? Pense que Gabriel ficou no orfanato e que aqui você chegou como Cristóbal. Você vai ver que vai se acostumar logo.

— Cristóbal, que bom, que bom! — exclamou Fernando.

Eu estava morrendo de sono e meus olhos se fecharam enquanto me esforçava para dizer que sim. Se esse era o preço que tinha que pagar...

Cristóbal também me agradava. Não havia nenhum menino no orfanato que se chamasse assim. Além disso, me dizia, se lhes fizesse esse favor, talvez mais tarde aceitassem que Bundó viesse morar conosco.

Na manhã do dia seguinte, a mamãe me acordou abrindo as cortinas. O sol me deslumbrou com a claridade e o calor de uma bênção divina.

— Bom-dia, Cristóbal, querido!

Estive a ponto de lhe dizer que me chamava Gabriel, Gabriel Delacruz, mas a surpresa de acordar sozinho naquela cama, naquele quarto, me fez reviver a conversa da noite anterior. Uma coisa levava à outra. Agora, naquele lugar magnífico, eu me chamava Cristóbal. Otília me serviu o café da manhã na cozinha e depois a mamãe me vestiu. Abria uma gaveta cheia de camisas e camisetas e calças, tudo bem passado e organizado, e ia escolhendo o que eu usaria (é desnecessário dizer que nunca mais voltei a usar as roupas do orfanato que tinha levado comigo). Ela me deu uma calça comprida. Eu nunca tinha visto um menino com calça comprida e certamente deixei escapar uma careta de recusa, porque me explicou que era domingo e que aos domingos eu tinha de me arrumar para ir à missa das onze.

Fernando já nos esperava embaixo, na rua, fumando um cigarro e nós três nos dirigimos para a Igreja de la Bonanova. Andávamos devagar e Maribel exibia passos de orgulho, como se estivesse desfilando diante de todo o bairro. Eles me seguravam pela mão. Eu no meio dos dois e com Fernando à minha direita para que eu pudesse segurar a mão boa. Era um dia frio, as folhas das árvores começaram a voar, mas o sol brilhava com vontade e ele ia repetindo:

— Que dia mais bonito. Que sorte um dia como esse.

Ao sair da missa, percebi que muita gente me olhava e me cumprimentava de longe, acenando com a cabeça. Mamãe explicava que no ano seguinte, se Deus quisesse, eu faria a primeira comunhão naquela mesma paróquia. Teria de ir à catequese. Um casal de idosos se aproximou e ficou parado na minha frente. Não sabiam o que dizer.

— Olha, Cristóbal — disse a mamãe —, estes são seus avós de Barcelona, dê-lhes um beijo.

Eram os pais de Fernando. Esqueci seus nomes. Lembro, isso sim, que a senhora se aproximou para me dar um beijo e me intimidou, porque usava uns brincos muito grandes, como duas abóboras de ouro, e tinha o rosto mascarado sob um pó para disfarçar as rugas. Comecei a choramingar de novo. Ele, por sua vez, estendeu-me a mão como se eu fosse um senhor e se manteve mais distante.

— No domingo que vem, se Deus quiser, conhecerá os avós de Matadepera, Cristóbal — acrescentou a mãe com a intenção de me tranquilizar.

Poderia continuar lembrando cenas semelhantes. Parentes e mais parentes, amigos e vizinhos. Ao longo da vida, indo pelo mundo, reencontrei aqueles olhares de canto de olho, os sorrisos cúmplices e os de cerimônia, os equívocos e os mal-entendidos. Fui capaz de compreender melhor o que acontecia então ao meu redor. Também poderia lhes descrever tim-tim por tim-tim a vertigem de um menino que, de um dia para outro, se instala em um território que lhe é desconhecido e que tem que o colonizar a todo custo. Mas não vale a pena. O que conta é a facilidade com que se acostuma ao luxo quando se é uma criança, mas também ao vazio que isso pode gerar se ao fim do dia você não se sentiu querido por nem cinco minutos.

Tembleque, um companheiro de mudanças, costumava dizer: "No fim, o que conta são os dias de trabalho; os fins de semana são uma gorjeta para esbanjar". Depois do delírio daquele domingo, a segunda-feira me mostrou a outra face da novidade. Agora penso que nós três deveríamos ter passado uma semana de férias, escapado para algum lugar onde pudéssemos nos acostumar a estar juntos, mas Maribel e Fernando tinham pressa para recuperar a normalidade. Isso, em uma família abastada de la Bonanova, quer dizer que logo comecei a passar mais tempo com as empregadas que com meus pais. Fernando trabalhava o dia todo, até muito tarde, e muitas vezes voltava quando eu já estava dormindo. Ela, a mamãe, desaparecia horas e horas em algum cômodo da casa para se dedicar ao que chamava de "meus trabalhos". Por alguma razão misteriosa, ainda não ia à escola e, portanto, eu sim vivia uma espécie de férias permanentes. Otilia cuidava de mim e eu tinha tantos brinquedos que nunca me entediava nem me cansava de ficar sozinho.

Uma noite, três ou quatro dias depois da minha chegada, nós dois descemos para o jardim que havia atrás da casa. Da janela do meu quarto, tinha reparado em um balanço e morria de vontade de experimentá-lo. Depois do lanche, fiz uma birra e convenci Otilia a me acompanhar.

— Pergunte à mamãe — disse-me —, se ela deixar...

Mal terminou de falar, corri para procurar mamãe por toda a casa. Chamava, abria as portas e entrava em quartos que nem sequer sabia que existiam. A biblioteca, a sala de desenho, o quarto de hóspedes. Não havia nem rastro dela. Otilia me seguia, mas não conseguia me alcançar. Quando me dei conta, aquilo tinha se transformado em uma brincadeira. Esconde-esconde. As curvas e os pontos cegos da Casa de Caridade tinham me ensinado todos os truques. Eu a despistei e comecei a correr na direção contrária. Então abri uma porta que dava para um cômodo estreito, uma espécie de quarto de costura, e dei de cara com o colo da mamãe. Retrocedi um passo. Ela me observou como se eu fosse um ladrão, um animal, um fantasma e deixou escapar um grito de pânico. Comecei a rir porque a havia assustado, uma vitória infantil — ha ha! ha ha! —, mas seu semblante se fechou ainda mais. Por sorte, naquele instante Otília apareceu.

— Cristóbal? Cristóbal, vem aqui! — gritou.

— Desculpe, senhora.

— Cristóbal? Que Cristóbal? — disse ela, fulminando-me com um olhar incrédulo. — Não pode ser...

Otilia me levou logo e, sem pedir permissão nem nada, descemos ao jardim. Tinha começado a escurecer, um frio tinha se levantado e eu coloquei o casaco. Balancei para cima e para baixo até doer os músculos dos braços. Otilia me empurrava cada vez mais forte e com o vaivém do balanço me distraía não sabia exatamente do que, como um sentimento de culpa por ter feito minha mãe sentir o chão tremer de medo.

De novo no apartamento, tirei o casaco. Ao esticar uma das mangas, tão grossas, percebi que tinha um rasgo no cotovelo. Não tinha sido eu, de jeito nenhum. Minha primeira reação foi cobri-lo com a mão porque no orfanato, quando fazíamos um buraco na roupa ou a rasgávamos ao cair no chão, as freiras nos puxavam a orelha e diziam que nós mesmos teríamos de costurar, como se fôssemos meninas. Logo em seguida, no entanto, disse a mim mesmo que já não tinha mais que me preocupar com isso e o mostrei para Otilia enfiando o dedo através do furo.

— Não fui eu — disse-lhe.

— Já sei, coração, não se preocupe — respondeu. — Certamente já estava aí antes. Vamos costurá-lo e pronto.

— Então, quem fez isso? — perguntei.

— Ninguém, meu amor — respondeu depois de um instante de hesitação. — Deve ter furado sozinho.

Tomasa, a outra empregada, que também era a cozinheira, nos avisou que meu jantar estava pronto. Otilia me acompanhou ao banheiro para lavar as mãos com sabão. Queria entrar comigo, mas eu lhe proibi porque já era grande — em poucos dias já tinha aprendido a dar ordens como um pequeno tirano — e já podia fazer isso sozinho. Então, lavei as mãos e depois fui para a cozinha, onde Otilia me esperava. A porta estava entreaberta e me aproximei sem fazer barulho. Queria assustar as duas empregadas como tinha feito anteriormente com minha mãe. Então, quando estava prestes a abrir a porta, percebi que elas falavam em voz baixa, e aqueles sussurros secretos me levaram a ouvir a conversa.

—...

—... E o que ela fez?

— Nada, ficou assustada. A ponto de desmaiar. Acho que ela pensava que era o outro.

— Ai, meu Deus. Coitadinho.

— Isso acontece por tanto obedecer o marido. Já disse que o trouxeram cedo demais.

— Não podemos nos meter, Otilia, que somos uns paus-mandados.

— Não, mas eu não me meto. Mas o menino... Cristóbal! — gritou então —, vamos jantar!

Nesse momento empurrei a porta e, como havia planejado, gritei para assustá-las. Elas reagiram com um choque de mentira, tremendo e revirando os olhos para me fazer feliz.

Naquela noite foi Fernando quem me colocou para dormir e leu uma história para mim. Embora pusesse entusiasmo, lembro-me de que ele não sabia ler histórias. Gritava muito e não gostava que o interrompesse com perguntas. O resultado era que, em vez de me ajudar a encontrar o sono, acordava-me. Fechei os olhos para que me deixasse em paz. Ele apagou a luz e foi embora. Na escuridão, enquanto eu dormia, veio-me um pensamento que contaminou meus sonhos: "Não sou o primeiro Cristóbal".

Na manhã seguinte, a ideia voltou com clareza e disse para mim mesmo que não era um sonho. A revelação era impactante demais para um menino de sete anos e a partir daquele momento comecei a criar uma história para justificá-la. Eu não era o primeiro menino que Fernando e Maribel adotavam. Houve outro antes, outro Cristóbal, mas como não gostavam dele o suficiente o devolveram para o orfanato. Quem seria? Se eu quisesse ficar naquela casa, se quisesse que algum dia Bundó viesse também, tinha de me comportar como um bom filho. Tinha de fazer que gostassem de mim, como me haviam dito as freiras. Dominado por esse desejo, nos seguintes dias me aflorou de novo aquela sensação de culpa abstrata com relação à minha mãe. Sua mera presença era o suficiente para me fazer acreditar que não a merecia. Quando a surpreendia pela casa, sempre sozinha e quieta, pensativa, esforçava-me para alegrá-la. Eu lhe cantava alguma música que tinha aprendido no orfanato, ou pedia que brincássemos juntos, ou lhe fazia perguntas para forçá-la a falar. De vez em quando, conseguia que cantasse e até lhe arrancava algumas risadas sinceras. Então aquele peso invisível se dissipava e me sentia acolhido e protegido pela mulher mais linda que já tinha visto.

— *Què tens, mama?* — dizia-lhe em catalão, enquanto passava minha mão pela cabeleira ruiva, como se esperasse que a ponta dos dedos ficassem tingidos.

— *No res* — respondia-me sem perceber. — *De veritat, ja em passarà.*

A partir de então, cada novidade se transformou em um indício para descobrir a presença daquele primeiro cristóvão. Com Otilia praticava caligrafia e tinha aprendido a ler e a escrever meu novo nome. Uma manhã, enquanto me vestia, percebi que todas as minhas roupas tinham uma etiqueta na gola com umas palavras bordadas em letras coloridas. Eu as li pouco a pouco: Cristóbal Soldevila. No orfanato sempre herdávamos as roupas dos meninos mais velhos, peças gastas e desbotadas, e agora tudo aquilo era meu. Perguntei à Otilia por que estavam com meu nome e ela me respondeu que era para quando eu fosse à escola, em breve, que assim as outras crianças não se confundiriam. Mais tarde descobri que, em vez de remendar o casaco — que tinha sido furado pelo primeiro Cristóbal —, tinham me comprado um novo e costurado na gola uma etiqueta com o meu nome.

Outra tarde, quando já fazia mais de uma semana que tinha chegado à mansão dos Soldevilla, estava mexendo em um armário que até então tinha passado despercebido e localizei uma caixa cheia de instrumentos musicais. Eram, na maioria, de plástico, imitações de brinquedo para que as crianças descobrissem se tinham vocação musical ou não, e os pais pudessem amaldiçoá-los enquanto tapavam os ouvidos. Estava tão feliz que quis experimentar todos, um a um. Tocava-os por meio minuto, para ver qual era o som e depois os organizava no chão como se fosse uma orquestra. Toquei umas maracas, um violão flamenco, um tambor, um xilofone. Tirei do fundo da caixa um trompete, de um amarelo canário, e soprei bem forte, mas saiu uma nota surda. Tentei de novo, com olhos fechados e enchendo as bochechas de ar, mas só consegui ficar tonto. Então inspecionei o interior do trompete, estreito e longo, e com os dedos apalpei algo. Tirei de dentro e saiu um papel enrolado. Esqueci o trompete e desenrolei o papel. Ele voltou a se fechar por inércia. Quando consegui abri-lo de novo, segurando-o com as duas mãos, percebi aterrorizado que era um desenho feito pelo menino.

Dê a um menino de sete anos uma caixa de lápis de cor e diga a ele que desenhe a própria família. O resultado será algo muito parecido ao desenho que encontrei. Mamãe tinha um cabelo laranja aceso, da mesma tonalidade que o sol, e papai cumprimentava com uma mão grande, enquanto a outra era pequena e estava colada ao corpo. O menino — o primeiro cristóvão — tinha desenhado a si mesmo no meio dos dois, menor. No fundo havia uma casa com uma árvore e um balanço. Da chaminé saía uma nuvem de fumaça branca.

Quando entendi que o desenho era de meu antecessor, apressei-me a enrolá-lo de novo e guardá-lo no mesmo esconderijo secreto do trompete. Compreendi que devia fazer um desenho melhor e mostrá-lo a meus pais. Chamei Otilia e lhe perguntei onde estavam os lápis de cor. Queria desenhar o Fernando e a Maribel.

Sou um mal desenhista, sempre fui, e aos sete anos eu já era assim. Não tenho paciência para os detalhes. Também não se pode dizer que na escola da Casa de Caridade nos ensinassem muito. Quando terminei de retratar meus novos pais, comparei meu desenho com o do primeiro Cristóbal. O meu, não havia dúvida, era pior, uma cópia vulgar e horrível. Arranquei o desenho do caderno, o transformei em uma bola e comecei outro novo. Depois de cinco minutos, Otilia me chamou para jantar e tive de deixá-lo pela metade.

Enquanto comia na cozinha, Fernando chegou do escritório e veio me dar um beijo. Nos dias em que ele voltava mais cedo, mamãe gostava que eu me sentasse com ele na mesa ou que brincasse na sala de jantar. Ela me queria por perto e eu a satisfazia com gosto para que ficasse feliz. Além disso, me divertia vendo como Fernando comia com uma mão só. Devia ser deficiente de nascença — não tenho certeza — e usava os talheres com muita destreza. Ele não gostava que o ajudassem, eu já tinha percebido isso. Quando comia carne, sempre cozida de modo que ficasse bem macia, primeiro a cortava com a ajuda de umas tesouras — umas bem afiadas — e depois espetava com o garfo, como todo mundo. Naquele dia, enquanto estava com eles, Fernando me perguntou com o que tinha me distraído durante o dia. Não sabia lhe dizer. Tinha feito tantas coisas que se misturavam na memória. Otilia, que nesse momento recolhia os pratos, respondeu por mim:

— O que você fez, Cristóbal? Já não lembra? Pois esteve desenhando, senhor... Desenhou o papai e a mamãe.

— Ah, humm... — disse Fernando. — O papai e a mamãe! Vamos ver, vamos ver... Por que não nos mostra?

Morria de vontade de ser querido e de fazê-los felizes. Corri até meu quarto e, sem hesitar nem um segundo, levei o desenho do primeiro Cristóbal, que era melhor que o meu.

Mamãe quase não tinha aberto a boca durante todo o jantar. Eu a observava o tempo todo de canto do olho, com atenção, porque era consciente de seu jeito reservado. Aquele jeito de se retirar do mundo me deixava desconfortável. Era culpa minha. Desde que tínhamos chegado naquele primeiro sábado, o rosto dela estava se desfigurando cada vez mais. Era como se eu percebesse — como se fosse minha obrigação reparar nisso — e Fernando, não. Naquela noite, a lividez de sua pele se destacava ainda mais sobre o cabelo acobreado. Lembro muito bem porque foi a última vez que a vi. Eu me aproximei dela e lhe dei o desenho.

— Que bonito... — disse enquanto o abria sobre mesa, mas não demorou nem um segundo para que percebesse que o desenho era do outro Cristóbal. As mães sabem dessas coisas. Fez um gesto de horror e derramou a taça de vinho. Fechou os olhos e parecia que não estava respirando. Em seguida, com uma voz deprimida e fraca, disse:

— Não consigo mais, Fernando. Sério. Eu não sei fingir...

Até mesmo um menino de sete anos poderia entrever a frustração que existia por trás de suas palavras. Acho que ofeguei e, reconhecendo minha derrota, muito decepcionado, disse:

— Já sei que o outro Cristóbal desenhava melhor, mamãe, mas eu prometo que vou aprender rápido.

Um longo uivo saiu do peito dela, como se lhe faltasse ar, e depois começou a chorar inconsolavelmente, com todo o corpo. Seu choro me contagiou e fiquei louco. Não sabia se a tocava ou me jogava no chão.

— Vai para o quarto agora mesmo! — gritou Fernando, apontando a porta com a mão boa. — Olha o que você fez com a sua mãe...

Otilia, que tinha ouvido tudo às escondidas, recebeu-me no corredor e me acompanhou até o quarto. Naquela noite foi ela quem me vestiu e me ajudou a dormir. Ela me abraçava bem forte e me acariciava o cabelo enquanto me dizia que não tinha sido nada, que eu era inocente, inocente, inocente.

No dia seguinte me disseram que mamãe estava doente e teria que repousar o dia todo. Um médico veio visitá-la, mas não me deixaram vê-la. No meio da tarde, Fernando me pegou e me acompanhou de novo à Casa de Caridade. Otilia já tinha me preparado uma bolsa com toda aquela roupa de primeira qualidade. Também fiquei com o casaco novo. Não lembro se durante a viagem de táxi, Rua Muntaner abaixo, como um declínio social, chorei em algum momento. Também não lembro se Fernando me disse algo, nem bom nem mau. Devia estar com muita vergonha. Assim, como quem devolve móvel defeituoso, abandonaram-me pela segunda vez. Na primeira tinham me deixado nu, e com um papel que dizia "Gabriel" colado na barriga. Agora, pelo menos, me deram uma coleção de roupas e outra etiqueta que dizia "Cristóbal Soldevilla".

As freiras já me esperavam. Por alguns dias me trataram como um menino especial. Elas me vigiavam e cuidavam de mim além da conta e os outros meninos tinham ciúmes. Odiei esse tipo de popularidade. Em compensação, voltei a me chamar Gabriel. Descosturaram as etiquetas das roupas, mas continuei vestindo aquelas calças e aqueles casacos até que dei uma espichada e de repente, um dia, estavam pequenos. Então seriam herdados por outros meninos do orfanato.

Bundó ficou muito feliz por me ter de volta na Casa de Caridade. Por algumas semanas, senti falta de todos aqueles brinquedos e da atenção de Otilia. Tinha dificuldades para dormir sem o Peter Pan para velar meu sono e à noite tinha pesadelos em que aparecia um homem sem mão e me raptava. Aos poucos, no entanto, essas duas semanas privilegiadas e ao mesmo tempo terríveis foram desvanecendo. Sim, no fim, o que conta são os dias de trabalho, o resto é uma gorjeta para esbanjar.

Talvez me perguntem por que existem pessoas tão cruéis no mundo. Eu não as julgo. Estamos falando de uma época em que o dinheiro e os vencedores da guerra tinham tudo o que queriam. Quem achavam que eram? Que a realidade pode ser mudada de qualquer maneira? Com certeza. Pelo menos a realidade política, sim.

Seja como for, essa história ainda tem uma segunda e uma terceira parte. Dez anos mais tarde, quando Bundó e eu deixamos o orfanato para morarmos na pensão, a madre superiora me pediu desculpas em nome da instituição. Eu já era então um adulto e podia entender isso. Depois explicou que a adoção tinha sido ideia daquele senhor, o Fernando. Tinham perdido um filho três meses antes, que se chamava Cristóbal, e não conseguiam pensar em nada além de encontrar outro para substituí-lo. A mãe, Maribel, não o havia suportado. Já digo que não os culpo, até sentia pena por ela (em tão poucos dias tinha me apegado muito). No que diz respeito ao primeiro Cristóbal, não sei do que morreu. As crianças ricas costumam morrer de doença fulminantes ou em acidentes terríveis. Decapitadas em alguma brincadeira absurda, mortas por um tiro de espingarda, esmagadas por um cavalo que havia enlouquecido (e que depois sempre era sacrificado no estábulo).

A terceira parte aconteceu dez anos mais tarde, calculo. Um dia em que fazíamos uma mudança em Barcelona, fomos parar justamente na mansão da Avenida de la Bonanova. Uma família de Matadepera se mudava para lá e a La Ibérica fazia o transporte dos móveis. Quando reconheci a escadaria de mármore na entrada, com os degraus imponentes e o tapete vermelho, revivi as sensações daqueles quinze dias privilegiados da minha infância. E devo dizer que não era uma má lembrança. Podem me chamar de iludido, mas se tivesse ficado com aquela família, talvez não tivesse vivido tantas coisas na vida. O que não se consola é porque não quer, certo.

Em todo caso, enquanto deixávamos os móveis fui me reencontrando com cada um dos cômodos. A casa já não me parecia tão grande quanto antes.

— Licença — perguntei ao jovem que nos acompanhava e tinha aberto as portas —, você sabe alguma coisa sobre a família que morava aqui?

— Não muito — respondeu. — Era de uns parentes da minha mãe e agora ela a herdou. A verdade é que faz mais de quinze anos que não mora ninguém nesta casa, estava fechada. Parece que aconteceu alguma desgraça.Um desses assuntos de família que ninguém quer falar a respeito... Felizmente, o tempo a conservou bem. Material bom.

Naquele tempo, Bundó, que fazia a mudança comigo e com Petroli, assobiou admirado enquanto saía de um quarto.

— Aqui viveram uns príncipes, no mínimo — aventurou-se. — Você já viu o quarto das crianças?

Não quis lhe dizer que aquela era a casa que tinha me adotado vinte anos antes. Em tom de brincadeira, com o jeito dele, teria reclamado a cada cinco minutos que eu não conseguiria seduzir aquela família nem convencê-los a adotá-lo também. Aproveitei uma pausa da mudança para acender um cigarro e entrar em meu reino. Tudo estava igual, mas sem a mobília, como se o tempo não tivesse passado. Os desenhos de João e Maria, Peter Pan e Sininho na parede, a lareira em forma de dragão... Aquela visão me despertou uma lembrança. No dia seguinte da fatídica noite, quando Fernando veio me buscar para me devolver à Casa de Caridade, fiquei um tempo sozinho no meu quarto. Então peguei o desenho que eu tinha feito, todo amassado, e lhe procurei um esconderijo. Tal como imaginava que o primeiro Cristóbal tinha feito, deixaria uma pista para o menino adotado que me substituísse. Estive a ponto de colocá-lo dentro do violão, como meu antecessor tinha feito com o trompete, mas pensei que seria o primeiro lugar onde Fernando e Maribel olhariam. Então subi em um daqueles dentes do dragão e encontrei uma espécie de brecha dentro da chaminé, como uma cavidade na boca. No dia da mudança me meti dentro da chaminé — certo de que ninguém jamais a havia acendido — e o procurei. Ainda continuava ali, empoeirado e descolorido. Eu o apanhei, o assinei com uma caneta — Cristóbal — e deixei de novo no lugar para que as crianças que ocupassem aquele quarto o encontrasse algum dia.

Depois continuei descarregando os móveis como um condenado, o dia todo subindo e descendo as escadas, porque era o que eu sabia fazer.

Em algum cemitério de Barcelona, certamente em um túmulo de mármore daqueles que ainda estão de pé, haverá uma lápide em que se lê:

CRISTÓBAL SOLDEVILA ROGENT
(1940-1947)

Durante duas semanas, aceitei prolongar a vida daquele menino. Embora tenha tentado, não consegui. Desde então, para mim, Cristóbal — ou Cristòfol, ou Christof, ou Christophe, ou Christopher, ou as variações que quiserem — sempre foi sinônimo de felicidade. Ou melhor, uma possibilidade de ser feliz na vida. Por isso vocês se chamam como se chamam, cristóvãos.

Papai se calou. Como não reagíamos, bateu a mão uma vez, com força. E nós, os quatro cristóvãos, piscamos ao mesmo tempo.

— Em que confusão eu meti vocês — disse. — Já é muito que não tenhamos caído no sono.

Não era isso, pelo contrário. A confidência nos revirou por dentro e ficamos aturdidos, hipnotizados. Não tínhamos lhe pedido tanto. Ainda desnorteados pela revelação, o agradecemos mil vezes. Ele se deu conta e atenuou a situação.

— E se sairmos para tomar café da manhã? O que vocês acham? Estou com a boca seca e com o estômago roncando de fome. Ah, e chega de perguntas. Agora sim que já sabem tudo, espero.

Não sabemos nada. Antes também não sabíamos nada, essa é a realidade. A história do primeiro cristóvão encheu as veias de nossa história. Aquela criança que voltara ao orfanato tinha bombeado o sangue necessário para nos fazer viver. Este é o paradoxo: só quando reencontramos o nosso pai, nós cristóvãos conseguimos capturar de verdade o seu passado.

E este é o presente de domingo de manhã. Cada hora que passa, vivemos submersos em uma sensação estranha, na dúvida se estamos nos despedindo de Gabriel ou se acabamos de chegar. E sempre será assim. Agora entendemos finalmente o que nossas mães nos disseram umas mil vezes. Quando chega, já se vai. Quando se vai, fica.

Nós cinco tomamos café da manhã, unidos por uma amizade muito agradável. De repente nos sentimos rejuvenescidos e parece que os anos não passaram. Enquanto comíamos, o balcão do bar se encheu de gente. É um ambiente acolhedor e popular. Quatro idosos jogam cartas e de vez em quando levantam a voz para comemorar alguma jogada.

— Agora que já enchemos a barriga, o que acham de pedirmos um café e jogarmos uma partidinha, como aqueles ali? — propõe Gabriel, apontando para a outra mesa. — Gostam de pôquer?

Nós, cristóvãos, aceitamos de bom grado. Seria divertido vê-lo jogar, depois ter ouvido tantas histórias a respeito. Papai pede a um garçom que leve os pratos e nos traga café e um baralho de cartas.

— E se jogarmos com dinheiro? — ri. — Nada, aposta mínima de um euro. É que, senão, a coisa não tem emoção.

Esvaziamos os bolsos e deixamos os trocados sobre a mesa.

— Um momento — disse Christopher. Ele abre a carteira e tira o maço de notas que roubou à noite da mesa do Carambola. É dinheiro de jogo, está predestinado, e o dividimos como bons irmãos.

Gabriel embaralha as cartas com uma elegância de crupiê e as distribui. Poderia trabalhar em um cassino, imaginamos, mas pensando bem seria tentação demais para um trapaceiro profissional. Cada um olha seu jogo e depois começa o baile de apostas. Finalmente vemos sua famosa cara de pôquer. As cartas vão e vêm sobre a mesa. Jogamos prestando atenção nas mãos dele, se elas escampam para a manga, mas em nenhum momento vemos nada de estranho. Então ele começa a ganhar e não se detém até que não nos resta nem um centavo.

AGRADECIMENTOS

Gostaria de agradecer a Stefanie Kremser, Jordi Cornudella, Enric Gomà, Ignacio Martínez de Pisón, Mònica Martín, Toni Munné e Eugènia Broggi. Todos eles leram o romance em diversas fases e me ajudaram muito com seus comentários, suas dúvidas, suas perguntas e suas sugestões.

Xavier Folch e Bernat Puigtobella foram os primeiros a escutar a história dos três caminhoneiros que davam voltas pela Europa. Era o ano de 2003 e, em vez de tirá-la da minha cabeça, me animaram a apresentá-la no Prêmio Octavi Pellissa. Obrigado também ao júri pelo apoio ao projeto.

Rita da Costa traduziu o romance para o castelhano. Sua leitura atenta me poupou muita dor de cabeça e me ajudou a polir o texto original em catalão. Obrigado também a Sigrid Kraus, minha editora em castelhano, pela confiança de todos esses anos.

Mercè Gil me contou suas lembranças de menina da Casa de Caridade dos anos 1950. Albert Romero me guarneceu de lembranças, fotos e leituras sobre os situacionistas e sobre maio de 1968.

Em diversos momentos, precisei sair de casa para poder escrever. Obrigado a Miranda Lee e Terry N. Hill, a Lise Schubart e Jan Streyffert, e a Montse Ingla e Arcàdia pela hospitalidade.

Na primavera de 2009, escrevi a parte final do romance na Toscana (Itália) na Fundação Santa Maddalena, dedicada ao escritor Gregor von Rezzori. Muito obrigado, então, a Beatrice Monti della Corte pelo convite. Obrigado também a Bill Swainson e a Nayla el Amin pelo apoio.

No decorrer do romance, há quatro inspirações concretas pelas quais quero agradecer. O livro de fotografias que os cristóvãos compram no mercado de Sant Antoni — Capítulo 5, Primeira Parte — é o *Barcelona blanc i negre*, de Xavier Miserachs (1964). As referências ao Campo de la Bota — que aparecem no fim desse mesmo Capítulo 5, Primeira Parte —, devo ao projeto artístico do mesmo nome, o qual Francesc Abad iniciou no ano de 2004 e que continua vivo na internet. A infecção na orelha de Gabriel e a posterior visita ao otorrino — Capítulo 5, Segunda Parte — foi inspirada na leitura de *The Year of the Magical Thinking* (2005), o ensaio sobre o luto escrito por Joan Didion. A imagem da roleta russa que encerra o Capítulo 6, Segunda Parte, é proveniente de um número musical que o ator Hugh Laurie interpretou no programa de televisão *Saturday Night Live*, em 25 de novembro de 2006.

Finalmente, obrigado aos arquivos digitais da hemeroteca de *La Vanguardia* e da revista *Triunfo*. Estes solucionaram muitas dúvidas e muitas vezes fizeram o papel de máquina do tempo para me transportar ao passado.

Este livro foi composto em Galliard
para a Rai Editora em maio de 2012
e impresso pela Prol Gráfica